원작은 아무나 비트나

I

원작은아무나
비트나

백서하 장편소설

프롤로그

프롤로그

시작부터 죄송하지만, 일단 공감성 수치 좀 자극하고 가실게요.

냠냠, 우걱우걱, 쩝쩝, 음냐음냐.

정원을 울리는 각종 지저분한 소리에 주위 사람들의 이목이 내게 쏟아졌다. 시종, 시녀, 그리고 집사 할 것 없이 모두가 황당함에 가득 찬 시선을 던졌다.

그 속에서 나는 태연자약하게 손가락에 묻어 있는 크림을 입 안에 넣었다. 이윽고 접시까지 개 밥그릇처럼 싹싹 핥은 뒤 부른 배를 통통 쳤다.

"아, 맛있어요. 정말 정말 맛있네요."

"……맛있었다니, 다행이다."

내 말에 앞에 앉아 있던 남자가 차분하게 말을 내뱉었다. 모두가 내게 황당한 눈길을 보내는 와중에 오직 그만이 침착한 얼굴을 하고 있었다.

역시 소설 속 흑막. 어떤 일에도 흔들리지 않는 편안함– 아니, 침착함을 보여 주는군.

그러나 아직 끝나지 않았다.

눈앞의 남자가 내가 태어나서 본 모든 사람들 중에서 가장 잘생겼든, 아니면 가장 섹시하든 나는 이 남자에게 거절의 말을 들어야만 했다. 그래야 내가 산다.

자존심 그까짓 거, 개나 주라고 그래!

나는 최대한 모자라 보이게끔 헤실헤실 웃으면서 입가에 묻은 크림을 할짝 핥았다.

그리고 그 순간, 남자의 미간이 좁혀지자 나는 회심의 미소를 지었다.

온갖 더러운 짓거리를 하고 멍청하게 웃기까지 했는데 설마 나랑 결혼하겠다고 하는 건 아니겠지? 나는 기대 어린 눈빛으로 남자를 보았다.

날 차! 어서 빨리 날 거절해! 제발 네 인생에서 날 쫓아내 줘!

그러나–

"나와 결혼하지, 에반젤린 클로다."

빙의 인생 5년 차, 원작 진입 3주 전, 원작 소설의 '최종 흑막'에게 청혼을 받았다.

……결국, 나는 파멸 엔딩인 걸까.

제1장

남들 다 하는 원작 비틀기가 그렇게 어렵다

남들 다 하는 원작 비틀기가 그렇게 어렵다

나는 죽었다. 비행기 추락 사고로.

그리고 다시 눈을 떴을 때는 로맨스 판타지 소설 '이하야의 밤'의 엑스트라, 에반젤린 클로다가 되어 있었다.

사실 이곳이 '이하야의 밤'이라는 걸 처음부터 알아챈 건 아니었다. 살면서 읽은 소설이 몇 개나 되는데 엑스트라의 이름까지 하나하나 다 기억하면서 살겠는가.

그러다 빙의의 충격에서 벗어난 지 얼마 되지 않아 남자 주인공과 흑막의 이름을 듣게 되며, 내가 그 소설 속에 빙의했음을 확신할 수 있었다.

그것도 발단, 전개, 갈등까지 멀쩡하다가 갑자기 고조 부분에서 제대로 반전을 주는 흑막의 아내이자, 결말 부분에서 여주의 칼에 찔려 죽는 엑스트라로.

하, 엑스트라. 세상에…… 악녀도 아니고 뭣도 아니고 그냥 엑스트라.

본문에 '뫄뫄뫄의 아내, 뫄뫄뫄가 살포시 웃었다.'라고밖에 언급되지 않는 엑스트라.

그 와중에 한 가지 다행인 건 에반젤린이 나라 세 개 정도는 말아먹지 않으면 미안할 정도의 미인이라는 것이었다.

어느 정도냐면, 대체 작가는 왜 이런 미모를 가진 캐릭터를 주인공으로 설정하지 않았나 싶을 정도로.

다만 졸부의 딸로 태어나 연약하고 가련한 몸을 가진 에반젤린은 15살 때까지만 해도 침상에서 나온 적이 손에 꼽을 정도로 체력이 약했다.

병약한 청순가련 미소녀. 그러다 공작과 결혼해 할리퀸 클리셰 찍나 했는데 장르를 잘못 타서 그만 비명횡사…….

나름 기구한 팔자였다. 비록 소설 속에서는 딱 두 줄만 등장하지만.

하지만 데드 플래그가 몇 개가 꽂혔든 사실 빙의할 때까지만 해도 희망은 넘쳤다.

흑막의 약혼녀? 엑스트라의 죽음 예정? 뭐- 이런 유의 빙의, 정말 많이 보던 것이 아닌가.

게다가 솔직히 요즘 트렌드가 다 그렇지 않나.

엑스트라에 빙의했는데 알고 보니 주인공!-인 줄 알았는데 역시 엑스트라…… 가 아니라 주인공인 거.

그런 의미에서 나는 진짜 내가 빙의한 시점에서 원작이 망가질 거라고 철석같이 믿고 있었고, 조금만 활개를 치면 로판계 어장 관리의 새 역사를 쓸 것이라 생각했다.

이건 절대 내가 오버하는 게 아니었다. 양심에 손을 얹고 생각해서, 소설에 빙의했는데 '아, 내가 조연이구나.'부터 생각할 사람? 어쨌든 나는 아니었다.

그런 의미에서 내가 빙의한 것을 눈치채자마자 한 일은 다름이 아니라 결혼 준비였다.

작중 에반젤린은 흑막인 플로렌스 공작의 아내였고, 그 죽음도 공작의 아내라는 이유로 함께 맞이한 것이었다. 그러니 일단 공작과 결혼하지만 않으면 되었다.

내가 빙의할 때 에반젤린의 나이는 15살, 수소문해 본 결과 황태자의 나이는 20살. 원작이 시작되고 얼마 있지 않아 황태자가 마침 25살 생일 파티를 열었으니까 나에게는 아직 5년이라는 시간이 있었다.

물론 에반젤린과 공작의 결혼이 언제 성사되는지 몰라 조금 간당간당했기에 나는 일단 다른 사람과 결혼을 하려고 애썼다. 기왕이면 정도 붙이고, 시작은 계약 결혼이지만 끝은 행복한 결말이면 더 좋고.

그래서 결심을 마친 이튿날 아버지에게 말했다.

"아버지, 결혼하고 싶어요."

"그래, 우리 이브한테는 최고의 남자가 어울리지. 귀족가에도 줄을 좀 댈 필요가 있으니…… 플로렌스 공작이 어떠냐? 우리 이브 정도면 그 정도야 쉽게 정복할 수 있겠구나."

뭐야? 그 인간하고 만나고 싶지 않아서 결혼하려는 건데?

물론 나는 거절했다. 그리고 아버지에게 그 사람 말고 다른 사람을 알아봐 달라고 했다.

하지만 어찌 된 일인지 그 뒤 아버지가 가져오는 혼사는 하나같이 다 인간성이 그릇되거나, 결혼 경력이 있는 귀족들이었고, 나는 그 쯤에야 아버지가 나를 귀족가와 연결하려는 줄 정도로 생각하고 있다는 사실을 깨달았다.

그래서 내 손으로 직접 신랑감을 찾아 나섰다. 엑스트라도 상관없고, 남주인공이면 더 상관없다. 여주, 너는 예쁘고 능력 있으니까 혼자서도 잘살 거야.

이기심의 끝판왕이었지만 내 삶이 더 중요했다. 그래서 눈에 쌍심지를 켜고 신랑감을 수소문했고, 나를 어떻게든 귀족 사회에 보내고 싶은 아버지는 두 팔 들고 내 사교계 데뷔를 지지했다.

사실 무난하게 평민이랑 결혼하는 것도 생각은 해 봤는데, 어쩐지 그러면 아버지가 용납하지 않을 것 같았다.

집에서 쫓겨나는 건 안 무섭지만, 그래도 받을 유산이 얼마나 되는데 굳이 그런 짓을 하겠는가.

어쨌든 그렇게 꾸준하게 사교계에 얼굴을 내민 결과, 나는 곧 황태자와 연을 만들 수 있었다.

와, 쉽다. 이건 대체 내 미모가 쩌는 것인가, 아버지의 재력이 쩌는 것인가.

어느 쪽이든 간에 내게는 좋은 일이었다.

나는 쉽사리 황태자에게 접근했고, 훗날 여주를 사랑하게 되는 제2황자도 만날 수 있었다. 그렇게 내 빙의녀로서의 매력을 굳게 믿고 그들에게 알짱대, 내 나름대로 열심히 서사를 쌓은 뒤 결국 그들을 꼬드기는 데 성공—

"황태자 전하. 저와 결혼해 주세요."

"레이디 클로다. 이 말은 못 들은 걸로 하겠어."

—은 무슨. 장렬하게 차이고 말았다. 온갖 귀족들이 다 보고 있는

파티의 정중앙에서.

내 생각이 짧았다. 연애를 못 해 봐서 이게 썸인지, 예의인지 구분을 못 했지.

그날에야 나는 비로소 창피함에 눈물이 나온다는 게 어떤 것인지 깨달았다.

혈통만 아니었으면 사교계를 평정했을 거라 칭송받는 미모로, 백 명이 넘는 귀족들이 보는 앞에서 큰 소리로 고백했다가 차이다니…….

아, 수치스러워서 진짜.

심지어 그 고백이 끝난 뒤 나는 '졸부의 딸인 주제에 반반한 얼굴과 몸매만 믿고 황태자에게 들이댔다가 개망신을 당한, 주제 파악이 안 되는 여자'로 찍히고 말았다.

사교계에만 가면 사람들은 나를 보며 수군거렸고, 심지어 몇몇은 내 가슴을 힐끔거리면서 '벗으면 다 되는 줄 아나 봐요. 천박한 여자 같으니라고.' 따위를 중얼거렸다.

결국 황태자에게 고백하고 차인 후, 나는 원작의 사건이 벌어지는 중심과 최대한 멀리 떨어지기로 했다.

다른 사람과 결혼을 하는 게 안 되면 결혼을 하지 않는 게 인지상정. 그래, 전생에서도 비혼 주의자였는데 내가 그깟 빙의 한번 했다고 이곳에서 쓸데없는 동화를 꿈꾼 게 분명하다.

그래서 나는 집에 있는 모든 재물을 다 싹쓸이해서 '아버지, 어머니. 소녀, 속세와 연을 끊고 신을 모시겠습니다.'라는 쪽지 한 장 남긴 채 가출을 시도했고, 그 결과—

"말해 보아라, 이브. 대체 왜 집을 나간 것이냐."

"……."

"혹여 황태자 전하와의 일로 너무 창피한 것이면 굳이 그럴 필요 없다. 아버지가 더 좋은 혼처를 알아봐 주마. 그때 말했던 플로렌스 공작이 어떠냐?"

"……."

"그자는 황태자보다 더 잘생겼어. 네 취향일 거다."

가출 3일 만에 잡혀 다시 집으로 돌아왔다.

이쯤 되면 절망스럽다. 이건 꼭 공작과 결혼을 하라는 신의 계시인 걸까? 아니면 그냥 죽으라는 신의 계시인 걸까?

나는 아버지의 물음에도 묵묵부답을 고수한 채 그저 조용하게 앉아 있었다. 결국 내 입에서 가출 이유를 듣지 못한 아버지는 순전히 내가 창피해서 그랬다고 단정 지었다.

그리고 나는 거의 일주일가량 침대에 누워 생각했다.

뭐가 잘못된 것일까? 대체 어떻게 하면 공작과 결혼을 하지 않을 수 있을까?

사실 결혼 뒤 플로렌스 공작을 갱생시키는 방법을 생각해 보지 못한 것은 아니었다.

하지만 오렌지족이었던 아버지의 '야, 타!'에 홀딱 넘어가, 나머지 반생을 남편의 여자를 떼어 내는 데에 썼던 전생의 어머니는 말씀하였다.

"남자는 고쳐 쓰는 게 아니랬어."

그러므로 나는 그런 도박 따위 하고 싶지도 않았고, 해야 할 필요성도 못 느꼈다.

어쨌든 그렇게 하루하루가 흘러가고, 나는 반쯤 포기를 한 채 원작일이 다가오기만을 기다렸다. 그때 가서 공작을 만날 일이 있으면 전부 다 피하는 거지. 흑막만 피하면 어떻게든 될 거다.

그리고 빙의 5년 차, 원작 진입 2달 전.

나는 플로렌스 공작과 약속을 잡았다는 아버지의 말에 풀쩍 뛰어오를 수밖에 없었다.

"네? 무슨 소리세요?"

입 안에 새우를 넣던 나는 입에서 먹던 게 튀어나오는 것도 어쩌지 못한 채 멍하니 물었다.

하지만 아버지는 무척 담담하게 나를 보며 답했다.

"플로렌스 공작에게 너를 소개해 주려고 그런다."

"왜, 왜요?"

"남녀를 소개하는 데 다른 이유가 있겠느냐."

있어야죠. 당연히 있어야지. 남녀가 하는 게 사랑밖에 없는 건 아니잖아!

나는 속으로 울부짖고야 말았다. 하지만 그런 내 울부짖음은 아버지에게는 씨알도 먹히지 않았고, 결국 그는 '다음 주로 약속이 잡혔으니 피부 관리나 제대로 하라.'는 말을 던져 주고는 식사를 끝내 버렸다.

방에 돌아온 뒤 망연자실해 있는 나를 보며 시녀가 호들갑을 떨었다.

"아가씨, 정말 너무너무 다행이에요. 공작 각하와 결혼하시게 되면 아가씨도 공작 부인이 되시는 거라고요!"

그깟 공작 부인이 지금 문제야? 사람이 죽게 생겼는데?

"아가씨, 기쁘지 않으세요?"

나는 한숨을 푹 쉬었다. 진짜 암살이라도 해야 하는 건가? 진짜 내가 살려면 다른 사람 죽여야 해? 그러고는 싶지 않은데…… 머리를 굴리던 나는 혀를 쯧 차고 시녀를 불렀다.

"아이다."

"네!"

내 부름에 아이다가 고개를 끄덕였다. 나는 그런 그녀를 보며 길게 한숨을 쉬고는 입을 열었다.

"부탁할 게 있어."

"말씀만 하세요."

"지금부터 플로렌스 공작이 좋아하는 것과 싫어하는 걸 전부 가져와."

일단 취향이나 먼저 파악하고 보자.

어차피 가출은 소용이 없었다. 아버지는 재력만큼이나 발도 넓어서 내 행선지를 전부 알아채고는 했다.

그렇다고 다른 사람 잡아서 결혼하는 것도 현실성이 부족했다. 몇 년 전이라면 모를까, 지금은 불가능했다. 이럴 줄 알았으면 그때 고르지 말고 보통 사람이랑 결혼해서 집에서 쫓겨나는 건데!

나는 내 무지함을 탓했으나 소용없었다. 일단은 어떻게든 이 상황을 모면하는 게 중요했다.

내 말에 아이다가 너무 좋아하는 게 느껴졌다. 그녀는 내가 공작의 취향을 요구하는 것이 그에게 잘 보이기 위해 그러는 것이라 생각하는 듯했지만.

'빙의녀'에서 '생존기'로 장르가 탈바꿈을 시도했다.

곧 아이다가 방에서 나가자 나는 홀로 주방으로 향했다. 내 갑작스러운 등장에 주방 식구들이 웅성대는 와중 주방장이 급히 허리를 숙였다.

"아가씨, 뭐 찾으시는 것이라도 있습니까?"

나는 배시시 웃으며 입을 열었다.

"얼음이 필요한데, 줄 수 있어?"

"네? 얼음이요?"

냉장고가 없는 세상에서 얼음은 꽤 귀한 존재다. 하지만 클로다가는 최소한 얼음을 먹지 못해 허덕이는 집안은 아니었다.

한평생 몸이 허약해 찬 건 입에 대지도 않는 '에반젤린'의 난데없는 요구에 주방장이 얼떨떨해하는 게 느껴졌으나, 나는 내 청순가련한 외모를 이용해 있는 힘껏 처연한 표정을 지었다.

그러자 주방장이 급히 얼음 한 컵을 가져다주었다.

"이 정도면 됩니까?"

"안 돼."

나는 컵 안에 있는 네 조각의 얼음을 보고 고개를 단호히 저었다.

"저…… 찬 걸 많이 드시면 좋지 않습니다."

"안 먹어. 그러니까 줘."

이내 내 고집을 이기지 못한 주방장이 얼음을 한 대야 가져다주었다. 그것을 받고 나는 행복감에 절어 방실방실 웃고야 말았다.

다시 방에 돌아온 뒤 길게 심호흡을 했다. 나를 말릴 시녀는 나갔고, 이제는 나 혼자만의 시간이었다.

나는 급히 욕조로 가서 대야에 찬물을 받고 얼음을 콸콸 부었다.

그리고-

"독감에는 역시 얼음물 샤워지."

촤아아악.

난데없는 얼음물 샤워를 시도했다.

쾅!

"이브, 이게 무슨 일이냐!"

문이 열리고 아버지와 어머니가 쳐들어왔다. 나는 고열 속에서도 그의 일그러진 얼굴을 보며 속으로 웃을 수밖에 없었다.

내가 당신이 딸 갖고 장사하게 만들쏘냐.

"아, 아버지."

하지만 속마음은 어떻든 나는 가련한 딸이었다. 어렸을 때부터 몸이 허약하기 그지없는 아름다운 에반젤린.

"이브, 괜찮은 것이냐?"

"흑, 아버지. 죄송해요."

나는 눈물을 글썽거리며 아버지를 향해 탄식했다. 옆에 서 있던 어머니가 한숨을 푹푹 쉬는 게 보였다.

하지만 어쩌겠는가. 그냥 감기도 아니고 독감이었다. 그나마 아버지의 일그러진 얼굴을 보고 싶어 정신을 차리는 것이긴 했지만 솔직히 지금도 세상이 도는 것 같다.

아버지는 나를 응시하더니 얼굴을 굳힌 채 입을 열었다.

"다음 주 공작과의 약속은……."

"아, 아버지. 걱정 마세요. 기어서라도…… 쿨럭!"

금방이라고 피를 토하며 쓰러질 것 같은 표정으로 나는 기침을 했다. 아, 진짜 비릿한 냄새가 올라오긴 하네. 이 순간만큼은 연약한 에반젤린의 몸뚱어리가 정말 좋다.

쿨럭대는 내 모습을 응시하던 아버지가 길게 한숨을 쉬었다.

나는 눈을 꾹 감고 눈가에서 눈물 한 방울을 흘려보냈다.

"죄송해요, 아버지. 이런 쓸모없는 딸이라서……."

쓸모없기는. 딸이 물건도 아니고, 꼭 쓸모 있어야 하는 법이 어디 있는가.

어머니는 그런 나를 보며 눈물을 뚝뚝 떨구었다. 비록 아버지의 기에 눌려 아무 말도 못 하지만, 나름대로 딸을 사랑하는 그녀였던지라 이런 내 모습이 안타까울 만도 했다.

결국 아버지가 조금 실망한 목소리로 말했다.

"이번 약속은 취소하마."

오예.

나는 속으로 의미심장한 미소를 지었다. 내가 무슨 생각을 하는지도 모른 채 아버지는 착잡한 표정을 지으면서 방을 나갔다.

독감이라는 게 독하긴 독한 모양인지 나는 거의 삼 주를 내리 앓아야만 했다. 솔직히 이대로 죽는 건 아닐까 걱정했지만, 다행히도 그런 일은 일어나지 않았다.

그랬더라면 나는 아마 억울해 죽었을 거다. 죽지 않기 위해 이 짓을 했는데 결국 이 짓 때문에 죽다니.

어쨌든 삼 주 정도의 시간을 거치고 나는 다시 일어났다. 아버지는 그저 나를 보며 몸조리나 잘하라는 말을 남겼다.

물론 그렇다고 해서 내가 안심을 했다는 건 아니다. 이 몇 년간 아버지를 관찰한 결과, 그의 귀족에 대한 집착은 이미 내가 아는 한계를 넘어 버렸으니까.

이를 증명하듯 약 한 달이 지난 뒤, 아니나 다를까 아버지가 다시 나를 불렀다.

"아가씨. 주인님께서 부르세요."

화장대 앞에서 새로 구입한 화장품을 만지작거리던 나는 드디어 올 게 왔다는 것을 깨달았다. 아버지의 '맞선 봐.' 공격이 다시 시작되려는 것이다.

하지만 이미 그의 공격 패턴을 예상하고 있었던지라 나는 무척 담담하게 자리에서 일어났다. 이날이 올 것을 대비해 내가 준비한 게 있-

"아가씨. 예쁘게 꾸미고 나가시는 게 좋을 것 같아요."

"응? 왜?"

"플로렌스 공작께서 와 계시거든요."

……?

우아함이 5초를 못 넘겼다. 나는 하늘이 무너지는 듯한 청천벽력에 눈을 깜박거렸다. 그 와중에 이 눈치 없는 시녀 아이다는 드디어 공작을 만날 수 있다면서 한껏 들떠 꺅꺅대고 있었다.

이런, 이, 이, 미친?

우리 아버지 행동력 좀 보소. 사람이 대체 얼마나 속물적이면 이 정도로 재빠를 수 있을까.

나는 머리를 부여잡았다. 이건 아니다. 싫어, 싫어, 싫다고.

"아가씨, 치장 안 하세요?"

아이다가 내 얼굴을 보면서 눈을 깜박거렸다.

치장이라니, 웃기고 있네. 이 얼굴에 치장까지 하면 공작이 아니라 전 세계를 홀리는 것까지 가능할 것 같은데, 치장이라니?

당황함에 머리가 돌아가지 않았다. 나는 결국 이리저리 안절부절못하다가 결국 다음번에 쓰려고 남겨 두었던 수를 선택했다.

“아이다. 공작 각하께 예쁘게 보이고 싶어.”

“물론이죠, 아가씨!”

아이다는 곧장 드레스 룸으로 뛰어가며 나한테 어울리는 드레스를 고르겠다고 호들갑을 떨었다.

아이다가 나간 뒤 나는 길게 숨을 들이쉬었다. 그리고 비장한 표정으로 서랍에서 약을 꺼내 바로 들이마셨다.

꿀꺽꿀꺽하는 소리가 방을 가득 메웠다. 그리고 얼마 지나지 않아―

꾸르르르륵.

“우엑!”

나는 입을 틀어막고 욕실로 뛰어갔다. 머지않아 방에 들어온 아이다가 놀라서 달려왔다.

“아가씨!”

“우욱!”

으아, 미치겠네. 더러워.

“아가씨, 대체 뭘 드신 거…… 구토제?”

뒤에서 아이다의 경악에 찬 목소리가 들려왔다. 나는 속에 있는 걸 하나하나 게워 내면서 웃었다.

“아가씨, 대체 왜 이런 걸 드신 거예요!”

왜 먹었겠니. 그 인간 안 만나려고 먹었지.

“속, 속에 있는 걸 게워 내면 조금 날씬해 보일까 싶…… 우웩!”

캬아― 이유 좋고.

설마하니 구역질을 하는 딸을 억지로 공작 앞에 앉히진 않을 터. 나는 계속해서 속에 있는 걸 게워 냈다.

그렇게 아이다만이 당황한 채로 발을 동동 구르던 그때였다.

똑똑.

누군가가 방문을 두드렸다.

아이다가 급히 뛰어가는 소리가 들렸으나, 나는 고개를 아예 하수구 쪽에 박은 채 고개도 들지 않았다.

"이브는 뭘 하는 것이냐. 공작 각하께서 와 계시는데."

"마, 마님…… 그게…… 아가씨께서 구토제를 드시는 바람에……."

"뭐야? 이브, 이브!"

어머니의 급한 목소리가 들려왔다. 나는 더욱더 과장되게 구역질을 하면서 한 손을 들고 고개를 저었다.

"어머니, 오지 마세요. 더럽…… 웁!"

어머니는 나를 보며 발만 동동 굴렀다. 그녀의 뒤에 서 있던 시녀장 또한 당황한 얼굴로 뭐라 중얼거리더니 이내 방을 나갔다.

그리고 곧 허겁지겁 달려온 아버지가 경악한 표정으로 나를 바라봤다.

"이브, 너……!"

이미 게워 내다 못해 쓴물이 올라오는 목을 부여잡고 나는 눈물을 뚝뚝 흘렸다.

너무 과했어. 으, 쓰다. 목뼈도 같이 나갈 것 같아. 하지만 아직 못한 말이 있었다.

"아이다…… 빨리 나를 부축해 줘."

"아가씨, 왜……."

"공작 각하를 봬야지…… 빨리."

내 말에 아버지가 눈을 꾹 감더니 이내 노기등등한 얼굴로 물었다.

"이브, 혹시나 해서 묻겠다. 설마 공작 각하를 만나고 싶지 않은 것이냐."

"여보, 그럴 리가 없잖아요! 이브가 이날을 얼마나 기다렸는데!"

"당신은 조용히 하시오. 당신이 계속 아이를 오냐오냐해서 애가 제멋대로인 거잖소!"

왜 엄마한테 소리를 질러! 너 때문이잖아! 어떻게 인간이 이렇게 양심이 없을 수 있는가. 나는 어이가 없어 헛웃음을 지었다.

아버지는 나를 흉악한 표정으로 보며 크게 외쳤다.

"공작 각하를 만나고 싶지 않은 거라면 헛수고를 하는 것이다. 애비가 널 어떻게 키웠는데!"

어떻게 키웠기는. 맞선 보라고 달달 볶고, 맨날 예쁜 옷만 사 주면서 사교계에 밀어 넣었지.

내가 빙의한 캐릭터만 아니었다면 당장 난리를 쳤을 것이다. 그나마 소설 속 인물이라 생각하고 있으니까 참을 수 있었다.

결국 아버지는 노기등등한 채 방을 나갔다. 그런 그의 뒷모습을 보며 나는 이를 빠득빠득 갈았다.

방법이 없다.

나는 침대 위에 얼굴을 박고 이틀 동안 고민하다 다시 고개를 들 수밖에 없었다.

창밖을 보니 석양빛이 곱게 하늘을 물들이고 있었다. 저번 가출에는 값진 것들을 다 들고 튀었지. 그럼 이번에는 꼬리를 잡히지 않기 위해 혈혈단신으로…….

그래, 추적이 불가능한 돈만 조금 들고 튀는 거다.

고생 좀 하겠지만 죽는 것보다는 백배 낫다. 빙의 버프 좀 발휘해서 전생에 배운 걸 써먹으면 그래도 괜찮지 않을까?

"치킨 사업이라도 해야 하나…… 그런데 튀김 가루 어디서 파는지 모르는데."

나는 한숨을 푹 쉬다가 자리에서 일어났다. 뭐든 빨리빨리 해결하는 게 좋겠지. 내일 떠나는 것보다는 오늘 떠나는 게, 이따 떠나는 것보다는 지금 떠나는 게 좋을 것이다.

나는 결국 자리에서 일어났다. 옷은 지금 입고 있는 게 가장 무난할 것 같아 머리만 묶은 뒤 돈을 챙겨 테라스로 갔다.

2층. 너무 높은 곳은 아니다. 귀족저도 아닌지라 경비도 그렇게까지 삼엄하지는 않았다.

나는 이를 악물고 테라스를 잡았다. 그리고 나비처럼 사뿐하게-

퍽!

-는 무슨. 나는 욱신거리는 몸을 안고 한숨을 푹 쉬었다. 그래도 층수가 높지 않아서 다행이다. 좀 아플지언정 어디 부러진 것 같지는 않았다.

나는 몸을 움직였다. 저번 가출에 사용한 개구멍은 막혔으나, 이럴 줄 알고 개구멍 세 개를 더 봐 뒀지.

당장 풀이 무성한 곳으로 달려간 나는 얼굴이 풀에 찔리는 것도 개의치 않은 채 몸을 비벼 넣었다.

한데 개구멍이 너무 작았다. 아, 소설이 나를 기만했어. 개구멍으로 도망친 애들은 대체 어떻게 한 거야? 그래도 저번에는 좀 커서…….

"아, 나왔다!"

흙을 잔뜩 바른 채 나는 콧김을 뿜으며 앞머리를 정돈했다. 원래 21세기 지구를 살다 온 사람이라면 그 어떤 위급한 순간에도 앞머리 정리를 해야 하지 않는가.

그렇게 생각하며 발걸음을 옮기려는 순간이었다. 갑자기 말 몇 필과 함께 마차가 쏜살같이 나를 스쳐 지나갔다.

"으아악!"

덕분에 그다지 우아하지 않은 소리를 내며 넘어졌다.

엉덩이를 만지며 불운을 탓하는데, 나를 스쳐 간 마차가 점차 멈추더니 문이 열렸다.

"뭐지?"

나는 고개를 돌렸다. 그리고 마차 안에서 나온 사람을 보고 속으로 외칠 수밖에 없었다.

'와우, 원작의 위엄 좀 보소.'

거기에는 깔끔하게 뒤로 넘긴 검은 머리와 빨간 눈동자를 가진 남자가 서늘한 얼굴을 한 채 조각상처럼 서 있었다.

플로렌스 공작이었다.

나는 깨달았다. 이 소설은 나를 기어코 공작과 만나게 할 예정이라는 것을.

"이자는……."

"이분, 클로다 상단주의 외동딸 아니십니까?"

그래, 맞아요. 내가 그 외동딸 맞아. 그리고 너랑 결혼해서 여주인공 검에 한 큐에 가 버릴 그 에반젤린 클로다야.

나는 망연자실한 표정을 한 채 세상이 무너지는 느낌을 생생하게 맛보고 있었다. 세상은 나를 버린 게 분명했다. 어떻게 '마침'도 이런 마침이 있을까. 우연도 어떻게 이런 우연이 있어!

속으로 포효하며 나는 털썩 주저앉고 말았다. 다리에 힘이 풀려 더는 서 있을 수도 없었다.

그렇게 속으로 절규를 내뱉는데, 갑자기 낮은 중저음이 들려왔다.

"에반젤린, 클로다?"

나는 고개를 들었다. 근 5년 정도 들은 이름이라 이제는 내 이름처럼 귀에 착착 감겼다.

반사적으로 나를 부른 이를 응시하자, 원작의 흑막인 루벨리안 플로렌스의 얼굴이 설핏 굳는 게 느껴졌다.

"여기서 뭘 하는 거지?"

"……."

"외출보다는…… 가출을 하는 것 같은데."

젠장, 눈치가 거의 빛의 속도네.

나는 입을 옴짝달싹했다. 어떻게 대답해야 할지 몰라 한숨만 푹푹 쉬는데, 루벨리안이 고개를 갸웃했다.

"말을 못 하는 것인가?"

혹시 말을 못 하면 결혼 못 하려나?

그래, 공작가의 체면상 사교 활동도 할 수 없는 공작 부인을 세우기에는 조금 체면이-

"그럼 더 좋겠군. 쓸데없이 재잘대지 않을 테니."

"어머, 공작 각하! 이런 곳에서 각하를 뵙다니, 이렇게 영광일 수가!"

루벨리안의 말이 떨어지자마자 희망의 불씨가 꺼지고, 나는 활짝 웃으면서 자리를 털고 일어났다. 이에 그가 흐음, 하며 입을 뗐다.

"나를 아는 것인가?"

"어머, 그럼요. 이 세상에 공작 각하를 모르는 사람이 과연 있을까요? 호호호호."

눈치를 보아하니 말 많은 걸 싫어하는 것 같았다. 그래서 바로 수다쟁이 모드로 진입하며 방실방실 웃었다.

아, 좀 미친 사람 같아 보이긴 하겠군.

한데 방금까지 바닥에 앉아 있던 사람이 갑자기 활짝 웃으며 재잘대는데도 불구하고, 그는 아무런 놀라움도 없는 듯했다. 그저 그 말끔하고 잘생긴 얼굴에 미소만 띨 뿐이었다.

세상에. 흑막이라고 밝혀지기까지 누구도 눈치 못 챘던 이유가 있었어. 저렇게 정중하고 잘생기고 또 잘생기고 잘생겼는데 누가 악당이라고 생각했겠어.

어찌 되었든 간에 만났다. 만났으니 어쩌겠나. 다시 끌려가야지.

루벨리안은 나를 지긋하게 응시했다. 그의 루비 같은 눈동자가 내게 콱 박히자 나는 그와 시선을 마주하면서 침을 꿀꺽 삼켰다.

뭘 말하려나. 혹시 너처럼 말 많은 여자는 싫다고-

"일단, 집으로 모시지."

그래, 그럴 리가.

나는 결국 엉덩이를 툭툭 털었다. 가출은 이제 물 건너갔다. 흙무더기를 뒤집어쓴 채 나는 한숨을 푹푹 내쉬며 마차에 다가갔다.

"에스코트를."

그때였다. 마차 안에 몸을 구겨 넣으려는 내 앞으로 그가 손을 내밀었다.

이에 나는 놀란 눈을 할 수밖에 없었다.

세상에, 이 세상 먼지는 홀로 다 뒤집어쓴 이에게 에스코트하겠다고 손을 내밀다니……. 우리 아버지 돈이 그렇게 많나? 아니면 내가 그렇게 예쁜가?

나는 침을 꿀꺽 삼켰다. 어쨌든 간에 일단은 순순히 집에 돌아가는 게 좋았다. 나는 바보처럼 헤실거리며 꾀죄죄한 손을 그에게 내밀었다.

"헤에, 감사해요."

그럼에도 루벨리안은 별다른 반응이 없었다. 그저 미묘하게 미간을 찌푸렸을 뿐이었다.

내가 마차에 오르자마자 루벨리안이 마차에 들어왔다. 아무래도 우리 집에 오는 것이 그리 자랑할 만한 일은 아닌지, 그는 아무 문양도 없는 작은 마차를 사용하고 있었다.

덕분에 본의 아니게 그와 비좁은 마차 안에서 몸을 비벼야 하는 신세가 된 나는 속으로 통곡을 할 수밖에 없었다.

"마차가 비좁아서 레이디께 실례를 끼쳤군."

"아, 아니에요. 저는 공작 각하와 함께 있는 것만으로도 영광인데요!'

나는 계속해서 속없는 철부지를 연기하며 박수를 쳤다. 좀 정도가 과하긴 한 것 같은데, 며칠 전 아이다가 가져온 루벨리안 플로렌스의 호불호 리스트에는 분명 '멍청한 걸 싫어함.'이라고 적혀 있었다. 하긴, 멍청한 걸 좋아하는 인간이 어디 있겠느냐마는.

아, 그러고 보니 '향수 냄새가 진하고 화장이 진하며 사치스럽고 수다스러운 여자를 싫어한다.'도 있었는데. 그거 보면서 내가 '자기가 무슨 할리퀸 남주냐?'라고 투덜댔었지.

헉, 그럼 지금 굉장히 위험한 거 아닌가? 혹시 온몸에 흙을 묻히고 있는 나를 보면서 '내 앞에서 꽃단장이 아니라 흙 단장을 한 건

네가 처음이야!' 막 이러면서……!

"레이디?"

"네!"

아, 목소리가 너무 크게 나가 버렸다.

목소리가 들려온 쪽으로 향해 고개를 돌리자, 그제야 마차가 멈춰 섰음을 발견했다.

나는 마차 밖에서 이상한 표정을 지은 채 서 있는 루벨리안을 어색한 얼굴로 보았다.

아, 이건 괜찮나? 멍청해 보이니까?

아니, 그런데 나 아까부터 루벨리안을, 루벨리안의, 루벨리안에 의한 생각만 하고 있는 것 같은데?

나는 두 손을 비비고 흐읍 숨을 들이쉰 채 천천히 마차에서 내렸다. 그 와중에 루벨리안의 손을 잡는 것도 잊지 않았다.

틈틈이 스킨십을 취해 내게서 정을 떼게 만들어야겠군. 달라붙는 유형의 여자를 싫어하는 것 같으니.

마차에서 내린 뒤 나는 익숙한 집을 살피며 방긋 웃었다. 그 순간, 숨넘어가는 소리가 내 귀를 울렸다.

"이, 이브!"

아, 들린다. 아버지의 혈압 올라가는 소리가.

나는 배시시 웃었다. 웃는 얼굴에 침 못 뱉는다고, 일단 헤실헤실 웃고 보는 게 아니겠는가. 나는 루벨리안의 손을 꼭 잡고 입을 뗐다.

"아, 아버지…… 헤에."

"너, 너, 너!"

아버지의 성난 얼굴에 놀라 뒤로 물러나자, 루벨리안의 눈동자가 끈덕지게 나를 달라붙었다.

뭘 봐, 미인이 놀라는 거 처음 보나.

"공작 각하께서 저를 발견하시고 데려와 주셨어요. 그렇죠, 공작 각하?"

나는 얼굴에 철판을 깐 채 루벨리안과 아버지를 번갈아 보면서 해맑게 웃었다.

아버지는 얼굴이 시뻘게져서 나를 보며 뭔가 말하고 싶은 표정이었으나, 루벨리안이 있어서 그런지 모든 말을 애써 삼키고 웃음을 드러냈다.

"공작 각하, 저희 이브가 철이 많이 없어서…… 죄송합니다."

"괜찮다. 내가 앞으로도 종종 잡으러 다녀야 할 것 같은데, 미리 익혀 두는 것도 좋지."

응? 무슨 말이야? 네가 날 잡으러 다녀? 왜?

루벨리안의 말에 나는 고개를 홱 돌렸다. 이거 혹시 내가 생각하는 그런 패턴은 아니겠지? 아니, 우리 오늘 처음 만났는데요? 진짜 '내 앞에서 흙 단장하는 애는 네가 처음이야!' 이거야?

"죄송합니다. 딸자식 교육을 제대로 시키지 못해 각하의 앞에서 무례를 범했습니다."

아버지는 다시 한번 허리를 굽혀 사과했다. 이에 루벨리안이 서늘한 얼굴로 일갈했다.

"쓸데없는 잡담은 이만하고, 약속한 것이나 보고 싶군."

"아, 네! 이미 준비해 두었습니다! 아이다, 빨리 이브를 데리고 방에 올라가거라!'

나는 돌아가는 상황에 입을 떡 벌리고 말았다.

이 인간들, 혹시 뒷거래 같은 거 했나? 설마 이미 내가 막을 수 없는 데까지 일이 진행된 거야?!

"아가씨."

아버지와 함께 저택에 들어가는 루벨리안의 뒷모습을 멍하니 보다가, 나는 아이다를 향해 고개를 돌렸다.

그녀는 나 때문에 걱정을 많이 했는지 눈가가 발갛게 부어올라, 은근히 내 죄책감을 자극하고 있었다.

"빨리 방으로 가셔서 씻고 예쁘게 꾸미셔야죠."

"……으응."

"흐읍, 아가씨, 어떻게 해요. 각하와 첫 만남이 이렇게 어그러져서. 어쩜 운명도 얄궂어라."

……내가 하고 싶은 말이야.

나는 머리를 털어 버린 채 일단 아이다와 함께 방으로 올라갔다. 이내 몇몇 시녀들이 달라붙어 나를 씻기고는 화장대로 옮겼다.

아이- 진짜, 이 와중에 난 또 왜 이렇게 예쁘고 난리야!

거울 속에 있는 '나'의 미모는 오늘도 열일하고 있었다. 마치 껍질을 벗긴 삶은 달걀 같은 새하얗고 매끈한 피부에, 옅은 백금발과 가련하기 그지없는 옅은 비췻빛 눈동자.

이 얼굴 그대로 현대로 가고 싶다. 결혼이고 뭐고, 이 얼굴이면 할리우드 역사에 길이 남는 명배우가 될 것 같아.

"아가씨, 꼭 예쁘게 꾸며서 첫인상을 만회하는 거예요! 걱정하지 마세요, 기회는 언제나 있어요! 운명은 자신의 손에 있는 거니까요!"

어디서 자기 계발 서적이라도 읽었는지 아이다가 잔뜩 흥분해서 말했다.

그런 그녀의 말에 한숨을 푹 쉬려는 찰나, 갑자기 떠오르는 생각에 급히 화장대의 서랍을 뒤졌다.

"아가씨?"

"찾았다!"

내 손에 들린 것은 다름 아닌 며칠 전 아이다가 가져다준 루벨리안의 호불호 리스트였다. 이것만 있으면 나도 루벨리안의 극혐 인물 리스트에 들 수 있을 거야!

"아이다, 지금부터 내가 말하는 대로 해."

"네! 어떻게 할까요?"

나는 리스트를 쭉 훑었다. 예전에 여자가 아예 없었는지 여자에 관한 구체적인 취향은 보이지 않았다. 아, 그러고 보니 루벨리안이 여자에게 관심이 없다는 서술을 본 것 같기도 한데…….

어쨌든 나는 자세하게 리스트를 연구하며 일단 도움이 될 만한 걸 하나하나 간추렸다.

첫째, 멍청한 걸 싫어함.

아, 이건 내 연기력으로 충분히 어필하고 있고.

둘째, 사치스럽고 허영심이 많은 것을 싫어함.

그래, 바로 이거다!

"아이다, 내 옷장에 그 옷 가져와! 그저께 살롱에서 가져온 하얀색 드레스! 진주랑 다이아가 가득 박힌 거! 레이스 나풀나풀한 그 드레스!"

"네, 알겠어요!"

잔뜩 흥분한 내 말에 아이다가 고개를 끄덕였다. 그리고 쏜살같이 사라지는 그녀를 눈으로 배웅하며 나는 다시 리스트로 고개를 돌렸다.

"으음, 더러운 걸 싫어함. 정상 수준을 넘어서 싫어함. 아, 그럼 뭐야. 방금 내 모습 완전 극혐이었겠네?"

다행이다. 나는 안도의 한숨을 푹 내쉬면서 계속 리스트를 읽어 내려갔다.

"음, 수다쟁이를 싫어함. 그래, 이거 일단 체크하고. 향수 냄새를 싫어하는 건 알고 있고…… 으음, 정치적 재능이 탁월함…… 아니, 공작인데 안 탁월하겠냐고."

나는 어이가 없어 고개를 절레절레 저었다.

그 아래로는 그가 어떤 음식을 좋아하고, 어떤 습관이 있는지 정도만 가득 적혀 있었다. 딱히 참고할 만한 가치가 없는 것 같아 결국 다시 리스트를 접어 서랍에 넣었다.

때마침 아이다가 드레스를 안고 방에 들어왔다.

"아가씨, 여기요!"

저 휘황찬란한 드레스 좀 봐. 이 짙은 사치와 향락의 향기! 나는 방긋방긋 웃으면서 입을 열었다.

"아이다. 아버지가 주신 다이아몬드 목걸이랑 진주 깃털 장식, 다 가져다줄래?"

"어…… 그런데 그거 다 하면 너무 과하지 않을까요?"

아이다가 걱정스러운 듯이 말했지만 나는 고개를 저었다. 과하면 과할수록 좋다. 이왕이면 하얗게 깔 맞춤을 하는 게 좋겠지. 겁나 천사─ 아니, 베개 같을 거야. 나는 내 생각이 너무 기특해 웃고야 말았다.

그렇게 얼마나 지났을까. 치장을 전부 마친 뒤 나는 거울 앞에 섰다.

그리고 그 순간, 아이다가 눈을 깜박거리며 감탄을 내뱉었다.

"와아, 너무 아름다우세요."

이야, 과유불급이다. 정말 아름다운 베개야.

아이다와 다른 포인트에서 감탄하며 내가 고개를 절레절레 저었다. 물론 즐거움의 표현이었다.

자, 그럼 이제 가 볼까? 어디 한번 날 극혐하게 만들러?

온몸에 비싼 것들을 전부 다 두르고 방을 나간 나는 고용인들의 시선을 받으며 당당하게 고개를 들었다.

자, 어떠냐, 희한하지? 광대 같지? 그래, 바로 그거야!

"아가씨, 긴장하지 마시고요!"

응접실 앞에 멈춰 선 나는 아이다의 말에 방긋 웃었다. 그녀에게 파이팅 자세를 해 보인 뒤 숨을 크게 들이쉬고 시종이 문을 열기가 무섭게 하얀 부채를 쫙 펴 들며 방 안에 들어갔다.

"오, 이브 왔구나!"

나는 부채로 얼굴을 가렸다. 아버지가 나를 보자마자 함박웃음을 지으며 내게 다가왔다. 어찌나 좋아하는지 귀에 입이 걸릴 지경이라, 나는 비웃음을 지을 수밖에 없었다.

내가 지금 예쁘게 꾸몄다고 좋아하는 것 같은데, 저 인간 이런 거 딱 싫어하거든? 하, 저것 봐. 저 경멸 어린 표…… 응? 잠깐만?

나는 부채로 얼굴을 가린 채 루벨리안을 힐끔 보았다. 뭔가 내가 기대한 표정과는 많이 달라서 얼굴을 미미하게 찌푸릴 수밖에 없었다.

뭐지? 이게 아닌데?

부채 너머로 본 루벨리안은 웃고 있었다. 어떻게 저렇게 잘생겼나 싶을 정도로 섹시미 줄줄 흐르는 얼굴에는 분명 미미한 미소가 걸려 있었다.

아무리 눈을 씻고 부정에 부정을 더해 봐야, 그가 지금 나를 보며 웃고 있다는 사실은 변하지 않았다.

그래, 그는 웃고 있었다.

아니, 왜?

왜?

왜?

사치스러운 허영 덩어리는 싫어한다며! 내가 나오기 전에 향수를 얼마나 뿌렸는데! 내가 머리부터 발끝까지 얼마나 많은 걸 주렁주렁 달고 왔는데! 아예 걸어 다니는 보석점이라고 해도 될 정도로 내가 얼마나 가득 달고 왔는데!

비록 미소 하나였으나 나는 절망하고 말았다. 시작이 뭣 같으면 되던 일도 안 되기 마련이라더니. 나는 조금 주춤하다가 부채로 입술을 가리고 이를 빠득 갈았다.

"이브, 앉거라."

아버지가 나를 소파에 앉혔다. 지나치게 좋아하는 아버지를 힐끔 보며 뭔가 일이 이상하게 돌아감을 알아차린 내가 조금 불쾌한 표정을 지었다. 그러나 이내 내가 지금 어디에 있는지 상기하곤 억지로 웃음을 짜냈다.

그래, 아빠 앞이라 일부러 그러는 걸 수도 있지 않은가. 너무 낙심하지 말자. 아직 실패는 아니야.

나는 고개를 털고 다시 방긋방긋 웃었다. 마치 사랑에 빠진 사춘기 소녀처럼, 이런 남자라면 으레 싫어할 만한 그런 멍청한 미소를 지으며 나는 웃었다.

그때 아버지가 입을 뗐다.

"우리 이브가 각하를 뵙는다고 조금 많이 신경을 쓴 모양입니다,

하하.”

“그런 것 같군.”

“제 딸이긴 하지만 사랑스러운 아이지요. 어렸을 때부터 몸이 좀 허약하긴 하나, 이제는 제법 튼튼하게 돌아다니고 있습니다.”

“그런가.”

아버지의 딸내미 어필은 과하다고 생각될 정도였으나 정작 루벨리안은 여전히 그 괴이한 미소를 입술에 달고 있었다.

나는 아버지의 옆에 앉아 그저 인형처럼 방긋방긋 웃으면서 루벨리안을 탐색했다.

전생에 명품과 보석을 애정하며 살았던 내가 보기에도 지금 모습은 과했다. 하물며 사치스럽고 멍청한 걸 싫어한다는 이 남자가 보기에, 지금 내 모습이 얼마나 기가 막힐지는 굳이 말하지 않아도 알았다.

하나, 당연히 내 모습에 얼굴을 찌푸릴 거란 예상과 달리 루벨리안은 그저 담담하게 나를 보고 있었다.

뭐지? 뭐가 잘못되었나.

나는 입을 꾹 다물었다. 정보가 잘못되었을 리는 없다. 지금 루벨리안은 귀족이 하기에는 ‘깔끔하다’ 정도의 검소한 모습을 하고 있으니, 그가 진짜 사치스러운 것들을 싫어하는 건 맞았다.

아니, 그런데 왜? 싫어하는데 왜?

“이런 모습으로 보니, 또 감회가 새롭군.”

감회가 새롭기는 개뿔이. 나는 방긋방긋 웃으며 고개를 끄덕였다.

“초면에 실례가 많았죠? 헤헤.”

이제부터 내 컨셉은 멍청하고 생각이 없으며, 정숙한 여인을 표방하고 싶으나 배움이 짧아 실패하고만 졸부집 딸이다.

아, 완전 복잡한 컨셉이네. 연기력이 필요하겠어.

나는 부채를 고이 접고 조금 과장스럽게 혀로 입술을 핥았다. 마치 그를 일부러 유혹하고 싶어 한다는 듯이, 천박해 보이는 모습으로.

나는 계속해서 노골적으로 그에게 관심이 있는 눈빛을 보냈다.

사교계에서 많이 받아 본 눈빛이지? 그래, 나도 그 수많은 인간 중 한 명이 되련다.

그러나 그런 내 의도는 왠지 모르게 무참히 짓밟힌 듯, 루벨리안은 딱히 불쾌한 반응을 보이지 않았다. 만약 이게 연기라면 올해의 아카데미 상은 그에게 줘야 할 정도로.

"공작 각하께서 이렇게 왕림하실 줄 알았다면 방에서 얌전히 기다리는 건데."

그의 시선이 내 얼굴에 고정되었다. 예쁘다면 예쁘고, 섬뜩하다면 섬뜩한 눈동자에 저도 모르게 주춤했다. 억지로 웃음을 짜내면서 그를 보는데, 그의 낮은 목소리가 방 안을 울렸다.

"과연?"

……무슨 소리야, 저게?

나는 고개를 갸웃거렸다. 이건 연기가 아니라 진심이었다. 무슨 말을 하는지 이해가 가지 않았다. 그런 나를 직시하며 루벨리안이 입을 뗐다.

"과연 레이디께서 순순히 방에서 기다렸을지 의문이군."

……아니, 이놈이?

순간 심장이 덜컹 내려앉는 것 같았다.

호, 혹시 뭔가를 아는 건가? 진짜 아는 거야? 아니, 설마 알 리가 없지 않는가.

그럼에도 불구하고 루벨리안은 꽤 확신하고 있는 얼굴이었다.

그런 그의 얼굴을 보면서 나는 배시시 웃으며 고개를 저었다.

"그럴 리가 있나요. 공작 각하께서 오시는데 제가 왜 그러겠어요."

"그러게 말입니다! 이브가 공작 각하를 뵙고 싶다고 계속해서 제게 말을 해 오는 바람에."

내 말에 아버지가 질세라 입을 보탰다. 그 또한 이런 식으로 루벨리안에게 밉보이는 것이 싫은지, 내가 그동안 그를 얼마나 흠모했는지 없는 일을 있는 것처럼 꾸며서 줄줄 읊었다.

"글쎄, 우리 이브가 공작 각하를 뵙고 싶다고 꿈에서도 울지 않습니까!"

……응? 아니, 아버지…… 그거 좀 많이 간 듯?

아버지의 말에 나는 떨떠름한 얼굴을 했다. 뭐, 일단 나를 돕는 말이니 그렇다 쳐도, 그래도 얼굴도 모르는 남자를 보고 싶다고 꿈에서 울다니…… 이건 멍청한 게 아니라 미친 거 아닌가?

아니야, 뭐가 되었든 비정상적일수록 좋은 것이다. 그래서 나는 아버지의 말에 열심히 맞장구를 쳤다.

"네. 너무 뵙고 싶었어요."

사실 하나도 보고 싶지 않았지만, '나에게 이렇게 대한 여자는 네가 처음이야.' 클리셰는 막아야 하지 않겠는가.

아버지는 아직 루벨리안의 취향을 잘 몰라 이러는 것 같지만, 사실 루벨리안은 이런 걸 퍽 싫어했다.

그리고 이건 호불호 리스트뿐만 아니라 원작에서도 어느 정도 나왔었고.

이윽고 아버지는 드디어 그 장황한 말을 끝마치고 조금 지쳤는지 찻잔을 들고 한 모금 마셨다.

조용히 이야기를 듣던 루벨리안은 피식 웃었다.

"그렇군. 다행이야."

다행? 제발 우리 아버지 앞이라 일부러 그러는 것이길 바란다. 진짜 이걸 다행이라 여기면 넌 머리에 문제가 있는 거야.

"레이디께서 날 싫어하면 어쩌나 고민했거든."

전혀 고민해 본 적이 없는 얼굴로 루벨리안이 대답했다. 그의 진정성이라고는 1도 없는 얼굴을 힐끔 보며 속으로 비웃음을 지으려는 찰나, 아버지가 고개를 끄덕였다.

"그럴 리가 있겠습니까."

"이후에 종종 만나야 할 것 같은데, 서로 증오를 품고 있으면 곤란하겠지."

루벨리안의 얼굴은 미소를 짓고 있었으나 서늘했고, 다정한 것 같았으나 오만했다.

그런 그의 얼굴을 향해 헤실거리는 웃음을 날려 주긴 했지만, 정작 속으로는 불편하기 그지없었다.

'이후에 종종.' 이상한 표현이었다.

루벨리안이 찻잔을 들어 입가에 가져가자, 아버지는 곧 내가 모르는 주제를 꺼냈다.

이윽고 나는 그저 꽃병이라도 되듯 소파 위에 멍하니 앉아서 그들의 말에 간혹 맞장구를 쳐 주며 그렇게 오후를 보냈다.

"아가씨, 플로렌스 공작 각하는 어떠셨어요?"

"야, 너 나한테 준 그 리스트 정확해?"

"정확해요! 제가 이래 봬도 발이 꽤 넓답니다!"

루벨리안과의 짧은 만남을 마친 뒤 방에 돌아온 나는 침대 위에 벌러덩 누워 얼굴을 찌푸렸다.

"그런데 왜 반응이 없지?"

"반응이요?"

"사치스럽고 허영심이 많은 걸 싫어한다면서. 그런데 왜 내가 이렇게 입고 갔는데 반응이 없는 거야? 보통 이 정도면 혐오감을 드러내야 하는 거 아니야?"

나는 볼에 공기를 빵빵하게 불리고 아이다를 보았다. 아이다는 눈을 깜박거리다가 고개를 갸웃거렸다.

"저, 아가씨. 제가 지금 잘 이해를 하지 못한 것 같은데요, 혐오감을 드러내지 않으면 좋은 거 아닌가요?"

"아, 아니- 그거야 그렇지만……."

아이다의 말에 나는 얼굴을 일그러뜨렸다. 아, 답답해 죽겠네. 말할 상대도 없고 이게 뭔가. 나는 침대에서 뒹굴다가 곧 몸을 일으키며 한숨을 푹 쉬었다.

"이후에 종종 만나야 할 것 같은데."

아오, 왜 그 말이 이렇게 걸리지? 설마 진짜 내가 모르는 새에 말이 다 된 건가? 정말 혼사가 정해진 거야?

그런데 왜? 루벨리안이 왜 나와 결혼을 하려고 하는 거지? 나는 머리를 부여잡고 고개를 털었다.

"으아아, 미치겠네."

"뭐 잘못되셨어요, 아가씨?"

"아…… 짜증 나, 짜증 나, 짜증 나, 짜증 나!'

내 인생 하나 내 멋대로 못하는 거냐.

전생에는 조금 고달파도 내 힘으로 뭐든 다 해 왔다. 집안의 빵빵한 서포트를 받으며 승승장구하는 오빠의 꼬락서니가 꼴 보기 싫어서, 집에서 나와 뭐든 나 혼자 다 했단 말이다.

그런데 정작 여기서는 이런 꼴이라니.

"아가씨, 혹시 공작 각하께서 아가씨를 성에 차지 않아 하셨나요?"

혼자서 북 치고 장구 치고 사물놀이까지 하는 나를 응시하며 아이다가 울상을 지었다. 그녀는 내가 왜 갑자기 이러는지 이해가 가지 않는다는 듯이 고민에 고민을 거듭하다가, 이내 그녀가 생각할 수 있는 가장 큰 이유를 생각한 모양이었다.

그녀의 순진함에 나는 한숨을 푹 쉬었다. 아, 진짜. 그놈이 날 성에 차든, 차지 않든 나랑 개뿔이나 상관이냐? 차라리 미움이나 확 받아 버렸으면. 나는 입을 삐죽 내밀었다.

"아니, 그런 건 없었어."

내 말에 아이다가 활짝 웃었다. 그녀는 비로소 안심을 했는지 얼굴에 쓰인 불안감을 전부 다 지워 내고 밝게 웃으며 입을 뗐다.

"역시! 그럴 줄 알았어요!"

"뭐?"

"공작 각하께서 아가씨를 마음에 들어 하실 줄 알았다고요!"

아이다의 순진한 말에 나는 썩은 얼굴을 했다.

아, 답답함이 차오른다. 고구마 백 개 먹은 느낌이야. 이래서 사람들이 사이다, 사이다 하는 거구나.

나는 고개를 절레절레 저으며 앞으로의 계획을 다시 짜기로 했다.

일단 오늘 만남은 비록 내 예상대로 되지는 않았지만, 그래도 그가 너무 마음에 들어 한 기색은 없는 것 같으니 희망이 전혀 없는 건 아니었다.

이미 만난 이상 계속 피해 다니는 건 불가능한 것 같고, 그럼 다음부터는 최대한 조심하면서 무조건 혐오스러운 행동만 해야겠어.

그럼 아예 가능성이 없는 건 아닐 거야. 그래, 사랑받는 건 힘들어도 미움받는 게 뭐 그리 힘들겠어?

속으로 나 자신을 위로하며 나는 비척비척 화장대 앞으로 다가갔다.

“화장이나 지워 줘.”

“네! 알겠습니다!”

내 속도 모르고 아이다가 웃으면서 화장대로 다가왔다. 곧 내 뒤에 선 그녀가 나를 힐끔 보더니 얼굴을 발갛게 붉히며 말했다.

“그래도 오늘 아주 아름다우셨어요.”

“뭐?”

“정말 아주 아름다우셔서 감탄할 뻔했다니까요.”

입에 발린 아부에 나는 썩소를 짓고 말았다. 그게 아름다웠다고? 머리부터 발끝까지 보석, 깃털을 처발랐는데? 아무리 아가씨한테 이쁨을 받고 싶어도 거짓말은 안 되는 거야.

그러나 그녀의 이어지는 말에 나는 쩌적 굳을 수밖에 없었다.

“솔직히 너무 많이 하고 나가셔서 조금 긴장하긴 했는데, 세상에- 아가씨 미모에 보석까지 더해지니 정말 천 년의 원한도 식을 것 같았어요!”

“으응?”

“보석이랑 깃털이 과하면 보통 미모가 묻히는데, 와아- 정말 보석이 빛을 잃는 미모라는 게 어떤 것인지 깨달았다니까요!”

아이다의 반짝거리는 눈은 절대 거짓말을 하는 것처럼 보이지 않았다.

순간 뭔가 이상한 느낌이 들었다.

“사치스럽게 보이지는 않았어? 그렇게…… 베개처럼 하고 갔는데?”

“으음, 전혀요. 예뻤어요, 아름다우셨는걸요.”

“거짓말하지 말고.”

“에이, 아가씨. 왜 제가 거짓말을 해요. 오늘 아가씨 진짜 아름다우셨어요. 백조 같고, 천사 같고, 하얗고, 하늘하늘하고, 그 와중에 반짝거리고…… 여신이라고 해도 과언이 아니셨다니까요?”

아이다의 말은 청천벽력에 가까웠다. 그제야 내가 복도를 걸으면서 받았던 눈길의 정체가 이해가 갔다.

‘그러니까…… 이상해서 본 게 아니라 예뻐서 봤다 그거지?’

아, 세상에, 내가 에반젤린의 미모를 너무 과소평가했다. 물론 나도 눈이 있는 이상 내가 예뻤다는 건 부정할 수 없지만, 문제라면 루벨리안의 취향에 너무 신경을 쓴 나머지 오히려 꾸밀수록 예쁜 게 사람이라는 가장 간단한 상식을 무시했던 것이다.

‘루벨리안 플로렌스, 이 희대의 원수 같으니라고!’

나는 속으로 백 번 정도 절규하며 고개를 저었다. 뭐가 되었든 간에 이렇게 된 이상 앞으로 사치스럽고 허영 넘치는 컨셉은 무리였다.

그렇다면-

“더러운 걸로 가야겠군.”

“네?”

“아니야.”

나는 입술을 꼭 깨물고 득의양양하게 웃었다. 아직 희망은 있었다. 결벽증에게 더러운 건 천적이지! 보통 사람이 봐도 기함을 할 만큼 더러운 사람이 되어 주겠어!

속으로 어떻게 하면 최대한 지저분해질 수 있을까 고민하며 나는 다음을 기약했다.
그리고 며칠 뒤, 공작저에서 초대가 왔다.

사람의 절망이 얼마나 극에 달할 수 있는지 궁금하다면, 고개를 들어 나를 보라 말하고 싶다.
일생일대의 소원이 누군가의 극혐을 이끌어 내는 게 될 줄은 꿈에도 몰랐다. 이래 봬도 전생에서는 관종에 가까운 사람이어서 모든 이들에게 관심과 사랑을 받아야 직성이 풀리는 성격이었는데, 설마 하니 누군가의 혐오감이 이렇게 절실할 줄이야.
역시 사람은 오래 살고- 아니, 많이 살고 볼 일이다.
"이브, 긴장되느냐?"
웅위한 공작가의 앞에 선 나는 아버지의 말에 고개를 저었다. 아버지는 내가 공작가의 초대를 받은 뒤부터 턱이 빠지는 건 아닐지 상당히 궁금할 정도로 웃음을 유지하고 있었다.
"아니요, 긴장되지는 않아요."
-는 말도 안 되는 소리다.
사실 나는 긴장하고 있었다. 그도 그럴 것이, 여기서 실패하면 꼼짝없이 결혼에 파멸 엔딩까지 고속 도로가 뻥 뚫리는데 당연히 긴장되지 않겠는가.
나는 이 며칠간 열심히 학습한 '더러움의 정석'을 되뇌며 아버지를 따라 발걸음을 옮겼다.

이거 성공하면 이제 책을 꼭 내고야 말겠어. '더러운 게 세상에서 제일 쉬웠어요!'를.

"클로다의 상단주께서 오셨습니다."

집사의 안내와 함께 공작저 내부로 들어가자, 그 안은 내가 생각한 것보다 훨씬 더 웅위했다. 얼마나 웅위했느냐면 정말 화려함의 극치라 나 또한 놀랄 정도였다.

이래 봬도 졸부의 딸로 볼 거 못 볼 거 다 봤다고 생각했는데, 정말 가만 보면 신분제 사회라는 게 너무 잘 드러나는 것 같다.

그나저나 저 촛대 탐나는데, 가져가면 안 될까? 세상에, 너무 내 취향이야.

"이브, 집중하거라."

입을 헤벌리고 가는 내가 어지간히 멍청해 보였는지 아버지가 내게 주의를 주었다. 그러나 그럼에도 사실 딱히 찔리지는 않았는데, 그도 그럴 것이 멍청해 보이면 더 좋지 않을까?

"네, 아버지."

하지만 나는 어디까지나 착한 딸이니까 들어 먹는 척이라도 해야겠지.

이제 조금만 있으면 곧 루벨리안이 있는 서재겠지. 괘씸한 놈. 자기가 초대해 놓고 정작 서재에 붙어 있다니, 나는 어이가 없어서 고개를 절레절레 저었다.

역시 고쳐 쓰는 건 아니다.

"여기서부터는 아가씨만 들어가는 게 좋을 것 같습니다."

그렇게 내가 천천히 발걸음을 옮길 무렵, 갑자기 집사가 멈춰 서더니 나와 아버지에게 말했다. 그리고 너무 당연하게 웃으면서 팔짱을 푸는 아버지 때문에 나는 당황하고 말았다.

"아, 아버지?"

"이브, 잘해 보렴. 공작 각하께 예의 있게 대하는 것 잊지 말고."

아버지의 다정한 음성은 전혀 내게 위로가 되어 주지 못했다. 야수에게 팔려 가는 미녀 벨의 느낌이 이랬을까? 걔는 그래도 착해서 아버지를 욕하지는 않았을 것 같다.

집사가 방긋방긋 웃으면서 나를 안내했다. 아버지는 허허 웃으면서 부담스럽게 날 보고 있었다.

아니, 이거 뭐야. 왜 이러세요. 나는 울고 싶은 심정을 안고 결국 집사를 따라갈 수밖에 없었다.

"여기입니다."

집사가 고개를 숙였다.

이거 마치 그거 같다. 그 왜, 예전에 동양 로맨스물 보면 황제의 침실에 들어가는 궁녀 있지 않나. 내가 지금 딱 그거 같다고. 심지어 취급도 비슷해. 어떻게 보면 간택받으러 가는 거 아니야, 이거.

아니, 그건 아니다.

그 여자들은 간택받으러 가는 거지만, 나는 오늘 파면받으러 온 거다.

그렇게 속으로 다짐한 나를 앞에 두고, 천천히 문이 열렸다.

"왔나?"

천천히 서재에 들어가자 루벨리안이 책장 앞에 서 있는 모습이 보였다.

그의 얼굴은 정말이지 그림 같아서 나는 새삼스레 다시 한번 감탄하고 말았으나, 어찌 되었든 임무를 지니고 왔기에 일단은 인사를 건넸다.

"안녕하세요? 헤헤."

자, 이제부터 흔한 빙의녀가 차이기 위해 노력하는 과정을 보게 될 것이다.

솔직히 차이는 게 목적이면 이미지가 망가질 작정 정도는 하는 게 예의 아닌가.

"어어, 저기 앉아도 되죠?"

나는 모자란 사람처럼 웃으며 소파를 짚었다. 예의에 어울리지 않는 인사와 더불어 최대한 멍청하게 행동하는 거다.

물론 나를 이렇게 대한 여자는- 아, 진짜 이거 말하기 귀찮네. 그냥 '나대여'라고 줄여 부르자. 하여튼 그런 생각은 들지도 않을 정도의 더러움을 보여 줄 테다.

"앉아."

루벨리안은 내 행동에 잠시 뭔가 생각하는 듯하더니 이내 고개를 끄덕였다.

여전히 담담한 걸 보아하니 강적인 것은 확실했다. 나는 고개를 살짝 까닥이고는 소파에 앉았다.

"오늘 이렇게 만나게 되어 영광이군, 레이디 클로다."

"저도 무지무지 영광이에요."

나는 헤벌쭉 웃었다.

그런 내 웃음에도 미간 찌푸리는 기색 하나 없는 루벨리안이 차분하게 이미 세팅이 된 찻잔을 짚으며 말했다.

"마셔. 현재 사교계에서 영애들이 즐겨 마시는 차다."

"어머, 절 위해 준비하신 건가요? 고마워요."

루벨리안의 말이 끝나자마자 나는 찻잔을 들었다.

더없이 차분하게 차를 마시는 그의 얼굴에서는 빛이 났고, 그 와중에 자태에서는 광이 났다.

참, 거 얼굴 하나는 아깝네.

나는 고개를 내저으며 시선을 찻잔으로 옮겼다. 루벨리안이 니콜라스 홀트를 닮았든, 아니면 디카프리오 리즈를 닮았든, 아니면 모든 할리우드 배우를 뺨치든. 나는 오늘 그에게 차여야만 한다.

난 찻잔을 천천히 입에 가져다 놓고는 몇 모금에 마신 뒤-

"푸우우읍-!"

마치 화염 분사기처럼 앞으로 내뿜었다.

나이스! 방향 좋고, 각도 좋고, 양도 적당했어.

"어, 어머, 어, 어떡해. 죄송해요, 제가 사레가 들려서."

내 드레스는 물론이요, 테이블에까지 튄 내 침과 차의 혼연일체에 나는 안타깝기 그지없는 얼굴을 했다. 루벨리안을 힐끔 보자, 역시 내가 상상한 대로 그의 얼굴은 사정없이 일그러져 있었다.

그도 그럴 것이, 내 침이 들어간 차는 멋있게 루벨리안의 얼굴도 장식하고 있었기 때문이다.

"어머, 어머, 이걸 어떡해."

어떡하긴 어떡해. 파라다이스지.

나는 호들갑을 떨며 안절부절못했으나, 정작 그의 얼굴을 닦아 줄 생각은 하지 않았다. 오히려 한술 더 떠서 그의 얼굴에 침을 분사하며 열심히 말했다.

와, 이러다가 얼굴이 다 젖겠네.

"어떻게 하죠?"

대책 따위 하나도 내놓지 않고, 사실 내놓을 생각도 않은 채 연달아 '어떡해!'만 연발하는 내게 루벨리안의 시선이 꽂혔다. 그는 하고 싶은 말이 무척 많은 듯했으나, 어떻게든 삐져나오는 말을 참는 듯했다.

그런 그를 보며 나는 무척 무고한 얼굴을 했다.

“흑흑, 공작 각하, 제가 너무 큰 무례를 저질렀죠?”

“……아니다. 실수이니 어쩔 수 없지.”

음? 얘 흑막 맞아? 혹시 내가 이름을 잘못 기억한 거야? 혹시 보살인 건가? 혹시 뭐 반전 같은 거 있었나?

이 정도까지 했는데 아직 부족해? 그냥 가서 개처럼 얼굴을 핥아야 되나? 그래야 더럽다고 소리 지를 거야?

“일단은 레이디 옷부터 어떻게 해 보지.”

“네? 네? 내 옷…… 헉.”

루벨리안의 말에 나는 고개를 숙여 옷을 내려다보았다. 내가 오늘 하필이면, 하필이면, 하필이면! 얇디얇은 실크 드레스를 입고 왔다는 것을 그제야 상기하고 말았다.

내 입이 생각보다 용량이 큰지, 나는 축축하게 젖은 앞섶에 경악했다. 루벨리안의 얼굴에 차를 뿜는 것만 생각했지, 그게 나한테도 흘려질 줄은 예상 못 했다. 그리고 그게 설마하니 보정 속옷까지 비칠 줄이야.

‘아, 이럴 줄 알았으면 벨벳 드레스 입고 올걸.’

나는 이마를 짚었다. 이래서 다른 사람 해치는 짓은 하면 안 되는 거다. 속으로 내 멍청한 짓거리에 약간의 묵념을 보내는데, 루벨리안이 입을 뗐다.

“갈아입을 드레스를 주지.”

“아, 아니에요. 그냥 말리면 돼요.”

나는 앞섶을 툭툭 털었다. 지금 플랜 B, C, D, E, F, G까지 남았다고. 그가 나더러 썩 꺼지라고 할 때까지 나는 결코 이 자리를 떠날 생각이 없었다. 거기까지 생각한 내가 옆에 있는 코트를 어깨에 걸쳤다.

"그리고 코트를 입으면 안 보이거든요."

"……."

"왜, 왜요?"

외투를 입고 단추까지 하나하나 채운 뒤 고개를 든 나는 루벨리안의 새빨간 눈동자에 흠칫하고 말았다.

"대체 무슨 생각인지 모르겠군."

"……네?"

뭐라는 거야?

나는 고개를 살짝 갸웃거리다가, 여기서 내 진짜 생각을 드러내는 것은 무척 위험하다는 것을 깨닫고 다시 헤벌쭉 웃었다.

그러자 갑자기 루벨리안의 입가에도 미소가 걸렸다.

미소?

응?

"차 맛은 어땠나?"

"아, 그, 맛있었어요."

다 뿜어서 무슨 맛인지는 사실 모르겠지만, 일단 물어보니 대답은 했다. 억지로 미소를 짜내며 웃은 나는 행커치프로 얼굴을 닦는 그를 응시하며 입을 뗐다.

"사실 제가 먹는 걸 무척 좋아해서요."

"그런가? 그렇게 보이지는 않는데."

"원래는 안 좋아했는데, 든든해지려고 잘 먹었거든요."

이건 사실이었다. 5년 전 내가 빙의하기 전까지 에반젤린 클로다는 거의 침대에 붙어서 밖으로는 나오지 않는 인간이었다.

하지만 내가 빙의한 뒤 루벨리안과 결혼하지 않으려고 많이 퍼덕인 덕에 현재의 나는 무척 튼튼했다.

물론 겉보기에는 여전히 청순가련이었지만.

“잘 먹는 건 좋지.”

“그렇죠.”

“공작가의 주방장이 솜씨가 좋으니, 아마 저녁 식사도 꽤 만족스럽게 할 수 있을 거다.”

“네, 고맙…… 네?”

루벨리안의 말에 나는 뭔가 이상함을 감지하고 고개를 창밖으로 돌렸다.

지금은 햇빛이 쨍쨍 내리쬐는 오전이었다. 심지어 중천까지 가지도 않았다. 여기서 왜 갑자기 저녁 타령을 하지? 나는 고개를 갸웃거렸다.

“저, 저녁이 아니라 점심 아닐까요?”

“상단주가 말을 하지 않았나?”

“……뭘요?”

루벨리안의 말에 나는 조금 당황하고 말았다. 그리고 왠지 모르게 스멀스멀 피어오르는 불안감을 안고 그에게 물었다. 이게 대체 무슨 일이야, 이렇게 좋은 날에.

내 물음에 루벨리안이 의외라는 듯한 얼굴을 했다.

“오늘 하루는 공작가에서 보내는 걸로 알고 있는데.”

“네?”

나는 자리에서 벌떡 일어났다. 아빠, 이런 말 없었잖아!

나는 당장 아버지를 잡고 탈탈 털고 싶은 것을 겨우겨우 참았다. 아니, 아무리 그래도 과년한 처자가 미혼 남성의 집에서 자고 온다는 게 이렇게 당사자 허락 없이 결정돼도 괜찮은 거야?

나는 입을 딱 벌렸다. 그러나 순간 내가 얼마나 오버했는지 깨닫곤 다시 자리에 앉았다.

"저- 죄, 죄송하지만 그건 좀 곤란할 것 같아요."

"왜지?"

"아무래도 사교계의 이목도 있고, 공작 각하께서는 미혼이시고, 저는 일개 평민이고……."

조금 김칫국 원샷이긴 하지만, 미래를 아는 내 입장에서는 당연히 걱정될 수밖에 없었다. 심지어 나는 현재 사교계에서 '황태자한테 알짱대다가 거절당한 여자'란 말이야. 오늘 공작가에서 자고 가면, 내일 어떤 소문이 퍼질지 모르는 일이었다.

게다가 그 소문이 어쩌면 진실이 될 수도 있어, 나는 그게 더 겁이 났다.

"딱히 문제될 거라 생각하지 않는데. 공작가에는 많은 손님들이 다녀갔다."

"하지만 아시다시피 제가, 좀, 많이 소문이 안 좋은지라…… 공작 각하께 누가 되지 않을까 싶어……."

물론 그에게 누가 되는 건 별 상관없지만, 내가 누를 받는 건 사절이었다.

그러나 이런 내 마음을 아는지 모르는지, 루벨리안은 그저 담담하게 말을 이었다.

"별로 누가 아니다."

"……!"

"점심은 간단하게 정원에서 하지. 점심과 애프터눈 티는 가볍게 하고, 저녁을 풍성하게 차리라 일렀다."

아니, 제 의사는요?

"그러니 딱히 걱정할 필요는 없다."

그러니까 네가 제일 걱정스럽다고!

내 의사 따위 완전히 무시된 상황에 나는 어이가 없어 눈만 껌벅댔다.

하지만 나와 달리 그의 얼굴은 담담하기 그지없었고, 방금 전 내가 차를 뿜어낸 것에 대한 일말의 혐오도 없었다.

순간, 은은하게 가라앉은 그의 눈동자를 보며 나는 미간을 찌푸렸다.

이거, 이상하다. 왜 이상하냐 하면-

"각하."

나는 천천히 루벨리안을 불렀다. 방금 전의 그 헤실거림을 전부 멈춘 채, 평소의 내 모습 그대로.

문득 나를 보는 루벨리안의 얼굴에 미묘한 표정이 스쳐 지나갔다.

그것을 보며 나는 천천히 입을 열었다.

"혹시 저희 아버지와 무슨 거래가 있으셨나요?"

내가 수많은 로판 중에 루벨리안이라는 캐릭터를 그렇게나 잘 기억하고 있는 것은, 이놈이 전반까지만 해도 정말 정중하고 사려 깊은 신사의 정석을 보여 줬기 때문이다.

그러니 중후반에 그가 반역을 꾀하고, 심지어 남주인공인 황태자와 여주까지 죽이려 하는 것을 보며 내가 얼마나 기가 막혔겠는가.

알고 보니 앞부분의 그 부드러운 미소와 다정한 말투는 전부 거짓이었고, 오로지 남주와 여주를 절망에 빠지게 하려는 개수작에 불과했던 것이다.

그 배신감이란! 그래도 착한 녀석인 줄 알았는데 흑막이었어. 심지어 모든 일의 원흉!

그리고 현재 나는 그 배신감을 다시 한번 느끼고 있었다.

다름 아닌 이 사람에게.

"흐음?"

내 물음에 루벨리안이 의미심장한 감탄사를 내뱉었다. 그의 섹시한 외모에 미소가 담기자 나는 침을 꿀꺽 삼켰다.

이 얼굴은 절대 선함을 표현하는 얼굴이 아니었다.

원작 진입까지는 몇 달의 시간이 남아 있고, 그는 아직 제 정체를 드러내면 안 되었다. 그런데도 이런 모습이라니…….

저도 모르게 긴장한 표정을 지을 수밖에 없었다.

"거래라…… 왜 그렇게 생각하지?"

아니야. 지금 시점에서 이 물음에 대답하면 안 돼. 본능이 내게 알려 주고 있었다.

이 사람과 아버지 사이에 무슨 거래가 있었던 것은 거의 기정사실이었다. 그게 아니라면 눈앞에서 이상한 여자가 차를 내뿜는데 이렇게 보살처럼 굴 수는 없으니까.

하지만 아직 확실하게 밝혀진 건 아무것도 없었다. 아직은 그가 나를 혐오하게 만들어야만 했다.

그래서 나는 바로 얼굴을 배시시 풀면서 말했다.

"헤에, 그냥 거래가 있을 것 같아서요."

"무슨?"

"그게 아니라면 고, 공작님처럼 대단한 분이 저를 초대해 주실 리가 없으니까요."

나는 헤실헤실 웃으며 말을 이었다.

"이렇게 초대해 주신 것도 너무 영광인데, 저녁까지 보내고 가라니- 세상에, 우리 아버지가 공작 각하와 친분이 있는 것도 아니고……."

"딱히 없는 것도 아니다."

역시.

"어머, 그럼 저야 너무너무 영광이죠."

나는 두 손으로 뺨을 가린 채 수줍게 웃었다. 그러나 정작 내 마음 한구석은 이미 화산이 폭발해 용암이 줄줄 흘러나올 정도로 기분이 더러웠다.

아, 이럴 줄 알았으면 그냥 우리 아버지를 암살해 버리는 건데. 에반젤린에게야 친아버지지, 나한테는 그냥 만난 지 5년밖에 안 된 아저씨란 말이야.

곧 내 얼굴을 탐색하듯 찬찬히 본 루벨리안이 자리에서 일어났다.

"그럼 정원에서 간단하게 점심을 할 수 있게 드레스를 바꾸고 나오는 게 좋겠군."

아니, 이놈은 왜 자꾸 내 드레스에 집착하는 거야?

"그렇게 외투를 입고 차를 마실 수는 없으니."

나는 루벨리안의 눈치를 보며 고개를 끄덕였다. 비록 이성이 내게 '이미 늦었으니 소용없다.'고 알려 주고 있었지만, 감성은 아직 내게 '괜찮아, 세상에 노력하면 안 될 일은 없어!'라고 외치고 있었다.

결국 나는 자리에서 일어나 언제 들어왔는지 모를 집사의 안내하에 게스트 룸으로 향했다.

공작가의 시녀장, 제나 부인이라고 자신을 소개한 중년 부인이 몇몇 시녀들을 데리고 내 방에 들이닥칠 때까지만 해도 나는 무슨 상황인지 파악을 하지 못하고 있었다.

그러나 곧 시녀들이 한 무더기의 드레스를 행거에 걸고 들어오는 것을 본 나는, 그제야 루벨리안이 왜 그렇게 나를 드레스를 갈아입히지 못해 안달했는지 깨달았다.

이놈 이거, 드레스로 날 매수하려고 한 거였어.

마치 로판 속의 남주인공처럼, 혹은 미니 시리즈 드라마의 남주인공처럼, 혹은 내가 원조라 외치는 할리퀸 남주인공처럼, 그는 사람들을 시켜 내 드레스를 몇십 벌 구입하라고 지시한 모양이었다.

입을 딱 벌리고 상황이 심상치 않게 돌아가는 것을 발견한 내가 기가 막혀 벙벙해하는데, 제나 부인이 차가운 얼굴을 하고 나를 보았다.

"아가씨, 옷 갈아입는 것을 도와 드리겠습니다. 어느 드레스로 하시겠습니까?"

그녀의 얼굴에는 '평민인 주제에 이렇게 귀한 옷을 입을 수 있는 걸 다행으로 여겨!'라고 써 있었으나, 정작 나는 그런 그녀의 표정보다 이걸 입고 나가면 빼박 공작 부인으로 낙점되어야 할 것 같은 분위기에 침을 꿀꺽 삼켰다.

아니, 저기요. 이 세계에 남자가 여자한테 옷 선물하는 건 굉장히 특이한 의미가 있다고 하지 않았나요?

"저기, 저…… 그냥 이거 말려서 입으면……."

"공작 각하의 지시입니다."

"그, 제가 공작 각하께 잘 말씀드릴게요."

"설마 각하의 명에 복종하지 않을 생각이십니까?"

아니, 이제는 막 지위로 날 누르려고 하네?

하지만 정말 신분이 깡패인 이 세계 때문에 나는 결국 울며 겨자 먹기로 드레스를 고를 수밖에 없었다.

최대한 루벨리안이 제일 싫어할 만한 휘황찬란한 걸로 고를까 하다가, 나는 저번의 교훈을 얻고 수수하다 못해 소박하기까지 한 드레스를 하나 골랐다.

그러나 그때였다.

"호오-"

내가 고른 드레스는 베이지색의 무척 평범한 디자인이었고, 당연하지만 그다지 귀족이 입을 만한 건 아니었다. 사실 내가 좋아하는 스타일도 아니었다. 나는 화려하고 요란한 걸 좋아하거든.

그런데 정작 제나 부인은 내가 이 드레스를 고른 게 무척 의외라는 듯이 가볍게 감탄을 내뱉고 있었다.

그 모습에 약간 불안해져서 눈을 깜박이는데, 제나 부인이 입을 뗐다.

"아가씨께서는 선대 공작 부인과 비슷한 취향이시군요."

"네?"

"선대 공작 부인께서 가장 아끼시던 옷입니다. 설마하니 아가씨께서도 이런 걸 즐기실 줄이야."

아니, 잠깐만. 루벨리안의 어머니는 이미 돌아가시지 않았나요? 아니, 이런 미친? 돌아간 사람 옷을 왜 여기에 껴서 날 주는데? 시험이야? 공주와 완두콩이냐고!

이제는 그냥 정신을 놓아 버리고 싶다.

루벨리안의 어머니, 전 플로렌스 공작 부인은 평민 출신에도 불구하고 이례적으로 공작 부인이 되었으나, 황제의 눈에 들어 강제로 그의 정부가 된 인물이었다.

그녀는 그 후 황궁에 강제로 기거하게 되었고, 루벨리안까지 임신하기에 이르렀다. 한마디로 현 황태자와 루벨리안은 이복형제라는 것이었다.

그리고 공작 부인은 루벨리안을 낳은 뒤 자결했다.

사실 이 부분은 많은 독자들이 흑막인 루벨리안을 어느 정도 이해할 수밖에 없는 이유가 되었다.

황제에 대한 증오, 그리고 당시 그의 어머니를 괴롭혔던 황후, 그 아들인 황태자.

물론 그렇다고 해서 그의 행동이 모두 정당화되진 않지만.

황제가 진짜 개놈의 자식인 건 확실하나, 남주와 여주의 탓은 아니지 않는가.

그리고 이는 다른 한편, 내가 이 원작에 빙의해서 루벨리안을 고쳐 쓰지 못하겠다고 단정 지은 이유이기도 했다. 나 살자고 그의 분노를 아무렇지도 않게 치부하고 싶지는 않았기 때문이다.

"이 드레스, 각하께서 넣으신 건가요?"

나는 제나 부인에게 물었다. 그러나 제나 부인은 고개를 저었다.

"아닙니다."

"그럼 빼 줘요. 다른 걸로 고르게."

하지만 아무리 흑막이라 할지언정, 이런 식으로 그를 자극하고 싶지는 않았다. 나한테는 소설이나, 그에게는 진짜 인생일 테니.

내 말에 제나 부인이 미간을 살짝 찌푸렸다. 그녀와 선대 공작 부인이 어떤 관계인지는 모르지만, 그래도 이런 식으로 날 시험하려고 했던 것은 건방지다 못해 내가 귀족이었다면 싸대기를 날렸을 것이다.

내가 화려한 드레스를 고르나, 수수한 드레스를 고르나 보려는 것이겠지. 추잡한 것들.

"드레스가 마음에 들지 않으십니까?"

"선대 공작 부인이 좋아하시던 옷이라면서요."

"그렇습니다."

"고인의 물품을 함부로 입고 다니고 싶지 않아요. 그리고 공작께도 이건 예의가 아닌 것 같은데요."

내 말에 제나 부인이 나를 응시했다. 그녀는 뭔가 생각하는 듯하더니 이내 흔쾌히 고개를 끄덕였다.

결국 나는 너무 소박하지도 않고, 그렇다고 화려하지도 않은 드레스를 골랐다.

"공작 각하, 드레스 감사해요."

나는 네가 무슨 의도로 내게 이 드레스를 선물했는지 알고 있다.

속으로 이를 빠득빠득 갈면서 나는 루벨리안을 향해 마치 한 마리의 나방처럼 인사를 했다. 잘못 본 게 아니었다. 난 정말 나방처럼 인사했다.

높은 하이힐을 신고 달려와 갑자기 브레이크를 밟는 나를 보며, 차를 마시던 루벨리안이 멈칫하고 말았다. 양쪽에 도열해 있는 시녀들은 얼굴을 찌푸리고 나를 보고 있었다.

어머, 벌써 찌푸리면 어쩌나. 진짜는 뒤에 있는데.

언제 달려왔느냐는 듯이 의자에 사뿐 앉자, 루벨리안이 살짝 턱짓했다. 그리고 이내 사람들이 천천히 디저트와 찻잔을 세팅하기 시작했다. 그 와중에 반짝거리는 그릇과 다기를 보면서 나는 황홀한 얼굴을 할 수밖에 없었다.

아, 이건 연기가 아니라 진심이었다.

"아, 예쁘다."

이 세계에 와서 유일하게 즐거운 건, 그저 인터넷에서나 보던 예쁜 다기들을 직접 눈으로 볼 수 있다는 것이었다. 나는 예쁜 물건에 약했으니까.

"이런 걸 좋아하나?"

"네, 좋아하죠."

이건 뭐 상관없겠지? 딱히 그의 흥미를 불러일으킬 것 같지 않아 나는 순순히 고개를 끄덕였다.

이에 차분한 루벨리안의 얼굴에 약간의 미소가 떠올랐다.

"공작가에는 예쁜 것들이 많지. 만족할 수 있을 거다."

"아, 사실 방금 들어올 때 굉장히 예쁜 촛대를 하나 발견했는데요."

그의 말에 나는 냉큼 입을 열었다. 차일 때 차이더라도 촛대 하나는 갖고 가고 싶다. 그 촛대, 진짜 예뻤어.

"마음에 들면 가져라."

잠시 감탄을 내뱉던 나는 뒤이어지는 말에 다시 쩌적 얼어붙을 수밖에 없었다.

"어차피 남편의 재산이 곧 아내의 재산이니."

저, 저기요?

그의 말에 나는 황당함을 감추지 못했다. 어떻게 정상적으로 그의 말을 거절할까 고민하고 있는데, 루벨리안이 갑자기 화제를 돌렸다.

"그런데 황궁에 드나들며 예쁜 것도 많이 보았겠군."

"아, 네, 뭐……."

"황궁에는 예쁜 것들이 많던가?"

"네, 많았죠."

갑작스러운 화제 전환에 뭘 어떻게 반응해야 할지도 모르겠다.

가만 보면 이 남자, 은근히 잘 밀어붙이는 스타일이야. 막 나를 잡고 이리저리 끌고 다니잖아?

나는 플랜 B, C, D, E, F, G를 어떻게 실행할까 고민하며 한숨을 푹 쉬었다.

그러나 그때, 루벨리안이 말을 이었다.

“황태자에게 청혼을 했다더군.”

야, 예고도 없이 막 던지는 게 어디 있어!

꼭 이렇게 사람 흑역사를 콕 집어 말해야 하는지 모르겠다.

빙의 인생 5년 차 가장 쪽팔린 순간을 다른 사람 입에서 듣자니, 정말이지 아무리 철판을 얼굴에 깔았대도 얼굴이 붉어지는 건 어쩔 수가 없었다. 나는 너무 부끄러워서 고개를 푹 숙였다.

그러나 그런 내 모습을 어떻게 이해했는지 루벨리안이 고개를 갸웃했다.

“거절당했지만, 아직도 좋아하는 건가?”

“……아니, 저기.”

그건 또 어떻게 얻어 낸 결론이야?

황당함이 마구 날뛴다. 너무 기가 막혀 말이 나오지 않았다. 결국 팥죽이 된 내 머릿속을 겨우겨우 정리하며 나는 말을 뗐다.

“절대, 그런 게 아니에요.”

“아닌가?”

“아니에요.”

루벨리안이 미간을 살짝 찌푸렸다.

그래, 그의 눈에 내가 어떻게 보일지 안다. 하지만 나는 황태자를 내 구명줄로 보았을지언정 진짜로 좋아한 적은 단 한 번도 없었다.

“저는 전하를 사랑한 적이 없어요.”

“사랑이라…… 그럼, 호감은 있었겠군.”

아, 혈압……. 그냥 깔까? 내가 빙의한 거 까? 그리고 네가 흑막이라 내가 너 때문에 죽는다고 그냥 다 까? 그러니까 나랑 결혼하지 말자고 그냥 말할까?

답답함에 나는 라마즈 호흡을 시도했다. 결국 서둘러 이 주제를 끝내는 게 신변에 좋다는 것을 발견한 내가 방긋 웃으면서 물었다.

“저, 그런데 이거, 전부 저 먹으라고 준비하신 건가요?”

난감할 때는 주의력을 먹을 거에 돌리는 게 최고였다.

“그래, 먹는 걸 좋아한다길래 많이 준비하라 일렀다. 단건 좋아하나?”

좋아하고 말고는 중요하지 않았다. 오늘 준비한 하이라이트 무대의 도구가 될 게 뻔하니.

이내 먹을 것들이 전부 테이블 위에 차려졌다.

오늘의 하이라이트 무대를 위해 나는 드레스의 소매를 걷어 팔꿈치까지 걷어붙인 뒤, 양손을 맞잡고 손목을 움직였다. 이제 격렬한 운동을 해야 할 텐데 몸을 푸는 게 예의였다. 나는 손으로 얼굴 쪽을 막고 입을 크게 쫙쫙 벌린 후 다시 천연덕스럽게 웃었다.

“맛있겠네요.”

“공작가의 파티셰는 솜씨가 꽤 좋다. 앞으로도 종종……!”

그때였다. 그의 말이 끝나기도 전에 나는 그의 앞에 있는 작은 케이크 조각을 손가락으로 집어 들었다.

잘못 본 거 아니다. 진짜 손가락으로 집었다.

“아, 음.”

입을 커다랗게 벌린 나는 케이크의 한쪽을 입 안에 넣고 최대한 욱여넣었다. 크림이 입가에 묻든 말든 일단 한입 베어 물고 우물우물 씹으며 행복한 표정으로 밝게 웃었다.

“마싯떠여!”

“…….”

“아—”

그리고 내 손에 든 케이크를 놓고 그의 앞에 있는 녹차 케이크를 집어 들었다. 그래도 이건 작아서 다행이다.

나는 그걸 전부 입 안에 넣은 뒤, 최대한 혀와 입천장의 마찰이 잘 보이게끔 쩝쩝거리면서 전부 다 먹었다.

“세상에, 이렇게 맛있을 수가!”

나는 크림을 닦지도 않은 두 손으로 뺨을 감싸고 황홀하게 외쳤다.

그러나 내 황홀한 외침과는 별개로, 루벨리안을 비롯한 나 이외의 사람들은 전부 쩌적 얼어붙고 말았다.

특히 루벨리안의 얼굴은 더더욱 그랬다.

내가 그를 처음 본 이래 그가 이렇게 혐오감이 넘치는 표정을 짓는 것을 보지 못했다.

하긴, 더러운 걸 싫어하지 않아도 지금 내 모습은 조금 과할 정도라고 자부할 수 있었다. 그리고 티를 내지 않아 그렇지, 사실 나는 아주아주 부끄러웠다.

내 옆에 있던 제나 부인이 눈을 휘둥그레 뜨고 나를 응시했다. 그녀는 루벨리안에게 차를 따라 주던 그 자세 그대로 얼어붙어서 나를 응시했는데, 내가 손의 크림을 닦을 생각이 없어 보이자 조용히 냅킨을 내밀었다.

그러나 나는 그런 그녀의 냅킨을 거절하며 손사래를 쳤다.

“아, 괜찮아요. 괜찮아요.”

자, 플랜 B에 이어서 플랜 C다.

나는 손가락을 응시하다가 크림과 잼이 묻은 손을 입속에 넣었다. 더, 더러울 것 없다. 유아기에 손가락 빠는 짓, 많이 했잖아?

아, 그런데 왜 구역질이 올라오는 걸까.

“흐음.”

깊은 음미의 소리를 내며 나는 내 손가락을 하나하나 빨았다. 달콤한 크림 이전에 내 손이지만 역겨움부터 올라왔다. 하지만 꿋꿋하게 모든 손가락을 다 빤 뒤 눈을 깜박였다.

“아, 맛있어요.”

“……손가락이?”

루벨리안의 얼굴이 일그러졌다.

오예, 드디어 일그러졌다. 나는 그의 눈을 겁먹은 듯한 눈빛으로 보며 고개를 저었다.

“아니요, 크림이요.”

“…….”

“그거 먹어도 되죠?”

내 시선을 따라 루벨리안이 타르트를 응시하다가 고개를 끄덕이는 찰나, 나는 방긋 웃으면서 타르트를 집어 들었다.

“냠냠.”

아, 많이 창피하다.

아무리 내가 그에게 차이기 위해 고군분투한다고 하나, 창피한 건 창피한 거였다.

하지만 어쨌든 나는 내 목숨을 보전할 의무가 있었고, 그래서 계속 디저트를 쩝쩝거리면서 먹었다.

이제는 고용인들이 일제히 약속이나 한 듯이 나를 경멸 어린 시선으로 보고 있었다.

사실 그럴 법도 했다. 평민이 공작저에 들락날락하는 것도 기분 나쁜데, 하물며 이렇게 교양 없는 여자라니. 교양이 없다 못해 더럽기까지 한 사람을 좋아하는 인물은 누구도 없을 것이다.

다만 여기서 조금 이상한 것이, 당장 일어나서 나더러 꺼지라고 할 것 같은 루벨리안은 되레 조금 숙연하기까지 한 표정으로 나를 보고 있었다.

어쩌면 그것이 그의 분노를 표현하는 일종의 방식이 아닐까? 그렇게 생각될 정도로 나는 진짜 더러웠다.

"아, 잘 먹었다."

"다 먹었나?"

루벨리안이 의자에 기댄 뒤 팔짱을 꼈다. 나는 부른 배를 탕탕 치고는 꺼억 트림까지 한 채 방실방실 웃었다.

그는 '드디어 다 끝났나.' 하는 표정으로 나를 보고 있었지만, 사실 나에게는 아직도 플랜 D, E, F, G가 남아 있었다. 나는 입꼬리를 말아 올리며 입을 뗐다.

"조금만 더 먹을게요."

"……이렇게 먹고?"

루벨리안의 얼굴이 설핏 굳었다. 그는 세상에서 가장 더럽고 추잡하고 이상한 것을 보는 듯 기괴한 눈빛으로 반문했다.

그것을 보며 나는 쾌재를 부를 수밖에 없었다.

오예, 드디어 흔들렸다. 이 남자가 드디어 흔들렸어!

"네에."

"더 내오라고 이르지."

내가 고개를 끄덕이자, 루벨리안은 어쩔 수 없다는 듯이 제나 부인에게 턱짓을 했다.

그러나 정작 나는 손사래를 치며 해맑게 웃었다.

"아니에요, 아니에요."

"……?"

"아버지께서 말씀하셨어요. 음식을 남기는 것은 천벌을 받는 일이라고요."

당연하지만 아버지는 내게 이런 말을 한 적이 없다. 하지만 뻔뻔스럽게 근검절약을 내세운 나는, 루벨리안의 웃는지 우는지 알 수 없는 표정을 마주하며 천천히 그릇을 들었다.

그때, 설마 하는 눈빛이 내게 쏟아졌다.

할짝-

"읍!"

접시를 들어 혀로 접시를 핥는 순간, 결국 참지 못하고 시녀들 중 한 명이 구역질을 했다.

급히 입을 막긴 했으나, 이미 그녀의 표정은 내 행동이 얼마나 극단적이었는지를 여실하게 보여 주고 있었다.

아니나 다를까, 루벨리안이 행커치프를 빼낸 뒤 손에 감고는 내 손목을 턱 잡았다.

그에 내가 눈을 동그랗게 뜨자, 그가 다시 손을 놓았다.

"아, 미안하군. 아팠나?"

"아닌데요?"

그럴 리가. 나는 고개를 저었다.

이에 조금은 안심한 얼굴을 한 그가 떨떠름한 표정을 지으며 말했다.

"다른 디저트를 내오라고 이르겠다."

"아니에요. 전 이게 맛있어요."

"핥지 않아도 된다."

"맛있는데요?"

"더럽잖나."

“그러니까요, 제가 깨끗하게 핥아 드리겠다니까요.”

내가 말했지만 너무 더럽다. 그러나 어찌 되었든 내가 선택한 길, 울면서라도 완성해야 했기 때문에 나는 루벨리안의 만류에도 끝까지 접시를 다 핥았다.

이내 반들반들 광택이 나는 접시를 테이블에 내려놓은 뒤, 나는 혀로 입 안을 한번 훑고는 헤실거리며 웃었다.

“아, 맛있어요. 정말 정말 맛있네요.”

“……맛있었다니, 다행이다.”

내 말에 루벨리안은 이미 체념한 듯이 고개를 끄덕였다. 이건 결벽증이 아니라 정상적인 인간이 보아도 기가 막힐 것이다.

“헤헤, 다음번에도 또 초대해 주세요.”

자, 더러운 여자가 다음번에 또 초대해 달라고 한다. 솔직히 이 정도면 바로 차일 법하지 않는가?

그렇게 생각한 내가 고개를 드는데, 순간 그의 빨간 눈동자가 나를 직시했다.

‘아, 완전 섹시해.’

무슨 인간이 저렇게 잘생겼어? 배가 부르니 이제는 세상이 다 아름다워 보인다. 성공을 앞둬서 그런지 기분이 더욱 좋았다.

루벨리안은 여전히 나를 관통할 듯이 보고 있었다. 그에 홀린 듯이 그의 얼굴을 보다가 나는 고개를 저었다.

그래, 기가 막히겠지. 얼마나 기가 막혔으면 저렇게 나를 볼까.

솔직히 말해서 객관적으로 봤을 때 루벨리안은 꽤 괜찮은 남자이긴 했다. 그러나 그것은 그가 내 발목을 잡고 같이 지옥으로 걸어 들어간다는 사실을 변화시키진 않는지라, 나는 내 계획을 계속 이어나갈 수밖에 없었다.

곧, 내가 또다시 팔푼이 같은 미소를 지으며 말했다.

"저, 다음번에도 초대해 주실 거죠?"

내 조심스러운 물음에 루벨리안은 아무런 대답도 없었다. 그저 무슨 생각을 하는지, 그 와중에도 섹시한 눈동자로 그저 나를 뚫어져라 보고 있을 뿐이었다.

나는 최대한 바보처럼 웃었다. 아무리 절세가인이라도 이런 모습을 보이면 정이 붙어 있을 것 같지는 않았다. 그래서 나는 내심 기대에 찬 마음을 안고 그를 불렀다.

"공작님?"

안 된다고 해. 빨리 꺼지라고 해. 너 같은 여자 싫다고 어서 말해!

속으로 오백 번도 넘게 외치며 몸을 비비 꼬았다. 하지만 그럼에도 루벨리안은 아무 말도 하지 않았다.

그렇게 얼마나 지났을까, 긴 침묵에 내가 슬슬 다음을 기약할 무렵, 그가 갑자기 입을 열었다.

"안 된다."

할렐루야. 안 된대. 다시는 초대 안 한대! 얘가 나 싫대! 꺄아아아악!

마음속에서 폭죽이 터지며 인생의 황금기를 맞이했다. 그러나 그것도 너무 티 내면 안 되는 법, 나는 눈물을 글썽이며 루벨리안에게 조심스레 물었다.

"왜, 왜 안 되나요? 이, 이렇게 맛있는데……."

아, 내가 생각해도 너무 이상한 여자다.

공작가에 와서 디저트 다섯 접시를 다 먹고, 손가락 하나하나 빨고, 접시를 세 번이나 핥고, 그 와중에 다시 초대해 달라고 하고, 거절했더니 무슨 공작가를 디저트 가게 취급하고.

나는 내 캐릭터 설정에 너무 감탄하고야 말았다. 물론 겉으로는 어깨를 움츠린 채 눈물을 뚝뚝 흘리며 말했다.

"흐윽…… 왜 왜 안 되는데요…… 이렇게 맛있는 걸 왜 못 먹게 하는 거예요."

아, 이게 바로 화룡점정. 플랜 F.

단독 입수한 정보로는 루벨리안은 우는 여자를 지독하게 싫어한다고 했다. 그러니까 내가 질질 짜기 시작하면, 이 남자는 이제 화를 내면서 경멸 어린 시선으로 나를 보며 꺼지라고-

"다음부터는 네가 초대해야 하니까."

"흐, 흐윽…… 알겠어요, 꺼질게…… 네?"

-해야 하는데?

예상을 빗나가는 말에 나는 멈칫하고 말았다. 그게 무슨 소리야? 내가 뭘 어째?

나는 울던 것도 멈추고 고개를 들었다.

"그게…… 무슨 뜻이죠?"

"그 말 그대로의 뜻이다. 다음부터 공작가의 모든 초대는 네가 해야 할 것이다."

"제, 제가 무, 무슨 주제로요?"

나는 겁먹은 표정으로 루벨리안을 응시했다. 혹시 진짜 내가 생각하는 그 이유는 아니지? 아니야, 아닐 거야. 그딴 전개일 리가. 내가 이 지경까지 했는데 그딴 전개일 리가!

"공작가의 모든 내무는 안주인의 몫이지."

야, 야, 설마…….

"그러니 이런 디저트 파티도 공작 부인이 될 사람이 해야 하고."

아니, 야, 난 거기 관심 없어.

"그러니 당연히 나와 결혼할 네가 해야 하는 것 아닌가?"

하늘이 무너졌다. 기가 막혀서 말을 할 수가 없었다.

아니, 무슨 소리야. 나와 결혼을 한다고? 내 그 꼴을 다 봐 놓고? 그전에 내가 얼마나 미친 짓을 이 남자 앞에서 했는데, 기어코 나랑 결혼하겠다고?

이건 말도 안 된다.

나는 급격히 밀려오는 현실 부정을 일단 치우고, 조심스럽게 그에게 말했다.

"저…… 저는, 결혼 생각이 아직 없어요……."

"황태자에게 청혼했다던데."

아니, 그 말이 왜 여기서 나와!

이러려고 방금 그 말을 꺼낸 거였냐? 이 치밀한 자식!

당황함에 손이 부들부들 떨려 왔다. 나는 애써 그의 얼굴을 직시하며 헤실거렸다.

"그, 그건 그냥 장난이었어요."

"졸부의 딸이 황태자에게 청혼한 게 장난이었다고?"

물론 아니었다. 졸부의 딸이 황태자에게 장난으로 청혼할 정도로 만만한 세계관은 아니었으니.

결국 얼굴을 푹 숙이는데, 루벨리안이 말을 이었다.

"공작가의 모든 것을 다 주지. 사치를 좋아한다고 했으니 마음껏 부려."

필요 없어.

"먹을 게 필요하면 주방장에게 말하고."

내가 돼지냐?

"대신, 그 난잡한 사생활은 좀 청산해야겠어."

내가 왜 난잡하고, 사치스럽고, 먹을 걸 좋아한다는 오해를 전부 뒤집어쓴 건데!

나는 눈물이 글썽글썽해서 루벨리안을 노려보았다. 하지만 그럼에도 루벨리안은 여전히 담담하게 나를 보며 결정적인 한 방을 던졌다.

"그러니까 나와 결혼하지, 에반젤린 클로다."

조각상도 울고 갈 것 같은 그의 얼굴을 보면서 나는 속으로 중얼거렸다.

신은 죽었다. 살아 있어도 내가 조만간 죽일 거야.

이젠 망했다. 망했어.

그 미친 짓거리를 하나하나 다 했는데, 기어코 이 인간의 입에서 결혼하자는 말이 나오고야 말았다.

나는 침 범벅이 된 손을 망연자실하게 보았다.

빙의 인생 5년 차, 해 볼 거 다 해 봤는데 아아…… 님은 갔습니다. 내 평온한 삶은 갔어요.

고개를 들어 대체 머릿속에 뭐가 사는지 모를 루벨리안을 응시하는데 그가 나지막이 입을 열었다.

"왜, 싫은가?"

좋겠니, 그럼? 너랑 결혼하면 지참금으로 관 하나 들고 가야 될 텐데 그럼 좋겠니? 나는 억울함이 가득한 얼굴을 하다가 고개를 푹 숙였다.

"우리 할머니가 귀신이네. 내 팔자 사납다더니 진짜 사나워."

나는 이를 악물면서 루벨리안을 향해 최대한 상냥하게 물었다.

"즈승하즈믄."

아, 이건 아니다. 너무 티 났어. 나는 고개를 털고 말했다.

"죄송하지만, 공작 각하. 결혼은 조금 더 상대를 이해한 뒤 하는 게 아닐까 싶어요."

내 말에 주위 사람들의 얼굴이 험악하게 변했다. 네까짓 게 감히 우리 공각 각하를 거절해?!라고 말하는 그들의 얼굴을 애써 무시한 뒤 나는 방긋 웃었다.

아니, 아무리 공작 각하라도 그렇지, 결혼이 얼마나 중요한 문제인데 공작이면 덥석 승낙해야 한다는 법이라도 있어?

그러나 루벨리안은 내 반박에 그다지 흥미가 없는 듯 대수롭지 않은 얼굴로 답했다.

"딱히. 결혼 뒤에도 천천히 알아볼 수 있는 거 아닌가?"

"그건 아니……."

"그리고 나는 꽤 레이디를 잘 알고 있다고 생각하는데."

네가 언제 날 그렇게 잘 알았다고, 딱 두 번 본 주제에.

그러나 루벨리안은 내 찡그린 얼굴에도 아랑곳하지 않고 말을 이었다.

"클로다 상단주의 하나뿐인 외동딸, 사교계에는 난잡한 남자관계로 유명함, 황태자한테 차인 역사로 사교계의 두고두고 유명한 가십거리가 됨."

"저기, 각하…… 혹시 시비 거시는 건가요?"

"먹는 걸 좋아하고, 예쁜 걸 좋아하고, 화려한 걸 좋아하고, 꽤 건강해 보이지는 않고, 딱히 똑똑해 보이지도 않음."

"지금 저랑 싸우자는 거죠?"

"그리고 가장 결정적으로, 아주 더러움."

"……!"

"이 정도면 꽤 잘 안다고 자부하는 것 같은데."

"컥."

그의 말이 끝나기가 무섭게 나는 뒷골을 잡고 말았다. 정수의 정

수의 정수를 제대로 집어낸 그의 요약 실력에 찬탄을 보내야 할지, 아니면 나 혼자 스스로 판 무덤에 좋다구나 들어가 곱게 누워야 할지 모르겠다.

너무 어이가 없어서 말이 안 나왔다. 내가 누구 때문에 그렇게 됐는데. 나 같은 인재를 그 꼴로 만든 게 다 누구랑 결혼하지 않으려고 한 짓인데!

하지만 이런 내 부들거림이 루벨리안에게는 다르게 보인 것 같았다. 그는 잠시 고개를 갸웃거리다가, 혹시나 하는 얼굴을 하고는 내게 물었다.

"왜 그렇게 몸을 떨면서 부들거리는 것이지? 혹시 어디 아픈가?"

"아, 아, 아프면 결혼하지 않아도 되는 건가요?"

"아니. 제국에서 가장 훌륭한 의사를 불러 치료를 시켜야겠지."

"제가 또 건강 빼면 시체죠. 아, 거기에 미모 조금 보태서."

일말의 희망을 품고 물은 내 물음이 바로 부정당했다.

나는 언제 부들거렸느냐는 듯이 바로 손을 탁 놓았다. 기정사실이었다.

이 결혼은 죽어도 해야 했다.

그것을 깨닫자마자 몸에서 힘이 쭉 빠졌다.

순간 울컥하는 게 당장 눈앞에 있는 이 남자에게 온갖 험한 짓과 온갖 험한 말을 내뱉고 싶었다.

"그럼 오늘은 이 정도로 먹지. 다 먹었나? 더 줄까?"

나는 원망이 가득 서린 얼굴로 루벨리안을 보았다.

이내 자리에서 일어난 루벨리안이 내게 에스코트를 청했다. 그러다 내가 방금까지 얼마나 정성스럽게 손가락을 빨아 댔는지 상기하고는 다시 손을 거둬들였다.

"내 침도 감당 못 하면서 결혼은……."

나는 작게 중얼거렸다.

그 와중에 루벨리안이 어떻게 들었는지 눈썹을 까딱였다.

"그게 무슨 소리지?"

"결혼하면 볼 거 못 볼 거 다 봐야 할 텐데. 침이 대수야? 그깟 침."

주위에 있던 고용인들이 얼굴을 찌푸렸으나, 이미 눈에 보이는 게 없는 나는 입만 뿌루퉁하게 내밀며 루벨리안을 보았다.

"그 손에 레이디 침만 있으면 기꺼이 잡지."

"뭐라는 거야."

"그런데 거기에는 크림도 있고, 타르트도 있고, 빵 쪼가리들도 같이……."

"욱-"

태연하게 말을 내뱉는 루벨리안의 생생한 묘사에, 순간 너무 많이 먹어 부른 배 속에서 위산이 올라왔다. 나는 저도 모르게 치솟는 음식물에 눈을 꾹 감았다.

"아, 끄윽, 됐고요. 저는 방에 돌아가겠습니다. 이만."

속이 더부룩하다 못해 구역질이 올라올 정도였다. 나는 결국 예의고 뭐고 상관하지 않은 채 당장 자리를 떴다.

자, 이제 마음의 안정을 가져오는 주문을 외워 보는 거야.

"구X"

"……?"

"프X다"

"……?"

"샤X"

"아, 아가씨?"

"루이X통"

"저기……."

"X올"

"무슨 말씀을……?"

공작저에서 보내는 첫 번째 밤.

결국 소화 불량을 핑계로 저녁 식사를 거른 나는, 공작가에서 내게 배치해 준 방의 침대에 앉아 도를 닦는 얼굴로 나만의 염불을 외워 댔다.

그러나 갖지도 못하는 물건을 외워 봤자였다. 나는 이내 폭발하고 말았다.

"에르X스, 까르X에, 티X니, 아르마X, 클로X, 지미X, 입생X랑, 엘X사브으아아악! 진정이 안 돼!"

발광의 도가니에 빠진 나를 보면서 시녀가 바들바들 떨며 구석으로 물러났다. 그녀는 두 손을 꼭 모으고 그렁그렁한 채 나를 보았으나, 그렇다고 내가 그녀를 배려할 정신이 있을 리 만무했다.

그렇게 얼마나 지났을까. 홀로 분을 삭인 내가 눈을 감고 헉헉댔다.

"저기?"

"그…… 리, 리리스라고 불러 주세요."

"그래, 이름 예쁘네. 와서 내 머리 좀 다듬어 줄래?"

나는 화장대에 풀썩 앉았다.

어찌 되었든 변하는 것은 아무것도 없었다. 이렇게 발광해 봤자 변하는 건 아무것도 없으니…… 이제는 정말 꼼짝없이 죽어야 하는 판이라는 거다.

여주인공은 아직 나타나지도 않았어. 흑, 차라리 길에서 만나 친구 먹는 전개라면 될 것 같은데…… 아니, 진짜 그쪽 전개라면 괜찮지 않을까? 왜, 빙의물 보면 여주랑 친구 먹고 막 그러지 않나.

나는 벌떡 자리에서 일어났다. 그러나 그녀가 어디 있는지 모른다는 것을 깨닫고 다시 푸시식 식고 말았다.

리리스는 내 눈치를 힐끔 보고는 내 머리카락을 잡아 조심스레 쓸어내렸다.

그나저나 공작가의 시녀다운 솜씨군. 머릿결을 다루는 수준이 아이다랑은 넘사벽인데?

나는 지금까지의 내 이미지를 조금이라도 건져 보려 최대한 얌전하게 화장대 위의 차를 잡고 입을 뗐다.

"혹시 평민? 귀족?"

아무리 시녀라고 하나 공작가의 시녀다. 보통 사람은 아닐 거란 생각에 묻는데, 리리스가 내 눈치를 보더니 조용히 답했다.

"볼튼 백작가의 막내딸입니다."

"쿠, 쿨럭. 켈록."

"어머, 아가씨, 괜찮으세요?"

"아니, 그 말은 제가 해, 해야…… 여, 영애, 괜, 쿨, 괜찮으세요?"

자존심에 스크래치는 안 가셨나요? 귀족으로서의 당신의 자부심은 아직 안녕하신지요.

나는 어이없는 눈길로 리리스를 보았다. 물론 청혼을 받은 이 시점에서 내게 배정된 시녀가 듣보잡이라고 생각지는 않았지만, 갑자기 백작 영애라니…….

너무 갔어, 너무 갔다고!

평민의 시중을 들러 백작 영애를 보낸 루벨리안은 대체 무슨 생각인 거야? 나는 어이가 없어 리리스를 보았다.

"아니, 저기, 그런데 왜 제 시중을 들러 오셨어요?"

"각하께서 보내셨어요. 아가씨께서는 공작가의 안주인이 되실 분이니 잘 모셔야 한다고요."

"그런데 왜 존댓말을 쓰고 그러세요. 제가 착각했잖아요……."

"하지만 언젠가는 공작가의 안주인이 되실 분이라……."

"아니, 아직 되지도 않았는데 왜 이래…… 요! 나 오늘 오후에 청혼받았다고…… 요!"

나는 기가 막혀 뒷골을 잡았다. 그러나 리리스는 내 말이 꽤 놀라웠는지 눈을 깜박이며 말했다.

"하지만 언젠가는 되실 거잖아요?"

"네?"

"언젠가는 되실 테니 미리 예를 갖추는 것뿐이에요."

그러고는 리리스가 얼굴을 살짝 붉혔다.

왜 갑자기 얼굴을 붉히는 거지? 나는 기겁하고 말았다.

"저기, 그런데 왜 그렇게 수줍어하세요?"

"아니, 너무 예쁘셔서."

"……?"

"와, 가까이서 보니까 진짜 예쁘셔서."

"……?"

"예쁘다 하는 영애들을 많이 봤지만, 어쩜- 아가씨는 정말 정말 예쁘신 것 같아요."

"혹시 오늘 오후 티 파티에 같이 있으셨나요?"

"아? 네, 네."

그걸 보고도 예쁘다는 말이 나와? 이 영애, 심각한 얼빠인데? 나는 멍한 얼굴로 리리스를 보았다.

하지만 리리스는 꽤 진지한 얼굴로 뭔가 생각났다는 듯이 내게 말을 붙였다.

"아, 그러고 보니 오늘 오후에 하셨던 그런 행동은 함부로 하시면 안 돼요."

"저도 알아요……."

다시 오늘 오후의 일이 생각나 말꼬리를 흐리자, 리리스가 미안한 얼굴을 하며 손사래를 쳤다.

"질책하는 건 아니었어요. 그저 그 모습이 조금, 음…… 그다지 예의에 맞는 행동은 아닌지라. 다음부터는 입이 아니라 냅킨으로 손을 닦아 보는 게 어떨까요? 손 대신 포크를 사용하면 더 좋고요!"

마치 숲속에서 처음으로 발견된 원시인에게 문명을 가르치는 사람처럼 리리스가 조심스럽게 말을 이었다.

내가 왜 그런 짓을 저질렀는지 그녀에게 말할 수는 없었는지라, 나는 그저 허탈하게 고개를 끄덕일 수밖에 없었다.

"다 되었어요. 일찍 취침하실 건가요?"

"아, 네. 잘 거예요. 피곤해서."

내 말에 리리스가 살포시 웃었다.

그런데 이쯤 되면 막 시녀들이 평민 출신 공작 부인이라면서 일부러 따돌리고 무시하고 그러지 않나? 얘네들은 왜 이렇게 착하지?

나는 떨떠름하게 눈을 깜박이며, 이불을 정리해 주는 리리스에게 고맙다는 인사를 건네고 침대 안쪽으로 들어갔다.

"그럼 안녕히 주무세요."

백작 영애가 안녕히 주무시라네. 나 진짜 공작 부인 되는 거? 그럼 뭘 해야 하지? 헉, 결혼해야 하지! 흑막이랑 결혼을 해? 그럼 아이는 가져야 하는 거? 그럼 안 되는데, 내가 죽으면 내 새끼를 누가 키워!

따위의 생각을 하며 나는 한숨을 푹 쉬었다. 정말 착잡하다.

잠이 오지 않았다. 죽을 생각을 하니 피가 거꾸로 솟았다. 결국 나는 다시 몸을 일으키고 길게 한숨을 쉬었다.

곧 내 시선이 창밖을 향했다.

그래, 보통 사람이라면 이쯤에서 포기하고 튕기는 척하다가 결혼을 했겠지만, 나는 상식적이지 못한 인간이니까 기왕이면 한 번 더 도전해 보는 거다.

여기까지 생각한 내가 침대의 이불을 들췄다. 그리고 쿠션을 이불 안쪽에 쌓아 놓고 어떻게든 그럴싸하게 만든 뒤, 창문을 열었다.

"아, 하필이면 3층이야."

나는 이를 악물었다. 그러나 이 정도에 굴할 내가 아니다.

가출 역사 수십 번째, 커튼을 꼬아 내려가는 스킬 따위 이미 마스터했지.

나는 그렇게 커튼을 쭉 찢어-

"아, 안 찢어져."

소설 보면 다 찢어지던데. 그 스킬은 여주인공 한정인가. 나 같은 찌리한테는 용납이 안 되는 것인가.

결국 나는 다시 침대 위로 가서 이불을 안아 들었다. 둘둘 말아서 이것저것 장치를 하자, 이번에는 꽤 쉽게 아래로 내려가는 방법이 생겼다.

나는 길게 심호흡했다. 그리고 곧, 이불을 안고 천천히 내려가기 시작했다.

그러나.

난간에 제대로 묶이지 않았는지 이불이 풀리고 말았다.

완전 멋있는 착지 따위는 없었다. 아래를 우연하게 지나가는 공작 따위도 없었다.

퍽-!

나는 욱신거리는 몸을 문지르며 급히 공작가의 구석을 찾았다.

개구멍은 너무 은밀한 곳에 있을 게 뻔하니까, 선택은 당연히 담장. 그래, 담장이지. 담장인데…….

으아, 그런데 진짜 높다.

나는 숨을 들이쉬었다. 기어 올라가면 올라갈 수 있을 것 같다. 길고 짧은 건 대봐야 하는 거 아닌가. 나는 웃으며 창살을 잡았다.

그 뒤로 이어진 것은 나의 화려한 봉춤이었다.

"아, 기름이라도 발랐나. 왜 이렇게 미끄러워!"

하지만 한평생 쇠창살이라고는 잡아 본 적 없는 내가 갑자기 오르기의 신이 될 리가 없었다. 결국 올라가다 미끄러지고, 올라가다가 미끄러지기를 반복.

쇠창살에 까져 발갛게 부어오른 내 손을 보며 울상을 짓는데, 갑자기 뒤에서 목소리가 들려왔다.

"뭐 하나?"

"……!"

"야밤에 춤이라도 추는 건가?"

설마.

나는 천천히 고개를 돌렸다. 쩌저적, 머리를 돌리는 소리가 나는 건 아닐지 의심이 될 정도로 천천히 고개를 돌리자, 그곳에는 아니나 다를까- 루벨리안이 서 있었다.

그를 보는 순간, 창살을 잡은 내 손이 툭 떨어졌다.

“손은 왜 이렇게 까져 있지? 멀쩡한 정문 냅 두고 뭐 하는 거…….”

“일부러 이러는 거지?”

“뭐?”

“당신 일부러 이러는 거잖아! 사실 알고 있지? 내가 뭐 하려고 하는지!”

“무슨 말을 하는지 모르겠…… 레이디?”

울컥 솟아오르는 눈물을 참지 못하고 엉엉 울어 젖힌 나는 그만 바닥에 주저앉고 말았다.

“흐어어엉.”

“에, 에반젤린? 왜 울어. 어디 아픈가?”

마음이 아프다, 이 자식아.

“마음에 안 드는 거라도 있나?”

“있어요, 흐읍. 제, 제발 놔주세요.”

“…….”

“제발 제 인생에서 퇴장해 주세요, 그러면 안 울게요.”

훌쩍거리며 나는 눈물을 닦았다. 억울하고, 기막히고, 감히 원작을 비틀려 한 결과가 이렇게 큰가 싶고, 기어코 나를 죽이겠다는 이 세상의 룰에 너무 짜증이 나서 나는 결국 쿨쩍거리면서 눈물을 뚝뚝 흘렸다.

아니. 내가 세계 멸망을 시키려는 것도 아니고, 그냥 나 혼자 원작 따라가기 싫다는데 왜 이래? 다른 사람은 숨만 쉬어도 원작 비틀어진다며, 다른 사람은…… 흐흑, 빙의 선배님들, 너무 우습게 봐서 죄송해요.

세상일 내 마음대로 돌아가지 않는다는 걸 이제야 알았어요. 소설 보면서 답답하다고 고구마라고 투덜대서 죄송합니다. 언니들, 제발

저에게 지혜를 좀…….

"일단 들어가지."

"안 들어가면 안 되나요? 그냥 절 좀 놔주시면 안 되는 거예요?"

"그건 곤란하다."

"야! 세상에 XX 염색체가 나만 있는 건 아니잖아!"

"무슨 말을 하는지는 모르겠지만, 나는 네가 필요하다."

"그냥 우리 아버지랑 결혼하시면 안 되나요? 제가 노력해 볼게요. 꽤 심각한 문제지만, 이래 봬도 제가 법대를 나와서 사법 고시를 한 방에 패스한 사람이라 법리학에 빠삭해요. 법 같은 거야 열심히 고치면 어떻게든 되지 않을까요?"

"어디 아픈가?"

"이거 놔! 이 사회 발전을 저해하는 사악한 봉건 귀족 세력 같으니라고!"

이제는 아무 말 대잔치를 늘어놓는 나를 보며 루벨리안이 나름대로 꽤 측은한 눈빛을 했다. 그도 그럴 것이, 이 인간이 내가 하는 말을 어떻게 알겠는가.

결국 그는 한숨을 푹 쉬며 나를 바닥에서 일으켜 세웠다.

"일단 일어나지."

"안 일어나! 결혼 취소하겠다고 할 때까지 안 일어날 거야!"

"일어나지 않아도 상관없긴 하지만, 지금 지렁이가 당신 드레스에 기어오르려 하고 있어."

그게 무슨 상관이야, 당신이 더 무서워!-라고 외치려던 나는 지렁이라는 말에 멈칫하고 말았다.

곧 고개를 숙여 내 무릎 부근을 보자, 쪼끄만 지렁이 한 마리가 내 다리에서 에베레스트 등반을 하고 있었다. 곧 나와 시선을 마주친

지렁이가 인사차 나에게 꿈틀-

"꺄아아아악-!"

순간 소름이 쫙 돋은 나는 자리에서 벌떡 일어나 드레스를 털었다.

"지, 지, 지렁이다!"

"그래, 지렁이다. 그런데 대체 무서운 건가, 좋아하는 건가?"

"아니, 지렁이를 좋아하는 사람이 어디 있어요-!"

나는 어렸을 때부터 다리가 많은 곤충을 세상에서 가장 무서워했다. 동시에 다리가 없는 파충류도 무엇보다도 싫어했는데, 일단 지렁이가 파충류인지 뭔지는 둘째 치더라도 꿈틀대며 그 와중에 내게 귀여움을 어필하는 지렁이의 모습에 소름이 오소소 올라왔다.

결국 자리에서 벗어나 루벨리안에게로 돌진한 내가 급히 외쳤다.

"나 어디 다른 데는 안 묻었죠? 어디 다른 데는 지렁이 없죠?"

"없다만은……."

"으아, 미치겠네. 더러워."

"……."

"왜 그렇게 봐요?"

드레스를 툭툭 털며 한 말에 루벨리안이 지그시 나를 보았다.

그는 마치 '지렁이가 더러워 봤자 너보다 더 더럽겠냐.'는 듯한 눈빛을 한 채 내 양심의 행방을 묻는 얼굴을 하고 있었는데, 그것을 보면서 움찔한 내가 작게 중얼거렸다.

"아니, 그 뭐야, 제가 더러운 걸 싫어해서……."

"……."

"그런데 원래 사람들은 다 자기 건 안 더럽지 않나요?"

"……."

"아, 아닌가요?"

아닌가. 원래 내 건 다 안 더럽지 않나. 솔직히 내 입으로 내 손 빠는 게 그게 뭐가 그리 대수…… 그래, 뭐, 대수라고 치자. 그건 내가 생각해도 너무 갔어. 물론 이유가 있긴 했지만.

나는 결국 루벨리안의 눈빛 아래, 자아 반성의 시간을 가졌다. 그러나 그런 내 모습을 어떻게 이해했는지 루벨리안이 손을 내밀며 말했다.

"일단 들어가지. 여긴 추워서 쉽게 감기에 걸린다."

"괜찮아요. 저 그렇게 허약하지 않아요."

물론 방금 3층에서 뛰어내린 여파에, 쇠창살을 잡고 신나게 봉춤을 춘 여파로 몸이 조금 욱신거리긴 했지만.

루벨리안은 그런 나를 향해 한숨을 푹 쉬면서 말을 이었다.

"외투를 안 가져와서 걸쳐 줄 것도 없다."

"제가 언제 외투를 맡겨 놨나요?"

"저번에도 독감에 걸린 것 같은데."

"그거야 제가 어……."

"어?"

얼음물 샤워를 해서 그런 거고요. 라고 하마터면 말할 뻔한 내가 말을 삼켰다.

"어, 어쩌다가 걸린 것뿐이고요."

나는 입술을 꽉 깨물었다. 솔직히 이대로 들어가면 영영 도피가 불가능해질 것 같다. 이쯤 되면 이 남자는 나를 놔줄 생각이 없는 게 분명하다.

나는 루벨리안을 보며 얼굴을 찡그렸다. 마지막 도주 기회도 이렇게 날아가고, 꼼짝없이 이 인간의 덫에 걸린 한 마리의 새 새끼가 되었다. 새 새끼, 이런 새, 새끼. 참고로 말하자면 틈타서 욕하는 거 절대 아니다.

“그런데 대체 여기는 어떻게 오셨어요?”

“혹시 불편한 건 없나 물으러 갔는데, 네가 없더군.”

“과년한 미혼 처자의 방문을 열고 무엇을 하려고 했죠?”

나는 뒤로 주춤주춤 물러나며 의심의 눈초리로 루벨리안을 보았다. 그러나 그는 한 치의 억울함도 없고, 변명의 기색도 없이 답했다.

“내가 들어간 게 아니다. 시녀로 붙인 리리스에게 대신 들어가 보라고 했지.”

“흐음…….”

“그리고 모자란 사람한테 손을 댈 정도로 덜 돼먹은 사람은 아니야.”

“모자라긴 누가 모자라요?”

루벨리안의 말에 나는 눈을 동그랗게 떴다. 누가 모자라다는 거야? 아무리 그래도 정상인의 범주에는 들어간단 말이다.

그러나 그런 내 말에도 루벨리안은 그저 눈길을 피하며 길게 한숨을 쉴 뿐, 별다른 말이 없었다.

그 모습을 응시하던 내가 조심스럽게 물었다.

“혹시나 해서 묻는데요, 진짜 저희 아버지랑 거래하셨어요?”

이제는 더 이상 반항할 마음도 없어 그렇게 묻자, 루벨리안의 입가에 묘한 미소가 걸렸다. 왠지 모르게 그 미소가 마치 내가 그렇게 물을 걸 기대했다는 뜻 같아서 기분이 나빠졌다.

하지만 루벨리안은 언제 그랬냐는 듯이 얼굴을 다시 굳히고 말했다.

“왜 그렇게 생각하지?”

“사지 멀쩡하고 작위까지 계신 고귀한 푸른 피께서 대체 왜 저랑 결혼하시려는 거예요? 둘 중 하나잖아요. 내 미모에 반했거나, 우리 아버지 재력에 반했거나.”

"재력이라……."

"미모는 바로 스킵하는 걸 보니까, 우리 아버지 쪽에 진짜 뭐가 있긴 해요?"

내 물음에 루벨리안이 차분하게 날 응시했다. 그러나 이미 엎질러진 콜라라 주워 담아도 끈적거림이 남는 상황에서 내가 굳이 내숭을 부릴 이유는 없었다.

그리고 진짜 아버지 쪽이라면 애초에 내가 한복을 입고 황실 정원에서 렛잇고를 불러도 이 인간은 나랑 결혼할 게 뻔했다.

그래서 나는 이제 아버지를 공략하기로 했다. 정확히 말하자면 루벨리안과 아버지 사이를.

내가 루벨리안을 똑바로 응시하며 침묵이 흐르자 그가 가볍게 한숨을 쉬었다.

"그래, 있다."

"……역시!"

이 나쁜 인간들! 빨리 말해 줬으면 내가 이런 짓 따위 안 했을 거 아니야!

아, 아니군, 그래도 했을 것 같다. 거기까지 생각한 내가 루벨리안을 향해 조심스럽게 물었다.

"그게 뭔가요? 혹시 돈인가요?"

공작가에 돈이 부족할 거라 생각지는 않지만, 어쨌든 우리 아버지가 돈이 많은 건 사실이고, 돈은 많으면 많을수록 좋으니 사실 황당한 가설은 아니었다.

그러나 내 말에 루벨리안은 꽤 어이없다는 눈으로 나를 바라봤다.

"공작가에 그 정도의 돈이 없을까?"

아, 그래, 귀족이었지. 땅이랑 유산으로 세금 받아먹으면서 사는 사악한 무리들.

돈이 목적이 아니라면…… 나는 눈알을 굴렸다. 혹시 그가 앞으로 하려는 일과 관계가 있는 것이 아닐까? 그래, 그거야! 그러니까 이 인간이 내 앞에서 다정한 연기도 하지 않고, 일부러 이러는 거 아닌가.

우리 아버지는 아는 것이다. 루벨리안이 앞으로 무슨 짓을 하려고 하는지. 그리고 날, 그래, 그래서 날!

"날 황후로 만들어 주겠다고 했어요?"

순간 입을 비집고 튀어 나간 말에 루벨리안이 놀란 눈을 했다. 그가 눈썹을 까닥이는 것을 본 나는 속으로 쾌재를 불렀다. 그래, 이거다.

"우리 아버지랑 거래를 했죠? 이제 폐하를 뒤엎고, 당신이 황제가 되면…… 읍!"

잔뜩 흥분한 내가 그를 향해 말하자, 루벨리안이 급히 손을 들어 내 입을 막았다. 방금까지 여유롭기 그지없던 그의 얼굴이 무섭게 굳는 것을 보고, 나는 비로소 제대로 짚었음을 알았다.

이내 루벨리안이 나와 눈을 맞췄다. 그는 어떻게 말해야 할지 잠시 고민하는 듯하다가, 목소리를 잔뜩 깔고 으르렁거리듯 읊조렸다.

"말조심해."

"읍. 스읍 므크으."

"이 관계에서 빠지는 게 좋을 거야. 당신이 감당하기에는 조금 버거운 문제야."

"느, 느글 브브르 으그 으쓰!"

"뭐라는 거지?"

"드그 스프므 스느 느!"

"잘 들리지 않는다."

"드끄 스프므 스느 느! 느! 느르그!"

"뭐?"

"으 스끄, 브브 으느?"

"이 새끼 바보 아냐– 라고?"

"지그 으브르 그르는 그즈!"

아악! 누굴 바보로 알고 있냐고! 듣고 싶으면 손을 놔! 놔, 놔, 놔 라고!

이 인간, 일부러 이러는 거지? 어떻게 그 사이에서 자기 욕하는 것만 이렇게 잘 알아들어?

나는 결국 혈압이 정수리를 뚫고 나가는 느낌에 힘이 다 빠져 헉헉거렸다.

그렇게 얼마나 지났을까, 내가 조금 잠잠해지자 루벨리안이 다시 입을 뗐다.

"이제 그런 위험한 말은 함부로 하지 마."

"으르쓰느끄 느!"

다행히 이번에는 내 말을 알아들었는지 루벨리안이 손을 놨다.

순식간에 차가운 밤바람과 뜨거운 키스를 한 내 입술을 잠시 휴식시키다가, 나는 루벨리안을 향해 입을 뗐다.

"그래서 그거, 제가 줄 수는 없는 건가요? 그, 왜, 우리 아버지가 나랑 결혼하는 대가로 내놓은 거요."

"없어."

"물건이에요?"

"알 필요 없다니까."

"거 쪼잔하게 그 정도는 말해 줄 수 있는 거 아닌가요?"

"물건이라면 물건이고, 아니라면 아니겠지."

그의 말에 나는 한숨을 푹 쉬었다. 젠장, 진짜 일이 안 풀린다. 이

상태면 애초에 불가능하다. 아버지는 어떻게든 날 황후로 만들려고 혈안이 되어 있고, 이 인간은 우리 아버지한테서 그걸 받아 내려고 무조건 나랑 결혼할 거다.

그 말인즉, 나는 무조건 이 남자와 결혼해야 했다.

원작, 원작, 그놈의 원작! 그거 비트는 게 왜 그렇게 어려워? 소설 보면 다 쉽게 쉽게 나갔단 말이야! 아니, 상식적으로 그 언니들은 원작대로 가려다가 원작 다 비틀어지…… 아, 잠깐만.

나는 루벨리안을 응시했다. 혹시…….

불쑥 머릿속에서 튀어나온 가설에 길게 숨을 들이쉬었다.

자, 역사는 미래의 인간에게 경험을 주기 위해 존재한다. 그 수많은 빙의 선배님들의 교훈을 받아들이자면, 내가 이 세계에 빙의해서 한 일은 그녀들의 인생철학에 크게 어긋나는……!

정말 그건가? 그거야?

나는 뭔가 큰 깨달음을 얻은 듯이 눈을 크게 떴다. 대부분의 빙의물을 보면, 원작에 진입한 뒤 원작을 비트는 방법은 매우 간단했다.

바로 원작을 깨트리지 않으려고 고군분투하는 것.

혹시 내가 원작을 깨겠다고 날뛴 게 원작대로 흘러가는 걸 추진한 건 아닐까? 혹은 아직 원작 진입 전이라 애초에 내 마음대로 안 되는 거 아닐까?

그럼 원작에 진입한 후 나도 다른 빙의녀들처럼 막 원작 안 깨뜨리겠다고 노력하면, 막, 오히려 더!

"왜 그런 표정이지?"

나는 루벨리안을 응시했다. 전혀 신빙성이 없는 이야기는 아니었다. 이렇게 된 이상 어떻게든 해 봐야겠다는 생각을 하며 입꼬리를 말아 올렸다.

"아니에요. 생각해 보니 결혼해도 괜찮을 것 같아요."

"갑자기?"

"네, 황후라면서요!"

사실 그 이유 때문은 아니지만, 그렇게 보여도 상관없었다. 나는 황후 자리를 탐내는 멍청한 여자처럼 보이도록 방실방실 웃었다.

그런 나를 보며 루벨리안이 뭔가 찜찜한 얼굴을 하다 물었다.

"혹시 황태자한테 청혼한 게 그를 좋아해서가 아니라, 황후 자리 때문에……."

"그거 내 흑역사예요! 나랑 결혼하고 싶으면 앞으로 내 앞에서 황태자의 '황'자도 꺼내지 마요!"

대체 어떤 식으로 어떤 오해를 하고 있는지 모를 루벨리안의 말에 나는 기겁했다.

내 외침에 고개를 갸웃거린 루벨리안은 곧 깊게 생각하고 싶지 않은지 고개를 끄덕였다.

"그럼 앞으로는 이런 짓 하지 마라."

"알았어요. 안 해요."

그렇게 말하지 않아도 앞으로 이런 짓 할 이유는 전혀 없었다. 그렇게 생각한 내가 한숨을 푹 쉬고 발걸음을 옮기려는데, 루벨리안이 갑자기 손을 내밀었다.

"그럼 들어가지."

"에스코트 필요 없어요."

"발목, 삐었잖나."

어라, 어떻게 알았지? 나는 눈을 휘둥그레 떴다.

3층에서 떨어졌는데 멀쩡한 건 할리우드 영화에서나 나오는 거고, 그나마 다리만 조금 삔 게 다행일 정도였다. 그걸 어떻게 알았는지는 모르겠지만, 어쨌든 혼자 걷는 게 힘든 건 사실이었기에 나는 덥석 그의 손을 잡았다.

이내 날 방으로 데려다주고 나가는 그의 뒷모습을 보면서, 나는 이제부터 원작 수호대의 일원이 되리라 결심했다.

그리고 이튿날 아침.

공작가의 사람들의 배웅 아래 공작가를 떠나 집으로 돌아온 나를 기다리는 것은, 아버지와 어머니의 째진 입이었다.

대체 사람이 어떻게 저 정도로 꾸준하게 속물적일 수 있는지 감탄이 나올 정도로 너무 뻔한 아버지의 얼굴에, 나는 얼굴을 흐릴 수밖에 없었다.

"장하다, 내 딸!"

아버지가 호탕하게 웃으면서 내 어깨를 툭툭 쳤다. 기가 막힌 나는 피곤하다는 말과 함께 빠르게 방으로 들어갔다.

곧, 그들보다 더 기쁜 얼굴로 나를 맞이한 아이다가 호들갑을 떨었다.

"아가씨, 아가씨, 너무 잘되었어요! 청혼이라니, 청혼이라니!"

"그만 좀 해."

"왜요, 이제 아가씨도 공작 부인이 되는 거예요! 귀족이 되는 거라고요."

그깟 공작 부인 한 번 하다가 두 번 죽겠네. 나는 머리를 감싸고 눈을 꾹 감았다.

머릿속에서 어제의 일이 벗어나지 않았다. 시간이 지나고 돌이켜 보니 대체 왜 그런 미친 짓을 했을까 싶고, 그 정도까지 했는데 정작 결과가 이거라니 이래서 운명이라는 게 무섭구나 싶고.

"이건 억지야……."

그 와중에 내 인생이 너무 억지라서 답답했다. 아무리 모든 사람들 인생이 다 한 편의 소설이라지만, 내 인생은 완전 비극이라고!

"아니, 어떻게 도망칠 때마다 걸리는 거지? 그 인간, 내 몸에 위치 추적기라도 단 거야? 나랑 샴쌍둥이냐고!"

"네?"

"이젠 도망도 못 가겠네."

루벨리안이 내게 청혼했다는 게 이젠 기정사실이 되었으니, 내가 도망가면 우리 집은 물론이요- 아마 공작가까지 나를 잡으러 올 테지.

그런 내 마음을 아는지 모르는지 아이다가 계속해서 재잘거렸다.

"너무 낭만적이에요. 평민과 공작의 사랑이라니, 이건 분명 동화라고요."

"동화?"

"네! 백마 탄 왕자님이 나오는 동화요! 물론 공작 각하께서 왕자님은 아니시지만, 그래도요!"

눈을 빛내는 아이다에게서는 그 나이 대 여자아이의 천진함이 흘렀지만, 나는 결코 웃을 수 없었다.

"아이다, 그게 아니야."

"네? 뭐가요?"

"백마 탄 왕자님 말이야, 그거 아니라고."

"왜요?"

"백마를 탄 게 꼭 왕자님이라는 법은 없거든."

침대에서 일어나며 땅이 꺼져라 한숨을 푹 쉰 내가 머리를 헝클었다. 그리고 의문 섞인 시선을 보내는 아이다를 향해 말했다.

"백마를 탄 게 삼장 법사일 수도 있지."

서유기의 납치 담당, 맨날 손오공에게 구출을 당하는 그분.

백마를 탄 게 꼭 왕자님이라는 법은 없다. 페라리를 탄 우리 아빠가 드라마 속 실장님이 아니었듯이.

내 말을 알아듣지 못했는지 아이다가 고개를 갸웃거렸으나, 그런 그녀를 뒤로하고 나는 화장대 앞에 앉았다.

이제 할 일은 정말 원작 진입밖에 없는 거다. 그리고 이번에는 반드시 원작을 비틀고 말리라.

그렇게 생각한 내가 다시 한번 자신 있게 웃었다.

그래, 나는 끈기와 오기의 화신 아니던가. 각종 짓거리를 저지르며 타인의 위에서 군림하며 호의호식하는 우리 가족을 다 감옥에 처넣겠다고, 집에서 나와 사법 고시도 한 방에 패스한 내가 아닌가. 그런 내가 불가능한 게 뭐가 있어!

그리고 얼마 뒤.

빙의 인생 5년 차, 원작 진입 일주일 전. 플로렌스 공작가에서 정식으로 내게 청혼서를 보내왔다.

한데 그 이튿날, 갑작스러운 황태자의 소환장을 받아 든 나는 멍한 표정을 지을 수밖에 없었다.

이거 뭐야? 벌써부터 원작에 순응한 효과가 나타나는 거야? 남주인공이 막 나한테 반하는 거야? 내가 주인공이 된 거야?

아니, 그런데 나 아무것도 안 했는데?

제2장

클리셰 비틀려다 클리셰 당했다

클리셰 비틀려다 클리셰 당했다

우리 집이 플로렌스 공작가의 청혼에 답한 이상, 결혼은 기정사실이나 마찬가지였다.

하지만 그 뒤에 날아온 황태자의 소환장을 보자마자, 나는 혹시 이것이 내 인생을 바꿀 수 있는 기회가 되지 않을까 따위의 생각을 하고 있었다.

"원작을 따라가려고 하니까 원작이 비틀어지는 건가?"

번쩍번쩍한 황궁 앞에 서서 나는 턱을 짚었다.

오늘 아침 황태자의 소환장이 도착하자마자 우리 집은 한바탕 뒤집어졌다. 어제 바로 공작가의 청혼장을 받아들였는데 오늘은 황태자의 소환장이라니, 일개 평민 상단에서는 확실히 놀랄 법도 했다.

하지만 어찌 되었든 나는 황태자의 궁을 방문해야 했다. 결국 곱게 옷을 차려입은 내가 황궁 앞에 서서 심호흡했다.

자, 별거 아니야. 어차피 이미 아는 사이에 뭘 그렇게 긴장하고 있어.

하지만.

“좋아해요, 황태자 전하, 저와 결혼해 주세요.”

“으아아악.”

맨 정신으로 서 있기 힘들다. 나는 두 손으로 얼굴을 가린 채 풀썩 주저앉고 말았다. 루벨리안 앞에서 열심히 손가락을 빨아 대던 것과는 또 다른 수치심이었다. 이건 마치 8시 뉴스에서 고백했는데 9시 뉴스에서 차인 것 같은 느낌이란 말이다.

하지만 어느 정도 변명이라는 걸 해 보자면, 사실 그때는 나도 꽤 정신이 없었다. 그저 어떻게든 살아야겠다는 생각과, 그간 소설을 보면서 각종 클리셰에 통달한 것이 오히려 내게 해가 되었달까.

고개를 내저은 나는 다시 꿋꿋하게 자리에서 일어났다.

어차피 이 좁디좁은 사교계에서 황태자를 만나는 건 피할 수 없는 일이라 언젠가는 꼭 부딪쳐야만 했다.

게다가, 오늘 이렇게 부른 게 혹시 알아? 진짜 원작 비트는 데에 도움이 될지?

그렇게 스스로에게 주문을 외워 준 나는 길게 숨을 들이쉰 뒤, 황태자 궁의 기사에게 소환장을 내밀었다.

“황태자 전하의 부름으로 왔습니다.”

“레이디 에반젤린 되십니까?”

소환장을 확인한 기사가 눈을 휘둥그레 떴다. 그도 그럴 것이, 그날의 고백 이후로 황궁에서 나를 모르는 인간은 거의 없었기 때문이다.

불세출의 미모와 몸매로 황태자를 감히 유혹하려 한 싼 여자.

호사가들의 입에 오르내리면서 여러 가지 추문거리가 붙은 나를

황실 기사가 모를 리 없었다

그러나 꽤 프로페셔널한 그들은 차분하게 나를 안쪽으로 인도했고, 곧 나는 황태자 궁에서 시종장을 맡고 있는 툴스 백작 영식을 만날 수 있었다.

"오랜만입니다, 레이디."

"오랜만이에요, 백작 영식."

가볍게 드레스를 잡고 인사하는 나를 보며 툴스 백작 영식이 고개를 끄덕였다.

"정원에서 모두들 기다리고 계십니다."

"……네?"

원래 여기에서 칠 대사는 '정원에서 황태자 전하께서 기다리고 계십니다.'가 아닌가? 왜 '모두들 기다린다.'고 하지?

황태자가 갑자기 후회남 포지션에 서서 절절하게 나를 잡으며 후회의 눈물을 떨구고 개처럼 구른 뒤 내가 받아 주는 막장까지는 바라지 않았지만, 너무 예상 밖의 상황에 나는 고개를 갸웃거릴 수밖에 없었다.

뭔가 석연찮은 느낌에 미간을 찌푸리자 툴스 백작 영식이 몰랐냐는 듯한 얼굴을 하고 내게 물었다.

"혹시 모르셨습니까?"

"뭘요?"

"오늘은 황태자 전하께서 정기적으로 티 파티를 여시는 날입니다."

"……?"

그의 말이 끝나자마자 나는 뒷골이 땅겨 와 길게 심호흡을 했다. 그러니까, 무슨 후회남 포지션 그런 게 아니라…… 그냥 같이 차나 마시자고 부른 거야?

아니, 왜?

내가 그 인간이랑 앉아서 다도를 연구할 정신이 어디 있다고? 자기한테 고백했다가 차인 여자를 불러서 차를 마시는 게 이 나라 전통이야?

혹시 황태자 이놈, 감정이 없는 사이코패스인가? 아, 아니, 그럴 리가 없다. 로맨스 판타지 장르에서 작가가 그런 남주를 쓸 리가 없어.

그래, 믿자. 황태자를 믿는 게 아니라 작가를 믿는 거야.

나는 걸레를 쥐어짜듯 얼굴을 쥐어짜 미소를 흘리며, 나를 이끄는 영식을 뒤따라갔다.

그러나 정원에 도착한 나는 그나마 남은 마지막 이성마저도 전부 날려 버리고 말았다.

“레이디 에반젤린, 클로다의 아가씨께서 오셨습니다.”

툴스 백작 영식이 말을 떼자마자 긴 테이블에 앉아 있던 귀족들의 시선이 순식간에 나를 향했다. 그리고 그 순간 그들 사이에서 퍼지는 혐오의 감정에, 나는 그냥 이 자리를 뛰쳐나가는 게 빠를까, 아니면 황태자를 암살하는 게 획기적일까 따위의 생각을 해야만 했다.

남주 놈 죽여 버릴 거야. 기왕이면 로판 장르 바꿔서 그냥 여주 혼자 해 먹는 여성향 판타지 쓰자, 우리. 이딴 남주 없는 게 여주 인생에 더욱더 도움이 될 거야. 장르 변경이 시급하다.

아니, 잠깐만.

루벨리안이 여주를 괴롭히는 이유가 황태자랑 편먹어서인데, 황태자만 없으면 여주가 괴롭힘을 당할 이유도 없고, 그러면 여주가 나를 죽일 이유도 없……?

세상에, 황태자의 미친 짓이 내게 새로운 길을 열어 주었어!

나는 갑작스러운 상황에 사고력을 잊은 채 머릿속으로 황태자를 암살하는 수백 가지 방법을 연구했다.

객관적으로 상당히 실행성이 없는 계획들이었으나, 이미 제정신이 아닌지라 지금 정상적으로 뭔가를 생각할 틈이 없었다.

하지만 내가 이러는 데도 분명 이유가 있었다.

왜냐하면…….

입술을 꼭 깨무는데, 상석의 바로 옆에 앉아 있던 콜리카 공작 부인이 우아하게 부채를 흔들며 픗 웃었다.

"레이디 에반젤린, 이곳에 앉으세요. 뭘 하시는 거지요?"

"네, 아, 네."

"이제 공작 각하와 결혼하실 분이신데, 몸가짐과 정신을 바로 하는 게 좋을 것 같습니다. 물론, 뭐- 딱히 정신은 없어도 몸뚱어리만 있으면 된다고 여기는 것 같지만."

"……."

"참, 사람이 저렇게 온몸에 천박함을 두르는 것도 힘든데, 그 어려운 걸 어쩜 레이디 에반젤린께서 해내시는군요."

그래, 바로 이거였다. 내가 지금 이딴 상황을 만든 황태자의 멱을 따 버리고 싶은 이유가.

감히 날 이딴 데에 초대해? 무슨 꼴을 보고 싶은 거야?

황태자에게 고백했다가 차여서 사교계 블랙리스트에 등극한 뒤, 황태자와 가까이 지내던 몇몇 귀족들은 그런 나를 유난히도 미워했는데 그중 하나가 바로 저 집이었다.

황태자의 어머니- 즉 황후의 가문이자, 현재 제국에서 가장 큰 영향력을 발휘하는 콜리카 공작가.

대놓고 나를 비웃는 콜리카 공작 부인을 보면서 나는 이를 갈았다. 그래도 플로렌스 공작가와 결혼한다는 말에 조금은 뒤로 빼나 싶었는데, 대놓고 더 비웃는다 그거지? 하긴, 저 집안에 무서운 게 뭐가 있겠어.

나는 길게 한숨을 쉬었다. 콜리카 공작 부인의 맞은편에는 두 자리가 비어 있었고, 보나 마나 나와 루벨리안을 위한 자리일 게 뻔했다. 그래서 난 차분하게 그 자리로 걸어가서 앉았다.

이곳에 있는 모든 귀족은 전부 황태자를 추종하는 무리들. 동시에 콜리카 공작가와 연이 있는 집안이었다.

단 하나, 플로렌스 공작가를 제외하고는.

"제가 원래 미모로는 비할 바가 없는지라."

나는 부채를 쫙 펴 들고 얼굴을 살짝 가렸다.

로판계에서 가장 많이 나오는 장면이 아니던가. 놀림을 받고 무시당하는 빙의녀. 하지만 결국 지혜로 모든 것을 이겨 내고 모두의 인정을 받는.

하나 나는 이런 인간들한테 쓸 지혜 따위 없었다. 솔직히 내가 명예에 연연하는 사람도 아니고, 그깟 평가에 신경 썼으면 진즉에 루벨리안 앞에서 그런 짓 하지 않았겠지. 그래서 나는 눈가를 살짝 휘면서 말했다.

"제 유일한 흠집이 있다면 그야말로 너무 아름다운 것이겠지요. 물론 그로 인해 생기는 악의야 수도 없이 많다지만, 어쩌겠나요. 제가 이렇게 아름다운데."

그녀는 내가 이렇게 반박할 줄은 몰랐는지, 꽤 불쾌한 티를 내면서 말했다.

"천박하군요."

"시비가 부인의 몫이라면, 말대꾸는 제 몫입니다."

"시비라니, 레이디께서는 지나치게 예민하시군요."

"그게 나름대로 비꼬면서 한 얘기라면 부인이 받으신 가정 교육에 심각한 우려를 보내야 할 것 같습니다. 제 가정 교사께서 보셨다면 아마 10점 만점에 2점을 드렸을 비꼬기군요."

사교계 기 싸움은 보는 거나 즐겁지, 당하면 기분이 영 아니다.

아니, 사람이 입이 제대로 붙어 있고 머리가 제대로 있으면 비꼬면서 말할 게 아니라 그냥 좀 대놓고 말하라고. 아니면 진짜로 엄청난 말발로 제대로 비꼬면서 말하든가.

그래서 나는 그냥 정공법을 쓰기로 했다. 이 인간들 상대로 기 싸움하는 것도 싫고, 귀찮고, 사실 이러고 있어야 할 이유도 모르겠고, 어차피 여주 나오면 다 발릴 인간들을 상대로 내가 무슨 기를 쓰겠나.

그렇게 조용히 고개를 내젓는데, 조금 멀리 떨어진 곳에서 누군가의 목소리가 들려왔다.

"이야, 여전히 천박하네. 정말 천박하기 그지없어. 역시 평민 놈들은 이런 데에 어울리지 않아."

고개를 돌리자 그곳에는 건들건들한 표정으로 앉아 있는 한 청년이 있었다.

아, 겔린 프시크.

프시크 백작가의 장남으로서, 사교계에서 유명한 방탕아이며 동시에 내게 고백했다가 차인 뒤 나에 대한 말을 퍼트리고 다니던 놈이었다.

내가 수많은 남자를 거쳐 갔다느니, 뭐라느니 하면서 상당히 질이 나쁜 그런 유언비어를 말이다.

여자이기 이전에 인간으로서 상당히 모욕감이 느껴지는 소문을 퍼뜨리고 다니던 그가 이곳에 있을 줄은 몰랐다.

솔직히 처음 입직했을 때 사수를 따라다니면서 별별 흉악한 놈들에게 입에 담지 못할 소리를 다 들어 본 터라 그 정도의 소문은 그다지 크리티컬도 없었지만, 이렇게 보니까 이것도 참 운명이다 싶었다.

나는 겔린 프시크를 보면서 삐뚤게 웃었다.

"제가 천박해 봤자 영식보다 천박하겠습니까? 차였으면 차인 거지, 찌질하게 또 그걸 기억하고 이러시다니요."

"내가 언제 너 따위한테……!"

"저번에 그러셨잖아요. 하룻밤 어째 보고 싶다고 하셨나? 그러고 나한테 뺨 맞고 정강이 맞고, 아직 님의 2세 계획은 무사하신지요?"

그의 바지를 힐끔 보며 한 내 말에 겔린이 자리에서 벌떡 일어났다. 그런 그를 화사하게 웃으면서 본 나는 어깨를 으쓱했다.

하, 내가 겪은 게 얼만데 저거 하나 상대 못 하겠어?

하지만 나를 그저 순진한 평민 여자로 아는 이 인간은 내가 얼마나 강력한 멘탈을 가졌는지 모르고 있는 것 같았다. 그는 자신의 멍청한 지적 수준으로 여자한테 할 수 있는 가장 최악의 욕이라 생각되는 말을 내게 퍼부었다.

"이…… 반반한 낯짝이면 다 되는 줄 아는 년!"

"제게 하룻밤을 제안하신 적 있는 영식께 그 말씀 그대로 돌려 드리겠습니다. 더불어 말씀드리자면, 귀족치고는 참 세련되지 못한 말투를 구사하시네요."

그나마 공작 부인은 저런 말은 안 했는데. 나는 부채를 탁 접고는 유유자적하게 웃었다.

그래서, 그래서 어쩔 건데? 날 죽일 거냐고. 천만에, 쟤는 나를 죽이지 못한다. 루벨리안과 결혼까지 앞둔 마당에 쟤가 생각이 있다면 나를 죽이지 못하지.

아, 루벨리안과 결혼을 약속한 게 이렇게 통쾌한 일일 수가 있나.

나는 속으로 웃으면서 어깨를 으쓱했다.

"세상 남자들이 다 루벨리안 공작 같은 줄 아느냐!"

"당연히 아니죠. 일단 영식만 해도 공작 각하처럼 잘생기지 못했죠, 돈도 없죠, 가문도 없죠, 작위는 더 없어, 안 그런가요?"

나는 안타까운 얼굴을 했다. 이에 이미 바비큐처럼 얼굴이 익은 그가 길길이 날뛰었다.

"이 천박한 계집!"

이내 겔린이 우렁차게 외쳤다. 옆에 앉아 있던 귀부인마저 살짝 귀를 막을 정도로 천둥소리 같은 외침에도 나는 태연자약하게 앉아 있었다.

"다른 사람을 천박하다고 입버릇처럼 말하는 사람치고 고상한 사람 없죠."

"뭐야?"

"그래서 제가 천박하다면 어쩌실 건가요? 제가 천박하고, 교양이 없고, 그러면 영식께서 또 뭘 어떻게 하실 건가요? 죽이기라도 하실 건가요?"

나는 찻잔을 들고 겔린을 보았다. 찻잔 너머로 눈을 곱게 접어 웃어 주자 그가 테이블을 쾅 치며 씩씩거렸다.

하지만 그 이상은 없었다. 그 또한 상황 파악을 마친 듯했으니까.

끝까지 덤벼들지도 못할 거 시비는 왜 걸지?

남편 권력이 아내 권력이고, 남편 재력이 아내 재력이라는 이곳에서 우아하게 겸손을 떨며 억울하게 눈물을 흘리는 방법 따위, 나는 모른다.

엿 같은 세상이면 더 엿처럼 굴어 주지. 너는 내일까지 살지? 나는 오늘만 산다.

아무 말도 못 해서 고구마인 것보다는, 할 말 못 할 말 가리지 않아서 고구마인 게 훨씬 낫지 않는가. 그리고 그런 소문을 퍼뜨린 인간에게 이 정도는 자비에 가까웠다.

그렇게 씩씩거리는 겔린을 향해 승리의 미소를 지어 주는데, 맞은편에 앉은 콜리카 공작 부인이 혐오스러운 얼굴을 했다.

“이토록 천박하다니, 정말이지 귀족 부인의 수치군.”

“평민 출신의 한계랍니다.”

“그건 자랑이 아니지.”

“하지만 수치도 아니죠. 최소한 먼저 천박한 말을 내뱉은 저분 앞에서는.”

그래서 뭘 어쩔 거냐고? 어차피 나는 잃을 것도 없어서 무척 담담했다. 느긋하게 웃으며 어깨를 으쓱이자, 그녀가 말을 이었다.

“설마하니 공작의 총애가 천년만년 갈 거라 믿는 건 아니겠지? 계집의 미모는 한철이다. 넌 곧 버려질 거야.”

“어머, 그게 제 꿈인 건 또 어떻게 아시고.”

루벨리안에게서 버려지면 나야 땡큐 베리 감사다. 이미 사망 루트가 정해져 있는데 그깟 버려지는 게 두려울까. 제발 좀 버려졌으면 좋겠다.

나는 공작 부인을 향해 해사하게 웃어 주며, 나를 향한 모든 적의 앞에서 케이크 하나를 우아하게 먹었다.

얄밉지, 얄밉지? 그럼 루벨리안에게 가서 말해 봐. 나 같은 여자랑 결혼하면 안 된다고.

그때, 갑자기 발소리가 들렸다. 고개를 돌리자 그곳에는 황태자와 루벨리안이 서 있었다.

그것을 보면서 포크를 놓은 내가 한숨을 크게 푹 쉬었다.

"각하, 오셨어요?"

엄연히 황태자 전하가 앞에 있는데 바로 스킵해 버리고 루벨리안에게 인사를 하는 태도에 모두가 얼굴을 찌푸렸다.

하지만 나는 원래 뒤끝이 긴 여자였고, 사실 내가 황태자의 멱을 따 버리고 싶어 하는 것과 달리 그는 꽤 소탈한 성격이었다.

아니나 다를까, 황태자는 딱히 상관이 없는 얼굴로 웃었다.

"이렇게 모이게 되어서 무척 기쁘군."

너만 기쁜 것 같은데?

속으로 홀로 중얼거리며 입을 삐죽이는데, 가장 상석에 앉은 황태자에 이어 내 옆으로 온 루벨리안이 침착한 얼굴로 앉았다.

"레이디 에반젤린, 이렇게 갑자기 불러서 미안하군."

"괜찮습니다."

죽어도 영광이라는 말은 못 하겠다. 나는 1초간 방긋 웃고는 다시 무표정하게 얼굴을 굳혔다. 그런 내 모습을 빤히 응시하던 황태자가 계속해서 말을 이었다.

"두 사람이 약혼했다는 소식을 듣고 이 자리에 초대하는 게 좋겠다고 생각했어. 앞으로 레이디 에반젤린도 사교계에 자주 얼굴을 보여야 하니까."

나는 입꼬리를 말아 올렸다가 다시 뚝 내려놓았다.

그 모습을 옆에서 빤히 응시하던 루벨리안이 조금 얼떨떨한 표정으로 내게 작게 물었다.

"혹시 입 근육이 저린가?"

"……아니거든요."

입 근육이 저린 건 또 뭐야? 나는 어이가 없어 루벨리안을 힐끔 보았다. 그러나 그의 얼굴은 퍽 진지해서 나는 새침하게 고개를 돌렸다.

그러는 동안에도 황태자는 계속해서 말을 이어 나가고 있었다.

"레이디 에반젤린이 사교계에 잘 적응하게 하려고 일부러 공작과 내가 늦게 왔는데. 어떻게, 콜리카 공작 부인, 레이디 에반젤린을 잘 가르쳤나?"

뭐야? 날 잘 가르치라는 쓸데없는 명령을 내렸다고? 잘 가르치기는 무슨, 날 아예 잡아먹을 듯이 굴던데.

대체 황태자는 무슨 생각인 걸까? 이놈 혹시 진짜 날 갖기는 싫고 버리기는 아까운 인간으로 생각하는 거 아니야?

그냥 눈치가 없는 놈인가? 아니, 그런데 원작에서는 그렇게 눈치가 없지도 않았는데. 묘하게 날 곤란하게 만든단 말이지.

나는 코웃음을 쳤다. 콜리카 공작 부인이 어떻게 대답할지는 사실 뻔한 거였다. 콜리카 공작 부인을 힐끔 보자, 그녀가 우아하게 웃으며 말했다.

"물론입니다, 황태자 전하. 레이디 에반젤린께서는 무척 정숙하시고 현명하셔서 저는 딱히 가르칠 게 없었습니다."

와, 입에 침도 안 바르고 거짓말하는 거 보소. 예상한 대답이지만 비위가 상했다.

아까까지 천박이니 어쩌니 했던 사람답지 않게 그녀가 우아하게 웃으면서 입꼬리를 살짝 말아 올렸다.

"다만, 아무래도 그동안 보고 배운 게 있으니 실수가 꽤 많긴 하지만요."

"……."

"하지만 레이디 에반젤린은 무척 훌륭하게 배워 낼 거예요. 그렇죠, 레이디?"

콜리카 공작 부인이 나를 보며 여유롭게 웃었다. 그녀는 내가 당연히 루벨리안의 앞에서 함부로 말을 못 할 것이라 여겼는지 무척 득의양양해했고, 심지어 주변 사람들은 그런 그녀의 행동에 동조를 해 주고 있었다.

사실 그도 그럴 것이, 정숙한 귀부인은 사교계에서 괴롭힘 받은 걸 남편에게 얘기해서는 안 되었다. 그것은 귀부인의 덕목에 어긋나는 일이니.

그러나 내가 누군가. 원작 비트는 것 빼고는 다 잘하는 사람이다. 그리고 나는 앞에서 참으며 혼자 삽질하는 취미는 없었다.

조져도 내 앞에서 조진다. 거기까지 생각한 내가 해맑게 웃으면서 루벨리안의 팔을 살짝 잡았다.

방금 전의 그 유들유들한 태도는 가뭇없이 사라진 채, 더없이 천진한 얼굴로.

"각하, 사실 저는 자신이 없어요."

"……?"

"왜냐하면 이분부터 시작해서, 저기까지. 모든 분들이 저를 싫어하는 것 같아서요."

"……!"

"특히 저기 있는 저, 겔린? 겔랑? 저분은 제게 창녀…… 세상에, 입에 담고 싶지도 않은 말을 하셨거든요."

"내가 언제!"

"제가 몸으로 각하를 유혹했다고 함부로 말하질 않나."

"이봐!"

"제가 천박하다고, 이 천박한 몸뚱어리로 꼬드긴 각하도 천박하다면서……. 제가 욕을 먹는 건 상관없지만 각하께서 그리 평가당하는 건 사실 너무 가슴이 아파요."

"무슨, 아닙니다, 각하! 저는 그런 적이 없습니다!"

"그리고 제일 결정적으로, 절 죽이겠다고…… 무서워요, 각하."

전혀 가슴이 아프지도, 무섭지도 않은 얼굴로 내가 말했다.

유언비어는 너만 잘 터뜨리는 줄 아나 본데, 나도 이쪽에서는 꽤 전문가다.

낚시질의 대가, 막 던지기의 달인, 그리고 유언비어계의 퀸.

진실 세 개에 거짓 하나를 섞으면, 그 거짓도 진실이 된다.

솔직히 뒤에서 그딴 소문 내고 다닐 때는 내가 너무 정신이 없어서 그냥 웃어넘겼는데, 오늘 걸린 이상 넌 내 손에 한 번 뒤지고 루벨리안 손에 한 번 뒤져야 하는 거다.

나는 입꼬리를 말아 올리며 천연덕스럽게 웃었다.

"왜, 제 말이 틀렸나요?"

"나는 그런 말 따위 한 적 없다! 내가 언제 너를 죽여 버리겠다고—"

"그럼 그 앞의 말은 진짜라는 거군."

자리에서 일어나서 길길이 날뛰는 겔린에게 해맑게 웃어 주는데, 루벨리안의 낮은 목소리가 정원을 울렸다.

그는 누구보다도 서늘한 얼굴로 겔린을 보고 있었다. 그 얼굴에서 겔린을 바닥에 묻어 버리겠다는 의사가 다분해서 겔린은 물론이요, 나도 살짝 흠칫하고 말았다.

그러나 나는 곧 얄밉게 웃으면서 말했다.

"어머, 공작 각하께 일러바치려는 건 절대 아니었는데."

내 말에 겔린의 혈압이 터질 듯 붉어졌다. 그도 그럴 것이, 눈이 있다면 알겠지. 내가 일부러 이랬다는 것을.

"이런…… 이런 일이 있을 줄은 몰랐군."

황태자마저도 꽤 굳은 얼굴로 겔린을 보았다.

서늘하게 얼어붙은 공기 속에서 땀을 삐질삐질 흘리던 겔린이 입술을 꼭 깨물자, 나는 겔린과 눈을 마주치며 입 모양으로 중얼거렸다.

'어머, 미안.'

……!

순간 겔린의 얼굴이 시퍼렇게 변하는 것을 보며 나는 고개를 홱 돌렸다.

루벨리안은 여전히 차가운 눈빛으로 겔린을 응시하면서 입을 열었다.

"영식은 예의라는 것을 배울 필요가 있겠군."

"아, 아니, 저기, 가, 각하, 죄송……."

"죄송? 이건 죄송으로 되는 일이 아니지. 무고한 레이디의 명예를 실추시키면서 내 명예까지 함께 실추시키려 하다니."

"각하, 너무 그러지는 마세요. 예전에 저한테 고백했다가 차여서 화가 나 저러나 봐요."

"그런 일이 있었나?"

"아, 아니, 각하, 저는……."

"영식이 무례하다는 건 익히 소문으로 들었지만, 오늘 이렇게 직접 눈으로 확인하게 되어서 더욱더 기가 막히는군."

루벨리안의 서늘한 말에 겔린이 뒷골을 잡았다. 그 옆에서 살랑거리며 부채질을 하는 내가 얼마나 얄밉게 보일지 나는 알고 있었다.

그러나 이 상황에서 굳이 그를 도와주려는 사람은 없었다. 황태자도 명백히 분노를 보이고 있었기 때문에.

결국 겔린은 영구적으로 내 주위에 접근이 불가하다는 벌을 받고야 말았다. 나를 보면 무조건적으로 피해 가라는 루벨리안의 명령에, 그는 불만스러운 듯한 표정을 지었으나 어쩔 수 없었다. 그의 언사는 확실히 과하다 싶을 정도였으니까. 콜리카 공작가도 뭐라 실드 치기가 어려운 부분이었다.

이내 겔린이 자리를 떠나고 티 파티는 계속되었지만, 이미 나 때문에 한바탕 엉망이 된 파티는 일찍이 끝나고 말았다.

루벨리안은 나에게 뭔가 말하고 싶은 얼굴이었으나, 이내 피곤할 테니 일찍 집에 들어가 쉬라는 말만 남겼다.

그리고 머지않아 플로렌스 공작가에 끔찍한 혼종이 안주인으로 들어갈 거라는 소문이 수도 전역에 퍼졌다.

며칠 뒤, 오이 팩을 하던 나는 겔린이 외국으로 떠났다는 말을 들었다.

"외국? 어디?"

"저번에 발견한 북쪽 끝에 있는 작은 섬이요. 듣기로는 플로렌스 공작가에 어마어마하게 밉보인 것 같다고."

"응?"

공작가에 밉보였다고 북쪽으로 보내 버렸단 말이야?

나는 눈을 깜빡거리다가 삐뚤게 입꼬리를 말아 올렸다.

루벨리안이 어지간히 자존심이 상하긴 했나 보다. 하긴, 나 같아도 그렇게 모욕당했는데 가만히 있지는 않겠다.

나는 더듬더듬 손으로 그릇을 찾다가 그 안에 있는 오이를 입 안에 넣었다. 그에 무릎에 나를 앉히고 오이를 들던 아이다가 울상을 지었다.

“그만 좀 드세요. 오이 지금 다 떨어졌어요. 하나 놓는 사이에 세 개 드시는 거 아세요?”

“새로 잘라 와.”

“아가씨…….”

이미 세 번째로 오이를 잘라 온 아이다가 결국 한숨을 푹 쉬었다. 그녀는 내 머리를 조심스럽게 쿠션에 놓고는 급히 침대에서 내려갔다.

그런 그녀의 눈치를 힐끔 보며 나는 입가에 있는 오이를 입에 넣었다.

그런데 그때였다.

갑자기 문가에서 익숙한 목소리가 들려왔다.

“굳이 얼굴에 붙인 걸 먹는 이유가 있나?”

루벨리안의 중저음에 나는 한숨을 푹 쉬었다. 이제는 놀라는 것도 지쳤다. 그가 내 화장실의 요강에서 나온다고 해도 놀라지 않을 자신이 있었다.

나는 오이를 하나 들어서 허공에 팔을 쭉 뻗었다.

“드실래요?”

“…….”

“왜요. 금방 자른 건데. 수분이 촉촉한 게 싫으시면 얼굴에 같이 붙이실래요? 결혼식에 신랑 얼굴도 중요하거든요.”

“사양하겠다.”

그래, 뭐, 안 먹힐 줄 알았다. 혹시나 해서 시도해 본 것뿐이다. 나는 입을 삐죽이며 얼굴에 있는 오이를 그릇에 넣은 뒤 자리에서 일어났다.

그제야 나는 그가 아직 문가에서 들어오지 않았음을 깨달았다.

“안 들어와요?”

“미혼 여성의 방에는 함부로 들어가는 거 아니다.”

“이제 결혼할 건데 빼기는.”

나는 천천히 루벨리안의 앞에 다가간 뒤 물었다.

“그래서 왜 오셨는데요?”

“결혼식 준비 때문에 잠시 외출을 해야 할 것 같……!”

그때였다. 나를 보고 있던 루벨리안의 얼굴이 크게 일그러졌다. 눈 깜빡할 사이에 고개를 홱 돌려 버린 그가 헛기침을 하더니, 자신의 외투를 벗기 시작했다.

“뭐 하세요? 갑자기 내 방에 오니까 호르몬 과다 분비라도 온 거예요? 자신을 주체할 수 없어요?”

“아니다!”

미간을 찌푸리고 크게 고개를 젓는 와중에도 루벨리안은 나를 보지 않았다. 그에 왜 저러나 싶어 고개를 갸웃거리는데, 그가 벗은 외투를 내게 내밀었다.

“아무리 집이라고 해도 옷은 제대로 입어야 하지 않나.”

그제야 나는 내가 얇은 슬립 하나만 입고 있었음을 깨달았다. 뭐, 딱히 비치지도 않는구만.

하지만 이대로 가다가는 루벨리안의 얼굴이 터질 것 같았기 때문에 그의 손에서 외투를 받으려 손을 뻗었다.

그러나 그 순간, 나는 아주 중요한 사실을 하나 깨닫고 말았다.

방금까지 난 침대에 누워서 팩을 하고 있었다. 그리고 팩을 할 때 가장 중요한 건 다름 아닌 얼굴을 최대한으로 드러내야 하는 것이고, 그러기 위해서 헤어밴드로 앞머리를 올려서 훌러덩 까 버렸…….

“꺄아악! 어떡해!”

나는 두 손으로 얼굴을 부여잡으며 외쳤다. 이럴 수가, 이럴 수가!

괴상한 외침에 루벨리안이 고개를 돌렸다. 그는 뭘 오해했는지 나를 안심시키듯 입을 뗐다.

“너무 민망해하지 않아도 된다. 나는 아무것도 보지 못했…….”

“앞머리 까고 있었잖아, 나!”

“……앞머리?”

비명을 지른 나는 바로 몸을 돌려 급히 화장대 앞으로 다가갔다. 아니나 다를까, 내 새하얀 이마가 반질반질 자신의 광활함을 뽐내고 있었다.

“어떻게 이럴 수 있어!”

“앞머리를, 올린……?”

“세상에, 어떻게 앞머리를 깔 수가 있지? 이건 이건 인간으로서 실격이야!”

화장할 시간은 없어도 고데기는 무조건 해야 하는 내가 이딴 얼굴로 사람을 보다니. 아무리 부부라도 앞머리는 함부로 까는 게 아니었다.

나는 기겁하고 말았으나, 그런 나를 루벨리안이 이해할 수 있을 리가 없었다.

급히 헤어밴드를 아래로 내리자 정수리 부근에서 하늘하늘 춤추는 앞머리가 보였다.

이럴 수가. 위대한 시스루 뱅의 존엄을 모르는 이쪽 멍청이들 때문에 내가 얼마나 열심히 가위를 들고 찡찡댔는데!

“어떡해…….”

“어차피 외출해야 하니 그냥 새로 감는 게 어떤가?”

“아침에 머리 감았어요. 머리 너무 자주 감으면 윤기 사라져요. 내

실크 같은 머리."

"그럼 빗으로 잘 정돈해 보면……."

"너무 오래 눌려서 안 돼요!"

"어쩌라는 거지……."

루벨리안이 한숨을 쉬는 게 느껴졌으나 나는 이미 눈에 뵈는 게 없었다. 이제 외출도 해야 하는데, 최소한 여신 머리는 아니더라도 사람 꼴은 하고 나가야…….

결국 나는 한숨을 푹 쉬었다. 이러고 싶지 않았는데 꼭 이래야 하는 건가.

나는 루벨리안을 지나쳐 욕실로 들어갔다. 그런 내게 그의 의문 섞인 시선이 던져졌으나, 나는 아랑곳하지 않았다. 그리고 물을 틀어 손에 물을 묻힌 후 앞머리를 쥐어짰다.

자, 이게 바로 바쁜 현대인의 감쪽같은 비기! 앞머리만 씻기 스킬!

왠지 모르게 뒤에 별이라도 하나 붙여야 할 것 같은 소개를 속으로 읊조리며 수건을 들어 앞머리를 툭툭 짠 내가 욕실에서 나갔다.

그에 루벨리안의 시선이 내 앞머리에 고정되었다.

"뭘 그렇게 봐요?"

그는 더없이 혐오스러운 표정을 지으며 나를 보고 있었다. 세상에 어떻게 이런 인간이 존재할 수 있을까 하는 듯한 얼굴이었다.

그러나 이 순간만큼은 나는 당당할 수밖에 없었다.

아니, 앞머리만 씻는 게 얼마나 편한데. 그냥 매일 감으면 되는 거 아니야? 앞머리만 적셔서 말면 되는데 굳이 다 적실 필요 있냐고. 게다가 에반젤린은 신이 내린 체질이라서 기름도 얼마 안 생긴다고.

하지만 루벨리안은 꽤 진지한 얼굴로 천천히 입을 뗐다.

"머리 감기 싫어서 지금……."

"오늘 아침에 감고 팩 하고 있었거든요?"

"……그렇다 치지."

"진짜예요, 오늘 아침에 감았다고요!"

나는 억울함에 몸부림을 쳤다. 그러나 이미 나로 인해 자신의 세계관과 인생관과 더불어 가치관을 의심한 게 뻔한 루벨리안은 고개를 절레절레 저을 뿐이었다.

"어쨌든 외출을 해야 하니 옷은 제대로 차려입어라. 나는 접대실에서 기다리지."

"그런데 저희 어디 가는 거예요?"

눈을 깜박거리자 루벨리안이 나를 힐끔 보더니 이내 발걸음을 옮기며 말했다.

"극장가 쪽으로 갈 거다."

"아, 그런가요."

그의 말에 고개를 끄덕인 내가 화장대 쪽으로 향했다. 그러다 순간 뭔가 생각나는 것이 있어 고개를 들었다.

'잠깐만, 극장가 쪽이면 여주인공이 사는 쪽 아니야?'

내 기억이 틀리진 않을 것이다. 왜냐하면 소설 도입부가 계모가 빚을 져서 여주를 극장에 팔아 버리려고 하는 대목이거든. 물론 오늘 가는 극장가에 여주가 있을 거라는 보장은 없지만.

우연의 일치에 나는 얼굴을 바로 폈다. 혹시 모르잖는가. 원작 진입 전에 여주인공을 먼저 만나게 될지. 그럼 안면도 트고, 그러다가 남들처럼 여주랑 친구 먹으면 후에 베프도 되고……!

거기까지 생각한 내가 급히 화장대를 뒤졌다. 그래, 이렇게 된 이상 예쁘게 하고 나가야지. 혹시 여주랑 친구 먹을 수도 있으니까 액세서리 같은 것도 챙겨 가고.

그렇게 생각하며 급히 빗을 찾는데, 문가에서 루벨리안의 목소리가 들려왔다.

"아, 그리고 에반젤린."

"어, 무슨 일 더 있어요?"

궁금함을 안고 고개를 쑥 내밀자, 루벨리안이 조금 머뭇거리는 듯하더니 이내 조용하게 한마디 덧붙였다.

"혹시나 해서 말하는 거지만……."

"……?"

"세수는 꼭 하고 나오는 게 좋을 것 같군."

"당연하잖아!"

이미 나를 쓰레기 더미에 있는 사람으로 취급하고 있는 그에게 내가 크게 외쳤다.

아니, 미친. 대체 사람을 뭘로 보는 거야!

방으로 돌아온 아이다에게 드레스를 준비하라 이른 뒤, 나는 욕실로 가서 얼굴을 벗겨 낼 듯이 열심히 세수했다.

꽃잎을 갈아 넣은 물로 한 번, 비누로 한 번, 깨끗하게 할 수 있는 모든 도구를 써서 세수만 세 번을 한 나는 분으로도 가릴 수 없을 정도로 살짝 붉어진 뺨을 안고 응접실로 향했다.

"저 왔어요. 그리고 세수 세 번 했어요."

응접실 벽에 걸린 뭔가를 보던 루벨리안이 고개를 살짝 돌렸다. 그는 내 얼굴을 빤히 응시하더니, 그에게 다가가는 나를 보며 낮게 읊조렸다.

"굳이 그렇게 할 필요까지는 없었는데."

"세수 안 하면 내 얼굴 쳐다도 안 볼 것처럼 굴었으면서."

나는 입을 삐죽였다.

“그런데 뭐 보는 거예요?”

“초상화.”

그가 보고 있는 것은 다름 아닌 내 초상화였다. 4년 전에 그린, 우리 아버지의 자랑으로 불리는 내 초상화.

에반젤린은 몸이 허약해 그 아름다운 미모를 하고도 침대에서 나오는 일이 없었고, 그래서 아버지는 자신의 딸이 그 미모를 썩히는 게 꽤 아까웠던 모양이다.

그러니 내가 빙의 후 폴짝폴짝 뛰어다니는 모습이 얼마나 기특하고 좋았을까. 물론 딸을 팔아먹으려는 심산도 있었겠지만.

“어렸을 때는 진짜 이랬나?”

“지금도 이런데요?”

나는 두 손으로 꽃받침을 하고 눈을 깜박거리며 루벨리안을 보았다. 전생의 내가 하면 역겨웠겠지만, 현생의 나는 초절정 미모이니 예능에서 애교를 부리는 아이돌을 보는 느낌일 거다. 애초에 4년 전 초상화인데 지금이랑 크게 다를 리가 없었다.

루벨리안은 나와 초상화를 번갈아 보더니 이내 피식 웃었다. 그것을 보며 바로 얼굴에서 미소를 지운 내가 물었다.

“왜 웃어요? 제가 웃겨요?”

“아니, 그냥 웃어 봤다.”

벽에서 떠나 소파로 향하는 루벨리안의 뒤를 따르며 나는 미간을 찌푸렸다. 초절정 애교를 보고도 그저 담담한 그의 얼굴에 푸시식식은 내가 마치 시비라도 걸듯 그의 팔을 툭툭 치자, 그가 자신의 팔과 나를 번갈아 보다가 말했다.

“훌륭한 레이디는 함부로 사람의 팔을 치는 거 아니다.”

"……세상에, 그 꼴을 보고도 아직도 훌륭한 레이디라는 말이 나와요?"

나는 기겁했다. 이미 이 인간 마음속에서 나는 그냥 바닥을 기는 쥐며느리와 비슷한 취급 아니었어? 그렇게 생각하며 어이없는 표정을 짓는데, 루벨리안이 진지하기 그지없는 얼굴을 했다.

"그냥 새삼 미안해서."

갑작스러운 사과에 나는 저도 모르게 같이 심각해지고 말았다.

결혼할 남자가 진지하게 미안하다고 하는 이유가 뭐가 있겠냐. 역시 그쪽…….

나는 더없이 진지하게 그에게 물었다.

"혹시."

"……."

"그게, 안 되나요?"

"……?"

"혹시, 나 독수공방해야 하나요? 나 혼자 해결해야 하나……."

"아니다!"

내 물음에 잠시 무슨 뜻인지 이해하지 못한 듯하던 그가 버럭 소리를 질렀다.

아니면 아닌 거지, 왜 소리를 지르고 그래. 나는 두 귀를 막으면서 그를 향해 말했다.

"왜 소리를 지르고 그래요. 아니면 아닌 거지. 귀청 떨어지겠네."

"아니, 갑, 갑자기 그런 말도 안 되는 소리를 하니까……."

투덜거리는 내 얼굴에 루벨리안이 드물게 더듬거렸다. 나는 그의 터질 것처럼 빨간 얼굴을 보며 눈을 깜박거렸다.

"뭘 또 놀라고 그래요? 결혼 전에 못 들어 본 얘기예요? 귀족가는 이런 거 다 교육하고 들어가지 않나."

"……!"

"왜요, 안 할래요? 싫어?"

"그만해라, 제발……."

오오, 이 대단한 남자 입에서 제발이라는 단어가 나왔어. 나는 뭔가 신기해서 그런 그의 얼굴을 응시했다.

그러고 보니 원작에서 루벨리안은 꽤 애처가로 나왔다. 물론 에반젤린의 등장 빈도는 높지 않았지만, 내 기억에 그는 황태자와 있을 때나 여주와 대화를 나눌 때면 자주 제 아내를 언급했던 걸로 기억한다.

그러니까 이 차, 이브가 좋아할 것 같은 향이라거나, 아내가 아파서 집에 일찍 들어가 봐야 한다거나. 덕분에 나도 괜찮은 남자라고 인식했었지.

물론 흑막으로 밝혀지면서 모두 와르르 무너졌지만.

'아깝단 말이야, 흑막만 아니면 제대로 조련하는 건데. 그것만 빼면 이렇게 완벽한 남자가 어디 있어.'

나는 속으로 중얼거리면서 입맛을 다셨다. 하지만 그런 내 모습을 어떻게 오해했는지 루벨리안이 조금 떨떠름한 얼굴로 물었다.

"왜, 입맛을 다시는 것이지?"

"네?"

뭐야, 이 잡아먹히기 일보 직전의 초식 동물 같은 남자는. 나는 눈을 깜박거렸다.

그러나 그는 다시 한번 그 정중하기 짝이 없는 혐오감을 내비치면서 내게 물었다.

"무슨 생각을 하는 것이지?"

"아무 생각 안 했는데요?"

"……."

"진짜 아무 생각 안 했어요!"

나는 루벨리안을 보며 억울함에 몸부림쳤다. 진짜 아무런 생각도 안 했는데 왜 사람을 치한 취급해! 나 그런 사람 아니란 말이야!

억울해 죽겠는 내 얼굴에 루벨리안이 한숨을 푹 쉬었다.

"쓸데없는 생각 하지 마라."

"안 해요. 그렇게 날 혐오하는데 내가 어떻게 해요."

내가 작게 입을 삐죽였다. 솔직히 나도 감정도 없는 남자랑 그러고 싶지 않았다. 그냥 짚고 넘어가야 할 것 같아서 그런 것일 뿐.

내 표정에 루벨리안이 잠시 고민하는 듯하더니 이내 조심스럽게 말했다.

"혐오한 적은 없어."

"아예 날 치한으로 봐 놓고는. 됐어요, 불쾌했다면 내가 미안해요. 난 그냥 결혼 전에 이런 문제는 꼭 상의해야 한다고 들어서 그랬죠."

나는 소파에서 일어나며 드레스를 툭툭 쳤다. 자기가 결혼하자고 청혼해 놓고는. 아무리 잠자리가 결혼 생활의 전부는 아니더라도, 그래도 이렇게 소스라치는 건 정말 슬펐다.

좋아하지도 않는 남자랑 결혼해야 하는데 심지어 독수공방이야. 이러다가 열녀 기념패도 받겠네.

그렇게 툴툴대는데 어느새 내 앞에 온 그가 입을 뗐다.

"그 부분에 대해서는, 다시 말하지."

"그렇게 진지할 필요 없어요. 그냥 갑자기 생각나서 한 말이니까."

"그게 아니라, 내가…… 너랑 다르게 여자를 만난 적이 없어서 그런다."

"저도 여자는 만나 본 적이 없는데요?"

"……."

내 말에 루벨리안이 착잡한 표정을 지었다. 그에 나는 곧 그가 무슨 말을 하는지 깨달았다.

"아, 경험이 없으시다?"

정곡을 찔렀는지 루벨리안은 말이 없었다. 그런 그의 반응이 웃기기도 하고, 뭔가 의외이기도 해서 나는 웃고 말았다.

뭐야, 난 또 뭐라고. 가끔 생각하는데 되게 정중하고 예의 있는데 이상한 데서 또 진지하다.

나는 손을 뻗어 그에게 팔짱을 꼈다.

"됐고요, 그 부분은 그냥 잊어요. 혼자 삽질하지 말고."

내 말에 루벨리안이 잠시 머뭇거리는 듯하다가 이내 발걸음을 옮겼다. 그런 그의 옆에서 천천히 방을 나가며 나는 작게 웃고야 말았다.

루벨리안이 갑자기 나를 끌고 외출을 한 이유는 간단했다.

이곳에서는 결혼 전에 남성이 여성에게 보석이나 드레스, 구두 같은 것들을 선물하는 전통이 있는데, 루벨리안은 내가 좋아하는 게 어떤 것인지 몰라 나와 함께 외출을 감행한 것이었다.

그냥 공작저로 사람을 부르거나, 아니면 다른 이들이 다 하는 것처럼 그냥 적당하게 구색을 맞춰 보내도 됐을 텐데, 루벨리안은 일부러 나를 수도에서 가장 큰 살롱에 데려갔다.

하지만 그런 그의 노력이 무색하게, 나는 좋아하는 것을 고르라는 루벨리안의 말에 한 치의 망설임도 없이 행거의 왼쪽부터 오른쪽까지 쭉 쓸면서 입을 열었다.

"저기부터 저기까지 다 주세요."

"……!"

내 말에 점원은 물론 루벨리안마저도 깜짝 놀라 나를 보았다.

드레스 사재기를 한다고 해서 공작가에 큰 타격은 없겠지만, 보통 얼굴에 웬만하게 철판을 깔지 않고서야 이렇게까지 하는 경우는 없기 때문이다.

하지만 나는 당당했다.

네가 사 주겠다며, 그럼 난 진짜 고른다.

"……마음대로 고르란다고 진짜 마음대로 고르는군."

"제가 원래 다른 사람이 찰떡처럼 말하면 개떡처럼 알아듣는 스타일이라."

"무슨 말인지는 모르겠지만, 보통은 정도껏 하는 편이지."

"자기가 사 주겠다고 해 놓고는 무슨 정도 운운? 싫으면 결혼 취소하든가."

"더 필요한 건 없나?"

결혼 취소하겠다는 말에 당장 꼬리를 내리는 루벨리안을 보며 나는 방긋 웃었다.

"드레스 하나에 구두 하나는 기본인 거 알죠?"

"……구두를 내와라."

결국 드레스에 맞춰 구두까지 전부 구입한 뒤, 나는 우아하게 웃었다.

계산을 하러 간 루벨리안을 기다리면서 주스를 마시는데, 점원 한 명이 다가와 말했다.

"공작 각하께서 아가씨를 정말 사랑하시나 봐요."

이거 어디서 많이 듣던 대사인데? 아, 그거다. 남주가 여주한테 선물을 안기면, 주위에서 얼굴을 붉히며 뫄뫄님이 뫄뫄님을 참 사랑하시나 봐요!-라고 하는 거.

이 말을 여기서 듣게 될 줄이야. 나는 괜히 신기해서 방긋 웃었다.

"그렇게 보였나요?"

"네."

"어쩜, 너무 잘 보셨어요."

나는 얼굴을 붉히면서 고개를 끄덕였다.

그녀는 그런 나를 부럽다는 눈길로 보면서 덩달아 웃었다.

"역시 여자는 사랑을 받아야 예뻐지나 봐요."

"아닌데요. 전 원래 예뻤는데요."

어디, 내 미모를 후려치기 하면서 루벨리안에게 공을 돌려? 내 얼굴은 순전히 우리 아버지와 우리 어머니의 걸작이지, 절대 루벨리안의 공이 아니었다.

그때, 계산을 마친 루벨리안이 내 옆에 왔다.

"얼마 나왔어요?"

"수도 변방에서 저택 하나 사는 만큼의 가격이 나왔다."

"이럴 수가, 저택 하나밖에 안 나왔나요?"

"……."

"농담인데."

나는 진심이냐는 듯이 나를 보는 루벨리안에게 웃어 주었다. 그런 나를 보며 루벨리안이 한숨을 푹 쉬었다.

"겸양이라는 걸 모르는군."

"그럼 제가 여기서 궁상맞게 굴어야겠어요? 그리고 우리 같은 사람들이 돈을 팡팡 쓰는 게 경제 발전에 도움이 되는 거예요."

"과연?"

"아, 쩨쩨하게. 다 물러, 다 물러. 드레스도 무르고, 구두도 무르고, 우리 결혼도 무르고."

나는 입이 댓 발 나와서 투덜거렸다. 하지만 나를 지그시 바라보는 루벨리안과 시선이 마주치고는 입을 꼭 다물 수밖에 없었다. 그의 얼굴에는 상황에 맞지 않은 묘한 미소가 걸려 있었다.

그에 내가 왜 그러냐는 듯이 턱을 살짝 치켜들자 그가 나지막이 입을 열었다.

"결혼을 무르면 어쩔 거지?"

"진짜 물러 줄 건가요?"

"아니."

"……사람 놀리는 거?"

"그냥 궁금해서 그런다. 따로 결혼할 사람은 있고?"

"내 미모에 결혼할 사람 없을까 봐? 그리고 결혼 꼭 해야 되나요? 이 미모랑 지혜로 밥벌이가 대수야?"

"글쎄- 미모는 그렇다고 쳐도, 지혜는 잘……."

루벨리안의 빨간 눈동자가 나를 직시했다. 순간 숨이 멎을 것 같은 느낌에 저도 모르게 침을 꼴깍 삼키고 말았다.

아, 진짜, 이 얼굴 어쩜 좋아. 브로마이드로 박제해서 벽에 걸어 놓으면 안 될까? 화보집 내면 열 권 살 얼굴이네, 이거.

그때였다.

톡-

나를 응시하던 루벨리안이 고개를 살짝 숙여 내 이마에 본인의 이마를 톡 부딪쳤다.

무슨 일인지 몰라 눈을 깜박이는데, 그가 자리에서 일어나며 말했다.

"그럴 일은 없을 것 같군."

"뭐야……."

"그런 의미에서 아무래도 한평생 내가 널 먹여 살려야 할 것 같다."

순간 어이가 없어 헛웃음이 나왔다. 그럼 그렇지. 나는 그에게 팔짱을 끼면서 말했다.

"하여튼 사람 기대하게 해 놓고는."

"이제 그런 기대는 접어."

"그래도 혹시 아나요? 당신이 모르는 내 다른 면을 보고 정나미가 떨어질지?"

"아직도 보여 줄 게 더 남았나?"

루벨리안의 기겁하는 얼굴이 너무 웃겨서 나는 웃음을 터뜨렸다.

"그럼 이제 결혼식만 남은 거죠? 나머지는 우리 부모님이랑 상의하시길. 전 이제 좀 힘드네요."

"드레스 사고, 구두 사고, 수도에서 유명한 보석상에 있는 보석들은 전부 다 사니까 이제야 힘든가? 아까는 안 힘들었고?"

루벨리안이 너털웃음을 지으며 길게 한숨을 쉬었다.

"참, 돈 쓰는 걸 그렇게 좋아할 줄이야."

"돈 쓰는 거 싫어하는 사람도 있어요?"

나는 눈을 동그랗게 뜨며 말했다. 그에 루벨리안이 발목을 꾹꾹 누르는 나를 보다가 허리를 굽히고 내 발목을 살짝 잡았다.

"실례하지."

"어머, 숙녀의 발목은 함부로 보는 게 아니에요."

"……."

"농담이에요, 농담. 그렇게 볼 필요는 없잖아요. 우리 앞머리도 깐 사이 아니던가요?"

루벨리안이 고개를 내저으며 내 발목을 감쌌다. 살짝 드레스를 거두어 낸 그가 곧 구두를 벗기고 제 다리에 놓았다. 곧 그는 살짝 피가 배어난 하얀 살결을 보며 미간을 찌푸렸다.

"이렇게 발이 다 까져서는, 대체 어떻게 돌아다닌 거야?"

"제가 원래 근성이 좀 뛰어나서요."

"그렇게 잘 참는 성격으로는 안 보였는데."

"내 거 사니까 울면서라도 돌아다녀야죠. 당신 거 샀으면 아마 5분 만에 쓰러졌을걸요?"

내 당당한 얼굴을 어이가 없다는 듯 응시하던 그가 다시 고개를 숙이고는 내 발목을 꾹꾹 눌렀다.

"다음부터 사고 싶은 거 있으면 그냥 마음대로 사. 이렇게 한꺼번에 다 사려고 할 필요 없어."

"세상에, 할리퀸 소설이다."

"……?"

"아니에요. 그냥 혼자 감탄 좀 해 봤어요."

"가끔 생각하는데, 나는 당신 말을 알아듣지 못하겠어."

"아마 알아듣지 못하는 게 신상이 이로울 거예요. 알아들으면 당신 악몽 꿀걸요?"

상큼한 내 말에 루벨리안이 고개를 절레절레 저었다.

하지만 나는 진심이었다. 본인이 알고 보니 소설 속 흑막이고, 마지막에 죽는다는 걸 알면 어떨까? 아마 나 같으면 끔찍할 거야. 그러다 문득 엉뚱한 생각이 들었다.

"그런데 혹시 말이에요, 지금 하려는 거."

움찔.

당신의 죽음이 예정되어 있다고 해도 끝까지 할 거예요? 라고 물으려는 찰나, 내 말이 떨어지기도 전에 갑자기 움찔한 루벨리안을 보며 나는 눈을 깜박였다.

뭐지, 이 정곡을 찔린 것 같은 행동은? 뭘 생각한 거지? 이 상황에서 뜬금없이 반역을 연상시켰을 거란 생각은 안 하는데, 흐음? 뭘 하려고 하긴 했단 말이야?

그의 반응에 덩달아 놀라서 눈을 깜박이는데 그가 입을 열었다.

"……뭐, 뭘?"

심지어 말까지 더듬는다.

그러니까 뭔가 하려고 하긴 했단 말이지. 그런데 우연히 내 말과 맞아떨어진 거고. 나는 눈을 가늘게 뜨고 탐색하듯 그를 보았다.

하지만 그런 내 시선을 왠지 모르게 피한 루벨리안이 다리에 올린 내 발을 잡고 구두를 들었다.

"일단은 집에 돌아가지. 걸을 수는 있나?

"말해 봐요, 뭐 하려고 했어요? 무슨 생각 했는데?"

"아니다."

끝까지 고개를 젓는 루벨리안을 보며 입을 삐죽이던 나는, 조심스럽게 구두를 신기는 그를 응시하며 생각에 잠겼다.

혹시 생각하는 건데, 이 남자 나랑 결혼하려는 게 진짜 나한테 반해서, 뭐 그딴 이유는 아니겠지? 그럼 곤란한데……. 그 꼴을 다 봐 놓고 반한 거면 시력이나 머리에 문제가 있는 거다. 사랑도 없는 결혼, 기왕이면 시력이랑 머리가 멀쩡한 남자랑 하고 싶단 말이야.

내 발에 구두를 신긴 뒤 나를 부축하는 그의 팔을 살짝 잡았다. 순간 움찔한 그를 보며 다시 한번 내 추측에 대해 진지하게 고민한 내가 눈을 가늘게 떴다.

그러나 고개를 돌리며 딴청을 피우는 그로 인해 난 그저 입을 다물 수밖에 없었다.

그리고 며칠 뒤.

원작 진입 이틀 전, 결혼식 전날.

나는 루벨리안과 함께 등장한 수많은 사람들이 내려놓는 걸 보며 입을 딱 벌리고 말았다.

이게 뭐야? 이 번쩍거리는 것들, 설마 보석이야? 혹시 이것들은 구두인 건가? 지금 구두 위에 보석을…… 아, 내가 웬만해서는 물건에 쉽게 놀라지 않는데 이건 좀 너무했다.

나는 기겁하면서 루벨리안에게 물었다

"혹시 수도에 있는 구두점을 다 사셨나요?"

"쉽게 발이 까지는 것 같아 발에 딱 맞게 구두를 주문했을 뿐이다."

"이제는 내 여자니까 뭐, 예쁘게 하고 다녀라…… 그런 건가요?"

"아니. 굳이 예쁘게 하고 다닐 필요 없어."

"그럼……."

"그냥 세수만 꼬박꼬박하고 머리만 잘 감으면 된다."

"……."

"아, 뒷머리도 함께."

아무래도 남편의 뒤끝이 장난이 아닌 것 같다. 나는 기가 막혀 고개를 들었다.

"그래서 왜 왔어요? 머리 감는 거 보려고?"

"아니."

내 삐딱한 말투에도 루벨리안은 딱히 기분 나쁜 기색이 아니었다. 오히려 그런 나를 훑다가 내 발 쪽으로 고개를 살짝 숙이고는 물었다.

"발은 괜찮나?"

"괜찮은데요?"

발 하나 까진 걸로 뭘 또 저렇게 진지하게 물어? 나는 미간을 살짝 좁히고는 발을 들어 구두를 벗었다. 하지만 기겁하며 나를 저지하는 아이다로 인해 그냥 뒤꿈치만 살짝 드러내 보였다.

"자요, 자. 괜찮죠?"

"그래, 괜찮아 보이는군."

"그래서, 또 뭐 다른 일은 없어요?"

내 물음에 루벨리안이 잠시 머뭇머뭇했다. 그는 뭔가 생각하는 듯하더니 뒤에 있는 이에게 턱짓을 했다.

곧 뒤에 서 있던 중년 부인이 우아하게 웃으면서 드레스를 살짝 들었다.

"처음 뵙겠습니다. 마님."

"……?"

저 아직 결혼 안 했는데요? 왜 아가씨로 살 마지막 기회를 제멋대로 박탈하는 거죠? 막 이렇게 마음대로 날 불러도 되는 거야?

얼굴에 불만을 가득 쓰고 루벨리안을 보았다. 그에 왜 그러냐는 듯이 그가 고개를 갸웃하는 것을 보며, 나는 입술을 댓 발 정도 밀어낸 뒤 입을 열었다.

"저 아직 미혼이에요."

내 말에 중년 부인이 깨달았다는 듯이 가볍게 감탄을 내뱉었다. 하지만 그런 깨달음이 무색하게 그녀가 다시 방싯방싯 웃으면서 말했다.

"하지만 곧 마님이 되실 분이죠."

"꼭 그렇게 불러야 하나요? 하다못해 부인이라거나, 그건 안 되나요?"

"그건 가문의 외부에서 부르는 것이고요."

꼭 그렇게 말해야겠다 그거지? 나는 볼을 빵빵하게 불리고 잠시 생각하다가 이내 다시 해맑게 웃었다. 그리고 시선을 루벨리안에게 던졌다.

"잘됐네요. 제가 마님이니, 이제부터 각하는 돌쇠 하는 거예요!"

"……?"

"왜 그런 눈으로 봐요? 원래 마님은 양반이 아니라 돌쇠랑 커플이거든요!"

"……무슨?"

"쌀밥 드릴까요?"

내 천진한 표정에 어떻게 대응해야 할지 모르는 게 너무 빤히 보여 나는 웃음을 삼켰다. 이 인간이 우리의 유구한 전통인 마님과 돌쇠의 은밀한 관계를 알 리가 없지. 이제부터 한동안 계속 돌쇠라고 불러야겠다.

나는 생긋 웃고는 다시 중년 부인에게로 고개를 돌렸다.

"그래서, 무슨 일이죠?"

"아, 저……."

나와 루벨리안의 대화를 들은 그녀가 약간 주춤하더니, 억지로 웃음을 짜내며 손에 든 상자를 내게 내밀었다.

"이것을, 드리려고 왔습니다."

"이게 뭔데요?"

작은 상자는 딱 봐도 어마어마하게 고급스러운 분위기를 풍기고 있었다.

이게 대체 뭐에 쓰는 물건이고? 나는 왠지 모르게 경건한 마음이 들어서 두 손으로 상자를 받고는 조심스럽게 열었다.

이미 결혼반지까지 맞춘 마당에 갑자기 프러포즈일 리는 없고, 설마하니 이 중년 여자가 루벨리안 대신 '우리 마님이 되어 주실래요?' 라고 나한테 프러포즈를 할 일도 없으니 반지는 아니겠지만…….

"으음?"

하지만 상자를 열고 보이는 물건에 나는 눈을 깜박일 수밖에 없었다. 상자에 들어 있는 것은 다름 아닌 사파이어 반지였다.

"이건 또 뭐예요? 진짜 혹시 '우리 마님이 되어 주실래요?'라고 나한테 프러포즈하는 건가요?"

내가 기겁하며 묻자 중년 부인이 고개를 저었다. 그때, 루벨리안의 낮은 중저음이 내게 읊조렸다.

"공작가 대대로 안주인에게 물려주던 상징이다."

"오오."

뭐야, 그런 거였어? 나는 전생의 어머니가 할머니가 물려준 것이라고 언제나 손목에 하고 다니던 비취 팔찌를 생각하며 납득했다.

"플로렌스의 상징이지. 오직 플로렌스에서밖에 나지 않는 종류의 사파이어로 만든 것이라, 세공도 흉내 낼 수 없는 것이다."

"그렇군요! 비싸겠네요?"

"……팔아먹지는 마라. 그래도 가문 대대로 내려오는 물건이다."

"나를 뭘로 보고."

나는 그를 흘겼다. 그러나 그는 꽤 진심이었는지 상당히 불안한 얼굴을 하고 있어, 나는 진심으로 그의 머릿속에서 내가 어떤 이미지인지 반성이라는 것을 한번 해 보았다.

"그리고, 무엇보다도 쓸데가 많은 물건이다."

"어떻게요?"

"물건을 살 때."

"……?"

"고대 마법이 걸려 있어서 전 대륙에서 사용할 수 있다. 반지를 보이면 플로렌스 공작가로 금액이 청구될 거다. 금액 제한은 없고. 그래도 공작가를 말아먹지는 마라."

순간 머리부터 찌릿하는 감각에 나는 반지를 빠르게 보았다. 방금까지만 해도 그저 평범하게 보이던 사파이어 반지가, 이 순간만큼은 너무 사랑스럽게 보였다.

그러니까 고대 마법이고 뭐고는 둘째 치고, 내 손에 들린 이 물건이 사실은…….

"한도 없는 신용 카드?!"

"……그게 뭐지?"

"세상에, 이럴 수가! 결혼도 안 했는데 벌써부터 신용 카드부터 내미는 남자라니! 그것도 한도가 없어! 세상에, 루벨리안! 당신, 배운 남자였군요!"

"……뭐?"

"사랑해요."

사파이어 반지를 품에 꼭 껴안고 나는 감격스러운 표정을 지었다. 내가 드레스랑 구두에는 양심을 안 팔아도, 한도 없는 신용 카드에는 양심을 팔 수 있는 인간이었다.

그도 그럴 것이 전생에 난다 긴다 하는 우리 집도 한도 없는 신용 카드는 없었다. 물론 한도가 의미 없는 신용 카드는 있었지만.

하나 집을 나와 고시원에 자취를 시작하면서, 평소에 버킨백을 장바구니처럼 들고 다닌 나는 이백 원짜리 비닐봉지도 아까워 눈물을 짜는 세월을 보내야만 했다.

물론 그 생활에 대한 후회는 없었다.

어쨌든 한도 없는 신용 카드라니, 이런 것을 만져 볼 수가 있었구나. 장하다, 서이안! 인생 헛살지 않았어! 빙의하길 잘했어! 시한부면 어때, 죽기 전에 이걸 만져 봤는데.

나는 감격에 넘쳐서 루벨리안을 보았다. 그러나 곧, 묘한 루벨리안의 얼굴을 보고 눈을 깜박일 수밖에 없었다.

"왜 그래요? 혹시 줬다 뺏는 거예요?"

"……사랑한다는 말을 그렇게 쉽게……."

"왜요, 안 되나요? 사랑하면 안 되는 건가요?"

"어떻게 사람이 이렇게 꾸준하고 알차게 속물적일 수 있는지……."

루벨리안이 한숨을 푹 쉬었다. 그는 방금 내가 한 사랑한다는 말을 신경 쓰는 듯했지만, 원래 친구끼리도 막 사랑한다고 말하지 않나? 그냥 흥분을 표현하는 일종의 방식인데 이렇게 과민 반응할 필요까지야.

나는 상자를 품에 안고 루벨리안을 응시했다.

"혹시 내가 돈 때문에 당신이랑 만난다는 생각을 하는 거예요?"

"그건 아니다. 클로다 상단은 제국에서도 꽤 알아주는 곳이니, 네가 돈이 없어서 그런다고는 생각하지 않아."

내 말에 루벨리안이 급히 고개를 저었다. 하지만 나는 그런 그의 부정에 피식 웃으며 말했다.

"돈 보고 사랑하는 게 어때서요?"

"뭐?"

"물론 내가 진짜 당신을 사랑하는 건 아니지만, 설사 사랑한다고 해도- 자, 생각해 봐요. 세상에 돈 많은 사람이 그렇게 많은데, 내가 왜 하필 그중에서 당신을 사랑하겠어요?"

"……?"

"그러니까 결국에는 당신을 사랑하는 거예요."

내 논리에 중년 부인이 고개를 갸웃거렸다.

어때? 휘말리지? 쩔지? 좋은 논리지?

내 말에 루벨리안은 굉장히 착잡한 얼굴을 했다. 어느새 다시 차가운 얼굴로 돌아온 그가 입을 뗐다.

"하여튼 쓸데없는 생각은 말고. 어디 팔아 버리지는 마라."

"아, 진짜! 날 뭘로 보고."

"지금까지 본인이 한 행동을 좀 생각해 봐. 내가 지금 이런 걱정을 안 하게 생겼는지."

내가 뭘 어쨌다고. 나는 입을 삐죽였다.

그러나 그때, 루벨리안이 갑자기 웃음을 흘렸다.

"일찍 자고."

"뭐예요? 갑자기."

"내일 결혼식이라고 너무 긴장하지는 말고."

"하나도 안 긴장했는데요?"

내 말에 루벨리안이 고개를 끄덕였다. 그럼 다행이라면서 발걸음을 옮기는 그의 뒷모습을 보며 나는 입꼬리를 말아 올렸다.

역시, 흑막만 아니면 꼬드겨 보는데 말이야.

이튿날 아침, 결혼식 준비로 부산스럽기 그지없는 클로다 저택에서 정작 가장 긴장해야 할 신부가 태평스럽게 사과를 먹는 광경에 어머니가 눈물을 훔쳤다.

"세상에, 우리 이브가 결혼을 한다니……. 이런 날이 올 줄은 몰랐단다."

"어머니, 울지 마세요. 제가 죽으러 가는 것도 아니고."

"이제 결혼하면 집에도 자주 못 올 텐데…… 평민이라고 기죽지 말고, 꼭 공작가에서 잘 버텨야 한다. 알겠니?"

저는 잘 버틸 자신이 있는데, 공작가 사람들이 잘 버틸지 모르겠네요. 제가 루벨리안이랑 결혼하면 잘 버텨야 하는 건 제가 아니라 게네들이거든요.

말을 목구멍으로 삼키며 사과 씨를 그릇에 뱉어 내는데, 방문이 열리며 아버지가 들어왔다.

"이브! 내 딸, 내 자랑!"

"아버지."

"공작가에서 너무 긴장할 필요 없다. 공작은 너를 어쩌지 못해. 알겠지? 그러니 기죽을 필요 없어. 혹시 공작이 널 무시하기라도 하면 이 아비에게 꼭 말해. 알겠지?"

아니, 난 왜 이 와중에 우리 아버지한테 감동하고 있지?

평소에 그렇게 날 팔아먹지 못해서 안달하던 인간이 이러니까 참…… 뭐랄까, 기분이 착잡했다.

이럴 거면 그냥 날 결혼시키지 말지, 뭘 또 굳이 그렇게 할까 싶고, 그 와중에 이 인간 나름대로 또 딸을 사랑하나 싶고. 참 뭣 같다.

준비를 마친 나는 아버지의 에스코트를 받으며 마차에 올랐다. 결혼식 무사하게 마치라고 손을 흔들어 주는 고용인들을 보면서 나는 침묵했다.

특히 아이다가 눈물을 뚝뚝 흘렸는데, 그녀는 아무래도 평민이니 공작가에서 시녀를 하는 건 무리라 나와 함께 공작가에 가는 건 불가능할 듯싶었다.

물론 언젠가는 꼭 루벨리안에게 그녀를 불러 달라고 말해 봐야겠지만.

그렇게 얼마나 지났을까, 신전에 도착한 내가 길게 한숨을 들이쉬었다.

전생에 나는 비혼 주의자였다.

내 주위에 있는 인물들은 하나같이 정신 똑바로 차리지 않으면 정말 삐뚤어지게 사는 것들이었고, 그 와중에 아빠와 엄마 때문에 결혼에 미련을 버린 나는 결혼에 대한 환상이 전혀 없었다.

그리고 그건 지금도 마찬가지였다.

"마님, 오셨어요? 어머, 세상에!"

마차에서 내리자마자 리리스가 나를 반겼다. 정식으로 내 전속 시녀가 된 그녀가 뒤에 있는 시녀들과 함께 내게 다가오다가 두 손으로 입을 막았다.

"……이럴 수가, 후회 없는 삶이었어."

"영애!"

"영애, 쓰러지시면 안 돼요!"

갑자기 이마를 부여잡고 뒤로 쓰러지는 그녀를 뒤편에 있던 시녀들이 기겁하며 잡았다. 하지만 리리스는 여전히 정신이 혼미한지, 황홀하기 그지없는 얼굴을 하며 나를 응시했다.

"천 대 일의 경쟁률을 뚫은 보람이 있어."

"……네?"

뭐야, 그 어마어마한 경쟁률은? 대체 무슨 경쟁률이야? 이해가 잘

되지 않아 얼굴을 찡그렸으나 정작 리리스는 환하게 웃으며 내게 다가왔다.

"마님은 세상에서 가장 예쁜 신부가 될 거예요."

"고맙긴 한데……."

"빨리 들어가서 공작 각하를 뵈어요! 장담하는데 기절하실걸요?"

그런 일은 없을 것 같은데. 나는 속으로 중얼거리며 복도를 걸었다. 길고 긴 드레스를 든 시녀들이 천천히 내 보폭에 맞추고, 이내 커다란 문 앞에 선 내가 그를 불렀다.

"각하?"

"왔……!"

내 말에 고개를 돌린 루벨리안이 멈칫했다.

짙은 흑발을 뒤로 깔끔하게 넘기고, 검은색 예복을 입은 그의 모습에 나는 절로 감탄을 흘려야만 했다. 아니, 너무 섹시하잖아요. 나는 호오- 감탄을 흘렸다.

"멋진데요?"

"……."

"각하?"

"……."

"왜 이래요? 오늘 아침 뭐 잘못 드셨나요?"

"……아니다."

가만 보면 부정은 되게 잘한다. 나는 루벨리안을 보면서 웃었다. 그리고 드레스 자락을 살짝 잡은 채 물었다.

"나 예쁘죠? 눈멀 것 같죠?"

"그래."

"어어? 그렇게 인정하면 내가 받을 말이 없잖아요. 타박해야죠.

세수는 하고 왔냐고, 머리는 감았냐고."

나는 눈을 동그랗게 떴다. 이 인간이 갑자기 왜 이래? 속으로 어이가 없어 고개를 갸웃거리는데, 내 앞으로 다가온 루벨리안이 내 손을 부드럽게 감쌌다.

"세수하지 않아도 될 것 같군."

"무슨 소리예요?"

"머리도 안 감아도 될 것 같고."

"지금 혹시 이거 칭찬인가요? 아니, 칭찬의 상태가?"

"그러니까 그대로 있어."

무슨 말인지 몰라 눈썹을 살짝 까닥이는데, 갑자기 그가 고개를 살짝 숙였다. 그리고 이내-

쪽.

"어?"

"앞으로는 양치만 제대로 하면 될 것 같군."

"……!"

뭐야, 그거! 갑작스러운 행동과 하나도 어울리지 않는 말에 나는 차마 말을 잇지 못했다.

이, 이거 뭐야? 왜 이러지? 이 인간이 혹시 내 양치 상태를 점검하려고? 아니, 그런데 이렇게 직접 점검하는 건 또 뭐죠?

"들어가지."

혼란스러움에 그대로 쩌적 굳어 있는 내 손을 살짝 이끈 그가 발걸음을 옮겼다.

묘하게 미소가 걸려 있는 그의 얼굴을 보면서 어이없어하다가 나는 기어코 한마디를 짜내고야 말았다.

"……했어요."

“뭐?”

“이 아플 정도로 열심히 양치했어요.”

“다행이군.”

“아니, 그런데 방금 그거 뭐예요? 그딴 식으로 점검하는 거…….”

“들어가지.”

결국 나는 말을 끝내지 못한 채 루벨리안을 보며 입을 삐죽였다.

우리가 결혼한 사이라서 내가 참는 거지, 아니면 내 성격에 턱주가리를 콱!-은 조금 무리일 것 같다. 저 얼굴에 손을 댈 정도로 나는 잔인하지 않아.

“어차피 들어가서 할 건데 그렇게 생색 낼 필요 있나?”

“아니, 그거야 그렇지만…….”

나는 잠시 말을 골랐다. 뭔가 선후 순서가 영 아닌 것 같은데. 그렇게 생각하던 도중 문이 열리자 나는 루벨리안과 함께 결혼식장에 들어섰다.

그렇게, 원작이 흘러가기 시작했다.

그리고 그날 밤, 첫날밤의 중대한 의무를 지니고 있는 나는 술을 마시고 쓰러진 채 웅얼거렸다.

“루벨리안…….”

“…….”

“벗겨 줘요.”

“……!”

결혼식에서 신부가 술을 마시는 경우는 적지 않았다.

하지만 내가 예상하지 못했던 것은, 폭탄주를 대야째 마시고도 이튿날 아침 멀쩡하게 풀 메이크업으로 출근하는 전생의 나와 달리, 에반젤린은 이 짤막한 인생에 와인 한 번 입에 대 보지 못했다는 것이었다.

결국 주변 사람들이 권하는 와인을 몇 입 마신 나는 바로 얼굴이 발그레해진 채 루벨리안에 의해 급히 신방으로 호송되어 왔다.

"손님들으으은……."

"이미 보냈다. 결혼식도 슬슬 끝날 참이었으니."

"아아, 보냈구나."

아, 알딸딸하다. 이게 바로 취하는 느낌인 건가? 은근 좋은데? 세상이 돈다. 정신이 몽롱해. 아아, 좋다.

"손님들으으은……."

"……."

"아아, 보냈구나."

"……."

"손님들으은……."

"보냈다."

"……아아, 보냈구나."

코가 저릿해지고 눈가가 뜨거워졌다. 나 지금 우는 건가? 혹시 이대로 울면 루벨리안이 질겁할까? 침대에 엎드려 있던 나는 천천히 몸을 일으켰다.

"에반젤린!"

"왜에요?"

혀 꼬인다. 급히 나를 부축하는 루벨리안을 보며 나는 눈을 깜박거렸다. 앞이 흐릿해서 루벨리안이 어떻게 생겼는지도 보이지 않았다. 나는 잠시 멍하니 그를 보다가 입을 열었다.

"야."

"……야?"

"야, 넌 왜 자꾸만 흔들거려. 좀! 똑바로 있어……!"

"……."

루벨리안은 답이 없었다. 대신 한숨을 푹 쉬었는데, 그것 때문에 신경이 거슬린 나는 얼굴을 팍 찌푸렸다.

"무슨 한숨을 쉬고 그래. 내가 지금 한숨을 쉬어야 하는데!"

"그래, 알겠으니까 일단 자지."

"자? 자? 그래, 자자. 자려면…… 옷을 벗어야 하는데. 아, 이거, 이거, 어떻게 벗지?"

"리리스를 불러 주지."

내가 낑낑대면서 코르셋의 끈을 잡으려고 들자, 루벨리안이 나를 잡은 손을 놓고 침대에서 일어났다.

그 순간 마치 연체동물처럼 철푸덕 엎어진 나는 거기에 놀라 멈춰서는 루벨리안의 손을 꽉 잡았다.

"어디 가?"

"리리스를 불러 준다고 하지 않았나. 옷을 벗어야지."

"옷을 벗는데 왜 리리스를 불러? 네가 벗겨 주면 되잖아."

"무슨 헛소리를……."

"우리 오늘 첫날밤인데……."

나는 입을 삐죽 내밀었다. 첫날밤인데 진짜 독수공방시킬 거야? 왜 떠나, 가지 마. 나랑 놀자.

"이렇게 취했는데 무슨 첫날밤 타령을 하고 있어."

"왜에. 내가 취해도, 응? 할 건 다 할 수 있어."

"취한 사람을 안는 취미는 없다. 지금 거의 인사불성이야, 당신."

"아니야, 나 멀쩡해. 그런데 왜 계속 흔들거려? 좀 똑바로 앉아 있어."

"하아…… 당신이 흔들거리고 있는 거다."

"그럼 당신도 나랑 같이 진폭 맞춰서 흔들어. 그럼 되잖아."

"……."

이 와중에 루벨리안의 어이없는 얼굴이 나를 직시하는 게 느껴졌다.

하지만 나는 꽤 당당했다. 원래 그런 거 아닌가? 그것도 못해 주면서 무슨 결혼을 하겠다고.

그때였다. 계속해서 뒤의 코르셋 끈을 찾던 내 손이 정확하게 그 끝을 찾았는지, 살짝 힘을 준 순간 코르셋 끈이 툭 하고 풀리는 느낌이 났다.

집에 왔을 때 제일 먼저 속옷부터 벗어 던지는 그 느낌에 취해 나는 황홀하게 웃었다.

"아, 편해."

"에반젤린! 지금 뭐 하는 거……!"

"옷 벗는데? 넌 안 벗어? 안 벗으면 안 되는데, 못 하는데……."

내 말에 루벨리안이 뒷골을 콱 잡았다. 그는 이제야 사태의 심각성을 느꼈는지 급히 나를 품에 안고 내 손을 저지시켰다.

순간 폭신폭신한 느낌에 나는 두 팔을 뻗어 루벨리안은 안았다.

"아, 따뜻해."

"……환장하겠군."

"환장? 뭐가? 네가 왜 환장해? 환장은 내가 해야지."

"술버릇이 옷 벗고 사람 안는 거라니…… 차라리 물건을 때려 부수지."

"뭐라는 거야? 내가 언제 사람을 안았다고."

그에 루벨리안이 내 허리를 안으며 말했다.

"나는 사람 아닌가?"

"당신은…… 당신은 남편이지. 당신이 아니면 안 안지……."

그래, 남편. 내 인생에 존재할 수 있을 거라 생각지도 않은 남편. 나는 흐읍, 숨을 들이쉬었다.

세상살이 참 힘들다. 그냥 새롭게 사는 인생 좀 편하게 살아 보고자 했을 뿐인데, 왜 이렇게 꼬이는 걸까? 내가 오래 사는 게 그렇게 못마땅한 건가?

"내가 그렇게 미워?"

내 물음에 루벨리안이 멈칫했다. 그는 잠시 나를 보는 듯하더니, 이내 왜 그렇게 묻느냐는 듯이 미간을 좁혔다.

하지만 내 입장에서는 그럴 수밖에 없단 말이야.

"당신, 복수하려고 그러는 거잖아."

"……!"

"그런데 거기에 내가 휘말릴 수 있다는 생각은 못 해 봤어?"

내가 지금 무슨 말을 하는지는 잘 모르겠다. 그냥 그동안 쌓아 놨던 것들을 전부 입 밖에 와그르르 내뱉을 뿐이었다.

루벨리안의 표정이 정확히 보이지는 않았지만, 아직 내 허리를 내팽개치지 않은 걸 보면 화가 난 것 같지는 않았다.

그래서 나는 그 기세를 빌어 그에게 물었다.

"만약 실패하면, 어쩔 건데?"

"에반젤린, 취했군. 빨리 씻고 자는 게 좋을 것 같다."

"실패해서, 내가 죽으면 어쩔 거야?"

"당신 안 죽어. 죽어도 내가 죽지, 당신은 안 죽어."

"내가 왜 안 죽어. 내가, 당신 아내인데."

그렇다. 에반젤린이 죽은 건 순전히 그녀가 루벨리안의 아내였기 때문이다. 전 편을 통틀어 그녀가 잘못한 건 아무것도 없었고, 기껏해야 플로렌스 공작가에서 가만히 앉아서 내무나 보던 여자였다.

루벨리안은 좋은 남편이었다. 하지만 그는 절대 에반젤린을 사랑하지는 않았다.

"당신이 죽으면 나는 어떻게 살아? 내가 연루되면…… 죽을 거란 생각 못 했지?"

"……."

"나 혼자 살아도, 그게 사는 걸 거 같아?"

반역자의 집안이니 재산과 작위는 전부 몰수당하고, 아내는 더 이상 갈 곳을 잃는다. 혹시 그사이 아이라도 생겼으면 더 최악이고. 남편도 없고 저를 먹여 살릴 재주 하나 없는 그녀에게, 과연 무슨 선택지가 있었을까?

사실 죽는 게 가장 깔끔했을지도 모른다.

"당신 없이 내가 어떻게 살아. 아무것도 할 줄 모르는데, 당신은 날 두고 가는 게 마음이 놓였어?"

"이브. 뭔가 착각하고 있는 것 같은데, 나 아직 안 죽었다."

"당신 말하는 거 아니야. 당신이 아니라, 루벨리안을 말하는 거야……. 그러니까…… 그 개자식."

"……."

"그러니까 하지 마. 이기적인 거 아는데, 그래도 하지 마."

사람이 참 이기적이기도 하다. 루벨리안이 어떤 과거를 안고 어떤 고통을 안고 있는지 다 아는데, 나는 정작 그를 말리고 있었다.

하지만 내가 말린다고 들어먹을 그가 아니었고, 애초에 기대도 하지 않았기 때문에 나는 그저 내가 하고 싶은 말을 전부 늘어놓았다.

그때였다.

"알았다."

"……응?"

비몽사몽한 상태에서 뭔가를 들은 것 같다. 알았다고 하는 것 같은데 뭘 알았는지는 잘 모르겠다.

그저 내 할 말만 가득 들어 놓은 나는 왠지 모르게 기분이 좋아져서 헤실거리며 눈을 감았다. 곧 짙은 취기가 다시 한번 몰려왔다.

아, 폭신폭신해.

따뜻하고.

좋다. 느낌 좋고 감촉 좋고, 그 와중에 난로를 안은 것처럼 품 안이 따듯해서 정말 좋았다. 그런데 왜 머리가 아프지?

아, 술을 마셨지. 어제 결혼식이었고. 진짜 나쁘다. 신부에게 와인을 건네는 건 또 뭐야? 그런데 내가 어제 뭘 했더라?

"헉!"

"일어났나?"

순간 기억이 돌아온 내가 눈을 번쩍 떴다. 그래, 결혼식. 결혼식을 마치고 루벨리안이 나를 데리고 신방에 왔는데……? 나는 고개를 들었다. 신방에 왔는데!

"잘 잤나? 어디 아프거나 이상한 데는 없어?"

나는 내 머리 바로 위에서 들려오는 목소리에 눈을 깜박거렸다.

아니나 다를까, 익숙한 빨간 눈동자가 나를 보고 있었다. 아침이라 다소 잠긴 목소리였으나, 그 와중에 정말 감미로워서 나는 그만 감동을 하고 말았다.

"어, 음……. 나름요?"

그러다 내가 지금 루벨리안의 품에 안겨 있음을 발견했다.

아니, 그런데 이거…… 드라마에서나 자주 보던 침대 신 아닌가? 내가 이런 장면을 연출할 날이 있다니.

언제 갈아입혀졌는지 나는 현재 얇은 슬립을 입고 있었다. 다만 문제라면 첫날밤을 위해 준비된 것이라 평소에 입던 것보다 훨씬 더 얇은 것이어서 속이 훤히 비친다는 것이었다.

하지만 그것도 그것 나름이지, 진짜 하이라이트는 다른 데에 있었다.

나는 내 다리가 루벨리안의 몸 위에 떡하니 얹힌 것을 발견했다.

"으음."

몸이 찌뿌둥해서 다리를 살짝 움직이자, 순간 루벨리안이 미간을 찌푸렸다.

혹시 무거운 걸까? 괜히 미안해져서 다리를 내리려고 하는데, 갑자기 내 등을 잡은 루벨리안의 손에 힘이 들어갔다.

"잠시만."

"네?"

"잠시만 움직이지 말고, 딱 그 상태 그대로 있어."

나는 눈을 깜박였다. 혹시 생각보다 스킨십을 좋아하나? 그렇게 생각하며 조심스럽게 다리를 약간 움직였다.

"쓰읍."

오오, 이 남자가 이런 표정을 다 짓네?

그러고 보니 내가 잠버릇이 얌전한 편은 아니었지? 보나 마나 자면서 이리저리 다리를 움직여 댔을 테고, 그게 참 안 좋은 곳을 이리저리 자극을…… 더 이상의 서술은 생략하겠다.

나는 눈을 동그랗게 뜨고 그에게 물었다.

"어머, 혹시 홍……."

"그만."

진짜 힘들긴 힘든지 그는 드물게 으르렁거리듯 내게 말했다.

"그냥 지금 초야 치를까요?"

루벨리안의 얼굴이 내게로 향했다. 그는 무슨 말도 안 되는 소리를 하느냐는 듯이 나를 보았으나, 나는 피식 웃을 수밖에 없었다.

"왜, 벌건 대낮에도 나름 운치가 있지 않을까요?"

"제발 좀 조용히 해 주지 않겠나."

"그래서 우리 어젯밤에 아무 일도 없던 거?"

"네가 그렇게 난리를 쳐 대는데 무슨 일이 있었겠나."

내가 난리를 쳤나? 무슨 난리? 그다지 기억이 나지 않았다. 술에 취해 본 적이 있어야 술버릇을 알지. 그렇게 생각하며 고개를 갸웃거리는데, 누군가가 밖에서 노크를 했다.

똑똑.

"주인님, 마님. 기침하셨습니까?"

이 목소리는 제나 부인의 것이었다. 내가 어쩔까 하는 눈빛으로 루벨리안을 보자, 그가 낮게 깔린 목소리로 말했다.

"30분 뒤에 오도록."

"알겠습니다."

"진짜 안 해요? 아쉬울 텐데."

내 천진한 얼굴에 루벨리안은 할 말이 사라진 듯했다. 뭔가 생각하듯 잠시 내 눈을 빤히 응시하던 그가 내 이마를 툭 쳤다. 그리고 단호하게 말했다.

"그런 일은 없을 거다."

"칫."

나름 아쉬운 마음을 안은 채 내가 입을 삐죽였다.

아니, 그런데 내가 왜 아쉽지?

그리고 예정대로 30분 뒤, 제나 부인이 수많은 시녀들을 데리고 방에 들어왔다.

"일단 시트부터 갈아야겠군요. 애나, 마리. 너희 둘은 마님의 목욕 시중을 들거라."

"네."

곧 시녀를 따라 욕실로 간 내가 따뜻한 물이 있는 욕조에 들어갔다. 비록 첫날밤을 치르지는 않았지만, 몸이 찌뿌둥해서 이리저리 몸을 움직이는데, 시녀 한 명이 부드럽게 웃으며 내 머리를 감겨 주었다.

"너무 뜨거우면 말씀하세요."

"혹시 어디 불편하신 곳은 없으세요? 안마해 드릴게요."

세상에, 진짜 중세 귀족들은 다 이렇게 살았을까? 왜 다들 그렇게 귀족이 되고 싶어 하는지 알 만하다.

그때, 방 밖이 조금 소란스러워졌다.

"무슨 일인지 좀 봐 줄래?"

"네, 잠시만요."

수온을 맞추던 애나가 욕실을 나갔다. 그렇게 얼마나 지났을까, 다시 욕실로 돌아온 그녀가 조금 당황한 얼굴로 내게 말했다.

"저, 마님…… 주인님께서 아무래도 조찬을 함께하시지 못할 것 같아요……."

"뭐?"

신혼 첫날에 아침을 같이 못 먹어? 이 남자가 진짜! 나는 험악한 표정을 지었다.

그런 내 모습에 시녀가 고개를 숙이는데, 밖에서 루벨리안의 목소리가 들려왔다.

"이브."

"무슨 일 있어요? 들어와서 얘기해요."

내 말에 시녀 둘이 얼굴을 붉혔다. 곧 그녀들이 욕실에서 나가자, 루벨리안이 조금 머뭇거리는 듯하다가 욕실로 들어섰다.

내 눈을 마주치지도 못하는 그를 보며 왠지 모르게 심술이 난 내가 입을 뗐다.

"나 보고 똑바로 말해요. 안 그럼 허락 안 해 줄 거야."

사실 내가 허락하든 말든 그가 진짜 급한 일이 있다면 별수가 없었으나, 아무리 그래도 결혼 첫날에 이러는 건 좀 매너 없는 거 아닌가? 그렇게 생각하는데, 머뭇거리던 루벨리안이 길게 한숨을 쉬며 욕조 부근에 다가왔다.

곧 그가 한쪽 무릎을 꿇고 나와 시선을 맞춘 뒤 입을 열었다.

"아무래도 오늘 조찬을 함께한 뒤 바로 황궁으로 가야 할 것 같아."

"아침 못 먹는다면서요?"

"누가 그러지?"

미간을 찌푸린 그가 나를 직시했다.

"아까 시녀가 그러던데."

"결혼 첫날인데 내버려 두고 갈 생각은 없어. 그래도 아침은 같이 먹어야 하지 않나. 물론 계속 옆에 있어 주지 못해 미안하다."

"무슨 일인데요? 소환장이라도 내려왔어요?"

"그래."

순간 그의 말에 뭔가 짐작 가는 게 있어 나는 천천히 몸을 일으켰다. 완전히 물에 잠겼던 상체가 살짝 드러나자 루벨리안이 헛기침을 했으나, 지금 그걸 신경 쓸 새가 아니었다.

혹시…….

"무슨 일이요?"

내가 조심스럽게 묻자, 루벨리안이 잠시 말을 고르는 듯하더니 이내 본론을 꺼냈다.

"오늘 아침, 수도의 극장가에서 '여신의 힘'이 발현되었다는군."

"……!"

"물론 결혼식보다 중요한 건 아니지만, 그래도 황실에서 소환장이 온 이상-"

"중요하지 않긴 뭐가 중요하지 않아요! 완전 중요하구만!"

이럴 수가. 결혼식에 심취해서 잊고 말았다.

오늘, 원작 진입 당일이잖아! 그렇게 손꼽아 하나하나 세고 있었는데 정작 당일에 잊어 먹다니, 나는 돌대가리인 것일까? 이게 다 어젯밤의 숙취 때문이었다.

갑자기 소리를 버럭 지르면서 욕조에서 튀어나올 것처럼 구는 나를 보며 루벨리안이 기겁했다.

일단 다른 건 모르겠고, 이왕 이렇게 된 거 오늘 여주를 만날 수 있다는 거잖아? 이럴 수가, 뭔가 꿈에 그리던 아이돌을 직접 보는 느낌이라 감회가 새로웠다.

"루벨리안! 나 오늘 세수도 하고, 머리도 감고, 예쁘게 화장도 할게요."

"……?"

"그러니까 나도 황궁에 데려가 줘요."

"그건……."

"흐으응."

나는 입을 삐죽 내밀고 그의 팔을 잡았다. 곧 떼를 쓰는 아이처럼 그의 팔을 탈탈 턴 나를 저지하며 루벨리안이 착잡한 얼굴로 고개를 끄덕였다.

"그래, 그럼 빨리 준비하고 나와라."

"알았어요! 빨리하고 나갈게요. 사랑해요!"

곧바로 애나와 마리를 부른 내가 기대에 가득 찬 얼굴을 했다. 욕실을 나가는 루벨리안의 뒷모습을 기특해 죽겠는 얼굴로 보는데, 그가 손으로 입을 가리는 게 보였다.

왜 그러지?

나는 고개를 갸웃하다 이내 그 생각을 흘려보냈다.

아, 긴장된다. 빙의 인생 이렇게 긴장된 적이 있던가. 나는 크게 복식 호흡을 시도하면서 한숨을 내쉬었다. 일단 다른 건 둘째 치고서라도, 이렇게 내 눈으로 여주를 보게 된다는 게 너무 두근거린달까.

내 기억에 여주인공 레이첼은 정말 기구한 팔자를 타고난 소녀였다.

원작은 여주인공의 계모를 비롯한 그녀의 가족이 그녀를 극장가의 한 배불뚝이 극장주에게 팔아 버리는 것부터 시작된다. 그녀를 구박하는 극장주에게서 벗어나려 레이첼은 우연히 '여신의 힘'을 쓰게 되는 것이다.

다만 여기서 가장 큰일은, 이 나라는 오래전부터 '여신의 힘을 가진 자가 제국을 멸망시킨다.'는 예언이 있다는 데 있었다.

그리고 그게, 레이첼이 황궁에 들어온 뒤에 따돌림과 괴롭힘을 당하는 이유였다.

루벨리안이 알현실로 들어간 터라 접대실에서 홀로 차를 마시며 나는 두 손을 불끈 쥐었다.

다른 거 없다. 빙의 클리셰 그 첫 번째, 여주인공과 남주인공의 사랑을 수호하기 위해 애써라. 이건 일단 내가 굳이 개입할 필요가 없을 것 같고.

빙의 클리셰 두 번째, 시한부 생활을 맞이하는 엑스트라 조연은 무조건 주인공과 친해져라!

그러니 나는 이제 여주인공을 만나서 샤바샤바 헤이샤바 하면 되는 거다.

일단 루벨리안이 나오면 여주인공을 만나게 해 달라고 칭얼대 봐야지. 안 들어주면 어떻게든 난리를 쳐 보면 되는 거다.

그렇게 내 미래의 아름다운 빅 픽처를 그리고 있는데, 갑자기 문이 벌컥 열렸다.

"들어가 있거라."

냉랭하기 그지없는 목소리에 나는 고개를 들었다.

문을 열고 턱 하니 서 있는 이는 다름 아닌 황실 기사였는데, 더없이 오만한 표정으로 명령을 내린 그는 안쪽에 내가 있는 것을 보고 급히 표정을 풀었다.

"플로렌스 공작 부인, 죄송합니다. 계신 줄 모르고……."

"괜찮아요."

그의 행동은 상당히 황실의 예법에 맞지 않는 것이었지만, 나는 그의 사과를 대충 받아들였다.

기사는 험악한 얼굴을 하며 밖에 있는 누군가에게 말했다.

"안에 플로렌스 공작 부인께서 계시니 방을 옮겨야겠군."

"……?"

"실례했습니다, 부인."

"잠깐만요."

뭔가 느낌이 이상해서 나는 찻잔을 내려놓았다. 내가 이 구역의 척 하면 딱이다. 뒤통수가 저릿해지는 게 이건 바로 원작에 내가 가까워졌다는 의미.

나는 일부러 고고한 척을 하며 기사를 저지했다.

"무슨 일이죠?"

"아, 죄송합니다, 부인. 오늘 아침 극장가에서 발현한 '여신의 힘' 보유자를 데려왔습니다."

"……!"

기사의 말이 떨어지자마자 나는 자리에서 벌떡 일어났다. 세상에 이런 일이! 진짜 내게 레이더라도 걸려 있단 말인가!

"근데 뭘 하는 거죠? 빨리 들어오시라고 해요!"

존칭까지 써 가며 행여 자리가 없을세라 소파의 구석진 곳으로 엉덩이를 옮긴 내가 급히 외쳤다.

그런 내 반응에 기사는 난감한 표정을 짓더니 이내 작게 말했다.

"하지만 아무래도 위험한 사람이라……."

"접대실로 데려왔잖아요, 이미!"

'여신의 힘'은 간단하게 말해서 '성력'이다. 하지만 예언으로 인해 제국을 멸망하게 할 악마의 힘으로 간주받았다.

그렇다고 성력의 보유자를 감옥에 넣는 것도 말이 안 되니 접대실로 데려온 듯했다.

물론 내게는 크나큰 기회였다.

기사는 잠시 주저하다가 어쩔 수 없다는 듯 턱짓을 했다. 그와 함께 살짝 열린 문가에 한 인영이 비꼈다.

이럴 수가, 진짜 레이첼이다, 진짜 레이첼이야!

소설에서 묘사된 것과 같이 하얀 얼굴, 은은한 은발에 보라색 눈동자를 하고 있는 소녀는 비록 꼬질꼬질했지만 그 와중에도 미모가 빛났고, 기구한 팔자라는 것을 입증이라도 하듯 상처가 나 있었다.

나는 두 손으로 입을 막고 말을 잇지 못했다. 이게 바로 실물 영접이구나. 이게 꿈이냐, 생시냐. 할렐루야– 오지고 지리고 렛잇고, 꺄아아악!

"죄송합니다, 부인. 이렇게 함께 계시게 해서……."

"죄송할 게 뭐가 있어요."

나한테는 네 존재가 더 민폐야. 여주랑 단둘이만 있고 싶으니 꺼져.

방으로 쭈뼛쭈뼛 들어온 레이첼이 곧 고개를 들었다. 순간 언니를 외치고 싶은 마음을 꾹꾹 누르는데, 그녀가 내 눈치를 힐끔 보았다.

아아, 맴찢…… 왜 이렇게 내 눈치를 봐.

"여기 앉아요."

레이첼을 향해 소파를 가리키면서 내가 입을 열었다. 그 순간, 그녀가 고개를 끄덕이더니 허리를 깊게 숙였다.

"감사합니다. 저…… 부인."

아니야, 언니. 엉엉, 나 그렇게 부르지 마요. 나는 내심 너랑 친구 먹고 싶은 원초적인 욕망이 있단 말이야.

하지만 애써 흥분을 잠재우면서 나는 조용하게 물었다.

"이름이?"

"레이첼입니다, 부인."

"그래요? 예쁜 이름이네. 난 에반젤린이라고 해요. 이브라고 편하게 불러요."

"저, 부인…… 위험하시니 가까이 가지 않으시는 게……."

레이첼에게 관심을 보이는 나를 기사가 저지했으나 그녀가 나한테 해를 입힐 이유는 전혀 없었다.

"괜찮아요. 저, 레이첼? 이거 먹을래요?"

친해지는 데는 먹을 게 최고다. 그렇게 생각하며 쿠키를 내미는데, 갑자기 레이첼이 울음을 터뜨렸다.

……?

왜, 왜 울지? 왜 울어? 내가 울렸나? 왜 울어? 내가 독을 마시라고 한 것도 아닌데 왜 눈물을 뚝뚝 흘리고 이래? 나는 기겁하고 말았다.

"아니, 왜, 왜 울어요?"

너무 당황해 급히 쿠키를 내려놓고 나는 그녀의 손을 잡았다.

그 순간-

파지직-

무언가 알 수 없는 힘이 내 손을 튕겨 냈다.

이게 바로 '여신의 힘'인가? 태평하게 감탄한 내가 길게 숨을 내쉬던 그때였다.

"이브! 괜찮나? 어디 안 다쳤어?"

갑자기 문이 열리며 루벨리안이 쳐들어왔다. 수많은 귀족들을 뒤에 주렁주렁 달고서.

뭐, 뭐야? 이 갑작스러운 등장은?

나는 눈을 멀뚱멀뚱 뜨고 깜박였다. 그러나 그런 내 반응을 대체 어떻게 이해했는지, 루벨리안이 하얗게 질린 얼굴로 내 손을 잡았다.

그는 마치 '저런 애랑 놀지 마!'를 외치는 극성 부모처럼 나를 빠르게 품에 안더니, 방금 레이첼에 의해 약간 거뭇해진 내 손끝을 보고 얼굴을 일그러뜨렸다.

그와 함께 와글와글 들어온 귀족들 사이에서도 한숨이 터졌다.

"이럴 수가! 부인께서 당하시다니!"

"괜찮으십니까, 부인?"

"부인, 빨리 의원을 불러야 하는 것 아닙니까?"

……이 양반들이 언제 나를 그렇게 걱정했다고 이래? 얼마 전까지만 해도 내가 끔찍한 혼종이니, 뭐니 하면서 뒤에서 나를 씹던 인간들이 아니었나?

기가 막혀 그들을 살짝 노려보는데, 나를 품에 안은 루벨리안이 내 손을 잡고 안절부절못하는 게 보였다.

아니, 얘는 또 왜 이래…….

너무 당황해서 그를 올려다보는데 루벨리안이 서늘하게 입을 열었다.

"의원을 불러와."

"……."

"빨리!"

어어, 루벨리안은 지금 부드럽고 온화한 사람인 척하고 있는 거 아니었나? 이렇게 성격 드러내도 되는 건가?

뭔가 생각과 완전히 다른 그의 반응에 당황할 새도 없이, 급히 누군가가 튀어 나갔다.

나는 그 모습을 멍하니 보다 차갑게 얼어붙은 그의 눈빛에 그만 흠칫하고 말았다.

"각하."

"……왜?"

"왜 그래요. 무섭잖아."

이에 루벨리안이 한층 누그러진 얼굴로 내 손끝에 입을 맞췄다.

자신이 어떤 표정을 짓는지도 몰랐던 걸까? 무섭다는 내 말에 거짓말같이 풀리는 얼굴을 보면서 순간 기분이 묘해졌다.

어…… 이렇게 상냥한 사람이었나?

그때였다.

"죄송해요."

물기 어린 목소리가 앞에서 들려왔다.

아, 그러고 보니 레이첼이 아직 방 안에 있었지?

그녀의 진심 어린 사과에 나는 입꼬리를 말아 올리면서 고개를 저었다.

그러나 정작 호통은 생뚱맞은 데서 들려왔다.

"이 마녀 같은 계집! 감히 부인에게 상처를 입히고도 네가 무고하다 주장할 거냐?!"

프링 아저씨같이 콧수염을 기른 중년 남자가 크게 소리 지른 것이다. 그에 레이첼이 움츠러들더니 이내 고개를 푹 숙였다.

안 그래도 놀랐을 애한테 왜 저런대? 대체 여기 있는 귀족들이 언제 나한테 신경을 썼다고? 보나 마나다. 있는 것들의 습성은 언제나 자기보다 약한 걸 짓밟으면서 스스로의 존재감을 확인받으려고 하는 데 있다.

그리고 지금 그들에겐, 평민 주제에 귀족을 꾀어서 신분 상승을 한 계집보다는, 언제 제국을 멸망시킬지 모를 이 악마 같은 년이 더 눈에 거슬리는 것이다.

아, 이런. 너무 기분 나쁘잖아?

“각하, 감히 부인의 손에 상처를 입힌 이 계집을 바로 하옥하셔야 합니다!”

“맞습니다. 황태자 전하께 빨리 말씀드려서…….”

“그만.”

“언제 다시 각성할지도 모르는 일입니다. 빨리 죽여야 합니다!’

“그만하라고.”

“……부인?”

“그만하라고 말씀드렸는데, 못 들으셨나요?”

빙의 뒤 이렇게 목소리를 깔아 본 적이 있나 싶을 정도로 얼어붙은 말투였다.

순간 저도 모르게 움찔거린 귀족들은 고작 평민 계집한테 놀랐다는 것이 무척 자존심이 상한지 불만스러운 얼굴을 했다.

그러나 그들이 예상 못 한 것은 나사 빠진 것처럼 헤실거리면서 웃고 있던 내가, 그들에게 명령할 수 있는 위치에 있다는 데 있었다.

“다친 건 난데, 왜 그렇게 호들갑을 떠시는 거죠?”

“부인, 저희는 부인의 안위를 걱정해서…….”

“결혼 전에는 내가 얼마나 천박하고 사치스러운 계집인지 떠들고 다니지 않으셨나요?”

“그건…….”

“제 마음에 스크래치 다 긋고, 이제 와서 손가락 좀 상했다고 약한 사람을 제거해 버리려는 가식적인 종자들."

순간 루벨리안의 시선이 내게 향했다. 그러나 나는 아랑곳하지 않고 계속해서 말을 이었다.

"그냥 제거하고 싶다면 그렇다고 하세요. 뭘 또 내게 상처를 냈니 뭐니 하면서 난리를 떠시나요? 정 그렇게 이분을 죽이고 싶다면 제가 방법 하나 알려 줄까요?"

"무슨……."

"당신이 죽어."

"……."

"제국법 4호 제103조 제2항. 작위를 소유하지 아니한 자가 작위를 소유한 자를 살해할 시 사형에 처한다. 여기서 일컫는 작위를 소유한 자는 준남작 및 그 이상의 작위를 소유한 자 및 그 직계 혈족을 이르며, 황족은 포함하지 아니한다."

"……."

"감히 귀족을 살해한 이분을 제국법으로 엄히 다스려서 벌할 테니 마음 놓고 이분께 죽으면 되겠네요. 경께서."

말을 마친 내가 방긋 웃었다.

장내는 삽시에 얼어붙었다. 그들은 내 말이 무엇을 의미하는지 진지하게 곱씹는 것 같았지만, 곱씹을 게 뭐가 있나. 진짜 가서 죽으라는 건데.

물론 나도 내 논리가 억지에 가까운 건 알고 있었다. 하지만 괘씸하지 않은가. 다른 이들도 아니고 저치들이 이러는 것이.

"각하, 부인께서 다치셨다고!"

그때 갑자기 접대실의 문이 열리면서 헐레벌떡 뛰어온 어의가 나를 보았다. 그는 서늘한 접대실의 기류에 당황한 듯 살짝 두리번거리는가 싶더니 이내 내게 다가왔다.

"저, 부인, 처음 뵙겠습니다. 벡터라고 합니다."

"아, 별거 아니에요, 약간 화상을 입었는데…… 각하, 내 손 좀 놔요."

"괜찮나? 혹시 흉터가 남는다거나, 크게 다친 건 아닌가?"

"그냥 그을렸을 뿐입니다. 연고를 발라 드릴 테니 며칠 정도 지나면 괜찮을 것 같습니다."

역시 괜찮다잖아.

나는 입을 삐죽 내밀고 루벨리안의 어깨를 툭 쳤다. 뭘 또 그렇게 호들갑을 떠느냐는 뜻이었지만, 루벨리안은 어떻게 받아들였는지 갑자기 내 허리를 더 세게 감싸 안았다.

결국 내 손끝에 연고를 바른 어의가 물러난 후, 다시 적막이 가득 찬 방 안에서 서로의 눈치만 보던 귀족 중 한 명이 불쾌한 얼굴을 했다. 그는 레이첼을 한번 보더니 루벨리안에게 말했다.

"어찌 되었든 이자를 하옥하셔야 합니다, 각하."

이거 왠지 위험한데?

원작에서 레이첼은 감옥에 갇히지 않는다. 그러니까 원작 수호대의 일원으로서 나는 원작을 지킬 의무가 있었다. 비록 동기가 불순하지만.

그렇게 생각하는데, 프링 아저씨―그냥 이렇게 부르기로 했다―가 입을 뗐다.

"그리고 부인, 죄송하지만 정치판의 일은 그저 가엾다고 해결될 일이 아닙니다."

그러니까 정치를 모르면 꺼지라는 거군.

황당하다. 다른 사람도 아니고 내가! 저따위 놈한테 정치를 모른다고 질타받은 거야?

와, 기가 막히고 코가 막히고 모공도 막히네. 대체 다른 차원 이동녀랑 빙의녀들은 답답해서 어떻게 살았지?

그의 말에 나는 코웃음을 치다가 루벨리안을 향해 고개를 돌렸다.

"각하, 진짜 감옥에 넣으실 거예요? 사실 방금도 제가 먼저 손을 댄 거라고요."

넣기만 해 봐라. 넌 결혼 두 번째 밤부터 각방을 써야 할 게야. 비록 아무 일도 일어나지 않지만 소박맞는다는 게 뭔지 똑똑히 보여 주겠어-를 얼굴에 써 붙인 채 루벨리안을 지그시 보았다.

그런 내 얼굴을 한 번, 레이첼을 한 번 본 그가 천천히 말문을 열었다.

"일단 이자는 독방에 넣도록 하지."

"각하!"

"폐하와 황태자 전하의 명이 떨어지지도 않았다. 경들은 황실의 이름 위에 있고 싶은 건가?"

서릿발처럼 차가운 그의 눈빛이 떨어지자 순식간에 귀족들이 입을 닫았다.

결국 그들의 원망 서린 눈길을 받으며 살짝 눈을 휘어 준 내가 까르르 웃으면서 루벨리안에게 말했다.

"각하, 일은 다 보셨나요?"

"아직, 더 기다려야 할 것 같은데."

"그럼 잘되었네요, 전 먼저 집에 가 있도록 할게요."

여주인공도 봤겠다, 이 정도면 충분히 잘해 준 거 맞지? 그렇게 생각하며 레이첼을 힐끔 보는데, 그녀가 눈물이 그렁그렁한 얼굴로 나를 응시하고 있었다.

……으음, 너무 잘해 준 것 같군.

“감사합니다, 부인.”

레이첼은 내게 깊이 고개 숙인 채 감사의 인사를 올리고는 방을 떠났다.

반면 투덜대며 방을 나서는 귀족들을 향해 메롱을 해 준 나는 기지개를 켰다.

“어우, 진상들.”

“흐음…….”

“내가 또 살다 살다 나보다 더 진상인 사람들은 처음 보네.”

“본인이 진상이라는 자각은 있나?”

루벨리안이 꽤 충격적인 얼굴로 나를 보았다. 하지만 묘하게 꾸며내는 듯한 그 얼굴 뒤에는 은은한 미소가 배어 있어서 그가 날 놀리고 있다는 걸 알 수 있었다.

“그런데 제국법은 언제 외웠나?”

“아-”

“예전에, 있어요.”

빙의하고 뭐 할 거 없나, 혹시 따로 직업을 찾아서 독립하면 원작이 비틀어지지 않을까, 진지하게 고민하던 때가 있었다. 물론 헛수고임을 깨달았지만.

“대체 어떻게 외운 거지?”

“그냥, 시간과 노력과 약간의 재능? 그리고 전부 달달 외운 건 아니에요. 중요한 내용만 기억하고 있었거든요.”

내 말에 루벨리안이 묘한 표정을 지었다. 그는 뭔가 생각하는 듯하다가 이내 고개를 절레절레 저으면서 입을 열었다.

“저렇게 머리는 좋은데, 대체 왜…….”

“……대체 왜?”

"아니다."

"아니긴 뭐가 아니에요. 방금 혀 차면서 막, 막, 어? 어이없다는 눈빛으로 날 봤구만."

대놓고 혀를 차기 시작한 그의 모습에 황당함을 금치 못하는데, 갑자기 그가 화제를 돌렸다.

"그나저나 그자에 대한 처리를 시급하게 하는 게 중요할 텐데."

"그냥 가만히 냅 두면 안 되는 건가요?"

"일단 황실에서 관리를 하긴 해야겠지만……."

루벨리안이 나를 힐끔 보았다.

"너한테도 공격을 했으니."

뭐? 잠깐만?

그의 말에 뭔가 이상함을 감지한 내가 눈을 깜박거렸다.

예정대로라면 나는 마지막에 레이첼의 검에 찔려 죽고, 그 이유는 루벨리안이 어지간히 레이첼을 괴롭혀서다. 나는 어떻게든 그걸 만류해 보고자 레이첼과 친하게 지내려는 건데, 혹시 지금…….

"호, 혹시 지금 레이첼을 어떻게 벌할까 생각 중인가요?"

"어쨌든 네게 상해를 입혔으니 그에 알맞은 조치는 취해야지."

루벨리안의 말에 순간 하늘이 무너진다는 게 어떤 느낌인지 깨달은 내가 절규했다. 뚜벅뚜벅 방을 나서는 그의 뒷모습을 보다가 나는 지금 내가 무슨 짓을 했는지 상기하고 말았다.

그러니까 여주인공을 수호하느라고 노력했는데, 정작 그게 더 루벨리안이 레이첼을 벌할 계기가 된 건가?

……?

이, 이건 억지다. 이건 일부러 나를 불행으로 떠밀려는 누군가의 음모야!

"뭐 하나?"

그때 루벨리안의 목소리가 들려왔다.

그러나 이미 붕괴의 변두리에 처한 나는 그저 망연자실하게 서 있을 수밖에 없었다.

결국 루벨리안이 직접 나를 질질 끌고 마차에 배웅할 때까지 제정신을 차리지 못했다. 덜컹거리는 마차에서 조심히 가라고 내게 눈짓하는 루벨리안을 보며 나는 생각했다.

그냥 혼자 깔끔하게 죽을까?

최소한 칼빵보다는 낫지 않을까…….

제2.5장

그 남자의 사정-내 아내가 이렇게 이상할 리 없다

그 남자의 사정–내 아내가 이렇게 이상할 리 없다

그날은 꽤 평범한 날이었다.

단 하나, 듣도 보도 못한 괴상한 생명체가 그의 인생에 뛰어든 것을 제외하고는.

루벨리안에게 출생의 비밀이 있다는 것은 제국 내 공공연한 비밀이었다.

평민으로 태어났음에도 극상의 미모로 공작 부인이 된 어미, 샤를리나. 그리고 그녀를 손에 넣기 위해 그녀의 남편인 플로렌스 공작을 변방에 보낸 뒤 그녀를 황궁에 소환한 황제.

진실은 겁탈이었으나, 사람들은 그리 여기지 않았다. 공작 부인 자리까지 꿰찬 평민 계집에게 귀족들은 지나치게 잔인했고, 대부분은 샤를리나를 '공작 부인 자리를 꿰찬 뒤 황제를 유혹해 정부가 된 하찮은 계집'이라 여겼다.

그리고 이는 그녀가 아이를 가지면서 기정사실이 되었다. 그녀의 결백을 믿는 이는 황명으로 인해 변방에 갔다가 3달 만에 돌아온 플로렌스 공작뿐이었다.

결국 루벨리안은 태어나자마자 어머니를 잃어야 했다.

선대 플로렌스 공작은 아내를 사랑했다. 제 피붙이가 아니더라도 그녀의 아이라는 이유만으로 그를 사랑해 주고, 너는 내 아들이라고 해 줄 만큼.

그리고 이는 그가 황제와 콜리카 공작가를 증오하게 만든 이유이기도 했다.

황제의 가장 든든한 우방이자, 동시에 언제든지 황제를 찌를 수도 있는 검, 콜리카.

황후의 가문인 콜리카는 당시 그의 어미를 가장 눈엣가시처럼 여겼다. 그도 그럴 것이 딸을 황후로 만들어 아들을 낳았음에도 정작 황제의 총애는 공작 부인을 향해 있었으니까. 그게 과연 '총애'라 칭할 수 있는 것인지는 모르겠지만.

루벨리안의 목적은 간단했다. 황제에게 복수하는 것, 콜리카 공작가를 무너뜨리는 것, 그리고 그 아들인 황태자를 전복하는 것.

권력에 대한 욕심은 없었다. 그랬다면 진즉에 저를 볼 때마다 역겹게 아련한 표정을 짓는 황제에게 달라붙어 제발 한자리 좀 달라 구걸했겠지.

그가 원하는 것은 다른 것이었다. 제 아비를 우롱하고 어머니를 욕보인 황제의 심장에 직접 검을 꽂아 넣고 황실 일가를 멸족시키는 것, 그것이 그의 가장 큰 목표였다.

그 어느 순간에도 잊지 않은.

'그러려면 콜리카 공작가와 황제 사이를 갈라놓아야 한다.'

그렇게 생각한 루벨리안은 성인이 되어서부터 미친 듯이 황제와 콜리카 공작가 사이를 갈라놓을 만한 것을 찾았다.

그리고 어느 날, 그는 클로다 상단주의 편지를 받게 되었다.

[황제 폐하와 콜리카 공작가 사이를 갈라놓을 만한 물건이 제게 있습니다.]

단, 조건이 있었다.

거기서부터 시작되었다. 루벨리안과 에반젤린의 끊으려야 끊을 수가 없는 인연은.

"각하께서도 아시다시피 황실과 콜리카 공작가의 유대는 쉬이 깰 수 없는 것입니다."

어느 날 오후, 루벨리안의 집무실에 앉아 클로다의 상단주가 입을 뗐다.

"하지만 황실이 한때 신전과 손을 잡으려 했다는 사실을 알게 된다면 콜리카 공작가에서는 더 이상 폐하를 신뢰할 수 없을 겁니다."

클로다의 상단주가 가져온 것은 어마어마한 것이었다.

현재 대립 중인 황제와 신전이 한때 손을 잡고 콜리카 공작가를 제거하려 했다는 증거.

그것이 밝혀지면 콜리카 공작가와 황제 사이의 유대는 와장창 무너질 게 뻔했다.

그 증거가 어떻게 클로다 상단주의 손에 흘러갔는지는 모르지만, 클로다 상단주는 이를 손에 쥐고 그토록 당당하게 그에게 제안했다.

"제 딸을 부인으로 맞이해 주십시오. 그럼 제가 갖고 있는 것을 드리겠습니다."

루벨리안은 감히 제게 거래를 요구하는 맹랑한 평민을 지긋하게 보며 입꼬리를 말아 올렸다.

이 몇 년간 그가 그렇게 찾던 물건을 손에 쥐고 끝까지 놓지 않았다지. 그러고서 하는 말이 제 딸과 결혼을 하라니.

"죽고 싶은 거로군."

느긋하게 의자에 몸을 기댄 루벨리안의 얼굴에 섬뜩한 미소가 떨어졌다. 긴 장검을 닦고 있는 그의 손길에 클로다의 상단주는 부르르 떨었다.

"……그럼 각하께서는 제가 갖고 있는 것을 갖지 못하게 되실 겁니다."

"아니. 그게 아니지."

클로다의 상단주가 고개를 천천히 들었다. 그런 그에게 루벨리안의 섬뜩한 시선이 꽂혔다.

"그게 아니라—"

"……."

"상단주가 죽는 것이지."

"……!"

"딸과 함께."

그의 어린 딸은 운명도 참 박복해서 하필이면 저런 아비를 만났나. 어떻게든 상류 사회에 몸을 비벼 보겠다고 꼬리를 흔드는 모양새가 퍽이나 애처로웠다.

그깟 상단주 하나 죽이는 거야 별거 아니다. 공작가에는 유명한 살수가 많았고, 사실 공개적으로 죄목 하나 뒤집어씌워 참수한들 말리는 이 하나 없었다.

그러나 클로다 상단주가 입을 여는 순간, 루벨리안은 비로소 그가 무슨 패를 들고나왔는지 깨달았다.

"제, 제가…… 제가 그것을 비밀리에 숨겨 두었습니다."

"찾으면 그만이다."

"찾으실 수 없을 겁니다."

"……."

"설사 찾을 수 있다고 해도, 열지 못하실 겁니다. 고대 마법이 걸린 물건이라 여는 방법은 저만 알고 있습니다."

고대 마법. 일개 평민이 누리기에는 꽤 사치스러운 것이었다.

순간 루벨리안의 얼굴에 짙은 살기가 피어올랐다.

"글쎄, 손가락이 하나 잘리면 입을 열 텐가?"

"……!"

"아니면 혀가 잘리면- 아, 그럼 말을 못 하겠군."

"마, 마음대로 하십시오. 하나 저는 꼭, 제 딸을 공작가에 보내고 싶습니다. 별것 아닙니다. 제 딸이 비록 평민이라 하나 누구보다 아름답습니다. 그, 그리고 절대 각하께 누가 되지는 않을 겁니다."

그 말에 루벨리안은 미묘하게 얼굴을 찌푸렸다.

그는 왜 이렇게 필사적인 건가.

"왜?"

"……."

"왜 그렇게 내게 딸을 시집보내지 못해 안달하는 것이지?"

감히 그에게 와 이런 식의 협박을 받고도 이리 꿋꿋하게 앉아 있는 모양새가 퍽이나 희한했다.

그러나 클로다 상단주의 대답은 꽤 예상 밖이었다.

"제 딸이, 결혼하고 싶다고 합니다."

"뭐?"

"어렸을 때부터 침대에서 나오지 못하던 아이가, 처음으로 결혼하고 싶다고 했습니다. 저는 그래서 그 아이에게 제일 좋은 것으로 안겨 주고 싶습니다."

"그래서 내가 그 제일 좋은 것이다?"

"황실은 너무 잔인하여 그 아이는 버티지 못할 겁니다. 하지만 각하는 다정하시잖습니까."

클로다 상단주의 말이 떨어지기가 무섭게 루벨리안의 얼굴이 기괴하게 변했다.

말이 안 된다. 다정하다니. 지독하게 어울리지 않는 단어 선택에 그가 미간을 찌푸렸지만, 뒤이어 클로다의 상단주가 내뱉은 말에 그는 멈칫하고 말았다.

"샤플리나의 아이가, 진짜로 잔인할 리 없잖습니까."

샤플리나. 샤플리나 플로렌스. 선대 클로다의 상단주 밑에서 잡심부름을 하던 어린 고아 소녀. 그리고 공작 부인이 된 뒤에도 언제나 감사하다며 매년마다 선물을 보낼 정도로 그토록 착했던 여자.

루벨리안의 눈가가 꿈틀거렸다. 그는 모든 것에 잔인한 편이었으나, 결국 제 어미와 아비한테는 무너질 수밖에 없었다. 그의 모든 인생이 이에 대한 복수였고 이에 대한 회한이었다.

그의 인생은 오직 복수를 위해 존재하는 것이었다.

그런 그를 움직이려 클로다의 상단주가 샤플리나를 입에 올렸다. 다른 건 몰라도 끔찍하게 영악한 자다.

결국 루벨리안이 입을 뗐다.

"생각해 보지."

그리고 며칠 뒤, 루벨리안은 그러겠노라는 서신을 보냈다.

"클로다의 외동딸이요?"
"그래, 결혼 준비를 해야 할지도 모른다."
루벨리안의 말이 떨어지기가 무섭게 제나 부인이 얼굴을 일그러뜨렸다. 현재 사교계에서 소문이 파다한 그 졸부의 딸을 모를 리 없었다. 그런데 제 주인이 그런 여자와 결혼한다니, 제나 부인이 기겁했다.
"말도 안 됩니다. 교양은 둘째 치고 상식도 없는 여자입니다! 일개 평민이 황태자에게 청혼이라니, 이게 무슨……."
진저리를 치며 몸을 부르르 떨던 제나 부인이 순간 무엇인가 생각났다는 듯이 혀를 쯧 찼다.
그 모습을 보던 루벨리안이 눈썹을 살짝 밀어 올렸다.
"왜 그러지?"
"요즘 수도에서 괴이한 소문이 돌더니, 그게 진짜였군요."
"괴이한 소문?"
"각하의 취향에 대해 알아보는 이가 있다고 합니다. 헛소리라 치부하고 그냥 넘겼는데, 설마 그쪽 아가씨와 연관이 된 건……."
제나 부인이 얼굴을 일그러뜨렸다. 소문을 들을 때까지만 해도 무슨 그런 헛소문이 있냐고 치부했지만, 이쯤 되니 그녀가 떠오를 수밖에 없었다.
얼굴과 몸매만 믿고 남자에게 꼬리를 쳐 대는 여자. 주제도 모르고 황태자에게 청혼했다가 차인 여자. 권력을 가지려면 남자를 가리지 않는다더라.

그런데 더 끔찍한 것은, 여자에게 관심 따위 없다던 황태자가 온전히 미모 하나로 인해 꽤 진지하게 그녀를 황태자비로 맞아들일 생각을 했다는 것이다. 물론 최후에는 이성을 지켜 냈지만.

각종 소문을 상기한 제나 부인이 한숨을 푹 쉬었다.

호사가들의 소문이란 원래 쉬이 믿을 만한 게 못 된다. 황태자가 진짜로 그 여자의 미모에 흔들렸음은 진실일지 몰라도, 방탕하다는 이야기 중 절반 이상은 진실이 아닐 게 뻔했다.

더군다나 소문의 발원지는 사교계의 방탕아 겔린이 아니던가. 보나 마나 집적대다가 차여서 그런 것이겠지. 그리고 그녀가 아는 사실을 루벨리안이 모를 리가 없다.

하지만 소문이라는 게 어디 진실이 중요하던가. 중요한 건 그런 소문을 가진 이가 공작가의 안주인으로 들어온다는 것이었다.

"꼭 그래야 하는 겁니까?"

"그래. 거래다."

루벨리안의 말에 제나 부인이 뒷골을 잡았다.

리리스는 좋아하겠군. 예쁜 것만 보면 환장하는 그녀의 습성상, 온 게 돼지든 공작새든 예쁘기만 하다면 안주인으로 모실 수 있는 이였으니.

결국 새로운 안주인의 시녀로 리리스를 내정한 뒤, 제나 부인이 말했다.

"그래서, 안주인분은 언제 공작가에 방문하신답니까?"

"……."

"왜 그러십니까?"

제나 부인이 물었으나 순간 루벨리안의 얼굴이 어두워졌다. 그도 그럴 것이, 이미 거래가 확정된 지 몇 주나 지났지만 정작 그는 한 번도 소문의 에반젤린을 만난 적이 없기 때문이었다.

단 한 번도.

“아직 나도 만난 적이 없다.”

“……네?”

제나 부인이 다시 한번 뒷골을 잡았다. 아무리 거래라곤 하나 어쨌든 한평생을 함께해야 할 반려인데, 판단이 성급했다.

그녀의 어이없다는 얼굴에 루벨리안이 담담하게 말했다.

“내 탓은 아니지 않나.”

제일 처음에는 독감이었다. 그건 그러려니 했다. 건강이 좋지 않아서 자주 침상에 누워 있는다는 소문을 들었으니.

두 번째는 구토였다. 이건 대체 무슨 상황인지 모르겠으나 어쨌든 속이 좋지 않다고 하니 그런 줄 알았다.

참 허약한가 보군. 공작가에 입성하면 제대로 잘 먹여야겠다고 루벨리안은 생각했다. 그의 머릿속에는 이미 제대로 먹지 못해 죽기 직전인 청순가련한 아가씨가 서 있었다.

툭 치면 쓰러질 것 같은.

그리고 그런 그의 생각은 다시 한번 클로다가를 방문하면서 와장창 깨지고 말았다.

루벨리안은 자신과 예비 신부의 만남이, 흙탕물이 가득 고인 길거리에서 이루어질 줄은 꿈에도 몰랐다.

사람을 친 줄 알고 소스라치던 마부가 황급히 마차를 멈춰 세우자, 루벨리안은 마차에서 내렸다. 그리고 그 순간, 그는 진지하게 이 결혼에 대해 고민해야만 했다.

아무리 복수가 중요하다지만 이런 여자랑 결혼을 굳이 해야 하나? 인생에 대한 회의감이 밀물처럼 몰려왔다.

그는 혹시나 하는 마음에 중얼거렸다.

"에반젤린, 클로다?"

루벨리안은 딱히 바라는 여성상이 있는 편은 아니었다.

하지만 그의 앞에 있는 이 괴상한 생물은, 여자고 남자고를 떠나 이미 인간으로 보기에는 조금 힘들었다.

흙물이 튀어 잔뜩 더럽혀진 치마, 산발이 된 채 앞만 멀쩡한 머리에―이때 에반젤린의 앞머리에 대한 집착을 미리 눈치챘어야 했다― 꾀죄죄한 얼굴, 그 와중에 헤벌쭉한 입.

그는 결벽증이 있는 인물은 아니나, 애초에 깨끗한 걸 싫어하는 인물이 어디 있겠는가.

순간, 에반젤린이 헤실거리며 웃었다. 꾀죄죄하게 흙이 발린 얼굴 사이에서 그 와중에 새하얗게 빛나는 치아만 부각되어 보였다. 이러다가 치아에 반할 것 같았다.

그만큼 크나큰 충격을 안겨 준 에반젤린의 모습에 대체 어떻게 해야 하는지 고민하는데, 문득 그의 머릿속으로 의문이 스쳐 지나갔다.

'그런데 왜 여기서 나오는 것이지?'

아무리 평민이라고 해도 귀한 집 아가씨가 이곳에서 나올 이유가 없다. 뭔가 이상함을 느낀 루벨리안의 머릿속에 '설마―' 하는 생각이 흘러간 순간, 에반젤린이 다시 헤헤하며 웃었다. 그 모습이 지나치게 끔찍해서 그는 미간을 모았다.

하지만 이미 승낙한 결혼이었다. 하물며 아직 클로다의 상단주는 그에게 증거를 넘기지도 않았다.

결국 그는 에반젤린에게 손을 내밀었다. 해사하기 짝이 없는 웃음을 지으면서 에반젤린은 그의 손을 잡았다.

그리고 얼마 뒤, 클로다의 저택에 도착한 루벨리안에게 클로다의 상단주가 난감한 표정으로 말했다.

"사실, 제 딸이 조금 모자랍니다. 어렸을 때부터 침대에만 있어서, 사회생활을 못 배웠습니다."

"모자라?"

"네, 조금 모자랍니다."

……조금이 아닌 것 같던데.

본능이 루벨리안에게 말해 주고 있었다. 클로다의 상단주는 분명 거짓말을 하고 있다고.

하지만 그는 납득할 수밖에 없었다. 아니, 사실은 납득하고 싶었다.

그래도 더러운 것을 좋아하는 것보다는 모자란 게 훨씬 낫지 않는가.

그때였다. 두 사람의 대화를 끊고 문이 열렸다. 순간 문틈 사이로 보이는 새하얀 인영에 루벨리안은 멈칫했다.

에반젤린은 아름다웠다. 딱히 아름다움에 조예가 없는 루벨리안이 보기에도 그녀는 그가 본 모든 이를 통틀어 가장 아름다웠다.

눈처럼 새하얀 얼굴, 우아한 백금발, 백조 같은 목, 긴 속눈썹과 가련하게 호선을 그린 눈, 오뚝한 콧날을 따라 내려오면 발그스름한 입술이 유난히 사랑스러운 여자.

가만히 서 있어도 마치 예술품 같았다. 한 마리 백조처럼 청초하면서도, 정원을 메우는 날카로운 장미처럼 고혹적인 면이 있었다.

여자라면 관심도 없던 황태자가, 그 이성적인 인간이 미모에 살짝 동했다는 게 이해가 될 정도로.

그러나 문이 열린 그 찰나, 살짝 고개를 숙인 청초한 비췻빛 눈동자에 서늘함이 스쳐 지나갔다. 고고하기 짝이 없는 눈동자는 날카롭게 빛났다가 사그라들었다.

그녀는 방 안에 발을 내딛자마자 언제 그런 표정을 지었냐는 듯이 다시 헤실거리기 시작했다.

화려하기 그지없는 모습이었다. 온갖 보석과 진주로 몸을 치장하고, 레이스와 프릴이 달린 화려한 드레스를 몸을 감싼 모습이 사뭇 과하다 싶을 정도였다.

다른 이가 봤다면 과연 졸부의 딸이라며 입방아를 찧었을 것이다. 그러나 루벨리안은 에반젤린의 모습을 보자마자 이 결혼에 에반젤린의 뜻은 전혀 없다는 데에 모든 것을 걸 수 있었다.

'그래서 내 취향을 조사했던 것인가…… 그럼 이전의 일도…….'

독감.

독감이야 쉽다. 마침 날씨가 쌀쌀한 데다가 몸까지 허약하면 어떻게든 방법이 생기지 않을까.

구토?

시중에 파는 게 구토제가 아니던가.

그리고 방금 전의 그 모습. 어지럽기 그지없던 수풀, 그 옆에 엎드려져 있던 에반젤린. 그러고 보니 얇은 원피스 사이로 돈이 삐죽 튀어나와 있던 걸로 기억한다.

그간의 행적을 되짚어 보던 그가 미간을 살짝 찌푸렸다. 클로다의 상단주에게 이 천방지축 아가씨는 모자란 딸일지 몰라도, 그에게는 그렇게 보이지 않았다.

그것을 감지한 그가 입꼬리를 말아 올렸다.

재미있군.

그 순간 에반젤린의 눈초리가 심각하게 떨렸다. 무엇을 두려워하는 걸까. 황태자에게 청혼을 했다더니, 대체 원하는 게 무엇일까.

아, 루벨리안이 고개를 살짝 갸웃거렸다.

평민이 황태자에게 청혼하는 건 아무나 할 수 있는 일이 아니다.

'흐음, 정말 황태자를 사랑한 건가.'

곧 루벨리안의 머릿속에 신분 차이를 극복하지 못한 두 남녀의 이야기가 그려졌다. 아름다운 평민, 그리고 황태자.

황태자를 잠시 떠올리던 그는 기분이 더러워져서 미간을 찌푸렸다.

하지만 곧 다시 얼굴을 폈다.

이야기가 재미있게 돌아가고 있었다.

-는 말도 안 된다.

며칠 뒤, 그녀를 공작저로 부른 루벨리안은 갑작스럽게 반경 2미터 이내를 초토화시킨 에반젤린의 물 쇼에 쩌적 얼어붙고 말았다.

……이건 또, 무슨 수작이지?

그가 알기로 세상에서 가장 물을 잘 뿜는 생명체는 고래였다. 그리고 이제 에반젤린은 그의 세계관에서 당당하게 고래를 누르고 가장 물을 잘 뿜는 생명체에 올랐다.

이렇게 골고루 뿌리기도 힘들 텐데, 루벨리안은 얼굴에 흐르는 액체에 이를 악물었다.

"어머, 어머, 이걸 어떡해."

호들갑스럽게 손으로 입을 막고 난리를 치는 모습에는 안타까움이라고는 하나도 없었다. 나름 연기를 한다고 했겠지만, 저렇게 활짝 웃으면서 말할 수 있는 것도 능력이었다.

'설마, 본인이 지금 연기를 잘한다고 생각하는 건가?'

얼굴에 꽃이 핀 것처럼 '어머, 어머!'를 남발하는데, 일단 자세부터 틀려먹었다.

깔깔거리며 웃지만 않았지, 지금 에반젤린은 인간이 웃을 수 있는 최고의 경지에 다다를 정도로 환하게 웃고 있었다.

그리고 하는 말이-

"제가 너무 큰 무례를 저질렀죠?"

라니.

제발 연기를 하려면 좀 성의를 보여 달라고 해야 할 판이었다. 루벨리안은 일순 어떻게 대답해야 할지 몰라 고민하다가, 일단은 행커치프로 제 얼굴에 있는 끔찍한 액체를 닦아 냈다.

그리고 그가 이를 악물고 한 자, 한 자 내뱉었다.

"실수이니, 어쩔 수 없지."

그에 에반젤린의 얼굴이 사정없이 일그러졌다. 칫- 혀를 차는 소리까지 들려와서 그는 하마터면 웃을 뻔했다.

생긴 건 세상에 다시없을 고귀한 백조 같아서, 하는 짓은 어떻게 저렇게 허술할까?

뭐라 꿍얼대던 에반젤린은 저녁을 먹고 가라는 그의 말에 하늘이 무너진 듯한 얼굴을 했다.

시시각각 변하는 얼굴이 연극배우 빰쳤다. 물론 에반젤린은 정말 연기를 못했다.

정말, 끔찍하리만치.

꽃향기가 나긋하게 퍼지는 정원은 프러포즈를 하기에 무엇보다도 좋은 곳이었다.

루벨리안은 홀로 조용하게 찻잔을 들다가, 차에 적셔져 언뜻언뜻 보이던 에반젤린의 속살을 상기하고는 순간 멈칫했다.

파렴치한.

그가 미간을 찌푸렸다. 이 와중에 왜 또 그런 생각이 나는지 모르겠다.

사실 저번에 보니까 예쁘고 화려한 옷과 장신구를 좋아하는 것 같아 드레스를 준비한 것이었다.

어느 정도 달래는 의미에서. 그리고 그와 클로다 상단주의 욕심에 희생된 그녀에게 나름의 보상을 하기 위해서.

그때였다. 이미 에반젤린의 시녀로 배정받은 리리스가 조용하게 걸어왔다. 그녀는 조용히 앉아 있는 루벨리안을 향해 입을 열었다.

"각하, 이제 기대하셔야겠어요."

"……왜?"

"제나 부인이 말씀하시는데, 아가씨께서—"

순간 루벨리안은 저도 모르게 긴장하고 말았다. 또 뭐? 에반젤린이 또 뭐?

갖가지 걱정이 들었다. 에반젤린이 뭔가를 할까 봐. 그리고 그게 그에게 또 다른 새로운 충격으로 다가올까 봐.

"그녀가, 뭘?"

"아가씨께서 소독수로 손을 두 번 씻었다고 하세요. 심지어 때를 벗겨 낼 수준으로."

"……?"

"으음, 제가 보기에는 뭔가 준비한 게 있지 않을까요?"

리리스가 고개를 갸웃거리다가 배시시 웃으면서 어깨를 으쓱했다.

"하지만 아가씨는 예쁘시니까 뭘 해도 예쁠 거예요, 그렇죠?"

그렇게 말한 리리스가 우아하게 발걸음을 옮겼다.

그리고 머지않아 그는 마치 전쟁터에 나가는 장군같이 비장한 얼굴을 하고 있는 에반젤린을 볼 수 있었다.

'뭐지?'

한평생 누군가에게도 움츠러들지 않은 루벨리안이 처음으로 위축되었다.

에반젤린의 얼굴에는 왠지 모를 생존 욕구가 듬뿍 들어 있었고, 오늘 너 죽고 나 살자는 기세로 브레스를 뿜을 듯이 입을 꾹 다물고 있었다.

마치 한 마리의 소처럼 그에게 돌진한 그녀가 테이블 앞에서 멈춰서는 것을 보다가, 루벨리안이 애써 침착하게 말했다.

"왔나?"

"네, 왔는데요."

이제는 연기도 안 한다 그건가? 아니면 나름 한다는 게 지금 저 꼴인 건가?

루벨리안이 긴장으로 미간을 살짝 찌푸렸다. 황제나 황태자를 접견할 때도 긴장해 본 적 없는 그였다. 그러나 그 순간, 전투적으로 의자에 앉는 에반젤린을 응시하며 루벨리안은 침을 꿀꺽 삼킬 수밖에 없었다.

"공작 각하, 드레스 감사해요."

하나도 고맙지 않은 표정에 루벨리안이 길게 숨을 들이쉬었다.

사실 이 정원과 디저트들은 프러포즈를 위해 준비된 것이었다.

꽃향기, 디저트, 차.

얼마나 아름다운 광경인가. 하지만 오늘 프러포즈를 받을 사람은 정작 죽일 듯이 그를 노려보고 있었다.

그나마 세팅되는 다기를 볼 땐 얼굴이 풀렸으나, 촛대를 주겠다는 말을 건네자마자 돈을 향한 짙은 열기가 느껴져서 그는 떨떠름한 얼굴을 할 수밖에 없었다.

그러다 문득 생각나는 것이 있어 화제를 돌렸다.

"황태자에게 청혼을 했다더군."

물론 이건 최악의 주제 선정이었다.

루벨리안은 얼굴의 모든 근육을 써서 민망해하는 에반젤린을 보며 착잡한 느낌에 휩싸여야만 했다.

그렇게 막무가내인 여자가 황태자의 이야기가 나오니 얼굴을 발갛게 물들인다. 정말 사랑하는 것일까?

그렇게 생각하는 순간 불쾌감이 치고 올라왔다. 이유는 모르겠지만 불쾌함을 감출 수가 없었다.

"아니에요."

"……."

"저는, 전하를 사랑한 적이 없어요."

힘겹게 내뱉는 한 자, 한 자에는 안타까움이 배어 있었다.

루벨리안은 기분이 더욱더 착잡해져서 얼굴을 일그러뜨렸다. 그녀가 다른 사람을 상상하며 얼굴을 붉힌다는 것 자체가 기분 나빴다.

하물며 황태자였다.

차라리 명예나 지위, 권력이 탐나 그랬다면 그나마 덜 기분이 더러웠을 텐데.

여기까지 생각한 그는 일순 당황하고 말았다. 그게 그와 무슨 상관이지? 잘 모르겠다. 그저 그런 생각이 들었다.

황태자와 그는 무척 많은 것이 엮여 있었다. 그런데 그 사이에 에반젤린이 하나 더 들어간다고 생각하자 기분이 더 더러워졌다.

왜…… 고작 두 번 만난 사이인데.

루벨리안은 길게 한숨을 쉬었다. 그가 이 며칠간 신선한 인물을 접했더니 사고 회로에 조금 문제가 생긴 듯했다. 그렇게 생각하고 조용하게 찻잔을 든 그가 프러포즈 시기를 잡으려 고개를 들었다.

그때, 세팅이 끝난 디저트를 보며 에반젤린이 눈을 빛냈다.

"저, 그런데 이거, 전부 저 먹으라고 준비하신 건가요?"

과하게 눈을 반짝이며 에반젤린이 물었다. 그 모습이 영락없는 철부지 소녀라서 꽤 사랑스러워 보였다. 예쁜 얼굴에 발그레 홍조를 띠는 모습에서 음식에 대한 열망이 나타났다.

그러고 보니 여자들은 먹는 걸 좋아한다고 하던데. 먹는 걸로 꼬드기면 넘어오려나? 저도 모르게 그렇게 생각을 하고 있는데, 갑자기 에반젤린이 접시로 손을 뻗었다.

……?

'왜 멀쩡한 포크를 놔두고……?'

그가 뭔가 이상함을 감지하고 미간을 찌푸리는 순간, 그는 초콜릿 케이크를 덥석 잡는 하얀 손에 저도 모르게 뒤로 물러날 뻔해다.

대체 왜? 왜 손으로 잡지? 아무리 평민이라고 하나 식사 예절을 지킬 줄 모르는 건 아닐 터.

그가 숨을 죽이고 그녀를 응시하는 사이, 에반젤린은 마치 지뢰를 입 안에 넣는 사람처럼 비장한 표정으로 손에 있는 케이크를 한입 물었다.

"……!"

"으음, 맛있어. 음냐음냐."

눈이 멀지 않고서야 에반젤린이 진짜 저렇게 먹는 걸 좋아해서 그런다고는 생각할 수 없었다. 그런데 대체 왜? 한평생 공작가에서 엄격한 예절 교육을 받고 자란 루벨리안은 그녀가 도대체 왜 저러는지 이해할 수가 없었다.

"쩝쩝."

일부러 입을 크게 벌리고 가정 교육의 부족을 생생히 보여 주는 에반젤린의 모습은 흡사 전생의 한을 풀지 못해 지옥에서 올라온 귀신 같았다.

전투적으로 케이크를 하나하나 씹으면서, 일부러 '으음-' 같은 추임새까지 넣어 주는 그녀를 보며 루벨리안은 세계관 재정립의 시간을 가져야만 했다.

그리고 제나 부인의 냅킨을 거절하고 손가락을 입에 가져가는 그녀를 보며 루벨리안은 생각했다.

더럽다.

더러운데 일단 평범하게 더러운 건 아닌 것 같고.

그런데 대체 평범하게 더러운 건 또 뭐지?

특이하게 더럽군.

그건 또 뭐지?

예쁘게 더럽나? 그건 좀 아닌 것 같고.

혹시, 모자란가? 그래, 모자란 것 같다. 클로다의 상단주가 말하지 않았나. 모자란 아이라고. 그러니까 그가 이해해야 할 것 같다. 백치는 그녀의 잘못이 아니었다.

그런데 저렇게 계획적으로 움직이는 백치도 있나?

손가락을 쪽쪽 빨면서 괴상한 표정을 짓는 에반젤린을 보며 루벨리안은 멍하니 생각했다.

이것은, 그의 인생에서 가장 이해할 수 없는 생물이라고.

에반젤린의 미친 퍼포먼스는 그의 앞에 있는 그릇들이 전부 개 밥

그릇처럼 깨끗해졌을 때 끝났다.

부른 배를 탕탕 치며 트림까지 하는 모습이 얼핏 보면 배불리 먹은 이의 만족이었으나, 이미 소화 불량 직전까지 온 듯 눈가에 그렁그렁한 눈물을 보건대 충분히 고통스러운 듯했다.

“아, 맛있어요. 정말 정말 맛있네요.”

“……맛있었다니, 다행이다.”

루벨리안은 한숨을 푹 쉬며 고개를 끄덕였다. 그는 에반젤린의 옆구리가 터질 것 같다는 사실을 알려야 하나 말아야 하나 고민하다가 그냥 입을 다물었다.

어차피 이제 곧 방에 돌아갈 것 같은데 그때까지 버티겠지, 나름대로 질이 좋은 드레스니 말이다.

“헤에, 다음번에도 또 초대해 주세요.”

헤실거리며 하는 말은 하나도 진심 같지 않았다. 최소한 그가 보기에는 그랬다.

그러나 나름대로 방싯방싯 웃는다고 웃는 그 얼굴 사이로 쉴 새 없이 그의 눈치를 보는 것이 나름 귀엽다면 귀여웠다.

‘귀엽다니, 미쳤군.’

세상에는 귀여운 것이 많다. 강아지, 고양이, 토끼, 병아리, 그 외 등등. 에반젤린을 그들과 함께 병렬을 시키려니 조금 양심의 가책이 느껴졌다. 왠지 모르게 강아지와 고양이들한테 사과를 해야 할 것 같은 느낌이라 그는 잠시 멈칫했다.

그러다 곧 오늘 이 자리를 마련한 목적을 깨닫고 다시 정신을 갈무리했다.

그 와중에 에반젤린은 웃으면서 울고 있었다. 그게 무슨 말인가 하면, 눈을 웃고 있는데 훌쩍훌쩍 코만 움직이며 나름 우는 소리를 내고 있다는 말이었다.

그러면서도 나름 한마디씩 끼워 넣긴 하는데, 대사 치는 능력도 어쩜 저렇게 없는지.

루벨리안은 연기를 못한다며 연극장을 때려 부수는 사람들의 마음을 진심으로 이해할 수 있었다. 지금 에반젤린의 연기는 그를 고통스럽게 했다. 연기를 발로 하는 건 에반젤린인데, 대체 왜 그가 수치스러워야 하나.

그는 잠시 자신의 인생을 되돌아보았다. 지금까지 이렇게 열심히 산 게 이 여자랑 결혼하기 위해서였다니, 다음 생에는 막살아야겠…….

'내가 지금 무슨 생각을 하는 거지.'

루벨리안은 다시 한번 저 먼 곳으로 가출한 제정신의 멱살을 잡고 머릿속에 잡아넣었다. 그리고 훌쩍대는 에반젤린에게 사형 선고를 내렸다.

"공작가의 내무는 안주인의 몫이지. 그러니 이런 디저트 파티도 공작 부인이 될 사람이 해야 하고. 그러니 당연히 나와 결혼할 네가 해야 하는 것 아닌가?"

에반젤린이 눈을 동그랗게 떴다. '아니, 이게 무슨 소리요, 공작 양반.' 그렇게 말하고 있는 에반젤린을 응시하며 그가 피식 웃었다.

그리고 사슴처럼 눈가에 눈물을 그렁그렁 매달고 있는 에반젤린에게 마지막 쐐기를 박았다.

"그러니 나랑 결혼하지, 에반젤린."

말을 마치자마자 에반젤린의 눈가에 눈물이 더욱더 맺혔다. 방금 전 케이크를 먹어치우던 그 기세는 완전히 사라지고 이번에는 억울해 죽는 아이가 있었다.

문득 드는 죄책감에 루벨리안은 가볍게 한숨을 쉬었다. 사실 에반젤린은 그의 목표를 위해 희생된 것이나 다름없었다.

"저는 방에 돌아가겠습니다. 이만."

이미 끝났다고 생각하는 걸까, 에반젤린이 쾅 일어나며 자리를 떴다.

루벨리안은 한숨을 쉬었다. 죄책감이 퐁퐁 솟아올랐다.

집무실로 돌아와서도 서류는 하나도 눈에 들어오지 않았다. 계속해서 그렁그렁 울고 있는 그녀의 모습만이 떠올랐다.

'이게 의미가 있는가.'

루벨리안은 결국 서류를 덮고 생각에 잠겼다.

그는 클로다 상단주의 증거가 필요했다. 그것만 있으면 콜리카와 황제 사이를 갈라놓는 것은 문제도 아니다.

하지만…….

'그렇게 싫어하는데.'

일순 다시 한번 마음이 약해졌다. 어지간하면 포기할 법도 한데 그러지도 않는다. 이미지 따위 전부 날려 버리고 하는 모습을 보면 단순히 결혼이 싫다기보다는 그가 끔찍하게 싫은 것 같았다.

왜 그런지는 모르겠지만.

꽤 씁쓸해졌다. 정작 결혼을 결심했는데 상대가 저를 싫어한다는 것은 꽤 슬픈 일이었다. 그는 한평생 누군가의 평가 따위에 신경 쓰지 않았지만, 그 비췻빛 눈동자가 저를 원망 어린 눈길로 보는 것만큼은 지독하게 기분이 이상했다.

결국, 그가 얼굴을 굳혔다.

'제대로 이야기를 나눠 봐야겠군.'

원하는 것을 위해 한 사람의 인생을 망가뜨린다니. 그가 지독하게 증오하는 황제와 뭐가 다를 바 있단 말인가. 그가 가장 사랑하는 공작 부부도 그가 이러길 바라진 않을 것이다.

그러니 이야기를 나눠 봐야 했다. 뭔가 고칠 수 있으면 고치고, 안 되면…….

여기까지 생각한 루벨리안이 잠시 의자에 등을 기댔다.

그래도 천천히 할 걸 그랬다. 그러면 어느 정도 거부감 없이 받아들였을까? 예쁘게 귀하게 적당하게 시간을 갖고 대접했으면 지금 정도는 아니지 않았을까?

그러다 일순 정원에서 전투적으로 케이크를 먹어치우던 그녀의 모습이 생각나 큭 웃음을 흘리고 말았다.

어떻게 인간이 그렇게 허술할 수가 있나. 그 예쁜 얼굴을 하고 대체 무슨 짓을 벌이는 건지…… 하얗고 조그마한 손으로 케이크를 움켜쥐고, 우물우물 씹는 모습에 볼이 빵빵해졌다.

다람쥐 같았지. 그렇게 생각한 그가 얼른 고개를 털었다.

아니, 이게 무슨 다람쥐한테 실례되는…….

하지만 어쨌든 이 청혼은 물러야겠다. 그리고 다시 시작하는 게 좋을 것 같다. 예쁘게, 귀하게 대접을 해 주다가, 그래도 안 되면 물러나는 게 예의였다.

아무리 세상에 백 번 뽑아 안 뽑히는 만드라고라가 없다고 하지만, 얌전하게 땅에 묻혀 있던 만드라고라는 대체 무슨 죄란 말인가.

거기까지 생각한 그가 자리에서 일어났다. 그러나 그때, 문을 두드리며 제나 부인과 리리스가 들어왔다.

"각하, 무슨 생각 하세요?"

제나 부인의 조카이자, 어릴 때부터 루벨리안과 거의 남매처럼 자라 온 리리스가 상큼하게 웃으며 물어 왔다.

반면 옆에 있는 제나 부인의 얼굴은 진지하기 그지없었다.

"각하, 진지하게 말씀드릴 게 있습니다. 이건 아닌 거 같습니다."

"무슨 말인가?"

"오늘 오후의 그 모습을 보셨잖습니까."

"……그래."

"그건 사람이 아닙니다!'

제나 부인이 기겁한 목소리로 말하는 것을 보며 루벨리안은 피식 웃었다.

그래, 그 장면은 에반젤린의 미모만 아니었다면 이미 혼돈 그 자체였다.

하지만 그 미모가 제나 부인에게는 통하지 않았는지 그녀가 침을 꿀꺽 삼켰다.

"이건 아닌 것 같습니다. 각하, 제발 재고해 주십시오."

"하지만 그렇게 예쁜걸요."

그때였다. 절절한 제나 부인의 호소는 정작 리리스의 말에 묻혀 버리고 말았다.

"……리리스. 그 모습을 보고도……."

"그래도 예쁘잖아요."

"사람은 외모가 다가 아니란다. 너는 그 모습을 보고도 그런 말이 나오더냐?"

"예쁘니까요."

"……."

"예쁜데 뭐가 대수예요? 그렇게 예쁜데?"

"……각하, 얘도 제정신은 아닌 것 같습니다."

결국 티격태격하는 제나 부인과 리리스를 보며 루벨리안은 한숨을 쉬었다. 그러다 리리스에게 물었다.

"그녀는 아직도 울고 있나?"

"울어요? 왜 울어요?"
"정원에서 울면서 나가지 않았나?"
"아, 그러고 보니 방금 소화가 덜 됐다면서 소화제를 달라고 하시던데, 너무 배불러서 우시는 것 같던데요?"
"그, 그런가?"
"어머, 뭐야. 신경 쓰고 계셨어요? 벌써부터 애처가 당첨인가요?"
리리스가 두 손으로 턱을 괴며 말했다. 그러나 뒤이어진 말에 그녀의 얼굴이 험악해지기 시작했다.
"아니, 이 결혼은 다시 재고해 볼 생각이다."
"왜요!"
"잘하셨습니다, 각하!"
순간 다른 반응이 터져 나왔다. 이윽고 서로 마주 본 제나 부인과 리리스가 다시 으르렁거리기 시작했다.
이에 루벨리안이 고개를 내저으며 질문을 던졌다.
"그녀는 아직 방인가?"
"아, 네. 취침을 하겠다고 하셨는데, 제가 보기에는 눈이 말똥말똥한 게……."
"그럼 일단 가서 일러라. 내가 조금 있다가 가겠다고."
"알겠습니다."
리리스는 그의 결정이 무척 마음에 들지 않는 듯 입을 삐죽이다 결국 밖으로 나갔다.
그리고 몇 분 뒤, 그녀가 비명을 지르며 뛰어왔다.
에반젤린이 사라졌다고.
"뭐?"
"사라지셨어요. 이불을 꼬아서 창밖으로 나간 것 같은데 이불이

다 풀려 있는 걸 보면…….”

“피는 없었나?”

“네, 그래도 다치셨을 거예요. 그 아래 잔디랑 풀이랑 뾰족한 게 많다고요!”

리리스의 다급한 음성에 루벨리안이 급히 집무실에서 나왔다.

일단 도망간 건 둘째 치고 이 한밤중에 얇은 옷을 입고 어딜 가나. 그나마 공작저 안이면 괜찮겠지만 혹시 밖이면 어떤 험한 일을 당할지 모른다.

거기까지 생각한 그는 소름이 쭈뼛 돋았다.

그녀가 방을 뛰쳐나간 이유는 명백했다. 결혼하기 싫어서. 정말 무슨 일이 있다면 아마 그는 평생 에반젤린에게 속죄하며 살아야 할 것이다. 아니, 사실 속죄하는 것은 큰 문제가 아니었다.

혹여 에반젤린이 무슨 큰일이라도 당한다면- 생각만으로도 심장이 덜컹거렸다.

그러나 다행히도, 그런 일은 없었다.

혹시나 하는 마음에 바로 담장 쪽으로 간 그는 쇠창살을 감고 오징어처럼 흐느적대는 에반젤린을 보고 안도의 한숨을 쉬었다.

에반젤린은 그가 생각하는 것보다 훨씬 더 밝아 보였다. 뭐라 투덜대긴 하는데, 그의 시야 안에 들어왔다는 것만으로도 안도감이 밀려와서 루벨리안은 숨을 골랐다.

그리고 곧 그가 천천히 입을 열었다.

“야밤에 춤이라도 추는 건가?”

순간, 에반젤린이 천천히 고개를 돌렸다.

사실 루벨리안은 아직도 갈등하고 있었다. 에반젤린과 결혼하는 게 그에게는 유일한 돌파구이긴 하지만…….

"당신 일부러 그러는 거지?"

또 이렇게 우는 걸 보니 가슴이 아팠다.

발목이 발갛게 붓고 손이 다 까진 것도 마음에 쓰였다. 그래도 물 한 방울 묻히지 않고 곱게 곱게 컸을 텐데.

그가 한숨을 푹 쉬었다.

"마음에 안 드는 거라도 있나?"

그의 어디가 그렇게 싫어서 이렇게 결혼을 거절하는 건가. 제발 인생에서 꺼져 달라고 빌 만큼 그가 혐오스러운 건가? 그만큼 황태자를 사랑하는 거고?

잠시 생각에 잠겼다가 일단 들어가자고 그녀를 끄는데, 에반젤린이 그의 팔을 잡고 늘어졌다.

그래서 지렁이한테는 미안하지만 잠시 그 이름을 빌리기로 했다.

"지금 지렁이가 당신 드레스에 기어오르려 하고 있어."

그리고 곧 에반젤린이 튀어 올라 그의 팔을 꼭 잡았다. 제 턱 아래서 두리번거리는 작은 머리를 보던 루벨리안이 입꼬리를 말아 올렸다.

역시, 그 '증거'는 포기하고 싶지 않다.

그럼 어떻게 하지?

비록 그녀 앞에서 모든 것을 털어놓지는 않았지만 그녀가 필요하다는 것만큼은 진심이었다.

꽤 조마조마한 그의 마음과 달리 에반젤린은 참 빠르게 눈치를 챘다.

그 와중에 제 아비와 자신의 관계를 집어내는 게 참 기특해서 작게 웃는데, 언제 울었냐는 듯이 에반젤린의 얼굴이 갑자기 확 펴졌다.

영문도 모를 그 얼굴에 미소가 퍼지자, 묘하게 기분이 좋아지는 건 왜일까.

그리고 곧, 그가 말을 꺼내기도 전에 에반젤린이 덥석 결혼 승낙을 했다.

다시 방으로 돌아가는 그녀가 홀로 뭐라 중얼거리는 것을 본 루벨리안은 다소 복잡한 얼굴을 했다.

그녀와 결혼에 대해 제대로 대화를 해 보려는 그의 마음은, 그녀가 결혼을 승낙하는 순간 가뭇없이 사라졌다.

결국, 그렇게 두 사람의 결혼이 결정지어졌다.

하지만 그녀가 결혼 승낙을 했다 하더라도 그의 의도가 불순했음은 부인할 수 없었다.

그는 그녀에게 큰 잘못을 했다.

그러니 그 핑계로 예쁘게, 사랑스럽게, 누구보다도 귀하게 대접하면, 그리고 누구보다도 고귀하게 사랑해 주면, 그래도 조금은 그를 보아 주지 않으려나?

그렇게 생각하며 그가 저도 모르게 미소를 흘렸다.

제3장

선결혼 후연애가 이 뜻은 아닐 텐데요?

선결혼 후연애가 이 뜻은 아닐 텐데요?

그 이후 레이첼은 격리가 되었다.

이 부분까지는 원작대로 흘러가는 거라 딱히 내게 큰 영향은 없었으므로 상관없었지만, 혹여 루벨리안이 레이첼에게 벌을 내려 그녀가 내게 원한 가질 일이 없도록 주의에 주의를 더한 나는 내 미모를 맥시멈으로 끌어 올리고는 '애교'라는 걸 부렸다.

예를 들면, 이런 것 말이다.

"자, 아-"

서류를 보던 루벨리안이 눈을 껌벅였다. 갑자기 사과와 칼을 달랑 들고 와 그의 서재에 침투한 나를 괴상한 눈빛으로 보던 루벨리안이 미간을 찌푸리기가 무섭게, 나는 재빠르게 사과 한 조각을 그에게 내밀었다.

"자, 각하. 드셔 보세요."

화사하게 웃는 내 얼굴에 루벨리안이 손에 든 펜을 내려놓았다.

"무슨 일 있나?"

있지, 당연히. 내가 할 일 없이 이런 짓을 하겠냐? 하지만 나는 애써 음흉한 미소를 감추며 말했다.

"아니에요. 그냥 드셔 보시라고."

"침 뱉었나?"

순간 눈가가 파르르 떨렸다. 아니, 이 남자가 진짜? 드라마에서 보면 미인 언니들이 이러면 막 남자들이 응? 사르르 풀리는 눈빛으로 보던데. 뭐야, 이 잡식 생물을 보는 눈은?

하지만 나는 불굴의 의지를 굽히지 않았다.

"그냥, 맛있으니까 드셔 보시라고."

"네가 먼저 먹어 봐라."

"……."

"왜?"

"아이, 진짜! 안 해, 안 한다고! 무슨 남자가 그렇게 의심이 많아! 신혼에, 어? 아내가 와서 사과 깎아 주면서 애교를 부리는데 좀 넘어가 주는 척이라도 해야지, 응? 아, 진짜! 내가 기가 막혀서!"

"이제야 좀 정상 같군."

루벨리안이 안심했다는 듯이 고개를 숙여 다시 서류를 보았다.

그에 나는 입이 뿌루퉁해져서 소파에 벌러덩 누웠다.

"부탁할 게 있어요."

"뭔데?"

"들어준다고 약속해요."

"들어주마."

와, 이렇게 막막 들어준다고 해도 되는 거야? 나는 잠시 눈을 깜박였다. 이렇게 말하니까 왠지 다른 거 해 달라고 하고 싶다. 나는 혹시나 해서 고민하다가 입을 열었다.
"이름 불러도 돼요?"
"불러."
"애칭 불러도 돼요?"
"불…… 응? 애칭?"
루벨리안의 흔쾌한 대답에 쾌재를 부른 내가 계속 묻자, 저도 모르게 대답할 뻔한 그가 고개를 들었다.
그런 그의 얼굴을 보다가 나는 살짝 수줍게 웃으면서 답했다.
"루비."
"안 된다."
"칫."
안 된다고 할 줄 알았다, 뭐. 나는 입을 삐죽였다.
"그럼 하나 더 부탁할게요."
"해."
"레이첼이요. 감옥에 들어갔다고 하던데, 괴롭히지 않으면 안 되나요?"
나는 그의 좁혀진 미간을 응시하다가 해맑게 웃었다. 며칠 전에 처음 본 그녀를 갑자기 괴롭히지 말라니, 황당할 수밖에.
"그냥 잘 대접해 주면 안 되나요?"
"……제국을 망하게 할 악마를?"
"그렇게 말하지 말고요."
나는 울상을 지었다. 그래도 여주인데 그렇게 말하면 좀 슬프지. 나는 입을 삐죽이며 말했다.
"당신은 당신이 그렇게 불려도 좋아요?"
"글쎄, 딱히 평판에 신경 쓰는 편은 아니라."

그래, 예시가 잘못되었군. 잠시 잊었는데 그는 흑막이었어. 나는 잠시 말을 고르다가 물었다.

"그럼 내가 그렇게 불리면 좋아요?"

"……."

루벨리안은 말이 없었다. 그런 그의 얼굴을 응시하던 나는 이 예시도 잘못되었음을 깨달았다. 얘가 날 좋아하는 것도 아니고, 날 이유로 드는 건 이상하잖아.

아, 진짜. 얘는 무슨 삶에 그렇게 미련이 없어.

루벨리안에게 꽤 가까운 인물을 생각해 보다가 그의 어머니를 떠올려 낸 나는 고개를 저었다. 이건 안 돼, 부모님은 함부로 건드리는 거 아니다. 그래도 피붙이는 꽤 신경 쓰겠지?

"그럼 당신 딸이–"

"……!"

"우리 딸이랑 아들이랑 그렇게 막, 제국을 망하게 할 악마라고 불리면 좋아요?"

사실 이 말에 그가 딱히 움직일 거라 생각하진 않았다. 아직 아이도 없는 인간이 무슨 그런 거에 움직이겠는가.

그런데 내 예상과 달리 그의 얼굴이 너무 진지해서 나는 일순 놀라고 말았다.

"……?"

루벨리안은 한숨을 길게 내쉬더니 나지막이 속삭였다.

"그래서, 무슨 이유라도 있는 건가?"

이거 지금 나한테 여지 주는 거지? 내 말 듣겠다는 표시지? 나는 눈알을 데굴데굴 굴리다가 고개를 끄덕였다. 그리고 내가 생각하기에 가장 합리적인 이유를 댔다.

"예쁘잖아요."

"……."

"……."

"……."

머지않아 찾아온 침묵에 방긋방긋 웃자, 루벨리안이 굉장히 엄숙한 얼굴로 한숨을 푹 쉬었다.

그리고 곧 그가 마치 아이를 달래는 부모처럼 말했다.

"앞으로 리리스랑 놀지 마라."

"……?"

"쓸데없는 것만 배워 가는군."

그의 진지한 얼굴에 나는 일부러 뿌루퉁하게 칭얼거렸다.

"아니, 리리스가 왜 나와요? 그냥 내가 마음에 들어서 그런다니까요?"

"진짜인가?"

"그렇다니까요. 뭔가 촉이 왔어. 아, 이 언니가 내 소울메이트구나!"

"언니가 아니라 너랑 동갑이다."

"괜찮아요, 예쁘고 걸 크러쉬면 다 언니랬어."

나이가 중요해? 원래 예쁘고 힘세면 다 언니다. 아직은 그 언니가 좀 이리저리 헤맬 때라 그렇지, 이제 힘만 각성해 봐라. 다 쓸어버릴걸?

물론 루벨리안은 내 말을 이해하지 못한 듯 고개를 내젓더니 천천히 말을 이었다.

"그녀에 대한 처분은 황실의 몫이다."

"황실은 상관없어요. 그냥 당신은 가만히 있어요. 꼭요, 알겠죠? 뭐 이상한 제안하지도 말고."

어차피 황태자는 걔랑 사랑에 빠질 거거든. 다른 건 몰라도 주인공 러브 서사까지 비틀고 싶은 마음은 없었다.

……음, 황태자한테 고백한 건 그렇다 치자. 그래서 지금 많이 반성하고 벌 받고 있잖아!

어쨌든 레이첼만 안 건드리면 되는 거다. 그럼 나도 살 거야!

……살 수 있겠지?

잠시 이런 의문이 생기긴 했지만 일단 내가 아는 위험 요소부터 제거하는 수밖엔 없었다.

루벨리안의 시선이 내게 고정되었다. 꽤 진지하고 묘한 눈빛이었다. 나를 지그시 응시하던 그가 뭔가 생각하는 듯하더니 입을 열었다.

"그런데, 에반젤린."

"네?"

"그…… 말이다."

"뭘요?"

"……첫날밤."

"아, 초야."

나는 눈을 깜박거렸다. 그러고 보니 우리 초야는 아직이지? 첫날밤에는 내가 술을 마시고 쓰러져서 안 되었고, 두 번째 날에는 내가 먼저 자서 안 되고…… 이러니 은근 미안한데?

아니, 그런데 루벨리안도 딱히 치르고 싶은 마음이 없어 보이는데? 나는 어깨를 으쓱했다.

"왜 갑자기 그걸 묻는 거예요? 뭐, 가문에서 후계자 얘기라도 나왔어요?"

그건 좀 곤란한데. 아직 원작 결말이 어떻게 끝날지도 모르는 상황에서 덜컥 임신 같은 거 하고 싶지 않단 말이다.

"……그건 아니다. 다만…… 아이를, 갖고 싶은가?"

아이를 갖고 싶냐고? 아니, 딱히.

"아니요."

아이는 준비된 사람만 가져야 한다. 심지어 나와 루벨리안이 사이 좋게 한 가족을 이룰 만한 관계는 아니니까.

그런데 왜 내 대답에 루벨리안의 얼굴이 저렇게 어두워지는 걸까? 진짜 가문에서 독촉이라도 내려온 건가?

이윽고 방 안에 정적이 찾아왔다. 나는 손에 든 사과를 빤히 응시하다가 루벨리안을 다시 보았다.

"그런데 진짜 사과 안 드실 건가요?"

내 뜬금없는 말에 루벨리안의 고요한 눈빛이 나를 향했다. 뻔한 말 돌리기였다는 걸 알아챈 것 같지만, 그는 마치 속아 주겠다는 듯이 내 옆으로 다가와 사과를 입에 물었다.

그런 그를 보며 나는 환히 웃었다. 사실 꽤 괜찮은 남자인 건 확실한데.

그때, 사과를 먹던 루벨리안이 나를 보면서 진지하게 말했다.

"그러고 보니 몇 달 뒤 영지에서 가신들이 올라온다고 하더군."

"그래요?"

"그래, 그러니 이제 슬슬 결혼 전 약속을 지켜야겠지?"

"무슨 약속이요?"

우리 둘 사이에 무슨 약속이 있었어? 그렇게 생각하며 그를 보는데 그가 내 머리를 꾹 눌렀다.

"깨끗한 모습으로 손님들 맞이하기."

"……."

"그리고 안주인으로서 티타임 주최하기."

아니, 잠깐만. 후자는 그렇다 치고, 전자가 그렇게 특별히 강조해야 할 만큼 대단한 일이야? 이제 결혼도 했겠다, 이젠 오해를 풀어야 할 시간이 온 것 같다.

"루벨리안, 사실 나 고백할 게 있어요."

"뭐지?"

"사실 저…… 깨끗해요."

더없이 비장한 얼굴을 하고 진지하게 내배는 나를 향해 루벨리안이 피식 웃었다.

"그래, 치아는 깨끗한 것 같더군."

대체 나는 무슨 짓을 저질렀나.

그냥 해탈할까? 포기하면 편하지 않을까? 그런데 왜 눈에서 땀이…….

"왜 그러지?"

내 침묵에 루벨리안이 진지하게 물었다.

그걸 몰라서 묻니? 아무리 내가 어디 가서 특별히 깨끗하다는 말은 못 들어도, 이렇게 치아는 하얗다고 칭찬받을 사람은 아니었다. 아니, 그렇다고 내 치아가 안 하얗다는 게 아니라…….

"저기요, 루벨리안. 우리 진지하게 얘기해 봐요."

"그래."

"내가 결혼하고 세수를 안 했어요? 응? 매일 아침저녁으로 비누로 한 번, 장미 물로 한 번, 두 번씩 씻는 거 봤잖아요."

"그렇지."

"내가 머리를 안 감았어요? 나 원래 매일 머리 감아요. 그날은, 응? 그날은 아침에 머리 감은 거고, 다음 날 아침에 또 감았어요. 알죠? 그런데 고데기가 없잖아. 아, 미치겠네. 고데기가 뭔지 또 모르지."

"글쎄……."

"글쎄는 무슨 글쎄야! 어제도 오늘도 내가 머리 감는 거 봤잖아요!

그리고 그날 아침 팩 하고 있었는데 어떻게 세수를 안 해! 세수도 안 하고 팩 하는 거 봤어요?"

아, 그래. 이 인간은 당연히 못 봤겠지. 팩이 뭔지도 모르니까.

아, 그런데 난 또 뭘 이걸 해명하고 있어. 이 정도면 거의 기자 회견 정도인데?

하지만 뭐가 됐든 억울한 건 억울한 거다. 그날 내 연기가 실감 나긴 했지. 물론 나도 내 연기가 아카데미 여우 주연상부터 베니스, 칸다 휩쓸 만한 거 알긴 한데, 그래도 이쯤 되면 너무했다.

나는 입을 삐죽 내밀고 루벨리안을 응시했다. 그런데 왠지 모르게 내 진지한 얼굴과 달리 루벨리안은 은근히 미소를 띤 얼굴로 나를 보고 있었다.

그 모습이 다소 얄미워서 나는 인상을 팍 썼다.

아, 진짜!

"나 깨끗해요!"

"그렇다 치지."

"아니, 그렇다 칠 게 아니라니까?"

결국 내 결백을 주장하지 못한 채 나는 한숨을 내쉬었다.

"그래요, 뭐, 마음대로 생각해요. 에라이, 이젠 나도 모르겠다."

투덜거리던 내가 팔짱을 꼈다. 그러다 뭔가 생각나는 것이 있어 눈을 반짝 빛냈다.

"그런데 루벨리안. 내 연기가 그렇게 실감 났어요?"

"연기?"

"네. 그때 그 정원에서 그거, 사실 연기였어요. 사실 그것 때문에 나가기 전에 소독수로 손도 뽀득뽀득 씻고, 들어가서 다시 비누로 손 세 번 씻었어요."

"……."

"그날 제가 진짜 연기를 잘하긴 했나 봐요? 말해 봐요, 내 연기 어땠어요? 진짜 보면서 더러웠죠?"

"……."

"왜 그렇게 봐요?"

갑자기 진지하게 나를 응시하는 루벨리안과 시선을 마주하며 나는 잠시 당황했다. 왜 이렇게 나를 보는 거지? 고개를 갸웃거리자 루벨리안의 낮은 중저음이 내게 물었다.

"그래서 지금, 연기를 평가하라는 건가?"

나는 고개를 끄덕거렸다. 그게 연기라니까 사실 놀랐겠지? 태어나서 연기 수업 한 번도 받아 본 적 없는 나다. 그래도 꽤 생생한 연기였다고 생각한다.

루벨리안은 꽤 진지하게 고민하는 듯했다. 나는 그런 그를 기대감 어린 눈빛으로 보았다.

"이브."

"……?"

"아무리 그래도 없는 물건을 평가하는 건 좀 어려운 것 같아."

……뭐?

나는 미간을 좁혔다. 지금 머리로는 무슨 말인지 이해가 되는데, 감성이 이해가 잘 안 되는 것 같은데?

"지금 그거, 내 연기력이 없다는……?"

"으음…… 시간이 다 된 것 같군. 점심 먹으러 가지."

나는 자연스럽게 내 손을 잡고 자리에서 일어나는 루벨리안을 따라 소파에서 일어났다.

아니, 그런데 생각하면 생각할수록 기분이 이상하다. 나는 루벨리안을 따라 나가면서 입을 열었다.

"그러니까 내 연기가 어쨌다고요?"

"그냥 괜찮았다."

"그냥 괜찮으면 안 되는데? 훌륭해야 하는데?"

"……."

"아니, 발 연기였으면 거기서 왜 가만히 있었어요? 말이 안 되잖아."

"대체 뭘 원하는 거지? 내가 당신이 더럽다는 걸 인정하길 바라나? 아니면 연기를 잘한다는 걸 인정하길 바라나?"

루벨리안의 말에 나는 고개를 갸웃거렸다. 뭐지. 갑자기 밀려오는 이 패배감은? 나는 결국 다음을 기약하면서 입을 꾹 다물었다.

그렇게 그를 따라 다이닝 룸으로 들어간 나는 진수성찬으로 차려진 식탁을 보고 활짝 웃었다. 역시 먹을 때가 제일 행복하다.

나는 냅킨을 펴고 포크를 들었다. 일단 내 이미지 만회를 위해 최대한 얌전하게 먹어야지.

그렇게 생각하며 포크로 샐러드를 먹는 순간이었다.

"각하! 큰일 났습니다!"

"쿨, 쿨럭."

나는 냅킨으로 입을 닦으면서 내 식사 시간을 방해한 사람을 보았다.

"무슨 일이지?"

"그게……."

리리스가 내 얼굴을 보며 살짝 말을 골랐다. 혹시 내가 있는 자리에서 말하기 조금 곤란한 얘기인가 싶어 잠시 머리를 갸웃거리는데, 리리스가 루벨리안과 나를 번갈아 보다 천천히 말했다.

"황궁에서 소환장이 내려왔어요."

리리스의 말에 루벨리안의 얼굴이 설핏 굳는 게 느껴졌다. 그도 그럴 것이 애초에 루벨리안과 황실의 관계는 무엇보다도 굳은 사이였으니까.

하지만 황실에서 소환장이 내려오는 게 하루 이틀 일도 아니고, 리리스가 저렇게 긴장할 이유가 없는데?

그렇게 생각하며 눈을 깜박거리는데, 리리스가 말을 이었다.

"황후 마마께서 보내신…… 비밀 모임의 소환— 아니, 초대장이요."

너무 놀란 나머지 자리에서 벌떡 일어난 내가 눈을 깜박거렸다. 왜 이 시점에 황후가 나를 부르지? 왜? 내가 뭐 예쁠 게 있다고?

고개를 살짝 돌려보자 잔뜩 굳은 루벨리안의 얼굴이 보였다. 그는 무슨 생각을 하는지 얼어붙은 얼굴로 나를 응시하고 있어 다소 무서워 보였다.

"왜지?"

"그건 저도 잘……."

평소에 헤실거리며 나를 보는 리리스도 조금 불안한 눈길로 나를 보고 있었다.

결국 나는 냅킨으로 입을 다 닦은 채 입을 열었다.

"그래. 가지, 뭐. 언제인데?"

"마님, 황후 마마의 소환장인데……."

"안 가면 황명 거역이잖아, 그러면 플로렌스 공작가에 안 좋은 거 아닌가?"

그리고 예상은 했다. 내가 콜리카 공작가랑 그렇게 대놓고 부딪쳤는데, 심지어 금이야 옥이야 같은 그 집 아들내미한테 청혼한 전적도 있는데, 플로렌스 공작가와 결혼했으니 관심이 없는 게 이상하지.

하지만 내 말에 루벨리안이 서늘하게 말했다.

"아니. 갈 필요 없다."

그의 예상 밖의 대답에 놀라기도 전에 그가 말을 이었다.
"황후를 따로 볼 필요 없다. 이 명은 내가 거절하도록 하지."
"하지만 각하, 그러면 콜리카 공작가에서……!"
"그 부분은 내 선에서 처리할 테니 너는 신경 쓸 필요 없어."
리리스의 말도 자르고 루벨리안이 나를 응시했다. 그런 그의 새빨간 눈동자에 묘한 신뢰감이 들어서 나는 새삼스럽게 그를 바라봤다.
그래, 사실 나 같아도 아는 사람이 황후를 만나러 간다고 하면 조금 불안할 것 같긴 했다. 황후가 어지간히 악독해야 말이지.
플로렌스 공작 부인이 처음 황제에게 겁탈당한 날, 그녀는 플로렌스 공작 부인이 기거하는 궁에 쳐들어가 그녀를 심각하게 매질했다. 논리도 없고, 이해도 불가능한 일이었다.
그녀의 입장에서는 밥그릇 지키기겠지만, 그게 플로렌스 공작 부인을 해한 이유가 되진 못한다.
그리고 무엇보다도 가장 웃긴 건 콜리카 공작가를 친정으로 둔 그녀를 황제는 결코 벌하지 않았다는 것이다.
이놈의 황제, 가만 보면 이 인간이 가장 큰 흑막이야. 남주랑 여주의 입장에서나 보면 루벨리안이 흑막이지, 사실 객관적으로 보자면 황제가 가장 나쁜 놈이었다.
"됐어요, 갈게요."
"아니, 그럴 필요 없-"
"아무런 뒷감당 없이 거절할 수 있으면 안 갈게요. 그런데 그거 아니잖아요."
여기서 거절하면 황후가 그냥 가만히 둘까? 콜리카 공작가에서 과연 가만히 있을 것인가?
답은 뻔했다.

걱정스레 응시하는 그를 향해 나는 웃으며 말했다.

"잘 싸우고 올게요. 그런 의미에서 골라 봐요. 심장 마비가 좋을까요? 화병이 좋을까요? 전자는 순식간에 끝나고, 후자는 시간이 좀 걸리죠."

어느 쪽이든 나름대로 운치 있게 끝내 줄 수 있다.

하지만 쾌활하게 웃는 나와 달리, 루벨리안은 상당히 기분이 안 좋아 보였다. 결국 내 말에 고개를 끄덕인 그가 리리스를 꼭 데리고 가라며 허락을 내비쳤다.

그에 내가 음산하게 웃었다.

"아, 그리고 사실 나도 생각이 없는 건 아니에요."

그런 의미에서 부탁 하나 좀 하자.

"자– 성명 알렉산드리아 콜리카. 현재 이름 알렉산드리아 텔리에. 나이 쉰 살. 특징 악독함. 좋아하는 것 자기 아들. 싫어하는 것 내 아들 옆에서 알짱거리는 날파리들."

"……그건 뭐죠?"

덜컹거리는 마차에서 내 드레스를 만져 주던 리리스가 조심스럽게 물었다. 황후에게 소환되었다는 말에 잔뜩 긴장한 그녀는 평소처럼 내 얼굴을 보며 꺅꺅댈 힘도 없는지 꽤 굳은 얼굴을 하고 있었다.

그에 활짝 웃으면서 어깨를 으쓱인 내가 대답했다.

"우리 황후 마마의 프로필? 적을 알아야 상대가 가능하니까."

황후가 가장 싫어하는 건 황태자 옆에서 얼쩡거리는 이들이다. 그런 의미에서 앞으로 레이첼이 황후한테 얼마나 굴려질지는 굳이 말하지 않겠다.

물론 콜리카 공작가가 여주를 괴롭히는 걸 뒤에서 조종한 게 플로렌스 공작가였지만.

덕분에 콜리카 공작가는 여주를 괴롭힌 죄로 황태자에 의해 멸문당한다.

아, 내 남편 장하다.

순간 번뜩 드는 생각에 나는 놀라고 말았다. 아니, 이게 아닌데. 지금 여기서 루벨리안이 장하면 어떡하지? 나는 고개를 털어 냈다. 이건 좀 아닌 것 같다.

어느덧 황실에 들어선 마차의 창문을 통해 나는 밖을 쳐다보았다. 그리고 난생처음 보는 황후 궁의 모습에 잠시 넋을 잃는데 갑자기 마차가 멈췄다.

“마님, 너무 긴장하지 마시고…….”

“야, 네가 더 긴장했어.”

“황후 마마께서 무슨 말을 하셔도 그냥 한 귀로 흘려보내는 거 잊지 마시고요.”

“반박하면 안 되는 거야?”

“그분은 말로 하는 분이 아니세요. 먼저 손부터 이렇게…… 어쨌든 위험한 일이 있으면 비명 지르는 거 잊지 마시고요.”

리리스가 한 손으로 풀 스윙을 그리면서 말했다.

그런 그녀의 모습이 웃기기도 해 피식 웃음이 나왔다. 아니, 누가 보면 내가 마녀한테 잡혀가는 줄 알겠다.

이내 나는 황후의 비밀 모임이 열리는 방으로 향했다. 길고 긴 복도의 끝, 황후의 악행이 비밀스럽게 진행되는 곳.

문이 열리자 나는 그 안으로 발걸음을 내디뎠다.

그러나 순간, 내 목을 꾹 잡아 내리는 손길에 잠시 어이를 상실하고 말았다.

"어디서 감히 빳빳하게 고개를 들고. 어쩜 플로렌스의 안주인은 하나같이 근본이 없구나. 천박한 계집들만 들이는 집이니 오죽하겠느냐마는."

예고도 없이 바로 본편인가? 그 전에 내가 고개를 숙일 시간을 주긴 했나?

나는 한숨을 푹 쉬었다. 뭔가 일이 굉장히 괴상하게 돌아가는 것 같은 건 역시 내 착각이 아닌 듯했다.

안으로 들어서자마자 목이 눌린 터라 나는 본의 아니게 요가를 하고 있었다. 다리가 땅기는데 아직도 내 목을 굽히는 이놈은 과연 누구일까?

얼핏 보니 황후의 비밀 모임 멤버 중 하나인 귀부인인 것 같았다.

고민하다가 일단 고개를 드는 게 황급해 보여 천천히 눈을 올리는데…….

"이년이 감히 누구 안전이라고 함부로 눈을 치켜뜨는 것이냐!"

아니, 그쪽이 내 목 눌렀잖아요. 지금 나더러 왜 눈을 치켜뜨냐고 하시면 제가 대체 어떻게 반응을…….

그렇게 생각하는 순간, 누군가가 내 뺨을 내리쳤다.

짝-!

얼굴을 치고 흘러가는 통증에 나는 눈을 꾹 감았다. 그래도 한평생 곱게 자란 귀부인이라 그런지 그다지 아프지는 않았지만, 당연히 기분은 나빴다.

아, 먹고살기 겁나 힘드네.

"어떻게, 한 대 맞으니 제정신은 드느냐?"

"전 원래 제정신이었습니다."

"아직도 정신을 못 차리고……!"

"아니, 당신이 방에 들어가자마자 목 눌려 봐! 제정신일 것 같아?"

지나친 분노에 내가 크게 외쳤다.

공식적인 장소라면 이렇게까지 굴진 않겠지만, 여기는 비밀 모임이었다. 그게 무슨 말이냐 하면, 황후가 한 짓이 밖으로 새어 나가지 않음과 동시에 내가 무슨 미친 짓을 하든 이 또한 새어 나갈 일이 없다는 것이었다.

뭐, 평판 같은 거야 이미 지하 3층에 처박혀 있으니 상관없고.

아니, 그런데 가만 생각해 보니 참 어이없네.

세계관은 서양 로판인데, 이 방만 혼자서 동양 궁중 암투물이다. 보나 마나 내 목을 누르고 있는 건 황후의 시녀라든가 시녀라든가 시녀 같은 존재겠지. 황후 혼자서 세계관 다 파괴해 드시네.

아, 그래서 비밀 모임인 건가?

별별 생각을 다 하면서 깊은 깨달음을 얻는 사이, 단상 위에서 우아하게 차를 들이켜던 황후—딱 봐도 황후였다—가 입을 열었다.

"후작 부인, 공작 부인의 목을 놓게. 겁을 먹지 않았나."

후작 부인이었어? 응? 나는 황당함에 말을 잇지 못했다. 그러니까 이 방은 서열도 다른 곳이랑 달라? 로판계 일진이야?

하긴, 내가 이 방에서 나가서 후작 부인이 나를 쳤다고 백 번 외쳐 봤자, 황후가 아니라고 하면 다 무산되겠지. 나는 황후의 졸렬함에 그만 감탄하고야 말았다.

"플로렌스 공작가의 사내들은 안목이 참 일관성이 있어. 아름다움과 천박함을 동시에 겸비한 계집을 즐기는 모양이군."

"황후께 아뢰옵기 황송하오나, 선대 공작 각하와 제 남편이 사랑을 위해 사는 사람들이라서 말입니다."

으음, 진실과 조금 달라서 양심이 아프긴 했지만 일단은 그렇다 치자.

그녀는 제 비꼬는 말에 내가 말대답을 할 줄 몰랐다는 듯이 비릿하게 웃으며 말했다.

"사내들이란 원래 천박한 계집이 알랑거리면 넘어가는 법이지. 하나 고상한 척해 봤자 결국 천박한 그 내심을 어찌 숨길 수는 없지 않나. 너와 샤를리나처럼 말이다. 그저 천박한…… 그래, 창부나 마찬가지지. 안 그런가?"

와, 대단해. 한 번에 '천박한'을 세 번이나 넣어 말했어. 아는 단어가 저것밖에 없나…….

사근사근 나긋나긋하게 말하는 황후의 언어 구사 능력에 나는 우려심을 표현했다.

사실 웬만해서는 그냥 입 다물고 있다가 구명줄이 오길 기다리려고 했는데…… 나는 잠시 눈알을 데굴데굴 굴렸다. 뭐, 극적일수록 좋겠지.

나는 우아하게 웃으며 고개를 끄덕였다.

"네, 그렇습니다."

"……뭐?"

"제가 천박한 마음을 품고 몸으로 루벨리안을 꾀어서 공작 부인이 되었습니다."

"……이, 이런 수치심도 없는……."

"아뢰옵자면, 제가 원래 수치심이 없습니다. 수치심이라는 단어를 어떻게 쓰는지도 모릅니다."

"……."

"치죄하시렵니까?"

나는 정말 대단하다는 눈빛을 하고 황후를 응시했다. 어떻게 알았지? 내가 원래 교양이 없다는 거?

그렇다고 나를 죽일 수 있을 것 같냐? 퍽이나.

그녀는 사람을 괴롭힐지언정 죽이지는 못했다. 시체는 물증이니까.

내 말이 맹랑하기 그지없었는지 어이없다는 기색을 얼굴에 가득 써 붙인 그녀가 갑자기 손을 들었다.

이에 기다리기라도 했다는 듯 후작 부인의 부채가 거칠게 내 뺨을 스치고 지나갔다. 정확히 말하자면 스쳐 지나가려고 했다.

하지만 꽤 노골적인 제스처에 나는 곧장 뒤로 피하면서 부채를 잡았다.

탁.

"……!"

순간 쩌적 갈라진 공기에 내가 눈을 깜박거렸다.

"어, 어머. 죄송해요. 이건 고의가 아니었는데. 다, 다시 한번 갈까요?"

"이 경박한 계집이!"

내 말에 황후가 진심으로 분노한 듯 방금까지 고상하게 웃던 얼굴이 와그르르 일그러졌다.

그와 함께 단상에서 일어난 그녀가 아래로 내려와 손을 올렸다.

짝-!

순간 얼굴에 알싸한 통증이 스치고 지나갔다. 저도 모르게 손을 들고 얼굴을 살짝 만지자, 손가락에 배어난 빨간 피가 보였다.

황후는 서늘한 얼굴로 나를 보고 있었다.

그래도 밖에서는 꽤 고상한 척을 하던데, 여기서는 이래도 상관없다는 건가?

"어떻게, 정신은 드느냐?"

"아, 진짜. 나 얼굴 빼면 볼 거 없는데."

여기서 약한 척을 하면 약한 척한다고 욕먹겠고, 그렇다고 개기면 개긴다고 욕먹을 게 확실했다.

내가 알기로 선대 공작 부인인 샤를리나는 황후가 뺨 한 대만 치면 쓰러지는 여자였고, 덕분에 황후가 꼴 보기 싫다며 더 때렸던 걸로 기억한다.

결국 나는 한숨을 푹 쉬며 고개를 들었다.

"황후 마마."

"그래, 부인께서는 자각이 좀 들었-"

"일생에 하나뿐인 '언약'을 깬 분에 대한 분노는 이해하나."

"……."

"분노는 엄연히 당사자에게 풀어야 한다는 상식은 저 같은 평민도 잘 알고 있습니다."

황후는 분명 알고 있다. 황제가 잘못했다는 걸. 하지만 그에게 개길 힘도 능력도 담도 없으니까 그 주변에 있는 사람을 잡고 늘어지는 거다.

이해는 하나 거기까지다. 나는 얼굴에서 표정을 거둬 낸 채 입을 열었다.

"분풀이 상대를 잡으신 거라면 미리 말씀하시지, 그래야 미리 준비를 하고 와서 황후 마마의 비위를 맞춰 드리지 않겠습니까."

"네가 미친 것이로구나?"

"네. 제가 약간 발작을 할 때가 있어서 사람을 막 물고 다닙니다. 언제 발작할지 모르니 함부로 건드리지 마시옵소서."

발작이란 말에 주변 귀족들이 주춤하는 게 보였다. 그들 입장에서 보면 신기하긴 하겠지. 고상하게 하하 호호 웃고 다니는 이 마당에, 유일하게 생각을 이해할 수 없는 이상한 여자가 쳐들어왔으니.

"무, 문다고?"

"네, 황후 마마. 뭅니다."

물어본 적은 없지만 사실 잘 물 거 같아. 이 어쩔 수 없는 근자감 좀 보소.

그렇게 생각하며 혀를 차는데, 갑자기 누군가가 내 머리 위에 뜨뜻한 차를 부었다.

아, 이런.

나는 고개를 홱 돌렸다. 처음 보는 어떤 영애가 표독스럽게 눈을 뜨고 있었다. 그녀는 손에 든 찻잔을 바닥에 휙 던지고 피식 웃었다.

"미천한 몸으로 함부로 황태자 전하를 넘본 죄다. 그리고 황후 마마께 감히 불경한 죄고."

나는 차가 뚝뚝 떨어지는 머리를 살짝 뒤로 넘기며 웃었다.

황태자의 약혼녀이자, 미래의 레이첼을 데굴데굴 굴리는 인간 중 하나. 바네스 후작가의 영애인 멜리나 바네스.

아, 얘가 걔야?

나는 그녀를 힐끔 흘겼다. 그녀는 득의양양한 얼굴로 나를 보고 있었다. 그런데 너무 대놓고 득의양양해서 어이가 없을 지경이었다.

그래, 이쯤이면 됐지. 목표는 확정했다. 이제 슬슬 시간도 지났으니 등장할 때도 되었는데? 여기까지 생각한 나는 두 손으로 뺨을 감싸 쥐고 있는 힘껏 소리를 질렀다.

"꺄아아아아아악!"

"……차, 차가 그렇게 뜨겁진 않을 텐데?"

"흐으으으윽! 으으윽!"

"……?"

"흐어어어어억!"

비명은 뱃심이고, 목소리는 공기 반 소리 반. 그리고 있는 힘껏 미친 듯이 소리를 지른다.

나는 이미 소문이 날 대로 난 사람이고, 이래 봬도 뒷배도 있으니 상관은 없다.

그러니 이제 내가 발작을 할 차례였다.

킹콩 뺨치는 내 비명에 사람들이 주춤하는 게 보였다.

그래, 얘네 인생에 나 같은 걸 언제 봤겠어. 괴상한 생명이겠지. 겨우 차 하나 부었다고 머리를 감싸 쥐고 세상이 무너진 것처럼 통곡하는 내 모습이 어지간히 괴이했던지, 황후도 약간 움찔하는 것 같았다.

사실 여기서 눈물을 짜내는 게 제일 좋은데, 눈물이 안 나오니 방법은 없었다.

소리로 승부를 보는 수밖에.

"꺄아아악, 내, 내 얼굴이……."

캬아– 사운딩 좋고, 표정 좋고. 손으로 얼굴을 감싸며 얼굴이 망쳐진 야수처럼 포효했다. 그에 멜리나가 주춤거리며 뒤로 물러났다.

문득 그녀가 중얼거리는 게 느껴졌다.

"……어, 얼굴 머, 멀쩡한데?"

그녀는 방금까지 따박따박 반박하던 내가 왜 이러는지 진심으로 모르는 것 같았다. 황후도 멍하니 나를 보는 가운데, 잠시 쉬기 위해 샤우팅을 멈춘 내가 잠시 헥헥거렸다.

그리고 다시 소리를 지르기 시작했다.

"아아아아아악–!"

"이, 이 미친 계집이 아니더냐?"

"황후 마마, 잠시 뒤로 물러나시는 게……."

"어디서 감히 이런 걸로 내 눈을 속이려 들어! 이러면 내가 무서워할 줄 알고?"

이미 무서워하는 것 같은데. 나는 당황한 얼굴로 나를 보는 황후를 응시하며 웃음을 흘렸다.

사실 그녀가 그린 그림은 이게 아니었을 것이다. 바들바들 떨면서 바닥에서 눈물을 짜내는 샤를리나 같은 모습이었겠지.

하지만 지금 그녀는 흡사 동물원에서 탈출한 고릴라가 자신의 앞에서 댄스를 추는 것을 본 눈빛이었다.

물론 나는 그에 전혀 신경 쓰지 않았다. 그리고 무엇보다도-

"이게 무슨 일입니까, 어마마마."

아, 이제야 왔네. 왜 이렇게 느려?

나는 숨을 헥헥 내쉬면서 고개를 돌렸다. 내 뒤에는 충격 먹은 얼굴의 황태자와, 얼굴을 잔뜩 굳힌 루벨리안이 서 있었다. 그리고 그 뒤에는 리리스가 경악한 얼굴로 있었다.

"마, 마님, 어, 어, 어, 얼굴이……!"

당황한 귀부인들을 보며 나는 의미심장하게 웃었다.

현재 황태자는 황후의 실체를 모른다. 그의 눈에 황후는 우아하고 자상한 만인의 어머니였으니까.

그러니까 이제야 밝히자면 내 계획은 이러했다. 황후의 진면목을 황태자한테 까발혀서, 앞으로 황태자가 황후를 견제하게 만드는 것.

겸사겸사 레이첼이 괴롭힘당하기 전에 미리 황후를 꺾어 놓는 것도 좋고.

원작은 요렇게 비트는 거다. 물론 결과는 모르겠지만.

"황태자, 여긴 어떻게……."

황후가 당황한 얼굴을 했다. 제 아들 앞에서만큼은 누구보다도 자애로운 얼굴을 하는 그녀가 이렇게 누군가를 괴롭히는 걸 처음 보여 줬으니 얼마나 당황했을까. 순간 그녀의 시선이 내게 꽂혔다.

"네가, 설마……."

그런 그녀를 보며 나는 피식 웃었다.

역시 황태자에게 백번 말하는 것보단 직접 보여 주는 게 낫겠지. 앞으로는 황후가 날 소환해도 불쌍한 얼굴을 하면서 '무서워요.'라고 말하면 되는 거다. 이렇듯 손을 댔는데 나름 정당성이 생기지 않을까?

역시 사람은 멀리 봐야 돼.

흐뭇한 마음에 고개를 끄덕이던 나는 순간 차갑게 얼어붙은 루벨리안의 눈빛을 보고 흠칫했다.

또, 또 저런 눈빛이다.

비록 리리스를 시켜 안쪽에서 비명이 들리면 당장 루벨리안과 황태자를 전부 불러오라고 시키긴 했지만…… 으음, 성급했나.

루벨리안이 성큼성큼 다가왔다. 그리고 외투를 벗어 바닥에 앉아 있는 내게 걸쳐 준 뒤 천천히 손으로 내 뺨을 훑었다. 그러다 손에 살짝 묻은 피를 보고 이를 악물었다.

그때였다.

"황태자 전하, 억울합니다! 저, 저 부인이, 저 부인이 먼저 불경했다고요! 황후 마마는 당연히 그 기강을 바로잡을 의무가 있는 게 아니겠습니까!"

멜리나의 외침에 황태자가 내게로 시선을 돌렸다.

하, 이렇게 나온다 그거지? 나는 기가 막혀 혀를 차다가 내 앞에 있는 루벨리안 쪽으로 가녀리게 쓰러졌다.

"아, 루벨리안……."
"……!"
독 사과를 먹은 백설 공주처럼 쓰러진 나를 루벨리안이 놀란 눈을 하고 안아 들었다.
"무서웠어요."
"이브?"
"무서웠어요, 흑흑."
다만 눈물이 나오지 않아 일부러 루벨리안의 품에 기어 들어갔다. 그의 품에 얼굴을 묻은 채 어깨를 들썩이며 입으로 흑흑 소리를 낸 내가 의미심장하게 웃었다.
단짠단짠은 진리다. 방금까지 짠 걸 보여 줬으니 이제는 단 거다. 이 빠질 만큼 달게 해 주지.
그렇게 생각하는데, 황태자가 충격에 빠진 얼굴로 입을 열었다.
"어마마마, 대체 어찌 이런 일을……. 루벨리안은 제 친우고, 플로렌스 공작 부인은 그의 아내입니다."
그 이전에 인간아. 인간 대 인간으로서 이 짓은 하면 안 되는 거야.
하지만 그런 내 마음과 달리, 황후는 당황하면서 변명을 했다.
"황태자, 새로이 귀부인이 되었으니 그저 교육을 시켰을 뿐입니다. 어찌 그리 큰일이라도 난 듯이……!"
"이게 교육입니까? 차를 붓고, 얼굴에 상처를 내고?"
그녀의 외침을 루벨리안이 서늘한 목소리로 가로막았다.
"공작. 교육의 현장에는 언제나 약간의 체벌이 가해져야 하는 겁니다."
"그 교육을 왜 황후 마마께서 시키시는 겁니까?"
"……."

"좋은 집에서 귀하게 자라 저조차도 함부로 손을 대 본 적 없는데, 마마께서 무슨 자격으로?"

오오, 이게 바로 '우리 엄마, 아빠도 날 때려 본 적이 없는데 네가 무슨 자격으로 날 때려!'지?

나는 루벨리안의 말에 감탄하고 말았다. 내 머리를 감싸 안고 살살 쓰다듬는 그의 품에 안겨 황후를 살짝 보는데, 그녀가 이를 악물고 말했다.

"말이 심합니다, 플로렌스 공작. 겨우 그깟 계집 하나 때문에 감히 황후인 내게 이리 무례하게 대하시는 겁니까? 아무리 공작께 황제 폐하의 총애가 있다고 하나, 나는 콜리카 공작가의 딸입니다."

"제 아내는 플로렌스 공작가의 안주인입니다. 황제 폐하의 총애와 무관하게, 플로렌스 공작가가 언제부터 콜리카 공작가의 밑이었습니까?"

오오, 내 남자, 말 잘한다. 더 해, 더 해!

결국 황후가 조용하게 분을 삭였다. 어찌 되었든 플로렌스 공작가에서 이렇게 들고나오겠다면 황후도 할 말은 없었다.

어쨌든 황제는 내심 루벨리안을 아꼈기 때문이다. 황태자 또한 제 형제인 루벨리안을 많이 따르는 편이었고.

물론 루벨리안은 아닌 듯했지만.

"어마마마. 어마마마께서 적적하실까 봐 귀부인과 영애들을 자주 궁에 부르는 것을 묵인했는데, 이제는 조금 고려를 해 봐야겠습니다."

"……황태자!"

"저는 폐하의 아들입니다. 콜리카 공작가의 아들이 아니라. 저를 휘두르려 하지 마십시오. 그리고 다시는 플로렌스 공작가에 이런 짓을 하지 마십시오."

"황태자, 배신당할 겁니다. 플로렌스 공작가가 어떤 가문인데……!"

"제 친우입니다. 제 형제 같은 이고, 앞으로 제가 황좌에 오르면 누구보다도 제 든든한 우방이 될 이입니다."

황태자의 말에 대체 왜 내 양심이 아픈 것일까. 으음, 이렇게나 루벨리안을 믿었는데 정작 루벨리안은 황태자와 반목했지. 결국 콜리카 공작가와 황태자 사이를 이간질시키고, 황제를 죽였다.

루벨리안의 입장에서 보자면 이유가 있지만…….

그때였다.

"황태자 전하, 억울합니다! 황후 마마는 그저 가벼이 교육했을 뿐입니다."

"멜리나 바네스 영애."

"플로렌스 공작 부인께서 너무 과하게 반응하는 것뿐입니다. 전하, 어찌 황후 마마의 성품을 못 믿으시는 겁니까!"

한 일이 있는 데 너 같으면 믿겠니?

나는 한숨을 쉬었다. 오늘 황후와의 이 질긴 악연을 끝내기 위해서 내가 나서 줘야겠군. 나는 길게 숨을 들이쉰 뒤 천천히 고개를 들었다.

"루벨리안. 황태자 전하."

최대한 가련한 표정을 지었다. 일단 에반젤린은 굉장히 가녀린 외모니까 이건 쉽다. 그리고 조금 처연하게 고개를 아래로 내리고 다시 위를 살짝 보며 아련하게 웃는 거다.

"황후 마마께서는, 아무것도 하지 않으셨어요."

내 말에 황후 패거리들의 얼굴이 이상하게 변했다. 얘가 또 뭘 하려고 이러나 하는 불안감이 그들의 얼굴을 스치고 지나가는 것을 보다가, 내가 힘겹게 말을 내뱉었다.

"황후 마마께서는 그저 제가 방에 들어가자마자 고개를 숙이지 않는다고 제 목을 잡고 저를 가르쳐 주셨어요."

"……!"

"그리고 눈을 치켜뜨면 안 되는 건데 제가 미천하다 보니 그것도 잘 몰라서…… 흐흑."

눈물 연기가 안 돼서 목소리랑 미모로 때운 나는 손으로 입을 막고 흑흑거렸다. 얄밉기 그지없는 내 행동에 황후 패거리들이 기가 막혀 하는 게 보였다.

이를 지켜보던 루벨리안이 서늘하게 말했다.

"황후 마마. 앞으로는 제 아내를 함부로 소환하지 않기를 바라겠습니다."

좋았다, 좋았어. 바로 이걸 노리고 내가 오늘 아주 정신을 몇 개로 가르며 난리를 친 게 아닐까? 바로 이 명목, 내가 나쁜 사람이 되기는 싫으니 상대방을 나쁜 사람으로 만드는 거!

……음, 아닌가. 황후는 언제나 나빴으니.

루벨리안이 자리에서 일어나며 나를 일으켜 세웠다. 그를 따라 일어난 내 시선이 멜리나 바네스에게 닿았다. 그리고 순간, 내가 뒤로 주춤 물러났다.

"흐윽, 여보. 무서워요."

"이브?"

"바네스 영애가…… 무서워요. 제, 제 얼굴을……."

나는 움츠러들며 루벨리안의 팔에 얼굴을 묻었다.

아, 젤린을 뽀샤 버릴 때랑 비슷한 쾌감이 밀려와! 이렇게 종종 이용해야겠다. 사고는 내가 치고, 뒷수습은 루벨리안에게 맡기고!

……음, 조금 염치가 없는 것 같은데, 그것도 못 하면 내가 왜 결

혼을 했겠니.

루벨리안의 무서운 눈길을 받은 멜리나가 뒤로 주춤거려다. 그동안 나는 루벨리안에게 찰싹 달라붙어 황후의 접견실을 유유히 나갔다.

물론 나가기 전에 귀족들을 한 번씩 싹 훑으면서 썩소를 날려 주는 것도 잊지 않았다.

리리스가 급히 내 얼굴을 와서 닦아 주며 중얼거렸다.

"멜리나, 그 삐리리. 다음에 파티에서 만나면 얼굴에 손톱자국 제대로 날려 주겠어."

"아, 리리스. 이건 황후가 그런 거야."

리리스의 속상한 말에 내가 대꾸했다. 그에 루벨리안이 손을 뻗더니 내 뺨에 난 상처를 만지작거렸다.

"일단 신전에 연락을 취해야겠군."

"괜찮아요. 며칠 지나면 사라질 거예요."

하지만 내 발랄한 목소리와 달리 루벨리안의 얼굴은 꽤 착잡해 보였다.

"내가 맞은 것 때문에 그래요?"

"미안하다."

"뭐가요? 당신이 때린 게 아니잖아."

"그래도."

"얼마나 미안한데요? 앞으로 나 구박하고 싶지 않을 정도로?"

"내가 언제 널 구박했나."

그의 말에 나는 그를 살짝 흘겼다. 계속 구박했으면서, 뭘.

그러나 그런 내 표정에도 그는 꽤 미안한지 계속해서 내 뺨을 만지작거렸다. 그러다 차로 흥건해진 내 머리를 손으로 만졌다.

"아, 차 때문에 더러워요. 만지지 마요. 이거 홍차에 우유 탄 거라 은근 끈적끈적해."

"괜찮다."

"더러운 거 싫어하잖아요."

"네가 말하지 않았나."

"뭘요?"

"원래 내 건 안 더럽다고."

차분하게 말을 한 그의 얼굴을 멍하니 보다가 나는 길게 숨을 내쉬었다. 이건 무슨 말인가. 그러니까 내가 자기 아내라는 걸까? 새삼스레 겨우 결혼 한번 한 것 같고, 참.

그때였다. 황후와 대화를 마쳤는지 황태자가 방에서 나왔다.

"미안하군, 플로렌스 부인. 저번에도 이런 일이 있었던 것 같은데."

"사실 언젠가는 부르실 거라 예상하긴 했어요."

다만 그 정도로 미친 짓을 할 줄은 몰랐지. 물론 나는 더 미친 짓으로 대응했지만.

"미안하군."

그래도 일국의 황태자가 스스럼없이 사과하는 것을 보며 나는 꽤 위안을 얻었다.

레이첼, 그래도 네가 남자 하나는 잘 고른 것 같다. 괜찮은 남자야. 내 프러포즈를 단칼에 거절한 것 빼고는.

내가 워낙에 뒤끝이 좀 길어서.

"괜찮아요. 다만 이후에는 이런 일이 없었으면 좋겠어요."

"앞으로는 절대 그런 일이 없도록 하지. 어마마마께서 부르셔도 안 와도 된다. 이 부분은 폐하께서도 이해해 주실 거다."

"감사합니다."

기왕이면 콜리카 공작가 전부를 없애 버려 주면 좋겠지만, 그건 루벨리안이 알아서 할 것 같다. 그렇게 태평하게 생각하는데, 황태자가 루벨리안 쪽으로 고개를 돌렸다.

"루벨리안, 미안하다."

황태자의 사과를 받고도 루벨리안은 별다른 반응이 없었다. 그는 그저 담담하게 황태자를 보다가, 이내 다시 내게로 고개를 돌렸다.

"저를 어떻게 하시든 상관없지만, 제 아내는 더 이상 황궁에 들락거리는 일이 없었으면 좋겠습니다."

"그러지. 내가 보장하마."

오오, 단호박.

나는 루벨리안을 보며 감탄했다. 얘가 이런 성격이 아니었는데, 이렇게 대놓고 제 감정을 표현하는 일이 굉장히 적었던 것 같은데 무슨 일일까.

곧 루벨리안이 외투의 앞섶을 여며 주고 나를 이끄는데, 황태자가 다시 루벨리안을 불렀다.

"루벨리안, 미안하다."

"……."

단순히 오늘의 일만 지칭하는 것 같지는 않았다. 왠지 모르게 묘한 느낌이 들어 눈을 깜박였으나, 루벨리안은 침묵을 지킨 채 발걸음을 옮겼다.

그리고 며칠 뒤, 리리스가 '감히 우리 마님 얼굴에 네가 상처를 내?'라며 멜리나의 얼굴을 할퀴어 놨다는 소문이 돌았다.

내가 그러지 않았다고 울부짖는 멜리나에게 '그럼 내가 황후 마마를 찾으리?' 하고 당당하게 외쳤다는 리리스의 행동에 제나 부인이 이마를 짚은 건 또 다른 이야기였다.

그 이후로 황후가 나를 찾는 일은 없었다. 물론 그렇다고 그녀에 대한 분이 다 풀린 것은 아니었다.

그런 의미에서 나는 콜리카 공작가를 뒤집어 버리려는 루벨리안의 계획에는 쌍수를 들고 환영하는 편이었다.

그리고 더불어 최종 보스인 황제를 아예 이 세상에서 작별 인사를 시키면 더 좋…… 음, 그런데 나 원래 원작 비틀겠다고 하지 않았나? 왜 요즘따라 묘하게 루벨리안의 행동을 응원하는 것 같지?

레이첼은 아직도 지하 감옥에 있었다. 그녀를 찾아가고 싶었으나 그렇게 대단한 인물을 내가 쉽게 만날 수 있을 리가 없으니 일단은 성녀 의식 때까지 기다리기로 했다.

그렇게 침대에 앉아 진지하게 고민하다가, 수건으로 내 머리를 털어 주는 루벨리안에게 물었다.

"그런데 루벨리안. 요즘 뭐 해요?"

"거의 집에 있었던 것 같은데."

내 물음에 뭘 그런 걸 묻느냐는 듯이 루벨리안이 답했다. 그에 나는 입을 삐죽였다.

"그냥 집에 있는 것치고는 바빠 보여서."

"내일부터는 일을 줄이도록 하지."

"어…… 그렇게 막 줄여도 되는 일이에요?"

"아니."

"뭐야."

"지금 놀아 달라고 칭얼대는 거 아닌가?"

루벨리안의 말에 내가 고개를 홱 돌렸다. 누굴 지금 어린애로 알고 있어. 왠지 모르게 이상한 취급을 받은 것 같아 그를 노려보는데, 루벨리안이 갑자기 미소를 지으며 고개를 살짝 숙였다.

순간 뭔가 느낌이 이상해 저도 모르게 뒤로 고개를 빼는 순간, 나는 중심을 잃고 뒤로 털썩 눕고 말았다.

등에 침대 매트가 닿자마자 저도 모르게 몸이 꼿꼿해졌다. 잠깐만, 이 이상한 자세는 또 뭐냐. 나는 당황함을 감추지 못한 채 침을 꿀꺽 삼켰다.

"내, 내가 언제 칭얼댔죠?"

"방금."

"칭얼댄 게 아니라 그냥 물은 거였죠."

"왜 물었지?"

"그거야…… 그냥?"

나는 내 옆으로 팔을 짚은 루벨리안을 응시했다.

갑자기 이 남자가 왜 이렇게 섹시해 보이나. 아, 아니지. 맨날 섹시했지. 그냥 너무 봐서 습관이…….

"그냥, 내가 뭘 하는지 묻는다고?"

……되었는 줄 알았는데 내가 착각했나 보다. 세상에 이래서 다들 미인계, 미인계 하는구나.

이미 제 기능을 잃고 아스라하게 멀어지는 정신에 나는 눈을 깜박였다. 이상하다. 이 구도 이상해.

결국 나는 애써 침대 시트를 잡고 상체를 일으켰다. 아니, 일으키려고 했다. 이 남자가 몸을 낮추지만 않았다면.

"그, 좀 비켜 줄래요?"

"기분 나쁜가?"

"아니, 기분 나쁜 건 아닌데……."

"불쾌하면 비켜 주지."

"아니, 그것도 아니긴 한데……."

왠지 모르게 새빨간 그의 눈동자를 보노라니, 이 와중에 내 얼빠 기질이 또 이렇게…… 이럼 안 되는데, 사람은 얼굴이 다가 아닌데.

이 사람 흑막인데, 되게 잔인한데, 되게 되게 잔인한데…… 그, 그래도 계략 쪽으로 흑막이니 나름 괜찮지 않을까? 하는 말 들어 보면 또 맞는 것 같기도 하고…… 나름 기본적인 인간성은 잘됐다고.

그런데 나는 지금 여기서 왜 변명을 하고 있나.

"루벨리안?"

"그래."

결국 마음속의 갈망- 아니, 이건 좀 그렇다. 마음속의 목소리를 이기지 못한 채 내가 작게 루벨리안을 불렀다.

그가 은근하게 대답해 오는 게 정말…… 아, 미치겠네.

"새삼 생각해 보니, 훗날에 내가 준비가 다 된다면, 그래도 아이를 낳지 않을까 싶어요."

"……."

내 말에 루벨리안의 얼굴이 묘한 기색을 띠었다. 방금까지 그저 미소만 짓고 있던 그의 얼굴에 예상치 못했다는 기색이 흘렀다.

"나와, 아이를 갖고 싶지 않다고 하지 않았나?"

"그거야 내가 아직 준비가 안 되었으니까요. 솔직히 당신이 하려는 그거 때문에 미래가 불안정하잖아요."

애 덜컥 낳았는데 '아이고야, 네 아빠가 반역자란다.' 이러면 뭐가 돼.

심지어 최악의 상황일 시 아빠, 엄마가 없어질 수도 있는데, 이 퍽

퍽한 세상에 애 혼자 어떻게 살라고.

그렇게 생각하며 내가 말을 이었다.

"그래서 싫어요. 난 애를 가지면 꼭 다 준비하고 낳을 거야."

"……나와, 아이를 갖고 싶지 않은 걸로 알았는데."

"……당신과요? 내가 당신 말고 누구랑 애를 낳아요?"

이건 또 무슨 막장 드라마야? 갑자기 사랑과 전쟁이야? 아니, 이거 우리 결혼했어요 아니었나요?

그의 뜬금없는 말에 눈을 깜박이다가 나는 미간을 찌푸렸다.

하지만 우습게도 내 그 짤막한 말에 루벨리안은 어떤 심리 전쟁을 거쳤는지 갑자기 한숨을 푹 내쉬었다.

으음, 안도의 한숨이군.

"혹시나 해서 묻는데, 뭐- 내가 당신이 싫어서 다른 남자랑 애 낳겠다, 그런 걸 생각한 거예요?"

"……."

"아니, 나를 어떻게 본 거야? 아무리 내가 결혼하기 싫어서 난리를 쳤어도 이건 다른 문제죠."

"내가, 끔찍하게 싫은 줄 알았어."

뭐야, 이 소심한 발언은.

그의 말에 헛웃음을 친 나는 문득 그와 결혼하지 않으려고 했던 내 역사를 되짚어 보며 숙연해지고 말았다. 일단 연기고 뭐고를 떠나서 결혼할 사람 앞에서 할 만한 일은 아니었다.

나는 루벨리안과 눈을 맞추었다. 혹시 진짜 내가 황태자를 좋아한다고 생각한 건가? 그렇게 아니라고 그랬는데? 나는 말을 고르다가 천천히 입을 열었다.

"아니에요. 당신이 싫은 거. 그건 그냥 상황이 싫은 거였어."

진짜였다. 사람이 싫었으면 내가 설마 그렇게 허술하게 놀았겠니? 그냥 바로 죽여 버리고 도망쳤겠지.

루벨리안의 복수가 어느 정도는 이해가 되기 때문에 결혼을 그렇게 거부했고, 다른 한편 그에게 복수를 하지 말라고 설득하지 못했다.

"그냥 상황이 싫었어요. 내 마음대로 안 되는 게. 그리고…… 당신도 알다시피 그냥, 그냥 불안해서."

"불안해?"

"하여튼 결혼이 싫었던 거였지, 당신이 싫은 건 아니었어요."

"그럼, 황태자한테는 왜 청혼했지?"

"그…… 하아…… 그냥 그때는 약간 미쳤었나 봐요. 내가 황태자비 자리에 눈이 멀었어."

"으음……."

황태자를 사랑했음에도 이어지지 못한 비련의 여주인공보다는 그냥 속물적인 게 낫지. 그렇게 생각하며 속으로 한숨을 쉬는데, 루벨리안이 갑자기 환하게 웃었다.

순간 숨이 턱 막혔다.

와, 심장에 해롭다. 아니, 왜 웃어? 웃지 마. 그냥 인상 쓰고 있어!

"이브, 고맙다."

"뭐, 뭐가요? 황태자비 자리를 노려 줘서?"

"날…… 싫어하지 않아서."

"……왜 이래요. 사람 짠해지게."

나는 당황스러움에 뒤로 주춤했다. 그런데 침대에 누워 있어서 그게 가능할 리가 없었다. 나는 눈을 깜박이다가 고개를 저었다.

"그, 그래도 아직 아이를 낳고 싶은 생각은 없어요. 미래가 어떻게 될지도 모르니까. 특히 당신!"

"내가 뭘?"

"지금 하려는 거, 그거 때문에……."

"그런데 저번부터 지금 하려는 거라고 하던데, 그게 뭔지는 아나? 내가 뭘 하려고 하는지 어떻게 알고?"

당연히 복수 아닌가? 복수 때문에 내가 지금 결혼하고도 조심조심 하면서 레이첼을 보호하고자 빌빌대는 거 아니야.

하지만 왠지 모르게 루벨리안이 말하는 건 그게 아닌 듯했다. 그래서 저도 모르게 얼떨결에 고개를 젓는데, 갑자기 루벨리안이 내 옆을 짚은 팔을 살짝 내렸다. 곧 팔꿈치로 침대를 짚은 그가 나를 내려다보았다.

"루벨리안? 지금 뭐 하는 거……?"

여기까지 왔는데도 눈치채지 못하면 전생에 있는 수많은 고시 합격자들의 얼굴에 먹칠을 하는 것이니 일단 눈치챈 걸로 하자. 흑, 눈치채긴 했는데…… 이건…….

"으음."

저도 모르게 눈을 감자마자 달콤한 것이 감겨 왔다. 말랑한 입술이 겹치는 가운데 내 머리를 커다란 손이 감싸 쥐었다.

따스한 손길은 뒤통수를 살살 쓰다듬다가 이내 내 머리카락을 옆으로 밀어내고 더더욱 진하게 감겨 왔다.

"흐응……."

숨이 가빠 왔다. 어깨를 움츠러들자 나긋한 손길이 안심시키듯 허리를 살살 쓰다듬었다. 그리고 방금까지 얌전하기만 하던 손이 천천히 허리를 타고 내려왔다.

"아— 자, 잠깐만요."

이 남자 보소. 손 하나 왜 이렇게 빨라? 흐뭇하…… 으음, 본심이 튀어나온 것 같다. 이럼 안 된다. 벌써부터 이렇게 막 첫 단계로 스킵하면 좀 곤란하단 말이야. 그리고 나 오늘 속옷도 제대로 안 입었…… 크흠.

입을 떼고 속삭인 내 말에 루벨리안이 미간을 살짝 좁혔다. 왠지 모르게 은근히 실망한 것 같은데 왜 여기서 당신이 실망해. 지금 난 속옷 아무거나 주워 입은 내가 제일 밉거든?

"……싫은가?"

"그건 아니지만, 좋으면 다 해야 해요? 인간은 이성의 동물…… 내가 지금 뭐라는 거야."

나는 푹 한숨을 쉬었다. 이게 아니다. 이게 아니야.

"안 돼요. 그, 그 혹시 임신이라도 하면……."

아, 정말 좋은 이유였어. 뭔가 로판에 되게 안 어울리는 현실적인 이유 같지만 일단 나는 여주가 아니니 상관없다.

그런데 내 이유를 어떻게 받아들였는지, 정작 루벨리안은 꽤 진지하게 고개를 끄덕였다.

"그래."

"혹시 내가 힘쓰고 당신이 낳을 수 있으면 고민해 볼 수도 있는데."

"……."

"역시 이 시대 의학 기술로는 부족하겠죠?"

"나도 그래 주고 싶긴 하지만 그건 좀 불가능한 것 같군."

내 말에 루벨리안이 체념한 듯이 고개를 저었다. 하지만 이내 다시 웃으면서 나와 이마를 맞댔다.

"내가 그렇게 믿음을 주지 못했나? 날 믿고 아이를 가질 수 없을 만큼?"

"지금 뭔가 착각하신 것 같은데, 우리 만난 지 몇 달이고, 결혼 열흘 쪼끔 넘었거든요? 그리고 당신이 아무리 바른 사람이라도 내가 안 되면 안 되는 거예요."

아쉬운 얼굴을 하는 루벨리안을 보며 피식 웃는데, 갑자기 그가 다시 고개를 숙이며 속삭였다.

"그럼 그거 말고, 그 전까지만."

말을 마친 루벨리안이 다시 입을 맞춰 왔다.

뒤이어 입술을 가르고 오는 말캉한 느낌에 나는 작게 웃을 수밖에 없었다.

아, 진짜. 흑막인 게 세상에서 가장 아깝다.

"처음 뵙겠습니다, 마님."

조용하기 그지없는 방 안.

이 세계에서는 처음으로 내 개인 서재라는 것을 가진 내가 눈을 끔벅거렸다. 사실 가진 지는 꽤 오래됐는데, 다만 쓸 일이 없어 잘 들락날락하지 않았던 것이다.

그런데 오늘 갑자기 서재로 나를 인도하는 리리스를 따라가니, 처음 보는 남자가 날 향해 인사하고 있었다.

거기에 엉겁결에 인사를 하자, 남자가 입꼬리를 올렸다.

"마님, 저는 공작가의 재무를 책임지고 있는 빌입니다."

"아, 그렇군."

그의 말에 나는 고개를 끄덕였다. 본 적은 없지만 어쨌든 재무를 맡고 있다고 하니 중요한 가신일 것이다.

"그런데 무슨 일이지?"
"사실 공작가의 재무 관리는 안주인의 몫입니다."
"……그래?"
그런데 그걸 내가 몰랐군. 얼떨결에 고개를 끄덕이는데, 빌이 진지하게 입을 열었다.
"사실 결혼과 동시에 마님께 장부 관리를 넘겨야 했으나……."
"했으나?"
"마님께서 정규 교육을 받지 못해 다소 못 미더웠던 건 사실입니다."
"으음. 그래, 뭐. 나 같아도 공부도 안 해 본 사람이 미더울 리가 없으니. 그런데 갑자기 왜?"
내 말에 빌이 잠시 고민하는 듯하더니 곧 안경을 쓱 들어 올린 채 말을 이었다.
"사실 지금도 미덥지는 않습니다. 아무래도 교육도 받지 못한 평민에, 여성분이라 계산에는 취약하실 게 뻔하니."
"……."
"하지만 어쨌든 장부 관리는 안주인의 몫인지라, 비록 능력은 떨어질지언정 마님께 맡기는 게 옳다고 여겼습니다."
"그래서?"
"약간의 교육을 거친 뒤 테스트를 진행해야 할 것 같습니다."
빌의 말에 내가 헛웃음을 지었다. 그래, 뭐. 배우지 못해 못 미더운 건 알겠는데, 저 여자라는 이유는 그다지 미덥지 않네.
아니, 그전에. 속으로 어떻게 생각하든 왜 그걸 내 앞에서 저렇게 당당하게 말하지?
나는 잠시 눈알을 굴리다 빌에게 물었다.
"경, 혹시 공작 부인인가?"

"……네?"

"아니, 장부 관리는 안주인의 몫이라고 하면서도 날 못 미더워하길래, 심지어 가신이 공작 부인의 능력을 테스트하겠다고 하길래 혹시 내가 아니라 경이 공작 부인인 줄 알았어."

이 무슨 신입 사원이 사장한테 가서 '사장님! 제 일을 믿고 맡길 수 있는지 사장님의 리더십을 보여 주십시오!'라고 하는 꼴인지.

"심지어 내 앞에서 내가 얼마나 형편없는 사람인지까지 줄줄이 읊어 대고, 심지어 재무를 한다는 사람이 진실이 아닌 성별과 출신으로 사람을 넘겨짚고."

"마님, 죄송하지만 마님을 비난하려는 의도는 없었습니다. 제가 지나치게 솔직했습니다."

"진실을 말하는 걸 가장해 교양 없음을 포장하려 하지 마. 경의 말은 솔직한 게 아니라 그냥 무례였어."

나는 바로 꼬리를 내리는 빌을 보며 시선을 내리깔았다.

내가 진짜 여기서 태어난 평민이라면, 계급 의식이 철저히 몸에 밴 사람이었다면 꼬리를 내렸겠지. 이 세계에서는 평민으로 태어난 것 자체가 원죄니까.

한데 아무리 그래도 공작 부인에게 '넌 평민이고 배운 게 없으니까 내가 좀 시험해 보겠다.'고 하면…… 와― 이 새끼, 은근 악질인데?

내가 여기서 숙이고 들어가도 돌아오는 건 조롱이고, 귀족 흉내를 내면서 근엄한 척 그를 나무라도 결국 돌아오는 건 조롱일 것이다.

왜? 평민 출신이니까.

대체 이 세계관은 뭐지? 공작 부인이 이렇게 무시받는 거 대체 뭐지? 평민이라는 게 무슨 그렇게 천인공노할 죄야? 이건 좀 너무하잖아.

나는 얼굴을 굳히고 서늘하게 말했다.

"어쨌든 맡길 거면 곱게 맡기고, 못 미더우면 가져가."

"하, 하지만 마님. 내무는 안주인의 의무와 위신과 직결됩니다."

"그런데 그 의무와 위신과 직결되는 걸 테스트를 거쳐서 주려고 했단 말인가? 그럼 내가 테스트를 통과 못 하면 나는 위신이 없는 거로군?"

"그런 뜻은 아니고……."

"이런, 그런 식으로 떨어질 위신이면 없느니만 못해. 그냥 가져가."

나는 고고하고 시혜적인 그의 태도가 상당히 거슬렸다.

엘리트주의와 특권 의식에 쩔어 사는 권력자의 양상.

다른 사람은 몰라도 내가 모를까. 죽기 직전 거의 매일 보던 얼굴이었는데.

내 태도에 빌은 잠시 망설이는 듯하더니 입을 열었다.

"그럼, 제가 부인을 가르쳐 드리겠습니다. 장부 관리에 관한 문제를—"

"내가 평민이고, 여자고, 교육을 받지 못해 걱정되지는 않고?"

"가르치지도 않은 상황에서 미리 편견을 갖고 마님을 대했습니다. 죄송합니다."

나는 빙그레 웃었다. 그리고 곧 그의 손에서 장부를 받아 들었다. 어쨌든 장기적으로 보면 공작가의 장부는 내가 관리하는 게 좋았다.

"그럼 나도 사과하지. 공작 부인이라는 직위로 일부러 깔아뭉개려고 한 건 아니야. 하지만 최소한 내가 평민 출신의 공작 부인이 아니었다면 그대가 내 앞에서 그런 말은 하지 않았겠지."

"죄송합니다. 다음부터는 주의하겠습니다."

"아, 그리고 다시 한번 내 앞에서 그런 말을 하면—"

"……."

"내가 왜 끔찍한 혼종인지 알려 주겠어."

그리고 이틀 뒤, 나는 빌이 하던 것보다 더 완벽한 장부를 그의 면상에 뿌리…… 지는 않고, 곱게 내려놓았다.

"공작가의 내무를 시작하셨다면서요?"

"응."

리리스의 물음에 나는 완벽하게 정리된 장부를 보며 어안이 벙벙해하던 빌을 상기하면서 활짝 웃었다.

"그냥 시작만 한 게 아니라 아주 잘했지."

"어쩐지, 빌의 얼굴이 조금 굳어졌다 했어요. 그 사람, 원래 좀 오만한 사람이거든요. 내심 마님이 상처받지 않을까 고민했는데…… 마님께서는 장부 관리에 재능이 있으신가 봐요."

"내가 공부 쪽에는 재능이 있지. 수학은 싫어했지만 잘했어. 난 못하는 게 없었거든."

거울 속에서 화사하게 웃고 있는 미인을 보며 두 손으로 내 뺨을 감쌌다.

세상에, 나 너무 예뻐.

그런 나를 향해 리리스가 풋 웃어 보였다.

"그래도 빌의 그 얼굴은 꽤 좋았어. 그런 거 보면 나 은근히 못돼처먹었나 봐."

그렇게 말하며 머리에 꽃장식을 더하는데, 뒤에서 익숙한 목소리가 들려왔다.

"누가 못돼 먹었다고?"

"어, 루벨리안. 왔어요?"

화장대 앞에 앉아 있던 내가 쾌활하게 외쳤다. 자리에서 일어나 그에게 뛰어가자 루벨리안이 두 팔을 뻗었다. 나는 그의 품에 안겨 들며 해맑게 웃었다.

"다음부터는 당신이 뛰어와서 내 품에 안겨요. 내가 오늘만 이래 주는 거야."

"……."

"내가 꼭 이렇게 치렁치렁한 드레스 입고 뛰어와야겠어요?"

"알았다."

우리 남편, 말도 잘 듣지. 그렇게 생각하며 다시 그의 품에 안기는데, 루벨리안이 입을 열었다.

"그나저나 사흘 뒤에 황실 연회가 있다더군. 원래라면 공작 부부가 당연히 참석해야 하는 거지만……."

"싫은데."

"황후의 일도 있고 하니 가지 않아도 된다."

루벨리안이 내 이마에 가볍게 입을 맞추며 말을 이었다.

"그리고 레이첼 그 여자도 참석한다고 했으니 무슨 일이 벌어질지 모른다. 위험하니 그냥 집에 있-"

"잠시만요. 레이첼이 참석한다고요?"

"그래."

그의 말에 갑작스럽게 뭔가가 생각난 내가 길게 숨을 들이쉬었다. 아니, 이거 뭐지? 어디서 많이 들어 본 전개…… 아, 그 연회!

나는 쩌적 굳고 말았다.

황태자가 본격적으로 레이첼에게 관심을 갖게 되는 연회! 그리고 그것을 본 루벨리안이 본격적으로 레이첼과 황태자를 싸잡아서 제거할 기회를 다지는 연회!

"루벨리안."

여기까지 생각한 내가 루벨리안의 팔을 턱 잡았다.

"가지 마요, 그 연회."

"……나는 참석해야 할 것 같은데, 왜 그러지?"

"그, 그게……."

나는 잠시 고민했다. 무슨 핑계를 대지? 잠시 제일 적절한 걸 고민하던 내가 결국 진지하게 말했다.

"내가 그날 준비한 게 있어요."

"준비? 무슨 준비?"

"환상적인 밤을 위해."

"……!"

"그러니까 안 가면 안 돼요?"

그날 완전 맛있는 요리를 해야겠다. 한 번도 시도해 보지 못했지만 일단은 그를 잡아야 한다는 생각에 내가 빠르게 말했다.

내 기대 가득한 눈빛에 루벨리안이 눈가를 꿈틀거리는 게 느껴졌다. 옆에서 리리스가 '어머-' 하고 우리를 응시하다가 방을 나가자마자, 그가 입을 열었다.

"지금 본인이 무슨 말을 했는지는 아나?"

"환상적인 밤이라니까요?"

"……."

"왜요? 무슨 문제…… 아, 혹시 다른 뜻으로 이해한 거예요?"

내 물음에 곧장 얼굴을 찡그리는 그를 보던 나는 비로소 그의 이해능력이 아니라 내 입이 문제라는 것을 깨달았다. 그와 함께 약속이라도 한 듯이 얼굴로 쏟아지는 피에 내가 그의 팔을 팡팡 두드렸다.

"그거 아니고요!"

"당신이 먼저 말을 이상하게 한 거다."

"내가 말을 개떡같이 했어도 당신은 찰떡처럼 알아들어야죠!"

"대체 그게 뭔지는 모르겠지만…… 아니, 이브. 가끔 생각하는데 당신의 언어 조직은 다른 사람과 많이 다른 것 같아."

"당연히 다르지! 사람이 다른데!"

무척 당당하게 그의 어깨를 손으로 방방 치자 루벨리안이 얼굴을 찡그렸다.

"아프다."

"어머, 미안해요. 많이 아팠어요? 괜찮아요?"

너무 민망해서 내가 그만…… 놀라서 걱정스러운 얼굴로 그를 바라보는데, 순간 단단한 팔이 내 허리를 감아 왔다.

"그래서, 왜 가지 말라고?"

나는 코앞에서 깜박거리는 그의 눈동자를 보며 입을 삐죽였다.

"아프다는 거 거짓말이었어요?"

"그래. 네 그 작달막한 손으로 때려 봤자 얼마나 아프겠나."

흠, 아프지 않으니 다행이긴 한데, 왠지 지금 틈타서 일부러 스킨십을 시도하는 것 같은데? 나는 그를 올려다보며 말했다.

"내가 진짜 무력을 사용하면 놀라서 자빠질 텐데?"

"이런, 놀랍기도 해라."

"놀리는 거죠?"

"놀리는 거지."

다시 그의 어깨를 툭 쳤다. 하지만 이번엔 루벨리안은 아프다는 말 대신 다른 한 손으로 내 머리를 감싸 안았다.

"그래서, 환상적인 밤은 대체 뭐지?"

"요리요."
"요리?"
"맛있는 요리로 당신의 위를 잡음과 동시에 발목도 겸사겸사 잡으면 좋고."
"별로 안 끌리는데."
그의 말에는 다분히 장난기가 들어 있었지만, 정작 나는 그것을 장난으로 받아들일 수가 없었다.
사실 알고 있었다. 이번 연회가 얼마나 중요한 것인지. 설사 그렇게 중요한 것이 아니더라도 황실 연회에 공작인 루벨리안이 빠지는 경우는 거의 없었다.
나는 결국 머리를 다시 굴렸다. 어떻게 해야 하나 고민하는데, 그가 고개를 갸웃했다.
"내가 가면 안 되는 이유라도 있나?"
"아니, 그……."
아악, 내 머리! 빨리 좋은 이유를 하나 생각해 내! 생각해 내라고!
하지만 야속한 내 머리는 변변한 이유를 내놓지 못하고 있었고, 결국 나는 마지막 수단으로 그의 팔을 잡고 흔들었다.
"가지 말고 나랑 있어요. 같이 있고 싶어."
"나도 그러고 싶지만, 이번에는 진짜 안 된다."
"칫."
역시 이 남자는 딱히 날 좋아하는 것 같지 않다. 그냥 내가 예쁘니까 헤벌쭉하는 거겠지.
그래도 황실 연회에 가면 안 될 텐데…….
어떤 방법을 쓰지?
순간 내 시선이 저 멀리에 있는 욕실에 머물렀다. 욕실, 물, 얼음…… 머리를 번뜩 지나가는 생각에 나는 빙그레 웃었다.

방법이 없긴 왜 없나. 있잖아, 내 전매특허.

그렇게 시간이 흘러 흘러 황실 연회가 열리는 그날. 나는 리리스와 둘이 짜고 침대에 드러눕기로 했다.

왠지 모르게 루벨리안이 눈치챌 수도 있다는 작은 무서움이 들어서 약간 주춤하긴 했지만, 그래도 우리 왜— 학창 시절에 조퇴증 끊으려고 꾀병 연기 한 번쯤은 다들 해 보지 않았나.

저녁 시간이 다가오자, 뜨거운 물수건을 머리 위에 올려 적당하게 체온을 올린 내가 침대 안쪽에 드러누웠다. 그리고 적당하게 환자의 얼굴을 한 채 눈을 감고 길게 숨을 들이쉬며 가만히 있었다.

곧 얼마 지나지 않아 리리스의 부름에 루벨리안이 방 안에 들어왔다.

"이브, 괜찮나?"

내 침대에 뛰어오다시피 한 그가 걱정스러운 눈빛을 했다. 파티에 참석해야 해서 그런지 짙은 와인빛 예복을 차려입은 그의 모습에, 나는 연기도 잊고 침을 꿀꺽 삼켰다.

그때, 루벨리안이 내 이마를 짚더니 물었다.

"열은 없는 것 같은데……."

그사이에 식었냐? 내 체온 대체 뭐야?

"그냥 머리가 아파서."

"머리가 아파?"

"어지럽고, 숨도 못 쉬겠고, 그냥 아프고…… 흑."

나는 입을 삐죽거리면서 불쌍한 표정을 지었다.

가련하기 그지없는 내 얼굴을 응시하다가, 루벨리안이 길게 한숨을 쉬며 물었다.

"의사는?"

"왔다 갔어요."

사실은 안 왔지만 이미 의사를 매수한 터라 속이는 건 어렵지 않았다.

리리스가 눈을 찡긋거리며 이내 방을 나가자, 루벨리안이 침대에 앉더니 말했다.

"배는 안 고프나?"

"입맛이 없어……."

"그래도 뭐라도 먹지."

"싫어."

나는 작게 웅얼거리며 이불 안쪽에 더 기어 들어갔다. 따끈따끈한 침대 안의 온도에 진짜로 잠이 쏟아질 것 같았다.

루벨리안은 묘한 얼굴로 나를 응시하고 있었다. 혹시 내가 일부러 그를 파티에 못 가게 한다고 생각하는 걸까? 비록 사실은 맞지만 그러면 안 되는데.

그렇게 생각한 내가 힘겹게 이불 안쪽에서 팔을 꺼내 그를 향해 뻗었다.

"루벨리안."

"왜 그러지?"

"안아 줘요."

"……."

"추워."

코맹맹이 소리까지 내면서 나는 입꼬리를 아래로 늘어뜨렸다. 그에 루벨리안이 나를 지그시 보다가 이내 몸을 숙여 나를 품에 안았다.

"이러면?"

"안 추워요."

"그래?"

왠지 모르게 옅은 웃음소리가 들린 것 같지만 착각이겠지? 아무리 그래도 사람이 아프다는데 웃는 건 아니지 않나. 그렇게 생각하며 그의 품에 꼭 안기는데, 루벨리안이 물었다.

"또 뭐 필요한 건 없나?"

"……."

"이브?"

사실 내 계획은 아련하게 '괜찮아요, 그래도 가요. 난 상관할 필요 없어요. 나야 뭐 죽든 말든, 내가 죽으면 나보다 예쁜 여자랑만 결혼하지 마요.'라고 말하면서 그의 죄책감을 자극하는 것이었는데, 왠지 이렇게 물으니 약간의 계획 변경이 필요할 것 같았다.

그래서 나는 조금 고민하다가 작게 물었다.

"파티, 안 가면 안 돼요?"

"흐음……."

"꼭 가야 한다면 어쩔 수 없지만, 그래도…… 내 옆에 있어 주면 안 되는 거예요?"

작게 속삭이는 말에 루벨리안이 천천히 몸을 일으켰다. 곧 침대를 짚고 나를 내려다본 그가 미소를 지으면서 내 머리카락을 살짝 헤집었다.

"내가 옆에 있어 줬으면 좋겠나?"

"……안 되나요?"

"글쎄."

루벨리안의 얼굴이 묘한 웃음기를 띠었다.

왠지 모르게 석연찮은 느낌이 들어 나는 손을 뻗어 그의 팔을 살짝 잡았다.

"루벨리안."

"……."

"루벨리안-"

"……."

"흐으응."

"……."

"가지 마요."

그의 소매를 잡고 흔들거렸다. 사실 기왕이면 그의 어깨를 잡고 탈탈 털고 싶지만…… 아무래도 내가 환자의 신분이니.

루벨리안은 대체 무슨 생각을 하는지 모를 얼굴을 하고 있었다. 눈가가 파르르 떨리는 것 같기도 하고, 입꼬리가 살짝 경련을 일으키고 있는 것 같기도 한데, 나는 계속해서 목소리에 호소를 담고 말했다.

"나 혼자 있으면 심심하고."

"심심하고?"

"아프니까 외롭고."

"외롭고?"

"이럴 때 옆에 남편이라도 있어 주면 좋고……."

시무룩하게 말을 하자 루벨리안이 한숨을 푹 쉬었다. 그는 내 손에 잡힌 소매를 한 번, 내 얼굴을 한 번 보다가 고개를 끄덕였다.

"그래. 안 가도록 하지."

"진짜요?"

듣던 중 반가운 소리에 벌떡 일어났다. 하지만 곧 내가 무슨 짓을 했는지 깨닫고 멈칫했다.

아, 목소리가 너무 컸다.

"아, 방금 그건 그냥 일종의 회광반조 현상이라고, 그러니까 죽기 전에 약간의 기운을 차리는 그런 거예요. 사실 나 아파요. 아주아주 아파요."

행여나 들킬세라 나는 다시 이마를 짚고 폭 쓰러졌다.

내 행동에 루벨리안은 피식 웃더니 몸을 숙이고 나와 이마를 맞댔다.

"루벨리안?"

"그래, 참 기운이 없어 보이는군."

"힘들어요."

"그래."

"옆에 있어 줄래요?"

루벨리안이 부드럽게 웃으며 고개를 끄덕였다.

아, 역시 사람은 약한 생물에게 쉽게 넘어간다. 이제 종종 이용해 봐야겠다고 생각하며 나는 속으로 다짐했다.

그런데…….

'왜 저렇게 웃지?'

일단 뭐라도 먹으라며 리리스를 부르러 가는 그의 뒷모습을 보면서 내가 고개를 갸웃거렸다. 심지어 어깨를 잘게 떨면서 웃는 것 같은데, 내가 아픈 게 웃긴가?

이에 나는 잠시 생각에 잠겨야만 했다.

결국 수프를 먹고 다시 누운 나는 환자를 연기하는 자로서의 의무-골골대는 소리-를 이행한 뒤 점점 잠에 들었다.

그리고 이튿날 아침이 되어서야 잠에서 깰 수 있었다.

그사이에 옷을 갈아입었는지 루벨리안이 내 옆에서 눈을 감고 자고 있었고, 그런 그의 얼굴을 본 나는 흡족함에 배시시 웃었다.

다행이다, 정말 다행이야. 드디어 내가 원작을 하나 비틀었어!

이로써 여주인공과 남주인공은 어제 감정 서사를 좀 쌓았겠고, 나도 루벨리안과 나름…… 아, 이거 아닌데. 나는 머릿속을 스쳐 지나가는 생각에 놀라 고개를 털었다.

내가 루벨리안이랑 무슨. 조금 당황한 내가 길게 숨을 들이쉬었다가 다시 내쉬었다.

그제야 루벨리안의 긴 팔이 내 몸을 살짝 누르고 있음을 발견했다. 나를 품에 가둔 채 자고 있는 그의 얼굴을 응시하던 나는 속으로 중얼거렸다.

아, 이렇게나 착한 사람인데.

아픈 사람 홀로 두고 가지도 못할 만큼 매정하지도 않은데.

괜스레 그의 과거사에 가슴이 아파져 그와 마주 향해 누운 내가 그의 얼굴을 빤히 응시했다. 그리고 곧, 저도 모르게 그의 얼굴에 손을 뻗었다.

와, 말랑말랑해.

손가락에 감기는 감각이 너무 좋아 가볍게 탄성을 질렀다. 피부 좀 보소. 딱히 뭐 바르는 것 같지도 않은데, 세상에.

괜히 장난기가 들어서 그의 이마를 만지작거렸다. 콧대도 좀 만져 보고, 입술을 꾹꾹 찔러 보았다. 세상에, 감각 너무 좋아. 아, 이건 좀 변태 같은가?

그때였다.

“그만 좀 하지.”

여태껏 침묵을 지키던 그의 입술이 떨어지자 나는 화들짝 놀랐다. 그와 함께 루벨리안이 내 손가락을 살짝 물었다.

"아……."

뽀뽀 수준으로 가벼운 감촉에 입 밖으로 목소리가 나갔다. 그러자 그가 느긋하게 눈을 뜨며 물었다.

"아픈 건 괜찮나?"

"으음, 한잠 자고 나니 개운해요."

"그럼 다행이고. 오늘까지 아프면 어쩌나 했거든."

그의 눈이 살짝 휘어지는 걸 보며 나는 죄책감에 시달렸다. 그러나 뒤이어지는 말에 나는 다시 어리둥절한 얼굴을 할 수밖에 없었다.

"오늘까지 아프면 어떻게 이걸 계속 보고 있기만 해야 하나 싶었지."

"무슨 말이에요?"

"글쎄, 무슨 말일까?"

콩- 이마를 맞댄 루벨리안이 작게 웃었다.

아, 은근히 이마 부딪치는 거 좋아해. 내가 이마를 작게 문지르자 그가 갑자기 팔에 힘을 주었다.

그래, 뭐. 또 이러면 내가 끌려가 드려야지.

"오늘만 내가 끌려가 주고, 다음부터는 당신이 끌려오는 거예요."

머리 위에서 옅은 웃음소리가 들려왔다. 칫- 하고 입을 삐죽이는데 루벨리안이 문득 생각났다는 듯 물었다.

"장부 관리는 잘되어 가나?"

"어, 뭐…… 그럭저럭? 내가 뭐 못하는 거 봤어요? 난 뭐든 잘해요."

내 말에 루벨리안이 피식 웃었다.

"뭐 힘든 건 없고?"

원래 이쯤이면 점잖게 철든 것처럼 아무것도 없다고 해야겠지만…… 나는 환하게 웃으며 그에게 말했다.

"으음, 빌이라는 사람 좀 혼내 줄래요?"

그가 내 삐져나온 내 옆머리를 쓸어 넘겼다. 갑자기 빌을 혼내 달라고 하는 말에 무슨 일이냐고 물어볼 법도 한데, 그는 아무런 말도 없이 고개를 끄덕일 뿐이었다.

"또 뭐 다른 건 없고?"

"없어요. 그런데 나 진짜 뭐든 다 당신한테 고자질하는 거 아니야? 이러다가 질리면 어떡하지?"

"난 당신이 뭘 하고 어떻게 지내는지 궁금한데. 기왕이면 많이 일러바쳐 주면 좋겠군."

"이러다가 어느 날 갑자기 '당신은 이런 일 혼자서도 해결 못 해? 이젠 지긋지긋해!' 이러는 건 아니죠? 그런 날 오기만 해 봐."

"오면 어쩔 거지?"

"총애를 잃는다는 게 어떤 느낌인지 내가 한번 맛보게 해 줄게요."

총애를 아내만 잃나? 남편도 잃을 수 있지. 새침하게 말하자 루벨리안이 환하게 웃었다. 그리고 내 뺨에 입을 맞추며 중얼거렸다.

"기왕이면 평생 고자질해."

"진짜요?"

"그래. 계속 그렇게 옆에서 재잘거려. 싫은 게 있으면 말하고, 불만이 있으면 투덜거리고, 기분이 나쁘면 불평하고."

"그럼 해결해 줄 거예요?"

"당연히 해결해 줘야지. 평생 내가 당신 문제를 해결해 줄 수 있으면 좋겠어."

나는 눈을 깜박거렸다. 그의 말이 달콤하기 그지없어서 저도 모르게 속이 간질간질했다. 왠지 모르게 기분이 이상해져 혹여 그에게 들킬세라 나는 이불 안쪽으로 얼굴을 묻었다.

"……그럼 나야 고맙죠."

결국 루벨리안이 진짜로 무슨 조치를 취했는지, 빌은 그 이튿날부터 내 앞에서 최대한 예의를 지켰다.

그런 그를 향해 '루벨리안에게 혼은 잘 났냐.'고 묻자, 빌이 굉장히 어이없는 눈빛을 보냈다.

'진짜 이르신 겁니까? 심지어 왜 그렇게 당당하십니까?'

안 될 게 뭐가 있나? 나는 앞에서 못 할 말은 뒤에서도 안 해.

어쨌든 그렇게 하루하루가 지나가고 내가 점차 공작가에 익숙해질 무렵이었다. 어느 날 갑자기 리리스가 폭탄 소식을 하나 들고 왔다.

"마님, 수도에 소문이 돌고 있어요."

"무슨?"

"마님과 공작 각하의 결혼이 사실은 '거래'라는 소문이요."

제3.5장

그 남자의 곤혹-내 아내가 이렇게 사랑스러울 리 없다

그 남자의 곤혹–내 아내가 이렇게 사랑스러울 리 없다

루벨리안은 꿈에도 생각 못 했다. 그 괴이한 생명체가 사랑스럽게 보일 날이 올 거라고는.

에반젤린과의 결혼이 확정된 이튿날, 황태자는 그를 황궁으로 불렀다. 명목은 만나서 담소나 나누자는 것이었지만, 사실 그것이 나름대로 그를 축하하기 위한 자리라는 것을 루벨리안은 모르지 않았다.

황태자, 이카로스는 루벨리안을 진짜 자신의 형제로 생각하고 있었다.

그러나 루벨리안은 그것을 그저 감사하게 형제의 정으로 받아들이고 싶지 않았다. 황태자는 좋은 이였으나 루벨리안의 증오를 완전히 해결하기에는 역부족이었다. 하물며 황태자가 세상에서 가장 존경하는 이가 다름 아닌 황제인 이상에야.

"전하."

"왔나?"

황태자가 웃으며 그를 반겼다.

“결혼한다지?”

루벨리안이 작게 고개를 끄덕이자 황태자는 빙그레 웃으며 말했다.

“에반젤린 클로다 양과.”

“그렇습니다.”

“잘됐군. 예쁘고 착한 아가씨야. 참한 아가씨는 아니지만.”

황태자의 말에 루벨리안은 미간을 찌푸렸다. 황태자와 에반젤린의 묘한 인연을 모르지 않는다. 황태자가 지금 이 시점에서 이런 말을 꺼내는 저의가 궁금했으나, 그는 자신이 과하게 반응했다고 생각하며 잡념을 떨쳐 냈다.

약간의 침묵이 흐르고, 황태자가 다시 입을 뗐다.

“에반젤린 양을 오늘 불렀어.”

“네?”

루벨리안의 얼굴이 와그작 일그러졌다.

“무슨 말씀이십니까.”

“이제 종종 만나야 할 사이잖나. 언젠가는 콜리카 공작가와 한번 부딪치게 될 것이니 미리 만나는 것도 나쁘지 않다 싶었어.”

“콜리카 공작가가 플로렌스 공작가에 그다지 호의적이지 않음을 모르시진 않을 겁니다. 그리고 황태자 전하께서 소환하셨다라…….”

“공작.”

“제 어미가 누구의 소환을 받고 황궁에 들어갔는지 모르는 이는 없을 겁니다.”

“……!”

“전하. 그녀를 끌어들이지 마십시오. 저는 똑같은 꼴을 보고 싶지 않습니다.”

루벨리안의 말에 황태자가 흠칫 떨었다. 똑같은 꼴, 무엇을 지칭하는지 모를 리 없었다. 그만큼 에반젤린과 전 플로렌스 공작 부인은 너무 상황이 닮아 있었다.

둘 다 평민이었고, 둘 다 플로렌스 공작과 결혼했으며, 둘 다 황가의 남자와 적당하게 엮여 있었다.

루벨리안의 말뜻에 황태자가 한숨을 쉬었다. 그것을 미처 생각지 못했다. 나름 배려라고 한 일이 누군가의 아픈 기억을 다시 불러일으킬 줄은 생각조차 못했다.

그때 루벨리안이 다시 입을 열었다.

"전하의 뜻은 알 것 같으나, 그래도 그것을 흔쾌히 받아들일 수 없어 송구합니다. 전하."

그의 목소리는 마치 겨울날의 칼바람처럼 쌩쌩 얼어붙어 있었다.

그리고 상황은 루벨리안의 생각과 한 치의 다름도 없이 흘러갔다. 유일하게 다른 게 있다면, 에반젤린이 그가 생각했던 것보다 훨씬 더 돌았…… 아니, 씩씩했다는 것이다.

그는 정원에서 무척 무심하게 앉아 있는 에반젤린을 보고 속으로 안도의 한숨을 쉬었다. 이미 한바탕 전쟁이 휩쓸어 간 듯했으나 어디 가서 때렸으면 때렸지, 절대 맞은 얼굴을 하지 않은 에반젤린이 그를 반겼다.

그래도 콜리카 공작가 측에서 필히 상처가 되는 말을 했을 것이다. 혹시 홀로 상처를 받으면 어떡하지 괜히 걱정이 되어 에반젤린에게 묻는데, 그는 기다렸다는 듯이 그에게 쪼르르 일러바치는 에반젤린을 보며 지나치게 안도하고 말았다.

아, 다행이다.

아무 말도 못 하고 눈물만 뚝뚝 흘렸다면 가슴이 찢어졌을 텐데 또 그런 성정은 아니었다.

지독하게 이기적이지만, 그래도 주변 사람에게 맞고 다니는 것보다는 때리고 다니는 게 차라리 낫지 않는가. 물론 에반젤린은 절대 사람을 무고하게 패지는 않았다.

"제가 창녀 같대요."

겔린 프시크, 프시크 백작가의 방탕아. 루벨리안은 속으로 곱씹었다.

저걸 어떻게 제거해야 잘 제거했다는 말을 들을까, 고민하는 그에게 새하얗게 질린 겔린의 시선이 꽂혔다.

물 만난 물고기처럼 전부 낱낱이 말한 에반젤린은 샐쭉 웃었다. 명백히 득의양양한 얼굴을 힐끔 본 루벨리안이 속으로 웃음을 흘렸다.

그리고 곧, 그가 얼굴을 굳힌 채 말했다.

"영식은 예의라는 것을 배울 필요가 있겠군."

옆에서 쌤통이라는 듯 웃고 있는 에반젤린을 힐끔 본 그는 순간 다시 미안함에 빠졌다. 사실 그가 아니면 그녀가 이런 말을 들을 이유도 없었기에.

결국 그날의 티타임은 그렇게 흐지부지 끝이 나고 말았다. 그 후 루벨리안이 한 첫 번째 일은 겔린 프시크를 공작가로 부르는 것이었다.

"부르셨습니까?"

겔린 프시크가 움츠러들며 물었다.

그 눈에 섞인 공포심에 루벨리안은 느긋하게 팔짱을 꼈다. 이내 조용하기 그지없는 집무실에서 루벨리안이 천천히 입을 열었다.

"황태자 전하는 너를 지켜 주지 않을 거다."

"……!"

"물론 콜리카 공작가도 굳이 널 위해 나서지 않겠지."

그런 가문이니까.

누구보다도 콜리카 공작가를 잘 알고 있는 겔린이 흠칫 떨었다.

새빨간 눈동자는 지금 이 순간 핏빛 같아 보였다. 루벨리안 플로렌스. 황태자의 옆에서 조용하게 서 있는 것 같지만, 사실 그 성정이 그렇게 순하지만은 않다는 것은 어렴풋이 느끼고는 있었다.

겔린 프시크의 눈동자가 심각하게 흔들렸다. 어떻게 대답해야 할지 몰라 이를 악물다가, 마지막 용기를 내 그가 말했다.

"겨, 겨우 여자 때문에 그러시는 거라면 공작 각하에게도 평판이 좋지는 않을 겁니다. 그, 그리고 에, 에반젤린이 소문이 나쁜 건 기, 기정사실……."

"그 소문을 만든 게 누구지?"

"……네?"

"듣기로는 찝쩍댔다고. 그리고 차였고."

"……!"

"그래서 입에 올리기도 더러운 말을 이리저리 퍼뜨렸고?"

"그, 그건 그 계집의 행실이 바르지 않아—"

"계집?"

"레이디 클로다의 행실이 바르지 않아……."

"행실이 바르지 않은 건 너지. 그리고 이브의 행실이 바르고 말고가 너와 무슨 상관이지? 그 이전에, 대체 그 바르지 않은 행실의 기준이 뭔가?"

결국에는 그런 것이었다. 감히 평민 계집에게 거절당했다는 수치심, 내 아래에 있어야 하는 평민 계집년이 감히 나를 밟고 기어오르려고 했다는 사실이 그를 분노케 만든 것이다.

사실 에반젤린도 이 사실을 모르진 않을 것이다. 그러나 그녀는 평민이었고 그녀에게 있어 귀족인 겔린 프시크는 이길 수 없는 상대였다. 정말 영악하기 짝이 없는 놈이었다.

하지만 루벨리안에게 이르는 순간, 더 이상 그녀 혼자만의 싸움이 아니었다. 그리고 루벨리안은 흔쾌히 그녀의 싸움을 넘겨받았다.

“요즘 쓸쓸하다고 했지.”

“아니, 그건 아닙-”

“홀로 외롭게 사는 게 좋을 것 같군, 영식은. 기왕이면 평생.”

“각……!”

“그게 정 싫으면, 세상에서 꺼져 주는 것도 좋은 방법이지. 쥐도 새도 모르게.”

명목은 유학, 사실은 유배.

공작의 힘을 써서라도 에반젤린을 욕보인 이를 제거한다.

콜리카 공작가가 분노할 테지만, 겨우 겔린 프시크를 위해 굳이 나서지는 않을 것이다.

겔린도 그 사실을 깨달았으나 이미 때는 늦었다. 결국 그는 영원히 제국에 발을 붙이지 못하게 될 것이 자명했다.

“플로렌스의 공작이 클로다의 딸에게 그렇게 애정을 퍼붓는다더라.”

어쩌면 당연할 수밖에 없는 소문이 돌던 날, 결혼을 앞둔 루벨리안은 에반젤린의 저택을 방문했다.

결혼 전 신랑이 신부에게 선물을 안기는 것은 제국의 전통이었지만, 그래도 이리 직접 찾는 것은 꽤 드문 일이었다.

그는 방에서 느긋하게 누워 오이를 주워 먹는 에반젤린을 보며 웃음을 겨우겨우 참아야만 했다.

사실 그는 알고 있었다. 에반젤린은 처음 만난 날을 제외하고는 깨끗한 모습이었다. 아, 정원에서의 그 모습은 잠시 제외하자. 아무래도 본인도 꽤 역겨운 것 같으니.

원래는 깨끗하다는 그녀의 말이 사실임을 알긴 했다. 하지만 왠지 모르게 그 얼굴을 보는 순간 놀리고 싶은 건 왜일까.

결국 발끈하며 외치는 그녀를 뒤로하고 응접실을 다시 한번 찾은 그는 저번에 발견하지 못했던 초상화를 보며 멈춰 섰다.

16살의 에반젤린이 우아하게 웃고 있었다.

상단주가 언뜻 말했던 것 같다. 어렸을 땐 건강이 좋지 않아 운동은커녕 잘 움직이지도 못했다고. 하지만 15살의 어느 날 갑자기 기적처럼 깨어나 활발하게 뛰어놀았더랬다.

그 이야기를 하던 클로다 상단주의 얼굴에 진심으로 딸을 향한 사랑이 담겨 있어, 이를 듣는 순간 잠시 멈췄던 것 같다.

"에반젤린, 에반젤린이라……."

이브. 속으로 이름을 중얼거렸다.

그녀는 꽤 이상한 여자였다. 어쨌든 흔한 사람은 절대 아니었다. 아름답기 그지없는 미모는 잠시 미뤄 두고서라도 그녀는 꽤 독특한 인물이었다.

종종 알 수 없는 말을 할 때는 그와 같은 세계에 사는 것인지 궁금할 지경이었다. 그리고 아주 가끔, 그녀는 마치 자신이 이 모든 일의 당사자가 아닌 것처럼 행동했다.

마치 '방관자'처럼.

"저 왔어요. 그리고 세수 세 번 했어요."

묘한 감각이 몸을 감싸는데 그 순간 문이 벌컥 열리며 에반젤린이 들어왔다. 눈을 동그랗게 뜨고 마치 선전 포고라도 하듯 새침한 얼굴이 사랑스러워서 그가 입꼬리를 말아 올렸다.

그러다 에반젤린을 사랑스럽다고 느끼는 자신을 발견하고 흠칫 놀랐다.

사랑스럽나? 저 여자가?

모르겠다. 사랑스럽다는 말을 쓸 만큼 딱히 사랑스러운 것 같지는 않았는데……. 이건 뭔가 좀 어울리지 않는 것 같은데…….

딱히 애교가 있는 것도 아니고, 친절을 베푸는 것도 아니다. 우아하고 교양이 있나 하면 그것도 아니었고, 사람을 감동시킬 정도로 다정한가 하면 그 또한 아니었다.

그런데 사랑스러워?

재잘거리며 방문을 나가는 에반젤린의 뒤통수를 보며 루벨리안은 당황스러움에 눈을 깜박거렸다.

뭐가 사랑스럽지? 하지만 왠지 모르게 알 것 같은 느낌에 슬슬 감각이 이상해졌다

이러면 안 된다. 이건 비즈니스였고, 그가 그녀에게 느껴야 하는 감정은 죄책감이어야 했다.

그래서 나름 귀하게 대접하려고 마음은 먹었는데, 어느새 정신을 차리고 보면 귀하게 대접은커녕 놀리지만 않으면 다행이었다.

하지만 매번 뱁새눈을 하는 게 귀여웠다. 찔러 보면 반응이 나오고, 그 반응에 반응을 해 주면 다른 반응이 나오고. 귀하게 예쁘게 대접을 해 주긴 해야 되는데, 사람 마음이라는 게 참 쉽지가 않았다.

그리고 그 마음은 '저기부터 저기까지 전부 사 주세요.'를 시전한 에반젤린을 보며 더욱더 미궁에 빠졌다.

"……마음대로 고르란다고 진짜 마음대로 고르는군."

어쩜 사람이 이렇게 알차게 사는지. 참 꾸준하게 득을 꼭 봐야 하는 성격이었다. 행거 하나만 샀어도 이렇게 당황하지는 않았을 텐데, 에반젤린은 점원이 내온 행거들을 전부 다 샀다. 몽땅.

원래는 결혼 전 신부에게 주는 선물을 핑계로, 어떤 드레스와 어떤 색깔을 좋아하는지 나름 알고 싶어 나간 것이었다.

한데 그런 노력이 무색하게도 흐뭇한 얼굴로 이번에는 어떻게 돈을 쓸까 고민하는 예비 아내를 보며 루벨리안은 결론을 내렸다.

에반젤린의 취향은 그냥 돈인 걸로.

결국 에반젤린은 수도에 있는 모든 살롱을 다 뒤져서 신상을 전부 구매했다. 어찌나 팔팔하게 뛰어다니는지 루벨리안은 그녀의 발이 그렇게 까진지도 몰랐다.

발목을 주무르길래 순간 불안한 마음이 들어서 그녀의 신발을 조심스럽게 벗긴 그는 발갛게 부어오른 발을 보고 미간을 찌푸렸다.

새하얀 뒤꿈치에선 약간 피가 배어나고 있었다. 멀쩡하게 돌아다니길래 차마 알아채지 못한 그의 잘못이었다.

"이렇게 발이 다 까져서는, 대체 어떻게 돌아다닌 거지?"

차라리 아프다고 말을 하지. 그냥 편하게 집으로 불러도 괜찮았을 것을.

짧았던 제 생각에 후회하는데 그녀가 방긋 웃으며 말했다.

"제가 원래 좀 근성이 뛰어나서요."

그래 보이긴 했다. 하지만 그 근성 이런 데는 쓰지 말지. 그래도 자기 걸 산다는 일념 하나로 돌아다닌 것 같긴 한데, 굳이 그럴 필요 있나?

예쁘고 반짝이는 거라면 공작가에도 많고, 결혼하면 더 많은 걸 가질 수 있다.

결국 그가 나지막이 입을 열었다.

"다음부터 사고 싶은 거 있으면 그냥 마음대로 사."

그냥 다 사 주고 싶었다. 가장 예쁘고 가장 귀한 걸 걸어 주고 싶고, 기왕이면 다치지 않고 편하게 해 주고 싶었다. 이건 무슨 마음인 걸까? 그는 살짝 부어오른 에벤젤린의 발을 꾹꾹 누르며 속으로 생각했다.

그러고 보니 발도 참 작았다. 새하얘서 궂은일 따위 한 번도 안 해 본 발이었다. 아파서 자주 침대에 있었을 테니 어딜 많이 돌아다니지도 않았을 것이다.

그 와중에 작달막한 몸으로 개구멍에서 빠져나오려고 아등바등했던 걸 생각하니 은근히 웃기긴 했다.

어쨌든 앞으로 잘 먹여야겠다.

주방장을 바꿀까? 파티쉐를 더 고용할까?

그러다 문득 그녀의 발에 있는 작은 상처를 보고 한숨을 쉬었다. 의사도 더 고용해야겠다. 하루 종일 뒤에 따라다닐 수 있게.

아픔이 조금 나아졌는지 앙증맞은 발가락이 꼼지락거렸다. 발도 예쁘고, 발목도 예쁘고, 이걸 타고 올라가면 다리도 예쁘겠지.

화려한 드레스에 파묻힌 모습도 예뻤는데, 차라리 공작가에 별채를 하나 더 지을까? 따로 예쁜 것들만 모아서 매일매일 귀하고 사치스러운 걸로만 채워 둘까?

논리도 없고 순서도 없이 그냥 마구 떠오른 생각이 머릿속에서 이리저리 뛰어다니도록 루벨리안은 내버려 두었다.

제일 처음에는 그저 예쁘게 생겨서 예쁘다고 생각했는데, 그게 아니라는 걸 지금 알아차린 것 같다.

그녀는 예쁘고 사랑스러웠다. 예쁘고 사랑스러운 걸 보면 제일 먼저 입술부터 가는 게 사람 마음일까—

입, 맞추고 싶다.

정확히 어디 말고, 그냥 다. 손가락을 살짝 물어볼까? 아니면 이 가느다란 발목에 입을—

"그런데 혹시 말이에요, 지금 하려는 거."

그때였다.

타이밍도 참 기가 막히게 잡은 에반젤린의 목소리에 그가 흠칫 떨었다. 그가 무슨 생각을 했는지 그녀가 알 수 없음을 아는데도 저도 모르게 놀라고 말았다.

그 순간 루벨리안은 방금 자신이 얼마나 말도 안 되는 상상을 했는지 깨달았다.

미친 걸까?

어떻게 다친 사람을 앞에 두고 이런 말도 안 되는…….

'아, 이런, 이런 추잡스러운…….'

난생처음 한 상상에 그가 미간을 찌푸렸다. 무슨 생각을 하느냐고 묻는 에반젤린에게 죽어도 가르쳐 주지 않겠다는 의지로 고개를 내저으며 루벨리안이 속으로 한숨을 쉬었다.

결국 대충 말을 무마한 뒤 그는 천천히 일어났다. 여전히 의심스러운 눈초리로 보는 에반젤린의 시선을 애써 무시하고 자신의 마음을 꽁꽁 숨긴 채.

"플로렌스의 반지를 클로다 아가씨께 넘기셨다고요."

제나 부인의 말에 루벨리안이 고개를 들었다. 어제 리다 부인과 함께 클로다의 저택에 방문한 사실을 들은 모양이었다.

"그래."

'한도 없는 신용 카드'가 대체 뭔지는 모르겠지만, 반지를 손에 꼭 쥐고 눈이 동그래져서 사랑한다고 말하던 모습은 퍽 귀여웠다. 사실 그는 알려진 대로 사치스러운 걸 싫어했지만, 이브가 좋아한다면 나름 같이 즐겨 볼 의향이 있었다.

그러나 제나 부인은 퍽 마뜩잖은지 입을 열었다.

"클로다 상단주가 돈이 적은 이도 아닌데, 대체 무슨 일입니까? 갑자기 공작가의 지출이 비이상적으로 크게 치솟았다고 빌이 뒷골을 잡았습니다."

"그래?"

"각하. 각하의 취향이 보통 사람의 범주를 벗어난 데에 대해 딱히 이견은 없으나, 그래도 자중하십시오."

제나 부인의 말에 루벨리안은 미간을 살짝 찌푸렸다.

제나 부인은 그가 어렸을 때부터 유모이자 가정 교사로 있었던 이다. 그래서 그녀에게 많은 권한을 위임하긴 했지만, 그렇다고 해서 이런 말을 들었는데 기쁠 리가 없었다.

드레스 몇 벌 사 주는 게 뭐 어떻다고. 나라를 사 달라고 한 것도 아니고 황위를 달라고 한 것도 아닌데.

"그깟 드레스 몇 벌이 무어 대수라고 그러나."

"그깟 드레스, 몇 벌이요?"

"그래, 몇 벌."

"각하, 혹시 산수 기능을 잠시 상실하신 것 아닙니까? 그게 몇 벌이라고요?"

제나 부인이 뒷골을 잡았다. 그녀는 비로소 빌의 마음을 이해할 수 있었다.

그 와중에 리리스는 또 '어머, 그 예쁜 드레스들을 다 입어 볼 마님의 모습이 기대되는데요?' 따위의 말을 하며 방방 뛰더랬다.

아들처럼 키운 놈은 여자 생겼다고 갑자기 돈을 펑펑 써 대지 않나, 조카라는 애는 그 와중에 잘했다고 꽃이라도 사다 바칠 기세다.

제나 부인은 그동안 열심히 살아온 자신의 인생에 회의감을 느끼면서 길게 한숨을 쉬었다.

"그래도 보는 눈들이 있습니다. 공작 각하를 위해 하는 말이 아니라, 클로다 아가씨를 위해 하는 말입니다."

"무슨 말이지?"

"세간에 말이 나돌 겁니다. 에반젤린 클로다 아가씨께서 사치를 일삼는 여자라고."

"호사가들의 입방아다."

"그게 콜리카 공작가의 입에서 나오는 순간, 그저 입방아가 아님을 누구보다도 잘 알고 계시지 않습니까."

제나 부인의 말은 틀림이 없었다. 루벨리안이 손에 든 펜을 놓았다.

"그리고 무엇보다도, 공작께서 여자한테 빠지셨다고 말이 나돌 겁니다. 물론 이번 한 번의 일로 그런 말이 돌지는 않겠지만, 그래도 선을 지나치게 넘는 건 언제나 쉽게 일을 만들죠."

"그건 문제가 안 된다."

"아뇨, 문제가 됩니다. 아시지 않습니까. 역사를 막론하고 사내의 잘못은 언제나 여인에게 지워지는 법이라는 걸."

제나 부인이 냉정하게 말했다.

그녀는 사실 에반젤린이 마뜩잖긴 하지만, 이미 루벨리안이 그녀에게 홀딱 빠진 이상 에반젤린을 보호하는 것이 중요했다.

"호사가들 사이에서 말이 돌 겁니다. 플로렌스의 공작이 계집에게 빠져서 앞뒤 분간을 못 한다."

"……."

"이제부터 공작 각하께서 어떤 실수를 하시든 그 모든 것들이 클로다 아가씨에게 책임이 가겠죠. 그 여자가 홀렸다, 그 여자가 잘못했다."

"그런 헛소리를……."

"우습게도 귀족들이 하고 있습니다. 어쩌면 시간이 지나고 각하께서 하시는 모든 일에 '에반젤린'이라는 이름이 붙겠죠."

제나 부인이 차갑게 말했다.

사실 그건 꽤 부당한 일이었다. 하지만 언제 사람들이 부당하고 온당하고를 가렸던가. 재미있으면 가십거리로 씹어 댈 뿐이었다.

"사실 이건 결혼 이후 각하께 말씀드리려고 했습니다만, 지금 말씀드리는 것도 나쁘지 않을 거라 생각합니다."

"뭐지?"

"지금부터 각하께서 하시는 모든 일의 책임을 짊어지는 건 각하 혼자가 아닙니다."

"……."

"예로부터 권력자의 공은 권력자의 것이요, 과는 계집의 것이라 하였습니다."

그러니 결국 책임의 문제였다. 이제는 결혼을 했으니 책임을 져라. 너 자신을 위해, 그리고 당신이 사랑하는 아내를 위해.

루벨리안이 제나 부인을 응시하자 제나 부인이 우아하게 웃었다.

대부분의 사람은 그녀를 그저 공작가의 시녀장으로 기억하지만,

사실 그녀는 그의 옆에서 옳은 충언을 해 주는 가장 믿음직한 조언자였다.

"그러니 이제는 책임감을 가지셔야 할 때입니다. 귀족의 생리상, 에반젤린 클로다는 결혼하는 순간부터 플로렌스 공작가와 명운을 함께합니다. 그게 무슨 뜻인지 모르시진 않겠죠."

"알고 있다."

"비록 한미한 인생이지만, 저는 그런 생각이 들더군요."

"무슨?"

"결혼은 쌍방의 '희생'과 '변화'를 동반합니다. 혹시 내가 하나도 희생하는 게 없다면, 내가 하나도 변하는 게 없다면, 상대방이 내 몫까지 감당하고 있는 건 아닌지 한번 돌이켜 볼 필요가 있습니다."

그녀가 무슨 말을 하고 싶은 것인지 그는 잘 알았다. 그가 작게 미소 짓자 제나 부인이 기특하다는 얼굴을 했다.

"다행입니다, 각하. 행복해 보이셔서."

"그래."

"그리고 결혼 축하드립니다, 각하."

그녀가 제 주군 앞에서 깊게 고개 숙였다.

책임이라…….

결혼식이 열리는 홀 앞에 있던 루벨리안은 작게 중얼거렸다. 모르겠다. 사실 제일 처음에는 그저 거래였고, 적당하게 잘만 대해 주면 끝날 일이라 생각했다.

그는 그렇게 깊게 뭔가를 생각해 본 적도 없었고, 누군가를 생각해 볼 겨를도 없었다.

그런데 그의 인생에 에반젤린이 개입했다. 정확히 말하자면 그녀의 인생에 그가 개입했다. 그것을 깨닫는 순간 막중한 책임감이 생겨났다.

에반젤린 클로다는 절대 누군가에게 복종할 이가 아니었다. 우아하게 웃으며 남편의 인생을 위해 한 몸 희생할 일도 없었고, 그럴 성정도 아니었다. 그는 그게 기쁘면서도 걱정이 되었다.

결혼은 언제나 쌍방의 희생을 동반했고, 혹자는 그것을 변화라 일렀다. 희생과 변화는 언제나 한 끗 차이다.

그래서, 그는 그녀를 희생시키고 싶은가?

순간 저 멀리서 발걸음 소리가 들려왔다. 고개를 돌리는 순간, 그는 눈앞에 있는 에반젤린의 모습에 굳어 버리고 말았다.

새하얀 드레스가 바닥에 끌렸다. 우아한 백금발을 위로 틀어 올리고 꽃과 진주로 장식한 채 새하얀 면사포를 쓴 모습이 그토록 고귀해 보였다.

아름답다.

"나 예쁘죠? 눈멀 것 같죠?"

에반젤린의 물음에 루벨리안은 피식 웃었다. 이 순간만큼은 그도 인정할 수밖에 없었다.

"그래."

눈을 동그랗게 뜨는 모습이 토끼 같았다. 하지만 그는 토끼에게 사과하지 않았다. 에반젤린이 토끼보다 더 귀여운걸. 그렇게 생각하자마자 저도 모르게 팔이 먼저 뻗어 나갔다.

"세수하지 않아도 될 것 같군."

뭔가 프러포즈치고는 지나치게 로맨틱하지 못한 말이었다. 그러나 눈을 깜박이는 모습이 예뻐서 그는 계속 말을 이었다.

"머리도 안 감아도 될 것 같고."

"지금 혹시 이거 칭찬인가요? 아니, 칭찬의 상태가?"

"그러니까 그대로 있어."

그대로 있어. 당신이 원하는 모습 그대로, 당신이 하고 싶은 것 다 하면서. 다만 이 결혼을 후회하지는 말아 줬으면 좋겠다.

그는 인정해야만 했다.

에반젤린은 이미 그의 인생에 들어왔다. 그러니 이제는 그가 그녀의 세상에 노크할 때였다.

"각하, 마님을 아무래도 방에 보내야 할 것 같은데……."

리리스의 말에 루벨리안은 고개를 돌렸다. 저쪽에서 볼이 발그레해진 채 눈이 풀려 있는 에반젤린을 보며 결혼식을 빨리 끝내야 함을 직감했다.

클로다의 상단주 부부가 얼굴이 새하얗게 질려 에반젤린을 깨우는 게 보였지만, 이미 와인을 들이켠 에반젤린은 헤실거리면서 클로다 부인에게 들러붙어 있었다.

그녀를 겨우겨우 떼어 낸 루벨리안은 함께 신방으로 향했다. 그리고 침대에 늘어져 꼬물거리는 에반젤린을 보고 당황한 표정을 지을 수밖에 없었다.

"루벨리안……. 벗겨 줘요."

분명 취해 뱉은 아무 말일 게 뻔하지만 오늘이 첫날밤임을 다시 한번 인식한 그는 깜짝 놀랐다.

일단 리리스를 불러 옷도 벗기고, 화장도 지우고, 편하게 옷을 갈아입힌 뒤 재우긴 해야겠는데–

"야."

발갛게 달아오른 얼굴로 에반젤린이 그를 불렀다. 잔뜩 심통 난 얼굴이 그냥 재우기에는 아까울 정도로 귀여웠다. 결국 루벨리안이 침대에 다시 앉자, 그녀가 그를 향해 외쳤다.

"야, 넌 왜 자꾸만 흔들거려. 좀! 똑바로 있어……!"

자기가 흔들거리면서 손가락질까지 해 대는 모습에 웃음만 비집어 나왔다.

결국 겨우겨우 진정을 하고 리리스를 부르려는데, 이번에는 음주 뒤 진상 삼종 세트–커진 목소리, 반복되는 말, 신세 한탄–가 그를 붙잡았다.

그리고.

툭–

등에 손을 대고 이리저리 휘적거리길래 어디가 불편한가 싶었더니, 갑자기 코르셋 끈을 잡는 그녀의 행동에 루벨리안은 사색이 되었다.

그러나 그가 미처 말리기도 전, 이미 툭 풀린 코르셋이 느슨해짐과 동시에 새하얀 레이스 속옷이 살짝 드러났다.

그것에 시선이 가는 것을 애써 막은 그가 에반젤린을 저지했다. 물론 그녀는 죽어도 듣지 않았다.

"에반젤린! 지금 뭐 하는 거……!"

"옷 벗는데? 넌 안 벗어? 안 벗으면 안 되는데, 못 하는데……."

못 한다는 게 무엇을 지칭하는지 모르진 않았다. 그렇다고 이미 이렇게 취했는데 첫날밤을 치르라고? 누굴 짐승으로 아나.

에반젤린에 관한 소문이 진짜든 가짜든, 그래서 그녀에게 남자가 있었든 없었든. 그것과는 무관하게 그는 그녀에게 좋은 기억만 남겨 주고 싶었다.

술에 잔뜩 취해 기억에도 없는 초야를 치르고 싶지 않았고, 더불어 인사불성인 여자를 안는 미친 행위는 하고 싶지도 않았다.

계속해서 언뜻 비치는 뽀얀 살결에 눈이 가긴 했지만, 그럼에도 그는 허리에 달라붙는 에반젤린을 떼어 놓으려고 노력했다.

하지만 그 순간, 에반젤린이 입을 열었다.

"내가 그렇게 미워?"

무슨 말인지 몰라 그가 미간을 찌푸렸다. 혹시 첫날밤을 안 치렀다고 미워한다고 생각하는 건가? 너무 뜬금없는 말이라 그렇게밖엔 이해할 수가 없었다.

괜히 오해할까 봐 그런 게 아니라고 급급히 변명하는데, 에반젤린이 그의 시선을 받으며 느릿하게 말했다.

"당신, 복수하려는 거잖아."

그녀의 입에서 '복수'라는 말이 나올 줄은 몰랐다.

짧은 시간 내에 온갖 생각이 머리를 스치고 지나갔다. 루벨리안은 어떻게 대답해야 할지 몰라 잠시 당황하며 말을 골랐다. 그러나 에반젤린의 말은 거기서 끝이 아니었다.

"당신, 복수하려고 그러는 거잖아. 그런데 거기에 내가 휘말릴 수 있다는 생각은 못 해 봤어?"

못 해 봤다.

복수는 그의 것이니까. 그가 홀로 감당하고 그가 홀로 끝내는 것이니까.

하지만 왜 몰랐을까. 결혼하는 순간, 에반젤린 또한 그와 함께 엮인다는 것을.

그러고 보니 나는 언제나 내 중심으로 생각했구나. 그는 그제야 제나 부인이 한 말을 온전히 이해할 수 있을 것 같았다.

그저 예쁘게 귀하게 좋은 것을 안겨 주면 될 줄 알았다. 그게 나름의 애정이고 호감이라고 생각했다. 그런데 단지 자기만족에 불과했다.

설사 그럴 의도 없었더라도, 왜 멀리 생각해 보지 못했을까.

"당신이 죽으면 나는 어떻게 살아? 내가 연루되면…… 죽을 거란 생각 못 했지?"

"……."

"나 혼자 살아도, 그게 사는 걸 거 같아?"

그녀의 말이 맞다. 반역이, 복수가 실패하면 그는 죽는다. 그리고 에반젤린도 죽는다.

예전에는 실패가 두렵지 않았다. 두려웠던 적이 없었다. 모든 인생을 건 만큼 미련 없이 죽으면 그만이기에.

그런데 과연, 지금도 그리 생각할 수 있을까?

"예로부터 권력자의 공은 권력자의 것이요, 과는 계집의 것이라 하였습니다."

이 순간, 실패가 두려워지기 시작했다.

에반젤린이 멍하니 눈을 깜박거리는 동안 그는 그런 그녀의 머리를 살살 쓰다듬으며 얼굴을 굳혔다.

내가 죽으면, 이 여자는 어쩌지?

공작가가 멸문당하고 자신이 참수당하면, 이 여자는 어쩌지?

함께 죽거나, 아니면 살아도 사는 게 아니거나.

호사가들의 입은 언제나 가볍다. 목적이 복수일지라도 와전되고 와전되면 어떤 식으로 이야기가 꾸며질지 아무도 모른다.

세상이 얼마나 잔인한지 그는 그 누구보다도 잘 알았다. 황제는 비록 그를 사랑하지만, 정작 제 권력을 거부하는 이에게는 가차 없었다.

그의 어미도 그리 정복하지 않았던가.

평민 계집이 황제의 침실에 들어갈 수 있다는 것만으로도 감사하라 그리 일렀다. 플로렌스 공작가가 아무리 세가 센들 황가와 대적할 수 있을 리 없었다.

심지어 상대는 황실 하나가 아니다. 제국에서 황실 다음으로 많은 군력을 보유한 콜리카 공작가도 있다.

그토록 복잡하고 지난한 싸움이 될 것이다.

그럼, 당신은 어쩌나.

"이브."

잠에 빠졌는지 점점 눈꺼풀이 처지는 에반젤린을 보며 그가 그녀의 이름을 작게 불렀다.

심지어 에반젤린을 눈독 들이는 귀족들이 적지 않았다. 아무것도 가지지 못한 여자는 언제나 사냥감이 되기 쉽다. 겔린 프시크가 그랬던 것처럼, 꽃처럼 귀히 대접해 줄 듯하다가 정작 말을 듣지 않으면 폭력을 행하는 이가 어디 한둘이던가.

그러니 그 결말이 얼마나 끔찍할까.

순간 오싹해졌다. 강제로 범해질 수 있고, 강제로 학대를 당할 수 있고, 반역자라는 이유로 모든 이들에게 돌을 맞을 수도 있다.

그 사실을 상기하자마자 자신이 얼마나 지독한 일을 하려고 했는지 깨달았다.

그는 제 욕심을 위해 타인의 인생을 망가뜨리는 것을 혐오했다. 한데 그 짓을 그가 하려 하고 있었다.

침대 위에서 꼬물거리던 에반젤린이 다시 그의 허리를 감아 왔다. 발그레하게 달아오른 그녀의 얼굴을 보며 그가 얼굴을 굳혔다.

"그러니까 하지 마. 이기적인 거 아는데, 그래도 하지 마."

그가 왜 복수하려는지 아는 걸까? 그게 뭐 그리 이기적이라고, 자신의 미래가 바닥으로 곤두박질칠지도 모르는데 거기서 담담하게 순응할 사람이 몇이나 될까.

더군다나 사랑하지도 않는 남자의 복수 때문에 죽는다니.

그는 문득 고민했다. 혹시 자신과 결혼하지 않으려고 한 게 이것 때문이었을까? 일이 잘못되면 죽을지도 모른다는 걸 알아서?

그럼 얼마나 무서웠을까. 죽음에 대한 공포는 상상 그 이상이다. 그것을 상기한 그가 얼굴을 찌푸렸다.

그동안의 웃긴 상황들이 그녀 입장에서는 죽지 않으려는 몸부림이었다고 생각하니 죄책감이 울컥 솟아올랐다.

루벨리안이 눈을 꾹 감았다. 나른하게 누워 있는 에반젤린을 향해 그가 큰 결심을 한 듯 속삭였다.

"알았다."

그는 황제를 증오한다. 그 사실이 변하지는 않을 것이다.

그러나 그의 인생을 지탱해 왔던 이 모든 것들이 에반젤린의 인생을 무참하게 짓밟는다면, 그는 기꺼이 그의 증오를 잠시 내려놓을 수 있었다.

이건 책임감 때문일까, 아니면 사랑 때문일까.

그도 아직은 모르겠지만, 최소한 이것만큼은 확신할 수 있었다.

나는, 그녀가 행복했으면 좋겠다.

지금까지 복수가 그의 세상이었다면, 이제는 에반젤린이 그의 세상이었다.

"어머, 뭘 이렇게 많이 드셨대요?"

결국 에반젤린이 잔뜩 취해 곯아떨어지자, 리리스가 웃음을 흘리며 그녀의 코르셋을 벗겨 냈다.

시녀들에게 그녀의 옷을 갈아입히라 명한 뒤 저 또한 씻고 옷을 갈아입은 루벨리안이 욕실에서 나왔다.

"다 되었어요."

"그런가?"

"안타깝게도 초야는 치르지도 못하겠네요. 저런, 속옷 예쁘덴데. 손수 벗겨 주셔야 하는데, 이런 건."

"나가."

리리스가 일부러 호들갑을 떨었으나 루벨리안의 서늘한 말만 돌아오자 입을 삐죽이며 나갔다.

곧 루벨리안이 침대로 다가갔다. 얇은 슬립으로 갈아입은 그녀가 새근새근 자고 있었다.

"하아……."

루벨리안은 길게 한숨 쉬었다. 첫날밤을 딱히 기대한 건 아니었다. 그래도 최소한 이렇게 보낼 줄은 몰랐다. 아쉽거나 한 건 아니지만, 그래도…….

그렇게 생각한 그가 잠시 주저했다. 옆에 있어도 되는 건가? 아침에 일어나서 놀라면 어떡하지? 한평생 홀로 자다가 갑자기 남자가 떡하니 옆에 있으면 꽤 놀랄 법도 했다. 하지만 그렇다고 다른 방으로 가고 싶진 않았다.

결국 엄청난 심리적 갈등을 거친 루벨리안이 이내 침대로 들어갔다. 조심스럽게 이불을 들고 안쪽으로 들어간 그는 에반젤린을 힐끔 보았다.

"으음."

순간 나른한 숨소리와 함께 에반젤린이 옆으로 뒹굴 돌았다. 그녀가 팔을 뻗어 그를 안음과 동시에 다리를 들어 그를 꾹 누르자, 루벨리안은 당황해 숨을 쉬는 것도 잊었다.

어떻게 몸을 둬야 할지 고민한 그가 결국 그녀의 목 사이로 팔을 살짝 집어넣었다. 얌전하게 그의 팔을 벤 에반젤린이 쌕쌕 숨소리를 냈다.

원래 술에 취하면 옷 벗고 사람 안고 이러는 건가?

사람 안는 건 그렇다 쳐도, 옷 벗는 건 그저 귀엽게 봐줄 수 있는 주정이 아니었다. 앞으로 목숨을 걸고 술은 절대 멀리하게 해야겠군. 루벨리안이 속으로 생각하며 길게 한숨을 쉬었다.

그리고 에반젤린의 이마에 가볍게 입을 맞춘 뒤 눈을 감았다. 누군가와 침대를 공유한다는 것 자체가 생소했지만, 우습게도 금세 잠이 왔다.

그리고 이튿날 아침.

"그냥 지금 초야 치를까요?"

눈을 뜨자마자 초야를 치르겠다고 하는 에반젤린을 향해 루벨리안이 떨떠름한 표정을 지었다. 이 벌건 대낮에? 아니, 물론 벌건 대낮이 보기에는 더 좋긴 하지만…….

'내가 지금 무슨 생각을 하는 건지.'

루벨리안이 혀를 쯧 찼다. 그도 참 글러 먹었다. 어제 술을 마셔서 몸이 좋지 않을 텐데 무슨 말도 안 되는 음욕이란 말인가.

그 와중에 철없이 자유롭게 움직이는 에반젤린의 다리가 얄미웠다.

그래도 기왕이면 초야는 근사하게 치러 주고 싶었다. 이마부터 코, 입, 뺨에 차례로 키스해 주고, 길고 하얀 목에 점점이 낙인을 남기면서 동그란 어깨를 감싸고, 그렇게 예쁘게-

"루벨리안?"

에반젤린이 동그란 눈을 크게 뜨며 그를 응시하자, 루벨리안이 작게 웃었다.

그래도 다행인 것 같다. 복수밖에 없던 그의 세상에 들어온 사람이 다름 아닌 당신이라서.

그렇게 속으로 읊조리며 루벨리안은 그녀를 더욱더 세게 끌어안았다.

제4장
이러려고 내가 빙의를 했구나

이러려고 내가 빙의를 했구나

"마님, 수도에 소문이 돌고 있어요. 마님과 공작 각하의 결혼이 사실은 '거래'라는 소문이요."

"무슨 일 있나?"

침묵이 오가는 다이닝 룸에서 지나치게 조용한 내 모습이 이상했던지 루벨리안이 조심스레 내게 물었다.

그의 물음에 조용하게 스테이크를 썰던 나는 포크를 내려놓고 천천히 고개를 들었다.

"루벨리안."

평소보다 더 진지한 내 얼굴에 루벨리안이 덩달아 긴장된 표정을 했다. 무슨 큰일이라도 있는지 걱정스러운 얼굴로 그가 나를 응시했다.

그의 새빨간 눈동자와 시선을 맞추며 나는 와인 잔을 들었다.

"와인이 너무 써요."

"……."

"포도 주스로 줘요."

나 술 못 마시는 거 알면서.

내 말에 루벨리안이 기가 막히다는 듯이 웃었다. 이윽고 그가 맥이 탁 풀린 듯이 다정하게 말했다.

"그것도 알코올 없는 거다."

"그런데 왜 이렇게 써요. 인생의 맛이 느껴진단 말이야."

"당신 인생이 쓴 거겠지."

"내 인생은 다디달거든요? 왜 갑자기 남의 인생 고달프게 만들어요?"

나는 입을 삐죽이며 와인 잔을 들었다. 그리고 입 안에 들어간 와인을 슬슬 음미하다가 다시 잔을 내려놓았다.

역시, 약간 쓰다. 결국 이번 생에 음주 가무는 즐기면 안 되는 건가.

술도 마음대로 못 마시고, 대체 난 왜 빙의한 거야?

입꼬리를 살짝 아래로 늘어뜨리자 루벨리안이 웃는 게 느껴졌다. 이윽고 그가 턱짓을 하자 옆에 있던 시녀 한 명이 오렌지 주스를 가져다주었다.

"포도 주스는 없어요? 나 혼자 애 같잖아."

"내게도 한 잔 부어."

"……."

"이럼 되나?"

저녁 식사마다 와인을 한 잔씩 하는 그의 습관을 모르지 않는 터라 나는 그냥 입만 삐죽였다. 곧 나와 함께 주스를 마신 그가 입을 열었다.

"와인이 그렇게 썼나?"

"썼어요."

"세상이 꺼질 것처럼 한숨을 쉬던데?"

내가 그랬나. 나는 어깨를 으쓱했다.

사실 오늘 리리스가 해 준 말이 머릿속에서 떠나지 않았다. 리리스가 듣고 내게 말해 줄 정도라면 루벨리안이 모를 리 없었다.

그럼에도 내게 숨긴 걸까, 아니면 그냥 아무렇지도 않은 척한 걸까?

이 소문의 근원지가 누군지는 굳이 추측하지 않아도 알 수 있었다.

다름 아닌 콜리카 공작가.

하긴, 황후가 나한테 그렇게 디스당하고 심지어 황태자마저 황후를 혼냈을 정도니……. 아, 그런데 지금 아들이랑 싸웠다고 이러는 거야?

그럼 대체 레이첼이랑 황태자가 연애할 때는 얼마나…… 으윽. 나는 괜히 레이첼이 불쌍해져서 몸을 오싹 떨었다.

이렇게 소문이 난 이상 황제가 가만히 있을 리 없다. 뒤를 캐다 보면 루벨리안이 반역을 하리라는 것까지 추론해 낼 수 있을 터.

"무슨 일이지?"

루벨리안이 다시 물었다. 오로지 내 대답 하나만 기다리는 그를 힐끔 본 내가 포크를 내려놓았다.

"난 다 먹었어요."

"겨우 그걸 먹고?"

"오후에 차를 너무 많이 마셔서."

"단것 적당하게 먹고 식사를 제대로 해야 해. 몸 상한다. 안 그래도 허약해서 문제인데."

나는 눈을 끔뻑거렸다. 으음? 내가 허약해 보여? 대체 어디가? 얼굴에 이렇게 생기가 돌기도 힘들 텐데.

냅킨으로 입을 닦는 그를 응시하다가 나는 고개를 갸웃거렸다. 요즘따라 과보호하는 것 같은 건 내 착각인 걸까? 역시 착각이 아닌 것 같다.

"나가서 산책 좀 할까요?"

"산책?"

나는 고개를 끄덕였다. 이내 자리에서 일어난 그가 내 의자를 살짝 당겨 주었다. 자연스레 팔짱을 끼고 다이닝 룸을 나간 내가 입을 열었다.

"그런데 요즘따라 자꾸 나 뭐 먹이려고 하는 거 되게 이상한데. 오늘 아침도 빵 네 개나 내 입에 넣어 주고는. 손수 수프까지 떠먹여 주면서."

"당신은 많이 먹어야 돼."

나는 우뚝 멈춰 서서 루벨리안을 응시했다. 눈을 가늘게 뜨고 탐색하는 듯한 내 시선을 루벨리안은 아무렇지도 않게 받으며 웃었다. 그런 그의 얼굴에 비끼는 미소에 내가 눈을 깜박거렸다.

"수상한데……."

"뭐가?"

"왜 이렇게 잘해 줘? 그러고 보니 요즘 내가 해 달라는 건 다 해 주고 있어. 이거 좀 과한 거 아닌가요? 또 우리 아빠가 무슨 거래를……!"

"내가 해 주는 걸 다 흔쾌히 받은 사람이 할 말은 아닌 것 같은데."

"그거야, 원래 나는 그러니까요."

당당한 내 말에 루벨리안이 웃음을 흘렸다.

곧 그가 고개를 숙이며 내 입술을 찾자, 손가락으로 그의 입을 턱 막은 내가 입을 뗐다.

"이거 봐, 이거 봐. 틈만 나면 스킨십."

"안 되나? 부부인데?"

"그런데 우리 계약 결혼 아니었나요?"

"귀족가에 사랑으로 시작한 부부가 몇이나 된다고."

"어머, 그럼 그런 거였어요? 의무감으로 하는 스킨십?"

내가 놀리듯 샐쭉 웃었다. 그러나 내 물음에 루벨리안은 드물게 당황한 얼굴을 했다.

"그런 건 아니다."

"뭘요?"

"의무는 아니라고."

루벨리안의 얼굴이 꽤 진지해서 드립을 치기도 민망할 정도였다. 결국 나는 눈알을 굴리다가 그와 함께 진지해지는 것을 선택했다.

그래, 혼자 끙끙대 봤자다. 나는 큰 결심이라도 한 듯이 고개를 끄덕였다.

"루벨리안. 소문을 들었어요. 당신과 나 사이에, 정확히 말하자면 이 결혼 뒤에 다른 거래가 있다는 소문요."

그냥 화끈하게 말해 버리자. 속으로 끙끙대 봤자 해결되는 건 아무것도 없잖아.

그런 의미에서 꽤 진지한 얼굴로 말을 내뱉는데, 루벨리안은 되레 가볍게 웃었다.

"그래?"

"웃음이 나와요? 이게 얼마나 진지하고 큰일인지 모르는 것도 아니면서?"

황제가 들으면 '얼씨구! 우리 아들, 나한테 복수하는구나. 깡도 좋지, 덩실덩실.' 퍽이나 이러겠다.

아니, 왜 이렇게 태평한 거야? 혹시 맛이 갔나? 복수에 눈이 멀어서 지금 자기가 뭘 하려는지도 잊은 거 아닌가?

나는 기겁하며 그의 팔을 턱 잡았다. 그러나 그 순간, 루벨리안이 나를 확 품에 끌어당겼다.

"어, 어?"

훅 그의 향기가 전해져 왔다. 향수 뭐 쓰지? 그 전에 자기가 잘생긴 걸 너무 잘 알아서 문제다.

"그래서, 걱정되나?"

으아, 본인 목소리가 좋다는 거 잘 알고 있는 것 같기도 하고?

귓가에서 속삭이듯이 묻는 소리에 소름이 오소소 돋았다. 아니, 이 뭐죠? 되게 느끼해서 방방 뛰는데 정작 끝까지 듣고 싶은 이 오글거림을 향한 깊은 갈망은?

아, 마음이 녹는다. 역시 미모는 진리다. 특히 내 남편은 더.

"걱정이 안 되는 게 이상하죠! 벌써부터 들키면 어떡해!"

나는 길게 한숨을 쉬었다. 그런데 이 와중에 이 남자는 뭐가 그렇게 좋은지 그냥 웃고만 있다. 답답해서 바둥거리는데 루벨리안이 말을 이었다.

"걱정하지 않아도 된다."

"뭘요?"

"헛소문이다."

"……음? 헛소문은 아니지 않나요? 당신, 나랑 사랑해서 한 결혼은 아니잖아요. 최소한 우리가 세간에 알려진 것처럼 그렇게 신분을 초월한 세기의 사랑은 아니지……."

그러다 루벨리안과 시선을 마주치자 나는 눈을 깜박거리며 말꼬리를 흐릴 수밖에 없었다.

"……않지 않나요?"

뭔가 느낌이 이상한 건 내 탓일까? 루벨리안의 눈에서 떨어지는 저건 꿀인가? 왜 저렇게 눈웃음을 치고 나를 보는 거야? 보는 사람 헷갈리게.

"글쎄, 아니지 않지 않은가?"

"아니지 않지 않는…… 아, 헷갈려. 그러니까 옳다는 거야, 아니라는 거야? 우리가 결혼 전에 언제 그런 사랑의 꽃을 피울 기회가 있었다고……."

혹시 진짜 날 좋아해서 결혼하려는 거였어? 그런 생각이 들자마자 급히 그의 이마를 짚었다.

"루벨리안, 세상에는 나 빼고 멀쩡한 여자가 많아요. 혹시 너무 충격 먹어서 인생을 놓아 버린 거 아닌가요?"

"무슨 말이지?"

"왜 날 좋아해! 이상형에 문제가 있어요? 혹시 트라우마 같은 게 있어서 반전 매력을 지닌 여자를 좋아하는 건가요? 나처럼?"

"당신은 겉이나 안이나 똑같은데."

"무슨 소리예요. 내가 얼마나 생긴 게 가련한데! 행동도 하늘하늘하고 표정도 우아하잖아! 내 모습을 보고 누가 생각이나 했겠어요? 내 안에 이런 생물이 살고 있을지!"

"그냥 겉이나 안이나 다…… 음, 당신이 한 말마따나 진상이었군."

……뭐? 진상? 하, 진상? 지금 내가 이 남자한테 진상 소리를 듣…… 게 행동하긴 했지만, 어쨌든 그래도 하늘 같은 아내한테 진상?!

"본인도 인정한 바였다고 기억하는데?"

"내가 그렇게 말해도 당신은 아니라고 해 줘야죠! 세상에서 가장 똑똑하고 현명한 내 아내라고 해 줘야죠! 답은 정해져 있고 당신은 대답만 하면 돼, 몰라요?"

씩씩거리는 나를 보며 루벨리안이 다시 빙긋 웃었다.

왜 또 웃어? 웃으면 내가 넘어갈 줄 알고? 저렇게 새물새물 웃으면 내 화가 사르르 풀려서 아이고, 우리 남편 참 얼굴이-

"열일 하긴 하는구나……."

결국 나는 한숨을 푹 쉬었다. 경국지색이 이래서 나온 말이었어. 애첩에게 홀라당 넘어가서 이거 주고 저거 주고, 그게 괜히 나온 말이 아니었구나.

그의 미인계에 넘어가 고개를 절레절레 젓는데 루벨리안이 말했다.

"예쁘다."

"뭐가요?"

"당신이."

얼굴이 확 달아오른다는 게 이런 것일까. 갑작스러운 공격에 나는 성큼성큼 앞으로 걸어 나갔다. 물론 바로 따라잡히긴 했지만.

"그…… 어쨌든 간에 이 소문은 어쩔 거예요?"

"우리 둘이 함께 공식 석상에 나선 적이 없어 그런 것 같군."

"그럼 어떡해요? 억지로 참가라도 해야 하는 걸까요?"

반역이 들통나서 모가지가 잘릴 바에야 차 마시면서 수다 떠는 게 백배는 낫다. 그렇게 생각하는데 루벨리안이 고개를 저으며 의미심장한 얼굴로 말했다.

"아니, 그럴 필요 없다. 한 번만 제대로 보여 주면 충분해."

"한 번이요?"

이해가 잘 되지 않아 고개를 갸웃거리자 루벨리안이 내 이마를 콩 찧었다.

"며칠 뒤에 레이첼, 그 여자가 성녀로 봉해질 거다. 나름 명분을 주어 황실에 발목을 묶으려고 하는 것이겠지."

"그럼……."

"제국 모든 귀족들이 참석을 해야 할 테니. 그때면 충분히 보여 줄 수 있지 않을까?"

"뭘요?"

"플로렌스 공작이 아내 없인 살지 못한다는 걸 말이야."

순간 입가에 간질거리는 숨결이 닿았다. 나는 긴장한 걸 들킬까 봐 숨을 몇 번씩 나누어 쉬었다.

아, 어쩐지…… 내가 이 남자 때문에 사고 한번 제대로 칠 것 같다.

나는 부산스럽게 내 머리를 땋아서 올리는 마리를 보며 입을 열었다.

"아파. 조금만 당겨 줘."

"죄송해요. 단단하게 고정하느라 잠시……."

"그냥 적당하게 하면 될 것 같은데."

"안 돼요! 오늘은 모든 귀족 앞에 정식으로 공작 각하와 함께 서는 날인걸요!"

마리가 두 주먹을 불끈 쥐었다.

소설 볼 때마다 생각하는 건데 대체 시녀들은 왜 그렇게 목숨을 걸고 주인을 보필할까? 나 같으면 그냥 적당하게 월급 받은 것만큼만 일할 텐데.

"다 되었어요."

마리가 머리에 마지막으로 꽃을 올렸다. 다른 사람이 하면 꽃 단애처럼 보이겠지만 내가 하니 뜻밖에도 예뻤다. 화사한 게 신전이랑 어울릴 것도 같고.

"그럼 무사하게 다녀오세요. 오셔서 신전 얘기 해 주시는 거 잊지 마시고요."

나는 고개를 끄덕였다.

곧 방을 나가자 루벨리안이 나를 기다리고 있었다. 그의 짙은 감색 제복에 깔끔하게 넘긴 머리를 보다가 하마터면 넋이 나갈 뻔했다.

루벨리안은 나를 보더니 잠깐 멈칫했다. 그러나 이내 다정하게 웃으며 말했다.

"예뻐. 아름답고."

그의 말에 나는 웃음을 흘렸다. 내 남자 정말, 어쩜 말도 저렇게 예쁘게 할까.

이내 우린 함께 마차에 올랐다.

"긴장되네요. 성녀라니, 이건 또 다른 느낌인데……."

"레이첼에게 관심이 많군."

틀린 말은 아니었으므로 나는 고개를 끄덕였다.

"관심이 많죠. 신기하잖아요."

여주인공이니까.

"신기한가?"

"뭐, 이것저것? 화제의 인물이긴 하니……. 그런데 왜 갑자기 물어봐요?"

"그냥, 과하게 관심을 두는 것 같아 그런다."

내가 레이첼에게 과하게 관심을 뒀나? 딱히 그런 기억은 없는데. 외려 미안하다 싶을 정도로 한동안 잊고 있었다.

그런데 루벨리안의 기준에서는 그게 과하게 관심을 둔 것이었는지 그가 왠지 모르게 조금 서운한 얼굴을 했다.

잠깐, 서운?

내가 레이첼에게 관심을 둬서 서운할 건 또 뭐가 있대? 나는 잠시 고민하다가 고개를 갸웃거렸다.

혹시…….

"혹시나 해서 묻는데요. 당신한테 오늘 중요한 건 레이첼이 아닌가요?"

"……."

루벨리안은 답이 없었다. 그냥 조용하게 턱을 괴고 창밖을 응시할 뿐이었다.

덜컹거리는 마차 속에서 그의 눈치를 힐끔 본 내가 풋 웃음을 터뜨렸다. 아, 그러고 보니 우리에게 중요한 건 나와 루벨리안이 쇼윈도 부부라는 소문을 잠재우는 것이었지.

나는 새침하게 웃음을 흘렸다. 눈초리를 살짝 접어 웃자 루벨리안이 움찔하는 게 느껴졌다.

"왜 그렇게 보지?"

"우리 오늘 뭐 할까요?"

"무엇을 말인가?"

"키스할까요? 아니면 온종일 껴안고 있을까요?"

"무슨……."

"보여 줘야 하잖아, 당신이 날 사랑한다는 걸."

그러니까 이 남자는 그게 싫은 거구나. 우리 둘 사이가 그저 비즈니스로 보이는 게.

"아닌가요?"

루벨리안은 나를 응시하다가 이내 입꼬리를 말아 올리며 내 입술에 입을 꾹 찍었다.

"맞아."

"……."

그의 새빨간 눈동자가 내게 꽂혔다.

대체 어떻게 반응해야 할지 몰라 잠시 고민하던 나는 그의 입술을 찾아 입맞춤을 돌려주었다.

쪽- 하는 소리와 함께 입술이 떼어지자 이번에는 커다란 손이 내 머리를 감쌌다.

"으음……."

잇새를 타고 목소리가 흘러나갔다. 저도 모르게 그의 셔츠 깃을 꽉 그러쥐니 루벨리안이 입을 열었다. 그 와중에 나는 그의 입술에 묻은 립스틱을 보고 웃을 수밖에 없었다.

"아, 립스틱."

손가락으로 입술을 쓸어 주었다. 하지만 그 순간 내 손가락을 덥석 문 그의 입술에 깜짝 놀라고 말았다. 달디단 혀가 손가락 끝을 스쳐 지나간다.

"루벨리안, 배, 배고파요? 아니, 배고파도 남의 손가락을 먹으면 어떡해……?"

더듬거리며 한 말에 루벨리안의 미간이 살짝 좁혀졌다. 하지만 언제 그랬냐는 듯이 그가 다시 입을 떼고 작게 속삭였다.

"예뻐서."

그에 얼굴이 화끈 달아올랐다. 그런데 그 와중에 또 기분은 좋아서 어떻게 할지 몰라 갈팡질팡하던 나는 손부채질을 하며 새침하게 말했다.

"나도 알아요."

"그래."

"그, 그런데 내가 손 안 씻었으면 어쩔 뻔했어요? 안 더러워요?"

물론 손은 씻었지만 대화 주제를 어떻게 잡아야 할지 몰라 나는 결국 버벅거렸다.

그러자 루벨리안이 이번에는 내 입술에 다시 한번 입을 맞추었다.

"말했지 않나. 내 건 안 더럽다고."

……숨고 싶다. 숨고 싶어. 지금 심장이 너무 쿵쿵 뛰어서…… 아, 심장은 원래 뛰었지.

나는 결국 시선을 아래로 내렸다. 내가 아무리 막무가내라고 해도 이건 좀 곤란하다. 차라리 타박을 하는 게 낫다고. 한데 이렇게 예쁘다, 예쁘다 해 주니까 뭘 어떻게 해야 할지 모르겠잖아!

한동안 마음의 평화를 가진 내가 길게 한숨을 쉬었다. 일단은 심장에 해로운 이 남자의 얼굴부터 떼어 놓는 게 좋겠다-

라고 생각한 순간이었다.

갑자기 마차가 멈추고 마부의 목소리가 들려왔다.

결국 아무 말도 하지 못한 채 일방적으로 밀리기만 한 나는 떨떠름하게 눈을 깜박였다.

내가 예뻐해 주겠다고 해 놓고 지금 예쁨받은 것 같은데, 이거 내 착각 아니지? 뭔가 억울함이 밀려왔다.

"이브, 내리지."

나는 겨우 제정신을 차리고 루벨리안의 손을 잡았다.

오늘만, 오늘만 내가 끌려가 준다. 오늘만 내가 너무 당황해서 지금 뭐가 뭔지 모르는 거다.

그렇게 정신 승리를 마치고 마차에서 발을 떼는 순간, 나는 눈앞에 있는 귀족 무리들의 적의와 조롱이 담긴 눈길을 받고 집을 나가려는 어이를 붙잡았다.

심지어 개중에는 다 들리게 수군거리는 무리도 있었다. 그리고 그 주제는 역시 '천박한 평민 출신의 공작 부인'이었다.

"루벨리안. 나 오늘 사고 쳐도 되나요?"

"된다."

"어디까지 되는데요?"

"내가 수습해 줄 수 있는 정도까지만 된다."

"어디까지 수습해 줄 수 있는데요?"

"황족 시해 빼고 전부 다 수습해 줄 수 있어."

감동이야. 황족 시해 빼고 다 된대. 그러니까 내가 지금 저 인간들 입을 꿰매 버려도 수습이 가능하다 그거지?

나는 마뜩잖은 얼굴로 모여 있는 인간들을 전부 쏘아보았다. 내 눈빛에 그들은 눈을 껌벅거리면서 시선을 황급히 돌렸다.

저렇게 쉽게 꼬리를 내리면서 왜 저런대? 저 인간들 사고방식에는 개연성이 없었다.

"루벨리안, 일단 들어가요."

한숨을 쉬며 고개를 들던 나는 먼 곳을 서늘하게 응시하는 루벨리안의 눈빛을 보고 움찔할 수밖에 없었다. 그의 시선은 방금 전 재잘거리던 무리들에게 향해 있었다.

언제부터 보고 있었던 거지? 설마 내가 고개를 돌릴 때부터? 그럼 저 사람들이 저렇게 공포에 떨었던 게…….

"루벨리안."

내 부름에 그가 다시 웃으면서 내게로 고개를 돌렸다.

저 온도 차 좀 보소. 괜히 뿌듯해져서 그의 뺨을 쓰다듬는데, 멀리서 나팔 소리가 들렸다.

"황제 폐하와 황후 마마께서 드십니다!"

순간 루벨리안의 얼굴이 이전과는 비교도 할 수 없을 만큼 차가워졌다.

왔다. 만악의 근원이.

황제가 얼마나 말이 안 되는 캐릭터인지에 대해서는 굳이 설명하지 않겠다. 다만 한 가지 확신할 수 있는 건 그 인간이 바로 루벨리안의 인생을 망친 놈이라는 것이었다.

카펫을 밟는 황제를 중심으로 양쪽으로 갈라선 귀족들을 보며 나도 살짝 허리를 굽혔다. 그 뒤를 따라오는 황후는 자애롭게 웃고 있었고, 황태자는 근엄한 얼굴이었다.

황실 일가들은 어쩜 다 저렇게 비호감일까? 그 와중에 그나마 황태자는 쓸 만하긴 하다만.

"폐하."

어느새 우리 앞으로 다가온 황제를 향해 루벨리안이 경례를 했다. 정중하기 그지없는 그의 얼굴에 혐오감은 없었지만, 사정을 알고 있는 나로서는 루벨리안이 현재 얼마나 분노를 숨기고 있는지 쉽게 알아차릴 수 있었다.

"오랜만이군, 공작. 이리 보게 되니 무척 기쁘다."

그래도 아들이라 그거지? 나는 황제의 목소리에서 뚝뚝 떨어지는 기쁨의 감정을 읽고 조금 기분이 불쾌해졌다.

"플로렌스 공작 부인, 오늘 처음 보는군. 소문대로 아름답기 그지없어."

"영광입니다, 폐하."

나는 리리스가 가르쳐 준 예법대로 황제와 눈을 마주치지 않으며 고개를 숙였다.

이내 황제는 루벨리안의 어깨를 툭툭 치고 지나갔다. 곧 그들이 지나간 흔적을 보며 루벨리안이 얼굴을 굳혔다. 나는 루벨리안의 손을 꾹 잡았다.

"들어갈까요?"

"그러지."

"얼굴 펴요."

"……."

루벨리안이 고개를 돌려 내 얼굴을 응시했다. 그는 잠시 뭔가 생각하는 듯 침묵을 지키다가 고개를 끄덕였다.

그 미소에 기분이 좋아져 함께 신전에 들어가려는데, 갑자기 누군가가 작게 중얼거렸다.

"역시, 폐하께서는 플로렌스 공작 각하를……."

"쉿."

바로 옆 사람에게 제지된 이가 입을 급히 다물었다.

괜히 울컥해져서 입술을 깨물자 루벨리안이 왜 그러냐는 듯이 물어 왔다.

그에 나는 아무렇지도 않게 고개를 저었다. 내가 까였다면 바로 쪼르르 가서 알려 줬겠지만, 이런 것까지 그에게 알리고 싶진 않았다.

"아니에요, 들어가요."

신전에 들어가니 지위가 높은 귀족들이 눈에 밟혔다. 개중에는 콜리카 공작가의 사람도 있었고, 정치 싸움에서 멀리 떨어진 귀족도 있었다.

그들과 의례적으로 인사를 마친 나는 뒤에서 웅성거리는 소리에 고개를 돌렸다.

"그 여자네요."

"그, 예언의……."

"저자가 그 악마의……."

보나 마나 레이첼이었다.

나는 기사들의 호위를 빙자한 감시 속에서 움츠러든 채 걸어오는 레이첼을 보며 한숨을 푹 쉬었다.

쟤도 팔자가 어쩜 저렇게 기구하냐. 내 주위에는 하나같이 팔자 기구한 애들밖에 없구나.

안타까움을 담아 그녀를 쳐다보는데, 천천히 다가오던 레이첼이 고개를 우리 쪽으로 돌렸다.

"어?"

레이첼은 나를 발견하고 놀란 표정을 짓더니 이내 수줍은 듯 입꼬리를 움찔거리면서 작게 웃었다. 아무래도 내가 예전에 그녀를 구해 준 것 때문에 그러는 것 같았다.

나는 그녀의 미소에 덩달아 웃으며 화답을 해 주었다.

그에 옆에 있던 루벨리안이 의문을 표했다.

"둘이 언제 만났나? 그때 첫 만남 빼고."

"아니요. 설마요. 계속 집에만 있었는데 내가 레이첼을 만날 기회가 어디 있게요?"

"그런데 꽤 친해 보이는군."

아니, 이 남자가. 또 레이첼을 질투하는 거야?

나는 입을 삐죽 내밀고 루벨리안을 보았다. 그러다 방긋 웃으며 그와 팔짱을 꼈다.

"친하죠. 저야 다 친하죠."

"음."

"그리고 우리 남편이랑 가장 친하죠."

"말이라도 고맙군."

그의 얼굴은 부드러운 미소를 띠고 있었지만, 정작 동요하는 게 눈에 빤히 보여서 나는 차마 덩달아 웃을 수 없었다.

결국 잠시 고민하다가 입을 열었다.

"그래서, 나 정말 결혼 잘한 것 같다고요."

그에게 배시시 웃어 주자, 그가 피식 미소를 흘렸다.

곧 무슨 '경건의 방'이라고 불리는 곳에 들어가는 레이첼을 보며 나는 나름 화창한 미래를 상상했다.

남편도 완벽하고, 방금 여주인공이 날 보면서 웃어 줬으니까 어떻게 보면 원작이 비틀어졌다고 볼 수도 있지 않을까?

그렇게 안일하게 생각하며 웃던 그때였다.

저 멀리서 누군가가 우리를 향해 다가왔다. 살짝 벗어진 머리에 정중한 옷차림. 루벨리안의 얼굴이 본능적으로 굳는 것을 보던 내가 눈을 깜박거렸다.

"누구죠?"

"폐하의 시종장이다."

루벨리안의 답이 끝나자마자 시종장이 우리 앞에 섰다. 잠시 의문의 눈길을 보내는데, 그가 나와 루벨리안을 향해 차분하게 입을 열었다.

"폐하께서 부르십니다."

나는 루벨리안과 팔짱을 낀 손을 내려놓고 잘 다녀오라는 듯이 방긋 웃었다. 그러나 정작 시종장의 시선은 나를 향해 있었다.

"공작 부인을."

순간 루벨리안의 몸이 굳는 것이 느껴졌다. 그의 얼굴이 한없이 차갑게 굳어지고 명백한 분노가 서리기 시작했다.

"안 된다."

"각하, 폐하의 명입니다."

"안 돼."

루벨리안은 단호했다. 그러나 그 단호함 뒤에 숨겨진 게 어떤 감정인지 알아서 나는 미간을 찌푸렸다.

"황제 폐하의 명입니다. 어명을 거역하고 싶으신 겁니까?"

"괜찮아요, 갈게-"

"안 된다. 폐하는 내가 직접 찾아뵙지."

루벨리안의 태도는 내가 생각했던 것보다 더욱 강경했다. 이것이 그의 어떤 트라우마를 자극했는진 굳이 생각할 필요도 없었다.

그의 어머니는 황제에게 불려 가 겁탈당했다. 설마 아들의 아내한테 그런 일을 저지를 리야 없지만, 루벨리안의 입장에서는 나를 웃으며 보내 줄 리가 없었다.

그러나 결국 황제의 명이다. 루벨리안이 아무리 단호하다 한들 황제의 명 아래서는 꼼짝 못 하는 실정이었다. 그 난다 긴다 하는 콜리카 공작가도 할 수 없는걸.

나는 웃으면서 그를 다독였다.

"자, 착하죠? 여기서 기다려요. 금방 다녀올게요."

"안……."

"루벨리안."

나를 저지하려는 그의 말을 막으면서 내가 목소리를 낮게 깔았다. 이런 내 모습이 처음인지라 그가 깜짝 놀라는 게 보였지만, 안타깝게도 나는 지금 무척 이성적이고 진지하다.

"내 결정이에요."

"이브."

"반대하기 있기, 없기?"

사실 황제의 명이라 거부할 수 없는 것도 맞지만, 다른 한편으로 황제의 면상을 직접적으로 보고 싶은 것도 있었다.

나는 웃으며 루벨리안의 뺨에 입을 맞추었다.

"나 겁 없는 거 알죠?"

"……."

"무슨 일 안 생겨요. 알잖아요. 나는 팼으면 팼지, 맞을 인간 아니라는 거."

그렇게 말한 내가 천천히 발걸음을 옮겼다. 그런 내 뒤로 꽂히는 루벨리안의 불안한 시선이 너무 노골적이라, 나는 그 와중에 감동 따위를 하고 말았다.

황제의 알현실에 도착한 내가 크게 숨을 들이쉬었다. 커다란 문이 열리자 나는 안쪽에 홀로 앉아 있는 황제를 보면서 드레스 자락을 잡았다.

사람 좋은 미소를 짓고 있는 그의 얼굴은 전혀 누군가를 강제로 취할 인간으로 보이지 않았으니, 이래서 사람은 얼굴만 보고 판단하면 안 된다는 거다.

"왔나?"

"폐하를 뵙습니다."

드레스 자락을 들고 우아하게 인사를 했다. 그래도 조금 긴장은 된다. 일단 황제이니. 그러나 쫄 필요는 없지.

인사를 마친 뒤 나는 우아하게 허리를 폈다.

"오늘 이렇게 볼 수 있어 기쁘군."

"영광입니다, 폐하."

사근사근 나긋나긋한 어조보다는 다소 건조하고 메마른 목소리가 나갔다.

그러나 황제는 뭐가 그렇게 좋은지 나를 보며 싱글벙글 웃고 있었고, 그 모습이 마치 며느리를 보며 흐뭇해하는 시아버지의 태도라 나는 무척 불편했다.

진심으로 누가 저 얼굴에 싸대기 날려 줬으면.

"루벨리안의 결혼식에 가 보고 싶었지만 아무래도 보는 눈이 있어 그러지 못했지."

"그러셨습니까."

"두 사람이 사이가 퍽 좋다고?"

"네."

"이런저런 소문이 들리긴 하던데, 딱히 신경 쓸 필요는 없을 것 같군."

역시. 나는 눈을 빛냈다. 그냥 며늘아기 면상 한번 보자고 부른 시아버지는 절대 아니었다. 딱 봐도 뭐 들은 게 있어 그런 것이겠지. 나는 입술을 삐딱하게 올리며 생긋 웃었다.

"어떤 소문인지는 잘 모르겠습니다만, 저와 제 남편은 관계가 좋아요."

"짐도 그리 생각했네. 알다시피 루벨리안이 온순한 성격이라, 그런 더러운 소문에 엮일 아이로는 보이지 않았어."

"……."

나는 진지하게 황제를 어떻게 죽여야 할지 고민했다. 자신이 겁탈한 여자는 아이를 낳고 죽었는데, 지금 자기는 굉장히 아련한 얼굴로 아들 타령이나 하고 있지 않은가. 정작 루벨리안은 선대 플로렌스 공작을 진짜 제 아버지로 여기고 있는데.

나는 입을 꾹 다물었다. 어디까지 뚫린 입인지 좀 확인을 하고 싶어졌다. 무표정을 하고 황제를 응시하자 그가 계속 말을 이었다.

"제 어미를 닮아 사랑스러운 아이지."

"……!"

"샤를리나를 많이 닮았어. 샤를리나가 그랬거든. 부드럽고, 사랑스럽고, 이해심이 깊고, 온순하고. 짐 앞에서도 언제나 그렇게 조용하게 앉아 있던 여인이었지."

"……."

"그 모습이 그리 좋아서 짐이 샤를리나를 아꼈다."

"사랑이셨습니까?"

황제의 아스라한 표정을 보던 내가 툭 내뱉었다. 침묵을 유지하던 내 물음에 황제가 가늘게 눈을 떴다. 탐색의 눈길이 쏟아졌다.

그의 수작이 어떤 것인지는 잘 안다. 멍청하고 생각 없는 계집애 하나 앞에 두고 루벨리안이 어떤 생각을 품고 있는지 시험하려는 것이겠지만, 아주 안타깝게도 나는 뇌가 있었다.

덕분에 난 현재 황제의 추악한 몰골을 누구보다도 정확하게 파악할 수 있었다.

내 물음에 그는 마치 첫사랑을 회상하듯 상당히 아련한 얼굴로 창밖을 내다보았다.

"사랑했지. 처음으로 본 날 사랑에 빠졌어. 몇 번이고 신을 원망했다. 대체 왜 그녀를 먼저 만난 게 내가 아니었나 싶어서."

"……."

"하지만 결국에는 손에 넣었다. 그리고 루벨리안이 태어났지. 그래서 내게 그 아이는 누구보다도 소중하고 귀한 아이야."

아, 욕 나간다.

하나 지금 상황에서 욕은 아무런 일조도 되지 못하기에 애써 참았다.

그리고 이를 갈며 천천히 말했다.

"선대 공작께서도, 공작 부인을 사랑하셨을 겁니다."

"하나 결국 그녀를 홀로 공작저에 놓고 갔지. 짐이 그녀를 연모하고 있는 것을 알면서."

"……."

"제 아내 하나 지키지 못하는 이가 과연 사랑을 속삭일 자격이 있나? 그리고 원래 아름다운 꽃에는 많은 벌이 모이지. 길가에 꽃 한 송이가 버려져 있는데 개가 물어 가는 것은 인지상정 아닌가?"

그 와중에 본인이 개라는 건 또 잘 자각하고 있네. 아니야, 개가 무슨 잘못이지?

그의 말에 나는 속으로 혀를 찼다.

여자를 겁탈하고 한다는 말이 사랑해서란다. 그리고 그 잘못은 아내를 지키지 못한 남편에게 있단다.

말이냐, 막걸리냐라는 드립도 못 치겠다. 전통이 유구한 우리의 자랑스러운 술을 어떻게 이 인간이 하는 말과 비교할 수가 있을까.

나는 그저 입을 꾹 다문 채 이 시간이 빨리 지나가길 바랐다.

억지로나마 찻잔을 들고 내 주둥아리를 막아 보려 하는데, 갑자기 황제의 눈이 번쩍 빛났다. 섬광이 스쳐 지나가는 그의 눈빛을 보면서 나는 담담하게 웃었다.

"그래서, 부인께서는 어찌 생각하시나."

"무슨 말씀이신지 이해가 잘 가지 않습니다."

"짐이 한 말에 대해 부인께서는 어찌 생각하냐는 말이다."

본능적으로 알아차렸다. 여기서 대답을 잘못하면 큰일 나겠구나.

나는 눈을 가늘게 떴다. 여기서 가장 좋은 방법은 당연히 폐하의 말이 맞다고 하는 것이다. 하지만 그렇게 말하면 샤를리나가, 그리고 내 남편이 당했을 일이 너무 서글플 것 같았다.

그래서 나는 더없이 온화하게, 침착하게, 하지만 무엇보다도 진심을 담아 한 자, 한 자 박아서 답했다.

"제가 선대 공작 부인이라면……."

"……."

"아마 눈을 감아서도 폐하를 잊지 못할 것 같습니다."

"……."

"영원히."

무덤에서도 뛰쳐나오고 싶을 만큼.

내 말에 황제는 애매한 표정을 지었다. 그는 내가 한 말이 과연 '샤를리나가 그를 사랑해서' 잊지 못하는 것인지, 아니면 '샤를리나가 그를 증오해서' 잊지 못하는 것인지 잠시 곱씹어 보는 듯했다.

그걸 생각하고 있는 행태가 더욱 웃겼다. 저자는 정녕 양심이 없는 것일까.

해사하게 웃는 내 얼굴을 찬찬히 살피던 황제가 길게 숨을 내쉬었다.

"루벨리안도 그렇게 생각하는지 모르겠군."

"공작께서는 그 일에 관한 건 제게 일절 함구하고 있어요."

"루벨리안이 가정 질서를 잘 정리하는 모양이군. 안주인이 외무에 신경 쓰는 건 좋은 현상이 아니지. 하지만 부인께서 어찌 생각하는가가 루벨리안에게 큰 영향을 끼칠 수도 있지 않은가."

"공작께서는 저를 무척 사랑해 주시지만, 제가 본 귀족분들 중에서 가장 훌륭하세요."

나는 입꼬리를 말아 올렸다. 어찌 되었든 간에 루벨리안이 내 뜻에 휘둘릴 일이 없음을 강하게 어필함과 동시에 그가 나를 사랑해서 결혼했음을 강조해야 했다. 약간 철없는 모습을 하면서.

그래야 앞으로 황제의 귀에 내 어떤 모습이 들어가든지, 내 말을 어떻게 이해했든지 그게 그저 나 혼자만의 독단이라고 생각할 테니까.

절대 루벨리안에게 의심이 가게 두지는 않아.

그 모습이 어떻게 황제의 눈에 보였는지는 모르겠으나 다시 고개를 들었을 때 황제는 꽤 흡족한 얼굴을 하고 있었다.

이만 물러가도 좋다는 말에 밖으로 나온 나는 황제의 그 뻔뻔한 얼굴과 말을 떠올리며 인상을 잔뜩 찌푸렸다.

그때였다.

"어디 다치지 않았나?"

"내가 어딜 다쳐요."

밖에서 기다리고 있던 루벨리안은 얼마나 긴장했는지 얼굴이 하얗게 질려 있었다.

그의 얼굴을 보며 나는 피식 웃었다. 이 얼굴을 보고도 그의 감정을 눈치채지 못한다면 내가 너무 멍청한 것이겠지.

어디서부터 시작이었는지는 나도 모르겠다. 하지만 이 시점에서 그것을 따지는 것도 우스울 것 같았다.

"루벨리안."

"왜? 어디 아픈가?"

"안겨요."

내 말에 루벨리안이 엉거주춤하면서 내 허리를 끌어안았다. 그런 그의 어깨를 토닥이면서 나는 얼굴을 굳혔다.

긴가민가했는데 이로써 확실해졌다. 황제에게 감사하다고 절이라도 올려야 될 판이었다.

"루벨리안."

"……그래."

"수고했어요."

갑작스러운 말에 루벨리안이 나를 품에서 풀려고 했다. 그러나 나는 그를 단단하게 안은 뒤 계속해서 말을 이었다.

"생각해 보니까 이것도 나름 운명인 거 있죠?"

끊임없이 생각했다.

왜 하필 여기에서 깨어났을까. 왜 하필, 이런 역할로, 이렇게, 죽어야만 하는 인물로.

그런데 이제는 알 것 같다. 나는 머릿속으로 황제의 얍삽한 얼굴을 그리면서 웃었다.

널 감옥에 처넣고 벌을 받게 하라고 나를 보냈구나.

이가 갈렸다. 그리고 몸이 떨렸다. 내 품에 있는 남자가 너무 가여워서 처음으로 누군가를 대신해 분노했다.

'사랑.'

그 말을 루벨리안에게도 했겠지. 내가 네 어미를 사랑했다. 그래서 안았다. 그리고 네가 태어났다. 그 천연덕스러운 얼굴로, 그 뻔뻔한 말투로.

나는 눈을 꾹 감았다.

꽁꽁 싸맸던 현실감이 스멀스멀 피어오른다. 그제야 깨달았다.

나는 에반젤린이었다.

서이안이 아니라.

그리고 내게는 빙의물이었던 이 세상이 이 남자에게는 현실이었다.

루벨리안이 품에서 벗어나 나와 시선을 맞추었다. 착잡하기 그지없는 그의 얼굴을 응시하다가 나는 뒤꿈치를 들어 그의 입에 키스했다.

어릴 때의 나에겐 꿈이 하나 있었다. 공주님이 되어 왕위를 계승하고, 탑에 갇힌 왕자님을 구하는 것. 왕자님의 키스는 구해 준 데 대한 보답이고, 공주에게 필요한 건 왕관과 검이다.

그러니까 내 말은-

"루벨리안, 이제 우리 막살아요."

원작 따위 비틀어지든 말든 상관없다.

일단 저지르고 보는 거다.

루벨리안은 내 말에 진심으로 당황한 듯했다. 대체 무슨 일이 있었던 것인지 걱정하는 눈치였다.

"무슨 일이라도 있었나? 그가 무슨 말이라도 했나?"

"했죠."

그냥 듣기만 해도 정신이 머리를 탈출하고, 심장이 몸뚱어리를 벗어나고, 주먹이 저절로 위로 올라갈 법한 이야기를.

"그런데 나도 같이 해 줬어요."

내 답에 루벨리안이 얼굴을 찌푸리는 게 보였다. 내 성격을 누구보다도 잘 알고 있는 그는 최소한 내가 거기서 황제의 말에 고개를 끄덕이거나, 순종하는 척이라도 하지 않았음을 잘 알 것이리라.

루벨리안이 얼굴을 굳히고 물었다.

"무슨 말을 한 것이지?"

"걱정 마요. 애매하게 처리했으니까. 양심만 알겠죠, 그 말이 무슨 뜻인지. 그리고 설사 안다고 해도 어차피 당신에게는 해가 안 갈 거예요. 기껏해야 허무맹랑한 평민 계집의 객기죠."

"대체 무슨 생각으로 그랬나. 황제가 어떻게 나올지 몰랐던 것도 아니잖나."

"수틀리면 죽이겠죠?"

"죽는다는 말을 그렇게……!"

"그래도 당신은 안 죽어요."

"에반젤린 클로다!"

"괜찮다니까. 그리고 뭐 그렇게 대단한 말 하고 나온 것도 아니었어요. 어휴, 내 성질 참느라 고생했네.”

사실 마지막 황제의 표정은 루벨리안이 지금 반역을 하고 말고와는 무관하게, 내 말에 모든 신경을 쓰고 있는 듯 보였다.

“다시는, 그러지 마.”

루벨리안이 단호하게 말했지만 그의 목소리는 마치 애원 같았다.

결국 나는 지키지 못할 약속을 할 수밖에 없었다.

“그래요. 다시는 안 그럴게요. 그러니까 걱정하지 마요.”

그럼에도 루벨리안은 복잡한 얼굴이었다.

후회인가, 자책인가, 아니면 미안함인가.

이내 나를 품에 안은 그의 등이 묘하게 떨리는 것 같아 나는 손을 들어 그의 어깨를 툭툭 쳤다.

사실 알고 있었다. 이곳은 실제로 존재하는 세계도 아니었고, 작가의 상상만으로 만들어졌으니 어쩌면 허점이 가득할지도 모른다.

그래도 나는 존재하지 않는가. 루벨리안은 존재하는 인간이 아니던가.

그러니까…….

그렇게 생각하기가 무섭게 성녀 의식이 시작되었다.

나를 품에서 놓은 루벨리안의 착잡한 얼굴을 보면서도 나는 그저 안심하라는 듯이 웃기만 했다. 그리고 단상에 선 황제를 보며 서늘하게 미소 지었다.

그동안 내가 신념 없이 살긴 했지?

세상에서 가장 무서운 게 바로 또라이가 신념을 가지는 것이다.

머릿속에 떠오르는 생각들을 정리하며 나는 천천히 입꼬리를 말아 올렸다.

탁-

루벨리안과 함께 공작저로 돌아온 뒤, 나는 침대에 털썩 앉았다.

힘이 빠져 맥없이 옆을 보자, 루벨리안이 크라바트를 풀고 있었다. 나는 그의 손을 저지하곤 대신 크라바트 끝을 잡았다.

"황제가 당신의 반역을 의심하고 있어요."

"알고 있었다."

"그런데 어떻게 그렇게 담담했어요?"

"의심해도 어차피 증거를 잡지 못할 테니까."

"무슨 자신감이야."

그와 우리 아버지 사이에 무슨 거래가 오갔는지 찾으려면 못 찾을 것도 없다. 그간 나름 벌여 놓은 일도 있을 텐데 왜 증거를 못 잡는다는 거지?

내 툴툴거리는 말에 루벨리안이 입꼬리를 말아 올렸다. 이내 다정하게 나를 보는 그의 시선을 받으며 나는 잠시 말을 골랐다. 사실 이것도 나름 홧김이긴 한데, 그래도 꽤 고민하긴 했으니까 이성적인 결정이었다.

잠시 크라바트를 만지작거리던 손을 내려놓으며 내가 입을 열었다.

"그래도 앞으로는 신중해야 해요. 나도 신중할 테니까. 당신 말마따나 이제는 황제 폐하 앞에서 말을 고르긴 해야겠어. 뭐, 오늘도 심하지는 않았지만."

"뭘?"

"복수요. 어쨌든 들키지 않게 해야 하니까."

이제는 나도 가담할 거니까.

황제 부부가 제발 다 같이 손에 손잡고 감옥에 들어갔으면 좋겠다. 그러면 인류 역사는 진일보로 커다란 한 걸음을 내디딜 텐데.

그러나 정작 루벨리안은 담담하게 답했다.

"걱정하지 않아도 된다."

"알아요. 당신이 어련히 알아서 잘하지 않을까 싶-"

"어차피 그런 일 따위 없으니까."

"……뭐라고요?"

"반역은 없다. 플로렌스 공작가는 황가에 반역하지 않을 거야."

"자, 잠시만요, 무슨 그런 말도 안 되는…… 왜요?"

나는 미간을 살짝 찌푸렸다. 이게 아닌데? 지금까지 쭉 복수하고 싶었던 것 아니었나?

……그런데 왜?

잠시 상황 파악이 되지 않아 얼굴을 일그러뜨렸다.

"무서워서 그런다."

"그런 게 어디 있어요! 아니, 그렇게 무서웠으면 시작을 왜 했……."

"네가 다칠까 봐."

"……."

"나 때문에 당신이 연루되는 게 무섭다."

순간 바락바락 소리를 지르면서 대들려던 모든 말이 목구멍으로 넘어가고, 그 사이를 침묵이 차지했다. 나긋한 목소리로 이런 말을 하는 남자에게 내가 어떤 표정을 지어야 할까.

내가 연루되는 게 싫어서? 그래, 반역을 저지른다면 당연히 내가 연루되긴 하겠지. 그렇긴 한데…….

"잠시만요, 루벨리안. 당신이 나를……."
"사랑한다."
다시금 말문이 막혀서 입을 다물었다. 그가 나에게 이러한 감정을 가진 건 알고 있었다. 알고 있었는데…… 이렇게 직접 들으니 기분이 이상했다.
"그…… 내가, 내, 내가……."
언어 조직에 문제라도 생긴 걸까. 나는 고개를 떨구고 더듬거리다가 말을 골랐다.
그때, 내 이마에 그의 온기가 내려앉았다.
"황제가 무슨 말을 했는지 대충 예상은 간다마는, 신경 쓰지 마라."
"……."
"나는 괜찮다."
"……왜요?"
"괜찮아야 하니까."
괜찮아야 하니까. 그 말은 결국 나 때문에 포기한다는 말로 들렸다. 괜찮을 리 없음에도 괜찮다고 저 자신을 토닥이는 것일까? 그가 황제에게 어떤 증오를 품고 있는지 다 아는데, 정작 괜찮다고 말을…… 그런 게 어디 있어.
"안 괜찮아요."
나는 이를 악물었다. 이건 괜찮아서는 안 된다. 절대, 절대 그럴 수 없다. 죄책감 이전에, 나는 인간으로서 이걸 두고 볼 수가 없었고, 그다음으로는-
"내가 안 괜찮아요."
"이브."
"나는 당신이 복수를 포기하지 말았으면 좋겠어."

나는 그를 위해 복수를 다짐했는데, 정작 그는 나를 위해 복수를 내려놓는다 말하고 있었다.

"이브, 당신은 플로렌스 공작 부인으로서 누려야 할 것을 누리다가, 그렇게 편하게 남은 생을 영위하도록 해. 내가 그렇게 만들 거니까."

"싫어요."

"당신, 그런 거 좋아하지 않았나? 내가 원하는 것을 다 안겨 줄 테니까-"

"당신이 희생해서 가져온 걸 기반으로 나더러 호의호식하고 있으라고요? 날 무슨 세상 물정 모르는 애 취급을 하고 있어?"

"나는 희생하지 않았다."

"나를 위해 포기했다면서요. 그런데 그게 희생이 아니라고요?"

"아니, 대신 나는 더 큰 걸 얻었잖나."

"그게 뭔데요?"

"당신 행복."

루벨리안의 말에 다시 한번 말문이 턱 막혀 왔다. 잠시 어떻게 해야 그를 설득할 수 있을까 생각하던 나는, 결국 말을 고르고 고르고 또 고르다가 천천히 입을 뗐다.

"그럼, 이번에는 나를 위해 복수해요."

"……뭐?"

"이대로 황제를 내버려 두면 내가 화병으로 일찍 죽을 것 같으니까, 이번에는 나를 위해 복수해요."

루벨리안의 표정이 다소 미묘하게 변했으나 나는 더없이 단호하게 말을 이었다.

"내 소원이야. 당신 손으로 황제를 바닥까지 끌어내리는 걸 보는 게."

하지만 루벨리안은 여전히 내 말을 이해하지 못한 듯했다.

"……왜?"

"그거야, 내가 당신을 사랑하니까요."

이 정도까지 했는데 우리의 감정으로 삽질 따위를 하고 싶진 않다. 그러니 이 시점에서 내가 그에게 사랑한다고 말하는 것은 하나도 이질적이지 않았다. 물론 말하고 나서 얼굴이 달아오르는 건 어쩔 수 없었지만.

"으으."

드라마 속의 주인공처럼 박력 있게 고백한 주제에 나는 얼굴을 붉혔다. 말을 내뱉고 나니 창피함이 밀려왔고, 그 와중에 나를 멍하니 응시하는 루벨리안의 표정에 쥐구멍에라도 들어가고 싶었다.

그도 그럴 것이, 내가 뭐 연애라는 것을 해 봤어야 말이지.

하지만 그렇지 않은가. 삽질하다 오해 생기고, 오해 생기면 스토리 진전이 안 되고, 스토리 진전이 엿가락처럼 늘어지다가 다시 삽질하고. 그렇게 무한 반복하면 뽀뽀는 언제 하고, 키스는 언제 하고, 그, 그건 언제 해?

-라고 나 자신의 충격적인 고백에 나름대로 이유를 붙여 가면서 마음속의 횡설수설을 이어 가고 있는데, 갑자기 루벨리안이 손을 뻗어 나를 안았다.

"이브."

"……."

"나도 사랑한다."

짧은 말이었지만 우습게도 순간 울컥 눈물이 올라올 뻔했다. 나는 애써 눈물을 흘리지 않으려 눈을 깜박거리면서 말했다.

"나도 알아요. 그 정도는 나도 알았어."

왜 모르겠는가. 그는 최소한 사랑하지도 않는 여자한테 입을 맞추며 달콤하게 구는 인물이 아니었다.

루벨리안은 사실 원작에서도 제 아내를 존중하기만 했지, 사랑하지는 않았으니까.

아, 나 몇 달 전까지만 해도 결혼 안 하겠다고 미친 짓을 다 한 것 같은데, 지금은 뭐 하는 거지? 이래서 인간 만사 새옹지마인 건가.

"그럼 복수하는 거예요?"

"……."

"빨리 대답해요."

"그렇게 쉬운 일이 아니다."

이 분위기에 얹혀서 확답을 얻어 내려고 했더니 남편이 협조를 안 해 주네? 나는 그의 품에서 바르작댔다. 그에 나를 놓은 루벨리안이 얼굴을 굳히고 진지한 표정으로 말했다.

"이브, 이건 장난이 아니다."

"장난이 아닌데 나 하나 때문에 복수를 멈췄어요?"

"그거야……."

루벨리안의 얼굴을 보며 나는 한숨을 쉬었다.

"루벨리안, 그거 알아요? 나는 말이죠, 황제가 싫어요. 그 인간 얼굴 보는 것도 싫고, 그냥 존재 자체가 싫어요. 그 인간 때문에, 당신이 아팠잖아."

루벨리안이 진짜로 자신의 이유 때문에 복수를 포기한다면 말리지 않을 테지만, 만약 그것이 나 때문이라면 나는 절대 그가 포기하는 것을 좌시하고 싶지 않았다.

내 말에 루벨리안은 잠시 침묵을 고수하다가 피식 웃었다. 그리고 손을 뻗어 내 머리카락을 살살 정리했다.

"이브. 나는 나 때문에 당신이 고통받는 걸 원하지 않아."

"알아요."

"그런데 비겁하게- 지금 당신이 나를 위해 그렇게 말해 줬다는 게 너무 기뻐."

머리를 만지작거리던 손가락이 뺨으로 향했다. 어느새 코앞까지 다가온 그의 얼굴에 나는 눈을 감았다. 어쩔 수 없이 길게 한숨을 쉬며 헛웃음을 흘렸다.

"상상도 못 했어요. 설마하니 당신이 그런 생각을 하고 있었을 줄은. 언제부터 그런 결심을 하게 된 거예요?"

"아마, 당신이 예쁘게 보이던 때부터."

"첫눈에 반했다고 믿으면 되는 거죠?"

"그 말은 아니었는데."

"이럴 때는 좀 그렇다고 해요."

꺄르르 웃음을 흘렸다. 그러면서 그의 손을 잡자 루벨리안이 천천히 말했다.

"복수는 모르겠다. 이건 아직 더 고민해야 할 것 같다."

"루벨리안."

"하지만 뭐가 되었든 네게는 가장 좋은 선택을 내릴 거다."

"아, 루벨리안 진짜! 그냥 좀 화끈하게…… 세상에, 내가 지금 뭘 하고 있는 거야?"

제발 날 데리고 지옥으로 가 달라고 빌고 있다니. 이 어마어마한 생존 욕구를 억누르다니…… 루벨리안, 이 무서운 남자.

나는 고개를 저었다. 어쨌든 루벨리안이 안 된다고 하니 나도 더 설치기가 애매했다. 그의 마음을 이해하지 못하는 건 아니었으니까.

반역이 실패하면 그는 깔끔히 죽겠지만 내 처지는 애매했다. 여자, 그것도 평민 반역자라는 죄목이 더해져 인간 취급은 고사하고 사창가에 팔리는 게 그나마 좋은 결과일 거다. 귀족의 애완동물 취급을 받을 수도 있겠지.

그리고 귀족 중에는 꽤 더러운 취미를 가진 이가 여럿 된다.

하지만 그렇다고 해도 나는, 내 입장은…… 아아, 힘들어. 짜증나. 뭐가 이리 어려운 거야?

결국 더 이상 말을 꺼내지 못한 채 나는 한숨을 쉬었다.

자, 이제 마음의 안정을 가져오는 주문을 외워 보는 거야.

"황제, 이런 삐리리리리리리, 릴리리리리리, 리리리-"

"……?"

길게 심호흡을 한 뒤 내뱉은 내 말에 리리스가 눈을 깜박거렸다. 그녀는 클로다의 저택에 숨겨져 있는 내 비밀 도서들을 가져왔다가 갑자기 황제 욕을 하는 나를 보며 꽤 놀란 듯싶었다.

이내 내가 다시 숨을 몇 번 크게 들이쉬고 내쉬자 리리스가 물었다.

"저번에 하신 그 주문은 안 외우시네요?"

"응? 저번?"

"그, 구……? 프, 프라…… 그거요."

"아- 그거?"

리리스가 고개를 끄덕였다. 그녀의 수긍에 환하게 웃은 내가 어깨를 으쓱했다.

"예전에는 효과가 있었는데 지금은 없어졌어."

예전에는 돈만 모으면 살 수 있다는 희망으로 외웠는데, 지금은 아무리 외워도 손에 넣지 못하니 효과가 없었다.

그러니까 지금은 실현 가능한 주문을 외우는 거야.

"음…… 그런데 그렇게 황제 폐하를 모욕하는 말은 다른 데서 함부로 하시면 안 돼요."

"괜찮아. 네 앞에서만 할 거거든. 넌 어디 가서 안 고자질하겠지?"

"에이, 제가 왜요."

"그렇지?"

"마님은 예쁘시니까요."

……아무래도 내 안전을 위해 열심히 미모를 가꾸어야 할 것 같다. 내가 세상에서 가장 황당한 이유로 꾸미고 다니는 애일 거야.

나는 한숨을 푹 쉬고 책상 위에 놓인 책들을 쭉 훑었다. 리리스에게 부탁해 클로다 저택에서 가져온 노트들이었다.

"아이다가 주든?"

"네. 그런데 이게 다 뭐예요?"

그녀의 물음에 내가 씨익 웃었다. 그리고 노트 하나를 들어서 손으로 툭툭 쳤다. 궁금한 눈길로 쳐다보는 리리스를 응시하며 나는 노트를 펼쳤다.

"리리스, 이야기 하나 해 줄까?"

"네?"

"계모와 언니들에게 구박을 받던 아이는, 어느 날 자신에게 어마어마한 능력이 있다는 것을 발견하게 돼. 그리고 그런 그녀에게 상처를 가진 왕자님이 다가오지."

"으음."

"세상에 버려졌다 믿은 아이에게 왕자님은 구원이었어. 그리고 왕자님도 그녀에게 구원받지."

"우와, 낭만적이네요."

"자, 여기서 질문. 이 동화 같은 이야기의 주인공이 누구라고 생각해?"

"네?"

리리스가 고개를 갸웃거렸다. 그도 그럴 것이 등장인물 두 명뿐인 이 이야기에서 누가 주인공인지는 뻔하지 않은가.

"그, 계모와 언니들에게 구박을 받은……?"

"그렇지?"

나는 환하게 웃으며 노트를 내려다보았다.

이건 '이하야의 밤'을 간단하게 기록한 것이었다.

"리리스, 절대적인 권력을 가진 사람을 심판할 수 있는 자가 있을까?"

"없죠."

황제를 벌할 수 있는 자는 없다. 그러니 황제를 벌하려면 황제가 자폭하게 하는 수밖에 없었다.

하지만 원래부터 양심 상태가 멀쩡하지 못한 황제가 양심의 가책을 느끼고 죽을 리는 없으니 다른 사람 손을 빌려야겠고, 당연하지만 가장 좋은 도구는 딱 둘.

"황태자, 콜리카 공작가."

물론 황태자가 황제에게 칼을 겨눌 확률은 거의 0에 수렴한다. 현재까지는.

그러나 원작에서의 황태자는 황제에게 반기를 드는데, 다름 아닌 황제가 레이첼을 살해하려고 했기 때문이다.

그러니까…….

"동화 같은 이야기의 주인공은, 우리 여주인공님이시지."

이 말도 안 되는 세계관은 모두 레이첼을 위해 만들어졌다. 남자주인공 황태자도, 황가도, 이 모든 것들이.

그러니까 이 모든 이야기의 핵심은 하나였다.

"리리스, 신전으로 가자."

레이첼.

원작이 비틀어져서 목숨을 구제하면 뭐 해? 기분이 더러운데.

그러니 내 팔자 꼬아도 내가 꼰다. 그리고 나 혼자 죽을 수는 없지.

"목 씻고 기다렸으면 좋겠네."

가장 빛나는 인생의 최절정에서 멱살 잡고 지옥에 처박아 주리라. 원래 복수는 상대가 가장 행복할 때 해야 하는 법이었다.

성녀 의식 이후 레이첼은 신전에서 거주하고 있었다. 그 와중에 황태자와의 서사는 어떻게 쌓는 건지 모르겠지만, 원래 남주와 여주의 사랑은 온 우주가 돕는 것이 아닐까 싶다.

그런 의미에서 레이첼과 황태자 사이의 사랑에 대해서는 별로 걱정하는 바가 아니었으나, 나와 레이첼의 관계에 대해서는 나도 조금 불안할 수밖에 없었다.

"플로렌스 공작 부인이십니까?"

나는 자연스럽게 내 손을 내밀어 반지를 확인시켰다. 레이첼에게 얽힌 예언이 무수한 만큼, 현재 그녀는 나름대로 보호라는 이름의 감시를 받고 있는 모양이었다.

"성녀님을 뵙고 싶습니다."

"하지만…… 성녀님께서 근래 모든 방문 요청을 거절하시는 터라……."

"일단 전해는 주시겠어요?"

내 말에 대신관은 잠시 고민하는 듯했다. 하지만 정당한 이유 없이 나를 거절할 수는 없으므로 결국 레이첼에게 승낙을 받으러 떠났다.

"그런데 성녀님께서 만나 주실까요?"

"아마도?"

사실 나도 확신은 없지만, 그냥 그날 성녀 의식에서 본 레이첼의 미소에 나름대로의 희망을 걸어 본 것이었다.

아니, 이러다가 날 안 보겠다고 하는 건 아니겠지? 언니, 그럼 안 돼. 예전에 나한테 웃어 줬잖아. 나한테까지 어장 관리하면 안 된다고.

그리고 다행히 그런 일은 없었다.

"공작 부인. 이리로 오십시오."

다소 떨떠름한 얼굴로 나를 안내하는 대신관을 따라 나는 신전의 깊숙한 곳으로 향했다.

특별히 레이첼을 위해 만들어진 곳인지 보안 수준이 보통이 아닌 것 같아 신기한 눈길로 주변을 두리번거리는데, 곧 금색으로 장식이 된 커다란 문이 열림과 동시에 대신관이 입을 열었다.

"부인께서만 들어가실 수 있습니다."

나는 걱정스러운 눈길로 쳐다보는 리리스에게 미소를 지어 주고는, 대신관과 함께 레이첼의 방 안에 들어갔다.

그리고 곧, 홀로 조용하게 앉아 있는 레이첼을 볼 수 있었다.

"성녀님을 뵙습니다."

간단히 예를 취하자 멍하니 있던 레이첼이 고개를 천천히 돌렸다.

"플로렌스 공작 부인!"

그녀가 활짝 웃으면서 자리에서 벌떡 일어났다. 방금까지 생기 하나 없던 그녀의 얼굴에 웃음이 피어오르고, 진심으로 나를 반기는 얼굴을 보노라니- 나를 혹시 모른 척하면 어찌할지 고민하던 것이 모두 부질없었음을 깨달았다.

레이첼은 진심으로 나를 반기고 있는 듯했다. 그래서 나도 덩달아 미소를 짓는데, 갑자기 뒤에서 대신관의 냉랭한 목소리가 들려왔다.

"성녀님, 공작 부인께 예를 취해야 합니다."

아니, 거참- 분위기 깨는데 뭐 있네.

레이첼은 대신관의 말을 듣고 바로 얼굴을 굳혔다. 저 예쁜 얼굴에서 미소를 거둬 갔어, 저 사악한 놈.

"저는 괜찮아요. 대신관님은 좀 나가 주시겠어요?"

하지만 대신관은 다소 무뚝뚝한 얼굴로 내 말에 답했다.

"독대를 할 수는 있습니다만, 성녀님께서 공작 부인께 무례를 행하신 것에 대해서는 꼭 짚어야 할 것 같습니다."

"제가 괜찮……."

"아니에요, 공작 부인. 제가 실례했어요. 알프리드, 제 실수예요. 다음부터는 주의하도록 할게요."

아, 잠깐만, 알프리드?

방금까지 대신관의 얼굴을 보면서 속으로 투덜대고 있던 나는 레이첼의 말에 깜짝 놀라고 말았다.

아니, 이 녀석이 바로 그 알프리드란 말인가? 레이첼이 신전에 들어가자마자 그녀의 교육을 담당하는? 그리고 20화 정도만 튕기다가 결국 레이첼의 어장에 홀라당 넘어가는?

모를 때는 짜증 났던 녀석이, 알고 나니 굉장히 다르게 보였다. 이 무뚝뚝한 얼굴로 그 절절한 짝사랑을 해 댔단 말이야?

세상에, 내 기억에 알프리드는 메인 남주인 황태자와 서브 남주인 제2황자를 이어 가장 많은 주식을 보유한 이 작품 내 인기남 중 하나였다.

상상했던 거랑은 완전 다르게 생겼네. 내 상상 속의 알프리드는 굉장히 선한 인상에 바른말만 해 대는 쿨데레 안경남 캐릭터였다고.

그런데 뭐야, 이 교과서 속에서 나온 철수 같은 녀석은? 완전 특징 없게 생겼네. 뭐, 잘생기긴 했다만.

나는 마뜩잖은 얼굴로 방을 나가는 알프리드를 보며 혀를 쯧 찼다.

곧 문이 닫히고 레이첼과 둘이 남은 방에서 내가 한숨을 쉬었다. 일단 다른 건 생각하지 말고 레이첼만 생각하자. 일단은 레이첼만 생각해.

속으로 길게 주문을 외운 뒤, 내가 고개를 돌렸다.

"성녀님."

"레이첼이라고 불러 주세요."

아, 벌써부터 이름 부르는 건가요? 세상에- 우리 여주님, 마음씨도 비단결 같아라. 나는 이 와중에 감동을 하면서 고개를 끄덕였다.

"고마워요. 성녀님도…… 아, 레이첼도 저를 이브라고 불러 주셔도 돼요."

"제, 제가 그래도 될까요?"

"물론 되죠. 사실 저는 당신과 이야기를 해 봤다는 것만으로도 지금 연예인과 대면한 느낌이라…… 어머, 죄송해요. 제가 또 헛소리를 했죠?"

나는 급히 내 입을 막으면서 크흠, 헛기침을 했다.

이에 레이첼이 작게 웃으며 소파를 가리켰다.

"앉아요, 이브."

"네에."

나는 사르르 녹는 얼굴로 나를 향해 웃는 레이첼을 보면서 고개를 끄덕였다.

“그런데 다른 분들의 방문은 거절했다고 대신관님께서 말씀하셨는데…….”

“아.”

“혹시 제 방문이 폐가 된 건 아니겠죠?”

“아니에요. 다른 분들은 부담스러운 마음에…….”

“그런데 저는 어찌…….”

조곤조곤한 레이첼의 목소리에 나도 동화되는 것 같다. 나는 내 남편 앞에서도 부리지 않은 내숭과 애교를 섞어 살짝 얼굴을 붉히면서 물었다.

레이첼은 내 물음에 수줍게 웃었다. 원작을 읽었을 때도 느꼈지만, 그녀는 참 로판 여주의 모든 장점은 다 갖고 있는 인물이었다.

용기, 강단, 그리고 착한 마음씨까지. 그런데 그 착한 마음씨라는 게 또 타인에게 민폐를 주는 착함이 아니라서, 개인적으로 그녀는 정말이지 완벽 그 자체에 가까웠다.

“예전에 저를 구해 주셨으니까요.”

그녀의 말에 나는 속으로 빙그레 웃었다. 그래, 바로 이거야. 내가 원하던 답이 바로 이거였다고.

속으로 쾌재를 외치면서도 나는 손사래를 쳤다.

“아니에요. 그건 응당한 것이었어요.”

“부인이 아니었으면 플로렌스 공작께서는 아마 저를 죽였을 거라고, 그러니 부인께 감사하라고 다들 그랬어요.”

“어. 음…… 아마 죽이지는 않았을 거예요.”

아, 아마도? 확신을 못 하겠다. 루벨리안이 내 앞에서나 순한 강아지지, 다른 이들한테는 어디까지 손을 쓸 수 있는지 나도 확신을 할 수가 없었기 때문이다.

하지만 어쨌든 생색을 낼 때는 내자는 주의였기 때문에 나는 더 빼지 않고 빙그레 웃으면서 말했다.

"루벨리안은 좋은 사람이니까요."

"이브도…… 좋은 사람 같아요."

"고마워요."

그날 황궁으로 가겠다고 뻗대던 나, 정말 칭찬한다.

찻잔을 입으로 가져가면서 그 너머로 레이첼의 얌전한 얼굴을 응시한 내가 천천히 찻잔을 내려놓았다.

"그런데 무슨 일로 오신 건가요?"

하지만 그걸 대놓고 말할 수는 없었다. 갑자기 그녀를 잡고 '사실은 우리 남편이랑 반역을 할 건데 협조 좀 부탁해요.' 할 수는 없지 않는가. 나는 빙그레 웃다가 어깨를 으쓱했다.

"새로운 성녀님의 출현에 귀족들의 관심이 많으니까요. 플로렌스 공작가에서도 마찬가지죠."

"가문을 대표해서 오신 거로군요."

약간 실망한 기색을 띠는 레이첼의 표정을 찬찬히 살피면서 내가 방긋 미소 지었다.

"그런 것도 있지만, 사실 제가 오겠다고 한 것도 있어요."

"네……?"

"사실 그저 선물과 인사의 말을 보내는 게 좋겠다고 가문 내부에서 의견이 나왔지만―"

"……만?"

"제가 오겠다고 했거든요."

레이첼이 눈을 깜박거렸다. 그녀의 눈에는 기대와 호기심이 섞여 있었다.

"왜, 요?"

"아시다시피 저는 평민이었어요."

"……."

"루벨리안과 사랑에 빠져 이렇게 공작 부인이 되었으나, 저를 탐탁지 않게 생각하는 귀족분들 때문에 그들 사이에서 배척을 받는 존재였죠."

"그렇군요."

"그래서 당신을 봤을 때, 사실 어느 정도 동질감을 느꼈어요. 그게 당신을 도와준 이유이기도 했고."

상대를 내 편으로 만드는 전략 첫 번째, 일단 동질감을 생성해라.

"그 자리에 있던 귀족들, 한때는 저를 창녀니 걸레 같다는 말로 매도하던 이들이었거든요."

둘째, 공동의 적을 만들어라.

"그래서 당신을 도와주었죠."

셋째, 나는 그 공동의 적을 상대할 수 있음을 강하게 어필하라.

아, 잠깐. 속으로 하나하나 말하고 보니 자기 계발서 같다. 너무 작위적이게 말하지는 않았겠지?

"이브……."

다, 다행이다. 감동적이게 말한 것 같다.

레이첼은 상당히 감격한 얼굴로 나를 보고 있었다. 덕분에 그녀를 안심시키기 위해 덧붙여야 할 말을 전부 삼켜 버린 채 나는 그저 방긋방긋 웃었다.

"그날 너무 고마웠어요."

"아, 그걸 바라고 한 건 아닌데."

"이브, 당신은 모를 거예요."

“네, 네?”

“세상에 내 편 하나 없는 상황에서, 누군가가 내 편을 들어 줬다는 게 얼마나 큰 희망인지.”

순간 그녀의 말에 나는 쩌적 굳었다. 레이첼은 어디 가서 행복하다고는 절대 말할 수 없는 유년 시절을 보냈고, 그런 상황에서 유일하게 도와준 사람이 나였던 것이다.

으윽, 이거 왠지 타인의 불행을 이용해 내 이익을 챙긴 것 같다. 너무 순수하게 고마워하는 그녀를 보면서 나는 도덕적 딜레마에 빠지고 말았다.

하지만 이내 고개를 저었다.

아니야. 그래도 나는 레이첼을 진심으로 좋아하니 괜찮을 거야.

머릿속을 정리한 뒤 레이첼의 얼굴을 보면서 살짝 웃었다. 어쨌든 간에 레이첼이 나를 좋아한다는 데엔 의심의 여지가 없었다. 문제는 여기서 그냥 끝내냐는 것인데…….

사실 플로렌스 공작 부인이 신전에 오래 있었다는 건 좋은 소문이 되어 주지 못한다. 나는 여기로 온 목적을 다시 한번 더듬으며 레이첼과 눈을 마주쳤다.

“그렇게 큰 힘이 되었다니 너무 영광이에요. 아, 그래서 말인데…….”

나는 레이첼을 힐끔 보았다. 그래도 온 김에 목적은 이루고 가야겠지.

“혹시 제가 옷 한 벌만 해 드려도 될까요?”

갑작스러운 내 말에 당황해하는 레이첼에게 반짝거리는 눈빛을 보내며, 나는 생긋 웃었다.

신전에서 돌아온 뒤, 나는 레이첼의 드레스를 리리스에게 넘겼다.

그 치수에 맞게 최고급 드레스를 주문하라는 내 말에 리리스는 잠시 고개를 갸우뚱했으나 이내 별말 없이 드레스를 들고 나갔다.

그리고 얼마나 지났을까. 다시 들어온 리리스가 장부를 정리하는 내게 차를 따라 주며 물었다.

“성녀님을 접견하신 건 잘되셨어요?”

“잘됐지, 아주.”

“그런데 왜 방금부터 그렇게 펜으로 책상을 쪼아 대세요?”

“내가? 아…… 생각할 게 있어서.”

저도 모르게 탁탁거리던 펜을 잡고 내가 고개를 저었다. 하지만 곧 나는 다시 한번 생각에 빠지고 말았다.

이제 레이첼은 대충 알 것 같지만…….

“황태자는 대체 무슨 생각인 걸까.”

나는 저도 모르게 중얼거리면서 한숨을 푹 쉬었다.

황태자는 자신의 형제인 루벨리안을 어떤 마음으로 대하고, 자신의 아버지가 저지른 죄악을 어떻게 생각하고 있을까.

사실 원작에서도 얼핏 나온 부분이긴 했다. 황태자는 황제의 죄를 질책하긴 하지만, 끝내는 그의 편을 든다.

나는 입을 삐죽였다. 내가 있는 한 그런 일은 절대 벌어지지 않을 것이다.

황태자는 절대 황제랑 한편에 서면 안 된다. 그러려면 레이첼 말고 황태자 쪽에도 작업을 걸어야 하는데, 그건 공작 부인인 내가 하기에는 좀 무리가 있고, 게다가…….

"루벨리안이 내 말을 안 듣지."

"내가 무슨 말을 안 듣는다는 거지?"

아, 깜짝이야.

책상에 얼굴을 묻고 있던 내가 화들짝 놀랐다. 고개를 홱 들자 루벨리안이 웃으면서 내 옆에 서 있었다.

"노크 좀 하지 그래요."

"했는데."

"언제 왔어요?"

"방금. 당신은 신전에 다녀왔다면서? 무슨 일 없었고?"

"없었죠. 너무 극진한 대접을 받고 와서 오히려 속이 싱숭생숭하네요."

"극진한 대접?"

루벨리안이 미간을 살짝 찌푸렸다.

"레이첼이 나를 너무 반가워하더라고요."

"그럼 잘된 거 아닌가?"

"처음에는 별생각 없이 그냥 도와준 건데, 그렇게 고마워하니까 약간 죄책감 드는 거 있죠?"

"그래도 결국 도와준 것이지."

루벨리안이 다정하게 웃으면서 내 뺨을 어루만졌다. 이내 그 손이 입술을 꾹꾹 누르다가 다시 뺨을 쓰다듬었다.

"그자한테는 네가 구원자였을 것이다. 의도가 어찌 되었든 간에."

"그런가요?"

"나한테 네가 그렇듯이."

예상 밖의 말에 크흠 헛기침을 했다. 아니, 왜 이렇게 띄워 주고 그래. 그래도 기분이 나쁘지만은 않았다.

그때, 루벨리안이 갑자기 허리를 굽히더니 내 턱을 들고 입을 맞추었다.

쪽- 하는 소리와 함께 입이 떼어지고, 루벨리안이 눈을 접으며 환하게 웃었다. 그 모습을 보며 나는 마주 웃음 지었다.

"그래서, 구원자에게 뭔가 보답할 만한 건 없나요?"

"있지."

"뭔데요?"

"나."

"그건 원래 갖고 있었던 거고요."

"그럼 뭘 갖고 싶은데?"

"으음……."

나는 눈알을 굴렸다. 여기서 뭘 가지고 싶다고 해야 잘했다고 소문이 나려나? 짐짓 고민하는 체하다가 입술을 살짝 핥았다. 그리고 손을 뻗어 그의 셔츠를 잡은 채 작게 속삭였다.

"당신?"

"이미 가졌다며."

"마음 말고. 당신 입술."

"이런."

사르르 풀리는 그의 미소를 보며 나는 침을 꿀꺽 삼켰다. 아니, 분명 유혹은 내가 했는데 왜 내가 넘어가는 것 같죠?

속으로 조금 당황해서 그와 시선을 마주치는데, 고요한 서재의 긴장감을 깨고 누군가가 문을 두드렸다.

똑똑-

달콤한 공기를 깨고 들려온 소리에 나와 루벨리안 둘 다 쯧, 혀를 찼다. 그리고 놀라서 서로를 본 우리가 웃음을 터뜨렸다.

아, 귀여워.

"들어와."

내 말에 문이 열렸다. 그리고 모습을 드러낸 것은 다름 아닌 빌이었다.

"뭐지?"

"보고드릴 게 있어서 왔습니다."

나는 턱을 괴고 물었다.

"루벨리안한테?

"부인께 드릴 말씀입니다. 리리스를 통해 제게 주신 장부에 약간의 문제가 있어서요."

말을 마친 빌이 장부를 내려놓았다. 연필로 연하게 동그라미가 그어진 부분을 무심하게 본 내가 다시 고개를 들었다.

"이게 왜?"

"뒤에 달아 놓은 내용이 이해가 잘 가지 않습니다."

"선물이잖아."

"그 선물을 받는 분이 잘못된 것 같습니다."

나는 장부를 다시 한번 보았다. 그리고 고개를 저었다.

"아닌데? 맞는데?"

"확실합니까?"

나와 빌의 실랑이에 루벨리안이 궁금한 듯이 고개를 내밀었다. 그는 장부 위에 써진 내용을 쭉 훑다가, 빌이 말한 문제의 부분을 발견하고는 덩달아 미간을 팍 찌푸렸다.

"이게 뭐지?"

"드레스요."

이 인간들이 단체로 사고 회로에 퓨즈가 나갔나. 왜 갑자기 다들 이런 표정이지?

"성녀님께 드릴 맞춤 드레스인데, 뭐가 문제죠?"

"성녀님께 드릴 맞춤 드레스를 왜 마님께서 준비하시는 겁니까?"

빌이 황당하다는 듯이 물었다. 그에 루벨리안도 궁금한 얼굴을 하고 나를 응시했다.

그들의 시선을 받으며 나는 잠시 고민에 빠졌다. 어떻게 말해야 하나…… 그러다가 그냥 간단하게 상황만 설명하기로 했다.

"황태자 전하의 생일 연회 때 입으실 거야."

"성녀님께서 부탁이라도 하셨습니까?"

"아니. 그냥 내가 선물하려는 건데."

상황을 모르는 빌로서는 궁금할 법도 하지만, 나는 누구보다도 잘 알았다. 이번 파티에서 이 드레스가 얼마나 중요한 역할을 할지.

황태자의 25살 생일 연회에서 신전이 준비해 준 옷을 입고 등장한 레이첼은 그녀를 탐탁지 않게 생각하는 몇몇 귀족 영애들에게 음해를 당해 드레스를 망가뜨리고 만다.

그리고 여기서 레이첼을 도와주는 게 바로 황태자다. 그녀에게 새 드레스를 마련해 준 것이다.

이 한 번의 도움으로 레이첼은 황태자를 본격적으로 신임하게 된다. 조금 올드한 전개이긴 하지만, 그래도 위기에서 구해 주는 사람에게 반하는 게 무리는 아니었다.

물론 이번 파티에서 그녀의 백마 탄…… 아니, 아니. 또 삼장 법사 생각나네. 어쨌든 흑마를 탄 기사님은 황태자가 아니라 바로 내가 될 것이다.

"그런데 수취인은 왜 공작가로 하셨습니까?"

"그거야 내가 들고 갈 거니까?"

"……?"

"잔말 말고 그냥 가져가. 그리고 자주 보지 말자고 했는데 왜 또 나타나? 앞으로 이런 일은 리리스 통해서 말해. 알겠지?"

그에 빌이 탐탁지 않은 얼굴을 했다.

아니, 그런데 이 집에서 내 지위 대체 뭐냐? 드레스 하나 샀다고 가신이 막 이렇게 달려와서 따지는 거야? 왠지 모르게 기분이 더러워서 내가 입을 열었다.

"그리고 빌."

"네?"

"앞으로 날 만나면 찬양만 해. 자, 따라 해 봐."

"……?"

"마님, 정말 대단하십니다. 마님, 정말 훌륭하십니다. 우리 마님, 최고이십니다."

"……."

"빨리."

빌이 기가 막힌 듯이 입을 딱 벌리고 나를 응시했지만 나는 강건했다. 결국 그는 고개를 홱 돌린 채 '앞으로 그냥 안 만나는 게 좋을 것 같습니다.'라고 읊조리며 발걸음을 옮겼다.

쾅-

문이 닫히자 내가 입을 삐죽였다. 깐깐한 놈. 그거 좀 말해 주면 어디 덧나냐?

"사랑과 인정이 고픈가?"

그때, 옆에서 루벨리안의 목소리가 들려왔다. 나는 고개를 홱 돌렸다. 루벨리안이 꽤 미묘한 표정으로 나를 보고 있었다.

묘하게 웃음이 들어간 게, 딱 철부지 애가 앞에서 뭘 하는 걸 보고 있는 느낌이라서 나는 입을 삐죽 내밀었다.

"아니, 이 집에서 내 취급이 너무 하찮잖아요."

"잘 교육시키지."

"됐어요. 일단 당신부터 날 좀 고귀하게 대접해 줄래요?"

"어떻게?"

"으음, 이렇게?"

나는 팔을 뻗어 그의 목에 감았다. 방금 하다가 만 걸 다시 시작하려는 내 태도에 루벨리안이 순순히 나한테 끌려와 줬다.

빌이 들어옴으로써 끊긴 분위기가 다시금 뜨거워지고, 곧 달콤한 입술이 맞부딪쳤다.

황제를 무너뜨리는 데에 사용될 가장 훌륭한 도구는 단연 콜리카 공작가다. 그리고 그런 콜리카 공작가를 움직이려면 황태자가 움직여야 한다.

하지만 황태자고 뭐고 요즘 돌아가는 정세를 파악하지 못하면 아무런 쓸모가 없기 때문에 나는 결국 다시 사교계에 입성해야만 했다.

황태자한테 차이고 몇 년 만에 정식으로 사교계에 참석하는지 모르겠다.

혈혈단신으로 수많은 사람들 사이에 앉아 있는 기분은 정말 언짢았다. 특히나 이 자리에 예상 밖의 인간이 있다면 더욱더.

"멜리나 바네스 영애, 오랜만이에요."

얼굴 상처를 분으로 어찌어찌 가렸지만, 여전히 남아 있는 손자국은 분명 리리스의 것이었다. 멜리나는 나를 보며 흠칫하고는 이내 고개를 홱 돌려 버렸다.

나를 보는 게 어찌나 싫은지, 평소라면 예비 황태자비의 지위를 이용해 어떻게든 가장 상석에 앉았을 그녀가 오늘은 테이블의 가장 자리에 위치하고 있었다.

"바네스 영애를 아시나요?"

오늘 다과회의 주최자인 알케 백작 부인이 눈을 동그랗게 뜨고 내게 물었다. 황후가 자신의 궁에서 저지르는 일련의 사건들을 알 리 없는 그녀의 천진한 표정에 몇몇 귀부인들과 영애들도 궁금증 어린 시선을 던졌다.

그에 내가 음산하게 웃으며 멜리나를 보았다.

"알죠. 저번에 뵈었는걸요."

"어머, 그러셨나요?"

"황후 마마의 궁에 초대를 받아 갔는데, 바네스 영애께서 손수 차를 대접해 주셨답니다."

멜리나가 표독스럽게 눈을 뜨며 나를 노려보았다. 황태자에게 번번이 까이는 건 꽤 불쌍했지만 딱 거기까지였다. 묘하게 황후랑 비슷하긴 하다. 불쌍한 애들이 안 불쌍해지려고 자기보다 더 약한 애를 괴롭히는 거잖아, 지금.

"차 맛이 참 좋았는데. 아, 리리스의 손맛도 참 좋았죠?"

"그……!"

멜리나가 뒷골을 잡으면서 쓰러질 듯이 굴었다. 그런 그녀를 힐끔 보며 내가 다시 고개를 돌렸다.

"그나저나 알케 백작 부인, 이렇게 초대해 주셔서 감사합니다."

"어머, 아니에요. 플로렌스 공작 부인께서 사교계에 자주 안 나오신다길래 혹시나 하는 마음에 초대장을 보냈는데, 이렇게 자리를 빛내 주셔서 너무 영광이에요."

"저야말로 영광이에요."

알케 백작 부인이 수줍게 웃었다. 작은 남작가의 딸로 백작가에 시집온 그녀는 묘하게 나에게 호감을 갖고 있는 것 같았다.

"그런데 공작 부인께서 이렇게 아름다우실 줄 몰랐어요. 소문과 너무 달라서 놀랐어요."

"제 소문이 어떻던가요?"

"아, 저……."

"굳이 대답하지 않으셔도 될 것 같네요."

알케 백작 부인의 얼굴에는 그녀가 들었을 법한 단어들이 전부 적혀 있었다.

나는 찻잔을 들면서 한숨을 푹 쉬었다. 뭐, 내가 언제 이런 자리에 앉아 있을 줄 알았나. 조금 하하 호호 하면서 이미지 관리할걸.

그렇게 쓸데없는 생각을 하면서 쿠키를 집어 드는데, 옆에서 누군가가 입을 열었다.

"그러고 보니 알케 부인께서 요즘 작은 사업을 하신다죠?"

"어머, 좋은 솜씨는 아니지만 장신구를 손으로 만들어 팔고 있어요."

"어쩜, 어제 가게에 매물로 나온 걸 보니까 너무 예쁘더라고요. 솜씨가 정말 보통이 아니세요!"

"어렸을 때 바느질을 좋아했던 터라……."

알케 백작 부인이 별거 아니라는 듯이 고개를 저었다.

"그런데 고민이겠어요. 백작 부인께서 하도 솜씨가 좋으셔서 비슷한 모조품들이 너무 많이 나온다면서요?"

"그러게요. 천박한 것들, 장사치들이 이래서 싫어요."

"어머, 장사치 아비를 둬서 죄송합니다."

너도나도 한마디씩 하는 귀부인들 사이에서 내가 조용하게 말하자, 그제야 뭔가 알아차린 듯 그녀들이 깜짝 놀라 손사래를 쳤다.

"아니, 저, 공작 부인! 부인을 모욕하려던 것은 절대 아니었어요!"

"맞아요, 저희는 그저……."

"알고 있으니까 그러실 필요 없어요."

나는 피식 웃었다. 사실 알고는 있었다. 그저 심술궂게 한마디 하고 싶었을 뿐, 그네들이 말하는 장사치들이란 사실 시장 거리의 이들을 말하는 것이다. 우리 아버지 같은 경우는 상인이라 칭하는 게 맞고.

뭐, 둘 다 같은 말이긴 하지만.

나는 알케 백작 부인을 힐끔 보았다. 원래 명품에 짝퉁이 많이 나오는 것처럼, 뭐 하나 유행하면 가짜가 판을 치긴 하지.

하지만 귀족의 체면이라는 게 있으니 '왜 너 내 거 따라 해?'라고 말할 수도 없고, 관대한 척 속으로 삭이는 게 최고다.

"모조품 때문에 힘드시겠어요."

"아니에요. 그냥 평민들이 하는 일이니 그러려니 하고 있어요."

"그래도 기분은 나쁘죠."

나는 방긋 웃었다. 사실 내가 그 많은 초대장 중에서 딱 알케 백작 부인의 다과회에 온 이유는 간단했다. 그녀는 콜리카 공작가와는 거리가 먼 가문의 부인이었고, 무엇보다 그녀의 장신구는 소설 속에서 꽤 중요하게 사용된다.

레이첼의 드레스 사건 이후로, 황태자가 그녀에게 일종의 증표로 알케 백작 부인의 장신구를 선물하는데, 그게 도난당하기 때문이다.

하지만 그 도난당한 것은 모조품으로 바뀐 채 레이첼의 침대 아래에서 발견되고, 레이첼은 멀쩡하게 있는 장식품이 사라졌다고 자작극을 벌인 이가 된다.

그리고 그때, 범인으로 몰렸던 멜리나 바네스가 레이첼이 자신을 모함했다고 울면서 난리를 피우지. 그리고 그 진짜 장신구는 멜리나 본인이 집에서 잘 보관하고 있고.

나는 내 시선을 피한 채 쿠키를 먹고 있는 멜리나를 보았다. 그녀는 나와 시선이 부딪치는 게 두려운지 고개를 돌리고 앉아 있었다. 그런 그녀를 응시하다가 내가 다시 알케 백작 부인을 보았다.

"부인."

"네."

"제가 부탁이 있는데, 혹시 들어주실 수 있나요?"

눈가를 휘며 최대한 내가 웃을 수 있는 가장 예쁜 상태로 웃자, 알케 백작 부인이 얼굴을 살짝 붉혔다.

"혹시 부인이라면 진품과 모조품을 구별할 수 있나요?"

"어머, 물론이죠."

"역시, 부인이라면 당연히 그럴 수 있을 거라 생각했어요."

"아무리 그래도 제가 만든 것도 기억을 못 하겠나요."

"하지만 혹시라도 상대가 아니라고 우기면 어떻게 되는 거죠?"

"아, 그건……."

알케 백작 부인이 살짝 주저하는 듯했다. 그런 그녀의 얼굴을 보며 내가 가만히 속삭이듯 물었다.

"흠, 앞으로 장신구에 부인만이 아는 표식 같은 걸 남기는 건 어떨까요?"

이제부터 내 이름은 탐정, 에반젤린이죠. 레이첼의 모함은 모두 내가 간파할 거야. 그렇게 생각하며 나는 음산하게 웃었다.

알케 백작 부인은 내 말에 잠시 고민하다가 이내 한번 생각해 보겠다는 말을 남겼다.

어찌 되었든 다과회가 무사히 끝나고, 돌아가는 귀부인들 틈에서 갑자기 누군가가 나를 불렀다.

"플로렌스 공작 부인."

왠지 모르게 익숙한 듯 익숙하지 않은 목소리였다. 고개를 돌리자 아니나 다를까, 멜리나 바네스가 조금 움찔한 얼굴로 나를 응시하고 있었다.

"왜 그러시죠?"

"얘기 좀 해요."

"싫은데요?"

거의 꺼지라는 함축적인 말에 멜리나가 입술을 꼭 깨물었다. 방금 다과회에선 계속 날 피하더니, 이제 와 대화를 청하는 이유를 모르겠다.

"제가 영애랑 다정하게 대화를 나눌 사이는 아니잖아요."

"부탁이에요."

"흐음."

나는 눈을 가늘게 떴다. 어쩐지 그냥 평범한 일은 아닐 것 같은 느낌이 드는데, 내 착각이겠지? 나는 눈알을 데굴데굴 굴리다가 고개를 끄덕였다.

"그러죠, 뭐."

결국 나와 멜리나 바네스는 자리를 옮겨 부근에 있는 작은 카페로 들어갔다. 물론 혼자 들어간 것은 절대 아니고, 마차에서 날 기다리던 리리스까지 대동하고 들어갔다. 멜리나는 리리스까지 올 줄은 몰랐는지 저도 모르게 뺨을 만지며 뒤로 물러났다.

"그…… 볼튼 백작 영애는 잠시 물러 주시겠어요?"

"전 마님이랑 같이 다녀야 하는데요. 그리고 바네스 후작 영애께서 또 마님한테 차를 뿌리면 어떡하죠?"

"이런 무례…… 아니, 그럴 일은 없을 거예요."

멜리나 바네스가 발끈해서 리리스를 보았다가 리리스의 매서운 눈빛에 곧바로 수그러들었다.

잠시 고민하던 나는 리리스를 향해 잠시 물러나라는 눈빛을 보냈다.

결국 리리스가 나가고 나와 멜리나만이 남은 공간에서 그녀가 먼저 입을 열었다.

"부인, 죄송해요. 사과드리겠습니다."

"뜬금없이 무슨 말이죠?"

"그, 그게…… 저번에 황후 마마의 지시를 따르느라 그만 부인께 결례를……."

"황후 마마께서 저한테 차를 따르라고 시키셨나요?"

"아니, 그건 아닌데……."

"그러니까요. 그런데 그게 무슨 황후 마마 탓인 양 굴고 있어?"

물론 황후가 그들의 우두머리인 건 확실하지만 어쨌든 그 상황에서 날 욕하던 건 진심이었다.

멜리나는 내 눈치를 보더니 다시 고개를 푹 숙였다.

"부인, 진심으로 죄송합니다."

무릎만 안 꿇었지 비굴하기 그지없는 저자세에 놀라기도 전, 나는 왠지 모를 느낌에 멜리나를 응시했다.

"황태자 전하께서 시키신 거군요?"

움찔.

멜리나가 흠칫했다.

그럼 그렇지. 나는 어이가 없어 헛웃음을 지었다. 원작 마지막까지도 발악을 하면서 레이첼을 괴롭히지 못한 안달하던 그녀의 끈질김을 예상하건대, 얘가 개과천선할 가능성은 거의 없었다.

딱 봐도 그날 이후로 황태자한테 제대로 야단을 맞은 것 같은데.

내 추측이 맞다는 것을 증명이라도 하듯 멜리나가 눈물이 그렁그렁한 얼굴로 나를 응시했다.

"황태자 전하께서, 저를 만나 주시지 않아요."

"저런."

생각보다 심각한데? 레이첼이 당한 것도 아닌데 그럴 필요가 있나?

의아하긴 했으나 나는 고소하다는 뉘앙스를 팍팍 담아 입을 열었다.

"정말 잘된…… 아니, 잘못된 일이네요."

"부인…… 저는 한평생 황태자 전하의 옆에 서 있을 수 있게 노력해 왔어요. 이제 와서…… 흑."

"그걸 왜 저한테 와서 비는 거죠? 황후 마마가 든든한 뒷배시잖아요."

"황태자 전하께서, 황후 마마도 뵙지 않으신다고…… 그래서 황후 마마도 어찌할 방법이 없다고 하세요."

일이 생각보다 심각했다. 뭔가 예상 밖으로 흘러가는 상황에 나는 잠시 미간을 찌푸렸다. 이거 나비 효과인가?

그런데 의외로 이상한 녀석이네. 황후랑 사이가 그렇게 좋은데 겨우 그 일 때문에 엄마와 멀어진다라…….

"그래서 저더러 뭘 어쩌라는 거죠?"

"부탁이에요. 황태자 전하께-"

"거절할게요."

"부인! 부탁이에요. 저는 황태자 전하를 진심으로 사랑해요, 제발."

뭔가 비 맞은 강아지 꼴을 하고 있는 게 불쌍하긴 했다. 하지만 다 자기가 자초한 거 아닌가.

나는 쯧 혀를 찼다. 소설로 볼 때는 '아니, 뭐 이딴 년이 다 있어?' 라고 욕했는데, 앞에 세우니까 꽤 순진하고 허술한 면이 있는 것 같다. 나는 멜리나를 보면서 말했다.

"황후 마마는 황태자 전하의 생모세요. 모자간의 싸움이 길어져 봤자 영원히 가겠나요?"

"하, 하지만……."

"그리고 저한테 이렇게 왔다는 걸 황후 마마께서 아시면 아주 큰 일 날 것 같은데, 진짜 괜찮아요?"

그제야 자신이 무슨 일을 저질렀는지 깨달은 멜리나가 당황한 표정을 지었다. 애가 집에서 오냐오냐하며 길러져서 멍청하구나. 왜 원작에서 얘가 흑막이 아닌지 알 것 같다.

나는 고개를 내저으며 자리에서 일어났다. 이에 멜리나가 내 소매를 잡고 다급히 입을 열었다.

"황, 황후 마마께서는 용서해 주실 거예요. 제가 황태자 전하의 마음을 얻기 위해 노력한 거라는 걸 알면……."

"영애. 황후 마마는 영애가 황태자 전하를 사랑해서 맺어 주려 한 게 아니에요."

"그, 그럼……."

"영애가 황후 마마께 쓸모 있는 며느리일 것 같아서 그런 거지."

황후가 미쳤다고 얘가 진짜 제 딸처럼 예뻐서 그렇게 우쭈쭈 해 줬겠는가. 이것저것 얽힌 게 많아서 그렇지.

멜리나는 진심으로 몰랐는지 상당히 당황한 얼굴을 했다. 나는 결국 그녀에게 한마디를 더 해 줬다.

"오늘 나랑 얘기한 건 황후 마마께 안 이를 테니까, 앞으로는 저 만나면 좀 멀리 돌아가요. 알겠죠?"

"부인!"

"아, 그리고 나랑 만났다는 건 그냥 입 다물고 있어요."

"……."

"영애가 이런 멍청한 짓을 했다는 걸 황후 마마께서 아시면 내가 보기에 영애는 꽤 고통스럽게 죽을 것 같거든요."

커다란 눈망울에 눈물이 방울방울 졌다.

원작에서 멜리나가 그렇게 날뛸 수 있는 것은 결국 황후라는 뒷배가 있었기 때문이다. 그런데 황태자가 황후도 만나지 않는 지금으로서는 바로 무너질 수밖에 없었다.

이거 진짜 나비 효과인데? 나는 의외의 얼굴을 하며 고개를 저었다.

"걔가 뭐라고 지껄였어요?"

카페에서 나오자마자 리리스가 뱁새눈을 한 채 나에게 물었다. 지금 당장이라도 안으로 들어가서 멜리나의 머리를 쥐어 잡을 듯한 그녀의 포스를 보며 내가 어깨를 으쓱했다.

"별거 아니야. 잘못했다고 빌더라고."

"에이, 거짓말."

"뭐?"

"아, 아니에요. 그런데 걔가 그런 성격이 아닐 텐데."

"그러게 말이야."

나도 그럴 줄은 몰랐어. 내가 작게 중얼거리면서 마차에 올랐다.

덜컹거리는 마차는 공작가에 바로 도착했다. 에스코트를 받으면서 마차에서 내리는데, 멀리서 헐레벌떡 달려오는 인영이 눈에 잡혔다.

"마님!"

제나 부인이 이런 행동을 보이는 건 처음이라 나는 당황한 얼굴을 했다. 리리스도 꽤 드문 광경인지 나름 신기하게 그녀를 쳐다보고 있었다.

하지만 제나 부인은 진짜로 당황한 모습이었다. 이게 무슨 일인지 몰라 살짝 고개를 갸웃거리는데, 그녀가 급한 얼굴로 리리스를 향해 외쳤다.

"너는 당장 마님이 옷을 갈아입는 것을 도와 드려라."

"네?"

"빨리!"

제나 부인이 다급하게 외쳤다. 그런 그녀의 얼굴을 응시하다가 내가 물었다.

"무슨 일이죠, 제나 부인? 왜 갑자기 옷을 갈아입어야 하는 건가요?"

"마님, 지금 당장 황궁으로 가셔야 할 것 같습니다."

"왜……."

"각하께서 다치셨다고 합니다."

순간 모든 사고 회로가 멈추고 귓가가 멍해졌다. 제나 부인이 이 정도로 난리를 칠 정도면 간단한 일은 아닐 터. 나는 일단 최대한 진정하려고 노력했다.

"어딜 다친 거죠? 얼마나……."

"황태자 전하와 함께 사냥을 나가셨는데, 날아오는 총알에 어깨를 맞으셔서……!"

총에 맞았다고? 나는 곧장 몸을 돌렸다. 마차에 올라가려고 바둥대는 내 모습에 제나 부인이 깜짝 놀라서 내 팔목을 급하게 잡았다.

"부인, 황궁 출입을 하려면 옷을 갈아입으셔야 합니다!"

"루벨리안이 다쳤는데 옷 갈아입을 새가 어디 있어!"

그냥 다친 것도 아니고 총에 맞은 것이다. 내가 버럭 소리를 지르자, 제나 부인이 더더욱 높은 목소리로 외쳤다.

"이런 상황에서 흐트러진 모습을 보이면 사람들이 입방아를 찧을 겁니다!"

"찧으라고 그래요!"

"그게 전부 공작 각하께 돌아갈 겁니다."

"……."

"마님과 결혼하면서 각하께서 감수하신 오명들을 상기해 주십시오. 그게 마님의 탓은 아니지만, 그럼에도 이럴 때일수록 더욱더 주의하셔야 합니다."

제나 부인의 말은 나를 설득시키기에 충분했다.

나는 결국 혀를 끗 차고 바로 저택으로 날아갈 듯이 뛰어 들어갔다. 황실 출입 예복에 맞게 옷을 갈아입는 와중에도 루벨리안이 걱정되어서 미칠 것 같았다.

애나와 마리도 내 그런 마음을 알았는지 아무 말 없이 빠르게 옷을 갈아입는 걸 도와주었다.

결국 한참이나 시간이 지난 뒤에야 다시 마차에 오를 수 있었다. 창밖을 내다보며 발을 동동 구르던 나는 슬슬 보이기 시작하는 황궁에 급히 입술을 깨물었다.

그리고 곧 마차가 멈춰 섰다.

"부인, 이쪽으로 오십시오."

황태자 궁 앞에서 보초를 서던 기사가 나를 알아보고는 안내했다. 그를 따라 급히 안쪽으로 가던 나는, 화려한 문 앞에 모여 있는 귀족들을 보면서 불안한 감각에 휩싸였다.

"플로렌스 공작 부인."

"이런, 오셨군. 빨리 들어가 보십시오."

"부인, 너무 충격받지는 마세요."

여기저기서 위로인지, 겁을 주는 것인지 모를 말들이 들려왔다. 나는 조금 긴장한 표정으로 발걸음을 옮겼고, 곧 문이 열렸다.

"루벨리……!"

루벨리안의 이름을 외치며 들어가던 내가 멈칫했다. 방 안에 옹기종기 모여 있던 사람들의 시선과, 침대에 반쯤 기대 있던 이의 익숙한 시선이 내게로 향했다.

"이브."

새빨간 피범벅이 된 붕대를 감고 있는 그의 모습에 나는 울상을 지으면서 침대로 다가갔다.

"루벨리안!"

"왜 왔어? 집에 있지."

"다쳤다면서요, 당연히 와야죠!"

"크게 다치지 않았다. 그냥 총알이 스쳐 지나간 것뿐이다."

"스쳐 지나가기는 무슨, 지금 시뻘겋게 다 다친 거 안 보여요? 안 아파요? 웃음이 나와?"

울먹거리는 목소리로 그를 향해 말하자 루벨리안이 다정하게 웃었다.

"난 심각한데 왜 웃어요!'

"아니, 지금 표정이 너무 신선해서 그래. 날 걱정해 주는 건가?"

이 시점에서 그런 걸로 행복해할 새가 어디 있어! 나는 이불에 덮인 그의 다리를 탁 쳤다.

순간 그가 윽 하며 얼굴을 찡그렸다.

"왜, 왜 그래요? 뭐야, 장난치지 마요."

"저기, 부인…… 공작 각하께서 어깨와 다리에 총을 맞으셨습니다."

"뭐?"

나는 바로 이불을 확 들췄다. 아니나 다를까, 시뻘겋게 물든 다리의 붕대를 보면서 내가 미안한 얼굴을 했다.

"나, 나 때문에 더 악화된 것 아니에요? 내가 더 아프게 했어요?"

"아니다. 다른 델 때렸어. 그냥 조금 통증이 일었을 뿐이니 너무 걱정하지 마라."

"미안해요."

그를 안고 싶은데 혹시라도 어깨를 누르게 될까 봐 무서워서 나는 결국 그를 안지도 못한 채 안절부절못했다. 그러다가 그의 한쪽 손을 감쌌다.

"아프죠?"

"괜찮다."

"그래도 아프잖아요. 나도 옆에서 총 맞는 거 봤거든요, 정말 죽을 듯이 고통스러워하던데 당신은 왜 계속 괜찮다고만 해."

내 말에 루벨리안이 눈을 크게 떴다. 나는 그제야 내가 말실수를 한 것을 눈치채고 입을 막았다.

"당신 주변에 딱히 총으로 목숨의 위협을 받을 만한 이는 없는 것 같은데?"

"아, 아니……."

나는 당황한 채 땀을 삐질삐질 흘렸다.

"그…… 그냥 그 뭐야. 그냥 꿈, 꿈에서……!"

"꿈에서?"

"네, 꿈에서 내가 검사였거든요."

"검사?"

"맞아요, 검사. 검사, 마법사, 기사 할 때 그 검사."

와, 내 지혜에 감탄한다, 정말.

루벨리안은 내 모습에 뭔가 생각하는 듯하다가 이내 피식 웃음을 흘렸다. 곧 손을 뻗어 내 뺨을 만지작거리던 그가 입을 열었다.

"네가 그렇다면 그런 거겠지."

정말 천사다.

나는 한숨을 푹 쉬었다. 그래도 루벨리안이 무사한 걸 확인해서 그런지, 그제야 방에 있는 다른 인물들이 보였다. 그리고 나는 한쪽에 있는 레이첼과 황태자를 발견하고 눈을 크게 떴다.

"레이첼?"

레이첼이 온화하게 웃으며 고개를 끄덕였다.

"여기에는 어떻게……."

"공작 각하께서 다치셨다고 하길래 제 미약한 힘이나마 도움이 될까 하여……."

레이첼의 조곤조곤한 목소리에 내가 감사하다는 표정을 지었다.

반면 옆에 서 있는 황태자의 모습을 보고 미간을 팍 찌푸렸다.

재랑 사냥터에서 놀다가 내 남편이 이 꼴이 났다지? 이래서 사람은 친구를 잘 사귀어야 하는 거다. 나는 얼굴을 일그러뜨리며 황태자를 향해 입을 열었다.

"총을 쏜 인간은 잡혔나요?"

"잡혀서 지금 조사실에 있어."

"언제 발생한 일이죠?"

"2시간 전."

세상에, 그럼 내가 멜리나 바네스랑 그 대화 같지도 않은 대화를 하고 있을 때 아니야? 나는 기분이 나빠져서 이를 갈았다.

"그 인간이 있는 곳으로 안내해 줘요."

내 말에 황태자가 깜짝 놀란 듯이 나를 응시했다.

뭘 놀라? 안내하라는데.

내 비장한 태도에 루벨리안이 내 손목을 감싸 쥐었다.

"이브, 무슨 짓을 하려고 그러나."

"무슨 짓이긴요. 누가 시켰는지, 왜 그딴 짓을 했는지 물어봐야죠."

"그건 기사들이 할 거다. 위험하다. 절대 안 돼."

"기사는 기사고, 나는 나죠. 내 남편 몸에 상처 낸 놈을 직접 보겠다는데 그 정도도 못 하나요?"

걱정스러운 얼굴로 나를 잡는 루벨리안을 보며 내가 빙그레 웃었다.

나를 말리고 싶으나 내가 말을 들어먹지 않을 거라는 걸 누구보다 잘 알고 있는 그가 마뜩잖은 얼굴을 했다.

"이기고 올게요."

"그럴 필요 없어."

"아이참, 이기고 올 거라니까?"

내가 발랄하게 윙크를 해 보였다. 그러곤 황태자를 보면서 말했다.

"가능하죠?"

"황실에서 발생한 일이니 쉬이 보여 주기 어렵긴 하지만……."

순식간에 싸늘하게 얼굴을 굳힌 나는 입꼬리를 살짝 말아 올리고 물었다.

"곤란, 할까요?"

사실 내 요구는 그다지 어려운 것도 아니었다.

황실에서 내 남편이 총에 맞아 생사를 넘나들었고, 그 범인을 잠시 보겠다고 했을 뿐이다. 내가 무슨 범인을 죽이라고 했나, 아니면 황태자가 대신 죽어야 한다고 했나.

하지만 왠지 모르게 머뭇거리는 황태자의 얼굴을 보니 왜 좋지 않은 생각이 드는 걸까.

"30분만이다."

당연한 걸 선심이라도 쓰듯 주는 황태자의 모습에 내가 생긋 웃었다. 나와 함께 덩달아 조마조마한 얼굴을 하던 레이첼의 얼굴도 활짝 펴지는 것을 보며 나는 고개를 끄덕였다.

"물론이죠."

결국 루벨리안의 다소 걱정스러운 눈빛 아래 나는 조사실로 향했다.

말이 조사실이지, 사실은 지하 감옥인 곳을 보며 얼굴을 찌푸리자 옆에 호위로 붙은 황실 기사가 입을 뗐다.

"괜찮으십니까, 부인?"

"괜찮아요, 뭐."

"혹여 불편하시면 바로 밖으로 안내해 드리겠습니다. 안전은 목숨을 걸고 지켜 드리겠습니다."

아니, 뭘 목숨을 걸 것까지야.

조사실로 향할 거라는 내 말에 황태자의 명을 받은 기사는 당연히 내가 남편을 다치게 한 범인을 처벌하러, 혹은 호통이라도 치러 간다고 생각하는 눈치였다.

하지만 오해를 불식시켜 줄 이유는 없기에 나는 얌전히 걸음을 옮겼다. 결국 긴 복도를 지나 내가 도착한 곳은 음산하기 그지없는 문 앞이었다.

"여기입니다."

문이 열리자 안쪽에는 생각보다 많은 이들이 있었다.

그와 함께 피와 땀 냄새가 훅 들어왔다.

"로베르 경? 옆에 계신 분은……."

"플로렌스 공작 부인이시다."

"공작 부인?"

기사의 말에 안쪽에 있던 기사들이 전부 눈을 크게 떴다. 그들의 얼굴에 황당함이 깃드는 것을 보다가, 내가 입을 열었다.

"그래서, 감히 내 남편에게 총을 쏜 자는 어디에 있죠?"

온화하게 웃으며 물으니 기사들 중 한 명이 턱짓했다.

"그 녀석을 데려와."

그의 말이 떨어지자마자 조금 낡은 문이 열렸다. 그 사이로 걸어 나오는, 정확히 말하자면 반쯤 끌려 나오는 남자에 내가 입꼬리를 말아 올렸다.

"부인, 여기 앉으십시오. 혹시 힘드시면 꼭 말씀해 주십시오."

나는 의자에 다소곳하게 앉았다. 사실 습관대로라면 일대일이 더 좋겠지만, 최대한 조심하겠다는 루벨리안과의 약속도 있으니 그건 불가능했다. 나는 방긋 웃으며 고개를 끄덕였다.

"고마워요."

털썩-

이내 남자가 끈 떨어진 인형처럼 내 앞에 앉혀졌다. 시선을 피하는 모습이 불쾌했으나 나는 일단 웃으면서 물었다.

"아쉽지?"

내 남편을 죽일 뻔한 놈한테 존댓말을 쓰는 고상한 취미는 없다. 갑작스러운 내 말에 남자가 천천히 고개를 들었다. 멍한 눈에는 생기가 없었다. 그러나 묘하게 서늘한 시선이 왠지 모르게 기분이 더러웠다.

"아쉽겠어. 죽이지 못해서."

"……."

"어깨에 한 발, 다리에 한 발. 사냥 중에 맞혔으니 말 위에 있을 때 쏜 게 분명하고."

"……."

"그런데 내 남편은 안 죽었네? 아쉽겠다."

남자는 말이 없었다. 그저 계속해서 침묵을 지킬 뿐이었다.

그때 내 옆에 있던 기사 한 명이 입을 열었다.

"방금부터 입을 꾹 다물고 있습니다."

"자결 시도는 없고요?"

"없습니다."

나는 잠시 머리를 굴렸다. 보통 영화에서 보면 암살자들은 다 자결을 시도하던데. 고문이 두려워서, 아니면 죽어도 말하지 않겠다는 일종의 의지를 보여 주기 위해서.

더군다나 황실 사냥터에서 무려 공작이 다친 일이었다. 절대 쉬이 넘어갈 일은 아닌데 반항의 흔적도, 자결의 흔적도 없다라…….

나는 남자를 응시했다.

방금부터 계속해서 든 가설이 머릿속에서 맴돌았다.

나는 기사를 보며 물었다.

"말은 다쳤나요?"

"아니요. 말은 다치지 않았습니다."

"총은 몇 발 쐈고?"

"두 발이었습니다. 정확히 두 발 모두 공작 각하께……."

진지한 얼굴로 묻는 내 얼굴에 기사도 덩달아 진지하게 날 응시했다.

나는 눈을 살짝 가늘게 떴다. 이거, 왠지 접근부터 틀려먹은 것 같은데.

다시 남자와 눈을 마주쳤다. 담담하고 차분한 얼굴이었다. 꽤 거칠게 다룬 흔적이 남아 있지만 그럼에도 두려운 기색은 없었다.

"너는, 네가 죽지 않을 거라는 걸 알고 있구나."

차가운 공기에 어울리게 차가운 목소리가 흘러나왔다. 나는 습관처럼 저도 모르게 팔짱과 다리를 꼬고 의자에 느긋하게 기댔다.

기억에 밴 자세라 순식간에 편안함이 몰려왔다.

"어차피 잡힐 요량으로 들어왔지?"

"……."

"웃네?"

"……."

"맞구나."

섬뜩한 얼굴에 미소가 걸렸다. 그에 나도 덩달아 웃었다.

이거 봐라? 재미있네?

순간, 남자가 말문을 뗐다.

"상상은 자유입니다. 부인."

묵직한 목소리에 내가 길게 숨을 들이쉬었다.

"긍정하는 게 그렇게 어렵나?"

"상상은 자유라 했습니다."

"그럼 나도 어디 한번 상상에 날개를 달아 줘 볼까?"

바닥에 닿은 구두의 앞쪽이 바닥과 부딪쳤다. 딱딱거리는 소리에 남자가 살짝 미간을 찌푸렸다.

나는 천천히 입을 열었다.

"넌 애초에 루벨리안을 죽이려고 한 게 아니었어."

"……."

"말에 탄 사람을 죽이려면 말이지, 먼저 말의 다리부터 쏘는 게 예의란다."

달려가는 말의 다리를 쏴서 말이 비틀거리게 만든다. 그 상황에서 말이 주저앉든, 아니면 사람이 굴러떨어지든 어쨌든 이동 중인 목표는 멈춰 선다.

그다음으로 목표물의 가슴팍을 날리든, 머리통을 날리든. 죽음은 그렇게 성사되는 것이다.

최소한 말 위에서 움직이는 루벨리안보다는 말 몸통이 쏘기 더 쉬웠을 것이다. 그런데도 이런 결과가 빚어졌다.

심지어 루벨리안이 다친 곳은 '오른쪽 어깨'와 '다리'. 심장과는 거리가 먼, 즉사가 불가능한 부위.

나는 눈을 감았다.

애초에 이 남자는 루벨리안을 죽이려고 온 게 아니었다.

그럼 왜 멀쩡하게 잘 살고 있는 루벨리안에게 상처를 입히려고 했을까? 죽일 것도 아니면서?

나는 입술을 꼭 깨물었다. 루벨리안의 표정을 보건대 그도 알고 있었을 것이다. 이자가 자신을 죽이러 온 게 아니라는 것을. 그리고 그 자리에서 내게 이것을 가르쳐 주는 것이 좋은 선택이 못 된다는 것을.

나는 자리에서 일어났다. 더 물어볼 수 있을 거라 생각했는데, 내가 생각한 분위기가 아니라 그만 끝내는 게 좋을 것 같았다. 이 시점에서 어떻게 해야 할지 누구보다도 더 잘 아는 사람은 루벨리안이었다.

나는 해사하게 웃으며 기사에게 말했다.

“이제 가죠. 뭐 딱히 대답도 하지 않는 것 같으니.”

기사가 그럴 줄 알았다는 듯이 고개를 끄덕였다. 마지막으로 남자의 모습을 한 번 더 본 뒤 내가 발걸음을 옮겼다.

지하 감옥에서 올라온 뒤, 나는 다시 루벨리안이 있는 방으로 돌아갔다.

움직이면 좋지 않다는 의사의 말에 당분간은 황궁에서 지내라는 황태자의 건의가 있었지만, 나와 루벨리안은 쌍으로 그 말을 무시했다.

사람이 마음이 편해야 몸이 빨리 낫지 않겠는가.

그렇게 공작저로 돌아온 루벨리안은 나에 의해 침대에 박제되어야 했다.

“루벨리안, 많이 아파요?”

조금 불안한 눈빛으로 그를 보자 루벨리안이 나를 응시했다.

“아프지 않아.”

나는 한숨을 살짝 쉬었다. 그래도 스쳐 지나간 거라 조금만 쉬면 회복된다고 하니 다행이었다. 총에 제대로 맞기라도 했다면 난 아마 그놈 면상을…….

“갈겨 버릴 거야.”

"응?"

"아, 아니에요."

내 거친 말에 루벨리안이 잠시 멈칫했으나 내가 급하게 고개를 젓자 걱정스러운 물음을 던졌다.

"많이 놀랐나?"

"조금, 많이요."

"미안하다."

"당신 탓도 아닌데 왜 나한테 사과해요? 그거 다 그놈 탓이야. 내가 그놈 얼굴에 할퀸 자국 하나쯤은 내 줘야 했는데……!"

아쉬운 마음에 입을 삐죽 내밀자 루벨리안이 피식 웃었다.

"그래서, 그 범인은 어떻게 할 거래요?"

"아마 황실에서 결정하겠지."

"황실에서요?"

"황실 사냥터에서 발생한 일이니까. 귀족원에서도 그렇게 결정을 내린 걸로 안다."

"그래서 황실 사냥터를 목표물로 잡은 거군요?"

루벨리안의 미간이 살짝 찌푸려졌다. 이내 그가 천천히 고개를 돌리더니 나와 시선을 맞추었다.

"이브. 이번 일은 모른 척해."

"뭘요? 뭘 모른 척해요?"

"이번 일은 그냥 이렇게 흘려보내라는 뜻이다."

루벨리안의 진지한 얼굴에는 나를 달래는 기색이 역력했다.

"그래서, 진짜로 모른 척하자고요?"

"그래."

"황제가 당신에게 경고를 내린 걸?"

순간 방 안에 침묵이 가득 찼다.

루벨리안의 얼굴이 한없이 어두워진 걸 보다가 나는 그만 길게 숨을 내쉬었다.

그때, 루벨리안이 멀쩡한 팔을 들었다.

"이브, 이리 와."

못 이기는 척 침대 안쪽으로 들어가자 루벨리안이 나를 품에 안았다. 그는 내가 품에 파고는 것을 내려다보다가 커다란 손으로 내 뒤통수를 쓰다듬었다.

"황제는 오래전부터 이 사건을 계획했을 것이다. 당신과 내가 결혼한 그 순간부터."

"……."

루벨리안의 목소리는 더없이 냉랭했다. 그러나 내 머리를 쓰다듬는 손길은 너무나 다정해서, 나는 그저 얌전히 듣기만 해야 했다.

하지만 정작 내 심정은 그다지 평온하지 않았다.

왜냐하면…….

"루벨리안."

내가 나지막이 그를 불렀다.

사실 이런 걸 묻고 싶진 않은데……. 하나 언젠가는 그도 알아야 할 것 같아 결국 입을 열 수밖에 없었다.

"만약에 당신이 믿었던 이가 당신을 배신한다면, 어떨 것 같아요? 내 말은, 최소한 적군은 아니라고 생각했던 사람이요."

조심스럽게 속삭인 내 물음에 루벨리안이 나를 내려다보았다. 무슨 의미인지 가늠하듯이 나를 응시하던 그가 이내 피식 웃었다.

진지하기 그지없는 상황에서 그의 실소 비스무리한 웃음이 다소 이질적이라 얼굴을 찌푸리자, 루벨리안이 내 머리를 쓰다듬었다.

"글쎄, 나는 애초에 그 누구도 믿지 않았다."

"나도?"

"당신은 '누구도'가 아니니까."

"……."

"나는 누군가를 믿어 본 적이 없다. 설사 그게-"

"황태자라도?"

순간 루벨리안이 멈칫했다. 그는 내 입가에서 맴돌다가 나온 그 단어에 나를 지그시 응시했다.

애초에 알고 있었던 것인지 크게 놀라지 않는 그의 반응에 나는 내 짐작이 터무니없는 것은 아님을 깨달았다.

물론 원작을 알고 있는 내겐 너무 터무니없는 전개로 다가왔지만.

"이브, 당신은 왜 황태자에게 청혼했지?"

"잘생기고 돈 많아서요."

"……."

"또 다른 이유가 있긴 한데, 왜 갑자기 그걸 묻는 거예요?"

"아니, 그저 궁금했을 뿐이다. 황태자에게 청혼까지 한 당신이 나를 공격한 배후로 왜 황태자를 짚는지. 당신, 황태자를 꽤 신뢰하지 않았나? 저번 황후의 비밀 모임에 황태자를 꼭 데리고 와야 한다고 한 것도 당신이지 않나."

그의 말에 내가 꿀 먹은 벙어리처럼 크흠 헛기침을 했다.

아니, 그때야 당연히 남주인공이니 선할 거라 생각했던 거고. 사실 지금도 황태자가 나쁜 놈이라고 확정 짓는 건 아니지만, 오늘 일은 아무리 생각해도 우연치곤 너무 수상하거든.

"황태자의 협조 없이 과연 황제가 당신을 공격할 수 있을까요?"

"……."

"……역시, 그렇죠?"

일단 루벨리안이 공격을 받으려면 그가 황실 전용 사냥터에 들어가야 한다. 그렇다고 황제가 두 사람이 사냥에 가리라는 것을 미리 알았다기에는 내 기억에 오늘 루벨리안의 스케줄에 사냥은 없었다.

황제가 자기 아들의 갑작스러운 약속까지 다 알 정도로 한가한 사람은 아니니 분명 둘 사이에 어떤 협약이 있었으리라.

"황태자가 당신을 불러서 갔죠?"

"그래."

"그러니까 당연히 황태자가 엮여 있겠죠. 황태자가 다른 사람 장기짝으로 쓰일 만큼 멍청한 사람도 아니고. 그러니까 당연히……아, 진짜. 그래도 이건 너무—"

"이브."

"아니, 사실 나도 확신하는 건 아닌데, 아무리 생각해 봐도 그것밖에 없어서."

괜히 짜증이 울컥 치밀어 올라와 말을 줄줄이 내뱉다가 그의 품에 폭 안기며 눈을 꾹 감았다.

이건 또 무슨 막장 전개냐. 원작에선 안 이랬잖아. 대체 뭐가 문제인 건데? 아니, 문제가 많긴 했지. 일단 내가 빙의했고, 내가 설쳤고, 내가 루벨리안이랑 결혼해서 막 나댔고…….

음, 반성은 둘째 치고, 그렇다고 해도 황태자라는 인간 자체는 안 변했을 텐데, 인간이 갑자기 변할 수도 있나? 갑자기 미쳤나?

"황태자 나빠."

나는 일말의 주저함도 없이 황태자를 나쁜 놈으로 몰았다.

황태자가 황제에게 어쩔 수 없이 이용당했든, 아니면 황제와 짜고 쳤든 간에 일단 루벨리안을 불러서 이 모든 일을 발생하게 했다는 것만으로도 이미 나한테 황태자는 나쁜 인간이었다.

"아직 정해진 건 없다. 진짜로 그가 이용당했을 수도 있고, 우연의 일치였을 수도 있지."

"그래도 앞으로 주의해요. 다시는 이런 일 일어나지 말게. 알았어요? 세상 사람들 다 경계하면서 살아요."

"이브."

내 말에 루벨리안이 나를 불렀다. 천천히 고개를 들어 그와 눈을 맞추자, 그가 눈을 살짝 접으며 웃음을 흘렸다.

아, 세상에, 잘생겼어-

멍하니 그의 새빨간 눈동자를 보며 속으로 감탄을 내뱉는데, 그가 내 이마에 쪽 입을 맞췄다.

"나는 애초에 누구도 믿지 않았어."

"그……."

"황제는 물론이고, 황태자도 마찬가지다. 애초에 그 두 사람 모두 내게 딱히 신뢰가 가는 사람들은 아니었다."

그건 알고 있었다. 원작에서도 루벨리안은 황실 전체를 무척이나 증오했다. 물론 황태자에겐 아무런 잘못도 없었지만, 어디 사람 마음이 그리 쉽게 컨트롤되겠는가.

으아, 나 미쳤나 봐. 나 지금 악당 설정을 합리화시키고 있는 거야? 아니, 그런데 또 들어 보면 맞는 말 같기도 하고. 으아아악.

나는 속으로 포효하며 루벨리안의 다음 말을 기다렸다. 그러나 정작 루벨리안은 천천히 얼굴을 서늘하게 굳히고 있었다. 차갑고 조각 같은 얼굴에 냉기가 흐르자 그건 또 그것대로 무서웠다.

"그래도 참았다. 언젠가는 그들에게 벌을 줄 수가 있을 거라고, 내가 아니더라도 신이 할 수 있을 거라고."

"신은 없어요."

내가 단호하게 말했다. 신은 없다. 오직 신의 이름을 빌린 인간만 있을 뿐.

내 대답에 루벨리안은 입꼬리를 말아 올렸다.

"알아. 그래도 당신을 위해서 한 번쯤은 신을 믿어 보는 게 어떨까 고민했지."

"그러지 말고 그냥……."

"하지만 생각해 보니까 신을 기다리기에 나는 지켜야 할 게 너무 크다."

그의 말에 입을 삐죽이며 투덜거리던 내가 고개를 홱 들었다.

아, 잠깐만. 이거 지금 내가 원하는 방향으로 가는 대화 맞지?

왠지 모르게 약간 기대가 되어 그를 보는데, 은은하게 미소를 지은 루벨리안이 입을 맞추었다.

"오늘 총을 맞아 보니 지독하게 아프더군."

"……."

"당신이 맞기에는 너무 아파."

"……."

나는 침을 꿀꺽 삼켰다. 그의 의미 모를 애매모호한 말에 잠시 눈썹을 까닥하는데, 이번에는 내 뺨에 살짝 입 맞춘 그가 천천히 눈을 뜨며 나지막이 읊조렸다.

"그러니까 당신이 맞기 전에, 내가 먼저 총구를 겨눠야 할 것 같군."

마치 동굴에서 흘러나오듯 깊게 울려 퍼지는 그 말에 나는 멍하니 그를 응시했다. 며칠 전까지만 해도 나를 걱정해 반역 따위 꿈도 꾸지 않겠다고 하던 이였다. 그러니까 분명 나를 위해, 반역이 실패하면 내가 죽을까 봐.

그런데 지금 그가 나한테 말하고 있었다. 복수를 감행하겠다고.

"나한테는 가만히 있으라고 해 놓고는?"

"맞아, 가만히 있어. 다치지 않게 몸 사리는 거, 아주 잘하지 않나."

"무슨 그런 당연한 말씀을! 나 아픈 거 싫어해요. 알죠?"

"알아. 더러운 것도 싫어하고."

"세상에, 당신한테 그걸 이해시키는 데 지금 몇 달이 걸린 거 알아요?"

"그래. 앞으론 당신이 더러운 걸 못 만지게 해 주지. 나는 이제 무조건 이기는 싸움을 시작할 거다."

"나 때문에?"

"아니, 우리 때문에."

만족스러운 그의 답변에 내가 배시시 웃었다.

그래, 상대가 도발을 해 왔으면 되갚는 게 인지상정.

황태자가 황제와 한편을 먹었든 먹지 않았든 크게 상관없다. 목표는 단 하나, 저 졸렬하고 비겁한 황제를 끌어내리는 것.

황태자는 그 이후에 판단하도록 하고.

루벨리안의 새빨간 눈동자와 눈을 마주치면서 나는 달콤하게 속삭였다.

"나는 당신이 생각하는 그 이상으로 대단한 사람이에요."

"……."

"그러니까 마음 푹 놓고 하고 싶은 거 다 해요. 내가 당신 뒤에 있어 줄 테니까."

뭔가 내 입에서 나왔으리라고는 상상도 못 할 만큼 달콤하고 다정한 말에 나 자신도 감탄했다. 놀란 것은 비단 나뿐만이 아니었는지, 루벨리안도 잠시 멈칫하며 나를 응시했다. 그리고 이내 그가 웃으면서 고개를 끄덕였다.

"그러지."

말을 마친 그의 품에 얼굴을 파묻으며 내가 음산하게 웃었다.

자, 그럼 이제부터 본격적으로 일을 벌여 볼까?

제5장

원작 한 스푼, 빙의 한 트럭

원작 한 스푼, 빙의 한 트럭

레이첼이 성녀로 봉해지고 루벨리안이 공격을 받은 뒤 꽤 오랜 시간이 지났다. 그사이 루벨리안은 나에 의해 거의 봉인되다시피 한 채 침대에 붙어 지냈고, 덕분에 상처는 생각보다 훨씬 더 빨리 아물었다.

그러나 그렇다고 해도 그가 공격을 받게 된 경위가 납득이 가는 것은 아닌지라, 며칠간 나는 고민에 고민을 거듭해야 했다.

이것이 진짜 황태자가 저지른 일일까? 그는 어떻게 엮여 있을까? 그리고 그는 왜 갑자기 성정이 이렇게 변했을까? 물론 고민해 봤지만 나오는 답은 없었다.

결국 나는 황태자의 생일 연회가 오기 직전까지 잠시 황제 패거리들에게서 관심을 끄기로 했다. 어쨌든 간에 루벨리안이 다 낫기 전까지는 할 수 있는 게 없었기 때문이다.

그리고 황태자의 생일 연회 당일.

"거울아, 거울아- 세상에서 누가 제일 예쁘니?"

"당연히 마님이시죠. 이 세상에서 마님보다 더 예쁜 사람은 없어요."

"역시 그렇지? 아, 난 역시 경국지색이야."

"……잘들 노십니다."

거울 앞에서 오손도손 대화를 나누는 나와 리리스의 달콤함을 깨고 제나 부인이 시큰둥하게 말했다.

그녀의 매정함에 기분이 팍 상한 내가 일부러 얼굴을 일그러뜨렸지만, 제나 부인은 그런 내 기분 따위 하나도 관심 없다는 듯 손에 들린 장부를 내밀었다.

"저번에 주문하신 드레스 세트가 도착했습니다."

"아, 그래?"

나는 곧바로 장부를 들고 쭉 훑었다.

"잘됐네. 우리 언니가 입을 옷이 없어서 그 졸렬한 새끼한테 드레스 받는 일은 없겠어."

"그건 또 무슨 말입니까?"

"있어. 졸렬한 놈 하나. 아, 정확히 말하자면 그럴 수도 있는 놈 하나."

통명스러운 내 대답에 제나 부인이 눈썹을 까닥였다.

그러다 내 머리를 만져 주는 리리스를 대신해서 그녀가 머리 장식을 하나 든 채 곱게 말려 올라간 내 머리에 꽂아 주었다.

"황태자 전하의 생일 연회에 가시면 꼭 몸가짐을 바로 하셔야 할 겁니다. 무엇보다도 플로렌스 공작가를 노리는 눈길이 많습니다."

"나도 알아."

"모두가 부인의 일거수일투족에 관심을 갖고 있습니다. 마음에 들지 않는 일이 있어도 조금은 참아 주십시오."

"루벨리안의 명예를 위해서?"

"마님의 생존을 위해서."

제나 부인의 말에 내가 눈썹을 까닥였다. 그러나 제나 부인은 계속해서 무표정하게 나를 응시하며 말을 이었다.

"각하는 쌓아 온 명예와 지위가 있으니 함부로 공격받지 않으실 겁니다. 하지만 마님은 평민이고, 무엇보다 소문도 그다지 좋은 편은 아니지 않습니까."

"그건 그렇지."

"물론 제 입장에서야 마님의 명예가 바닥에 실추되어도 별 상관이 없지만—"

"뭐야?"

"마님께서 잘못되시면 각하께서 슬퍼하시니까요."

나는 거울 너머로 제나 부인을 응시했다. 차분한 그녀의 얼굴에는 전혀 거짓이 보이지 않았다. 그 모습이 새삼 냉정해 보여서 나는 샐쭉 웃었다.

"걱정 마."

"사교계와 황실은 생각보다 훨씬 더 잔인한 곳입니다. 결혼 전처럼 어물쩍하게 넘어갈 수 없으실 겁니다."

알아, 나도. 나는 고개를 끄덕였다.

다소 못 미더운 듯 제나 부인이 나를 응시했지만, 곧 그녀가 뒤로 물러가며 우아하게 인사했다.

"그럼 부디 무탈하게 공작가로 돌아오시길 빌겠습니다."

황태자의 생일 연회는 원작 '이하야의 밤'에서 황태자가 레이첼에게 지대한 관심을 보이게 되는 중요한 시작점이었다.

'그 계기가, 레이첼이 귀족들의 공격에 의연하게 대처하는 모습이었던가?'

루벨리안의 손을 잡고 황궁에 입장하던 나는 원작을 되짚으며 고개를 끄덕였다.

황태자가 갑자기 나쁜 새끼가 되었든, 아니면 무슨 연유가 있든간에 그와 레이첼과의 관계까지 뒤틀 이유는 없었다.

'게다가 레이첼에겐 황태자를 휘두를 만한 힘이 있기도 하고.'

속으로 고민하느라 한참이나 말이 없는 나를 걱정했는지 루벨리안이 다정하게 말했다.

"그렇게 긴장할 필요 없어."

"있거든요."

"왜?"

"레이첼이 오잖아요."

"……예전부터 생각했지만, 당신은 그 사람을 꽤 의식하는 것 같던데. 무슨 일이라도 있나?"

음, 원작 여주니까?

대답을 삼키면서 내가 어깨를 으쓱했다. 하지만 레이첼은 세계관 최고의 먼치킨 예정인 사람인걸. 과거와 현재와 미래의 진실을 보고, 거짓말을 꿰뚫으며, 죽은 사람마저 살릴 수 있는데 그런 분을 몰라뵙고 내가 실수를 하면 어쩌려고.

레이첼 발밑에 기어 다니지 않는 것만으로도 나는 이미 충분히 내 자존심을 지킨 것이다.

그렇게 생각하며 루벨리안을 향해 방긋 웃었다. 당신은 알 필요 없어요. 황제만 잘 상대해. 레이첼 언니 쪽은 내가 잘 구워삶으면 되니까.

내 환한 미소의 의미를 아는지 모르는지 루벨리안이 애매한 표정으로 나를 응시했다. 그러다 살짝 고개를 숙여 내 이마에 콩 이마를 댄 그가 말했다.

"당신도 뭐, 생각이 있겠지."

"음, 당연한 거 아닐까요? 대체 당신 마음속에서 내 지위가 어떻게 되죠?"

"사랑스럽고 예쁜 진상 아내?"

"……."

사랑스럽고 예쁜까지는 좋았는데 저 진상, 저 진상이 문제야. 나는 오리처럼 입을 댓 발 내밀고는 그의 팔을 홱 뿌리쳤다.

'나 삐쳤어요.'라고 광고라도 하듯 앞으로 뚜벅뚜벅 걸어가는데 뒤에서 옅은 웃음소리가 들려왔다. 그리고 이내 몇 걸음도 안 돼서 나는 그의 품에 안겼다.

"정정하지. 사랑스럽고 예쁜 천재 아내."

"……."

"사랑스럽고 예쁜 여신 아내?"

"그거 좋네요. 지금부터 여신처럼 대해 줘요."

"난 종교 없는데. 당신을 이제 종교처럼 섬겨야 하는 건가?"

그러면 더 좋고. 내가 작게 속삭이자 루벨리안이 입술을 맞춰 왔다. 말랑말랑한 촉감이 좋아서 사실 애초에 삐지지도 않은 마음이 사르르 녹는 것 같았다.

황궁 한복판에서 이래도 되나 하는 생각이 아주 잠깐 들었지만, 아무렴 뭐 어떤가. 보라고 해.

그렇게 생각할 때였다.

“두 분 참 보기 좋으시군요.”

갑자기 옆에서 들려오는 목소리에 내가 눈을 떴다. 그리고 옆에 서 있는 인물을 보고 잠시 멈칫하고 말았다.

“공작 각하를 뵙습니다.”

“오랜만이군. 툴스 영식.”

툴스 백작 영식은 황태자의 최측근이자 그의 시종장으로 있는 이였다.

황태자의 옆에서 그를 보좌하는 만큼 누구보다도 황태자의 신임을 받고 있는 이였으니 이곳에서 그를 보는 건 너무 당연한 일이지만—

나와 루벨리안의 침소로 지정된 궁에 나타나, 그것도 딱 봐도 달콤한 시간을 보내고 있는 우리에게 말을 건 데는 무슨 이유가 있으리라.

아니나 다를까, 툴스 백작 영식이 하하 웃으면서 입을 열었다.

“황태자 전하께서 공작 각하를 뵙고 싶다고 하십니다.”

“무슨 말을 하길래 이렇게 오래 걸리는 거야?”

파티가 시작되기 직전 미리 입장해야 하기에 결국 나는 홀에 먼저 갈 수밖에 없었다.

결과적으로 나는 홀로 와인을 든 채 2층 테라스에 살짝 기대 있었다.

그리고 아직도 대화가 끝나지 않았는지 돌아오지 않은 루벨리안을 기다리면서, 아래에 있는 파티장을 쭉 훑었다.

“정말이지, 전쟁터가 따로 없네.”

보통 황태자의 생일 연회는 황태자가 주역이므로 황제와 황후는 참석하지 않는다. 그럼에도 불구하고 미래의 황제에게 잘 보여야겠다는 욕심 때문에 수많은 귀족들이 자리했고, 그 사이에는 황후의 친정인 콜리카 공작가도 있었다.

내가 홀에 들어서기가 무섭게 나를 차가운 시선으로 훑던 콜리카 공작 부부의 눈빛을 상기하며 나는 피식 웃었다.

그 옆에 있는 멜리나 바네스나, 나를 잡아먹지 못해 안달하는 무리들이 함께 모여 있는 것을 보며 나는 새삼 인간이 얼마나 이익 공동체에 취약한지 깨닫고 말았다.

그러나 그게 무슨 상관이랴. 어차피 오늘 파티가 지나면 저 눈빛들은 다 레이첼을 향할 텐데. 그리고 레이첼이 다 무찌를 텐데.

그렇게 생각하며 입꼬리를 말아 올리던 그때였다.

"부인."

꽤 낮고 부드러운 남자의 목소리가 뒤에서 울려 퍼졌다. 다른 이들과 떨어져 있었던 터라 나를 부르는 게 분명한 목소리에 고개를 돌리자, 그곳에는 모르는 남자가 나를 향해 부드럽게 웃고 있었다.

"부인, 처음 뵙겠습니다."

옅은 밤색 머리카락을 위로 올리고 올리브빛의 눈이 매력적으로 휘어져 있는 남자였다.

객관적으로 보자면 상당히 잘생기고, 반듯하고, 심지어 몸에 걸쳐져 있는 정장 주름마저도 하나하나 제대로 다려져 있을 만큼 말끔한 이였다.

그러나 루벨리안이 자리를 뜨고 심지어 리리스마저 내 옆에 없는 이 시점에서 낯선 남자의 인사가 내게 좋은 징조일 리가 없었다.

더군다나 이 귀족 무리들 중에서 내게 이렇게 상냥하게 말을 걸며 접근할 만한 젊은 남자는 존재하지 않았고, 절세미인으로서 수많은 남자들의 각종 대시를 받은 나는 본능적으로 이 남자의 갑작스러운 등장이 왠지 모르게 이상하다고 느낄 수밖에 없었다.

아니나 다를까, 그가 내가 말을 걸자마자 저 아래에서 나를 힐끔거리던 귀족들의 시선이 반짝였다.

"누구시죠?"

"블레즈 이어슨입니다."

"어느 가문의?"

"이어슨 남작가의 셋째 아들입니다."

"아."

이어슨 남작가의 셋째 아들.

나는 가늘게 눈을 떴다. 내게 내밀어진 손을 받을 생각도 하지 않은 채 빤히 응시하자, 그는 다소 난감한 듯했으나 이내 부드럽게 웃으며 허리를 굽혔다.

"저 멀리서 공작 부인의 미모에 넋이 나가 그만 저도 모르게 발걸음을 하고 말았습니다."

"넋이 나갔다기에는 눈빛이 지나치게 또렷한데."

"아름다운 분을 지척에서 뵐 수 있는 기회인데 어떻게 정신을 팔 수 있겠습니까. 이 순간순간을 아껴서 부인의 아름다움을 눈에 박아 넣어야지요."

"아름다움은 박는 게 아니라 새겨 넣는 것이죠. 박는 건 못이고요."

내 냉정한 대답에도 블레즈는 내가 이렇게 나올 줄 알았다는 듯이 얼굴에는 다정함이 가득했다.

그 노련함에 내가 피식 웃었다.

"부인께서는 어찌 이곳에 홀로 서 있으십니까?"

"공작께서 황태자 전하를 만나러 가셔서 기다리고 있었어요."

나는 여상스럽게 웃으면서 답했다. 상대방의 의중을 모르니 마냥 쳐 내기가 꺼려졌다.

그러나 내 신중함은 블레즈의 옅은 탄식과 함께 산산이 부서지고 말았다. 블레즈는 마치 세상에서 가장 안타까운 일을 당한 사람처럼 탄식하며 내게 말을 걸었다.

"공작께서도 참으로 무심하시군요. 부인같이 꽃다운 분을 홀로 내버려 두시다니. 아름다운 꽃에는 벌이 모여들기 마련인데."

아름다운 꽃에는 벌이 모여든다라…….

이쯤 했는데 이제 이 인간이 '그냥 지나가면서 공작 부인에게 인사나 해 볼까?' 하는 마음으로 말을 건 게 아니라는 것쯤은 알아차려도 되겠지?

일단 기혼의 귀족 부인에게 미혼의 남자가 미모를 칭찬하는, 그것도 추파에 가까운 멘트를 이렇게 늘어놓는 것부터가 상식에 들어맞지 않았다.

어떻게 할까? 호통을 치고 보내 버릴까? 아니면 그냥 영원히 보내 버릴까?

나는 잠시 고민에 빠졌다. 호통을 쳐도 떨어질 것 같진 않고, 영원히 보내 버리기에는 장소가 장소인지라.

결국 나는 내 안의 흑염룡을 꺼내기로 했다. 눈은 곱게 접고, 순진하고 천진난만하게 배시시 웃으면서.

"제 미모가 꽃이란 말인가요?"

"그렇습니다, 부인. 부인의 아름다움이야 익히 들어 알지만, 오늘 처음 본 뒤로 부인의 미모를 잊을 수가 없었습니다."

"저런, 그런데 어쩌죠? 주인 있는 꽃이라."

"주인이 있어도 가지려고 한다면 충분히 가질 수 있지 않겠습니까. 세상에 영원한 것은 없으니까요."

"……."

"특히 저는 주인 있는 꽃을 더욱더 탐내는 사람이라. 원래 뭐든 도전성이 있는 게 좋지 않습니까."

내 웃음에 얼이 빠진듯 블레즈가 눈을 깜박거렸다. 그러나 이내 청산유수처럼 대사를 늘어놓았다.

캬아, 말 잘하네. 하긴, 언변도 없는 놈이 유부녀한테 와서 꽃이니 주인이니 뭐니 하면서 수작질을 하지는 않겠지.

그러나 안타깝게도 블레즈는 상대를 잘못 잡았다. 그의 말이 끝나기가 무섭게 내가 놀란 얼굴로 뒤로 주춤 물러난 것이다. 두 뺨에 손을 올리는 걸 잊지 않은 채.

"세상에, 어떻게 그렇게 잔인한 말씀을…… 저한테서 미모를 빼앗아 가겠다는 말씀이신가요."

"……네?"

블레즈가 설핏 미간을 찌푸리다가 다시 얼굴을 폈다. 어떻게 대답해야 할지 고민하던 그가 입을 열었다, 아니, 열려고 했다. 내가 그의 말을 가로채지만 않았더라면.

"죄송하지만 제 미모는 줄 수가 없어요."

"부인, 그게 무슨 뜻인지……."

"제 미모가 꽃이라면서요."

"……네, 부인께서는 마치 꽃같이 아름답습니다만……."

"그러니까요. 제 미모를 소유하고 있는 이가 바로 바로 저이므로, 그 꽃의 주인도 바로 저겠죠?"

"……?"

"그런데 주인에게서 꽃을 앗아 가시겠다니, 어쩜 이렇게 잔인할 수가…… 저한테서 미모를 앗아 가시면 저는 어떻게 해야 하나요? 혹시 제 미모를 시기하셔서 그러는 건가요?"

순진하게 눈썹을 깜박거리는 내 눈가에 물기가 어렸다. 마치 가련한 고양이처럼 몸을 파르르 떨면서-어디까지나 내 기준으로- 내가 뒤로 주춤주춤 물러났다.

"부, 부인! 뭔가 오해를 하신 모양인데 제 뜻은 그게 아니라-"

"어머, 가까이 오지 마세요! 무서워요!"

곧 뺨을 타고 툭툭 흐르는 내 눈물에 블레즈의 눈빛이 온전히 당황함으로 물들었다.

그러게 누가 와서 저러라고 했나. 힐끔 홀을 내려다보자 사람들이 나와 블레즈를 보면서 수군거리고 있었다.

딱 봐도 내가 피해자인 상황이었다. 우리 둘 사이의 대화가 들리지는 않아도, 건장한 남자가 공작 부인에게 말을 걸다가 갑자기 공작 부인이 울음을 터뜨린 것이다.

나는 도움의 눈길을 가득 담아 홀을 쭉 훑었다. 그래 봤자 누구도 도와주러 오지 않겠지만 그게 대수냐? 중요한 건 내가 도움을 청했다는 것이다.

결국 블레즈는 이러지도 저러지도 못한 채 주춤거렸다. 그런 그의 태도에 나는 그가 뭔가 목적을 갖고 왔음을 더더욱 확신하고야 말았다.

원래 보통 사람이라면 이 상황에서 사과를 하고 물러나는 게 맞거든.

안절부절못하는 블레즈를 응시하던 내가 문득 그의 뒤편에 아른거리는 인영을 발견하고 멈칫했다. 그리고 곧 블레즈를 향해 시선을 돌리며 다시 물었다.

"진짜 그 뜻이 아니신가요?"

"물론입니다, 부인. 부인의 미모는 부인에게 소유될 때 가장 아름다울 겁니다."

그 와중에 멘트 좀 보소.

"그럼 방금 전의 말씀은 무엇이었나요?"

그제야 내 '오해'가 풀렸다고 생각했는지 블레즈가 안도의 한숨을 쉬었다. 이내 그가 다시 온화하게 웃으면서 다정한 말투로 내게 말을 걸었다.

"제가 말한 꽃은 부인이었습니다. 부인의 미모만 지칭하는 것이 아니라 부인 자체를 일컫는 말씀이었습니다."

"제, 제가 인간도 아니라는 뜻이었나요? 어쩜 그런 말씀을……!"

"아니, 그게 아니라!"

"왜, 왜 소리를 지르고 그러세요."

드디어 혈압이 올라갔는지 블레즈 이어슨이 언성을 높이자, 나는 다시 움츠러들면서 뒤로 물러났다.

응, 나도 알아. 요즘 세상에 여자 하나 꼬드기기 참 힘들지? 하지만 상대를 잘못 골랐다. 상대방의 말꼬리를 잡고 늘어지는 기술이라면 이 세상에서 날 이길 사람이 없거든.

열심히 자신의 혈압을 다스리고 있는 블레즈 이어슨을 보며 내가 가볍게 한숨을 쉬었다. 뭐, 이쯤 되면 끝낼 때도 되었지.

"그래서 경의 말씀은, 절 갖고 싶다는 말씀이셨나요?"

"바로 그겁니다, 부인."

이제야 포인트를 잡은 내 행동이 달가웠는지 블레즈가 환하게 웃으면서 대답했다.

그의 말이 떨어지자마자 나는 건수를 잡은 듯이 쯧 혀를 찼다.

"그렇군요. 어떻게 생각하니, 리리스?"

"리, 리리스?"

내 말에 블레즈 이어슨이 미간을 찌푸렸다. 곧 내 시선을 따라 고개를 천천히 돌린 그가 흠칫하며 침을 꿀꺽 삼켰다.

마치 우물에서 기어 올라온 달걀귀신 같은 모습의 그녀를 향해 내가 작게 말했다.

"리리스, 이자를 어떻게 좀 해 보렴. 내가 평민 출신이라 그런지 함부로 내 명예를 모욕하고, 심지어 각하의 명예를 모욕하기까지 했어."

"마님은 연약하시고 아름다우시니 일단 뒤로 물러나세요. 감히 플로렌스 공작 위를 노리는 이 건방진 자는 제가 처리하겠습니다."

……응? 플로렌스 공작 위를 노려? 언제?

리리스의 언사에 내가 잠시 고개를 갸웃거리는 동안, 블레즈 이어슨은 리리스를 향해 어색한 미소를 지으며 뒤로 물러났다.

"오, 오랜만입니다, 볼튼 영애. 여기서 볼 수 있을 거라고는 예상하지 못했는데……."

"오랜만이군, 이어슨 영식. 요즘도 여자 꼬드기면서 돌아다니나? 할 일 더럽게 없나 보군?"

오오, 리리스 뭐지? 평소랑 완전 달라. 나는 눈이 휘둥그레져서 리리스의 듬직한 뒷모습을 응시했다.

블레즈는 리리스와 나를 번갈아 보다가 곧 입을 열었다.

"그…… 공작 부인과 친분이 있으실 줄은 생각지 못했습니다."

"공작 부인의 시녀인 내가 마님 곁에 있는 게 이상한가?"

"네? 시, 시녀요?"

"그래서, 플로렌스 공작 위를 노리고 싶다고?"

"아닙니다, 제가 감히 어찌!"

"마님은 플로렌스 공작 부인이지. 그리고 그런 마님을 갖고 싶다는 건, 플로렌스 공작 위를 노리는 거라고밖에 해석이 안 되는데?"

……이 논리 뭐지?

루벨리안이 공작이라서 내가 공작 부인이 된 거지, 내가 공작 부인이라서 나랑 결혼하는 남자가 공작이 되는 건 아니지 않나? 뭔가 말이 안 맞는 것 같은데?

블레즈 이어슨도 이를 눈치챈 듯 당황한 얼굴을 했다. 하지만 뭔가 고민하는 듯하던 그가 얼굴을 굳히며 뒤로 물러났다.

"실례했습니다, 볼튼 영애."

"오늘은 전하의 탄신일이시니 분란을 만들고 싶지 않아. 우리 마님 옆에서 썩 꺼져."

"아, 알겠습니다."

"마님께 대한 사죄는?"

"죄송합니다, 부인. 제가 주제를 모르고 감히 부인을 함부로 넘봤습니다."

나는 눈을 깜박거렸다. 음, 뭔가 내가 예상한 것과 다르게 흘러가는 것 같은데…….

곧 블레즈가 급히 자리를 뜨자, 나는 거인처럼 우뚝 솟은 리리스의 어깨를 톡톡 치며 그녀를 불렀다.

"리리스?"

"어머, 마님. 괜찮으세요? 어디서 저런 버러지 같은 게 굴러와서! 다음부터 만나면 존대해 줄 필요도 없어요! 그냥 죽기 직전까지 패세요!"

"……어?"

"세상에, 눈가 화장이 살짝 번졌어요. 잠시만요, 저 뒤에 가서 잠깐만 화장 고치고 와요, 우리."

방금 전과는 완전히 다른 그녀의 모습에 내가 다시 한번 눈을 깜박거렸다. 그러고 보니 그동안 내 옆에서 찰싹 달라붙어 있는 리리스밖에 보지 못해서 나는 단 한 번도 그녀가 다른 사람과 소통하는 모습을 본 적이 없었다

그녀는 어떻게 내 시녀가 되었을까? 얼핏 결혼식 날에 천 대 일의 경쟁률을 뚫었다고 들은 것 같기도 한데…….

나는 속으로 고민하며 그녀가 고쳐 주는 화장을 얌전히 받았다.

"자, 다 됐다. 아, 잠시만요. 입술도 살짝 고칠게요. 어머, 마님. 혹시 와인 드셨어요?"

"잠깐 입만 댔어."

"그러면 안 돼요. 마님은 술이 약하셔서 함부로 드시지 마세요. 혹시라도 무슨 일 일어나면 어떻게 해요."

나는 얌전하게 고개를 끄덕였다. 음, 절대 방금 전 그녀의 모습에 쫀 건 아니다. 절대 아니야.

어쨌든 화장을 고치고 난 뒤 나와 리리스는 다시 홀로 나왔다. 방금 전보다 훨씬 더 많아진 사람들을 쭉 훑던 내가 가볍게 한숨을 폭 쉬었다.

"그나저나 루벨리안은 언제 오는 거야?"

"곧 오시겠죠. 벌써 보고 싶으세요?"

"그게 아니라, 아내가 작업에 걸리는데 남편 놈은 어딜 갔는지 궁금해서."

"오시면 손으로 때찌 해 주세요. 마님은 손도 작고 예쁘셔서 아프지도 않을 테지만."

"……어, 음…… 그, 그래."

얘 혹시 날 아이로 아는 거 아닌가? 결혼 전에 정원에서 보인 그

쌩쇼 뒤부터 그러더니.

리리스의 말에 내가 떨떠름하게 고개를 끄덕였다.

그러다 1층으로 가는 블레즈 이어슨의 뒷모습을 보며 찝찝한 느낌에 휩싸여야만 했다.

"그나저나 쟤 나 꼬드기러 온 거겠지?"

"음, 아마도 그런 것 같아요. 감히 제 면상으로 어떻게 마님을 꼬드기겠다고!"

"아니, 그건 둘째 치고 루벨리안이 두렵지도 않은가?"

겔린을 북극으로 처박아 버린 루벨리안으로 인해 웬만해서는 사교계에서 나를 건드리지 말자고 귀족들이 의견을 모았다는 소식을 상기하며 나는 고개를 갸웃거렸다.

묘하게 기분이 이상한단 말이야. 그냥 철없는 귀족가 아들내미가 날 꼬드기러 온 거면 그럭저럭 웃고 넘기겠는데-

"뭐, 굳이 분란을 만들 필요는 없으니까 더 지켜봐야겠네."

가볍게 와인을 입에 대며 내가 읊조렸다.

그때, 갑자기 시끌시끌한 아래층에 나는 아래를 내려다봤다.

"어머, 딱 맞춰 왔네."

언제 왔는지 루벨리안이 1층에서 나를 보고 있었다. 내려오라는 듯이 그가 고개를 끄덕이자, 나는 살짝 새침하게 미소 지었다.

이내 부드럽게 웃으면서 발걸음을 옮기는 그를 보며 난 드레스를 잡아 쥔 채 계단을 내려갔다.

"루벨리안. 크라바트가 살짝 삐뚤어졌어요. 급하게 왔어요?"

핀으로 고정시킨 그의 크라바트를 다시 정리해 주고는 눈을 동그랗게 떴다.

그러고 보니 묘하게 급한 얼굴 같았는데, 무슨 일 있나? 황태자랑 무슨 얘기를 한 거지? 잠시 생각하던 내가 얼굴을 드는데, 갑자기 그가 나를 품에 안았다.

"조금 걸음을 빨리하다 보니."

"아니, 뭘 또 그 짧은 거리를 빨리 오려고 해요. 그냥 오지."

"하지만 당신 혼자잖나."

"에이, 내가 애도 아니고."

내가 가볍게 루벨리안을 흘기며 웃었다. 하지만 어쨌든 기분은 좋아서 방긋 미소 짓는데, 문 쪽이 시끌해지기 시작했다.

아니나 다를까, 우렁찬 목소리로 기사가 외쳤다.

"이카로스 드 아레이든, 제국의 황태자 전하께서 드십니다."

거참, 등장도 요란하네.

이내 모두가 경건하기 짝이 없는 분위기에서 예를 취하고, 홀의 중앙까지 온 듯한 황태자의 목소리가 들려왔다.

"모두 몸을 일으키게."

그의 말에 나는 드레스를 놓고 얼굴을 들었다. 한데 홀의 정중앙에 있는 이가 레이첼도 아니고, 심지어 멜리나도 아닌, 낯선 금발의 여자임을 깨닫고 미간을 찌푸릴 수밖에 없었다.

저 여잔 또 뭐지?

"어머, 아린느?"

아린느?

뒤에서 조금 반가운 목소리로 읊조리는 리리스의 목소리에 내가 미간을 찌푸렸다. 누구지? 원작에도 없던 인물인데.

잠시 고민하던 나는 혹시 답을 구할 수 있을까 루벨리안을 보았지만, 그는 그저 미간만 찌푸린 채 나를 품에 안고 있을 뿐이었다.

그때였다. 물음표를 띠고 있는 나를 향해 황태자와 의문의 여자가 천천히 다가왔다. 곧 황태자가 나를 보며 웃었다.

"공작 부인, 오랜만이군."

"황태자 전하를 뵙습니다."

"저번 루벨리안이 공격을 받은 날에는 너무 급해서 제대로 안부를 묻지 못했어. 부인도 크게 놀란 것 같던데."

"걱정해 주셔서 황송합니다. 전하."

나는 배시시 웃으면서 루벨리안의 뒤로 살짝 물러났다. 황태자가 마음씨를 곱게 쓸지 어떻게 쓸지 모르니 한발 물러서는 게 좋았다.

그렇게 생각하며 그와 아린느라 불린 여자를 힐끔 보는데, 나와 눈이 마주친 여자가 활짝 웃으면서 말했다.

"처음 뵙겠어요, 공작 부인. 아린느 델런, 델런 후작가의 여식입니다."

"아, 처음 뵙겠습니다. 델런 후작 영애."

"미모로 소문이 자자한 부인을 이렇게 뵙게 되어 너무 영광입니다. 멀리서 오라버니의- 아, 죄송해요. 공작 각하의 결혼 소식을 듣고 언젠가는 꼭 뵙고 싶었어요."

오라버니?

쟤가 널 왜 오빠라고 부르니? 남편아?

봄바람처럼 살랑거리는 아린느의 부드러운 목소리로 나온 말에 내가 루벨리안을 올려다보았다.

한편 아린느의 따뜻한 말에는 일말의 흥미도 주지 않은 채 루벨리안이 차갑게 말했다.

"외국에서 유학을 하고 있는 델런 영애를 데려오실 줄은 생각지도 못했습니다. 오르카 아카데미는 결석이 어려울 텐데."

"델런 영애야, 우리와 어렸을 때 자주 시간을 보내지 않았나. 공작의 결혼식에 참석하지 못한 것이 큰 한이 된 것 같아 내가 특별히 결석 허가를 내렸지."

그러니까, 지금 황태자가 쟤를 불러왔다는 거지? 아, 나 왠지 모르게 지금 굉장한 촉이 오는 것 같은데 착각이겠지? 혹시 그거야? 세상에서 가장 거슬리는 두 존재. 내 애인의 '걔는 그냥 친구야.'와 '걔는 그냥 아는 동생이야.'인가?

물론 루벨리안이 아린느와 하하 호호 웃으면서 내 혈압을 높일 거라고는 생각하지 않는다. 그러나 어찌 되었든 이 상황에서 갑자기 등장한 낯선 인물에 촉이 곤두선 채 내가 두 사람을 번갈아 보았다.

그때 아린느가 달콤하게 웃으며 말했다.

"오라버니, 설마하니 이렇게 갑자기 결혼을 하실 줄은 생각지도 못했어요."

"오라버니가 아니라 공작입니다, 델런 영애."

"아……."

루벨리안의 딱딱한 목소리에 아린느가 난감한 듯이 생긋 웃었다. 그 모습을 보던 황태자가 설핏 웃으면서 입을 열었다.

"어렸을 때 함께했던 친구인데, 너무 딱딱한 거 아닌가, 공작?"

"가정이 있는 상황에서 이성과의 지나친 접촉은 제 아내에게 실례인 것 같습니다만."

"친구인데 그게 뭐 어떻다고. 부인께서 그런 걸 신경 쓸 정도로 속이 좁지는 않은 것 같은데."

아닌데, 나 속 완전 좁은데. 지금 기분 나빠 죽겠는데.

답정너 같은 황태자 놈. 여기서 내가 무슨 말을 꺼내야 하는지는 뻔하지 않은가.

가만히 서 있다가 갑작스럽게 날벼락을 맞은 것 같았다. 이제는 하다 하다 별 전개까지 다 가네.

속으로 가볍게 한숨을 내쉬는데, 루벨리안이 내 앞을 막아서며 대신 대답했다.

"제 아내의 의도와는 별 상관이 없습니다."

"공작."

"이건 제 문제입니다."

루벨리안이 이렇게까지 나를 싸고돌 줄 몰랐던지 황태자가 잠시 눈을 가늘게 떴다. 비록 여상스러운 표정이었지만, 그가 황제와 한편을 먹었다고 생각하니 일부러 이상하게 읽히는 것일까?

약간의 침묵이 감돌자 아린느가 환하게 웃으며 말했다.

"이렇게 굴 필요 없잖아요. 황태자 전하, 공작 각하."

그녀의 말에 황태자가 고개를 끄덕였다. 사람들의 시선이 우리를 향한 상황에서 굳이 분란을 만들어 주목을 끌 이유가 없다고 판단한 것이다.

"내 생일을 맞이해 친구들끼리 자리를 마련하고자 했을 뿐인데, 설마하니 이렇게 될 줄은 몰랐어."

저거 민폐 캐릭터 전용 대사 아닌가? 이렇게 될 줄 꿈에도 몰랐어요.

"그래도 공작과 부인의 사이가 좋은 모습을 보니 꽤 마음이 놓이긴 하는군."

네가 왜?

"사실 꽤 걱정했거든. 아무래도 공작 부인께서 개성이 넘치시니."

……아니, 뭐야? 내 개성이 어쩌고 어째?

"공작 부인께서 개성이 넘치신다고요?"

"아니다. 호사가들의 입방아일 뿐이니 신경 쓸 필요 없다. 공작도 물론 신경 쓸 필요 없고."

……지가 먼저 언급해 놓고?

이놈, 원작에서도 이렇게 웃으면서 먹이는 스타일이었던 건가? 아니면 남자 주인공 실드가 너무 강해서 뭘 하든 다 멋져 보였다든가.

문득 루벨리안과 약혼을 결정한 날 갑자기 티 파티에 불러서 콜리카 공작 부인에게 날 가르치니, 어쩌니 했던 게 떠올랐다. 그때는 별생각이 없었는데, 지금은 왠지 모르게 일부러 그랬던 건 아닐까 하는 생각이 들었다.

황태자를 의심스러운 눈초리로 쳐다보는데 아린느가 나를 향해 방긋 웃었다.

"부인."

"네, 말씀하세요. 델런 영애."

"언제 한번 같이 시간을 가질 수 있었으면 좋겠어요. 오라버- 아니, 공작 각하와 결혼하셨으면 제게도 언니나 마찬가지인데, 어떤 분인지 궁금하기도 해서요. 언제 한번 공작저에 방문해도 괜찮을까요?"

안 오면 좋겠지만 당연히 그렇게 말하면 큰일 나겠지.

"네, 물론이에요."

나는 전생에 받은 모든 교육과 이생에 받은 모든 교육을 상기하면서 애써 미소를 짜냈다.

그때, 어쩜 타이밍도 좋게 문이 열렸다.

황태자의 생일 연회에 황태자보다 더 늦게 등장할 수 있는 종류는 두 가지밖에 없었다. 하나는 황제 부부, 다른 하나는 '황실에 복종하지 않음을 보여야 한다.'는 핑계로 꼭 늦게 도착하는-

"성녀님이시네요."

신전 무리들.

성녀와 신관들의 등장에 무도회장이 다른 의미로 시끌시끌해지기 시작했다. 모든 시선을 레이첼에게 집중시키는 인간들을 쭉 훑다가 나는 루벨리안을 살짝 끌어당겼다.

"이브?"

대체 황태자랑 무슨 얘기를 한 거죠? 저 여자는 또 뭐고요?-라고는 차마 입 밖에 내뱉을 수 없어 나는 그에게 눈으로 강렬히 말했다.

그런 내 눈빛을 이해했는지 않았는지, 루벨리안이 내 어깨를 감싸 안으며 작게 속삭였다.

"일단은 파티가 끝난 뒤에 말하지."

루벨리안의 말에 내가 고개를 끄덕였다.

"성녀께서는 역시 늦게 등장하시는군."

황태자의 낮게 읊조리는 목소리에 나는 신경을 신전 측에 돌렸다. 그들은 황태자에게 다가오고 있었다.

아, 드디어 시작됐다. 원작의 내용이.

어느새 황태자 앞에 선 알프리드가 천천히 인사를 올렸다.

"황태자 전하, 탄신일을 경축하여 교황 성하와 성녀님도 축복을 황실에 내릴 것을 약조드립니다."

언제나 레이첼의 옆에서 떨어지지 않는 알프리드의 말에 황태자가 고개를 까닥였다.

살짝 고개를 숙인 신관들 사이에서 레이첼만이 고개를 빳빳하게 들고 있었다.

분명 그렇게 하라고 명령을 받은 것이겠지. 성녀의 예복을 완벽하게 차려입은 레이첼은 내가 아는 그 연약하고 가녀린 그녀의 모습이 아니었다.

저번에 신전에서 보던 때와 달리 묘하게 분위기도 달라진 것 같은데-라고 생각하는데, 레이첼이 무표정하게 입을 열었다.

"황태자 전하께 주신 리스라체의 축복이 함께하기를 기원합니다."

'음, 그런데 레이첼이 작품 초반에 저렇게 황태자 앞에서 딱딱했던가?'

그러면서도 나는 레이첼을 향해 웃어 보였다. 나를 발견한 레이첼도 입꼬리를 살짝 말아 올렸다. 황태자를 응시하는 것과 완전히 다른 모습이었다.

뒤이어 황태자의 목소리가 들려왔다.

"성녀께서 축복을 내려 주다니, 영광이로군. 어찌 되었든 신전에서 오신 손님이니 내 귀하게 대접하지."

"황송합니다. 전하."

"저번 파티처럼 입을 함부로 놀리진 말고."

응? 저번 파티?

나는 눈알을 굴렸다. 저번 파티가 뭐지? 아, 혹시 내가 꾀병을 부리면서 루벨리안이 절대 참석 못 하게 영혼으로 막았던 그 파티? 그때 무슨 일이 있었나?

황태자의 기색을 보건대 절대 좋은 일은 아니었던 것 같다. 한데 내 기억에 그 파티에서 딱히 둘 사이에 기분 나쁜 일은 없었던 것 같은데. 그냥 서로 대화를 하다가 레이첼의 안타까운 처지에 황태자가 연민을 품는 그런 거 아니었어?

나는 미간을 살짝 찌푸렸다. 일이 이상하게 돌아가고 있었다.

말을 마친 황태자는 발걸음을 돌렸다. 그와 함께 아린느도 자리를 옮겼다.

그런 둘의 뒷모습을 보다가 내가 레이첼을 향해 고개를 돌렸다.

"성녀님, 오늘 너무 아름다우세요."

"이브, 그렇게 부르지 않으셔도 돼요. 편하게 불러 줘요."

"공식 석상인데 그래도 되나요?"

"그럼요. 저희는…… 친구잖아요."

레이첼의 말에 나는 눈을 동그랗게 떴다. 이내 그녀에게 배시시 웃어 주자 레이첼이 얼굴을 살짝 붉혔다.

아, 좋아. 이 분위기.

레이첼을 구워삶으려는 내 계획이 나름 순조롭게 흘러가는 것 같아 나는 수줍게 웃으면서 물었다.

“아, 그런데 황태자 전하와는 일면식이 있으신가요?”

나는 아무것도 모르는 척 일부러 시침을 뚝 뗀 채 눈을 깜박거렸다. 한데 원래라면 그저 담담하게 그렇다고 해야 할 레이첼이 왠지 모르게 불쾌한 얼굴을 했다.

“아…… 저번에 파티에서 잠시 뵈었어요.”

“불미스러운 일이라도 있으셨나요?”

“그게 아니라…….”

레이첼이 살짝 눈을 내리깔았다가 다시 방긋 웃으면서 답했다.

“제가 작은 실수를 해서 말이죠.”

“작은 실수요?”

내 물음에 레이첼은 애매하게 말꼬리를 흐렸다.

뭐야, 진짜 내가 모르는 무슨 일이 있었던 거야? 이러면 곤란한데…… 난 내 예상을 벗어나는 걸 굉장히 싫어했다. 심지어 지금의 황태자가 루벨리안에 대한 태도를 달리하고 있는데, 심지어 레이첼과의 관계도 비틀어지면…… 내가 빙의한 게 무슨 의미가 있지?

이 상황에서 무엇을 어떻게 해야 할까 고민하다가, 나는 일단 그 불미스러운 일이라는 게 뭔지 알아내는 것이 급선무라는 생각에 입을 뗐다.

하지만 그 전에 레이첼이 질문을 던지는 게 더 빨랐다.

“그러고 보니 저번 파티에 오지 않으셨죠?”

"아, 제가 좀 몸이 아파서요."

"그랬군요. 어쩐지……."

"혹시 절 찾으셨나요?"

"네. 이브를 찾다가 황태자 전하를 만났죠. 그리고……."

"그리고?"

"……이브, 황태자 전하와는 인연이 깊으신가요?"

뜬금없는 레이첼의 말에 내가 눈을 깜박거렸다.

이 언니, 가만 보면 말꼬리 돌리는 데에 은근히 소질 있단 말이야. 그렇게 생각하며 나는 고개를 저었다. 인연이야 깊지만 악연에 가까워서. 네 자리 꿰차려고 프러포즈했다가 차인 거라고는 죽어도 내 입으로 말 못 한다.

"그저 신하로서 황태자 전하를 섬길 뿐이죠."

그런 내 대답에 레이첼은 한숨 놓았다는 듯이 웃으면서 말했다.

"다행이에요. 사실 감이 안 좋았거든요."

"감…… 이요?"

"네. 제가 힘이 각성된 뒤에 묘하게 감이 날카로워지는 바람에…… 물론 확실하진 않지만요."

"감이라는 게 어떻게……?"

"음…… 자꾸 뭔가가 생각이 나고 보여요. 그것도 주기적으로…… 아주아주 선명하게요."

그녀의 말에 나는 결코 웃을 수 없었다.

레이첼이 성녀로서 감이 좋아지는 거야 이상한 일이 아니다. 실제로 그녀는 작품 초반에도 종종 뭔가를 보고, 저번 파티에서도 그 힘이 아주 살짝 드러나면서 황태자와 엮인다.

하지만 그건 어디까지나 넘치는 힘을 주체 못 해 언뜻언뜻 보이는 힘의 일각일 뿐. 이렇게 주기적으로 선명하게 '무엇인가가 보인다'는 것은…….

'원작의 마지막에서 각성을 다 마칠 때의 상태가 아닌가?'

과거와 진실, 미래를 꿰뚫으면서 모든 것을 컨트롤할 수 있는 힘.

그런데 그게 벌써 발현의 조짐이 있다고?

속으로 경악하던 나는 레이첼을 향해 애써 침착하게 물었다.

"혹시, 그날 무슨 일이 있었는지 물어도 될까요?"

내가 모르는 무엇인가가 벌어진 건 확실하다. 그걸 홀로 추측하느니, 차라리 레이첼의 입을 통해 듣는 게 더 빠르겠지.

한데 그때 갑자기 레이첼이 자신의 품에서 뭔가를 꺼냈다.

"이브, 받아요."

"……?"

"성수예요."

"……?"

갑자기 분위기 성수냐? 나는 레이첼의 품에서 나온 작은 유리병을 보며 눈을 깜빡였다. 갑자기 왜 이걸 나한테 주는 거지? 고민하는데 레이첼이 온화하게 웃었다.

"요즘 성녀로서의 교육을 받으면서 시험 삼아 만든 건데, 제가 처음으로 성공한 성수라."

"아."

"누구한테 줄까 고민하다가 이브한테 주는 게 좋을 것 같아서 챙겨 왔어요."

"제게요?"

"네, 이브는 제 은인이니까요. 그리고 혹시, 혹시…… 그럴 일은 없겠지만, 아주 혹시라도 위험에 처하면 사용하라고요."

조곤조곤하게 말하는 레이첼의 모습은 마치 천사 같았다.

일단 다른 건 모르겠고요. 황태자랑 언니가 싸우면 황태자 그놈이 백번 잘못했을 게 분명한 거라는 사실은 알겠네요.

나는 천사처럼 웃는 레이첼을 보며 고개를 끄덕였다.

세상에, 성수래. 잘하면 죽은 사람도 살릴 수 있다는 성수다. 모든 상처와 질병을 치료하고, 저주를 풀고, 생명까지 불어넣을 수 있다는 성수.

물론 레이첼의 힘이 아직 완전히 각성하지 못해 그 정도까지는 아니겠지만, 그래도 분명 어마어마한 효과일 건 분명했다.

결국 황태자와 그녀 사이의 일을 꼬치꼬치 캐묻는 것을 포기한 나는 성수를 리리스에게 넘겼다.

내게 성수까지 주면서 웃는 사람에게 계속 묻기도 뭐 했고, 무엇보다 신전 측 사람인 레이첼과 길게 얘기하는 게 좋지는 않다는 것 정도는 나도 알고 있었기 때문이다.

그럼에도 불구하고 왠지 모르게 기분이 찝찝해, 멀어져 가는 레이첼을 보면서 가늘게 눈을 떴다.

황태자의 생일 연회는 빠르게 시작되었다. 저 높은 단상 위에서 귀족들에게 말을 건네는 황태자의 모습을 보며 나는 지끈거리는 이마를 짚었다.

원작이 비틀어졌다.

레이첼의 힘의 발현이 빨라졌고, 레이첼과 황태자의 관계가 생각보다 훨씬 더 냉랭하다.

그다지 좋은 소식은 아니었다. 황태자와 레이첼의 관계를 이용해 황태자를 움직이려는 계획을 갖고 있는 내게는.

하지만 원래 세상만사 어디 마음대로 돌아가던가. 애초에 원작이 그대로 흘러가던 게 더 이상했다.

나는 왜 원작이 비틀어졌는지 따위의 쓸데없는 생각은 그냥 집어치우기로 했다. 대신 어떻게 하면 레이첼을 온전히 손에 넣을 수 있을지 고민했다.

저 능력을 어떻게 손에 넣어서 써야 잘 썼다는 소리를 들을까.

"무슨 생각을 그리 하고 있나?"

루벨리안의 물음에 고개를 살짝 든 나는 눈을 가늘게 떴다.

있다. 방법이.

"루벨리안. 레이첼 말이죠, 든든한 아군이겠죠?"

"성녀니 당연하지."

"혹시나 해서 묻는데, 만약 레이첼을 우리 편으로 끌어들이기 위해 당신의 비밀이 필요하다면 내놓을 수 있어요?"

루벨리안이 눈썹을 까닥였다. 무슨 비밀인지 그는 묻지 않았으나, 그 비밀이 무엇인지는 우리 모두 알리라.

말을 내뱉자마자 나는 곧바로 후회하고 말았다. 아니다, 이건 너무 잔인해. 레이첼에게도 잔인했고, 루벨리안에게는 더 잔인했다.

"그게 필요한가?"

"네?"

"그게 꼭 필요한 것인가, 그 말이야."

"아니에요. 됐어요. 다른 방법을 찾으면 되는걸요."

"원한다면 해."

"……."

"원한다면 하고 싶은 대로 하라는 말이다. 당신이 하고 싶은 대로 하는 게 내가 원하는 바니까."

루벨리안의 저음이 나지막이 귓가에서 울려 퍼져다. 그리고 그 순간 든 생각은-

뭐, 뭐야. 무섭게 왜 이러지? 나는 기겁하며 루벨리안의 얼굴을 위아래로 쭉 훑었다.

은은하게 미소를 담고 있는 입꼬리는 살짝 말려 올라가 있고, 나를 보는 눈가는 고혹적으로 접혀 있었다.

"왜 이래요? 갑자기?"

"뭐가 말인가."

"취급이 너무 좋아져서 제가 지금 약간 당황스럽거든요. 왜 갑자기 이렇게 막 공주처럼 귀하게 취급해요? 저 호, 혹시 죽나요? 생각해 보니까 반반한 거 빼고는 별로 볼 게 없는 아내라 죽이려고 그래요?"

지성과 미모를 겸비한 소꿉친구를 보니까 멍청하고 예쁘기만 한 아내는 싫다 그거야? 그래서 잘해 주다가 뒤통수를 퍽! 치려고…….

"대체 무슨 생각을 하는지 모르겠군……."

횡설수설한 내 말에 루벨리안이 미간을 찌푸렸다.

"아니, 그렇잖아요. 다른 것도 아니고 나한테 그런 걸 맡긴다니, 하고 싶은 대로 하라니. 평소랑 좀 많이 다른 거 아닌가요?"

"평소에도 충분히 귀하게 대해 줬다고 생각하는데."

"말도 안 돼. 공작가에서 내 취급이 제일 하찮은 거 몰라요? 말해요, 무슨 꿍꿍이야?"

공작가에서 내 취급이 얼마나 하찮은지는 굳이 말하지 않겠다. 물론 평소에 그가 날 품에 안고 사랑한다고 자주 해 주긴 하지만, 그거랑 이거랑은 별개 아닌가.

황실이랑 엮여 있는 일인데 이렇게 덥석 승낙해 줘도 되냐고. 심지어 루벨리안은 내가 연기한 멍청한 모습만 봤는데.

나는 슬금슬금 뒷걸음질 치면서 루벨리안을 훑었다.

그런 내 모습에 루벨리안이 가볍게 한숨을 쉬더니 나를 자신의 쪽으로 끌어당겼다. 그리고 내 이마를 손으로 살짝 튕기며 입을 열었다.

"취급이 안 좋았다니, 제나 부인에게 말해야겠군. 왕처럼 대접하라고."

탐색하는 눈빛으로 루벨리안을 응시하자, 나를 놀리듯 웃던 그가 쪽― 입을 맞추었다.

"당신도 뭔가 생각이 있겠지."

"뭐, 그렇긴 한데……. 그래도 그렇게 마음 놓는 거 이상해요. 내가 어떤 사람인 줄 알고?"

"평소에 나사가 풀려 있긴 해도……."

"뭐예요?"

"중요할 때는 나사 꽉 조이고 사는 사람이지 않나. 그리고 당신, 요즘따라 그 느낌이 많이 사라졌어."

"무슨 느낌이요?"

"방관자 같은 느낌."

루벨리안의 말에 내가 멈칫했다.

그걸 들킬 줄이야. 생각보다 감이 좋은데?

결국 나는 잠시 내 지나간 시간에 대한 깊은 반성을 진행하고야 말았다. 동시에 루벨리안의 머릿속에 있는 내 이미지에 대한 궁금증을 키우면서.

어쨌든 황태자의 길고 재미도 없는 연설문이 끝난 뒤, 귀족들은 삼삼오오 흩어져서 자신의 목적을 달성했다. 몇몇 귀족들은 황태자에게 쪼르르 달려가 아부를 떨었고, 나와 루벨리안 또한 귀족들 사이에 둘러싸였다.

물 만난 물고기처럼 주변을 둘러싸고 한 마디 두 마디 던지는 귀족들을 보며, 왠지 모르게 파티에만 가면 모든 연줄을 끌어모아 내게 아는 척을 하던 사람들이 떠올라 기분이 미묘해졌다.

하여튼 여기나, 저기나.

"공작 부인은 정말 아름다우시네요. 처음 들어오시는데 눈이 머는 줄 알았어요."

아직 안 먼 걸 보면 내 미모가 부족하다는 뜻인가?

"정말이지, 공작 각하가 부럽습니다. 이토록 아름다운 부인을 맞이하게 되셔서."

예쁜 건 난데 왜 루벨리안이 부럽지?

사람들의 덕담에 속으로 대꾸를 일일이 달면서 나는 내 태클 실력이 녹슬지 않게 열심히 갈고닦았다.

그렇게 얼마나 지났을까. 갑자기 시끌시끌해진 파티장의 문 쪽을 향해 나는 시선을 돌렸다.

"누가 왔나?"

내 말에 주위에 있던 사람들의 시선이 일제히 문으로 쏠렸다.

이내 문이 열리는 순간, 나는 뚜벅뚜벅 걸어오는 인영에 흠칫하고 말았다.

"어머, 헤이론 제2황자 전하께서 오셨네요. 그 옆에 계신 분은……!"

"루넨 제3황자 전하시네요."

아, 제2황자랑 제3황자가 왔구나.

"제2황자 전하께서는 해외로 여행을 가시지 않으셨나요? 제3황자 전하께서는 기사단 수련 때문에 잠시 황궁을 비우신다고 하신 것 같은데, 황태자 전하의 파티 때문에 두 분 다 돌아오셨나 보군요."

스피드왜건 역을 맡은 게 분명한 귀족의 중얼거림에 나는 황자들을 쳐다보았다. 제3황자는 원작에서도 언급이 얼마 있지 않았던 터라 꽤 낯설었지만, 제2황자는 예전에 황태자한테 찝쩍거리면서 본 적이 있어 낯이 익었다.

사실 제2황자는 부드럽고 자상한 전형적인 서브 남주였다. 그 때문에 제일 처음에는 그를 꼬드길까 생각하기도 했는데-

"왔군. 친애하는 내 아우께서."

제2황자랑 황태자의 관계가 너무 안 좋아서, 제2황자를 꼬드기다가는 황태자한테 먼저 죽을 것 같았다.

나는 냉기를 풀풀 풍기는 황태자의 인사말과 유하게 웃고 있는 제2황자를 번갈아 보며 혀를 찼다.

저것들은 아직도 저러네. 여주인공이 저쪽에 있는데 정작 자기들끼리 기 싸움을 하는 두 형제들이었다.

그때, 루벨리안이 입을 열었다.

"루넨 황자와는 접촉하지 마라."

두 형제의 기 싸움에 집중하느라 제3황자 루넨을 거의 투명 인간처럼 넘겨 버린 내가 얼굴을 들었다.

"왜요? 위험한 인물인가요?"

원작에서도 얼마 나오지 않은 인물이라 조금 불안한 듯한 표정을 짓자, 루벨리안이 내 앞을 가로막으며 고개를 끄덕였다.

"당신한테는 위험한 인물이지."

"헉. 왜, 왜요? 예쁜 여자를 시기하고 질투하나요? 미모 사냥꾼?"

"……."

"농담이에요, 농담."

루벨리안의 어이없는 눈빛에 내가 어색하게 웃었다. 시도 때도 없이 나오는 드립을 좀 줄여야 할 것 같다.

"어머, 제3황자 전하께서 여기로 오시네요."

옆에 있던 귀부인의 말이 떨어지기가 무섭게 나를 뒤로 숨긴 루벨리안의 손에 살짝 힘이 들어갔다. 왜 이러나 궁금해서 그의 옆으로 고개를 빼꼼 내미려는데, 루벨리안이 다시 내 머리를 자신의 등 뒤로 밀어 넣으면서 제3황자를 향해 인사를 올렸다.

"제3황자 전하를 뵙습니다."

"뒤에 있는 레이디는 누구지? 공작에게 동생이 있다는 소리는 못 들어 봤는데."

제3황자의 목소리는 꽤 낮고 정중했지만, 루벨리안과는 또 다른 느낌이 묻어 있었다. 루벨리안의 목소리가 정중하고 다정하지만 동시에 서늘한 기운이 흐른다면, 이 남자는 딱 기사 같은 절도가 느껴지는 목소리였다.

그런데 그 사이에 묘하게 이상한 느낌이 난다면, 그건 내 착각일까.

제3황자의 물음에 루벨리안이 차갑게 대꾸했다.

"제 아내입니다."

"……뭐?"

제3황자가 순간 멈칫하는 게 느껴졌다. 못 믿겠다는 느낌이 가득한 그 목소리에 기분이 팍 상했다. 내가 뭐 어떻다고 그래?

"제 아내입니다, 전하. 몸이 연약하고 사람을 만나는 것을 지나치게 수줍어하는 터라 직접 인사를 드리지는 못하고-"

"어디 한번 보지."

그때였다. 제3황자의 목소리가 들려옴과 동시에 루벨리안이 손을 앞으로 뻗었다.

탁-

뭔가를 잡아채는 소리가 들려오자 옆에 서 있던 귀족이 크게 숨을 들이쉬었다.

뭐지? 설마…….

“공작?”

“귀부인에 대한 예의가 아닙니다, 전하.”

“나는 기사다. 귀부인에게는 충성을 맹세하지.”

나는 제3황자의 팔을 꽉 잡고 있는 루벨리안의 손을 보며 입을 딱 벌렸다. 설마 저놈이 지금 루벨리안의 뒤에 있는 나를 끌어내려고…….

남의 여자에 눈독 들이는 건 황실 종특이냐?

나는 제3황자의 팔을 꽉 잡은 루벨리안의 손을 보며 숨을 들이쉬었다.

지금껏 루벨리안이 무력을 쓰는 건 못 봤는지라 당연하게 그가 무보다는 문에 더 능통한 이라고 넘겨짚었다. 그런데 기사인 제3황자가 팔을 못 뺄 정도로 잡고 있다니.

이거 싸움 나겠네.

이런 죽일 놈의 미모. 적당히만 예쁘지! 아니지, 이게 왜 내가 예뻐서야? 내가 예뻐서 그런 게 아니라 저놈이 덜돼먹어서 그런 거지!

그렇게 얼마나 대치 상태가 이루어졌을까.

어떻게 해야 하나 고민하는데 저 멀리서 황태자가 다가왔다.

“이게 무슨 일이냐, 루넨.”

황태자의 뒤에 있던 제2황자도 미간을 찌푸리며 제3황자를 향해 입을 열었다.

"루넨, 설마 공작 부인께 손을 대려고 했던 것이냐?"

"기사로서 새로운 귀부인에게 인사를 하려 했을 뿐입니다."

"네가 언제 세상 귀부인을 다 알고 다녔다고. 그저 공작 부인의 미모에 정신이 팔린 것 같은데."

제2황자의 뼈를 때리는 촌철살인에 나는 감탄했다.

그때, 황태자가 루벨리안의 손을 저지했다.

"공작, 그만 루넨의 팔을 놔주게."

"유감스럽게도 제 아내가 황실에만 들어오면 곤란에 처하게 되는군요."

"그거야 공작 부인이 아름다우니 생긴 일이 아닌가."

"제 아내는 황실 밖에서도 아름답습니다."

"……."

"문제가 어디에서 생겼는지는 대충 짐작이 가는군요."

한마디로 황실이 문제라는 말에 황태자의 얼굴이 요상하게 변했다. 하지만 주변에 보는 시선이 많은 것을 인지했는지, 아니면 진심으로 그 말에 동의하는 것인지 이내 제3황자에게로 시선을 돌렸다.

"루넨, 공작에게 사죄의 뜻을 전해라."

"형님!"

"네가 잘못한 것이다."

결국 제3황자는 탐탁지 않은 얼굴로 사과를 건넸다. 그래 봤자 성의라고는 개뿔도 없었지만.

애초에 그의 성의에는 별다른 관심이 없던 루벨리안은 순순히 그의 팔을 내주었다.

그렇게 내 얼굴은 보지도 못한 채 루벨리안에게 잡히는 굴욕만 당한 뒤 제3황자는 제2황자에게 끌려 다른 곳으로 갔다.

살짝 안도의 한숨을 쉬는 내게, 저번 티타임에서 만났던 알케 부인과 몇몇 부인이 다가왔다.

"공작 부인, 괜찮으신가요?"

"어머, 크게 놀라셨겠어요."

"아뇨, 괜찮아요."

"제3황자 전하께서는 비록 기사이시지만, 귀부인과 종종 추문이 나곤 한답니다."

알케 부인이 난감한 듯 건넨 말에 내가 얼굴을 찌푸렸다. 그래서 루벨리안이 그렇게 민감하게 반응했던 거로군.

황태자와 대화를 나누고 있는 루벨리안을 힐끔 본 알케 부인은 작게 속삭였다.

"그런데 저는 플로렌스 공작 각하께서 그렇게 강하게 나오시는 걸 처음 봤어요."

네, 저도 처음이에요.

"예전에는 아무리 정중해도 다가가기 힘든 분이라고 생각했는데, 부인을 이렇게 사랑해 주시는 걸 보니 애처가이신데요?"

"좋은 분이시네요."

"맞아요, 아내를 사랑하는 남편이 나쁜 분일 리 없잖아요."

"부러워요."

……이분들은 순진한 걸까, 아니면 진짜 세상 물정 몰라서 그러는 걸까.

귀부인의 덕담에 나는 얼굴을 붉히는 대신 부인들을 향해 웃어 보였다.

곧 부인들이 재잘거리다가 떠나가고, 소란이 언제 있었냐는 듯이 내 주위는 고요함을 찾았다. 때마침 황태자와의 대화를 마친 루벨리안도 내 옆으로 다가왔다.

"앞으로 제3황자와는 상종도 하지 마라."

"그게 제 마음대로 될까요?"

"필요하다면 죽여도 돼."

"……그, 그건 좀 극단적이고요."

그러나 루벨리안의 얼굴에는 장난기가 담겨 있지 않았다. 잔뜩 얼어붙은 분위기에 내가 웃으면서 말했다.

"내가 좀만 덜 예뻤으면 됐을걸. 그렇죠? 난 왜 이렇게 예뻐서 난리인지."

"아니, 그건 당신 문제가 아니다."

"네?"

"겔린 문제도 그렇고, 이번 일도 그렇고. 당신의 잘못은 일절 없다."

그의 진지한 얼굴에 나는 피식 웃고야 말았다.

"그렇긴 하네요."

'홍안화수'라는 말이 있다. '아름다운 여자가 모든 화의 근원'이라는 말로 자주 쓰이는데, 사실 생각해 보면 예쁘게 태어난 게 무슨 죄란 말인가.

만약 홍안화수라는 말이 진짜 적용된다면, 샤를리나는 너무 아름다운 죄로 죽음을 맞이한 것이어야 했다.

하지만 우리 다 알지 않나. 샤를리나가 죽은 건 1차로 황제가 개새끼이기 때문이고, 2차로 황후가 틀려먹었기 때문이며, 3차로 귀족들의 그 말도 안 되는 유언비어 때문이었다는 걸.

나는 루벨리안의 손을 잡았다.

"알아요, 나도. 그냥 해 본 말이야."

"그래."

"그런데 궁금한 게 있는데요. 혹시 예전에 무술- 아니, 무슨 무술이야. 검을 배워 본 적이 있어요?"

"그건 귀족가 후계자라면 반드시 갖추어야 할 소양이다."

"아, 그건 아는데. 제3황자까지 제압할 수 있을 줄은 몰라서. 난 당신이 비실비실한 줄 알았지."

"……비실비실?"

루벨리안이 어이없다는 듯이 나를 보았다.

"아니, 내 앞에서는 한 번도 힘을 써 본 적이 없으니까."

"당신이 거부했으니까."

"내가 언제 거부했…… 아니, 그 힘 말고요!"

나는 루벨리안의 어깨를 퍽퍽 때렸다. 그에 루벨리안이 나를 보며 피식 웃었다.

"당신에게 힘 쓸 일은 없지 않나."

"내가 그렇게 무해해 보여요?"

"무력으로 치자면? 뭐, 다른 쪽으로는 공격력이 발달했지만."

"어디요?"

"여기."

갑작스럽게 말캉한 입술이 내게 부딪쳐 왔다. 간질간질하게 풀어지는 그의 입맞춤에 괜히 뿌듯해져서 내가 활짝 웃었다.

"그렇죠? 역시 내 주둥아리는 지옥에서 왔죠?"

루벨리안은 대답 대신 다시 한번 입을 맞추었다. 쪽- 하고 온기가 다가왔다가 다시 멀어졌다. 그것이 묘하게 아쉬워서 나는 손가락으로 입을 살짝 만지작거렸다.

홀을 가득 메우는 왈츠곡, 둥글게 원을 그리는 드레스, 찰랑거리는 와인을 쭉 훑던 나는 무르익은 파티 분위기에 눈썹을 까닥였다.

그러고 보니 이제 슬슬 일이 터져야 하는데…….

황태자의 생일 연회가 뭐 하는 곳인가. 물론 황태자의 생일을 경축해 주러 온 사람들의 파티긴 하지만, 어쨌든 나한테는 원작의 시발점이나 마찬가지인 곳이었다.

그런 의미에서 기대 반, 불안함 반의 얼굴로 연회장을 훑는 그때-

"오, 오오, 오오오- 출발한다."

딱 봐도 곱지 않은 얼굴로 레이첼에게 가는 사람들을 보며 나는 환희와 기대에 가득 찬 얼굴을 했다.

드디어 여주인공에게 시비를 걸기 시작했어!

화려한 드레스를 입은 무리들은 저마다 사교계의 중심을 차지하는 귀족이라는 것을 그대로 드러내듯, 너도나도 아름답고 고고하게 고개를 들고 있었다.

그들의 얼굴을 하나하나 훑던 나는, 곧 그 사이에 있는 익숙한 얼굴을 보면서 미간을 찌푸렸다.

그 무리 중에 멜리나 바네스가 있었나? 멜리나는 아직 레이첼에게 시비를 걸 이유가 없는데?

이 상황을 레이첼이 유연하게 넘기고 황태자가 그런 레이첼에게 흥미를 보이니까, 레이첼을 모함하기 시작했던 걸로 기억하는데…… 이게 어떻게 된 거지?

의아한 눈빛으로 그들을 바라보는데, 신관들의 눈초리를 뚫고 당당하게 레이첼 앞에 선 멜리나가 부채를 좍 폈다.

며칠 전 나와 대화했을 때와는 완전히 다른 당당한 그녀의 얼굴을 보며, 나는 흥미로운 표정을 지을 수밖에 없었다. 그때는 다 죽어 가는 이파리처럼 파들거리더니 오늘 왜 저런대?

"성녀님을 뵙습니다."

멜리나의 인사에 병풍처럼 앉아 있던 레이첼이 자리에서 일어났다.

이를 보며 멜리나가 방긋 웃었다.

"황태자 전하의 탄신일에 이리 발걸음을 해 주시다니, 정말이지 성녀님은 마음씨도 곱군요. 정말이지 황송하기 그지없습니다."

……황태자의 생일 연회에 발걸음을 한 걸 왜 쟤가 칭찬하지?

나는 안주인처럼 행동하는 멜리나의 태도를 보며 살짝 눈을 가늘게 떴다. 저번에는 황태자에게 버림받은 것처럼 굴더니, 오늘 왜 갑자기 저러는 건지.

조금 의아한 기분이 들어 눈을 깜박거리는데, 멜리나가 말을 이었다.

"계속해서 같은 자리에 앉아 계셔서 혹시 무료하시진 않을까 걱정했어요."

"괜찮습니다."

"보아하니 친한 분도 없는 것 같은데, 얼마나 외로우시겠어요."

아니, 없긴 왜 없어! 나랑 친하거든!

하지만 레이첼은 민망한 듯 고개를 살짝 숙일 뿐이었다.

"아, 제가 용기가 없어서 사교계의 영애와 귀부인들께 함부로 말을 걸지 못하는지라……."

……아이고.

"어머, 그렇군요. 그럼 제가 성녀님의 친구가 되어 드려도 될까요?"

"아."

레이첼이 깜짝 놀라 눈을 동그랗게 떴다가 난감하게 고개를 저었다.

"아니에요. 제가 어찌 감히……."

"성녀님은 신전에서 가장 추앙을 받으시는 분이신데, 어째서 '어찌 감히'라는 말씀을 하시나요?"

"그게 아니라―"

"아니면 저한테 기분 나쁜 기운이라도 읽어 내셨나요?"

멜리나가 눈을 휘며 쿡쿡 웃었다.

순간 표정 관리를 못 한 레이첼이 미간을 찌푸리자, 멜리나가 입꼬리를 늘어뜨리며 말했다.

"저런, 진짜인가 보네요."

"아닙니다. 영애."

"하긴, 황태자 전하를 보면서도 기분이 나쁘다고 하신 분이, 그분의 약혼녀인 저는 어떻겠어요. 이해해요."

멜리나가 다 안다는 듯이 고개를 끄덕였다.

그러나 그녀의 커다란 목소리에 정작 주변 인물들이 수군거리기 시작했다.

"황태자 전하께 기분이 나쁘다고 하다니……."

"성녀가 그랬다고?"

"이런 무례하기 짝이 없는……!"

순식간에 귀족들의 수군거림을 받게 된 레이첼은 당황스럽게 눈을 깜박였다. 그러나 그녀가 해명할 기회도 주지 않은 채 멜리나 뒤편에 서 있던 영애가 호들갑을 떨었다.

"세상에, 성녀님께서 그런 말씀을 하셨다니! 정말이지 너무 무례하시네요."

"그러니까요. 듣기로는 친인도 죽인 자라는데."

그때, 멜리나의 여상한 중얼거림에 장안이 조용해졌다.

'친인도 죽인 자.'

그 말의 의미를 곱씹던 나는 그제야 레이첼이 어렸을 때 병상에 누워 있는 어머니한테 성력을 흘려보냈다가 어머니의 죽음을 초래한 일을 말하는 것임을 깨달았다.

레이첼의 얼굴은 하얗게 질려 있었다. 파들거리는 눈가, 그리고 부들거리는 손을 보다가 나는 결국 이마를 짚었다.

이거, 위험하다. 레이첼의 엄마가 성력 과다 투여로 죽었다는 사실은 후반에나 나오는 레이첼의 가장 아픈 곳이란 말이다……!

하지만 멜리나는 샐쭉 웃으면서 다정하게 속삭일 뿐이었다.

"괜찮아요. 성녀님."

"……."

"사람이 살면서 설마하니 실수 한번 못 해 보겠나요."

"그, 아니에요. 나는……."

"그저 그게, 우연히 '어머니'였을 뿐이에요."

"……."

"성녀님 때문에 목숨을 잃은 자가."

조곤조곤한 말투였으나 내용은 전혀 그렇지 못했다.

멜리나의 입술을 타고 흘러나온 소리에 주변 사람들은 물론이거니와 나 또한 입을 막을 수밖에 없었다.

저, 저 잔인하고 악랄한 거 좀 보소.

멜리나의 말에 레이첼의 눈가가 파르르 떨렸다.

그녀는 그저 엄마를 살리려 했을 뿐이었다. 따뜻한 빛이기 때문에 사람을 살릴 수 있는 줄 알았다. 그게 사람을 죽일 수도 있는 힘이라는 사실을 그녀가 어찌 알았을까. 그것도 겨우 여섯 살짜리가.

레이첼에게 제 손으로 엄마의 목숨을 앗아 갔다는 것은 그녀의 인생 전반을 통틀어 영원히 씻을 수 없는 상처였다.

그리고 그 상처를 치유해 주는 게 바로 황태자였다.

나는 얼굴을 굳혔다. 멜리나가 저걸 어떻게 아는 거지? 이는 아주 극소수만 아는 레이첼의 잔인한 비밀이었다. 레이첼의 뒤를 캐지 않는 한 비밀로 부쳐질 수밖에 없는.

'따로 조사를 한 건가? 그런데 멜리나랑 레이첼 사이에 무슨 접점이 있다고 그걸 조사한 거지?'

아, 레이첼과 멜리나를 잇는 근본적인 줄이 있긴 하다.

바로 황태자.

원작에서 멜리나가 레이첼을 싫어하는 계기는 황태자가 레이첼에게 관심을 보이기 때문이었다.

하지만 현재 황태자는 레이첼에 호감이 없는 상황이었다. 그럼 멜리나가 레이첼을 질투했다는 이유는 배제된다.

세상일에도 딱히 관심이 없는 천상 귀족 레이디 멜리나가 갑자기 신전의 성녀에게 관심이 생겨 직접 나섰다는 가정도 말이 되지 않는다.

자, 그럼 마지막 가설은…….

고개를 들고 파티장을 쭉 훑었다. 모든 이들의 시선이 멜리나와 레이첼을 향한 그때, 저 위층에서 서늘한 얼굴을 한 채 아래를 내려다보는 황태자를 발견하고 나는 입꼬리를 말아 올렸다.

찾았다.

황태자는 한 손에 와인을 든 채 우아한 포식자처럼 2층에 군림해 있었다.

모든 체스판을 제 손에 놓고 굴리는 제왕처럼, 그의 얼굴은 지독하게 차가워서 나는 이 순간만큼은 루벨리안과 그가 반쯤은 피가 섞였다는 사실을 인정할 수밖에 없었다.

역시, 멜리나는…….

은은한 미소를 담고 레이첼을 보는 멜리나, 그리고 이제는 완전히 하얗게 질린 레이첼의 얼굴 사이에서 서로의 눈치만 보던 사람들의 수군거림이 점점 고조에 달하던 순간이었다.

"그런데 성녀님. 진짜로 모르셨나요?"

"……."

"본인이 사람을 죽일 수도 있다는 사실을?"

달콤하게 속삭이는 멜리나의 말이 끝남과 동시에, 레이첼의 뒤에 있던 커다란 유리가 와장창 깨지기 시작했다.

챙그랑-!

"꺄아아악!"

귀를 찌르는 비명과 유리 깨지는 소리가 공기를 차갑게 조각냈다.

레이첼의 힘이 궁극으로 어디까지 갈 수 있는지 알고 있는 나조차도 놀랄 만큼 그 위력은 어마어마했고, 그녀의 뒤에 있던 창문이 차례로 반짝거리는 파편을 만들어 내며 사람들을 덮쳤다.

"으아악!"

"주의하십시오!"

"성녀님!"

창문이 깨지기도 전에 바로 나를 품에 안은 뒤 빠르게 자리를 피하는 루벨리안의 팔 옆으로, 나는 얼굴을 빼꼼 내밀며 침을 꿀꺽 삼켰다.

세상에, 이게 레이첼의 힘이야? 상상만 했지, 직접 보니까-

"굉장하네요."

–진짜 쩌는데?

유리창들은 정말 하나도 빠짐없이 전부 조각이 난 채 바닥에 떨어져 있었다. 그 사이로 차가운 밤바람이 정신없이 불어오고, 덕분에 차가운 공기에 노출된 팔이 시려 왔다.

난장판이 따로 없는 사이, 공포에 질린 사람들이 부들부들 떨면서 모여 있는 것을 보다가 나는 시선을 레이첼과 멜리나한테로 돌렸다.

"바네스 영애, 괜찮으신가요?!"

레이첼의 폭주와 동시에 그녀와 가장 가까이 있던 멜리나 바네스는 미처 피하지 못하고 그대로 유리 세례를 받아야만 했다.

그녀의 뒤에 서 있던 영애들은 급히 멜리나를 향해 다가갔다.

"세상에, 이게 어떻게 된……."

"유, 유리들이……."

"성녀님! 이게 대체 뭐 하는 짓이지요?!"

못 박힌 듯 서 있는 멜리나의 옆에서 그녀의 옷을 털어 주던 영애 한 명이 새되게 소리를 질렀다.

그래도 플라스틱으로 만든 가짜 우정은 아니었는지 진심으로 멜리나를 대신해 화를 내는 모습을 보다가, 나는 다시 레이첼에게로 시선을 돌렸다.

"성녀님, 바네스 영애는 황태자 전하의 약혼녀입니다! 어찌 감히 이런 짓을 저지를 수가 있으십니까!"

높은 목소리에 레이첼이 깜짝 놀라 눈을 크게 떴다. 이제야 정신이 돌아온 듯 그녀가 뒤로 주춤주춤 물러났다.

"아…… 저, 저는……."

"성녀님은 황실에 그에 대한 상응한 대가를 치러야 할 겁니다."

어떤 말을 해야 할지 몰라 머뭇거리는 레이첼의 표정이 너무 선명하게 다가왔다.

그것을 빤히 보던 내가 가늘게 눈을 떴다. 뭐가 되었든 간에 레이첼이 잘못한 것은 맞다. 하지만 먼저 도발한 게 누구였나. 사람 상처를 헤집으면서 정서적으로 자극한 게 누구였지?

하물며 레이첼은 절대 고의가 아니었다. 그저 힘을 제대로 컨트롤할 줄 몰랐을 뿐.

물론, 그건 다른 이들에게 아무런 변명도 되어 주지 못하겠지만.

나는 루벨리안의 품에서 벗어났다. 공포에 질린 듯이 레이첼을 응시하는 이들의 시선을 한번 훑다가, 2층에 있는 황태자의 인영을 보곤 입술을 꼭 깨물었다.

"황태자는…… 무척 평온한 표정이네요."

"그렇군."

루벨리안의 긍정은 꽤 많은 의미를 담고 있었다.

나는 가늘게 눈을 뜨면서 황태자와 멜리나 바네스, 그리고 레이첼을 훑었다. 그리고 그때, 갑자기 2층에 있던 황태자가 '웃었다'.

순식간에 스쳐 지나간 그의 미소에 나는 루벨리안의 손을 꽉 잡았다. 지금 상황에서 황태자의 웃음은 분명 좋은 의미는 아니리라.

이내 발걸음을 옮기는 황태자를 누군가가 처절하게 불렀다.

"전하! 부디 성녀를 엄벌하여 주십시오!"

황태자는 2층에서 1층으로 천천히 내려왔다. 느긋하기 그지없는 그의 발걸음에는 자신의 생일 연회가 망쳐진 것에 대한 일말의 분노도 없었다. 아니, 분노뿐인가. 오히려 황태자의 얼굴은 묘할 정도로 차분했다.

레이첼과 바네스 사이에 우뚝 멈춰 선 그는 자신을 향해 외친 한 영애에게 시선을 돌렸다.

"성녀를 엄벌하라?"

"전하, 바네스 영애께서 이리 다치셨는데……."

황태자의 차가운 목소리에 이름 모를 영애가 울먹거리면서 말했다.

그러게 누가 레이첼을 도발하랬나? 나는 속으로 중얼거렸다. 그나저나 황태자는 멜리나 편을 들려나? 원작이라면 레이첼 편이었겠지만, 지금 두 사람 사이가 별로니…….

그러나 정작 황태자는 더없이 차가운 얼굴로 입을 열었다.

"먼저 성녀께 도발 언사를 비친 것은 누구였지?"

……!

예상을 벗어나는 황태자의 말에, 멍하니 서 있는 멜리나 바네스는 물론이고 나마저도 눈을 휘둥그레 떴다.

뭐야, 이건 또?

아, 아니, 잠깐만. 물론 황태자가 레이첼을 도와주는 게 원작상으로는 이상한 게 아니지만…….

"황태자 전하. 그, 그것은 그저 성녀님께 바네스 영애께서 안부를—"

"바네스 영애는 안부를 그런 식으로 묻나? 바네스 영애, 말해 보게. 왜 그렇게 성녀께 말을 건 것이지?"

황태자의 물음에 바네스 영애의 동공이 하염없이 흔들렸다. 멀리서도 그녀의 망연함이 그대로 보여 처량하기 짝이 없는 그 모습에 내가 주먹을 꽉 쥐었다.

황태자는 그 모습을 무시하고 몸을 돌리더니 레이첼을 향해 입을 열었다.

"성녀께서 놀라셨겠군."

"……."

"내 약혼녀가 크게 실례를 한 것 같아. 사과하겠네."

언제 저 위에서 아래를 내려다보았냐는 듯이, 언제 레이첼에게 불쾌한 기색을 내비쳤냐는 듯이 황태자는 더없이 다정하게 말했다.

그에 눈을 크게 뜬 멜리나가 그를 향해 외쳤다.

"황태자 전하, 저는-!"

멜리나 바네스의 울음 섞인 목소리는 처절하기 그지없었다. 마치 뭔가를 호소하기라도 하듯 그녀가 입술을 옴짝달싹 움직였으나, 황태자가 눈썹을 까닥하는 순간 그녀가 뒤로 주춤거리며 물러났다.

"성녀, 미안하군."

"……아닙니다. 큰 실수를 저지른 것은 저입니다."

황태자의 사과에 레이첼이 고개를 저었다. 그녀는 갑작스러운 황태자의 변화에 놀랐는지 떨떠름한 얼굴로 답했다.

그러나 황태자는 피식 웃을 뿐이었다.

"멜리나 바네스 영애, 성녀께 사과하게."

"……."

"어서."

분명 통쾌하기 그지없는 장면이었다.

레이첼의 아픈 곳을 건드리면서 도발한 악녀 멜리나 바네스, 거기에 폭주한 레이첼, 그리고 어려움 상황에 몰린 레이첼을 도와주는 황태자.

그럼에도 불구하고 이질적이기 짝이 없었다.

분명, 분명 남주인공이 악녀를 처벌하는 장면인데, 왜…….

왜.

찝찝한 마음에 생각에 잠겨 있는데, 뒤에 서 있던 루벨리안이 낮은 목소리로 읊조렸다.

"이카로스는 언제나 선한 역이군."

"……."

"그게 저자답긴 하지만."

그가 그 말을 내뱉는 순간, 나는 이 이질적인 감정의 근원이 무엇인지를 깨닫고 입술을 깨물었다.

나는 빙의한 순간부터 황태자가 당연히 착하리라 생각했다.

왜? 그는 소설의 남주인공이었으니까.

하지만 자신의 아버지가 저지른 죄를 알고도 그는 루벨리안을 옆에 두었다. 옆에 두고 뭘 했더라? 그래, 형제랍시고 아련한 눈빛으로 그를 봤지.

레이첼과 멜리나가 대립할 땐 뭘 했지? 멜리나를 꾸짖었지. 그런데 정작 모든 문제를 해결한 건 황태자가 아니라 레이첼이었다.

황후와 대립하는 것도 레이첼이었고, 황태자는 그저 고고하게 그들을 꾸짖기만 할 뿐이었다.

그러니까 결국…….

"애초에 황태자는 좋은 사람이 아니었어요."

그저 레이첼에게 잘해 줬기 때문에 좋은 사람이라고 생각했을 뿐.

나는 이를 악물었다. 그러니까 난 황태자가 남주인공이라는 이유로 그가 착한 인물이라 끊임없이 합리화한 것이었다.

"멜리나가 레이첼에게 다가갈 때 황태자는 보고만 있었어요."

"……."

"그런데 이제 와서 레이첼의 편을 드는 걸 보니……."

"바네스 영애를 이용한 것이겠군."

다시 말하자면 멜리나는 레이첼에게 유감이 전혀 없다. 아직 황태자와 레이첼이 엮이기 전이니까. 오히려 유감은 내게 더 많겠지.

그럼에도 저렇게 레이첼에게 시비를 걸고, 심지어 황태자가 호통을 치자 억울한 표정까지 지었다.

황태자는 저 멀리서 멜리나를 방관하다가, 레이첼의 힘이 폭주가 끝나는 순간 내려온 것이고.

"황태자는 레이첼을 시험해 보고 싶었던 거네요. 그 힘이 어디까지인지."

나는 고개를 들어 루벨리안을 보았다.

"멜리나에게 넌지시 레이첼에 대한 혐오 감정을 드러내고, 레이첼의 과거사를 밝히죠. 멜리나는 황태자의 예쁨을 받고 싶으니 황태자가 싫어하는 레이첼에게 시비를 걸었고."

황태자는 그 모든 것을 보고만 있었다. 여기서 레이첼이 그저 얌전하게 당하기만 한다면 버리고, 만약 어떻게든 멜리나 바네스에게 반격할 수 있다면 그 자체만으로도 큰 힘이 되니까.

아, 오만한 새끼. 원작 읽을 때는 통쾌했는데 이렇게 직접 보니 기분 나쁘네. 자기가 뭐라고 레이첼을 시험해?

나는 풀 죽은 생쥐처럼 고개를 푹 숙이고 있는 멜리나와, 조금 떨떠름한 얼굴로 황태자와 멜리나를 번갈아 가며 보고 있는 레이첼을 응시했다. 레이첼 또한 황태자가 이렇게 나올 줄은 몰랐을 게 분명했다.

순간 레이첼의 시선이 내게 떨어지고, 그녀가 입술 끝을 축 늘어뜨렸다.

언니, 고생이 많아요.

황제나 황태자나 다 똑같다. 핏줄 어디 가지 않는군. 오만하게 가장 높은 곳에 서서 두 사람의 싸움을 방관하는 거. 정작 가장 큰 만악의 근원은 본인이면서.

"멜리나 바네스 영애, 사과는?"

“……송구합니다, 성녀님. 제가 함부로 입을 놀려 성녀님의 기분을 상하게 했습니다.”

황태자의 차가운 얼굴 아래 기어코 멜리나의 입에서 사과의 말이 나오자, 레이첼이 고개를 끄덕였다. 여기서 할 수 있는 일은 그저 얌전히 사과를 받는 것뿐이라는 걸 그녀도 알고 있는 것이다.

멜리나 바네스의 사과에 황태자가 입을 열었다.

“유감이군, 바네스 영애. 나는 영애가 누구보다도 훌륭한 귀족이라고 느끼고 있었는데, 정작 이런 일이 벌어지다니.”

“송구, 합니다…… 전하.”

울먹거리면서 멜리나가 입을 꾹 다물었다.

으아, 내가 이 장면을 소설로 봤으면 분명 통쾌 상쾌 유쾌 사이다라고 환호를 했겠지? 미간을 찌푸리고 저 장면을 보던 내가 고개를 절레절레 저었다.

“신전에서 귀한 발걸음을 해 주셨는데, 이리 성녀를 대접해 경들을 볼 면목이 없군.”

“…….”

“이런 일이 다시는 일어나지 않도록 주의를 주지.”

“아닙니다, 전하. 바네스 영애의 결례로 일어난 일일 뿐입니다.”

“맞습니다. 바네스 후작은 대체 딸 교육을 어떻게 시키는 겐가! 감히 신전의 귀하신 분들께 이런 결례라니!”

황태자의 말이 떨어지기가 무섭게, 귀족들이 하나같이 입을 모았다.

저 구석에서 붉으락푸르락한 얼굴로 서 있는 인물이 바로 바네스 후작인 건가.

돌아가는 상황에 결국 그는 황태자에게 허리를 숙인 채 용서를 빌었다.

방금까지만 해도 멜리나의 편을 들지 못해 안달하던 인간들이 갑자기 태도를 확 바꾸는 것을 보며 나는 새삼 세상이 참 무서움을 느끼고 말았다.

이윽고 시종들이 들어와 아수라장이 된 파티장을 급히 정리하기 시작했다.

“빨리 나와!”

반면 바네스 후작은 제 딸의 손목을 잡고 거의 끌어내다시피 하고 있었다. 그래도 우리 아버지는 내 각종 또라이 짓을 혼낼지언정 저러지는 않았는데.

그들의 모습에 착잡함을 느끼던 것도 잠시, 나는 얼굴에 미소를 가득 띤 채 레이첼에게 다가갔다.

“레이첼!”

무슨 말을 하는지 약간 어두워진 얼굴로 황태자와 대화를 나누던 레이첼이 고개를 들었다. 그녀의 뒤에서 얼굴을 굳히고 있던 알프리드는 내 존재를 발견하고 눈썹을 까닥였다.

“레이첼, 괜찮아요?”

“아, 이브. 그…… 괜찮나요? 혹시 방금 전 저 때문에…….”

“어머, 워낙에 강철로 만든 남편을 두어서. 괜찮아요.”

나는 배시시 웃으면서 고개를 저었다. 내 등장이 탐탁잖은 듯 황태자가 미간을 살짝 움찔했지만, 그러면 어쩔 거냐. 난 일부러 눈치 따위 바닥에 파묻은 것처럼 행동하며 레이첼의 손을 꼭 잡았다.

“그나저나 레이첼, 당신이야말로 놀랐겠어요.”

“아니에요. 저는…… 앞으로는 꼭 주의하도록 할게요.”

“괜찮아요. 저는 이해해요.”

“그래도 너무 폐를…….”

"폐라니요. 전혀 폐가 아닌데요?"

사실 이곳은 황태자의 생일 연회였으므로 이 대사는 황태자가 말해야 옳지만, 나는 원래 이 구역의 교양 없는 무식한 미친년이었으므로 상관없었다.

레이첼과 대화하던 황태자의 존재는 깡그리 무시해 버리며 내가 다정하게 말했다.

"레이첼은 폐가 되는 존재가 아니에요."

"하지만, 저는 위험하고……."

"레이첼이 왜 위험하죠? 레이첼은 그저 평범한 인간일 뿐인데요?"

"네가 왜 위험하냐. 내게 너는 그저 평범한 여인일 뿐이다."

아마 조금만 더 전개를 나가면 황태자가 할 법한 대사를 내가 치면서 방긋 웃었다.

이렇게 된 이상 남주인공 자리는 내가 노린다!

남들은 빙의하면 여주 자리를 꿰찬다는데, 나는 대체 왜 이럴까. 흑, 내 팔자야.

내 말에 레이첼은 눈을 동그랗게 떴다가 수줍게 웃으면서 고개를 끄덕였다.

그때였다.

"흠흠."

"어머, 황태자 전하."

황태자의 헛기침 소리에 나는 두 손으로 입을 꼭 막으며 뒤로 물러났다. 과장스러운 몸짓으로 드레스 양쪽을 잡으며 허리를 굽히자, 황태자가 미간을 좁히는 게 보였다.

"송구합니다, 전하. 제가 그만 성녀님의 안위가 걱정되어 전하를 몰라뵙고."

"……공작 부인은 성녀와 친한가?"

황태자가 경계 어린 눈빛을 보내자 나는 배시시 웃으면서 고개를 끄덕였다.

"저는 성녀님이 좋아요."

"……그렇군."

"황태자 전하께서도 저번에 보셨다시피 콜리카 공작 부인을 위시한 분들께선 저를 몹시 싫어하시는지라……."

더없이 가련하게 나는 어깨를 축 늘어뜨렸다. 사실 내가 싫다기보다는 끔찍한 혼종이랑 말 섞기 싫어서 그냥 무시하는 것 같지만, 그게 그거지, 뭘.

"그리고 성녀님은 아름다우시니까요."

"부인도 아름답다."

"어머, 황송합니다. 전하."

그렇게 아름다움에도 불구하고 그날 내 프러포즈를 받아 주지 않아서 너무 다행이다. 어휴, 너랑 결혼했으면 난 이미 사람 여럿 죽였을 것 같아. 이 비겁한 놈.

"어쨌든 오늘 일은 유감이군, 성녀. 훗날 다시 만날 일이 있었으면 좋겠어."

"영광입니다, 황태자 전하."

"그럼 공작 부인도– 아, 그리고 공작."

나와 레이첼에게 작별 인사를 하고 떠나려던 그는, 내 뒤에 조용히 서 있는 루벨리안을 보고 뭔가 생각난 듯이 입을 열었다.

"축제가 열리는 기간 동안 아린느 델런 영애를 잘 보살펴 주게."

……?

황태자의 말에 나는 눈썹을 까닥였다. 아린느 델런? 루벨리안을 오라버니라고 부르던 그 여자?

"미혼의 영애를 제가 보살피는 것은 말이 안 됩니다, 전하."

"어렸을 때부터 남매처럼 지내던 이가 아닌가. 아, 공작 부인께서는 신경 쓰지 않으시겠지?"

황태자의 말에 내가 눈을 깜박거렸다. 현명하고 정숙한 부인이라면 당연히 여기서 '아니에요, 저는 신경 쓰지 않아요.' 이러겠지만, 나는 밴댕이 소갈딱지 같은 마음을 갖고 있으니 당연히 신경 쓴다.

최대한 돌려서 말해야겠다고 생각하는데, 루벨리안이 먼저 거절의 의사를 표했다.

"송구하오나 전하. 저는 탄신일 축제 동안 제 아내의 옆에 있을 의무가 있습니다."

루벨리안의 단호한 말에 황태자가 멈칫했다. 순간 두 사람이 대치하는 것 같은 착각에 루벨리안의 옷깃을 꽉 잡자, 부드럽게 내 손을 감싸 쥔 루벨리안이 단호히 말했다.

"그러니 그 명은 거둬 주십시오."

분명 명을 거둬 달라는 말이었지만 설사 거두지 않아도 그냥 무시할 것 같은 얼굴이었다.

잠시간의 침묵이 흐르고, 황태자가 피식 웃으면서 고개를 끄덕였다.

"그러지."

말을 마친 황태자는 곧 자리를 옮겼다.

그의 뒷모습이 묘하게 화가 나 보이는 것은 착각일까.

결국 나는 레이첼에게 가볍게 웃어 준 뒤, 엉망이 된 파티장을 루벨리안과 빠져나올 수밖에 없었다.

"모든 게 다 엉망이야."

우리에게 배정된 궁으로 돌아온 뒤 옷을 갈아입고 침대 안에 들어간 나는, 옆에서 느긋하게 서류를 펼쳐 보는 루벨리안을 향해 입이 댓 발이나 나와서 중얼거렸다.

하지만 그런 내 말에도 루벨리안은 아무런 표정도 보이지 않았다. 대신 언제나 그러하듯 팔을 뻗어 나를 안는 그의 손길에, 나는 그의 서류에 손을 턱 얹었다.

"오늘 황태자랑 무슨 얘기 했어요?"

"이브, 지금 딱 외도하고 온 남편을 심문하는 것 같은 거 아나?"

"외도보다 더 중요한 일이니까 그러죠. 외도는 그냥 당신 버리면 해결되는 일인데, 황태자 그놈은 나도 어떻게 해결할 방법이 없잖아요."

"흠, 날 버리면 되는 일이었군."

"핵심이 그게 아닌 거 알죠? 무슨 얘기 했어요? 무슨 중요한 얘기라도 했어요?"

루벨리안이 총에 맞은 뒤 그와 황태자의 실질적 첫 만남이었다. 오늘 파티에서의 태도도 그렇고, 갑자기 아린느 델런을 데려온 걸 보면 분명 내가 모르는 뭔가가 있는 게 분명했다.

루벨리안은 자신의 서류 위에 턱 올려진 내 손을 빤히 응시하다 웃음을 흘렸다.

왜, 왜 웃어!

"손도 참 작군."

"지금 그런 말 할 때가 아니잖아!"

루벨리안의 여유롭다 못해 나와 같은 차원에 있지 않는 듯한 그의 태도에 나는 폭발하고 말았다.

내 앙칼진 목소리가 떨어지자마자, 루벨리안이 나지막이 입을 뗐다.

"미안하다고 하더군."

"……네?"

"내가 공격받은 것에 대해서 말이야. 그리고 저번에 나를 공격한 이는 황실에서 재판하겠다고 했다."

"황실에서 재판을 하면……."

"감옥에 가두는 시늉만 하다가 귀족들의 관심이 사그라들 때쯤 풀어 주거나 하겠지."

"진짜 졸렬해."

이게 황제의 뜻이든 황태자의 뜻이든, 어쨌든 황실의 입장은 확실했다. 더더욱 확실해지는 '황태자-황제 공범설'을 속으로 되뇌다가 루벨리안을 향해 물었다.

"그래서 앞으로는 어떻게 할 건데요?"

"글쎄. 당신이랑 오래오래 살아야겠지?"

"루벨리안, 한 번만 더 그렇게 나 놀려먹으면 나 진짜……."

"일단 황실과 대립하는 신전을 이용해야겠지?"

"신전을 이용한다면…… 레이첼?"

"성녀가 아직 신전의 대표는 아니지 않나. 정확히 말하자면 신전 전체를 이용해야 하는 거겠지만, 성녀를 이용하는 것도 괜찮겠군."

마지막 말은 거의 중얼거림에 가까웠다.

루벨리안의 말에 나는 납득하며 고개를 끄덕였다.

그래, 지금 상황에서 가장 중요한 건 신전을 우리 측으로 끌어들이는 것이다. 그럼 나는 루벨리안이 신전을 공략할 동안 다른 걸 공략해야겠군.

음산하게 웃는 나를 보며 루벨리안이 내 이마를 콩 찧었다.

"쓸데없는 일은 해도 되는데, 위험한 일은 하지 마라."

"알았어요."

"노는 것도 상관없는데, 집에 들어오는 건 잊지 말고."

"아, 진짜!"

나를 뭘로 아는 거야? 가늘게 눈을 뜨고 그를 흘기는 눈빛에 루벨리안이 부드럽게 웃었다.

그리고 이튿날 아침.

반짝이는 햇살 아래서 천천히 궁의 정원을 산책하던 멜리나의 앞을 막아서며, 내가 손을 흔들었다.

"까꿍."

윙크를 날리며 불쑥 나타난 나로 인해, 멜리나는 놀라서 뒤로 물러섰다.

옆에 붙어 다니던 떨거지들도 없는 걸 보니 어제 일이 그녀에게 충격이긴 충격이었나 보다. 게다가 공작새처럼 오만하기 그지없던 그 얼굴은 오늘따라 유난히 초췌해 보였다.

"바네스 영애, 이런 곳에서 만나다니. 정말 대단한 운명이네요."

"이곳은 공작 부인의 침소로 지정된 궁과 반대 방향이라고 알고 있는데……."

"그러니까요. 세 걸음이면 지쳐서 헉헉대는 내가 이렇게 힘을 빼면서 바네스 영애를 만나러 오는 날도 있다니, 운명이라는 건 이토록 얄궂죠."

눈을 곱게 접으며 내가 말했다. 그러나 유쾌 발랄한 내 목소리와 달리 멜리나의 얼굴은 더욱더 어두워졌다.

"절 조롱하러 오신 거라면 빨리 떠나세요."

"조롱이요? 제가 왜 영애를 조롱하죠?"

"어제……!"

"아, 그거? 저런, 그게 뭘 또 조롱거리나 된다고. 난 황태자 전하한테 프러포즈까지 했다가 공개적으로 차인 사람인데."

황태자의 이야기가 나오자 멜리나가 입술을 살짝 깨물었다. 그녀는 내가 자신을 놀리러 왔다고 여긴 모양이었다.

아니나 다를까, 멜리나가 억지로 턱을 든 채 최대한 당당하게 말했다.

"비록 황태자 전하께서 제게 화를 내셨다고 해도, 저는 황태자 전하의 약혼녀예요."

나름 자존심을 차린다고 차렸으나 그녀의 목소리는 꽤 불안정했다. 바보가 아니라면 다 눈치챌 정도로 하염없이 흔들리는 그녀의 눈빛을 보다가, 나는 고개를 갸웃거렸다.

"얼마 전에는 그렇게 말씀하시지 않으셨던 것 같은데, 황태자 전하와 화해라도 하셨나 보군요? 알케 부인의 다과회가 끝나고 저를 붙잡고 한 얘기와는 상당히 다르네요."

"그……."

"아니면 애초에 황태자 전하와 싸운 적 자체가 없다거나?"

"그게 무슨……! 대체 하고 싶은 말씀이 무엇이죠?"

나는 발끈해서 외치는 멜리나의 표정을 자세히 관찰했다. 멜리나의 얼굴에는 흐르는 긴장감이 진득하게 달라붙어 있었다.

역시.

내 짐작이 맞았음을 확신하며 나는 말을 이었다.

“하긴, 연인 사이의 싸움이야 뭐— 원래 다 그런 거니 사실 이상할 거야 없죠. 싸우다가 헤어지고, 헤어지다가 싸우고.”

“그건 싸운 게 아니라, 황태자 전하께서 제게 분노하시어 내리신 벌입니다.”

“분노하여 내리신 벌을 어떤 식으로 용서받았는지가 궁금하군요. 더불어 오늘 저지른 일은 어떻게 용서받을지 또한?”

목까지 채워 올린 드레스가 유난히 그녀다웠다. 정숙한 귀족 영애로서, 그리고 미래의 황태자비로서 교육을 받은 그녀의 모습은 그야말로 훌륭했지만, 정작 그에 상응하는 머리는 갖지 못한 게 인생의 한이 될 터였다.

내 물음에 멜리나가 눈에서 레이저 빔이 나올 기세로 노기등등하게 노려보았다.

“그건 공작 부인께서 판단하실 문제가 아닙니다. 무례하기 짝이 없군요. 부인께서 무엇이라고 감히 저와 황태자 전하 사이의 일을 궁금해하죠?”

“그거야…… 알케 부인의 다과회 날, 영애가 저한테 와서 도움을 청하셨으니까?”

“그걸로 제 약점이라도 잡았다고 생각하시는 건가요? 득의양양해하는 꼬락서니하고는. 역시 천박하기 짝이 없어!”

마치 분노를 뭉개어 목구멍에서 토해 내듯 멜리나가 거칠게 내뱉었다. 정원을 쩌렁쩌렁 울리는 그녀의 목소리가 귀를 찔러 왔다.

그러나 어찌 보면 당연한 그 분노 속에서 한 가닥의 당황함을 찾아낸 내가 눈을 곱게 접었다. 오늘은 월척이겠군.

"황태자 전하께서 어떻게 일을 벌이는지만 가르치고, 어떻게 수습하는지는 가르쳐 주지 않은 모양이네."

내가 말을 꺼내기가 무섭게 멜리나의 눈동자가 크게 떨려 왔다. 어떻게 내 말을 받아쳐야 할지 몰라 당황하는 기색이 역력한 그녀의 얼굴에는 분노와 당황함, 그리고 슬픔이 가득했다. 이윽고 멜리나가 부들부들 떨리는 목소리로 답했다.

"함부로 날조를 하려면…… 증, 증거가 있어야 합니다."

"증거가 있으면 날조가 아니죠."

"……!"

"그렇게 '사랑하는' 약혼녀에게 빠져나갈 길조차 만들어 주지 않으시다니, 참으로 야속한 분이시네요."

"닥쳐!"

"오로지 황태자 전하만을 믿으면서 여기까지 걸어왔는데 정작 일은 이렇게 틀어지고, 어디서 굴러 들어왔는지 모르는 성녀는 계속 신경을 거슬리지 않나. 불쌍해서 이용하지도 못하겠네."

"이게 감히-!"

결국 내 도발에 정곡을 찔린 멜리나가 울분을 짓이기면서 손을 들었다.

내 뺨을 치러 내려올 게 뻔한 그녀의 손을 꽉 잡은 나는 그녀를 내 쪽으로 확 끌어당기면서 작게 속삭였다.

"그렇게 흥분하면 너무 속보이잖아. 나한테 차를 부은 건 황후가 덮어 준다고 해도, 여기 너밖에 없는 곳에서 내가 얼굴이 부은 채 나타나면 무슨 소문이 돌까?"

"감히 네까짓 걸 내가 두려워할 것 같아?"

"나는 안 두렵겠지. 하지만 다른 사람한테 들키는 건 두렵지. 안 그래? 황태자비가 될 거라는 자부심으로 살았는데, 지금 그것도 약간 위태위태한 것 같고."

"……."

내 말에 멜리나가 입술을 꾹 깨물었다. 정곡도 저런 정곡이 없었는지, 그 독한 그녀의 눈에 눈물이 핑그르르 돌기 시작했다.

나는 멜리나를 응시했다. 불안하게 떨리는 그 눈빛과 당황에 빠져 허우적대는 기색은 내 말이 고스란히 맞음을 증명하고 있었다.

황태자는 멜리나를 이용했다. 그녀가 레이첼을 도발하게 한 뒤 레이첼의 반응을 살폈다.

추측이 확신으로 변하자 나는 피식 웃었다. 그 사실을 멜리나도 알고 있는 게 분명했다. 그래서 내 말에 반박도 못 하고 저렇게 부들부들 떨고 있는 거겠지.

"황태자가, 너를 이용하고 버렸네."

탁-

내 팔을 크게 뿌리치며 멜리나가 뒤로 주춤 물러났다.

이십 년 동안 황태자의 옆에서 황태자비가 될 날만 손꼽아 기다리며 살던 그녀였다. 그런 자신을 황태자가 버렸다는 사실은 인생을 송두리째 부정당한 느낌이리라.

이를 애써 감추면서 그녀가 부들거리는 목소리로 답했다.

"함부로 지껄이지 마. 나는 황태자비가 될 거야."

"물론이죠. 이 황궁에 바네스 영애보다 그 자리에 더 잘 어울리는 이는 없을 거예요."

언제 그녀를 몰아붙였냐는 듯이 나는 다정하게 웃으면서 말을 이었다.

"나는 영애를 별로 좋아하지 않지만, 영애의 그 독기만큼은 정말이지 꽤 감탄스럽군요."

"무슨 헛소리를 하는 거야?"

"그럼 부디 마지막까지 길을 잃지 말고 무사하게, 당신의 목표를 이루길 바랄게요."

일이 이렇게 된 이상 멜리나는 가만히 있지 않을 게 분명했다. 특히 오늘 나한테 이렇게 도발당한 그 반응을 보아하니 조만간 레이첼에게 손을 쓸 터.

비록 원인 제공은 다르지만, 원작과 얼추 맞아떨어질 것이다. 내가 레이첼에게 주려고 준비한 드레스는 쓸모가 없어졌지만, 그게 무슨 대수인가.

'앞으로도 기회는 많으니까.'

속으로 읊조리며 나는 멜리나를 향해 고개를 까닥였다. 부디 그녀가 그 분노를 불태우며 끝까지 살아남기를 바라며. 그리고 그 분노를 이용해 내가 무사히 레이첼의 곁에 있을 수 있기를 바라며.

황태자와 레이첼의 관계는 원작과 다르게 흘러갔다. 심지어 황태자는 멜리나를 이용해 레이첼의 힘까지 떠보았다. 그리고 어쩌면 앞으로도 멜리나를 종종 이용해 먹을 가능성이 꽤 컸다.

그럼 여기서 질문. 황태자를 우리 쪽으로 끌어들이는 게 더 빠를까, 황제와 한 세트로 묶어서 보내 버리는 게 더 빠를까?

“황제와 황후를 움직이기에는 더없이 좋은 도구이긴 하지만, 그 도구가 나를 찌르지 않는다는 보장이 없으니…….”

그러나 나와 가치를 달리한다고 해서 완전히 등을 돌리는 건 어리석은 짓이다. 황태자에게 이용 가치가 있다면, 최대한 이용해 먹다가 버리는 게 상책이었다.

“게다가 명색이 남주인공인데, 아무리 합리화를 당해도 그렇지 진짜 뼛속까지 나쁠까?”

“누가요?”

“아, 레이첼. 왔어요?”

홀로 중얼거리던 나는 뒤에서 들려오는 상냥한 목소리에 고개를 홱 돌렸다. 그곳엔 어제와 달리 간단하게 차려입은 레이첼이 서 있었다.

“이브, 무슨 일이라도 있나요?”

“아니에요. 그냥 생각할 게 너무 많아서요.”

“너무 고민하지 마요. 어떤 일은 생각하면 할수록 더욱더 답이 보이지 않더라고요. 제가 예전에 그랬거든요.”

“고민하시는 문제가 있으셨나요?”

“제가 가정 환경 때문에 한때 고생을 했던 적이 있어서요.”

레이첼의 온화한 웃음에는 잡티 하나 없었다. 그럼에도 불구하고 그녀의 세세한 내막을 알고 있는 나는 차마 웃을 수가 없었다.

그녀가 새어머니와 주변 사람들한테 어떤 식으로 구박을 받으며 살아왔는지 떠올린 내가 가볍게 한숨을 쉬었다.

“어제 바네스 영애께서 심한 말을 하셨죠. 너무 마음에 두지 마세요. 그건 레이첼 탓이 아니니까요.”

“사실…….”

레이첼이 어색하게 웃다가 티스푼으로 차를 휘저으며 말을 꺼냈다.

"바네스 영애가 제게 오는 순간부터 어느 정도 예상하긴 했어요. 아, 큰일이 있겠구나."

"그런 것도 눈치채실 수 있으신가요?"

이번에도 감이 발휘된 건가.

"그런 것도 있지만, 그분이 황태자 전하의 약혼녀라고 알프리드가 귀띔해 줬거든요."

"아……."

"황태자 전하께서 제게 좋지 않은 감정을 갖고 계시니, 그분도 제게 그다지 호의적일 거라고 생각하지는 않았어요."

나는 고개를 끄덕였다. 이쯤이면 확실하게 짚고 넘어갈 때도 되지 않았나. 대체 황태자와 레이첼 사이에 무슨 일이 있었던 것인지. 무슨 일이 있어서 원래라면 사랑이 싹터야 할 두 사람 사이에 저런 스파크가 튀는지.

나는 레이첼을 응시하며 조심스럽게 물었다.

"혹시, 황태자 전하와 무슨 일이 있으셨나요?"

"……."

레이첼이 살짝 고개를 숙였다. 그녀는 어떤 말을 해야 할지 몰라 입술을 옴짝달싹했다. 한숨을 쉬는 그녀의 얼굴에는 난감함이 서렸다.

"저번 파티에서 아는 분이 없어 테라스에 홀로 앉아 있는데…… 황태자 전하께서 오셨어요."

나는 숨을 죽였다. 그래, 여기까지는 원작과 같다.

구석에 홀로 앉아 있는 레이첼, 그리고 성녀라는 그녀의 신분에 흥미를 느낀 황태자.

"그런데 문제는…… 황태자 전하께서 제게 오시자마자, 음…… 이상한 기운이 들어서.”

“이상한 기운이요?”

“네. 불쾌하고 이상한 것이 보여서.”

레이첼이 지금도 불쾌한 듯이 얼굴을 찌푸렸다.

그러나 그에 나는 머릿속이 상당히 복잡해졌다. 원작에서도 레이첼은 분명 황태자한테서 무엇인가를 읽어 낸다. 그게 무엇이냐 하면 일종의 예지인데, 황태자가 그녀 대신 칼을 맞는 장면이었다.

원작 마지막쯤에 황태자는 루벨리안이 던진 검을 레이첼 대신 맞는다. 그것을 보고 자신 때문에 황태자가 죽었다고 생각한 레이첼은 성력을 퍼부어 루벨리안을 죽이고, 더불어 나까지 죽여 버리는 것이다.

하여튼 파티에서 예지를 짧게나마 보게 된 레이첼은 황태자가 왜 자기 대신 칼을 맞는지 궁금해지고, 결국 황태자에게 약간의 호기심을 느끼게 된다.

그건 절대 ‘불쾌한’ 장면은 아니었다.

그럼 그녀가 본 건 뭐지?

“그게 대체 뭐였죠?”

나는 잔뜩 긴장한 채 레이첼을 응시했다. 그런데 내 물음에 레이첼이 조심스럽게 입을 뗐다.

“저, 이브…… 오해하지 마요. 이건 절대 정확한 게 아니니까.”

“……네.”

절대적으로 바뀌지 않는 미래를 보는 능력이지만, 굳이 티를 내지는 말자. 그렇게 생각하며 나는 귀를 기울였다.

“이브가, 심장에 검이 꽂힌 채 피가 질펀한 바닥에 쓰러져 있었어요. 그리고 그 검의 주인은…… 다름 아닌 황태자 전하셨고요.”

……뭐?

"심, 심장이요?"

"……네. 하지만 제가 본 건 그저 망상일 수도 있으니 너무 신경 쓰지 마세요."

레이첼은 나를 어떻게든 안심시키려고 허둥지둥했지만 소용없었다. 그녀의 능력은 반드시 일어날 예지였고, '진실'이었다.

그러니까, 레이첼이 황태자와 대면하자마자 본 건 황태자의 검에 심장이 박혀 죽는 나라는 건데…….

순간적으로 그 장면이 눈앞에 오버랩되는 바람에 나는 저도 모르게 몸을 부르르 떨었다.

내가 죽을 수도 있다고 생각은 했는데, 원작에서도 죽으니까 충분히 그럴 수 있다고 생각했는데…….

"이브!"

그랬는데…….

내가 빙의하면 달라질 거라고 믿었나? 당연히 바뀔 거라 생각했나? 왜 이렇게 머릿속이 새하얘지는 것이지?

내가 죽을지도 모른다는 미래. 정확히 말하자면 확실히 죽는다는 미래를 듣기가 무섭게 나는 눈을 꾹 감았다.

알고 보니 내가 드래곤 혼혈이어서 심장이 두 개라거나, 심장이 오른쪽에 있다거나 하는 전개가 아니라면 미래의 나는 무조건 죽는다.

"이브? 이브, 정신 차려 봐요! 어, 어떡하지? 알프리드! 들어와서—"

"괜찮아요."

내가 어떤 표정을 지었는지는 모르겠지만, 레이첼의 반응을 보아하니 그다지 정상적인 표정은 아니었던 것 같다. 자리에서 일어나 안절부절못하는 레이첼을 보던 내가 천천히 고개를 들었다.

"그래서, 그래서 그걸 본 뒤에 어쨌죠?"

무섭게 차분해진 내 목소리에 레이첼이 길게 숨을 내쉬며 말을 이었다.

"순간 그 장면이 떠올라서, 저도 모르게 뒤로 물러났어요. 너무 갑작스러운 상황에 제가 표정 관리를 못 했는지, 황태자 전하께서는 불쾌해하셨죠."

"어쩐지……."

"그리고 제가 저도 모르게 기분이 나쁘다는 식으로 말을 해서……. 그래서 어제 바네스 영애께서 오실 때 어느 정도 예상하고 있었던 거예요. 설마하니 어머니의 일까지 알 줄은 몰랐지만."

"그건 황태자 전하께서 조사하신 일일 거예요."

"네? 어, 어떻게……."

"황태자의 눈과 손이 이 제국에는 충분하니까요."

"역시, 저도 짐작은 했었는데……."

나는 최대한 내 감정을 억제하며 차분하게 레이첼을 향해 말했다. 마음속이 정신없이 요동쳤지만 그래도 오늘 그녀를 찾아온 값을 해야만 했다. 그렇게 억지로 두근거리는 속을 진정시키며 내가 씁쓸하게 웃었다.

"어찌 되었든 간에 황태자 전하께서 레이첼을 적대시하는 이유를 알 것 같네요."

불안한 눈빛으로 나를 보는 그녀의 얼굴에는 걱정의 빛이 가득했다.

"앞으로 멜리나 바네스 영애가 계속해서 시비를 걸어 올 거예요. 아마 그렇게 되면 더욱더 많은 상황에 처하게 될 거고, 황태자 전하와 마주칠 기회 또한 많아지겠죠."

"그런데 어제는 왜 저를 도와주신 걸까요?"

"글쎄요. 그건 황태자 전하만 아시지 않을까요?"

레이첼을 사랑해서? 흥미가 생겨서? 아니면 그저 그 힘이 갖고 싶어서? 잠시 속으로 여러 가지 가능성을 셈해 보던 내가 찻잔을 내려놓았다.

한 가지 확실한 건, 황태자가 현재 레이첼의 힘에 관심을 보인다는 것이었다.

"레이첼, 당신은 저를 믿나요?"

잠시 이어진 침묵을 깨며 내가 물었다. 왜 갑자기 그런 질문을 하냐는 듯이 레이첼이 고개를 들자, 나는 입꼬리를 말아 올리면서 말했다.

"그저 궁금했어요. 별거 아니니 굳이 대답하지 않으셔도……."

"믿어요."

"……네?"

"저도 잘은 모르겠지만, 그냥…… 감이 좋거든요."

해사하게 웃는 레이첼의 얼굴 위에는 티끌만치의 주저함도 없었다.

"그리고 저는 지금껏 잘못된 판단을 해 본 적이 없어요."

그렇게 말하는 레이첼에겐 단순한 믿음이라거나 순진함 그 이상의 다른 것이 배어 있었다.

묘하게 견결한 그녀의 얼굴을 응시하다가 나는 피식 웃음을 흘리며 고개를 끄덕였다.

레이첼의 방에서 나오자마자 나는 저도 모르게 다리의 힘이 풀리고 말았다.

"마님!"

밖에서 대기하고 있던 알프리드와 리리스는 그런 나를 보더니 눈을 동그랗게 떴다.

급하게 나를 부축하는 리리스의 손에서 팔을 빼내며 차갑게 말했다.

"가자."

"공작 부인, 안색이 안 좋으십니다. 괜찮으신 겁니까?"

대체 내 얼굴이 얼마나 안 좋은 건지 그 까칠한 알프리드마저도 조금 당황한 얼굴로 걱정을 표해 왔다.

그러나 나는 고개를 내저을 뿐이었다.

"대신관님, 앞으로 성녀님의 신변을 잘 보호해 주셨으면 좋겠어요."

내 뜬금없는 말에 그는 잠시 의아한 눈빛으로 나를 응시했다. 하지만 곧 '당연합니다.'라는 말과 함께 표정을 단호하게 굳혔다.

이내 그가 레이첼의 방으로 들어가자 나는 다시금 발걸음을 옮겼다.

"마님! 대체 무슨 일이세요? 무슨 안 좋은 일이라도 있으신 건가요?"

"안 좋은 일이라면 있지."

"무슨……."

"그런데 사실 어떻게 보면 예정된 일이었어. 루벨리안과 결혼이 결정된 그 순간부터. 어느 정도 각오했다고 생각했는데, 내가 이 세계를 너무 만만하게 본 걸까? 루벨리안이 한 말이 맞아. 난 방관자였네."

"……마님."

"그런데 이렇게 확인받으니까 기분은 좀 더러워."

더럽다. 진짜로. 진짜 더러워.

결혼 안 하겠다고 그렇게 퍼덕이다가 기껏 남편이랑 사랑에 빠져서 인생 잘 살아 보려고 했는데 결국 뒤지라고, 나더러.

인간은 원래 자기 마음대로 안 되는 삶을 산다. 하지만 그럼에도 불구하고 이 모든 것들이 지독하게 짜증이 나서 나는 입을 악물고 말았다.

"짜증 나."

루벨리안에게 복수하라고 등을 떠밀며 어느 정도 나쁜 결과를 예상했으면서도 정작 그것이 확인받으니 울컥하는 게 더욱더.

결국 원작은 틀어지지 않는다는 걸까?

하지만 그렇게 된다면 루벨리안은? 그는 어떻게 되는 거지?

그때였다.

"이브?"

익숙한 목소리에 나는 고개를 들었다. 공포와 죽음에 대한 모든 감정을 폐부로 느끼는 이 순간, 나는 내 앞에 서 있는 남자의 인영에 입꼬리를 말아 올렸다.

"루벨리안."

"무슨 일이지?"

날 보자마자 루벨리안이 굳은 얼굴로 내게 뚜벅뚜벅 다가왔다. 몇 걸음 안 돼 바로 내 앞에 선 그가 급히 입을 뗐다.

"성녀를 만나고 왔나? 무슨 일 있나? 성녀가 무슨 말이라도 했어?"

나는 잠시 그의 눈동자를 응시하다가 말했다.

"레이첼이 너무 불쌍해서요."

"……."

"그래서 좀 울어 봤어요. 아니, 어렸을 때 자기 엄마를 죽였다니, 그런 말이 어디 있어? 그게 레이첼 탓도 아니고. 안 그래요? 그리고 그 말 들으니까 갑자기 당신 생각이 나기도 하고, 그래서 가슴 아파서."

내 말에 루벨리안이 가만히 나를 응시했다. 날렵한 그의 눈매가 살짝 가늘어지고 굳게 다물린 입술은 침묵을 지키다가, 이내 부드럽게 내 이마에 입을 맞췄다.

"괜찮아. 별거 아니니까."

"응, 별거 아니죠. 꼭 다 괜찮아질 거예요."

갑자기 울적해진 분위기에 내가 억지로 밝게 웃었다. 그런 내 얼굴 위에 드러난 표정을 다행히 그대로 이해한 모양인지, 루벨리안이 가볍게 나를 품에 안고 토닥였다.

"아, 그런데 당신이 왜 여기 있어요? 이쪽은 신전 측 사람들밖에 없을 텐데. 누구 만나러 왔어요?"

잠시 그의 품에 얼굴을 묻고 있다가 나는 억지로 웃으며 물었다. 루벨리안은 뭔가 의미심장한 얼굴을 하더니 다시 빙그레 웃었다.

"일이 좀 있었다. 그러다가 당신 마차가 있는 걸 보고 왔어. 성녀를 만나고 있을 테니."

"일이요? 신전 측에?"

"아니. 신전 측은 아니고…… 사냥터가 이 부근에 있어서."

사냥터라면…… 아, 루벨리안이 습격을 당한 그곳.

"사냥터에는 무슨 일로요?"

"큰일이 아니다. 잠시 만날 사람이 있어서 그런 것일 뿐, 신경 쓰지 마라."

"흐음?"

"이브. 날 믿나?"

그의 말에 고개를 갸웃거리며 내가 입을 삐죽였다. 뭔데, 뭘 숨기는 건데?

궁금함을 뒤로하고 일단은 고개를 끄덕였다. 내가 루벨리안을 안 믿으면 믿을 사람이 어디 있겠나.

이에 루벨리안은 입꼬리를 말아 올렸다.

"그럼 나를 믿어. 나는 절대 당신이 다치게는 하지 않아."

두루뭉술 넘기는 그의 말에 나는 눈을 가늘게 떴다. 하지만 굳이 내 호기심 때문에 누군가를 압박하는 취미는 없었다.

알겠노라고 대답하며 나는 마음 깊숙이 의문의 씨앗을 내려놓았다.

호랑이는 죽어서 가죽을 남기고, 사람은 죽어서 이름을 남긴다.

"그래, 결정했어. 내일 뒤져도 한 그루의 사과나무를 심으라고 그랬어. 하물며 나는 내일 뒤지는 것도 아니고 먼 훗날에 뒤지는 거니까, 기왕이면 사과 과수원 정도는 심고 가야지!"

어차피 사람은 누구나 다 죽는다.

어젯밤부터 이 말만 수백 번을 되뇌면서, 나 자신을 설득하는 데에 성공했다.

황실을 떠나 공작가로 돌아가는 날. 드디어 집으로 돌아간다며 나보다 더 기뻐하는 리리스의 뒷모습을 보면서 나는 크게 한숨을 들이쉬었다.

온밤을 잠도 들지 못한 채 내가 얼마나 고민에 고민을 거쳤던가. 하지만 이러나저러나 어차피 해결할 수 있는 문제가 아니기에 차라리 죽기 직전 거나하게 한탕 해 보고 가자는 결론을 내렸다.

'그리고 난 전생에도 죽어 봤으니 이번 생에는 더 잘 죽을 수 있을 거야.'

이내 하나둘씩 황궁을 떠나는 귀족들에게 인사를 해 준 뒤 마차로 다가간 나는 생각보다 황궁이 더 어수선하다는 것을 깨닫고 눈을 깜박였다.

"그나저나 좀 복잡하네? 무슨 일이라도 있어?"

"저도 모르겠어요."

리리스가 고개를 젓자 내가 의아한 얼굴을 거두고 마차에 올랐다. 아니, 오르려고 했다. 마차에 발을 올린 나는 저 멀리서 보이는 광경에 미간을 팍 찌푸렸다.

"저거 뭐야?"

"어…… 신전 측이네요. 돌아갈 차비를 하고 있는 것 같은데, 그 옆에 있는 건…… 황태자 전하?"

리리스도 놀랐는지 눈을 동그랗게 떴다. 그도 그럴 것이 황태자씩이나 되는 사람이 누군가를 배웅한다는 것이 꽤 이질적이었기 때문이다.

멜리나, 또 어디서 손수건만 물어뜯고 있는 거 아니야? 나는 얼굴을 일그러뜨리며 입을 뗐다.

"하여튼 기회를 놓치는 법이 없어요. 추진력 하나는 인정해 줘야 한다니까."

원작에서도 레이첼에게 흥미를 보인 순간 미친 듯이 공세를 퍼붓던 황태자였다. 소설로 볼 땐 두근두근하던 게 지금은 왜 이렇게 꼴보기 싫지?

황태자와 이야기하는 레이첼의 얼굴에는 딱히 기쁨이랄 게 없었다. 그저 담담하게 황태자가 하는 이야기만 들을 뿐이었다.

"이브가, 심장에 검이 꽂힌 채 피가 질펀한 바닥에 쓰러져 있었어요. 그리고 그 검의 주인은…… 다름 아닌 황태자 전하셨고요."

레이첼의 예지에서 황태자는 나를 죽인다. 그렇게 된 이상 그가 아군이 될 수도 있다는 가설은 완전히 틀려먹었다. 최소한 나한테는.

주변에 귀족들이 포진해 있는 터라 눈새 짓을 하면서 둘 사이를 갈라놓기도 어려웠다. 나는 결국 얌전하게 마차 위에 올랐다.

'다음번에 레이첼에게 물어야겠군. 황태자와 무슨 대화를 했는지.'

"무슨 생각을 그렇게 하나?"

"루벨리안, 왔어요?"

생각을 이어 가던 나는 마차에 훌쩍 올라탄 루벨리안을 향해 배시시 웃었다.

"레이첼이랑 황태자가 이야기하고 있는 거 봤어요? 황태자가 본격적으로 레이첼에게 작업을 걸고 있는 모양이에요."

"딱히 이상하지는 않다. 그날 레이첼의 힘이 폭주한 뒤로 그녀의 힘에 관심을 보이기 시작한 것 같으니까."

"그렇다는 건, 아무래도 황실에서도 레이첼을 눈독 들인다는 거겠죠?"

나는 살짝 턱을 잡고 생각에 잠겼다. 황태자의 생일 연회가 끝난 뒤 본격적으로 레이첼은 성장에 성장을 거듭하는데, 그 사이에서 황태자가 촉매로써 존재하는 것만큼은 부정할 수 없었다.

하지만 황태자가 내 적이 될 수밖에 없다면, 그녀의 각성에서 촉매가 되는 황태자를 무조건 밖으로 밀어내야 한다.

그리고 그 자리를 내가 메워야 했다.

'그 자리를 메우기 위해서는 멜리나의 뻘짓이 좀 필요한데.'

멜리나의 악행은 갈수록 레벨 업을 한다. 드레스 찢기, 장신구 도둑으로 음해하기, 귀족 영애들과 함께 레이첼의 명예 망가뜨리기,

그다음으로는 깔끔하게 독으로 해치우기.

그리고 그녀의 이런 악행은 이번에도 레이첼을 향할 게 뻔했다.

말린다고 말려질 인간이 아니라면, 그 모든 악행으로부터 내가 직접 레이첼을 지켜야 했다.

나는 머리를 굴리다가 시선을 창밖으로 던졌다. 황궁과 점점 멀어져 가는 풍경을 보며 이내 빙그레 웃었다.

"무사 귀환을 축하드립니다."

"어머, 세상에. 우리를 반기느라 이렇게 저택 앞에 모여 있던 거였어? 감동이어라."

"사고는 치지 않으셨습니까?"

"……."

"사고를 치셨다면 하루빨리 가문 차원에서 수습을 하는 편이 좋아 드리는 말씀입니다."

"그럼 집 앞에 도열해 있던 게 내가 친 사고를 수습하려고 그런 거였어?"

공작저 앞에 도열해 있는 고용인들을 보며 감격스러운 눈빛을 짓던 내가 뒷골을 잡았다. 내 감격을 깨뜨린 데에 대한 일말의 아쉬움도 보이지 않은 채 시큰둥하게 말을 잇는 제나 부인을 보며, 나는 입을 삐죽 내민 채 공작저로 들어갔다.

"그래서 진짜 무슨 사고는 치지 않으셨습니까?"

"아니, 사고를 치고 싶어도 칠 새가 있어야지. 파티에서는 혼자 있다가 어느 놈이 수작질을 걸지 않나. 수작질 끝나자마자 루벨리안이 오고, 황태자도 오고. 아, 제3황자 전하도 와서 그 난리를 피웠는데 내가 사고 칠 새가 어디 있다고…….”

“수작질이요?”

억울함에 말을 탈탈 털자 제나 부인이 미간을 살짝 찌푸렸다. 방에 들어간 나는 화장대 앞에 앉으며 한숨을 푹 쉬었다.

“아니, 그 블레즈 이어슨인가 뭔가 하는 녀석이 와서 말을 걸더라고. 아, 걱정 마. 이 구역에서 나한테 수작질 걸고 멀쩡한 인간은 없었어.”

“블레즈 이어슨이라면, 이어슨 남작가의…… 주제도 모르고 감히……!”

제나 부인이 분노하듯 얼굴을 일그러뜨렸다.

“이어슨 남작가에 경고를 내리죠. 앞으로 언사를 주의하라고.”

“아, 뭐, 그러면 더 좋고.”

“그런데 3황자 전하는 또 무슨 말씀입니까?”

“아.”

레이첼 일로 다 까먹었는데 걔도 문제긴 했다. 어찌 되었든 간에 내가 공작 부인이고 그가 제3황자인 이상 앞으로도 마주칠 게 뻔하니까.

“파티에 나타났는데 나한테 오더라고. 그런데 루벨리안이 날 뒤로 숨겼어. 아, 그거 진짜 멋있었는데.”

“지금 감동할 때가 아닙니다. 혹시 제3황자 전하께서 선을 넘는 행위는 하지 않으셨습니까?”

“하려고 했는데 루벨리안이 막았어. 아, 그것도 멋있었는데.”

루벨리안의 듬직한 등을 상기하면서 방글방글 웃는 내 모습을 한심하게 보던 제나 부인이 한숨을 푹 쉬었다.

"제3황자 전하께서 마님을 발견했다니, 상황이 안 좋군요."

"소문이 별로라고 듣긴 했어. 그런데 설마하니 대놓고…… 아, 황제는 대놓고 그랬구나. 그래도 황제도 아니고 겨우 황자인데……."

"황실에서는 서로의 치부를 덮는 데 탁월한 재능이 있습니다."

"……."

"미안하다, 유감이다- 백번 말해도, 결국에는 황실인 우리가 사과하고 덮어 줄 테니 감히 기어 올라오지 말라는 식이죠."

그럼 황태자도 그래서 그랬던 것일까. 루벨리안을 아끼고 형제처럼 대했으나, 자신의 아버지의 치부를 드러내는 것엔 용납할 수가 없는?

"하지만 일이 이렇게 된 이상 제3황자 전하를 피해 다닐 수도 없는 노릇이고, 사실 마님께서 피해 다닌다고 해결될 문제도 아니니……."

"그냥 사람을 해결해 버리면 안 되나? 왜, 문제를 해결하지 못할 때는 사람을 해결해 버리는 권력자 특유의 양상…… 아, 제3황자는 함부로 해결해 버리지 못하겠구나."

나는 입맛을 다시며 고개를 저었다. 그럼 어떡하지? 제나 부인까지 이렇게 나올 때면 필연코 뭔가가 있다는 거다. 제3황자, 그냥 호색한 찌리인 줄 알았더니 문제가 더 컸나.

"제3황자에 관해서는 각하와 의논해야겠군요."

"루벨리안과?"

"부인께서 조심한다고 어떻게 해결될 수 있는 문제가 아니니까요. 그렇다고 부인께 지금 당장 호신술이라도 가르치기에는……."

제나 부인이 내 가느다란 몸을 보면서 고개를 저었다.

"무리인 것 같고."

"품에 은장도 같은 걸 품고 다니다가 위험이 처할 때 그냥 대가리에 찍어 버리는 게 낫지 않나?"

"그 정도 힘은 있으십니까? 그럼 하나 장만해 드리겠습니다."

"농담이었어. 하지만 굳이 준다면 거절하지는 않을게."

제나 부인의 진지한 얼굴에 내가 어깨를 으쓱했다.

결국 이 사안에 대해서는 더 고민해 보겠다고 한 뒤 제나 부인이 내 짐을 하나하나 풀기 시작했다.

그사이 기특하게 주방에서 맛있는 걸 바리바리 챙겨 온 리리스 덕에 나는 오렌지를 하나 들어 입에 넣었다.

"아, 집이 좋긴 좋아."

"공작가가 이제는 집에 되었습니까?"

"그러네. 집이 되었네."

나는 눈을 깜박거리면서 감탄하다가 새물새물 웃었다.

그에 하나둘씩 짐을 풀던 제나 부인이 무뚝뚝하게 말했다.

"공작저를 집으로 여기게 된 점은 무척 축하할 만한 일입니다만, 당분간 편하게 쉬시는 건 안 될 것 같습니다."

제나 부인의 말에 '오늘 저녁은 무조건 장미수 목욕이다!'를 중얼거리던 내가 설핏 굳었다. 편하게 쉬는 게 안 된다니, 나는 제나 부인을 떨리는 눈으로 응시했다.

"……혹시, 성령제 때문에?"

"성령제라는 게 있다는 사실을 알고 계시는 건 무척 기특할 만한 일입니다만."

"누굴 바보로 알아?!"

"성령제를 맞이해 플로렌스 공작가에 입적한 귀족들이 올라오게 될 것입니다. 마님께서는 공작 부인으로서 그분들을 맞이할 의무가 있으십니다. 당연하지만 그러기 위해서는 약간의 훈련이 필요한 법이고요."

"헉……!"

"그러니 쉴 생각은 하지 마십시오."

아니, 그게 무슨 소리요. 시녀장 양반.

나는 입을 딱 벌리고 그녀를 뚫어져라 보았다.

성령제는 황태자의 생일 연회가 열린 뒤에 두 번째로 터지는 일의 배경이 되는 기간이었다.

현대의 크리스마스쯤으로 보이는 성령제는 매년 신전에서 주최하였고, 올해는 성녀의 등장 때문에 더욱더 크게 열릴 게 불 보듯 뻔했다.

그리고 그 기간 동안 멜리나는 본격적으로 레이첼에게 각종 별난 짓을 다 했다.

'촘촘하게 계획을 짜도 모자랄 판에 손님맞이 훈련이라니. 세상에.'

나는 이마를 짚었다.

심지어 공작가에 입적된 귀족이라니. 혹시 후사는 언제 보냐며 막 그러는 거 아닌가? 무조건 아들 낳으라고 그러는 거 아니야? 그럼 염색체의 신비성을 설명해 주면서 입 틀어막아야 하는 건가?

아니야. 차라리 콩 심은 데 콩 나고, 팥 심은 데 팥 난다는 우리의 유구한 속담으로 설명하는 게 좋은 것 같기도 하고…….

왠지 모르게 암울한 내 미래가 펼쳐지는 것 같아 나는 화장대에 철푸덕 엎드렸다.

내 팔자야. 왜 이렇게 기구한 건데? 언제 뒤질지도 모르는데 내 마음대로 살지도 못하네. 그럼 레이첼은 어쩌지? 그사이에 황태자가 채 가면 곤란한데.

나는 머리를 헝클었다. 작가님, 왜 이렇게 나한테만 잔인한 세계관을 세우셨나요. 엑스트라 취급 대체 뭐야.

그때였다.

"마님, 마님!"

화장대에 머리를 박은 내 귓가에 호들갑을 떠는 애나의 목소리가 울려 퍼졌다. 그에 나는 천천히 고개를 들었다.

"세상에, 또 무슨 소식을 갖고 온 거야? 소설 보면 이럴 때치고 평범한 소식인 적이 없던데…… 차라리 황제가 심장 마비로 뒤졌다는 소식이면 좋겠네."

"마님, 큰일 났어요."

"뭔데? 황제가 음식에 목이 메어 죽었대?"

"아니, 그게 아니라— 그, 그 저번에 각하를 습격한 살수 있잖아요."

"그놈이 왜?"

"실종되었대요!"

제5.5장

그녀는 모르는 이야기(1)

그녀는 모르는 이야기(1)

가끔 이런 경우가 있다. 같은 아비를 두고 태어났으나, 종국에는 그중의 하나는 아비로 인해 긍지를 얻고, 그중의 하나는 아비로 인해 긍지를 잃는 이야기.

황태자 이카로스와 루벨리안이 딱 그런 경우였다.

황태자는 태어나면서부터 황제의 아들이라는 이유로 모든 것을 다 지닌 인물이었고, 루벨리안은 태어나면서부터 황제의 아들이라는 이유로 모든 것을 다 잃어야 하는 인물이었다.

그런 의미에서 두 사람은 절대적으로 교집합이 일어날 수 없는 사이였고, 그것은 그럴듯하게 포장된 형제라는 미명 아래, 어느 한 사람의 민낯이 드러나는 순간 반드시 깨질 관계였다.

그리고 이는 사실 두 사람이 만나는 그 순간부터 운명처럼 정해진 것이었다.

"안녕? 나는 이카로스야. 네가 바로 루벨리안이구나."

"황태자 전하를 뵙습니다."

"아바마마께서 말씀하시길, 너와 나는 형제라고 해. 그런데 왜 네 어머니는 황궁에 없는 거지?"

"제 어미는, 죽었습니다."

"왜?"

"폐하께서, 죽이셨습니다."

"아바마마가? 하지만 아바마마가 그럴 리가 없어. 아바마마는 내가 가장 존경하는 사람이야. 만약 진짜로 그분이 그러셨다면-"

"……."

"그건 기필코 네 어미가 잘못한 게 있어서 그런 것일 거야."

'아, 내용 한번 더러운 꿈이군.'

환한 달빛이 스며드는 침실. 황실 사냥터에서 습격당한 지 일주일째.

대체 간호인지, 소꿉놀이인지 정체불명의 행위 예술을 하는 이브를 관찰하는 맛으로 하루하루를 보내던 루벨리안은 간만에 자신을 찾아온 악몽에 눈을 떴다.

땀으로 흠뻑 젖은 자신의 이마를 쓸고 한숨을 쉬었다. 이게 대체 얼마 만의 꿈인가, 가늠하던 그는 옆에서 꼼지락거리는 생물에 피식 웃었다.

하얀 달빛에 반사되어 눈부시게 빛나는 백금발이 아무렇게나 널브러져 있었다. 기어코 그의 품에 기어 들어와 얼굴을 묻고 고양이처럼 몸을 싹 만 채 자는 모습은 상당히 귀여웠다.

루벨리안은 잠시 이브를 뚫어져라 보고는 입가에 미소를 매달았다. 방금 전의 악몽이 가뭇없이 사라질 정도로 기분이 좋았다.

"으음…… 루벨리안……."

꿈에서도 그를 부르는 소리는 사랑스러웠다. 그에 잠시 미소를 매단 채 이브를 응시하는데, 이브가 뒤척거리다가 다시 웅얼거렸다.

"루벨리안…… 거기 말고, 말고."

"……?"

"……아, 안 돼. 흐응."

……무슨 꿈을 꾸는 거지?

왠지 모르게 딱히 건전한 내용은 아닐 것 같은 느낌이 강렬하게 들어, 루벨리안은 미지의 영역은 미지의 영역으로 남겨 두는 게 좋겠다는 판단을 내렸다.

계속해서 뭐라 이상한 소리를 내는 이브를 응시하다가, 루벨리안은 그녀가 다 걷어차 내린 이불을 다시 덮어 주었다.

몸이 연약한 건 이게 다 밤중에 이불을 걷어차서 그런 게 아닐까 싶을 정도로 격렬한 그녀의 잠버릇을 한참이나 어르다가, 땀으로 젖은 셔츠를 갈아입는 게 좋겠다는 생각이 들어 침대에서 일어났다.

옷장에서 아무거나 하나 잡은 그가 의자에 툭 던졌다. 단추를 하나하나 풀고 땀에 젖은 셔츠를 벗어 내는데, 며칠 전 습격받았던 흔적이 고스란히 그의 시야에 들어왔다.

그리고 그 순간, 이브로 인해 머릿속에서 사라졌던 악몽의 내용이 거짓말같이 다시금 그를 잠식했다.

꿈속에서의 그는 여섯 살이었다. 처음으로 플로렌스 공작의 손을 잡고 황실에 발을 내디딘 그날, 정원에서 궁금한 표정을 짓던 황태자가 그에게 와서 말을 걸었더랬다.

그때가 아마 어렴풋이 자신의 출생을 알았던 때였나. 제나 부인을 포함해 대부분의 어른이 그에게 숨겼지만, 그럼에도 불구하고 주변의 속닥거림은 그것을 알아차리게 하기에 충분했다.

그런데 그런 그에게 황태자는 이렇게 말했다.

내 어머니가 잘못한 것이라고.

어린아이가 감당하기에는 지독하게 큰 고통을 홀로 감당한 루벨리안에게, 황태자는 그날의 순진한 한마디로 두 사람의 관계가 영원히 '평행선'이 될 것임을 예고했다.

사실 황태자의 잘못은 아니었다.

이 세상에 황제의 정부 자리를 거부하는 이는 없었다. 그것이 '곱상한 얼굴로 공작까지 꼬셔서 공작 부인 자리를 꿰찬 평민 계집'이라면 더. 그게 사실이든 사실이 아니든, 황제가 가진 권력에 머리를 조아리는 귀족들은 모두 그렇게 여겼다.

하물며 겨우 여섯 살짜리 황태자가 무슨 분별력이 있었겠는가. 그저 어렸을 때부터 그렇게 주입받았으니 그리 말했을 뿐.

그러나 그의 어미는 황제를 사랑하지 않았다. 그녀는 자신의 남편을 진심으로 사랑해서 결혼했다. 이는 아직도 샤를리나의 이야기만 나오면 눈가가 촉촉하게 젖어 가는 제나 부인이 자신의 명예와 목숨을 담보하여 말한 '진실'이었다.

"선대 마님은 제가 본 모든 사람들 중에서 가장 선한 분이셨습니다."

그런데 선대 공작은 왜 황제에게 차마 복수할 수 없었나.

여기까지 생각한 루벨리안이 피식 웃었다. 글쎄, 왜 그랬을까.

축축하게 젖은 셔츠를 의자에 집어 던진 채 새것으로 갈아입은 그가 침대로 걸어갔다. 어느새 이불을 다 차 버린 이브에게 다시 이불을 덮어 준 뒤 침대 속으로 들어가자, 이브가 온기를 찾아 그의 품에 들어왔다.

왜 갑자기 이런 악몽이 찾아왔는지 모르겠다. 몸에 난 상처 때문일까, 아니면 그 상처 때문에 피어오른 지독한 경계심 때문일까.

총을 맞는 순간 느꼈던 끔찍한 감정을 애써 머릿속으로 털어 내며 그가 하얀 이마에 입을 맞췄다.

"이번 습격의 범인은 황실에서 재판하는 것으로 결정했다."

황태자의 생일 연회로 황실에 발을 내딛자마자 들은 소리에 루벨리안은 딱히 놀라지도 않았다. 굳이 따로 부르기에 무슨 소리를 하려고 하나 했더니 결국 그의 예상과 한 치도 어긋나지 않았다.

일렁거리는 촛불의 노란빛이 황태자의 얼굴에 스며들었다. 그와 반대로 커튼을 타고 흘러온 하얀 달빛이 루벨리안의 얼굴 위로 쏟아지는 순간, 무심하게 가라앉은 조각 같은 얼굴에 비릿한 미소가 흘렀다.

"그렇습니까."

짤막한 대답에 황태자가 고개를 들었다. 그는 의자에 등을 기댄 채 속을 알 수 없는 얼굴로 앉아 있었다.

루벨리안의 답을 마지막으로 침묵이 찾아온 방 안에서 잠시 불편한 기류가 흘렀다. 그리고 얼마나 지났을까, 차갑게 얼어붙은 루벨리안의 얼굴을 훑던 황태자가 천천히 입을 열었다.

"루벨리안."

그의 부름에 허공을 응시하던 적색 눈동자가 황태자를 향했다.

“이번 습격 때문에 네가 고생했음은 알고 있어. 하나 그렇다고 해도 황실에서 일어난 일, 함부로 공작가에 넘기면 안 됨을 잘 알겠지.”

“알고 있습니다.”

“그래, 알고 있으면 됐어. 나는 널 진심으로 형제로 생각하고 있다. 이번 습격이 부디 플로렌스 공작가와 황실의 관계에 영향을 끼치지 말았으면 좋겠군.”

“형제, 라고 하셨습니까?”

루벨리안이 피식 웃었다. 그 말을 곧이곧대로 듣던 때가 있었다. 형제라는 말에 약간의 기대를 품던 날이.

물론 황태자는 훌륭한 황족이었고, 인품과 평판도 나쁘지 않았다.

그러나 대부분의 이들에게 좋은 사람이라고 해서, 그에게까지 좋은 사람이라는 법은 없다. 황태자는 모든 이들에게 자비로웠으나, 그에게 반기를 드는 순간 칼을 들 자였다.

그것을 상기한 순간, 루벨리안이 서슬 퍼런 눈빛을 지었다.

“전하께서 저를 형제라고 생각하신다라……. 재미있군요.”

작게 읊조리던 루벨리안이 천천히 고개를 들었다. 섬뜩한 적안은 황태자를 그대로 찔러 버릴 듯했다.

“그래서 제게 그렇게 말씀하셨습니까?”

“루벨리안.”

“전하, 저는 전하께서 제게 하신 말씀을 잊을 생각이 없습니다. 이 모든 것들은, 전부 플로렌스 공작가가 자초해서 생긴 일이라고 하신 것을.”

“…….”

“그래서 이번 습격도 그렇다고 할 예정이십니까? 이번 습격을 황실에서 재판하는 것을 반대한다면, 또 플로렌스 공작가를 벌하고 플로렌스 공작가의 탓이다- 그리 말씀하실 겁니까?"

순간 황태자의 얼굴이 일그러졌다. 하지만 그 표정은 빠르게 원래대로 돌아왔다.

"네 울분도, 분노도 내 이해한다. 그러나 루벨리안. 나는 황태자고, 아바마마는 황제 폐하시다. 제왕으로 누군가의 위에 군림하는 것이 어떤 의미인지 네가 모르지는 않겠지."

황태자의 말에 루벨리안은 감흥 없이 입꼬리를 말아 올렸다.

"나는 너를 진심으로 형제로 생각하고 있어. 설사 네가 나를 배신한다고 해도, 눈을 감아 주고 넘어갈 수 있을 만큼 말이지."

"눈을 감아 준다라, 전하께서 언제 눈을 감아 주셨습니까."

"플로렌스 공작가가 황실에 유감이 많은 건 이해한다. 그래서 내가 황제가 되면 플로렌스 공작가에 충분히 보상을 하리라 약조하지 않았던가?"

"콜리카 공작가를 버리고 플로렌스 공작가의 손을 잡아 주겠다는 그 약조 말씀이십니까?"

루벨리안이 피식 웃었다. 얼핏 듣기에는 더없이 다정하고 진실 된 사과였지만, 그것이 무엇을 의미하는지 루벨리안은 누구보다도 잘 알고 있었다.

황제에게 있어 외척 세력은 가장 큰 방해 요소다. 현 황제 또한 콜리카 공작가 때문에 진땀을 빼고 있는 걸 생각해 본다면, 사실 황태자의 의도가 그렇게 순수한 게 아니라는 것쯤은 쉬이 알 수 있었다.

루벨리안이 조소를 짓자 황태자가 얼굴을 굳혔다. 한평생 다른 이들의 복종만 보아 오던 그는, 이렇게 누군가가 자신의 머리 위에 올라오려고 한다는 사실 자체가 상당히 불쾌했다.

물론 황태자는 루벨리안을 아꼈다. 최소한 본인은 그렇게 생각했다. 그러나 자신의 위에 군림하는 것을 용납해 줄 정도는 아니었다.
결국 황태자가 천천히 입을 뗐다.
“내가, 네게 무엇을 잘못한 게 있더냐.”
“없습니다.”
이것은 사실이었다. 황태자는 루벨리안에게 ‘직접적으로’ 잘못한 것이 없었다. 하지만 황태자가 황제의 손을 들어 준 이상, 루벨리안의 검 끝에는 황태자가 서 있을 수밖에 없었다.
“이번 습격은 유감입니다. 황실의 재판을 기다리도록 하겠습니다. 비록 결론은 예상이 가지만.”
“루벨리안.”
“하지만 전하. 이번 일로 전하께서는 꽤 큰 실수를 하셨음을 아셔야 할 겁니다.”
설마하니 이리 노골적으로 말할 줄은 몰랐는지 황태자가 루벨리안을 노려보았다.
루벨리안은 그 눈빛마저도 여유롭게 넘긴 뒤 비릿하게 웃었다.
‘그래서 저자와 나는 평생 함께할 수 없다는 거다.’
황태자 또한 이미 루벨리안의 의도를 파악했을 것이다. 사실 두 사람 다, 속에 어떤 의도를 감춰 둔 채 원을 그리며 탐색하는 짐승처럼 있었다.
생각을 마친 루벨리안이 자리에서 일어나던 그때였다. 허락도 없이 방을 나가려고 하는 그의 모습을 입술을 짓이긴 채 보던 황태자가 여상스럽게 말했다.
“공작 부인께서 요즘 신전과 접촉하고 다니더군.”
황태자의 입에서 이브의 이름이 나오자 루벨리안이 멈칫했다.
“쓸데없는 짓은 자제하는 게 좋을 거다. 네 아내가 무사하기를 바란다면.”

황태자의 경고에 루벨리안은 서늘하게 얼굴을 굳혔다.

‘아니. 이미 네 입에서 내 아내의 이름이 나온 이상, 나는 목숨을 걸고 그녀를 지킬 것이고, 무슨 일이 있어도 너를 제거할 것이다.’

이내 그는 대답도 없이 방을 나섰다. 그의 무례한 행동에 책상을 내리친 황태자의 분노가 닫힌 문 뒤로 사라졌다.

달칵—

“공작 각하.”

문 앞을 지키고 있던 두 기사가 그에게 허리를 숙였으나, 루벨리안은 그들을 빠르게 지나치며 걸음을 옮겼다.

“이제 손을 좀 써야겠군.”

세상에 선악은 없다. 오직 각자의 입장만이 있을 뿐.

설사 선악이 있다고 해도, 내 맞은편에 서 있는 이가 선하다고 해도, 사랑하는 사람을 지키기 위해서라면 그는 기꺼이 ‘악인’이 될 준비가 되어 있었다.

루벨리안이 서늘하게 웃었다. 일단은—

‘가장 눈에 거슬리는 가문부터.’

제6장

빙의녀도 밟으면 꿈틀한다

빙의녀도 밟으면 꿈틀한다

"루벨리안-! 이게 무슨 소리예요!"

쾅!

커다란 굉음과 함께 문이 열리자 방 안에 있던 두 인영의 시선이 빠르게 나를 향했다.

"마, 마님?"

티라노사우루스 빰치는 걸음걸이로 등장한 내 모습에 루벨리안이 익숙하다는 듯이 가볍게 한숨을 쉬었다. 그러나 그의 앞에 서 있던 청년은 내 모습이 생소한 듯 지진을 일으키는 동공으로 나를 보고 있었다.

그는 아랑곳하지 않은 채 루벨리안의 앞에 다가간 내가 한없이 낮은 목소리로 물었다.

"이게 대체 무슨 일이에요?"

"이브. 그렇게 요란하게 들어왔는데 굳이 그렇게 목소리를 낮출 이유가 있나?"

"그게 문제가 아니잖아요. 대체 실종이라니- 아니, 이게 아닌 밤중에 드래곤이야? 걔가 거기서 왜 실종이 돼요? 실종될 이유가 어디 있다고?"

내 물음에 루벨리안은 나를 안심시키듯 다정하고 부드러운 목소리로 답했다.

"별거 아니다. 황태자의 생일 연회 때문에 잠시 혼란스러운 사이, 살수가 도망간 것 같다."

"이게 별거 아니라고요?"

마치 우리 집에서 키우던 햄스터가 도망갔다는 식으로…… 아, 아니군. 이건 꽤 엄중한 문제군.

우리 집에서 키우던 바퀴벌레가 도망갔다는 듯이 가볍게 서술하는 루벨리안의 얼굴을 보며 내가 기겁했다.

그러나 과한 내 반응이 머쓱할 정도로 루벨리안의 얼굴은 담담하기 그지없었다.

"아니, 그러니까…… 도망을 왜 가냐고요. 보나 마나 황실에서 감옥에 처넣는다고 대외적으로 헛소리하고는 몰래 풀어 줄 게 뻔한데."

"글쎄, 그걸 알면 공작이 아니라 살수를 했겠지?"

"지금 농담할 때가 아니잖아요. 실종이 맞긴 해요? 혹시 황실에서 또 무슨 꿍꿍이를 꾸미고 있는 건 아닌가요?"

아무리 생각해 봐도 살수가 도망갈 이유가 없었다. 애초에 황실에서 시킨 게 뻔하고, 그렇다면 얌전히 있다가 황실에서 풀어 줄 때 가면 될 일인 것이다. 이렇듯 도망쳤다는 게 알려져 봤자 좋은 건 하나도 없었다.

"언제 들려온 소식이죠?

"방금."

내 물음에 루벨리안이 가볍게 턱짓을 했다. 내 뒤를 가리키는 그의 뜻을 이해한 나는 그제야 어색하게 서 있던 청년을 향해 고개를 돌렸다. 말끔하고 정갈한 인상에 안경을 쓴 청년의 나이는 빌과 비슷해 보였다.

아니, 사실 나이만 비슷해 보이는 게 아니라-

"비슷하게 생겼네?"

"처음 뵙겠습니다, 마님. 위슨이라고 합니다. 재무관인 빌과는 형제입니다. 각하의 옆에서 보좌를 맡고 있습니다."

나를 어디서 굴러온 바위 취급하던 빌과 달리, 상당히 예의 바르게 인사를 마친 위슨이 허리를 깊게 숙였다.

"그동안 저택에서 본 적이 없는 것 같은데."

"공식적으로는 황실에서 근무하고 있습니다. 해서 낮에는 공작가에 들리지 못해 마님께 줄곧 인사를 드리지 못했습니다. 부디 결례를 용서해 주십시오."

"왜 황실에서 근무를……."

별생각 없이 물으려던 나는 무덤덤하게 앉아 있는 루벨리안과 위슨의 얼굴을 번갈아 보다가 가볍게 탄식을 내뱉었다.

원작에서 루벨리안은 복수를 하기 위해 꽤 오랜 시간 칼을 갈았고, 그러기 위해 황실에는 루벨리안의 눈과 귀가 되어 줄 이가 필요했다.

나는 뭔가 대충 감이 잡히는 구도에 고개를 끄덕였다.

"그러니까, 제 남편을 위해 힘들게 일해 주시는 분이시로군요."

"과찬입니다, 마님. 어린 시절부터 저와 제 동생을 후원해 주신 플로렌스 공작가에 작은 보답이나마 하려고 했던 것뿐입니다. 외려 보답을 할 수 있어 영광으로 생각하고 있습니다."

공손하다 못해 맨틀까지 뚫고 들어갈 기세인 위슨의 태도에 내가 감탄했다. 선대 플로렌스 공작이 꽤 덕을 쌓고 갔군.

"이번 사건은 원래 황실에서 비밀로 부치려 했습니다. 아시다시피 각하께 상처까지 입힌 살수가 사라졌다는 사실이 세간에 도는 게 황실 입장에서는 좋을 리가 없으니까요."

"황실에서 일부러 놔준 게 아니냐는 소문이 돌기 딱 좋지. 물론 대놓고 그렇게 의심하는 사람은 없어도 호사가들의 입방아는 언제나 무서운 것이니."

"그렇지만 결국에는 귀족들에게 알리기로 결정을 내렸습니다. 황실의 공식적인 입장이야 귀족들에게 알려 경계심을 늦추지 말라고 하는 것이겠지만, 사실은……."

"일종의 경고다. 귀족들이 조금이라도 수틀리는 행동을 하면 누명을 뒤집어씌울 예정이야. 살수를 납치해 갔다고."

"그렇습니다."

루벨리안의 말에 위슨이 고개를 끄덕이다가 나에게 사죄의 말을 올렸다.

"죄송합니다, 마님. 이런 일이 마님 귀에 들어가게 해서 그만 심려를 끼쳐 드렸습니다. 급하게 공작 각하께 알려 드리려다가 그만 주변에 사람이 있는 걸 눈치채지 못해서……."

"그래서, 지금 살수가 실종되었다는 사실은 공식적으로 공개는 되지 않았다. 하지만 이제 곧 공개가 될 것이다-라는 말이군요."

"그렇습니다."

나는 미간을 좁혔다.

황실이 진짜로 살수를 놓쳤나? 아니면 살수를 일부러 감추고 어떤 꿍꿍이를 모색하는 걸까?

잠시 머리를 굴리던 내가 시선을 돌려 루벨리안을 응시했다. 무덤덤하기 그지없는 얼굴로 위슨과 대화를 나누는 루벨리안은 더없이 정상적으로 보여서 딱히 이상할 게 없었다.

이내 보고를 마친 위슨이 나가자, 나는 루벨리안을 향해 걱정스러운 표정으로 물었다.

"대체 누가 그런 거죠?"

하나 의자에 등을 기댄 루벨리안은 나를 보며 팔을 뻗을 뿐이었다. 본능적으로 그의 품을 찾아가 그의 다리에 엉덩이를 붙이니, 그가 단단한 팔로 나를 감싸 안았다.

"뭐가 되었든 간에 황실에서도 큰 난리가 났겠군."

"그거야 당연하죠. 혹시 당신한테까지 불똥이 튀는 거 아니에요? 당신이 빼돌렸다고 생각…… 아, 잠깐만."

말을 잇던 나는 불현듯 뭔가가 생각나 얼굴을 일그러뜨렸다. 그리고 루벨리안에게 의미심장한 시선을 던졌다.

"혹시 당신이 그런 건 아니죠?"

"……."

내 물음에 루벨리안이 멈칫했다. 이윽고 그가 조금 어이없다는 듯한 얼굴을 하며 내 이마를 살짝 튕겼다.

"정말이지, 별 상상을 다 하는군."

"으음. 진짜 아니란 말이죠?"

"일단 살수의 행방부터 찾는 게 중요하다. 만약 황실에서 진짜로 그 살수를 놓쳤다면, 지금 그를 손에 넣은 자는 이미 황실과 플로렌스 공작가 사이의 관계를 눈치챘을 게 뻔해."

"황실에서 거짓말을 할 가능성은요? 그러니까, 일부러 도망갔다고 한 뒤에 귀족 가문에서 어떻게 나오는지 보는 거예요."

"그래서 황실이 얻는 게 뭐지?"

"하긴, 없긴 하네요. 아니, 그런데 그놈은 진짜 어딜 간 거야. 성령제가 코앞인데 별걱정거리를 다 만드네."

나는 쯧 혀를 찼다.

일이 참 이상하게 돌아간다고 생각하는데, 루벨리안의 나지막한 목소리가 귀를 울렸다.

"어찌 되었든 살수를 손에 넣는 자가 크게 얻는 건 확실하겠군."

"정보 가치가 크니까요. 황실이 플로렌스 공작가를 노린다는 산증인이기도 하고요."

"역시, 그렇지?"

마지막 말은 거의 중얼거리듯 내뱉으며 루벨리안이 입꼬리를 말아 올렸다.

그런 그의 미소에서 묘한 느낌을 읽어 낸 나는 고개를 갸웃거릴 뿐이었다.

결론적으로 말하자면 살수가 황실에서 탈출한 것은 사교계의 대단한 이슈거리가 되었다.

자세한 내막을 모르는 자는 살수가 귀족 전체에 원한이 있어 그런 짓을 저질렀을지도 모른다는 공포에 사로잡혔고, 반대로 내막을 아는 자는 영문을 몰라 더욱 심란해했다.

그러나-

"이 중요한 순간에 나는 대체 뭘 하고 있는 거지."

테이블 위에 있는 종이를 휘적거리면서 나는 혼이 빠진 얼굴로 중얼거렸다.

공작 부인의 집무실에는 정체불명의- 아니, 정확히 말하자면 정체는 명확했으나 왜 보고 있어야 하는지 모를 이상한 서류들이 가득 쌓여 있었다. 다름 아닌 플로렌스 공작령에 속한 귀족들의 신상이 적힌 자료였다.

안 그래도 복잡한 와중에 나를 두 배로 괴롭히는 종이들에 나는 머리를 감싸 쥐었다.

"으아아아아악! 공부 싫어!"

"잘만 외워 놓고 왜 그러십니까!"

"공부를 잘한다고 해서 공부가 좋은 건 아니거든?"

가문들을 달달 외우다 못해 토할 것 같은 기분을 느끼며 외치자, 제나 부인이 고개를 절레절레 저었다.

"가문의 안주인에게 가문 내부의 인정은 무척 중요한 일입니다. 외부에서 어떻게 말이 나오든 내부가 흩어지지만 않는다면 플로렌스 공작가는 영원할 겁니다."

"나도 알아. 아는데……."

제나 부인의 말에 나는 한숨을 푹 쉬며 테이블에 엎어졌다. 나도 알지만, 지금 생각할 게 너무 많단 말이다.

이 며칠 거의 제나 부인에게 잡혀서 산 터라 레이첼은 만날 새도 없었다.

그나마 유일한 위안거리라면, 마침 그녀가 성령제를 앞두고 하루 종일 기도실에서 보내야 한다는 이유로 그 누구도 그녀에게 접근하지 못한다는 점일까.

"흑, 사는 거 너무 힘들어. 그냥 빨리 죽을까."

"각하께서 들으면 슬퍼하실 겁니다."

"이 마귀할멈 같으니라고! 그렇게 말하면 내가 미안해지잖아!"

덤덤하게 내 폐부를 찌르는 제나 부인을 향해 내가 외쳤다. 그런 날 한심한 눈빛으로 응시하던 그녀가 이내 가볍게 한숨을 쉬었다.

"저는 진심으로 마님께서 이 모든 것들을 잘 배우셨으면 좋겠습니다."

"……?"

"잘해서 가문의 인정을 받으셔야죠. 그래야 마님께서 위급한 상황에 처할 때 도와줄 누군가가 있지 않겠습니까."

그렇게 말하는 제나 부인의 얼굴에는 묘한 기색이 감돌아서 나는 포효하던 것을 멈추고 그녀를 빤히 응시했다.

나를 디스하면서도 챙겨 줄 건 다 챙겨 주고, 듣기 싫은 소리만 해 대지만 또 다 맞는 소리였다.

이내 침묵에 휩싸인 그녀의 덤덤한 얼굴을 보다가, 문득 드는 생각에 질문을 던졌다.

"나 물어볼 거 있어."

"말씀하십시오."

"내가 처음 공작저에 왔던 날. 왜 나한테 그 드레스를 보여 준 거야?"

"그 드레스요?"

나는 고개를 끄덕였다. 제나 부인은 내가 샤플리나의 드레스를 고르자 무척 의외라는 듯 '호오-' 하는 감탄사를 내뱉었었다.

그때는 단순히 그녀가 나를 시험하느라 그 드레스를 넣었다고 생각했는데, 제나 부인에 대해 알고 나니 딱히 그런 의도일 것 같지는 않았다.

"그건 실수였습니다."

"실수?"

"공작가에는 드레스 룸을 쓰는 여성이 없는지라, 공작 각하께서 마님을 위해 준비하신 드레스는 선대 마님의 드레스 룸에 있었습니다. 그리고 그날 마님께 드레스를 가져가던 중 시녀 아이 하나가 실수를 해서 드레스가 섞여 들어갔죠."

"그런데 내가 그걸 고를 때, 왜 그런 반응을 보였어?"

"그거야……."

"내가 생각보다 검소한 걸 골라서 놀란 거 아니었어?"

내 물음에 제나 부인이 무슨 그런 말도 안 되는 생각을 하느냐는 듯이 이마를 찡그렸다.

"공작가는 드레스 돈을 아껴야 할 정도로 재정 상태가 위급하지 않습니다. 그리고…… 그 드레스는 마님께서 가장 아끼던 것이었습니다. 선대 공작 각하께서 손수 골라 선물하신 것이기 때문입니다."

"그런 것치고는 지나치게 초라하던데?"

"길거리에서 지나가다가 문득 발견하고 마님께 어울리겠다고 사오신 것이라……. 제가 이게 무슨 체통에 맞지 않은 드레스냐며 각하께 말씀을 올렸었죠."

"그때도 참 성깔 만만치 않았구나."

나는 새삼 제나 부인의 패기에 놀라 중얼거렸다. 그러나 제나 부인은 나를 흘기는 대신 웃음을 흘리며 말을 이었다.

"그래도 선대 공작 각하께서는 이게 마님께 어울린다고 그렇게 고집하셨습니다. 그리고 결론적으로 공작 각하의 선택은 옳았습니다."

나는 아련한 얼굴로 읊조리는 제나 부인을 잠시 응시했다. 그녀의 얼굴을 보건대 그녀는 샤를리나를 꽤 많이 좋아했던 것 같다.

"마님은 그 드레스를 제일 좋아하셨으니까요."

"그래서 내가 고를 때 그런 표정을 지었어?"

"그것도 있지만……."

제나 부인이 다소 복잡한 얼굴로 나를 응시했다. 이내 그녀가 천천히 한숨을 쉬며 입을 뗐다.

"선대 마님께서는 따님을 낳으시면 꼭 그 옷을 물려주겠다고 하셨습니다."

"아."

"아들을 낳으시면 아들한테 프러포즈로 주라고 하시겠다고 농담으로 말하셨을 정도로요. 그런데 마님께서 그 옷을 딱 집어 드셔서 저도 모르게 그런 표정을 지었던 것 같습니다."

나는 눈을 깜박했다. 아니, 사실 나는 그저 가장 수수한 드레스를 골랐을 뿐인데. 왠지 모르게 민망한 마음이 들었다.

그때, 언제 따뜻한 얼굴을 지었냐는 듯이 제나 부인이 갑자기 험악한 얼굴을 했다.

"어찌 되었든 간에 공부는 꼭 하셔야 합니다."

"아, 진짜! 알았다니까 그러네."

"선대 마님께서는 비록 빨리 외우지는 못하셨지만 그래도 열심히 공부하시는 편이었습니다. 그런데 마님께서는…… 하아."

"아, 알았다니까."

"그리고 무엇보다도 이번 성령제에는 아린느 델런 영애도 오실 예정이니, 더더욱 노력해야 하는 거 아니겠습니까?"

"잠깐만, 아린느 델런?"

익숙한 이름이었다. 황태자의 옆에서 루벨리안을 오빠— 아니, 오라버니라고 부르던 그 여자.

"제나 부인도 아린느 델런을 알아?"

"저번 파티에서 보셨겠군요. 학식과 교양이 넘치는 귀족의 귀감이죠. 여인임에도 정치와 경제에 통달하고, 외국어에 능숙하고, 악기면 악기, 승마면 승마, 뭐 하나 사내보다 뒤떨어지는 게 없습니다."

"아니, 그건 뭐 당연한 거고. 애초에 사내보다 뒤떨어져야 하는 이유가 없긴 한데……. 그전에 왜 나더러 아린느 델런이 오니 더 노력해야 한다고 해?"

내가 한쪽 눈썹을 까닥했다. 어쩐지 짐작이 가긴 가는데 혹시 내가 지금 생각하는 그건 아니겠지? 속으로 약간 불안한 마음을 안고 그녀를 보자 제나 부인이 담담하게 말했다.

"예전에 아린느 델런 영애가 공작 각하께 청혼을 한 적이 있습니다."

"역시! 내가 그럴 줄 알았어! 그럴 줄 알았다니까! 여사친도 아니고, 아는 동생도 아니고, 고백까지 간 사이였어?"

나는 두 손으로 테이블을 쾅 치며 자리에서 일어났다. 어쩐지 황태자가 자꾸 아린느 델런을 루벨리안 쪽으로 밀어 넣지 못해서 안달하더라니, 그런 이유가 있었구만!

황태자 이 새끼, 나랑 루벨리안의 결혼에 뭔가 거래가 있다니까 우리 둘을 갈라놓으려고!

"하! 하! 하!"

"마님, 드디어 실성하셨습니까?"

"아니, 나는 말짱해. 그래서, 청혼 결과는 어떻게 되었어? 당연히 거절했겠지? 나와 결혼했는데."

"너무 걱정하지는 마십시오. 그래도 각하께서 한눈을 파실 분은 아닙니다."

"아니, 그런데 이거 자존심 상하네. 황태자 입장에서는 내가 아린느 델런보다 못하다고 여겨서 아린느 델런을 불러온 거 아니야? 딱 봐도 내가 나아 보였으면 다른 사람을 불렀겠지."

"애초에 보통은 다 그렇게 생각하지 않을까요? 물론 마님께서 아름다우신 건 사실이지만…… 듣고 계십니까?"

제나 부인의 말을 귓등으로 흘리면서 나는 생각을 이어 갔다.

황태자는 뭐 그렇다 치고, 아린느 델런은 왜 왔지?

진짜로 황태자가 '너 재네 사이 갈라놔.'라고 해서 왔다기에는 고고한 유학파 영애님께서 왜? 그날 보니까 딱히 멜리나 타입으로 보이지도 않았다.

이미 '마님=머리가 많이 모자란 아이'로 인식했는지 제나 부인은 고개를 절레절레 저으며 한숨을 쉬었다.

결국 다시 '황태자 네 이놈!'을 수백만 번 읊조리던 나는 그날 오후 수업을 완벽하게 끝마친 뒤, 어떻게 해야 황태자와 레이첼을 갈라놓을 수 있는지-이쯤이면 미래고 계획이고 뭐고 황태자 자체가 싫다는 게 정답이 될 것 같다- 고민했다.

그리고 고민 끝에 일단 멜리나가 레이첼을 해코지할 만한 모든 정황을 정리한 후, 다음 날 신전을 찾았다.

"성녀님은 성령제 기도 의식 때문에 아직 만나실 수 없습니다."

"상관없어요. 기도실에서 나오실 때 이것만 전해 주세요."

"이건 뭡니까?"

신전에 찾아갔지만 레이첼은 예상대로 만날 수 없었다. 하지만 딱히 상관은 없었다.

어차피 그녀를 만난다 한들 '멜리나, 고년을 주의하세요!'라고 하면, 레이첼이 퍽이나 '아이고, 저보다 더 예언자군요. 성녀는 님이 해야겠어요.' 이러겠다.

나는 편지를 미심쩍은 눈길로 훑는 알프리드를 보며 생글생글 웃었다.

"위험한 것은 아닙니까?"

"제가 성녀님께 위험한 짓을 할 만큼 간이 커 보이나요?"

"네."

"……아니거든요."

나는 편지의 내용을 곱씹으며 고개를 저었다. 편지에는 원작에서 멜리나가 저지른 모든 악행에 대한 대책이 적혀 있었다.

예를 들면 요즘 사교계에서 어떤 소문이 들려오더라, 멜리나 바네스 영애가 이런 걸 준비하는 것 같으니 주의해 둬라 하는 정도였다.

물론 그런 소문 따윈 당연히 없었다. 그냥 내가 편지를 쓰기 위해 꾸며낸 것일 뿐.

어쨌든 미래를 확신할 수 없는 현재로서는 제일 좋은 예방이었다.

"알겠습니다."

"꼭 전해 주셔야 해요?"

편지 하나 주려고 직접 오기까지 했는데 배달 사고 나기만 해 봐라. 빙의녀의 이름으로 널 용서치 않겠다!

이윽고 발걸음을 돌려 신전의 복도를 따라 나가던 나는 저 앞에 보이는 인영에 잠시 멈춰 서고 말았다.

"플로렌스 공작 부인?"

이야— 원수는 외나무다리에서 만난다더니.

나는 내 앞에 서 있는 황태자를 향해 예를 취했다.

이곳에서 나를 만난 것이 다소 의외였는지 그 또한 놀란 눈을 했다. 하지만 언제 그랬냐는 듯이 그가 온화하게 웃었다.

"이곳에서 부인을 보는군."

"플로렌스 공작가의 안녕을 위해 잠시 주신께 기도하러 왔습니다."

"부인께서 공작 부인으로서의 의무를 이행하기 위해 노력하는 모습이 꽤 보기 좋군."

말을 내뱉은 황태자의 얼굴에는 나와 루벨리안을 눈엣가시처럼 여기는 기색이 하나도 없었다. 올해의 아카데미 남우 주연상이네. 속으로 투덜거리면서도 나는 화사하게 웃었다.

"각하께서 저를 어여삐 여겨 주시는 터라 저 또한 공작가에 소소한 힘이 될 수 있게 노력하는 중이에요."

음, 내가 말했지만 좀 과한 것 같다. 귀부인으로서의 긍지감은 눈곱만치도 없고, 어디 예쁨받는 후궁이 하는 소리 같잖아. 아니지, 나는 멍청한 평민 출신 공작 부인이니까 상관없어.

……사, 상관없으려나?

"공작 부인께서 공작을 꽤 사랑하는 모양이야."

"네. 저는 하루하루가 꿈만 같답니다."

꿈 같긴 하다. 나를 죽일 인간이랑 내가 하하 호호 웃고 있네.

두 손으로 뺨을 감싼 채 내가 방긋방긋 웃었다.

그런 내 표정과 달리, 방금까지 온화하게 미소를 띠고 있던 황태자의 얼굴은 천천히 굳어졌다.

"그렇군."

"……전하?"

"사랑이라…… 그래. 그것도 사랑이긴 하지. 어찌 되었든 부인께서는 원하는 걸 얻었으니까. 아, 루벨리안도 그로써 원하는 걸 얻었겠군.”

마지막 말은 마치 중얼거림 같았다. 그러나 그 말이 무엇을 의미하는지 너무 쉽게 읽어 낸 나는 설핏 굳고 말았다.

황태자는 나와 루벨리안의 결혼이 곧 거래라는 사실을 짚고 있었다.

하지만 여기서 그것을 눈치챈 티를 내는 것은 말도 안 되는 짓이다. 나는 고개를 들고 눈을 동그랗게 뜬 채 고개를 갸웃거렸다.

“그게 무슨 말씀이세요?”

“아니다. 어찌 되었든 부인이 공작을 좋아하는 걸 보니 안심이야.”

언제 얼굴을 굳혔냐는 듯이 황태자가 다시 온화한 미소를 띠고 나를 응시했다. 그의 기대치에 맞게 나는 순진하고 모자란 얼굴을 하며 입을 뗐다.

“네, 사랑해요. 각하께서도 얼마나 저를 사랑하는지 황태자 전하께서는 모르실 거예요. 어쩜, 제가 지금 입고 있는 옷도 각하께서 사주셨답니다.”

“그렇군. 확실히 들려오는 소문에 의하면 공작도 부인을 많이 아낀다고 해.”

“어머, 소문이 황태자 전하의 귀에까지 들어가다니, 참.”

우엑. 웨에에에엑.

나는 속으로 구토를 하면서 내 인생에 회의감을 내비쳤다. 살기 참 힘들다. 차라리 황태자가 멜리나처럼 멍청했으면 앞에서 위협이라도 하지, 이건 뭐 고단수니까 함부로 대하지도 못하겠네.

사실 이렇게 된 상황에서 굳이 황태자 앞에서까지 연기를 해야 할 이유는 없었다. 어쩌면 멜리나가 이미 고자질을 했을지도 모르고.

하지만 저쪽에서 연기로 나를 대하는 이상, 내가 내 본성을 까발릴 필요가 있을까?

결국 더욱더 열성적으로 사랑에 빠진 귀부인 연기를 하는데, 황태자가 짙은 미소를 지으며 의미심장한 목소리를 냈다.

"그래. 루벨리안이 공작 부인을 아끼지."

"어머……."

"하지만 만약 부인이 루벨리안에게 줄 수 있는 것보다 더 큰 이익을 다른 이가 준다면, 부인이 과연 그 자리를 지킬 수 있을까?"

"네?"

한없이 낮은 목소리로 읊조린 황태자의 말에 나는 멈칫했다. 그러나 내가 반응하기도 전에 황태자는 티 나지 않게 웃으며 발걸음을 옮겼다.

그리고 그가 나를 스쳐 지나가는 순간, 방금 전까지 생글생글 백치처럼 웃던 나는 얼굴의 미소를 깡그리 지우고 발걸음을 옮기는 그의 등을 힐끔 보았다.

"루벨리안에게 더 큰 이익을 줄 이라……."

'너 같은 계집이야 언제든지 버림받을 수 있다.'고 말하는 것이었다. 저 말이 다른 이의 입에서 나왔다면 아무렇지 않게 넘겼겠으나, 상대는 황태자였다.

나와 루벨리안 사이에 거래가 있다고 확신하는.

뭔가 싸한 느낌이 확연하게 들었다.

신전에서 돌아온 뒤에도 황태자의 그 말이 걸려 나는 며칠 동안 고민을 거듭했다.

루벨리안에게 더 큰 이익을 줄 수 인물. 그것도 내 자리를 대신할 수 있는.

이 두 가지를 조합해 보자면 실마리가 대충 잡힌다. 내 자리를 대신하려면 일단 공작 부인이 되어야겠고, 그다음으로 더 큰 이익을 준다는 것은-

"황실을 전복할 수 있는 단서를 줄 수 있다는 건가? 루벨리안에게 더 큰 이익이 될 수 있는 건 그것밖에 없는데."

"이브, 바쁜가?"

"루벨리안?"

나는 내 집무실 문을 열고 들어온 인영을 보며 활짝 웃었다. 잠시 머릿속에 있는 상념을 치우고 환한 미소로 그를 맞이한 내가 입을 뗐다.

"요즘 바쁜 거 아니었어요?"

"당신 보러 잠시 왔다. 이제 또 나가야 해."

"저런."

루벨리안은 요즘 많이 바쁜 듯, 아침엔 나보다 먼저 일어나고 밤엔 내가 잠든 뒤 들어오는 터라 사실 이 며칠간 그를 못 본 참이었다.

루벨리안이 잠시 말을 고르다가 이내 내 입술에 가볍게 입을 맞추었다.

"황실을 벗어난 살수 때문에. 요즘은 당신과 자주 있어 주지 못한 것 같군. 미안하다."

"살수는 아직도 찾고 있어요?"

"그런 셈이지."

그럼 그런 거지, 그런 셈이라는 건 또 뭐지? 속으로 의아해하면서도 나는 질문을 이어 갔다.

"대충 감 잡히는 인물은 없고요?"
"없다."
"아쉽네요. 만약 우리 측에서 찾으면 황실을 치는 데 쓸 수도 있는데."
"황실을 칠 건지, 콜리카 공작가를 칠 건지야 아직 모르지."
"무슨 말이에요, 그게?"
"아니다. 그나저나 당신은 성령제 때 주의하는 게 좋겠어."
"뭘요?"
"황실에서 레이첼을 손에 넣으려고 한 이상, 레이첼에게 접근할 게 뻔하다. 당신과 레이첼의 관계를 안 좋게 볼지도 몰라."
"아, 그러고 보니 저번에 신전에서……."
문득 신전에서의 대화가 생각난 나는 입술을 짓이기다가 그의 팔을 꼭 잡았다.
"루벨리안. 만약에 누군가가 나보다 더 좋은 거래 조건을 들고 오면- 아니, 우리 아빠보다 더 좋은 조건을 들고 오면서 날 버리라고 하면 절대 넘어가지 마요. 알겠죠?"
내 말에 루벨리안의 얼굴이 미묘하게 변했다. 그 한 가닥의 변화를 잡아낸 내가 다급히 말을 붙였다.
"혹시라도 함정일까 봐 그래요. 내가 당신 복수를 말리는 건 아니고."
"그 이전에."
"네?"
"거래 조건 이전에 당신을 포기해야 한다는 게 있다면 나는 절대 그럴 생각이 없어."
"그……."
나는 말문이 막혀 눈을 깜박였다.
단호하게 말을 내뱉은 루벨리안은 길고 단단한 손가락으로 내 턱을 쓸었다. 싸늘하게 식었던 눈동자는 다시 따뜻함을 품으며 날 응시했다.

"그러니까 안심해."

"그걸 불안해하는 건 아닌데……."

아닌가. 사실은 약간 불안했나. 혼란스러운 마음에 시선을 내리까는데, 내 턱을 잡아 쥔 루벨리안이 허리를 굽힌 채 진하게 키스해 왔다.

"흐응."

어느새 내 목을 감싼 손이 천천히 등을 타고 내려갔다. 의자에 앉아서 고개를 든 내 허리를 큰 팔이 감싸 안자 나는 그의 목에 팔을 둘렀다.

그렇게 고요함과 열기로 가득 찬 침묵의 시간이 지나고, 입술을 뗀 내가 작게 속삭였다.

"알았어요. 걱정 안 할게."

"그래."

"그리고 레이첼 쪽은 걱정하지 마요. 당신은 황태자와 콜리카 공작가만 알아서 하면 돼요."

루벨리안이 고개를 끄덕이며 빙그레 웃었다. 만족스러운 듯이 미소를 흘리는 그의 얼굴을 보던 나는 다시 한번 눈을 감으며 그의 입술에 키스했다.

성령제는 총 열흘 동안으로 이어진다. 원작대로 황태자의 생일 연회에서 썸이 일어났다면, 이번 성령제에서 두 사람은 불꽃 의식을 같이 감상했을 테지만—

“불꽃 의식은 개뿔. 멜리나가 불꽃으로 레이첼을 쏴 죽이지만 않으면 다행이지. 기왕이면 황태자를 쏴 죽이면 좋을 텐데.”

멜리나는 왜 얀데레가 아니어서 ‘내가 갖지 못할 거면 다 죽여 버리겠어!’ 이런 스타일이 아닌 걸까? 그럼 재밌을 것 같은데.

아, 안 돼. 여기는 소설이 아니고 현실이다. 내 일이 아니라고 이런 불건전한 생각은 하지 말자.

의식의 흐름을 따라 아무 생각이나 이어 가던 나는 한숨을 푹 쉬었다. 그러자 옆에 있던 루벨리안이 나를 힐끔 보았다.

“왜 그러지?”

“아니, 앞길이 막막해서요. 그런데 우리는 오늘 밤 신전에서 자는 거 아니죠?”

제발. 잠이라도 집에서 편하게 잘래.

내 간절한 얼굴을 발견한 루벨리안이 웃음을 흘렸다.

“애초에 신전에 머무를 생각은 없었다.”

“역시 그렇죠?”

“그러니 걱정 말고 공작가에서 푹 자.”

나는 감격스러운 얼굴로 고개를 끄덕였다.

이내 마차가 멈춰 서고, 신전 입구에 서 있는 알프리드를 발견한 내가 반색했다.

“대신관님!”

“……왜 그렇게 반가워하시는 겁니까?”

“배달 사고는 안 났겠죠?”

“배달 사…… 그 편지는 성녀님께 잘 전해 드렸습니다.”

내 과한 반응에 알프리드가 뒤로 주춤거렸지만 난 아랑곳하지 않고 알프리드에게 작게 물었다.

“그런데 그날 황태자 전하도 다녀가시지 않았나요?”

“그걸 어떻게 아십니까?”

“저와 황태자 전하가 다녀간 시간차를 좀 계산해 봐요. 그래서, 황태자 전하는 무슨 말을 하셨나요?”

“공작 부인께 그걸 알려 드릴 수는 없습니다.”

“칫.”

“그리고…….”

단호한 거절의 말에 나는 흥 하고 콧방귀를 끼면서 비웃음을 지었다. 그럴 줄 알았어. 이 반듯하다 못해 1도만 휘어도 바로 부러질 놈.

속으로 알프리드의 욕을 잔뜩 하고 있는데, 그가 뜻밖의 말을 이었다.

“……그 부분은 성녀님께도 굳이 언급하지는 마십시오.”

“네?”

“황태자 전하께서 오셨다는 말을 굳이 성녀님께 하지 마시라는 뜻입니다.”

“……?”

“신전과 황실의 관계를 생각한다면, 성녀님과 황태자 전하가 마주칠 일은 없는 것이…….”

“아?”

나는 무뚝뚝하게 말을 내뱉는 알프리드의 얼굴을 보며 눈을 깜박거렸다.

신전과 황실의 관계가 아무리 안 좋다고 한들, 공적으로 엮이는 데에 이렇게 경계할 이유가 있던가?

그리고 무엇보다도 그 원칙 주의자 알프리드가 설마하니 그걸 컷

했다고?

나는 루벨리안을 힐끔 보았다. 지금 나만 묘한 걸 느끼는 거야? 나만 눈치 빠른 거냐고.

그러고 보니 원작에서도 이쯤이면 알프리드가 슬슬 레이첼에게 사심을…….

나는 알프리드답지 않게 흔들리는 눈빛을 보면서 입을 틀어막았다.

"어쨌든, 아셨습니까?"

"어머, 알고말고요. 대신관님 말이 백번 맞아요."

"……왜 그렇게 무섭게 웃으시는 겁니까?"

"어머, 제가 언제요? 호호, 하하하하하."

나는 째지는 입술을 손으로 가리면서 곱게 눈을 접었다.

일이 또 이렇게 흘러가네? 남주, 여주한테만 포커스를 맞추다 보니 내가 잠시 알프리드의 존재를 잊었다. 그래, 이쯤이면 알프리드가 레이첼한테 호감을 느낄 때도 되었지. 내가 그걸 왜 잊었을까?

"하, 귀여운 것."

"이브? 무섭다."

알프리드를 스쳐 지나가면서 내가 음흉하게 웃자 루벨리안이 작게 읊조렸다. 그러나 나는 계속해서 얼굴에 미소를 건 채 발걸음을 옮길 뿐이었다.

빙의녀에게 밉보인 남주는 설 자리가 없다. 특히 그 빙의녀가 나라면 더욱더.

'앞으로 일이 수월해지겠어.'

황태자와 레이첼, 그리고 알프리드. 어쩌면 앞으로 이 사랑과 전쟁에 뛰어들 제2황자의 관계까지 짚어 보며 나는 음산하게 웃었다.

나와 루벨리안이 홀에 들어서자 우리를 향해 귀족들이 고개를 숙였다. 그 사이를 천천히 헤집고 나가 단상과 가까운 위치에서 멈춰 선 나는 자리 배치에 눈썹을 까닥였다.

보통 황실은 참석하지 않는 편이기에 나와 루벨리안, 그리고 콜리카 공작 부부가 기도 의식에서 가장 상석에 있어야 했다. 그러나 그 앞에 한 자리가 더 있다는 것은…….

"황태자도 오나 보네요."

"당연히 오겠지. 성녀에게 그렇게 관심을 보이는데."

예상은 했지만 짜증이 울컥 치밀어 올랐다. 그 얼굴을 또 봐야 한다니.

그때 뒤쪽 문이 어수선해졌다. 이제는 돌아보지 않아도 알겠다. 누군지.

아니나 다를까, 사람들의 목소리가 흘러 들어왔다.

"황태자 전하도 오셨군요. 그리고 그 옆에 있는 분은…… 멜리나 바네스 영애네요."

나는 뒤를 힐끔 보았다. 황태자가 멜리나와 함께 등장하고 있었다. 그러나 평소라면 오만하게 허리를 펴야 할 멜리나는 오늘따라 얼굴이 잔뜩 굳어 있었다.

"저번 생일 연회에서 크게 혼나셨다고 들었는데, 역시 두 분 사이가 안 좋아지신 걸까요?"

"그래도 결혼까지 하실 분들인데, 설마하니 그런 걸로 틀어지겠나요."

이내 모든 이들의 관심 속에 등장한 황태자와 멜리나가 나와 루벨리안 앞에서 우뚝 멈춰 섰다. 살짝 예를 취하자, 황태자는 잠시 우리를 보더니 의미심장한 얼굴로 스쳐 지나갔다.

이제는 아예 무시하네. 그나마 다행인가. 또 무슨 헛소리를 할지 고민했는데.

곧 신전의 탑에서 울리는 종소리가 들려왔다. 본격적으로 성령제의 시작을 알리는 소리였다.

그와 함께 커다란 문이 열리고 그 사이로 한 인영이 비쳤다.

나는 천천히 걸어 나오는 레이첼을 보며 감탄을 내뱉었다.

와, 소설이랑 똑같아.

새하얀 면사포를 쓴 레이첼의 모습은 황태자의 생일 연회에서 본 것과는 비교도 안 되게 아름답고 우아했다. 바닥에 끌리는 하얀색 예복은 티 없이 깨끗하고, 면사포 사이로 보이는 그녀의 얼굴은 더없이 차분해서 성녀보다는 여신 그 자체 같았다.

역시 사람은 미모보다는 스타일이 중요하다. 내가 미모 하나로 분위기까지 해 먹는 스타일이라면, 레이첼은 분위기 하나로 얼굴에 자동 필터까지 씌우는 타입이었던 것이다.

'내가 미쳤다고 여주인공 자리를 해 먹겠다고 황태자한테 청혼을 했지. 이럴 줄 알았으면 레이첼을 먼저 찾아내서 청혼을 하는 건데!'

단상에 다다른 레이첼은 천천히 촛대에 손을 댔다. 성령제 내내 꺼지지 않는 불을 밝히는 성화 작업을 시작하려는 것이다.

진짜로 소설에 나오는 것처럼 불이 붙을까 긴장한 얼굴로 보는데, 갑자기 그녀의 손끝에서 하얀빛이 새어 나오더니 촛대에 새하얀 불이 하늘거리며 붙었다.

그리고—

화륵-

화르륵-

"어머, 신전의 모든 불이……!"

"아……."

홀에 장식되어 있던 모든 촛대에 불이 화르륵 붙자, 과연 성서에나 나올 법한 장관이 우리 앞에 펼쳐졌다.

신전의 홀을 가득 채운 성스러운 빛에 나는 입을 딱 벌렸다. 인간 라이터도 아니고 어떻게 저럴 수 있지?

"진짜 성녀님이시긴 하네요. 그래도 역시 악마의 힘이……."

"쉿. 저번 바네스 영애가 그날 어떻게 됐는지 모르는가?"

"그런데 아무리 대단하다고 해도…… 친하게 지내기에는 조금 꺼려진단 말이죠."

하, 레이첼이 친하게 지내고 싶으면 친하게 지낼 수 있는 사람이냐?

나는 기도 의식을 무사하게 마친 뒤 환하게 웃는 레이첼을 보며 덩달아 웃음 지었다. 내 얼굴을 발견한 그녀도 나를 향해 미소로 화답했다.

그러나 그때였다.

"성녀."

기도 의식을 마치자마자 단상에서 내려오던 레이첼을 누군가가 불렀다. 저마다 성녀에게 다가가려고 기회를 엿보던 귀족들은 깜짝 놀라 멈추었다.

"황태자 전하?"

"영광이군. 내 생애 이런 장관을 보게 되다니."

말을 마친 황태자가 천천히 레이첼에게 다가갔다.

그가 무슨 말을 하려는 건지 알 길이 없어 나는 미간을 찌푸렸다.

그러다 그의 뒤에 있는 멜리나의 표정을 보곤, 인간이 어떻게 하면 저 정도로 끔찍한 눈을 할 수 있는지 새삼 놀라고 말았다.

"와, 멜리나 좀 봐요."

"사람 하나 잡아먹겠군."

멜리나는 부들거리는 얼굴을 한 채 황태자의 뒤에 서 있었다.

황태자 저놈도 은근히 악질이야. 굳이 멜리나를 자극해서 뭐 얻을 게 있다고 저러지?

바네스 후작가는 절대 작게 볼 가문이 아니었다. 그간 멜리나가 황태자 좋다고 헤벌쭉하고 다녀서 그렇지, 황실에서 함부로 대하면 안 될 가문임은 분명했다.

"황태자 전하?"

황태자의 행동에 놀란 것은 레이첼도 마찬가지였다.

어리둥절한 표정을 짓는 레이첼에게 황태자는 손을 내밀었다. 얼떨결에 손을 내준 레이첼이 미간을 좁히는데, 그가 가볍게 허리를 굽히더니-

쪽-

"영광이군."

헐.

그녀의 손등에 가볍게 키스했다.

"황, 황태자 전하께서, 성녀님께……."

"저건 무슨 뜻일까요? 본격적으로 황실과 신전이 가깝게 지내겠다는 뜻일까요?"

"하지만 콜리카 공작가에서……."

"바네스 영애는 어떻게 되는 거죠?"

귀족들이 당황한 듯이 수군거렸다.

나 또한 황태자의 들이댐에 경악하는데, 옆에서 루벨리안의 중얼거림이 들려왔다.

"제 무덤을 파는군."

고개를 들자 루벨리안은 서늘하게 웃고 있었다. 그 모습이 상당히 섬뜩해서 나 또한 다시 고개를 숙일 정도로.

아니, 오늘 다 왜 이래. 눈에 갑자기 칼이라도 깔았냐고.

레이첼의 손등에 키스한 황태자가 그녀와 시선을 마주쳤다. 다른 건 몰라도 얼굴 하나만큼은 반지르르한 황태자였기에 부디 레이첼이 그 얼굴에 넘어가지 않기를 바랄 수밖에 없었다.

아니, 왜! 나는 여자로 태어나서! 나도, 나도 손등에 키스해 줄 수 있는데! 난 입에도 해 줄 수 있는데! 내가 남자로 태어났으면 레이첼도 꼬드길 수 있는데! 내가 여자를 얼마나 잘 꼬드기는데!

그러나 현실은 삭막하기 그지없었다. 유부녀라는 신분에 매여서 앞으로 나가지도 못한 채 나는 이만 갈았다.

그리고 그때였다.

"황태자 전하."

콜리카 공작 부인이 황태자를 불렀다. 그녀의 낮게 깔린 목소리가 홀을 가득 메웠다.

"멜리나 바네스 영애께서 뒤에 계십니다."

"상관없지 않나. 나는 신전의 성녀께 인사를 드린 것뿐이니."

콜리카 공작 부인의 말을 황태자는 여유롭게 받아쳤다. 그 말이 끝나기가 무섭게 콜리카 공작 부인의 얼굴은 와그작 일그러졌다.

그러고 보니 황태자는 어머니의 가문인 콜리카 공작가를 비호하면서도, 그들이 자신에게 간섭하는 것은 싫어했다.

참으로 복잡한 관계야. 그렇게 생각하는데 황태자가 한걸음 물러나 입을 뗐다.

“그럼 성녀, 이따 보지.”

“네?”

“이런, 대신관께서 전해 주시지 않던가? 만남을 청했었는데.”

황태자의 말에 뒤에 있던 알프리드가 움찔했다. 레이첼은 잠시 알프리드를 보더니 이내 길게 숨을 내쉬며 말했다.

“송구하오나 전하. 성령제 기간 동안 사적인 만남을 하기에는 곤란합니다.”

레이첼이 거절의 말을 건네자 황태자가 눈썹을 까닥였다. 하지만 언제 그랬냐는 듯이 곧 표정을 풀며 고개를 끄덕였다.

“좋아. 성녀께서 그리 나오시면 강요할 수야 없지.”

애매한 말을 남긴 황태자는 사람들의 곤혹스러운 표정과, 입술을 문 채 바들바들 떨고 있는 멜리나를 뒤로한 채 발걸음을 옮겼다.

나는 루벨리안의 팔을 꽉 잡고 작게 속삭였다.

“루벨리안, 내가 지금 굉장히 좋은 생각이 났는데요.”

“무슨?”

“이거 지금, 콜리카 공작가와 황실을…….”

거기까지 말한 뒤 그와 시선을 마주치니 루벨리안이 피식 웃었다.

“맞아.”

내가 알아차린 사실을 루벨리안이 모를 리 없었다.

황태자가 레이첼의 손등에 키스하면서부터 불편한 티를 내던 콜리카 공작가의 사람들.

어쩌면 이게 돌파구가 될 수 있지 않을까?

그렇게 콜리카 공작가와 황태자의 관계를 고심하는데, 저 멀리서 홀로 원망을 불태우는 멜리나의 모습이 눈에 들어왔다.

멜리나의 얼굴은 이미 맛이 가 있었다. 그녀는 여고 괴담 찍으면 스타덤에 오를 만한 눈으로 레이첼을 노려보고 있었다.

왠지 모르게 오늘 밤 멜리나가 뭔가 일을 칠 것만 같은 기분이 들었다. 알프리드가 배달 사고만 일으키지 않았다면, 그리고 멜리나를 조심하라는 내 말을 귀담아들었다면 어느 정도까지는 막을 수 있을 텐데.

원작에서도 조연급에 불과한 악녀였다. 그러니까 꼭 막아야 한다. 저기서 넘어지면 내 자존심이 너무 아프잖아!

그러면서도 나는 긴장감에 침을 꿀꺽 삼켰다.

그리고 그날 늦은 오후—

"마님!"

"아, 왜 또. 스피드왜건이 따로 없네. 이제는 좀 차분하게 올 때도 되지 않았니? 그리고 너희들 대체 침투력이 얼마나 대단하길래 계속 어딜 가서 정보를 물어 오는 거야?"

나는 허겁지겁 내 방에 들어온 애나를 보며 혀를 찼다. 대체 얘네 정보력 뭐지? 이 정도면 시녀계의 닌자가 아닌가 싶다.

그렇게 생각하는데 애나가 급히 무엇인가를 내밀었다.

"이게 뭐야?"

"헉…… 마, 마님…… 헉…… 방금, 신전에서 온, 헉, 전갈이에요. 신전에서, 조용하게 알리라고 해서 제가, 헉, 헉……."

"뭔데?"

문득 오늘 오전 멜리나의 시선이 생각이 나 나는 움찔거렸다. 그런 내 표정에 애나가 잠시 숨을 고르다가 주위에 나와 리리스밖에 없는 걸 확인하고는 입을 열었다.

"성녀님께 누군가가 독을 탔다고 해요."

"독?"

나는 자리에서 벌떡 일어났다. 그러나 이내 그런 짓을 저지를 만한 인간이 멜리나밖에 없음을 깨닫고 약간 안도의 한숨을 쉬었다.

멜리나가 저지를 만한 독이라면 바네스 지역에서 피는 바르세티움밖에 없다. 아무래도 멜리나는 드레스를 찢고, 누명을 씌우는 단계를 전부 스킵하고 바로 레이첼을 죽여 버리려고 한 모양이다.

그래도 큰 문제는 없었다. 나는 분명 레이첼에게 이 순간을 대비해서 해독제를 준비하라 일렀고, 바르세티움은 해독제로도 충분히 해결이 되는 독이었다.

나는 약간은 마음을 놓은 얼굴로 물었다.

"무슨 독인데?"

"음…… 어, 이름이 너무 복잡해서 기억은 잘 나지 않아요. 하지만, 음…… 아, 아– 뭐였는데?"

"뭐?"

나는 얼굴을 찡그렸다. '아'로 시작하는 게 아닐 텐데. 혹시 그녀가 잘못 기억하고 있는 건 아닐까? 생각지도 못한 대답에 다시금 마음속에서 불안한 느낌이 스멀스멀 피어올랐다.

"혹시, 바르세…… 뭐 그런 이름은 아니었어?"

"음, 아니었어요. 분명 아– 뭐였는데, 뭐였지? 죄, 죄송해요, 기억이 잘 안 나요."

나는 죄책감 서린 얼굴로 성급히 말을 하는 애나를 보며 쩌적 굳고 말았다. 바르세티움이 아니라고? 그, 그럼 뭔데, 뭐지?

아니, 진짜 원작 대체 나한테 왜 이러는 거야? 내가 싫나? 내가 싫어? 비틀어지라는 건 죽어도 안 비틀어지고, 비틀어지지 말라고 하는 것만 쏙쏙 골라서 비틀어진다.

나는 예상과 달리 엇나간 상황에 머리를 잡고 화장대 앞에 주저앉았다. 바르세티움이 아니면, 만약 보통 해독제로는 해결이 안 되는 독이라면 큰일이었다.

"지금 이럴 때가 아니지. 빨리 신전으로 가야겠어."

머리를 부여잡다가 한시가 급함을 깨닫고 급히 외투를 잡았다. 신전으로 갈 마차를 준비하라고 지시한 뒤 나는 급히 공작저를 나섰다.

"공작 부인."

신전은 예상대로 아수라장이었다. 급하게 뛰어다니는 사제들 사이를 가로질러 도착한 레이첼의 방 앞은 이미 많은 이들이 바글거리고 있었다.

"성녀님께서는 괜찮으시겠지요?"

"이대로 무슨 일이 일어난다면 대체 무슨 낯으로 주신의 얼굴을 본답니까!"

"신이시여. 부디 고귀한 목숨을 거둬 가지 마시옵소서."

나는 사제들의 얼굴을 쭉 훑다가 생각보다 더 상황이 위급함을 알아차렸다. 평범한 독으로 이 사람들이 이럴 리가 없었다.

역시 그렇다는 것은 상당히 대단한 독이 작용했다는 것.

곧 알프리드의 승낙을 받고 레이첼의 방 안에 들어간 나는 침대 위에서 시체처럼 누워 있는 레이첼을 보며 숨을 들이켰다.

"이게 무슨……!"

"부인, 오셨습니까."

"대체 이게 뭐죠? 어쩌다가 독에 당한 건가요? 해독제를 상시 구비해 두라고 했을 텐데요? 해독제가 안 들어요?"

"성녀님의 말씀에 따라 해독제를 전부 구비했지만, 그 어떤 해독제도 듣지 않았습니다."

"그럼 신관님들이 성력으로 정화시킬 수는 없을까요?"

"소용이 없었습니다."

나는 급히 레이첼의 안색을 살폈다. 완전히 혼이 빠져나간 것 같은 그녀의 얼굴은 평화롭기 그지없었다. 마치 죽은 것처럼.

"대체 무슨 독이죠?"

시간 낭비 따위 없이 나는 바로 본론으로 들어갔다.

내 물음에 알프리드의 얼굴이 설핏 굳었다.

딱 봐도 전혀 좋은 상황이 아님을 알리는 그의 얼굴에 나는 불안함에 가득 찬 채 그를 재촉했다.

"뭔데요. 대체 무슨 독인데 그런 표정을 짓는 거죠?"

"……."

"빨리 말해요!"

나는 답답함에 바짝바짝 타들어 가는 가슴을 안고 알프리드를 탈탈 털 기세로 크게 외쳤다. 하지만 이내 그가 체념이 섞인 얼굴로 건넨 대답을 듣고 멍해지고 말았다.

"아세디움입니다."

"……뭐라고요?"

"아세디움. 대륙의 남쪽 끝단 '죽음의 땅'과 '사해의 무덤'의 교접 지역에서 자라는 아세스 꽃의 추출물입니다. 신에게 버림받은 생명이 응집되어서 핀 저주받은 꽃이라, 해독제로는 해결이 안 됩니다."

"그……."

"당연하지만 현재까지 해독 방법도 없고요."

알프리드의 말에 내가 쩌적 굳었다.

아세디움, 아세디움이라면 지금 레이첼에게 가서는– 아니, 최소한 멜리나의 손에서 나와서는 안 되는 독인데?

아세스 꽃이 피는 곳은 접근이 금지된 지역이었다. 인간의 죽음과 원한을 먹고 자라는 꽃이라 구하기도 어렵고, 무엇보다도–

'아세디움은 원작 마지막에 콜리카 공작가에서 쓰는 독 아니었어? 그게 왜 벌써 등장하지?'

얼굴이 하얗게 질린 채 주먹을 꽉 쥐는데, 알프리드의 슬픔에 잠긴 목소리가 들려왔다.

"이제는 더 이상 방법이 없습니다. 제가 성녀님을 말렸어야 했는데……."

그의 회한이 섞인 목소리에 내가 입술을 깨물었다. 그러나 이내 나 자신도 놀랄 정도로 차분한 목소리가 내 입에서 흘러나왔다.

"이미 일이 이렇게 된 이상 후회는 쓸모없어요."

"무슨 말이십니까."

"그 말 그대로예요. 후회는 문제를 해결해 주지 않죠."

여전히 머릿속은 하얗게 비어 있고 손은 덜덜 떨려 왔지만, 지금은 자책하고 있을 때가 아니었다.

후회는 아무것도 해결해 주지 않는다. 문제를 해결하는 것은 언제나 이성과 판단력일 뿐.

나는 쿵쿵 날뛰는 심장을 진정시켰다. 일단 이 상황을 해결하는 게 먼저다. 아세디움은 비록 해독제가 없다고 알려져 있지만, 원작에서 레이첼은 분명 살아남는다.

기억해 내자, 이브. 기억해 내자. 대체 아세디움이 어떻게 원작에서 등장하고, 어떻게 그것을 해결했는지.

나는 머릿속을 헤집었다. 원작의 마지막쯤 레이첼은 황태자를 설득해 황태자가 콜리카 공작가와 반목하게끔 한다.

온전히 레이첼과 사랑에 빠진 황태자는 레이첼의 정의감에 동의의 빛을 내비치고, 본격적으로 콜리카 공작가와 황후와 반목하면서-

'그래, 아세디움은 거기서 나타났어.'

레이첼을 눈엣가시처럼 여기는 콜리카 공작가와 황후가 그녀에게 아세디움을 준다.

그럼에도 불구하고 그녀는 그 위기를 넘긴다. 어떻게? 어떻게 넘겼지?

"젠장, 기억이 나지 않아."

나는 거칠게 말을 내뱉었다. 이럴 줄 알았으면 빙의하자마자 노트를 더욱더 자세하게 쓰는 건데.

내 철저하지 못함을 원망하다가 나는 다시 머리를 털어 내고 온전히 생각에 집중했다.

'원작의 전개를 다시 짚어 보자. 레이첼이 독에 당했어. 그럼 황태자가 분명 그녀를 구하려고 했겠지. 그렇지만 해독제 따위는 존재하지 않아. 그러면 황태자라면, 원작의 황태자라면 어떻게 했을까?'

"부인, 앞으로 어떻게 해야……."

'해독제가 없는 상황에서 황태자는 무슨 행동을 해서 그녀를 구했을까? 일단 아세스 꽃을 구해 와 실험하다가…… 아, 아세스는 저주받은 꽃. 저주……! 맞아, 저주!'

순간 머릿속을 번뜩 스쳐 지나가는 기억에 나는 얼굴을 번쩍 들었다.
그래, 생각났다. 아세스는 죽음을 먹는 저주의 꽃이었고, 그런 저주를 풀 수 있는 이는 신밖에 없었다.
그리고 레이첼이 바로 그 '신'이었다.
거기까지 생각해 낸 내가 홱 고개를 돌렸다.
"성수 있어요?"
"네?"
"성수! 레이첼이 만들어 놓은 성수 있냐고요!"
"성녀님께서 만들어 놓으신 성수는 성령제 때문에 이미 전부 소진되었습니다."
알프리드의 말에 나는 얼굴을 일그러뜨렸다가, 내 손에 레이첼의 성수가 하나 있음을 상기하곤 급히 방문을 열었다.
"리리스!"
"네, 네, 마님."
"그 성수……! 내가 계속 들고 다니라고 한 거, 있지?"
리리스가 힘차게 고개를 끄덕였다. 레이첼의 성수를 선물받고 리리스에게 항상 갖고 다니라고 명한 것이 큰 도움이 되었다.
곧 그녀가 품에서 성수를 꺼냈다. 그것을 받아 든 내가 급히 방으로 돌아가자 알프리드가 나를 제지했다.
"대체 성수가 무슨 의미가 있다고 그러십니까?"
"레이첼이 왜 성녀인지 알아요?"
"갑자기 무슨 말씀이십니까?"
알프리드가 무슨 헛소리를 하느냐는 듯이 나를 보았다.
그러나 내막을 알고 있는 나는 빙그레 웃었다.
다른 신관들의 성력이 '신이 부여한 힘'이라면, 레이첼의 성력은

'신의 힘' 그 자체였다. 그게 무슨 말인가 하면, 레이첼 본인이 인간계에 군림하는 '신'이라는 것이었다.

전설 속에서 아세스 꽃의 저주를 푸는 것은 오직 신밖에 없다고 했다. 그렇다는 것은 곧 그 독을 푸는 것은 레이첼의 힘밖에 없다는 뜻.

하지만 레이첼이 현재 이렇게 누워 있으니 그녀의 힘을 쓸 수는 없다.

그럼 답은 하나. 그녀의 힘이 담긴 매체를 그녀에게 주입해, 그녀의 힘이 자연스럽게 발휘되도록 해야 한다.

'그건 곧 성수밖에 없지.'

가장 순수한 힘의 매체. 그것은 오직 성수뿐이리라.

알프리드의 의문 섞인 얼굴이 나를 따라다녔으나, 나는 긴장된 얼굴을 한 채 성수를 잔에 천천히 붓기 시작했다. 그리고 성수가 병에서 흘러나오는 순간, 성스러운 하얀빛이 화악 뿜어져 나왔다.

"그건, 성녀님의 성수……."

보통의 성수와는 전혀 다른 반응에 알프리드가 중얼거렸다.

"부인, 대체 성녀님의 성수로 뭘 하시려는 겁니까."

"성수를 레이첼에게 먹이려고 하고 있잖아요. 딱 보면 몰라요?"

"그러니까 왜 성수를 성녀님께……!"

"아, 진짜. 일단 내가 하자는 대로 해 봐요."

알프리드의 물음에 나는 짜증스레 대꾸했다. 신경이 온통 레이첼에게 가 있어서 나는 더 이상 그를 신경 쓸 겨를이 없었다.

알프리드는 온 얼굴로 나를 말리고 싶어 했으나 무용지물이었다. 결국 그는 나를 말리는 것을 포기한 채 숨을 죽이고 나와 레이첼을 번갈아 보았다.

나는 조심스럽게 레이첼에게 다가가 그녀의 입을 살짝 벌렸다.

제발, 제발, 제발. 내 생각이 틀리지 않기를.

속으로 수십 번 기도하고 또 기도하던 나는, 레이첼의 입속에 흘러가는 순간 다시 한번 빛을 내며 사라지는 성수를 보며 침을 꿀꺽 삼켰다.

돼, 됐나? 혹시 성수 때문에 목이 막혀서 죽는 전개는 아니겠지? 그, 그럼 너무 막장이란 말이다! 제발 좀 깨어나 줘! 제발! 그래도 명색이 성수인데 설마 그런 사고가–

그렇게 속으로 오만 가지 생각을 할 때였다. 성수의 빛이 사라지고, 숨을 죽인 채 레이첼을 응시하던 알프리드가 경악에 가득 찬 얼굴로 외쳤다.

"서, 성녀님의 안색이 좋아지셨습니다!"

방금까지 시체처럼 조용하게 누워 있던 레이첼의 얼굴에 서서히 핏기가 돌기 시작했다. 창백하고 새하얀 두 뺨에 생기가 돌고, 그녀의 안색이 확연하게 호전됨이 눈에 안겨 왔다.

이윽고 숨을 멈춘 듯 아무런 미동도 없던 그녀의 가슴이 오르락내리락하는 것을 보다가, 나는 저도 모르게 바닥에 털썩 주저앉고 말았다.

아, 됐다–!

안도감이 한없이 밀려 들어와서 나는 감격스럽게 입을 틀어막았다.

할렐루야, 세상에! 여주인공이 중간에 죽는 일을 막았어!

장하다, 이브! 역시 나는 똑똑해!

"성녀님……."

천천히 고르게 숨을 내쉬는 레이첼을 보면서 알프리드가 자신의 이마를 잡고 크게 한숨을 내쉬었다.

"다행입니다."

"그러게 말이에요."

나는 눈을 질끈 감았다. 티는 내지 않았지만 사실 질식할 것만 같은 느낌에 휩싸여야만 했다.

갑자기 원작이 틀어진 건 둘째 치고, 어쩌면 내 능력 부족으로 레이첼이 죽어 버릴까 봐.

이젠 다행이라는 생각에 미소 띤 얼굴로 레이첼을 응시하는데, 알프리드가 고개를 들며 물었다.

"그런데 부인께서는 어떻게 아셨습니까? 성수가 성녀님을 구할 수 있다는 것을."

"아……."

사실 원작에서는 황태자가 현자와 마법사들과의 연구 끝에 해독 방법을 발견하게 된다. 하지만 이를 말할 순 없기에 나는 알프리드의 질문에 생긋 웃으면서 답했다.

"아, 그저 저주의 꽃이라고 해서 어쩌면 저주를 성수로 풀 수도 있지 않을까 생각했어요."

꽤 엉성해서 자칫하면 성녀의 목숨을 가지고 장난치는 거냐고 화를 낼 수도 있는 대답이었다. 그러나 내가 할 수 있는 가장 좋은 대답이기도 했다.

이런 내 답변을 들은 알프리드는 그저 나를 빤히 응시하기만 했다.

그의 혼란스러운 눈빛이 내게 닿자, 나는 어색하게 웃었다. 그래, 이런 대답으로 넘어갈 리가 없…….

"부인과 성녀님은 친밀한 관계를 유지하셨으니 성녀님께서 뭔가 언질을 주셨을 수도 있겠죠."

어라, 이렇게 넘어가?

"알겠습니다. 성녀님을 구해 주셔서 감사합니다."

나는 웬만해서는 절대 허술하게 문제를 넘기지 않는 알프리드의 대답에 깜짝 놀랐다.

그 원리 원칙 주의자가……. 이, 이게 바로 사랑의 힘인가? 레이첼을 살리게 되었다면 눈감아 줄 수 있는 거야?

놀라운 눈으로 알프리드와 레이첼을 번갈아 보던 나는 가볍게 숨을 내쉬었다. 어쨌든 좋은 게 좋은 거겠지. 그렇게 생각하며 그녀의 침대 옆으로 의자를 끌고 와 엉덩이를 붙였다.

'이제 레이첼이 깨어날 일만 남았네. 레이첼이 깨어나면 물어봐야지. 대체 어떻게 된 일인지.'

그리고 하늘이 온통 어둠으로 물든 밤, 레이첼이 깨어났다.

리리스에게 오늘은 신전에서 묵고 가겠다고 말한 뒤, 레이첼의 옆을 지켰다.

한 치의 긴장감도 놓지 않은 채 알프리드와 함께 레이첼을 바라보던 나는, 움찔거리는 레이첼의 손을 보고 자리에서 벌떡 일어났다.

"성녀님!"

알프리드가 급히 그녀를 불렀다. 나도 덩달아 긴장된 얼굴로 레이첼을 보는데, 이내 그녀의 눈꺼풀이 움찔거리더니 긴 속눈썹이 천천히 말려 올라가면서 그녀의 맑은 눈동자가 드러났다.

"레이첼, 괜찮아요? 정신이 들어요?"

아직 독에 당한 여운이 남아 있는지 레이첼이 멍한 얼굴로 허공을 잠시 응시했다. 그러다 내 목소리를 찾아 천천히 고개를 돌린 그녀가 가라앉은 목소리로 입을 뗐다.

"이브?"

"레이첼, 나예요. 괜찮아요? 어디 아픈 데는…… 아, 아세디움에 당했으니 안 괜찮겠구나."

나는 안절부절못하며 그녀를 응시했다. 그런 내 반응에 그녀가 싱긋 웃었다.

"나는, 괜찮아요."

"……."

"고마워요, 이브."

레이첼이 우아하게 입꼬리를 말아 올렸다.

그녀의 미소에 약간이나마 안심이 되어서 나 또한 빙그레 웃음을 지어 주었다.

"아, 대신관님도 당신을 걱정했어요. 대신관님?"

그래도 알프리드의 공로까지 홀라당 먹지는 말자고 생각하며 고개를 돌리는데, 알프리드는 어느새 구석에 틀어박혀 신에게 보내는 감사문을 읊고 있었다.

아니, 내가 구했는데 왜 신한테 감사하지?

아, 이건 신에게 감사해야겠군. 신의 힘이 구했으니.

레이첼은 알프리드의 모습을 보고는 힘없이 피식 웃었다. 이내 그녀가 천천히 몸을 일으키려고 하자, 나는 급히 쿠션을 들어 그녀의 등에 받쳐 주었다.

"천천히 움직여요."

쿠션에 몸을 기댄 레이첼에게 물잔을 넘기니, 마른 입술 사이로 물을 몇 모금 마신 레이첼이 가볍게 한숨을 내쉬었다.

"하아……."

"저, 레이첼. 혹시…… 어떻게 된 일인지 알려 줄 수 있나요?"

조심스럽게 던진 질문에 레이첼이 살짝 놀란 얼굴을 했다가 천천히 굳어졌다.

아, 금방 깨어난 사람한테 너무 성급했나?

"죄송해요, 레이첼. 제가 너무 성급했……."

그때였다. 조용하게 쿠션에 몸을 기대고 앉아 있던 레이첼이 알프리드에게 축객령을 내렸다.

"알프리드. 잠시 나가 줄래요? 플로렌스 공작 부인과 나눌 말이 있어서요."

알프리드는 잠시 미심쩍은 얼굴을 했으나, 내가 딱히 큰 위협은 안 된다고 판단했는지 흔쾌히 고개를 끄덕이며 방을 나갔다.

"이브."

알프리드의 뒷모습을 눈으로 배웅하던 나는, 그가 문을 닫기가 무섭게 나를 부르는 레이첼의 목소리에 다시 고개를 돌렸다. 레이첼은 여전히 굳은 얼굴로 앉아 있었다.

혹시 무슨 일이 있나?

"이브, 일단 하나만 물어도 될까요?"

"네. 원하시는 대로."

"혹시 샹젤레의 쿠키를 아세요?"

"샹젤레의 쿠키요?"

잔뜩 무게를 잡고 한 말의 내용치고는 지나치게 엉뚱한 것이라 나는 고개를 갸웃거릴 수밖에 없었다. 갑자기 웬 쿠키?

"귀족들 사이에서 유명한 쿠키잖아요. 그런데 왜 갑자기 그걸 물으시는지 여쭈어도 될까요?"

내 물음에 레이첼은 답변 대신 기나긴 침묵을 내게 남겼다.

그렇게 얼마나 지났을까. 어색한 정적 속에서 나를 응시하던 그녀가 천천히 입을 뗐다.

"제가 기도 의식을 할 때 이브가 건네준 편지는 잘 받았어요. 멜리나 바네스 영애의 소문이 좋지 않으니 항상 경계심을 늦추지 말라고 하셨었죠."

"맞아요. 그런데 왜 오늘은…… 제가 편지에 썼잖아요. 외부에서 온 음식이나 물건은 될수록 경계하는 게 좋다고. 그래서 궁금했어요. 대체 어떻게 된 일인지."

멜리나의 적의를 어느 정도 눈치채고 있는 레이첼이 설마하니 내 편지를 깡그리 무시했을 리는 없었다.

게다가 레이첼은 그렇게 아무거나 주워 먹고 다른 이의 말을 흘려보내 사고를 치는 사람이 아니니까.

궁금증을 안은 채 그녀의 말을 기다리는데, 다소 차분한 얼굴로 레이첼이 입을 열었다.

"오늘 오전에 소포가 왔어요. 그리고 그 안에는 아세디움이 들어 있는 샹젤레의 쿠키가 있었죠."

"……."

"그리고 그 소포는…… 이브의 이름으로 온 것이었어요."

순간 레이첼의 입에서 나온 말에 내가 멈칫했다.

그게, 무슨 말이지?

"이브가 보낸 거라 의심 없이 먹었어요. 평소에 제게 자주 선물을 보내 주셨으니까."

"……."

"그런데 설마하니 이런 일이 생길 줄은 몰랐어요. 그래서…… 이브?"

"저는, 아니에요."

담담히 내뱉는 레이첼의 말을 듣던 나는 쿵쿵대는 심장과 부들부들 떨려 오는 손에 저도 모르게 석고상처럼 굳어 버렸다.

그에 그녀가 작게 웃음을 보였다.

"알아요. 저를 구해 준 것도 이브고, 애초에 저는 이브한테서 어떤 적의도, 나쁜 기운도 읽어 내지 못했으니까요. 그리고 이브가 진짜로 범인이라면 굳이 자신의 이름을 써 가면서 그런 짓을 했을 리가 없죠."

"하지만……."

하지만 만약 내가 해독제를 찾아내지 못했다면 레이첼은 죽었을 것이다. 뒤이어 조사 과정에서 내 이름이 적힌 소포가 나오고 그 안에 독이 든 쿠키가 있음이 밝혀지겠지.

그럼 나는 꼼짝없이 누명을 쓰고 성녀를 시해했다는 오명을 뒤집어쓰게 된다. 더불어 플로렌스 공작가는 신전과 적이 되겠지.

거기까지 생각하자 순간 울컥 무엇인가가 속을 치고 올라왔다. 분노에 가득 차 하얗게 질린 내 얼굴에 레이첼이 나를 다독이며 천천히 말을 이었다.

"어쨌든 이번 일은 누군가가 저와 이브를 동시에 적대시하면서 생긴 일 같아요. 저를 죽이고, 이브 또한 모함하려는…… 누군지 짐작은 가시나요?"

"……."

"멜리나 바네스 영애일 수도 있지만, 왠지 모르게 아세디움씩이나 되는걸 그녀가 손에 넣을 수 있을 리가 없다고 생각해서……."

레이첼의 말에 난 주먹을 꽉 쥐었다.

레이첼을 죽이고, 나를 모함에 밀어 넣으려고 한 자. 과연 누가 있을까.

나는 머리를 굴렸다. 이 모든 계획이 성사되려면, 레이첼이 내가 주는 쿠키를 아무 의심 없이 먹을 거라는 전제가 붙는다. 즉, 범인은 나와 레이첼이 친밀한 사이임을 알고 있었다.

이 전제 하나로 대부분의 귀족들이 걸러진다. 남은 후보는 플로렌스 공작가, 콜리카 공작가, 그리고 황실파.

플로렌스 공작가에서 이런 짓을 할 만한 사람은 없다. 그러면 콜리카 공작가와 황실로 범위가 좁혀지는데—

콜리카 공작가일까?

원작에서도 레이첼에게 아세디움을 주는 가문은 콜리카 공작가이다. 더군다나 오늘 콜리카 공작가의 표정을 보건대 황태자와 레이첼이 가까이 있는 걸 탐탁지 않아 했으니까.

'하지만 콜리카 공작가는 절대 짧은 시간에 흉계를 꾸미지 않아. 계획 하나에도 오랫동안 치밀하게 움직이는 자들인데…….'

그럼 남은 건…… 황실? 하지만 황실에서 레이첼에게 손을 쓸 만한 자가 과연 누가 있지? 그것도 아직 이야기 전개도 안 된 지금.

그때였다. 문득 머릿속을 스쳐 지나가는 가설에 나는 흠칫 떨었다. 그리고 곧장 레이첼에게 물었다.

"레이첼, 하나만 물어볼게요. 혹시 당신의 성수를 다른 곳에도 준 적이 있나요? 예를 들어서 황실 같은—"

"주기적으로 황실에 일정한 양을 제공하고 있긴 해요."

나는 이를 꽉 깨물었다.

그동안 난 멜리나의 흉계를 막으며 레이첼의 호감을 얻으려고 했다. 하지만 만약 이런 생각을 하고 있는 이가 나 혼자뿐만이 아니라면?

그리고 만약 그 사람에게 멜리나를 컨트롤할 수 있는 힘이 있다면?

원작에서 아세디움의 해독법을 찾아내는 사람은 다름 아닌 황태자다. 그런 그가 이번에도 아세디움의 해독법을 찾아내는 것은 그다지 이상한 일이 아니었다.

일단 콜리카 공작가나 황후를 이용해 멜리나의 손에 아세디움을 쥐여 준다. 그리고 멜리나를 통해 레이첼에게 독을 먹인 뒤, 그는 해독법을 가지고 신전에 와서…….

'분명 오늘 오전에 이따 보자고 했어. 설마 일부러 오늘로 약속을 잡고 우연인 척……! 그리고 레이첼을 해독한 뒤에는, 현장에서 바로 내 이름이 담긴 소포를 가로채서 나를 범인으로 만드려고…….'

순간 온몸이 오싹해졌다. 이것이 진실에 가까운 가정일 수도 있다는 생각에 울컥 분노가 피어올랐다.

감히, 감히 나를-!

"이브."

부들부들 떠는 손에 갑자기 레이첼의 손이 얹어졌다.

평민이긴 하나 졸부의 딸로 태어나 궂은일 한번 안 해 본 내 손과, 한평생 부엌데기로 살아온 그녀의 투박한 손이 선명한 대비를 이루었다.

"지금은 분노하는 것보다 이번 일을 어떻게 해결할지 생각하는 게 중요해요."

"그……."

그녀의 평온하기 그지없는 말에 말문이 턱 막혔다. 지독하게 평온한 그녀의 반응은 도저히 독살당할 뻔한 인간 같지 않았다.

그러고 보니 레이첼은 어떤 일 앞에서도 항상 평온했구나.

"레이첼은 화가 나지 않나요?"

"글쎄요. 화가 나긴 하지만……."

내 질문에 레이첼이 살짝 웃었다.

"저를 싫어하는 사람은 언제나 많았으니까요. 이젠 그 악의가 습관이 되었나 봐요."

그녀의 다정한 말투는 그야말로 '성녀'의 것이어서, 나는 차마 말을 잇지 못했다.

하지만…… 하지만 자신을 향한 악의에 이렇게 무덤덤한 게 과연 좋은 일일까?

나는 레이첼을 응시하다가 일단 나 자신을 진정시켰다.

그녀의 말이 맞았다. 지금은 문제를 해결하는 것이 급선무였다. 아직 황태자는 나타나지 않았고, 어쩌면 내 추측이 틀렸을 수도 있으니까.

거기까지 생각한 내가 입꼬리를 말아 올리며 고개를 끄덕였다.

"마님."

아직 독에 당한 여운이 가시지 않은 레이첼에게 푹 쉬라고 말하며 문을 닫고 나왔다.

문이 닫히자마자 다시 파르르 떨려 오는 눈가에 입을 꽉 무는데, 리리스가 내게 달려왔다.

"성녀님은 무사하세요?"

"아, 미안, 오래 기다렸지? 레이첼은 괜찮으니 이제 공작저로 가자. 아무래도 신전에서 묵는 건 무리 같아."

"아, 안 그래도 각하께서……."

그녀에게 애써 차분하게 웃어 준 뒤 앞으로 발걸음을 옮기던 그때, 나는 내 앞에 보이는 인영에 깜짝 놀라고 말았다.

"루벨리안?"

"다 끝났나?"

나를 향해 웃어 주는 루벨리안을 보며 우뚝 멈춰 섰다. 내 앞에 선 그는 자신의 외투를 내게 걸쳐 주었다.

"입어. 밤바람은 차다. 특히 심야는 더욱더."

"하지만 당신이……."

"어차피 이제 공작가로 갈 거니까 괜찮아."

"언제부터 기다렸어요? 그런데 왜 온 거예요?"

"아무리 기사들이 있다고 하지만 밤늦게 돌아다니면 위험해. 애나가 당신이 신전에 갔다고 알려 주더군."

"그럼 나한테 기별이라도 넣지. 그것도 모르고 계속 방 안에 있었네요."

"내가 왔다는 걸 알면 편하게 일을 보지 못할 것 같아서 그랬어."

내가 마차에 오르는 것을 도와주며 루벨리안이 읊조렸다. 이내 그도 마차에 타자 마차 문이 탁- 하고 닫혔다.

"그래서, 성녀는 괜찮나?"

"루벨리안. 아무래도 내가 모함을 당한 것 같아요."

"……모함?"

루벨리안이 미간을 팍 찌푸렸다. 무슨 일인지 자세하게 말해 보라는 그의 얼굴에 나는 레이첼과 나눴던 대화를 그에게 전했다.

그리고 내 말이 끝날 무렵, 루벨리안의 얼굴은 완전히 굳어졌다.

"그런데 황태자는 어떻게 아세디움의 해법을 구한 거지?"

"죽음의 땅에 접근 허가를 내릴 수 있는 사람은 황실 직계라고만 알고 있어요. 황태자가 사람을 시켜서 아세스 꽃을 구해 오고, 황실

마법사와 현자를 모집해서 이것저것 방법을 찾아보면 못할 것도 없지 않을까요?"

실제로 원작에서 황태자는 그런 방식으로 해답을 구했다. 반쯤은 레이첼이 죽을지도 모른다는 긴박감에서 나온 것이긴 하지만.

"그럼 당신은 어떻게 알았나?"

"아, 그냥…… 레이첼이 죽어 간다니까 물불 가릴 때가 아니었어요."

루벨리안은 내 말에 잠시 미심쩍은 얼굴을 했으나 내게 더 질문을 던지는 것이 의미가 없다고 판단했는지 고개를 짧게 끄덕였다.

"하지만 오늘 밤 황태자는 나타나지 않았어요. 왜일까요?"

"성녀가 깨어났다는 소식을 들었을 수도 있지. 신전에는 황태자의 귀가 꽤 되니까."

나는 한숨을 크게 쉬었다. 만약 이게 진짜 황태자가 꾸민 짓이라면 앞으로 그가 또 어떤 식으로 나올지 몰랐다. 고민이 깊어지려는데 루벨리안의 심각한 목소리가 들려왔다.

"웬만해서는 이간질만 시키려고 했는데, 그건 곤란하게 됐군."

"……네?"

갑작스러운 말을 이해하지 못해 눈을 동그랗게 뜨자 루벨리안이 의미심장한 표정을 지은 채 말을 이었다.

"원래 한동안은 콜리카 공작가와 황실을 갈라놓기만 하려고 했는데, 바로 손을 쓰는 편이 좋을 것 같다."

"어떻게……."

"일단, 받은 건 그대로 돌려줘야겠지."

서늘하게 굳은 루벨리안의 얼굴 위로 설핏 미소가 흘러갔다.

역시 지금까지는 간만 보고 있던 걸까.

나는 그의 말에 고개를 끄덕이며 웃었다.

"좋아요. 그럼 나는 다른 면으로 이번 일을 해결해 보죠."

"이브?"

"걱정 마요. 다치지 않을 테니까."

견결한 내 얼굴을 보며 루벨리안이 약간 걱정되는 듯한 표정을 지었으나, 이내 나를 말릴 수 없음을 깨달았는지 조곤조곤하게 입을 뗐다.

"너무 무리하지는 마라. 나 혼자서도 충분히 상대할 수 있으니."

"걱정 마요. 내가 내 몸 하나는 끔찍하게 아끼잖아요."

안심하라는 듯 빙그레 웃어 보인 나는 창밖으로 눈을 돌리곤 이를 갈았다.

그리고 다음 날 아침, 아침 일찍 신전으로 가는 마차에서 나는 리리스를 향해 입을 뗐다.

"부탁할 게 있어, 리리스. 오늘 신전에 가서 레이첼을 만날 때 쿠키의 모양을 잘 기억해 둬."

"쿠키요?"

"샹젤레의 쿠키야. 그리고 샹젤레로 가서 혹시 이 며칠간 그런 쿠키를 주문한 사람이 있는지, 있다면 누군지 알려 달라고 해. 아, 적당하게 손에 뭔가를 쥐여 주는 거 잊지 말고."

"알겠어요."

어제 레이첼이 아세디움 때문에 쓰러졌다는 소식은 아직 퍼지지 않았다.

하지만 언젠가는 결국 알려질 일.

나는 과연 황태자와 콜리카 공작가, 그리고 멜리나가 어떤 반응을 보일지 생각에 잠겼다.

“그나저나 루벨리안은 뭘 하려는…… 아, 그러고 보니 아침부터 어딜 간 거지?”

“아침 일찍 황실로 가셨어요.”

“너무 바쁜 거 아닌가? 보약이라도 해 먹여야 하는 거 아니야?”

내 말에 리리스가 풉- 하고 웃음을 흘리다가 크흠 헛기침을 하며 고개를 저었다.

“죄송해요, 마님. 하지만 그런 걱정은 하지 않으셔도 될 것 같아요. 제가 제나 부인 옆에서 각하를 봐 오면서 컸는데, 지금 이 공작가에서 가장 건강이 시급한 건 마님이세요.”

“난 건강해.”

“공작가의 시녀들은 맨손으로 밭에서 무도 뽑는답니다.”

“……공작가의 시녀들이 왜 맨손으로 밭에서 무를 뽑지?”

“그만큼 힘이 세다는 거죠. 게다가 마님 옆에 있는 시녀들은 더욱 더…… 아, 이건 말하면 안 되는데…….”

“……?”

의문을 담은 채 그녀를 응시하자 다소 난감한 얼굴을 하던 리리스가 어색하게 웃었다.

“하여튼, 마님을 지키기에는 충분한 사람들이니까 안심하세요.”

“이쯤 되면 궁금해지는데. 볼튼 백작가의 영애씩이나 되는 사람이 왜 내 시녀를 하는 거지? 너 혹시 앞에서는 ‘마님, 마님–’ 하다가, 막 뒤에서는 ‘평민 주제에–!’ 하면서 나 씹는 거 아니야?”

“아니, 마님! 제가 그렇게 악랄해 보이세요?”

억울한 리리스의 목소리에 내가 작게 웃었다. 사실 리리스가 그럴 거 같지는 않다. 내가 소설을 너무 많이 봐서 그래.

"농담이야."

"저는 싫어하는 사람이 있으면 바로 앞에서 죽을 때까지 패지, 뒤에서는 안 그래요."

"아니, 그것도 문제 같은데……."

"그래도 뒤에서 욕하는 것보다는 낫지 않나요?"

"음……."

그렇게 도란도란 얘기를 나누는 와중에 어느새 마차가 목적지에 도착했다.

마차에서 내려 곧장 레이첼의 방으로 가려던 나는, 내 시야에 포착된 익숙한 문양을 보고 얼굴을 콱 일그러뜨렸다.

"아침부터 일진 사납네, 진짜."

신전 앞에는 황실 마차가 한 대 놓여 있었다. 저걸 타고 친히 신전에까지 납실 인간이 누가 있는지는 굳이 말할 필요도 없겠지. 황태자, 이 발 빠른 녀석.

이내 발걸음을 옮겨 레이첼의 방문 앞에 도달하자, 갑자기 문이 벌컥 열리면서 알프리드가 잔뜩 찌푸린 얼굴로 방을 나왔다.

"대신관님?"

"아, 공작 부인. 오셨습니까."

"혹시 안에 황태자 전하께서 계시나요?"

알프리드는 굳이 대답하지 않았지만, 그의 표정만 봐도 답을 알 수 있었다.

내가 그럴 줄 알았어! 나는 이를 바득바득 갈면서 말했다.

"레이첼에게 내가 왔다고 전해 주면 안 돼요?"

"황태자 전하께서 누구도 들이지 말라고 하셨습니다."

"아, 언제 황태자 말을 그렇게 잘 들었-"

"하지만 부인께서 오셨다고 하면, 성녀님께선 무조건 들어오라고 하실 겁니다."

……알프리드, 어지간히 황태자가 마음에 들지 않나 보군. 하긴, 나라도 좋아하는 사람 옆에 황태자가 와서 얼씬거리면 싫겠다.

내 편을 들어 준다는데 굳이 거절할 이유는 없었다. 아니나 다를까, 다시 한번 문을 열고 들어간 알프리드가 방을 나오면서 고개를 끄덕였다.

"안으로 드십시오."

알프리드, 파이팅해요. 내가 적극적으로 밀어줄게요. 물론 레이첼이 싫다면 방법이 없지만.

나는 알프리드에게 고마움의 표시로 웃어 준 뒤 방에 들어갔다.

안에는 창백한 얼굴로 침대에 앉아 있는 레이첼과 탐탁잖은 표정을 한 황태자가 있었다.

"황태자 전하를 뵙습니다. 레이첼, 괜찮아요? 걱정돼서 와 봤어요."

황태자에게는 틱 한마디만 던져 주고, 곧장 레이첼의 옆으로 다가갔다.

갑자기 휙 지나가 버린 내 인영에 황태자의 미간이 찌푸려지는 듯했으나, 노련하게 그가 다시 얼굴을 폈다.

"여기서 공작 부인을 보는군."

"네. 성녀님께서 편찮다고 들어서."

그가 진짜로 독을 풀었고 신전에 귀가 있다면, 내가 아세디움을 해독한 걸 알 가능성이 컸다.

아마 그도 궁금하겠지. 졸부의 딸이 어떻게 아세디움의 해법을 알고 있는지.

"그래, 이런 일이 생겨 유감이군. 아세디움이라니, 대체 누가 이런 끔찍한 짓을 했는지."

너잖아.

"염려해 주셔서 황송합니다, 전하. 하오나 이미 해독이 된 터라 금방 자리에서 일어날 수 있습니다."

"그래도 해독 방법을 찾아서 다행이다. 하지만 제국의 성녀가 이런 일을 당했으니 철저하게 조사할 필요가 있겠어. 혹시 아세디움에 어떻게 당했는지 아나?"

황태자의 물음에 레이첼이 고개를 저으면서 말했다.

"잘 모르겠습니다."

"저런. 혹여 외부에서 반입된 음식이라든가 물건은 없고?"

저 새끼, 필사적으로 날 범인으로 몰아가려고 말꼬리 돌리는 것 좀 보소.

"신전에는 성녀에게 쏟아지는 선물이 한없이 많습니다. 일일이 확인할 수 없어서 확정 짓기가 어렵습니다."

"그럼 어제 들어온 선물은……."

"전하."

그때였다. 레이첼이 부드럽고 차분하게 웃으며 황태자의 질문을 끊었다.

"이번 일은 신전에서 처리할 테니, 너무 크게 심려치 않으셔도 될 것 같습니다. 어찌 되었든 신전의 일이라 다른 이들을 불안에 떨게 만들고 싶지 않습니다."

"……."

"저는 제국 모든 이들의 평온한 성령제를 원합니다."

순간 그의 눈에 스쳐 지나가는 아쉬움을 보다가 내가 맞장구를 쳤다.
"맞아요. 이런 일은 가능한 조용하게 처리하는 게 좋죠. 아직 성령제가 한창이고, 이야기가 퍼진다면 사람들은 혼란스러워할 거예요."
"부인. 부인은 그 심각성을 모르는 듯하지만, 성녀가 공격당한 것은……."
"그래서 제 남편도 황태자 전하의 생일 연회를 위해 습격을 조용하게 넘어갔잖아요?"
"……!"
"아닌가요?"
나는 순진하게 눈을 깜박거리면서 활짝 웃었다.
"아, 공작과 성녀님은 다른가? 역시 황태자 전하께는 일개 귀족보다는 신전의 성녀님이 더……."
"부인, 말을 가려 하는 게 좋겠군."
"송구합니다, 전하. 제가 무지하여 그만 함부로 말을 했어요."
황태자의 으르렁거리는 소리에 내가 바로 꼬리를 내리는 듯 고개를 푹 숙였다.
그에 레이첼이 다정하게 웃으면서 입을 열었다.
"부인의 말이 맞아요. 큰일이 앞에 있는데, 겨우 제 개인 문제로 혼란을 만들어서는 안 되죠."
사실 그렇지 않았다. 뭐가 되었든 사람이 죽을 뻔한 일이다. 하지만 이번 일은 이렇게 넘어가는 편이 내게 더 이로웠다.
결국 황태자는 한없이 거짓된 미소를 지으며 고개를 끄덕였다.
"성녀의 뜻이 그러하다면."
곧 내가 있는 이상 원활한 대화가 어렵다고 생각했는지 황태자가 자리에서 일어났다.
"어쨌든 무사하니 다행이다. 그럼 부인께서 오셨으니 나는 이만 자리를 비키지."

"아, 황태자 전하."

발걸음을 옮기려는 황태자를 내가 발랄하게 불렀다. 그가 애써 온화한 얼굴로 돌아보자 나는 배시시 웃으면서 말했다.

"보내 주신 '선물', 감사합니다."

어차피 이렇게 된 이상 굳이 감추면서 하하 호호 웃을 이유는 없다. 저쪽도 어느 정도 눈치를 챈 게 분명한 상황에서는 더욱더.

내 말에 황태자의 눈가가 순간 파르르 떨렸다. 하지만 언제 그랬냐는 듯이 다시 그가 평온을 찾았다.

"무슨 선물인지 모르겠군."

"전하께서 보내신 게 아니었나요? 혹시 바네스 영애께서 보낸 것이었나……. 하도 귀한 선물이어서 전하께서 보내신 줄 알고 있었네요."

"부인께서 오해하셨군. 나는 부인께 선물을 보낸 적이 없어."

"그런가요? 아쉽군요. 답례품을 준비하고 있었는데."

의미심장한 말이었다. 말뜻을 눈치챈 그가 주먹을 살짝 쥐려다가 놓는 게 보였다.

"내가 보낸 것이 아니니, 선물은 아쉽게 버려야겠군."

"염려해 주실 필요 없습니다. 어차피 조만간 쓰일 것 같거든요."

내 말에 황태자는 곧장 몸을 돌려 방을 나갔다. 그의 태도를 보건대 내 짐작은 거의 맞는 것 같았다.

'설사 황태자의 짓이 아니더라도 그가 무조건 연관되어 있어.'

나는 길게 한숨을 내쉰 뒤 레이첼을 보았다. 그녀는 황태자가 사라진 곳을 묘한 표정으로 응시하고 있었다.

"왠지 모르게, 황태자 전하만 보면 기분이 나빠요."

레이첼이 말을 이으며 고개를 갸웃거렸다. 그런 그녀의 얼굴에 비낀 불쾌한 표정은 그녀의 말이 진심임을 알려 주고 있었다.

잠시 나와 레이첼 사이에 침묵이 흘렀다.

내가 황태자를 의심하고 있음을 그녀에게 알려야 하나 말아야 하나 고민하는데, 레이첼이 내게로 고개를 돌렸다.

"그나저나- 무슨 일 있나요, 이브?"

나는 그녀의 물음에 입을 꾹 다물고 웃었다. 어쩌면 그녀는 내가 다른 목적이 있어서 이곳에 왔음을 감으로 알고 있을지도 모르겠다.

그래서 나는 솔직하게 입을 뗐다.

"다름이 아니라, 부탁이 있어서요."

"부탁이요?"

"네."

일이 이렇게 된 이상 좌시할 수는 없다. 그렇게 생각하며 나는 다소 단호한 얼굴로 레이첼을 응시했다.

나는 단 한 번도 누군가를 직접적으로 해한 적이 없었다. 그건 현대를 살다가 온 내 마지막 최저한도의 선이었다.

하지만 이대로 당하는 건 질색이다.

"리리스, 내가 시킨 대로 했어?"

"네. 그리고 역시 마님이 예상하신 대로, 샹젤레에서 그 쿠키를 시킨 사람은 마님의 이름으로 주문을 한 것 같아요."

"치밀하기 짝이 없네."

나는 피식 웃었다.

"이제 조만간 황태자가 그 범인을 잡네, 마네 할 거야. 그리고 무조건 그 쿠키에 문제가 있다고 하겠지."

"마님, 괜찮으시겠어요?"

"하지만 상관없어. 레이첼이 어차피 내 편이니까."

나는 내 말에 눈을 동그랗게 뜨던 레이첼의 표정을 떠올리며 웃었다.

'일단 멜리나부터 처리해야겠다.'

그동안 쩌리 악녀니, 뭐니 하면서 멜리나에게 지나치게 관대하게 굴었다. 하지만 황태자가 이렇게까지 멜리나를 악랄하게 이용하는 이상, 그 둘을 떨어뜨려 놔야 했다.

나는 방금 레이첼에게서 받아 온 '물건'에 눈길을 주었다.

'샹젤레에서 내 이름으로, 그것도 일부러 특이한 모양으로 주문했어. 이후에 일이 생기면 샹젤레의 사람을 불러 레이첼이 먹은 쿠키가 바로 내가 주문한 것이라고 나를 몰아붙이겠지.'

그러니 이 틈을 타서 멜리나를 궁지에 몰아넣은 뒤, 그녀가 나를 범인으로 지목할 때 일을 벌여야겠다.

하지만 그렇게 되면 황태자가 거슬리는데…….

잠시 생각에 잠겨 어떻게 구체적으로 계획을 짜는 게 좋을지 고민하던 그때였다.

똑똑-

갑자기 들려온 노크 소리에 제나 부인과 리리스가 고개를 돌렸다. 내 승낙과 함께 누군가가 문을 열고 들어오고, 거울 너머로 그것이 누군지 확인한 나는 의아한 얼굴을 할 수밖에 없었다.

"빌?"

재가 웬일이래?

웬만해서는 내 방 부근에 얼씬도 하지 않는 이였다. 저놈이 워낙에 나를 질색하는지라.

그러나 그는 더없이 평온한 얼굴로 내 방에 들어오고 있었다.

"무슨 일이야? 여기에 다 오고?"

"마님께 각하의 말씀을 전해 드리러 왔습니다. 아무래도 오늘은 황실에서 보내야 할 것 같다고 하셨습니다."

"뭐야. 그렇게 일이 바빠? 그 살수를 못 잡아서 그런가?"

"잡았습니다."

"아, 그럼 됐…… 뭐?"

나는 빌의 평온한 목소리에 하마터면 고개를 끄덕일 뻔했다. 그러나 뭔가 이상함을 깨닫고 내가 눈을 크게 떴다.

"살수가 잡혔다고?"

"네. 살수가 잡혔습니다. 그리고 현재 자결을 한 상태입니다."

"세상에, 어디서 발견했는데? 누가 잡았는지는 알아?"

나는 약간 긴장한 얼굴이 되어 그에게 물었다. 그러나 빌은 특유의 차분한 목소리로 폭탄 같은 소식을 내게 전했다.

"제 발로 황실에 들어왔습니다."

"미쳤나?"

"그리고 황태자 전하를 습격했습니다."

"……?"

"참고로 현재 황태자 전하는 목숨이 오락가락하는 상태입니다."

"……."

산은 산이요, 물은 물이라는 듯한 빌의 어투에 내가 눈을 깜박거렸다. 지금 얘가 뭐랬어? 황태자 목숨이 오락가락한다고?

"……이봐."

"네."

“그런 말은 좀 긴장하면서 해! 애나는 맨날 호들갑을 떨더니, 넌 왜 이렇게 극단적으로 차분한데?!”

내 외침에 빌이 얼굴을 일그러뜨렸다. 이내 그가 어리둥절한 얼굴로 답했다.

“모르셨습니까?”

“내가 그걸 어떻게 알아! 무슨 예언가도 아니고!”

“그…… 각하께서 말씀해 주시지 않으셨습니까?”

“무슨 소릴 하는 거야?”

“애초에 살수의 실종 사건은 각하께서 계획하신 일이었습니다.”

제6.5장

그녀는 모르는 이야기(2)

그녀는 모르는 이야기(2)

"이제 슬슬 황실에 경고를 내려야 할 때가 왔군."

정적과 어둠으로 가득 찬 방. 루벨리안의 차가운 목소리가 다소 차분하게 흘렀다.

오랜만에 그의 앞에 선 위슨은 고개를 끄덕였다. 결혼 뒤 한동안은 잠잠하길래 그는 플로렌스 공작이 황실에 대한 원한을 잊은 줄 알았다.

하지만 어렸을 때 황실에 의해 부모가 억울하게 죽은 빌과 위슨 형제만큼이나, 플로렌스 공작의 황실에 대한 원한은 깊었다.

위슨은 잠시 루벨리안의 원한을 과소평가한 자신의 어리석음을 질타했다. 물론 그는 몰랐다. 자신의 생각이 사실은 얼추 맞아떨어졌던 적이 있음을.

"황실에 있는 이들에게 알려라. 조만간 제대로 된 사냥을 준비하겠다고. 목표물은 황태자, 그리고 사냥꾼은……."

살짝 말꼬리를 삼키던 루벨리안이 피식 웃으면서 입을 뗐다.

"감히 내게 총구를 겨눈 그 살수다."

루벨리안의 명령에 위슨이 멈칫했다.

"살수라면…… 이제 곧 황실 재판에 넘어갈 그 살수 말씀이십니까?"

"그래."

"그자를 빼 오시렵니까? 각하, 그건 위험성이 너무 큽니다. 황실 지하 감옥의 경비는 삼엄하고, 설사 성공한다 해도 그가 저희에게 협조를 해 줄 리가 없습니다."

"그래서 약간의 수가 필요한 법이다."

"각하. 그럴 바에는 차라리 다른 살수를 고용해서 황태자를 암살하는 편이-"

"위슨."

위슨의 다급한 목소리를 자르며 루벨리안이 느릿하게 그를 응시했다. 방금 전까지 아무런 감정도 들어 있지 않던 눈동자에 서릿발 같이 차가운 기운이 맴돌았다.

"그래서, 안 된다?"

루벨리안의 질문에 위슨이 침을 꿀꺽 삼켰다.

루벨리안은 황태자처럼 노골적으로 위엄 있게 행동하는 이는 아니었다. 그는 항상 예의 있고 정중한 귀족의 모습을 보여 주었다.

그럼에도 대부분의 귀족들은 루벨리안에게 함부로 대하지 못했다. 그것은 환경이 교육한 왕으로서의 위엄보다는 태생적으로 뼛속 깊숙이 새겨진 냉철함 때문이었다.

싸늘하게 식은 적안이 자신을 향하자 위슨은 저도 모르게 고개를 끄덕였다.

"황실에 있는 자들에게 언질을 해 놓겠습니다. 살수를 빼 오는 일시는 이틀 뒤로 하죠."

"그래."

"그럼 빌에게도 언질을 주어야 할까요?"

"미리 주는 게 좋겠지. 그리고 ……아."

말을 잇던 루벨리안은 뭔가 생각난 듯이 잠시 침묵에 잠겼다. 그에 위슨이 고개를 살짝 갸웃거렸다.

"각하?"

"위슨, 이 일은 이브에게 알리지 마라."

"마님께서 아시면 안 되는 일입니까?"

위슨의 물음에 루벨리안은 침묵으로 대답했다.

되묻긴 했지만 사실 위슨 또한 그것을 이해할 수 있었다. 살수를 납치해 황태자를 습격하려 한다는 건 고상한 귀부인이 알 필요가 없는 내용이었다.

"알겠습니다. 그럼 이제 공작가에 각하를 뵈러 갈 때는 공식적으로 알려진 이야기만 말씀드리도록 하겠습니다."

"그리고 그녀의 시녀 앞에서도 말을 삼가는 게 좋다. 애나와 마리는 제나 부인이 직접 교육시킨 자들이다. 다른 건 몰라도 정보를 캐내는 데는 따라갈 자들이 없어. 그리고 리리스는…… 너도 알지 않나."

"그러면 차라리 마님의 시녀 앞에서 넌지시 다른 정보를 흘려 보도록 하죠. 그러면 아마 각하께서 살수를 납치했을 가능성보다는, 다른 데에 신경이 쏠릴 겁니다."

위슨의 말에 루벨리안이 고개를 끄덕였다. 어찌 되었든 간에 이 모든 것이 이브의 귀에 들어가서는 안 된다. 최소한 계획이 완벽하게 완성되기 전까지는.

루벨리안은 가볍게 한숨을 쉬었다.

이브를 믿지 못하는 게 아니었다. 그가 믿지 못하는 것은 황태자였다.

살수가 실종되면 황태자는 아마 제일 처음 플로렌스 공작가에게 의심의 눈초리를 퍼부을 것이다. 그리고 단서가 없으면 아마 그 화살을 순진한 이브한테 돌릴 가능성이 컸다.

이브는 애초에 누군가를 속일 만한 성격이 되지 못했다. 그럴 바에는 차라리 이브한테 함구하는 게 나았다.

그리고 무엇보다도, 그는 이런 일을 그녀가 알게 하고 싶지 않았다. 그게 설사 언젠가는 알게 될 일이라도.

'미안하다.'

죄책감에 사로잡혀 루벨리안이 작게 속으로 속삭였다. 그러나 미처 지워내지 못한 죄책감이 이내 그의 속을 야금야금 갉아먹기 시작했다.

결과적으로 놓고 말하자면 계획은 성공적이었다.

어렸을 때부터 황제의 부름을 받아 그 역겨운 아들 소리를 들으며 황실에 자주 들락날락하던 그는 황궁의 모든 구조를 꿰다 못해 황제의 비밀 통로까지 알고 있었다.

황제는 아마 죽어도 모를 것이다. 그의 그 역겨운 사랑이 결국 자신을 찌를 것이란 사실을.

"각하, 데려왔습니다."

온통 암흑으로 가득 찬 방에서 의자에 기대 있던 루벨리안이 천천히 눈을 떴다.

끼이익- 하는 소리와 함께 문이 열리고 곧 그의 앞에 한 사내가 털썩 던져졌다.

"쿨럭-"

잡는 과정에 위협이 가해졌는지 살수가 선혈을 토해 냈다. 걸쭉한 피가 바닥을 천천히 물들였다.

기침과 함께 핏방울이 튀는 것을 보던 루벨리안은 피가 묻은 자신의 구두를 보며 눈썹을 까닥였다.

"더럽군."

"하아…… 크헉."

천천히 말을 내뱉은 루벨리안이 행커치프를 꺼내 들었다. 그러나 이브가 선물해 준 행커치프라는 것을 깨닫곤 다시 주머니에 넣었다. 그녀의 선물을 이런 데 쓰고 싶진 않았다.

"빨리 끝내는 게 좋겠군."

"왜…… 쿨럭, 왜……."

"왜 너를 데려왔는지는 알 필요 없다. 중요한 건 이제부터 네가 어디로 가야 하는지겠지."

"대체, 뭘 하려는 거지?"

입 안이 전부 피로 가득 차 힘겹게 말을 잇는 살수를 보며 루벨리안이 비릿한 미소를 지었다.

"글쎄, 뭘 하고 싶나?"

"지금, 크흡…… 지금 장난하는 건가?"

"이번 일이 끝나면 가족과 만나기라도 하려고 했던 것 같은데, 그건 안 되겠고."

"……뭐?"

루벨리안이 느릿하게 말을 이었다.

"아무래도 가족은 사라졌으니, 홀로 뭔가를 하면서 살아야 할 텐데—"

"그게, 그게 무슨 소리야."

"글쎄. 무슨 소리 같나?"

"빨리 말해! 쿨럭……!"

"콜리카 공작가가 진짜로 제 약속을 지킬 거라 생각했나?"

살수가 멍하니 그를 응시했다. 부들부들 떨리는 살수의 얼굴을 보던 루벨리안이 쯧 혀를 찼다.

황제와 콜리카 공작가가 손을 잡은 뒤, 황제는 자신의 정적을 콜리카 공작가의 손을 통해 처리하곤 했다. 각종 뒷거래에 통달한 콜리카 공작가는 사실상 황제의 개라도 봐도 무방했고, 그런 의미에서 이 살수 또한 콜리카 공작가가 키운 자일게 분명했다.

"콜리카 공작가가 하수인을 왜 굳이 뒷골목에서 찾는다고 생각하나? 그리고 그자들이 진짜 네가 원하는 것을 네 손에 쥐여 준다고 생각하나?"

"감히 이간질하려고 하지 마라! 콜리카 공작 각하는 내게 은인……!"

"너한테는 은인이겠지."

"……."

"네 아내라든가, 네 아들이라든가, 네 가족은 말고 너한테만."

루벨리안은 귀족가가 어떤 식으로 사람을 써먹고 버리는지 잘 알았다.

선대 플로렌스 공작은 성정이 온순하고 착해 진심으로 빌이나 위슨 등 많은 이들의 손을 잡아 줬지만, 대부분의 귀족들은 자신이 키운 '치부'를 사용하자마자 버리는 쪽을 선택했다.

"진짜로 네가 살아서 황실을 나갈 수 있다고 생각했나?"

"이런 빌어먹을, 감히 네가 공작 각하를 모함하느냐……!"

"이번 일이 끝나면 너와 네 가족들이 잘 살 거라 생각했나? 그렇게 생겨 먹지 않았는데, 꽤 순진하군."

몇 번이나 피를 토해 낸 살수가 손을 꽉 쥐며 부들부들 떨었다.

"그럴 리가…… 없다. 나는, 나는 분명 그들이 잘 살고 있는 모습을……."

"봤겠지. 그리고 죽었다."

"……."

"저번 주에 아일 지방의 작은 마을에서 화재가 일어났다던데. 설마 그게 진짜로 단순한 산불이라고 생각하는 건 아니겠지?"

살수의 눈동자에 공포가 서리자 루벨리안은 입꼬리를 말아 올렸다.

콜리카 공작가가 양심이 없는 것은 그에게 큰 축복으로 다가왔다. 만약 그들의 자비가 넘쳤다면, 아마 그는 지금쯤 살수의 가족을 다른 데로 빼돌린 뒤 살수를 속여야 했을 것이다.

선악이라는 것은 이렇듯 모호했다. 인간이 선량해 보이는 것은 진짜로 선량해서가 아니라, 그저 적이 지나치게 악랄했기 때문이다.

루벨리안은 증오 서린 눈빛으로 거친 숨을 내쉬고 있는 살수를 보았다.

그렇게 얼마나 지났을까, 피로 흥건해진 바닥에서 천천히 고개를 들며 살수가 입을 뗐다.

"내 눈으로, 확인해야겠다."

그러면 더 좋지. 그렇게 읊조리며 루벨리안이 웃었다.

루벨리안의 말은 사실이었다.

루벨리안에게 총구를 겨누고 이브를 조롱하던 살수는, 손에 가득 묻힌 선혈과 맞바꿔 온 주위 사람들의 안녕이 무의미함을 깨닫고 그만 절망했다.

그러나 루벨리안은 굳이 그를 동정하지 않았다. 살수는 타인의 죽음으로 제 가족의 삶을 바꿔 왔다. 그의 손에 묻은 피는 결국 제 가족의 피였다.

"콜리카에게 복수할 방법을 가르쳐 주지."

"지금 나를 이용해서……."

"그래, 나는 너를 이용하는 것이다."

"……."

"하지만 이런 이용이라면, 한 번쯤은 당해 볼 법하다고 생각하지 않는가?"

"크윽."

"선택해. 네 분노를 전부 내뱉고 이 세상을 떠날 것인지, 아니면 그저 억울하게 한 줌 재로 사라질 것인지. 나는 너를 살려 둘 생각이 없다. 내 제안을 받아들이지 않겠다면 이 자리에서 죽여 주지. 그러나 내 제안을 받아들인다면-"

"……."

"네 원수와 같이 죽을 기회를 주겠다."

그때 살수의 눈에서 번뜩이던 빛을 황태자가 봤어야 했는데.

맹수처럼 흉흉하게 빛나는 눈빛은 익숙했다. 복수를 꿈꾸는 이는 언제나 서로의 눈빛을 알아보는 법이었다. 그것이 다소 씁쓸하기도 해서 루벨리안은 그만 헛웃음을 짓고 말았다.

밖으로 빼돌린 살수에게 증오심을 가득 불어넣은 뒤, 그는 다시 황궁으로 돌아왔다.

황실에서 그에게 사람을 붙일 것을 염려해 일부러 손님 궁 정원을 통해 들어가자, 저 멀리에 창백한 얼굴로 서 있는 인영이 보였다.

"이브?"

리리스의 손에서 팔을 빼낸 이브에게선 도저히 생기라고는 찾아볼 수 없었다.

불안한 마음에 그녀에게 빠르게 다가가는데 갑자기 이브의 눈가에 핑그르르 눈물이 돌기 시작했다. 우아한 비취를 담은 눈동자에 눈물이 맺히자 그의 마음이 싸늘하게 식었다.

"무슨 일이지?"

이게 대체 무슨 일인가. 왜 울지? 왜 눈물을 흘리지? 무슨 일 있나? 오만 가지 생각이 하나의 물음으로 축약되어 나왔다.

무슨 일인지 몰라 위로조차 해 줄 수 없음에 심장이 저릿해 왔다. 루벨리안은 안절부절못하는 제 마음을 애써 진정시켰다.

그런데 정작 이브의 입에서는 엉뚱한 대답이 나왔다.

"레이첼이 너무 불쌍해서요."

거짓말.

이건 거짓말이다.

파르르 떨리는 이브의 목소리에 루벨리안은 확신했다.

그녀는 그가 봤던 그 어느 때보다도 훌륭하게 자신의 감정을 숨기고 있었으나, 그것이 오히려 더 불안하게 느껴졌다.

이내 이브는 대수롭지 않은 듯 평소 자신의 어투를 따라 하면서 작게 투덜댔다.

마음 같아서는 묻고 싶었다. 무슨 일이냐고, 나한테 말하면 안 되냐고. 그럼에도 그는 그녀에게 캐묻지 못했다.

그녀가 뭔가를 숨긴다면 이 또한 이유가 있을 것이기에.

'그리고 그녀에게 뭔가를 숨기고 있는 나도 이럴 자격이 없군.'

루벨리안이 쓰게 웃었다.

결국 그는 머릿속을 가득 채운 걱정과 의구심을 뒤로한 채 이브에게 '속아 넘어가' 주었다. 하지만 그의 시선은 방금 이브가 나온 레이첼의 방문에 멈추어 있었다.

'성녀의 방에서 나왔으니, 성녀한테서 뭘 들은 게 확실하군.'

불안함을 애써 감추며 그가 이브를 품에 안았다.

원래 루벨리안은 '사냥'하는 날을 성령제 뒤로 계획했다.

납치 와중에 가해진 물리적인 위협은 살수에게 긴 회복 기간을 요했고, 황실에서 눈에 불을 켜고 살수를 찾는데 눈에 띄는 행동은 자제해야 했기 때문이다.

하지만 이브가 황태자에 의해 모함을 당했다.

이브의 말에 평온한 표정을 짓긴 했으나 그렇다고 마음까지 평온할 순 없었다. 루벨리안은 애써 분노를 내리눌렀다.

애초에 그는 조용하게 숨을 죽이고 있다가 행동으로 되갚는 것을 선호했다.

어쩌면 그래서 황실에서 더욱 그를 경계했던 걸까. 그것을 상기하다가 루베리안이 피식 웃음을 흘렸다.

"플로렌스 공작, 무슨 좋은 일이라도 있나?"

난데없는 그의 웃음소리가 거슬렸는지, 아니면 불안했는지. 황태자가 루벨리안을 보며 물었다.

루벨리안은 고개를 천천히 들었다.

"어제 성녀님께서 큰 피해를 입으셨다지요."

"아- 안 그래도 오전에 신전에 다녀오는 길이다. 마침 플로렌스 공작 부인도 왔더군."

"그랬습니까."

"부인께서 신전과 꽤 연이 깊은 모양이야. 내가 신전에 가는 순간 순간마다 마주치는 걸 보면."

황태자의 말에는 칼이 들어 있었다. 그러나 루벨리안은 그것을 눈치채지 못한 양 여상스럽게 대꾸했다.

"성녀님께 큰 관심을 보이는 이가 황태자 전하뿐은 아닙니다."

"……내가 언제 성녀에게 큰 관심을 보였나, 공작. 재미없는 농담이다."

"콜리카 공작가 앞에서 성녀님께 호감을 보이신 것치고는 전하께서 하시는 농담이 더 재미없는 것 같습니다."

평소와 달리 다소 공격적인 루벨리안의 대꾸에 황태자가 얼굴을 팍 일그러뜨렸다. 오늘 오전 신전에서 은근히 이브에게 도발을 당하고 온지라 안 그래도 기분이 상했던 터였다.

황태자가 루벨리안의 무례한 언사를 꾸짖으려던 찰나, 회의실 문이 열리며 귀족원 소속의 귀족들이 삼삼오오 나왔다.

"전하."

"공작 각하."

결국 황태자는 자신이 하고 싶은 말을 삼켜야만 했다. 어찌 되었든 간에 굳이 플로렌스 공작가와 좋지 않은 모습을 보일 이유가 없었으므로.

그랬는데—

"전하는 제 아내에게 함부로 손을 댄 대가를 치러야 할 것입니다."

"뭐?"

그의 옆을 스쳐 지나가며 속삭인 낮은 목소리가 순간 지독한 불안감을 갖고 황태자를 찔러 왔다.

그에 황태자가 루벨리안을 향해 고개를 돌리던 그때였다.

탕—!

허공을 가르며 커다란 총소리가 울려 퍼졌다.

그 소리에 루벨리안이 보이지 않게 웃었다.

대가는 이제 시작이었다.

"이카로스, 이카로스!"

황태자 궁은 순식간에 아수라장이 되었다.

소식을 듣고 달려온 황후는 미친 듯이 황태자를 불러 댔고, 그 옆에서 긴장한 얼굴로 서 있던 의사는 부들거리는 목소리로 입을 열었다.

"송구하오나 폐하, 총알이 요해를 스쳐 지나간 것 같아 소신이 함부로 판단하기가—"

"그게 무슨 소리인가!"

"이, 일단 총알을 꺼냈으나 앞으로 어찌 될지는 소신도 판단하기가 어렵습니다."

의사의 말에 낯빛이 흙빛으로 변하는 황제의 얼굴을 느긋하게 보던 루벨리안이 고개를 돌렸다. 이내 저 멀리서 빠른 걸음으로 달려온 기사가 황제의 앞에 무릎을 꿇었다.

"폐하! 자객은 잡았습니다, 하오나—"

"대체 이게 어떻게 된 것이냐!"

"그 자객이 자결을 했습니다. 송구합니다, 폐하."

"자결을 했다고?"

기사의 말에 황제의 얼굴이 날카로워졌다.

혼란에 빠진 귀족들 사이에서 홀로 차분한 얼굴을 하던 루벨리안은 속으로 웃었다. 당연히 자결을 했겠지, 지켜야 하는 이들이 모두 죽은 세상에서 그가 할 수 있는 것이 뭐가 있겠는가.

"흑, 이카로스. 제발, 제발 정신을 차려 보렴."

루벨리안은 더없이 감정이 담기지 않은 얼굴로 황후를 바라보았다. 그리 표독스럽던 이가 제 아들이 죽을지도 모른다는 말에 저렇게 달려드는 걸 보면 모정이라는 게 대단하긴 한가.

울고 있는 황후, 노기등등한 황제, 그리고 당황함에 빠진 귀족들.

이 모든 이들 사이에서 오직 그만이 태연자약했다. 어찌 보면 냉정하고, 어찌 보면 악랄하게도 그는 이 상황에 대해 일말의 동정심조차 들지 않았다.

아니, 애초에 과연 이 자리에서 그가 동정할 만한 가치를 지닌 이가 있나?

있다고 한다면 아마 저 침대 위에 누워 있는 황태자 정도겠지. 그 또한 황제의 죄에 휘말렸으므로.

"저, 폐하. 일단 황태자 전하의 안녕을 위해 조용한 환경을 마련하는 게 중요할 것 같습니다."

"경들은 이만 돌아가게. 그리고 살수의 시체는 치우지 말고 단서가 될 만한 것이 없나 샅샅이 조사해!"

"알겠습니다."

황제의 명령에 귀족들이 분분히 자리를 옮기던 그때, 황제가 그를 불렀다.

"플로렌스 공작."

방금부터 조용하게 있던 루벨리안은 느긋하게 고개를 돌렸다. 황제가 그를 노기등등하게 응시하고 있었다.

뭔가 말을 내뱉고 싶으나 결국 입술 끝만 부들거리는 황제를 보며, 루벨리안이 태연히 물었다.

"무슨 일이십니까, 폐하."

"네가……."

"네, 폐하."

"네가, 짐의 아들을ㅡ"

ㅡ이렇게 만들었느냐?

끝이 맺어지지 않았지만 무슨 뜻인지 알 법한 말이었다. 그러나 이내 그 말의 끝은 황제의 입술에서 나오지 못했고, 황제는 고개를 홱 돌렸다.

'짐의 아들이라…….'

이를 곱씹다가 루벨리안은 피식 웃었다. 역시 황실의 종자들은 달면 꼭꼭 씹어 삼키고, 쓰면 입술에 대자마자 뱉는 것들이었다. 그럼에도 불구하고 저 얼굴이 지독하게 유쾌해서 그는 실소를 머금고 말았다.

자신을 포함해 온통 더러운 것들뿐이었다. 어쩌면 그 사이에서 가장 더러운 이는 그일 수도. 그렇게 생각하다가 문득 말간 얼굴이 생각나 웃음이 나왔다.

나는 어쩌면 그래서 당신이 좋았는지도 모르겠다.

최소한 당신만큼은 투명하기 그지없어서.

복수가 시작되었지만 이 한 발자국만으로도 지독한 회의감이 몰려왔다.

결국 루벨리안은 빠르게 공작가로 걸음을 옮겼다.

"각하, 죄송합니다. 저는 절대 고의가 아니었습니다."

"……무슨 말이지?"

"각하, 행운을 빌게요."

"각하. 부디 무사하게 살아 돌아오시길 빌겠습니다."

"……?"

"각하, 힘내세요! 저희가 있잖아요."

"까짓거 하룻밤 각방일 거예요."

"야, 방금 마님 그 얼굴은 절대 각방으로 해결될 문제가 아니었어."

루벨리안은 대문 옆에 주르륵 서 있는 빌, 리리스, 제나 부인, 그리고 그 뒤에 올망졸망 걱정스러운 표정을 한 채 그를 응시하는 고용인들을 보며 미간을 좁혔다.

"무슨 일이지?"

"그러게 왜 그런 거짓말을 하셨습니까."

"무슨 거짓말?"

제나 부인이 한숨을 푹 쉬며 고개를 절레절레 저었다.

"일단 올라가 보십시오."

왠지 모르게 불안한 마음이 들어서 루벨리안은 빠르게 방으로 올라갔다. 방문 앞에 서 있는 애나와 마리에게 무슨 일인지 물으려고 했으나, 그보다 애나가 문을 여는 게 더 빨랐다.

그리고 그가 방에 한 걸음 들어가자—

"오늘 안 들어온다더니."

어두침침한 방 안에서 침대에 앉아 있던 이브가 물었다.

"생각보다 일이 빨리 끝나서 왔-"

"잘됐네요. 내일 아침까지 기다려야 하나 했잖아."

"……이브?"

평소보다 차가운 이브의 목소리는 그녀답지 않았다. 이에 루벨리안의 표정이 설핏 굳는데, 이브가 고개를 까닥이며 입을 뗐다.

"루벨리안 플로렌스 공작, 우리 얘기 좀 해요."

(원작은 아무나 비트나 2권에서 계속)

원작은 아무나 비트나 1

1판 1쇄 발행 2019년 7월 31일
1판 2쇄 발행 2020년 12월 10일

지은이 백서하
펴낸이 신현호
편집부장 예숙영
편집 이혜영
편집디자인 한방울
영업·관리 김민원 조인희
물류 이순우 박찬수

펴낸곳 ㈜디앤씨미디어
출판등록 2002년 5월 1일 제117-90-51792호
주소 서울시 구로구 디지털로 26길 111 JnK디지털타워 503호
대표전화 (02)333-2513 팩스 (02)333-2514
전자우편 dncbooks@dncmedia.co.kr
디앤씨북스 블로그 http://blog.naver.com/dncbooks

ISBN 979-11-264-4853-1 (04810)
ISBN 979-11-264-4852-4 (세트)